해사일기
海槎日記

해사일기
海槎日記

조엄 지음/ 박진형 · 김태주 옮김

조엄趙曮

1719년(숙종45)~1777년(정조1).
본관은 풍양(豊壤), 호는 영호(永湖), 시호는 문익(文翼)이다.
1752년(영조28) 정시 문과에 을과로 급제하고, 정언 · 지평 · 수찬 · 교리 등을 거쳐 동래부사를 역임하였다. 이후 1758년(영조34) 경상도관찰사에 승진되어 조창(漕倉)을 신설하고 세곡수송의 폐해를 시정하였다. 1763년(영조39) 부제학으로 있을 때 조선통신사의 정사(正使)가 되어 일본의 막부가 있는 에도(도쿄)까지 다녀왔다. 돌아오는 길에 대마도로부터 고구마 종자를 가지고 와서 동래와 제주도에 재배하게 하여 최초로 고구마 재배를 실현하였다. 이어 의금부지사 · 이조판서 · 제학 등을 거쳐, 1770년(영조46)에 특별히 평안도에 관찰사로 파견되어 조세의 적폐를 해소하였으나, 토호세력들의 반발로 탐학했다는 모함을 받아 곤경에 처하기도 하였다. 뒤에 혐의가 풀려 재차 대사간 · 이조판서를 지냈다.
1776년(정조즉위년)에 홍국영의 무고를 받아 파직되었고, 평안도 관찰사 시절 부정 혐의가 다시 불거져 탐재학민(貪財虐民)의 대표적 인물로 지목되어 평안도 위원으로 유배되었다. 아들 조진관의 호소로 경상도 김해로 유배지가 옮겨졌다가, 1777년(정조1) 실의와 불만 끝에 병사하였다. 문장에 능하고 경사(經史)에 밝았을 뿐만 아니라 경륜(經綸)에도 뛰어났다. 민생 문제에 많은 관심을 가졌다. 저서로 『조제곡해사일기(趙濟谷海槎日記)』가 있다.

일러두기

1. 번역의 원본은 국립중앙도서관 소장본으로 조선고서간행회에서 편찬한『해행총재(海行摠載)』의『조제곡해사일기(趙濟谷海槎日記)』5권이다.
2. 민족문화추진회에서 번역한 번역서를 일부 참조하였다.
3. 한자어 위주의 번역이 아니라, 쉬운 우리말로 번역하고자 하였다.
4. 원문을 같이 표기하여 번역의 완성을 꾀하도록 노력하였다.
5. 독자들의 이해를 돕기 위해 원문에 등장하는 많은 인물들을 꼼꼼하게 찾아 각주로 처리하였다.
6. 한자음으로 표기된 일본의 지명이나 인명은 현재의 일본어 현지발음으로 표기하여 독자들에게 살아있는 기록으로 이해하도록 하였다.
7. 이 번역서의 차례는 숙박지를 중심으로 구성하였다.

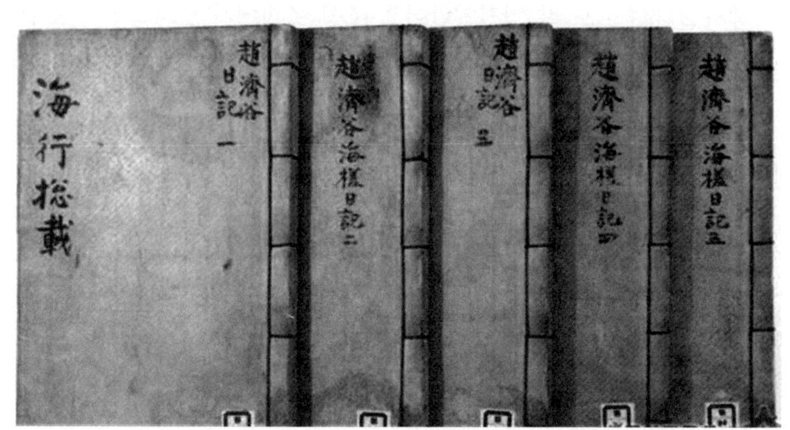

『해사일기海槎日記』(국립중앙도서관 소장본).

『해사일기(海槎日記)』는 조엄이 1763년 8월 3일부터 1764년 7월 8일까지 조선통신사 정사로 일본에 가서 외교관으로서 겪은 바를 일기로 쓴 기록이다. 이 기록에는 서문(성대중 作), 일기(본문), 수창록(酬唱錄), 서계(書契), 일본인과 주고받은 글, 연화(筵話), 제문(祭文), 금약조(禁約條), 일공(日供), 사행명단, 노정기(路程記) 등이 있다.

일본강점기인 1909년~1916년에 조선고서간행회에서 우리나라 고대부터 조선조까지의 중요한 기록들을 모아 『조선군서대계(朝鮮群書大系)』를 간행하였는데, 이 속의 속속편(續續篇)에 『해행총재(海行摠載)』가 있다. 그리고 이 『해행총재』 속에 『조제곡해사일기(趙濟谷海槎日記)』 5권이 들어있다.

한편, 민족문화추진회에서 고전국역사업의 하나로 이 조선고서간행회에서 편찬한 『해행총재』를 1974~1981년까지 12권으로 번역하였는데, 『해사일기』도 이 12권 안에 포함되어 있다.

옮긴이의 말

『해사일기海槎日記』란 임진왜란이후 조선 조정에서 일본막부에 보낸 12차 통신사행 중 11차에 다녀온 정사正使 제곡濟谷 조엄趙曮(1719~1777)의 사행기록이다.

이 기록은 일기체로 작성되어 있으며, 계미년 영조39년인 1763년 8월 3일부터 1764년 7월 8일까지 장장 11개월간의 기록이다.

통신사로 뽑혀 일본에 다녀오는 일은 정말 힘든 일이었다. 조선술이 발달하지 못한 시기에 험한 파도를 무릅쓰고 위험한 바다를 건너는 일은 목숨을 내놓는 일이나 마찬가지였다.

조엄 통신사 이전, 1703년 2월에 쓰시마對馬島 번주의 즉위를 축하하는 사절단이 쓰시마로 가다가 풍랑을 만나 일행 108명이 모두 바다에 빠져 죽은 일도 있었다.

그래서 통신사로 임명되고도 가지 않으려고 온갖 핑계를 대다 벌을 받은 경우도 종종 있었다. 하지만 조엄의 경우는 미리 내정된 통신사를 대신하여 새로 뽑혀 가게 되었지만, 『해사일기』 어느 곳에도 불평불만이 보이지 않고 오히려 영광으로 받아드리고 있다.

1763년12월21일자 아이노시마藍島에서의 기록을 보면, 조엄이 이번 사행 길에서 가졌던 마음가짐을 엿볼 수 있다.

"멀리 사신으로 가는 일이 비록 괴롭지만 우리들에게 이번 사신행차가 없었더라면 제곡濟谷이나 창동倉洞의 낡은 집에서 병으로 신음했을 것이니, 어떻게 중국의 산하山河를 멀리서 바라볼 수 있었겠소? 멀리 외따로 떨어진 작은 나라에 태어나 마치 우물에 앉아 하늘을 보는 것 같았는데, 이제야 비로소 천지가 넓다는 것을 알았소."라고 하자, 부사는 "그렇습니다."라고 하였다.

이 『해사일기』를 보면 조엄이 사행기간동안 통신사의 정사로서 막중한 책임감을 느끼며, 한 나라를 대표하는 최전방의 외교관으로 국가의 체면과 자신의 체통을 중시하여 답답하게 교류한 측면도 있다.

477명에 달하는 통신사 일행의 대표로서 사행길이 위급하거나 일행들의 일탈이 있을 경우에도 흔들림 없이 원칙과 규정에 의해 다스리고, 일행들이 무료하거나 지체가 될 경우에는 놀이를 통해 일행들을 다독였다.

하지만 귀국길에 일행 중의 한 사람인 도훈도 최천종이 피살되는 사건이 발생한다.

통신사가 있은 이래 전무후무한 이 사건은 통신사 정사로서 억울함 없이 처리해야 할 막중한 책임이 있었다.

살인사건이 발생한 장소인 오사카大坂에서 한 발자국도 움직이지 않고 범인을 잡아 죄를 주는 것을 직접 본 후에 귀국하겠다고 압박한다.

이에 급박해진 막부에서 범인을 잡아 참수하는 성의를 보이지만, 조엄은 공범이 있을 거라 생각하고 출발을 미루고 더 압박을 한다.

공범을 찾기 위한 막부의 노력은 더 이상 진전되지 못하였고, 마냥 지체할 수도 없어 단단히 당부를 하고 귀국길에 오르지만, 오는 도중에도 잊지 않고 계속 물어보며 이 사건을 끝까지 챙기는 외교술을 발휘하였다.

하필 자신이 정사로 있을 때 발생한 사건이라 부덕과 불운으로 부끄러워하는 대목도 보인다.

그렇지만 부산에 도착하여 서울로 올라오는 길에 그를 시기하고 미워하는 사람들의 공격으로 관직이 정직되는 수모를 당하기도 한다.

사행 중 사고는 선장 유진원이 배 밑창에 빠져 죽고, 소동 김한중은 풍토병으로 죽고, 격군 이광은 광란으로 자살하여 죽고, 도훈도 최천종은 피살되어 죽었으니, 평탄한 사행은 아니라고 할 수 있다.

조엄의 통신사 업적에서 으뜸으로 치는 것은 고구마를 우리나라에 들여왔다는 것이다.

단순히 고구마 종자를 들여온 것이 아니라 일본과 기후가 달랐던 조선 땅에서 재배가 될 수 있도록 그 보장법保藏法과 재배법을 꼼꼼하게 물어보고 기록하여 왔다.

고구마가 조선에서 제대로 재배가 되어 구황식품으로 배고픈 민생을 구제하였고, 지금도 훌륭한 간식으로 자리하고 있다는 사실만으로도 그의 업적은 내세울만하다.

그는 또 목민관으로의 본분을 잊지 않고 민생 문제에 많은 관심을 가졌는데, 사행길 1764년1월27일자 요도우라淀浦에서는 수차水車(물레방아)의 생김새를 보고 괴상하게 여기면서도 별파진別破陣 허규許圭와 도훈도

都訓導 변박卞璞에게 자세하게 보고 그려오게 하였고, 이것을 우리나라에서 시행하면 논에 물을 대는 방법으로 편리하게 사용할 수 있을 것이라고 보았다. 그러면서도 반드시 성공할지 의문스러워 하는 모습도 보인다. 또 1764년2월3일자 나고야名護屋에서는 죽부인모양으로 만든 망태에 돌을 넣어 제방을 쌓은 것을 보고, 이것도 우리나라에 들여 와 서쪽지방과 남쪽지방의 제방에 사용한다면 혜택을 받을 수 있을 것이라고 하였다. 이와같이 사행 길에서도 조선과 달랐던 일본의 농사법과 기술 그리고 문물에 관심을 가져 조선에서도 필요하다고 판단되면 배우게 하고 그림으로 그려서 가져오게 하였으니, 그의 외교관으로서의 자세 또한 본받을 만하다.

통신通信이란, "신의信義를 통해 교류한다"는 의미이며, 통신사는 신의를 바탕으로 조선 국왕과 일본막부의 쇼군 사이에 서로 국서를 전달하는 임무를 맡았다.

조선정부에서는 통신사로 삼사인 정사, 부사, 종사관에게 각각 사람이 타는 배 한 척과 짐을 싣는 배 한 척씩을 주고, 그 배에 제술관, 통역관, 의원, 화원, 군관, 악공, 마상재, 소동, 격군 등 500여명에 달하는 일행들과 사행에 필요한 물품과 막부에 전달할 선물들로 꾸리게 하였다. 이는 통신사가 단순히 국서를 전달하는 임무에만 그치지 않았고, 조선의 선진문화를 전파하는 임무도 있었다는 것을 증명한다.

물론 막부의 요청으로 이루어졌기 때문에 조선정부에서도 적극적으로 학술과 문화로 그들을 감화시켜 다시는 임진왜란과 같은 침략을 막아보려는 의도도 있었다.

그래서 임진왜란 이후 12차례의 통신사 교류가 있었던 200여년은 평화가 유지되었다.

쇄국정책을 펼치던 막부의 유일한 해방구가 바로 조선통신사였기 때문에 그들은 사행기간동안 정말로 성의를 다하여 극진하게 대접하였다.

그 예가 사행 길 대부분의 숙소를 사찰로 정한 것이다. 일본의 불교국가의 면모를 여실히 드러내주는 한 단면이지만, 그 많은 인원을 재우고 먹일만한 장소를 확보하기란 어려웠을 것이다. 이를 담당한 것이 바로 사찰이다.

유교를 신봉하는 국가의 외교사절이었지만 불평불만을 내색하지도 않았으며, 그 안을 오히려 수많은 문화교류의 장으로 십분 활용하였다.

앞선 연구서나 번역서에는 통신사 정사가 남긴 기록을 본격적으로 다루거나 출간된 것은 극히 드물다.

정사가 남긴 기록에 대해 선입견을 가지고 있었기 때문이라고 본다.

그 기록이 보고서나 마찬가지의 의미가 있었고, 또 당파가 심하던 시대라 오해를 살만한 표현을 자유롭게 할 수 없었을 것이다.

지난해 10월 조선통신사 기록물은 한국과 일본의 공동 신청으로 유네스코 세계문화유산에 등재되었으며, 국내 문화유산 가운데 최초로 민간주도로 등재되었다. 이는 아직까지도 국내에서 아니, 국가기관에서 홀대를 받고 있다는 방증이기도 하다.

우리와 이웃국가이면서도 한일관계를 생각한다면 임진왜란으로 인한 불구대천의 원수시대를 끝내고 평화공존의 시대를 불러오는데 기여한 통신사의 업적이 시사하는 바는 매우 크다.

통신사시대가 끝나고 또 일본의 침략으로 적대적관계로 변한 지금까지도 조선통신사의 외교관계 또한 중요시되고 그 견문기록 역시 우리들에게 큰 공감을 불러일으킨다.

지금 여기에 새롭게 조선통신사 정사의 기록인 『해사일기』의 번역서를 펴내, 조선통신사의 연구나 대중화에 한 뼘이라도 전진할 수 있도록 보탬이 되었으면 한다.

그리고 본문에 한자음으로 표기된 일본의 지명이나 인명을 현재의 일본어 현지 발음으로 표기할 수 있도록 이를 찾고 감수를 도와준 이용화 선생님께 감사드립니다.

마지막으로, 조엄이 『해사일기』의 1764년7월8일자에 남긴 기록으로, 옮긴이의 말을 대신하고자 한다.

"무릇 남자로 태어났으면 뽕나무 활에 쑥대살을 메어 사방에 쏘는 것은 장차 뜻을 세우려고 하는 것인데, 지금 내가 외람되게 사신으로 일본의 산천을 두루 보았으니 그 유람은 장하다 하겠다.

다만 의관과 문물로는 그들을 감화시켜 움직였으나, 충성과 신의와 유교경전으로는 교활한 오랑캐를 감동시키지는 못하였다.

이는 그 실천하는 행동이 아직까지 몸에 쌓이지 못했기 때문이다.

훗날 이 글을 보는 자 어찌 '오랑캐 땅이라도 갈 수 있다.'는 공자孔子의 가르침에 힘쓰지 않겠는가."

2018년 11월

박진형

서序

영종 계미년(1763년, 영조39)에 제곡濟谷 조엄趙曮이 사명을 받들고 일본에 들어갔는데, 나 대중大中이 실제로 수행하였다. 사신으로 가고 오는 13개월 동안 내가 보건대, 공은 행동이 일정하고 위의威儀가 규칙이 있으며, 들어가고 나갈 때의 행동거지가 결단이 있었으며, 걸음걸이도 법도에 맞았다. 의관을 정제하고 자리에 나아가면 좌중이 보고 모두 공경하였다. 손님이나 부하들을 정성으로 대접할 때엔 간혹 우스갯소리를 하였지만, 호령이 한 번 떨어지면 숙연하여 떠드는 사람이 아무도 없었다. 관계가 멀거나 친하거나 모두 살펴서 도와주고 먹이기를 반드시 고르게 하였으며, 크고 작은 일이라도 일찍이 남에게 맡겨버리고 자기자신을 편하게 한 적이 없었으니, 이것은 대개 공의 일반적인 규칙이었다. 그가 행한 일에 대해 말할 것 같으면, 배를 운행함에 있어서도 오로지 신중함을 견지하였고, 설령 순풍을 만나더라도 급하게 출발한 적은 없었다. 그러나 이키노시마壹岐島로 건너갈 때에는 4백 80리길을 겨우 3시간만에 도착했었다.

바다 한복판에 이르러 치목鴟木의 허리가 부러지면서 배가 위험한 순간에 처하자, 공이 국서國書를 짊어지고 선루 끝으로 나와 여러 사람들을 독려하여 배를 구출하도록 하였다. 말씨와 기색이 평상시 태도와 다름이 없어 배안 사람들이 이런 모습에 힘입어 두려워하지 않게 되었다. 마침내 다음 번 치목으로 건너는데, 뜻밖의 거센 물결이 세차게 배를 달리게 하여 마치 신명神明의 도움을 받은 것 같았으며, 홀연히 무지개가 솟아 그 광채가 사방을 비추어 돛을 감쌌는데, 배가 달릴 때에는 무지개가 솟지 않을 때라서 왜인도 역시 기이하게 여기지 않는 이가 없었다. 밤중에 쓰와津和에 공이 탄 배가 먼저 도착했는데, 공은 선루에 앉아 모든 배가 오기를 기다렸고, 배들이 이르자 두루 그 안부를 물은 뒤에야 처소로 내려갔다. 밤중에 도착하는 곳마다 모두 그렇게 하였다.

돌아오는 길에 오사카大坂에 도착하여 다음날 배에서 내리려고 했는데, 최천종崔天宗이 도둑에게 살해당하였다. 쓰시마 왜인의 소행인데도 모른체하면서 한사코 떠나기를 요청하였으니, 대개 일을 주관한 자가 쓰시마 왜인이었기 때문이다. 일본으로 가는 사신이 있은 이후, 처음으로 이런 변이 있었다. 공이 여러 사람들을 모아놓고 물었는데 의견이 일치하지 않았다. 마침 나 대중大中의 말이 공의 뜻과 합치되자, 공이 곧 안색을 바르게 하고 여러 사람들에게 힘써 말하기를 "나의 뜻이 이미 정해졌으니, 너희들은 동요하지 말라."라고 하였다. 그리고는 오사카에 머무르면서 떠나지 않았다. 그러자 쓰시마 왜인들 또한 감히 도둑을 숨길 수 없어, 한 달 만에 재판이 갖추어졌으며, 처형하는 것을 지켜보고 나서야 돌아왔다. 최천종을 염斂할 때에는 공이 옷을 벗어 수의襚衣로 쓰게 하였고, 제사를 지낼 때에는 매우 슬프게 곡을 하였기에 일행이 모두 감격하여 눈물을 흘렸다. 그러나 일행들이 대부분 겁을 먹어 하룻밤 동안에도 여러 번 놀랐으며, 바람이 불어 병풍이 넘어져도 자객이 왔다고 생각하였다. 그렇지만 공은 마음을 진정시켜 아무 일이 없는 듯이 하여 사람들 역시 안정되었으니, 이와 같은데도 일이 제대로 되지 않을 리가 있겠는가? 이것은 모두 삼군三軍을 거느리는 법도인데, 공이 사행使行에 이것을 쓴 것이다. 만일 임진년과 정유년 왜란 때에 정권을 잡았던 사람들이 모두 공과 같았다면 국가의 수치를 씻지 못함이 있었겠는가? 게다가 공의 훌륭한 업적이 영남지방에 많이 있다. 공이 경상도 관찰사로 있을 때에 백성들을 이롭게 한 법이 매우 많았는데, 세미稅米(세금으로 내는 쌀)를 배로 실어 나르는 일이 첫째로 꼽힌다. 애당초 영남지방 세미는 경선京船을 사용하여 조운漕運하였는데, 배가 제때에 닿지 않아 못쓰게 되는 것이 많아져 건몰乾沒[1]하는 것이 태반이었다. 그래서 세금을 도리어 백성들에게서 징수하여 영남지방에서 강을 낀 고을들은 이 때문에 궁색해졌다. 공이 익히 그런 폐단을 알고 곧 3개소의 조창漕倉을 강변에 설치하였다. 배를 만들 때에는 전함戰艦의 제도를 사용하였고, 역졸役卒을 선발하여 먹을 것을 풍부하게 하였으며, 매우 엄중하게 단속하였다. 그래서 시행한 지 40여 년이 되자 조운漕運의 폐단이 마침내 혁파되었다. 이것은 진실로 국가의 오랜 세대에 걸친 이익이요, 공의 가문家門에 있어서도 국가에 은덕을 행한 것이 또한 두터운 것이니, 어찌 단지 영남지방 백성들만의 다행이겠는가? 그러나 경선京船들이 그 이익을 잃게 된 것에 분노하여, 지금 서로 뜬소문을 내고, 기필코 영조嶺漕(영남지방의 조운제도)를 없애고 자기들의 사욕을 채우려고 하였다. 공의 아들 상서공尙書公(조진관)이 마침 호조 판서戶曹判書를 맡고 있어 간악한 백성들의 계책이 실현되지 못하였다. 무릇 온 나라가 이익이 되고 모든 영남 사람이 혜택을 보는 일인데, 어찌 간악한 무리들이 그것을 폐지할 수 있겠는가? 좋은 법은 오래갈 수 있고 바른 의론은 반드시 펴지는 것을 여기에서 또한 징험할 수 있다. 공이 사행길에 손수 일기 4권을 엮어 상자에 간수해 두었는데, 상서공이 나 대중에게 서문을 지어달라고 부탁하였다. 나는 젊어서 문장을 짓는 일로 공을 섬기면서 그 분의 실의失意와 득의得意, 그리고 기뻐하고 슬퍼하시는 일을 모두 보았는데, 지금 나 역시 늙어 머리가 희어졌다. 매번 지난 일을 회상할 때마다 사무치게 슬퍼하지 않은 적이 없고, 게다가 또

1 건몰(乾沒): 물을 말려 없애듯이 관리가 백성의 재물을 마구 몰수함.

한 공께서 나의 능력을 알고서 대우해주신 영광을 늙어갈수록 감히 잊을 수 없음에랴? 삼가 보았거나 기억나는 바를 기록하여 상서공의 부탁에 답하고, 이어서 영남지방의 조운을 시행한 일을 언급하여 공이 영남지방에 공적을 쌓은 일이 유독 일본에 사신 갔던 노고 정도뿐만이 아닌데도, 그 혜택이 널리 퍼지지 못하게 된 것이 애석하다. 아아! 슬프도다.

경신년(1800년, 정조24) 5월, 옛 서기書記 성대중成大中[2]은 삼가 서문을 쓴다.

英宗癸未. 濟谷趙公奉使入日本. 大中實從焉. 在途十有三朔. 竊覸公動止有常. 威儀有則. 出入折旋. 步履中矩. 正冠就位. 衆瞻俱聳. 款接賓佐. 間以諧謔. 而號令之發. 肅無一譁. 疎暱並察賙. 犒必均. 事無巨細. 未嘗委人而自便. 此蓋公之雅規. 而若其見於行事者. 船行專務持重. 縱遇順風. 未嘗遽發. 當涉壹岐時. 踔四百八十里. 才三時耳. 比至中洋. 鴟腰折. 船危爭一髮. 公負國書出舵尾. 督衆救船. 辭色不改常度. 舟中賴以無恐. 卒以副鴟濟. 而橫湍激送. 若有神助. 忽虹峙於前. 輝光四爍翼帆. 而趨時則虹藏節也. 倭人亦莫不異之. 津和之夜. 公船先至. 公坐舵樓. 以待諸船之至. 至則遍問其安否而後下. 所至夜則皆然. 返至大坂. 明將下船. 而崔天宗死於盜. 馬倭之爲也. 而佯若不知. 抵請發行. 蓋行事主馬倭也. 自有南使以來. 始有此變. 公集衆而詢. 衆議不一. 而適大中之言合於公意. 公乃正色厲衆曰. 余意已定. 若等毋動. 遂留大坂不去. 馬倭亦不敢匿盜. 一月而獄具. 莅斬乃返. 天宗方斂. 公解衣而襚. 臨祭哭之甚哀. 一行皆感激流涕. 然行中多懾. 一夜數驚. 風吹屛倒. 亦以爲刺客至. 公靜鎭若無事. 衆亦帖定. 如是而事有不辦者乎. 是

---

2 성대중(成大中): 1732년(영조8)~1809년(순조9). 호는 청성(靑城)이며, 1756년(영조32)에 정시 문과에 급제하였다. 서얼이라는 신분적 한계 때문에 벼슬길에 오르지 못할 처지였으나, 영조의 탕평책으로 1765년 청직(淸職)에 임명되어 서얼통청의 상징적 인물이 되었다. 1763년에 서장관(書狀官)으로 조선통신사 조엄(趙曮)을 수행하여 일본에 다녀왔고, 1784년(정조8)에 흥해군수(興海郡守)가 되어 목민관으로서 선정을 베풀었다. 정조의 총애를 받아, 규장각 검서관(檢書官)으로 이덕무(李德懋)·박제가(朴齊家)·유득공(柳得恭) 등과 교유하였다. 1792년에 북청부사(北靑府使)에 특채되었다. 저서로는 『청성집(靑城集)』이 있다.

皆將三軍之法. 而公則用諸使也. 苟在壬丁之時. 秉軸者. 皆如公也. 國恥有不湔耶. 且公之茂績. 多在於南. 其按嶺臬也. 利民之法甚多. 而漕政爲最. 始嶺稅漕用京船. 臬載數而乾沒半之. 稅則反徵於民. 嶺沿爲之凋瘵. 公習知其弊. 乃設三漕倉於水邊. 製船用戰艦之制. 選卒豐饒. 約束甚嚴. 行之四十餘年. 漕弊遂革. 此固國家萬世之利. 而在公家種德亦厚. 豈獨嶺民之幸哉. 然京船慍其失利. 今乃胥興浮言. 必欲罷嶺漕. 而濟其私賴. 公胤子尙書公. 時判度支. 奸民之計不售. 夫以擧國之利. 全嶺之惠. 而豈容奸刁輩壞之哉. 良法之可久. 正議之必伸. 於此亦可徵也. 公在海行. 手編日記四卷. 貯在篋笥. 尙書公屬大中以序. 大中少以文事事公. 備見其屈伸欣戚. 而今亦老白首矣. 每懷疇曩. 未嘗不愴然而悲. 況又知遇之榮. 老益不敢忘也. 謹書所覩記. 以復尙書之託. 而仍及嶺漕事. 以公之績於南者. 不獨海之勞. 而恫厥施之不博也. 嗚呼. 欷矣. 庚申仲夏. 舊書記成大中謹序.

차례

귀국길 한양을 향하여

사행길

에도를 향하여

숭정문(崇政門).

서울특별시 종로구 신문로2가 1-2.
1617년 (광해군9) 경희궁이 창건 될 때 세워졌으며, 숭정전(崇政殿)으로 들어가는 정문이다. 높은 기단을 쌓아 월대를 만들었고, 이 문으로 오르는 계단에는 봉황을 새겨 왕궁의 권위를 상징하였다. 돌계단의 양쪽에도 왕궁을 지키는 서수(瑞獸)를 만들어 두었고, 경종(景宗)과 정조(正祖), 헌종(憲宗)이 이 숭정문을 지나 숭정전에서 즉위식을 거행하였다.

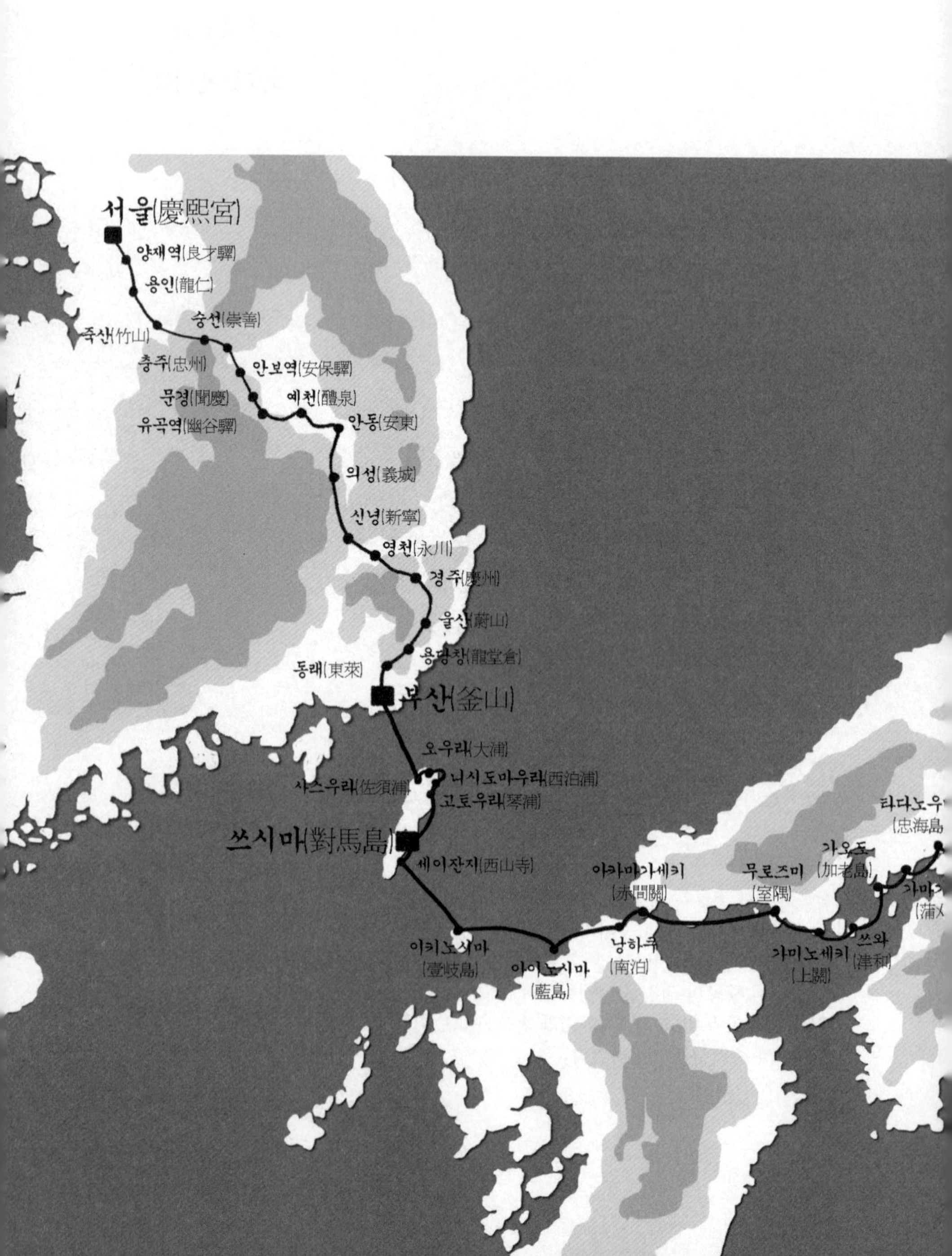
서울(慶熙宮)
양재역(良才驛)
용인(龍仁)
숭선(崇善)
죽산(竹山)
충주(忠州)
안보역(安保驛)
문경(聞慶)
예천(醴泉)
유곡역(幽谷驛)
안동(安東)
의성(義城)
신녕(新寧)
영천(永川)
경주(慶州)
울산(蔚山)
용당창(龍堂倉)
동래(東萊)
부산(釜山)
오우라(大浦)
사스우라(佐須浦)
니시도마우라(西泊浦)
고토우라(琴浦)
쓰시마(對馬島)
세이잔지(西山寺)
이키노시마(壹岐島)
아이노시마(藍島)
낭하쿠(南泊)
아카마가세키(赤間關)
무로즈미(室隅)
가미노세키(上關)
쓰와(津和)
가오도(加老島)

도쿄(江戶)
시나가와(品川)
후지사와(藤澤)
오다와라(小田原)
요시하라(吉原)
에지리(江尻)
미시마(三島)
후지에다(藤枝)
가케가와(懸川)
하마마쓰(濱松)
요시다(吉田)
오카자키(岡崎)
나고야(名護屋)
오가키(大垣)
비와코(琵琶湖)
히코네조(彦根城)
모리야마(森山)
요도우라(淀浦)
히라카타(平方)
교토(西京)
효고(兵庫)
무로쓰(室津)
오사카(大坂城)
우시마도(牛窓)
히비(日比)

1. 양재역良才驛 1763년8월3일

아침에 구름이 끼고 저녁 무렵에 개었다. 날이 밝을 무렵 임금께 하직 인사를 드리고 양재역良才驛에 도착하였다.

향지영香祗迎[1]의 예禮를 마친 뒤에 임금이 숭현문崇賢門에 거둥하여 통신사로 가는 세 명의 사신을 대궐로 들어와 알현하도록 하였다. 그래서 정사正使 조엄趙曮 · 부사 이인배李仁培[2] · 종사관 김상익金相翊[3]이 차례로 임금 앞에 나아갔다. 임금이 몸소 '두 능[4]의 소나무와 잣나무(二陵松柏)'란 글귀를 외우며 목이 메이고 눈물을 머금고서 감개무량한 뜻을 표현하였고, 몸소 '잘 갔다 오라(好往好來)'는 네 글자를 써서

---

1 향지영(香祗迎): 임금이 향(香)과 축문(祝文)을 친히 전하는 것을 친전향(親傳香)이라 하고, 가마(輿)를 타고 따라 나가 길가에서 향과 축문을 공경히 맞이하는 예식을 향지영(香祗迎)이라고 하는데, 1747년(영조23)부터 시작하었다.

2 이인배(李仁培): 1716년(숙종42)~1774년(영조50). 1756년 식년문과에 병과로 급제하였다. 1757년 정언이 되고, 이후 1763년에 수찬이 되고, 부교리 · 교리를 거쳐 조선통신사 부사(副使)로 일본에 다녀왔다. 1764년에 통신사를 다녀온 공으로 가자되고 승지에 올랐다. 1765년에 다시 대사간이 되었으나 임금의 부름을 어기고 나오지 않았다는 이유로 흡곡현령으로 좌천되었다가 곧바로 예조참의가 되었다. 다시 승지에 특배되고, 1768년 대사간에 올랐다. 학식이 높고 직언을 잘 하였으며, 민생구제에도 노력하였다.

3 김상익(金相翊): 1721년(경종1)~ ?. 1759년(영조35) 별시 문과에 급제하였다. 왕실과 혼인한 관계로 사헌부 · 홍문관의 요직을 두루 거치고, 1763년(영조39)에는 조선통신사의 종사관에 발탁되어 일본에 다녀왔다. 이어 당상관에 올라 성균관대사성 · 홍문관부제학 · 이조참의 · 전라도관찰사 · 도승지 등을 역임하였다. 그 뒤 비변사당상관으로 있으면서 병을 핑계로 차대(次對)에 나오지 않아, 영조의 노여움을 사서 청주로 귀양갔다가 곧 풀려났다. 1776년(정조즉위년) 홍인한(洪麟漢) · 정후겸(鄭厚謙) 등의 역모에 가담하였다 하여 탄핵을 받았으며, 한때 정조의 비호로 대사헌에 기용되기도 하였으나, 1777년에 전라도 지도(智島)로 유배되어 그곳에서 죽었다.

4 두 능: 선릉(宣陵, 성종대왕 릉)과 정릉(靖陵, 중종대왕 릉)을 말한다.

세 사신에게 각각 주면서 길 떠나는 사람의 마음을 위로해 주었다.(연석筵席에서 한 말은 아래에 있다) 이러한 선대의 임금을 사모하는 효심과 신하를 자신처럼 걱정하는 마음은 사람들을 저절로 사무치게 하여 마음을 움직여 흠모하고 감탄하게 하였다. 또 면전에서 세 사신에게 호피虎皮·활 그리고 화살·후추胡椒·환약丸藥·유둔油芚 등을 차등 있게 지급하도록 하였다. 신臣 등이 장막 앞에서 절을 하고 하직하며 두려운 마음으로 나오니, 임금께서 단 위에 우두커니 서서 멀리 바라보며 전송하였다. 임금의 은덕이 매우 두터워 임금을 그리워하는 구구한 정성을 더욱 감당할 수 없었다.

우리 통신사행은 대개 일본국 관백關白 도쿠가와 이에시게源家重가 물러나서 쉬고, 그 아들 도쿠가와 이에하루家治(源家治)를 대신 세워서 옛날처럼 사이좋게 지내기를 요청해 와 조정에서 허락한 것이다. 작년에 서명응徐命膺·엄린嚴璘[5]·이득배李得培[6]를 세 사신으로 뽑았다가 사행길에 오를 무렵, 다른 일 때문에 그 직위를 교체하고 모조리 새로 제수하였는데, 거의 전쟁터에 출전하여 장수를 바꾼 것과 같다. 그래서 정사正使와 부사副使의 자제를 군관으로 임명한 것을 제외하고는 원역員役[7] 이하는 한결같이 종전의 사신이 이미 뽑은 그대로였다.

---

5 엄린(嚴璘): 1716(숙종42)~1786(정조10). 호는 오서(梧西)로, 이후 엄숙(嚴璹)으로 개명하였다. 1766년 11월부터 1768년 4월까지 동래 부사를 역임하였다. 1767년(영조43)에는 동래부 지역 임진왜란 선열 등을 모시고 있는 충렬사에 관한 기록과 전해들은 이야기를 수집·대조하여 바로잡고, 빠진 부분을 보충하여 『충렬사지(忠烈祠志)』 2책을 만들었다.

6 이득배(李得培): 1715년(숙종41)~1774년(영조50). 1757년(영조33) 정시문과에 급제하고, 1760년 지평의 되고, 이듬해에 임금을 위한 시독관이 되었으며, 1762년는 홍주어사(洪州御史)가 되었다. 이어 통신사의 종사관에 임명되었으나, 정사가 교체되어 종사관도 정상순(鄭尙淳)으로 교체되었다. 이듬해 부교리·헌납·수찬·충청도암행어사가 되었다. 1770년(영조46)에 이조참의, 이듬해에 대사성이 되었다가 다시 대사간이 되었다.

7 원역(員役): '員'은 관원, '役'은 실무를 맡은 서리 등을 말함.

스무날 동안 행장을 꾸려 만 리 길을 떠나는데, 도리어 이 재주 없는 사람이 외람되게도 정사正使를 맡게 되었다. 원래 사신의 임무를 수행하기 위하여 《시경詩經》을 외우는 공부는 없었으며, 또한 수레의 앞쪽에 가로놓인 나무에 엎드린 채 공을 세운 언변도 없었으니, 앞으로 다른 나라에 사신으로 가서 무슨 방법으로 전대專對(물음에 대하여 혼자의 힘으로 대답함)하여야 임금의 명령을 욕되게 하지 않을 수 있겠는가?

임무를 받은 이후로 근심하고 두려워 편안하지 못한데다가 경연經筵에서 내린 교지를 받게 되었으니, 가뜩이나 어찌 감히 잠시라도 잊을 수가 있겠는가?

'애통함을 참고 원한을 머금은 채로 절박하여 마지못한 심정으로 산다(忍痛含寃 迫不得已)'[8]는 여덟글자를 이미 경연에서 진달陳達하였지만 평탄하거나 험준하거나 피하지 않는 것이 신하의 직분으로 본래 그러한데, '충신忠信만이 의지할 수 있다'라는 성현의 가르침이 뚜렷하니, 어찌 감히 힘을 다하고 정성을 다하여 임금의 뜻을 만 분의 일이라도 갚지 않을 수 있겠는가?

세 사신이 국서를 받들고(등본은 아래 있음) 원역 이하를 거느리고(일행의 자리의 차례를 적은 목록은 아래에 있음) 차례대로 반열班列을 이루어 국문國門 밖을 나서는데, 예조에 속한 각 곳의 서계書契[9]와 예단禮單 및 잡물雜物을 먼저 앞에 실었다.(서계와 예단의 열거한 목록은 아래에 있음) 온 장안 사람들이 구경하려 담장처럼 모여들었다. 세 사신이 전생서典牲署[10]에서 조금 쉬고 있는데, 영의정 홍봉한洪鳳漢 공이 음식을 차려 전별하였

8 애통함을…산다: 주희(朱熹)의 〈여진시랑서(與陳侍郎書)〉라는 글에 나오는 말로, 주희는 송(宋)나라가 금(金)나라의 침략을 받아 양쯔강(揚子江) 이남으로 쫓겨 가게 되자 비분강개하며 자신의 심정을 이렇게 표현하였다.

9 서계(書契): 조선시대에 일본과 교섭하던 문서.

10 전생서(典牲署): 희생(犧牲)시키는 동물을 기르는 일을 관장하는 부서.

으니, 특별히 나에게 사사로운 정이 있어서가 아니라 진실로 예로부터 전하는 풍속이기 때문이다.

좌의정 윤동도尹東度[11], 우의정 김상복金相福[12]공公과 판서 이익보李益輔[13], 판서 조운규趙雲逵[14], 판서 이지억李之億[15], 참판 이이장李彝章[16],

---

11 윤동도(尹東度): 1707년(숙종33)~1768년(영조44). 1744년(영조20) 진사가 되고 이듬해 해주판관으로 정시문과에 급제하였다. 1745년 헌납 · 교리를 거쳐 부교리 · 수찬, 그리고 1751년 부응교 · 도승지 · 대사간 등을 역임하였다. 이후로 1754년에 대사성 · 대사간 · 부제학 · 승지를 거쳐 1758년에는 대사헌 · 호조판서를 역임하였다. 1761년에 우의정에 올랐으며, 1764년에 좌의정, 1766년에 영의정이 되었다.

12 김상복(金相福): 1714년(숙종40)~1782년(정조6). 1740년(영조16) 과거에 급제하고, 한림에 천거되었으며, 삼사를 두루 거쳤다. 이후 이조 · 호조 · 예조 · 병조의 참의를 거쳐 1760년에는 예문관제학 · 이조판서에 임명되었고, 호조판서 · 예조판서 · 한성판윤 · 홍문관제학을 지냈다. 1763년에 우의정에 임명되었고, 1772년에 영의정까지 오르는 등 14년간 정승을 지냈다. 평소 청빈하고 검소하게 생활하였으며, 죽을 때까지 책을 손에서 놓지 않았다고 한다.

13 이익보(李益輔): 1708년(숙종34)~1767년(영조43). 1739년(영조15) 알성문과에 병과로 급제하였으며, 정언 · 교리 등을 거쳐 대사간에 특진되고, 1749년에 충청도관찰사가 되었다. 1752년에는 좌승지에 임명되고, 그 뒤 고성군수 · 예조참의 · 공조참판 · 도승지 · 예조참판 · 경상도관찰사 등을 역임하였다. 1756년에 대사헌이 되고 이어 병조판서 · 수어사 · 이조판서를 거쳐 좌참찬이 되었다.

14 조운규(趙雲逵): 1714년(숙종40)~1774년(영조50). 1740년(영조16) 정시 문과에 급제하고 정자가 되었으며, 지평 · 정언, 홍문관의 부수찬 · 수찬 등을 역임하였다. 1745년 검상 · 부교리를 거쳐, 강원도어사로 관동지방의 기근을 보고 구휼대책을 건의하였다. 이어서 1756년 평안도관찰사 · 이조참판이 되었고, 이듬해 대사헌을 거쳐 1759년 호조판서가 된 뒤 병조판서와 판윤 · 예조판서 · 형조판서 · 함경도관찰사 등을 차례로 역임하였다. 1772년에 다시 호조판서가 되고, 이어서 판중추부사를 역임하였다. 시호는 충간(忠簡)이다.

15 이지억(李之億): 1699년(숙종 25)~1770년(영조 46). 1728년(영조 4) 이인좌(李麟佐)의 난에 연루되었으나, 논리있게 논변하여 영조로부터 비상한 재주를 인정받았다. 1751년(영조27) 별시문과에 급제하여 주서 · 장령을 거쳐 승지가 되었다. 1754년 강릉부사 · 도승지를 거쳐 공조판서에 이르렀는데 이는 특별한 왕명에 의한 것이었다. 당시 조정에서는 그의 승진이 관작질서를 문란하게 하는 처사라 하여 여러 차례 논란의 대상이 되었다. 이 때문에 이후 공조 · 형조 · 병조판서와 한성부판윤을 역임하는 동안 파직과 등용이 반복되었다. 그가 죽자 영조는 몹시 애석히 여기고, 상례에 필요한 모든 물품을 내려주었다.

16 이이장(李彝章): 1708년(숙종34)~1764년(영조40). 1724년(경종4) 사마시에 합격하고, 1735년(영조11) 증광문과에 급제하였다. 1739년 전라도암행어사를 거쳐 그

참판 이응협李應協[17], 참판 구윤옥具允鈺[18], 정正 이익진李翼鎭, 첨정 정석백鄭錫百[19], 승지 심발沈墢, 부제학 정존겸鄭存謙[20], 승지 김응순金應

해에 부교리가 되었다. 1748년 동지 겸 사은사(冬至兼謝恩使)의 서장관으로 청나라에 다녀왔다. 이듬해인 1749년 부승지에 오르고, 그 뒤 외직인 장단부사와 동래부사를 역임한 뒤 1762년 도승지가 되었다. 그 해 5월 영조가 세자를 뒤주에 가두어 죽이려 하자, 이를 막으려 하였으나 뜻을 이루지 못하였다. 시호는 충정(忠正)이다.

17 이응협(李應協): 1709년(숙종46)~1772년(영조48). 1739년(영조15)에 세자시강원(世子侍講院)의 관직 후보자 명단에 올랐으나, 정언 박치문(朴致文)이 이응협이 미친병이 있으니 쓰지 말도록 아뢰었으나, 좌의정 송인명(宋寅明)이 감싸주어 설서(說書)가 된 뒤 지평·정언을 역임하였다. 1746년(영조22)에도 도당록회권(都堂錄會圈)에 뽑히자 수찬 홍익삼(洪益三)이 "이응협은 문장에는 여유가 있으나 본래부터 광병(狂病)이 있어 이따금씩 발작하니 결코 강연(講筵)의 출입에는 부적합하다."고 반대하였다. 1747년 지평·수찬·정언·부수찬·헌납을 거쳐 이듬 해 헌납·부교리를 지냈다. 또 1756년 동의금부사(同義禁府事)에 올랐으나, 미쳤다고 소문이 나서 동료들이 이응협과 한 패가 되는 것을 부끄럽게 여겼음에도 불구하고 요행으로 2품에 올랐다고 비난하였다. 그 뒤 대사간·대사헌을 거쳐 1760년에 도승지에 임명되었으나, 성질이 미친 듯이 거칠다는 지목을 받아 교체되었다. 이후 1767년에는 예조참판·병조참판을 지냈다.

18 구윤옥(具允鈺): 1720년(숙종46)~1792년(정조16). 1753년(영조 29) 알성문과에 급제한 뒤 승문원정자가 되었다. 영조의 특별한 총애를 받아 1761년에 승지가 되었으며, 이듬해 도승지가 되었다. 1763년 예조판서가 된 뒤 병조판서·호조판서를 차례로 역임하였다. 뒤에 기로소(耆老所)에 들어간 뒤 판중추부사가 되었다.

19 정석백(鄭錫百): 1699년(숙종25)~1781년(정조5). 1738년에는 사마시에 합격하고, 상의원(尙衣院)과 예빈시의 직장을 거쳐, 1768년에 그의 아들 정만순(鄭晩淳)이 왕을 시종하였기 때문에 그 은혜를 입어 통정대부에 올라 첨지중추부사(僉知中樞府事)가 되었고, 다시 오위의 장에 올랐다. 1773년에는 왕의 특명으로 동지중추부사(同知中樞府事)에 올랐다. 성격이 후덕하여 다른 사람의 장단점은 말하지 않았으며, 청렴결백하였다.

20 정존겸(鄭存謙): 1722년(경종2)~1794년(정조18). 1750년(영조26) 사마시에 합격하고, 다음해 정시문과에 급제하고, 부제학을 역임하였다. 1754년에는 횡성현감으로 나갔다가 다시 교리·승지 등을 지냈다. 승지로 있을 때 1761년 4월 사도세자가 영조 모르게 관서지방을 유람하고 돌아오자 영조는 세자의 유람에 관여한 심벌(沈墢)·유한소(兪漢蕭)·이수득(李秀得) 등을 파면시켰는데, 이 때 같이 파면되었다. 그 뒤 다시 등용되었으나, 1772년 당론을 주장하였다가 북청으로 유배되었다가 이듬해 풀려 복귀하고, 이조판서를 지냈다. 1776년(정조즉위년) 시파로서 우의정에 발탁되고 이듬해 좌의정이 되었다. 1791년 영의정에 이어 영중추부사로 직을 사임하고 기로소(耆老所)에 들어갔다. 철저한 시파로서 정조의 두터운 신임을 받았다. 시호는 문안(文安)이다.

淳[21], 승지 정하언鄭夏彦[22], 사서司書 유사흠柳思欽, 승지 이의로李宜老, 창녕昌寧 사또 김이신金履信, 지평 이일증李一曾, 교리 홍낙인洪樂仁[23]이 와서 작별하였고, 조카 진용鎭容과 작은 아들 진의鎭宜가 가마 앞에서 절하며 작별하였다.

한강에 도착하니, 큰 형님이 이미 나루터에 나와 있기에 잠깐 쉬어 절하고 작별하였다. 재령載寧 사또 홍익빈洪益彬, 첨정 한후유韓後裕[24], 파주坡州 사또 이명중李明中, 판관 김탄행金坦行, 전은군全恩君 이돈李墩, 헌납獻納 이흥종李興宗, 교리 심욱지沈勖之가 와서 작별하였고, 서숙庶叔[25] 사천泗川 사또, 사촌동생 봉사奉事 군서君瑞, 조카 진완鎭完 및 진택

---

21 김응순金應淳: 1728년(영조4)~1774년(영조50). 1753년(영조 29)에 과거에 급제한 뒤, 지평과 정언을 거쳐 1759년에 경기어사(京畿御史)가 되었다. 1762년에는 영남 · 호남이 크게 가물어 호남지방에 파견되기도 하였다. 이듬해 응교(應敎)가 되었고, 이어서 광주부윤 · 승지를 거쳐 1765년 경상도관찰사가 되었다. 1769년에는 대사헌이 되었으며, 도승지를 지냈다. 1770년에 사직(司直)으로 『증보문헌비고(增補文獻備考)』의 편찬에 참여하였다.

22 정하언(鄭夏彦): 1702년(숙종28)~1769년(영조45). 호는 지당(止堂)으로, 1735년(영조11) 증광문과에 급제하고, 1742년 경상도도사로 있을 때, 진휼사의 종사관으로 선발되었으나, 감진어사(監賑御史) 홍계희(洪啓禧)와의 의견충돌로 삭직되었다. 이듬해 사관(史官)으로 다시 기용되고, 『속대전』 편찬에 참여하였다. 이후 정언 · 장령을 역임하고 1747년 의주부윤으로 나갔다가, 다시 좌부승지에 이어 1763년 병조참의에 오르고 대사간을 지냈다. 홍화문(弘化門)의 현판을 썼다. 저서로는 『지당집』이 있다.

23 홍낙인(洪樂仁): 1729년(영조5)~1777년(정조1). 호는 안와(安窩)이며, 아버지는 영의정 홍봉한(洪鳳漢)이다. 1761년(영조37) 정시문과에 급제하고 교리를 거쳐, 1763년 통신사의 종사관으로 뽑혔으나 통신사 정사가 고모부인 조엄(趙曮)으로 교체되면서 친척이라는 이유로 종사관도 교체되었다. 그 뒤 보덕 · 예조참의 · 좌부승지 · 대사성 · 전라도관찰사 · 대사헌을 역임하였다, 1773년 도승지, 이어 지돈녕부사를 거쳐 1775년 이조참판에 이르렀다. 저서로는 『안와유고(安窩遺稿)』가 있다.

24 한후유(韓後裕): 1713년(숙종39)~1791년(정조15). 1748년(영조24) 생원시에 합격하였다. 1751년(영조27)에 건원릉참봉(健元陵參奉)을 거쳐 사복시주부 · 판관 · 첨정 · 공조좌랑 · 형조정랑 등을 역임하였다. 또 임피현령 · 강서현령 · 가평군수 · 안성군수 등을 지냈다. 1782년(정조6) 통정대부(通政大夫)가 되었다. 1790년(정조14)에는 가선대부(嘉善大夫)가 되었다.

25 서숙(庶叔): 할아버지의 서자(庶子)를 숙부로서 일컫는 말.

鎭宅과 서로 강가의 나루터에서 작별하였다.

세 명의 사신과 수행원들이 각각 나룻배를 나눠 탔는데 물결이 잔잔하여 잘 건넜고, 저녁에 역촌驛村에서 묵었다. 수신사修信使(통신사)가 길을 떠날 때에는 온 조정이 남대문 밖까지 와서 작별한다고 예전부터 들었는데, 이는 바다를 건너는 일이 드물어서 해마다 연경燕京(베이징)에 가는 것과는 다르기 때문이다. 하지만 이번에는 전송하는 손님들이 수십 인에 불과하였다.

이것으로 생각해본다면, 풍속의 각박함과 조정 사람들의 넉넉하지 못한 인심을 또한 미루어 짐작할 수 있으니, 세상의 도리를 위하여 진실로 탄식할 일이다.

이전부터 수신사(통신사)가 떠날 때에 수행원 외에 필요하지도 않는 사람들이 원역員役의 친척이라 핑계대거나 혹은 영남嶺南에 일이 있다고 핑계를 대고 뒤따라오면서 여러 고을에서 폐를 끼치는 자가 있었다. 영평永平 한 고을만 예로 들어 말하더라도 마상재馬上才 한 사람을 받들어 대접하는데 그 수행하는 사람이 7~8명이나 되는 많은 인원이 필요했다고 한다. 영평 고을은 내가 일찍이 부임한 적이 있는 지역으로 경기도 내에서도 가장 가난한 고을인데, 어떻게 감당할 수 있었겠는가? 이곳에서도 오히려 이러하였으니, 큰 길가의 고을에 폐를 끼친 것을 미루어 알 수 있겠다.

앞에 통신사로 뽑혔던 서명응徐明膺 공이 사행 중에 한강을 건너는 친척을 엄하게 금지하라는 뜻이 담긴 공문을 보내어 알려왔으니, 대개 이런 폐단을 깊이 살펴서 엄하게 금지하고자 한 것이다. 비록 그러하지만 내 생각에는 '잘못을 바로잡으려다 지나쳐 오히려 일을 그르치는 것(矯枉過直)'이라고 여겨진다. 만약 이 사행 중에 부자나 형제 등 본인과 절친한 사이라면, 만 리 바다를 건너 먼 행역行役을 가는 도중에 작별하거나 혹은 뱃머리에서 작별하는 것을 인정이나 도리의 차원에서 어찌 금지할 수 있겠는가?

지금 만약 큰길가의 고을에 폐를 끼치는 일을 금지하는 것이라면 괜찮겠지만, 이 때문에 출발 전 서울에 있을 때부터 일행에게 필요한 인부와 말을 적게 하려고 작정하고, 여러 차례 사행 중에 이것을 단속한다거나, 또 정원 외의 인원이 음식을 강제로 요구하는 폐단이나 혹은 정해진 숫자 외의 말을 책립責立[26]하는 일이 있다면, 사실을 거론하여 논보論報[27]하라고 미리 각 고을과 각 역驛에 공문을 보내는 것이 과연 효과가 있을지 없을지는 알지 못하겠다.

종전에는 세 사신이 길을 나누어 각각 다른 길로 다녔는데, 무진년戊辰年[28] 통신사가 돌아올 때부터는 임금의 명에 의해 오갈 때에 같은 길로 다니게 하였다. 이에 음식물을 바치는 편의제공 여부는 논외로 하더라도, 사명을 맡은 일을 함께 의논하고 객지에서의 회포를 서로 위로하는 것이 다른 길로 다닐 때에 비해 과연 나은 점이 있었다.

우리나라가 일본에 사신을 파견하여 우호를 통하는 일은 이전 왕조 때부터 있었으니, 포은圃隱 정몽주鄭夢周[29] 선생이 바로 그중 한 명이다.

---

26 책립(責立): 필요한 사람이나 말이나 소 따위를 책임지고 차출하던 일.

27 논보(論報): 하급 관청에서 어떤 일에 대하여 자기의 의견을 붙여 상급 관청에 보고하던 일.

28 무진년(戊辰年): 1748년(영조24). 임진왜란 이후 제10차 조선통신사가 파견된 해. 정사는 홍계희이다.

29 정몽주(鄭夢周): 1337년(충숙왕 복위6)~1392년(공양왕4). 1360년 문과에 장원급제하고 예문검열·수찬·위위시승을 지냈으며, 1363년 동북면도지휘사 한방신(韓邦信)의 종사관으로 여진족 토벌에 참가하였고, 1371년 성균사성에 올랐으며, 이듬해 정사 홍사범(洪師範)의 서장관으로 명나라에 다녀왔다. 1376년(우왕2) 성균대사성(成均大司成)으로 이인임 등이 주장하는 배명친원의 외교방침을 반대하다 언양에 유배되고, 이듬해 풀려나와 사신으로 일본으로 가서 규슈의 장관에게 왜구의 단속을 요청하여 승낙을 받고 잡혀간 고려인 수백 명을 데려왔다. 1389년(창왕1) 예문관대제학·문하찬성사가 되어 이성계와 함께 공양왕을 옹립하고, 1390

나라를 세운 뒤로 국가 간에 서로 사신을 보내는 일이 반드시 많았을 것이지만, 역사 기록이 잃어버리고 흩어져서 지금은 살필 수가 없다. 다만 기축년(1409년, 태종9)에 박화朴和를 사신으로 일본에 가게 하였는데, 일본이 박화를 억류시키고 뇌물을 요구하려 하였다. 이에 정부에서 글을 보내 저들을 깨우치게 하고서야 이듬해에 돌아왔다고 하는데, 이 또한 겨우 야사野史에만 보일 뿐이다.

계해년(1443년, 세종25)에 일본 국왕이 새로 즉위하자, 변중문卞仲文을 사신으로 삼고 신숙주申叔舟[30]를 서장관書狀官으로 삼았었다. 신숙주의 임종 즈음에, 성종成宗이 신숙주에게 하고 싶은 말이 있냐고 물었다. 그러자 신숙주는 '일본과 사이 좋게 지내는 것이 소원입니다.'라고 대답하였다. 임금께서 그 말에 감격하여 기해년(1479년, 성종10)에 이형원李亨

년(공양왕2) 수문하시중 · 도평의사사병조상서시판사 · 경영전영사 · 우문관대제학 · 익양군충의백이 되었다. 1392년 명나라에서 돌아오는 세자를 마중 나갔던 이성계가 사냥하다가 말에서 떨어지자 이 기회에 이성계 일파를 제거하려 했으나 이를 눈치챈 이방원의 기지로 실패하였고, 이어 정세를 엿보려고 이성계를 찾아보고 귀가하던 도중 선죽교(善竹橋)에서 이방원의 부하에게 격살되었다. 외교와 군사에도 깊이 관여하여 국운을 바로잡으려 했으나 신흥세력인 이성계 일파의 손에 최후를 맞이했다. 시문에도 뛰어나 시조 〈단심가(丹心歌)〉 외에 많은 한시가 전해지며 서화에도 뛰어났다. 고려 삼은(三隱)의 한 사람으로 1401년(태종1) 영의정에 추증되었다. 중종 때 문묘(文廟)에 배향되었고 개성의 숭양서원 등 11개 서원에 제향되었다. 문집에 《포은집(圃隱集)》이 있다.

30 신숙주(申叔舟): 1417년(태종17)~1475년(성종6). 1438년(세종20) 사마양시에 합격하여 동시에 생원 · 진사가 되었다. 이듬해 친시문과에 급제하여 전농시직장(典農寺直長)이 되고, 1441년에는 집현전부수찬을 역임하였다. 『훈민정음』을 창제할 때 참가하여 공적이 많았다. 1443년 사신의 서장관으로 일본에 다녀왔다. 1447년 중시문과에 급제하여 집현전응교가 되고, 1451년(문종1)에는 장령(掌令) · 집의(執義)를 거쳐, 직제학을 역임하였다. 이후 1452년(문종2)에 사은사(謝恩使)로 명나라에 다녀왔으며, 우부승지 · 좌부승지를 거쳐, 병조판서, 우의정, 좌의정, 영의정을 지냈다. 그리고 『해동제국기(海東諸國記)』를 지어 일본의 정치, 군사, 영역, 풍속 등을 기록하여 일본과의 교류에 도움이 되도록 하였다. 시호는 문충(文忠)이며, 저서로는 『보한재집(保閑齋集)』이 있다.

元[31]을 사신으로 삼았다. 하지만 그가 서장관 김흔金訢[32]과 함께 쓰시마까지 갔다가 바람과 파도 때문에 놀라고 두려워하여 병을 얻고 말았다. 그는 장계를 올려 이러한 상황을 보고하자, 임금께서 국서와 폐백을 대마도주에게 주고 돌아오도록 명하였다. 이때부터 다시는 사신을 보내지 않았고 매번 일본 사신이 오면 전례에 따라 접대만 할 따름이었다.

선조宣祖 때에 이르러 왜의 추장 도요토미 히데요시平秀吉(豊臣秀吉)가 겐지씨源氏를 시해하고 스스로 즉위하여 관백關白이 되고 나서 "우리 사신은 매번 조선에 가는데, 조선의 사신은 오지 않으니, 이는 우리를 업신여기는 것이다."라고 말하며, 통신하기를 요구하였다. 조정에서는 답서를 보내 물길을 잘 알지 못한다고 거절하였다. 그러자 도요토미 히데요시가 또 대마도주 소 요시토시平義智(宗義智)를 보내 요청하게 하였는데, 오랫동안 동평관東平館에 머물면서 반드시 우리나라 사신과 함께 가기를 요구하였다. 조정에서 처음에는 허락하지 않다가 진실과 거짓을 탐지하기 위해 경인년(1590년, 선조23)에 황윤길黃允吉[33] · 김성

31 이형원(李亨元): ?~1479년(성종10). 1451년(문종1) 증광문과에 급제하여 정자가 되고, 1465년(세조11) 형조정랑이 되었다. 1468년 전적 등을 역임하고 이 해에 전라도어사가 되어 군기(軍器)와 조운(漕運)을 독찰하였다. 1469년(예종1) 선공감첨정으로 천문학사를 겸직하였고, 1472년(성종3) 집의가 되었다. 성종이 신숙주(申叔舟)의 유언을 따라 부제학 이형원과 서장관 김흔(金訢)을 일본에 사신으로 보냈으나, 쓰시마에 이르러 바닷길이 험난하고 풍파에 놀라 병을 얻었다. 임금께 글을 올려 이 사정을 말하였다. 이에 성종은 국서와 폐백만 대마도주에게 전하고 돌아오라 명하였다. 예조참판에 추증되었다.

32 김흔(金訢): 1448(세종30)~1492(성종28). 1471년(성종2) 별시문과에 장원급제하였다. 1479년 통신사의 서장관으로 쓰시마까지 갔다가 되돌아왔다. 1481년에는 질정관(質正官)으로 명나라에 다녀왔다. 시호는 문광(文匡)이다.

33 황윤길(黃允吉): 1536(중종31)~?. 1561년(명종16) 식년문과에 병과로 급제하였다. 1583(선조 16)년 황주목사가 되었고 이후 병조참판이 되었다. 1590년 통신사의 정사가 되어 일본에 다녀와, 일본이 반드시 침입할 것이라고 보고하였다. 일본에서 조총 두 자루를 가지고 왔다. 병조판서를 지냈다.

일金誠一[34] · 허성許筬[35]을 세명의 사신으로 삼아 소 요시토시平義智와 같이 가서 보답하게 하였으니, 대마도주가 사행을 호위한 것이 이로부터 전례가 되었다.

그 뒤 두서너 해 만에 임진년의 왜란이 일어났으니, 도요토미 히데요시가 대개 독사와 같은 성질을 지니고서 그 강포함을 믿고 명나라를 침범하려고 먼저 칼끝을 우리나라로 겨누었던 것이다. 8년 동안 이어진 전쟁에서 그들이 가는 곳마다 우리들은 패배하여 두 개의 왕릉(선릉, 정릉)이 능욕을 당하고, 임금의 수레가 멀리 파천播遷하여 한 모퉁이인 우리나라가 거의 오랑캐의 땅이 될 뻔하였다. 명나라 신종황제神宗皇帝가 여러 차례 대군을 출동시켜 구원하고 왜놈을 모두 쫓아내어 우리나라를 완전하게 해주었다.

아아! 황제의 은혜는 만세토록 잊기 어려울 것이다.

병신년(1596년, 선조29)에 명나라 조정에서는 심유경沈惟敬[36]의 말에 따라 그들에게 화친할 것을 허락해 주었고, 이종성李宗城 · 양방형楊芳

34 김성일(金誠一): 1538(중종33)~1593(선조26). 1568년 증광문과에 병과로 급제하였다. 1584년 나주목사가 되었다. 1590년 통신사의 부사로 일본에 다녀와, 일본이 침략하지 않을 것이라고 보고하였다. 1592년 경상우도 병마절도사로 있다가 임진왜란이 일어나자 체포되어 서울로 소환되던 중 사면을 받고 풀려나 경상우도 초유사가 되었다. 이후 의병에 진력하였다. 1593년 경상우도순찰사가 되었으나 병으로 죽었다.

35 허성(許筬): 1548(명종3)~1612(광해군4). 1583(선조16)년 별시문과에 병과로 급제하였다. 1590년 통신사의 종사관으로 일본에 다녀왔다. 김성일이 침략의 우려가 없다고 하자, 같은 동인이었지만 이에 반대하며 침략 가능성이 있다고 보고하였다. 임진왜란이 일어나자 강원도 소모어사(召募御史)를 자청하여 군사모집에 진력하였다. 벼슬이 이조판서에 이르렀다. 허균의 형이고 허난설헌의 오빠이다.

36 심유경(沈惟敬): ?~1597. 임진왜란 때 조선에서 활약한 명나라 사신으로 평양성에서 왜장 고니시 유키나가(小西行長)와 화평을 협상하였으나 실패하였다. 1596년 일본에 건너가 도요토미 히데요시를 만나 협상을 진행하여 강화가 이루어졌다고 거짓으로 보고하였으나, 정유재란으로 탄로가 나서 조정을 기만하였다는 죄목으로 처형되었다.

亨을 사신으로 삼아 도요토미 히데요시에게 조서詔書를 하달하게 하였다. 하지만 이종성이 도중에 도망쳐 돌아왔기에 심유경을 사신으로 승진시켰다. 우리 조정에서도 황신黃愼[37]과 무신武臣인 박홍장朴弘長을 같이 가도록 하고, '근수배신跟隨陪臣'[38]이라고 일컬었다. 도요토미 히데요시가 다만 명나라 조정의 봉작封爵만 받고 우리나라와 강화講和하는 것을 달갑게 여기지 않아서, 우리나라 사신이 헛되이 명나라 사신만 따라 갔다가 돌아오고 말았다.

도요토미 히데요시가 악행을 쌓다가 죽으니, 그의 장수 도쿠가와 이에야스源家康가 나라를 회복하고 사신을 보내 강화하기를 요청하였다. 그래서 스님 유정惟政[39]에게 바다를 건너가 실정을 정탐하게 하였는데, 유정이 돌아와서 도쿠가와 이에야스의 뜻을 전하기를, "내가 임진년에 관동關東에 있었고, 일찍이 군사에 관한 일에 간여하지 않았으니, 조선이 나와는 원망이 없다."라고 하였다. 또한 사람을 보내어 서신을 전하며, 왕릉을 범한 왜적 두 명을 잡아서 바쳤다. 그래서 선조께서 참수하도록 명하였다.

병오년(1606년, 선조39)에 여우길呂祐吉 · 경섬慶暹 · 정호관丁好寬 세 사람을 사신으로 삼았다. 이전부터 일본에 사신으로 가는 사람을 모두

---

37 황신(黃愼): 1560년(명종15)~1617년(광해군9). 1588년 알성문과에 장원으로 급제하였다. 1592년 지평으로 세자를 호종했고, 체찰사의 종사관을 지냈다. 1596년 통신사가 되어 명나라 사신과 함께 일본에 갔는데 협상이 결렬되자 명나라 원군을 요청하는 데 힘썼다. 우의정에 추증되었다.

38 근수배신(跟隨陪臣): 뒤를 따르며 섬기고 받드는 사람.

39 유정(惟政): 1544년(중종39)~1610년(광해군2). 유정은 법명이며 호는 사명당이다. 임진왜란이 일어나자 승병을 모아 의승도대장(義僧都大將)이 되어 평양성 탈환에 큰 공을 세웠다. 이후 가토 기요마사(加藤清正)과 네 차례 회담을 가졌고, 산성 수축, 무기 제조, 군량미 마련 등에 공헌을 하여 가선대부 동지중추부사에 제수되었다. 1604년 일본에 가서 포로로 잡혀간 3천 명을 데리고 돌아왔다. 밀양의 표충사와 묘향산의 수충사에 제향되었으며, 시호는 자통홍제존자(慈通弘濟尊者)이다.

‘통신사通信使’라고 하였는데, 이때에는 조정에서 ‘통신’이라는 칭호를 싫어하였고, 또 명나라에도 알릴 수 없다고 하여 사신의 호칭을 고치기로 의논하였다. 그래서 ‘쇄환사刷還使’라고 호칭해야 한다고 하였으니, 이는 포로를 쇄환하자는 뜻이었다. 혹은 ‘통유사通諭使’라고 호칭해야 한다고 하였으나, 결국 ‘유諭’자를 이웃 나라에 쓸 수 없다고 하여, ‘회답 겸 쇄환사回答兼刷還使’라 호칭하였다.

경인년(1590년, 선조23)부터 당상 3품堂上三品을 상사上使로 임명하고 당하堂下 3~4품을 부사로 임명하였으며, 5~6품을 서장관書狀官으로 임명하되 반드시 대함臺銜(사헌부의 직함)의 직함을 겸하게 하였다. 이때에 조정의 의논이, 이미 사신의 호칭을 고쳤으니 서장관 역시 호칭을 고쳐야 한다고 하였다. 계해년(1443년, 세종25)에 사신을 보낼 때 훈련 봉사訓鍊奉事 한 사람이 스스로 따라가면서 종사관從事官이라 호칭한 것을 증거로 삼아 이를 인용하여 이때부터 그대로 따라서 고치지 않게 되었다.

정사년(1617년, 광해군9)에 관백 도쿠가와 히데타다源秀忠(德川秀忠. 1579-1632. 에도막부 제2대 쇼군))가 도요토미 히데요시의 아들 히데요리秀賴를 제거하고 통신사를 요청하여, 오윤겸吳允謙 · 박재朴梓 · 이경직李景稷 세 사람을 사신으로 삼았다. 갑자년(1624년, 인조2)에 도쿠가와 히데타다가 그의 아들 도쿠가와 이에미쓰家光(德川家光. 1604-1651. 에도막부 제3대 쇼군))에게 재위를 넘겨주고 대대로 내려오는 우호를 닦자고 요청하여, 정입鄭岦 · 강홍중姜弘重 · 신계영辛啓榮 세 사람을 사신으로 삼았다. 병자년(1636년, 인조14)에 대마도주 소 요시나리平義成가 그 부관副官 야나가와 시게오키平調興(柳川調興)[40]와 서로 송사하는 일 때문에 통신사를 요청하여, 임광任絖 · 김세렴金世濂 · 황호黃戾 세 사람을 사신

40 야나가와 시게오키(柳川調興) : 평조흥(平調興)이라고도 한다. 에도막부 초기의 쓰시마번주 소 요시나리(宗義成)의 가로(家老)

으로 삼아 다시 '통신사'라고 칭하였다. 계미년(1643년, 인조21)에는 도쿠가와 이에미쓰가 아들을 낳고 축하 사절을 요청하였는데, 조정에서 처음에는 전례가 없다고 난색을 표하다가, 마침내 허락하여 윤순지尹順之 · 조경趙絅 · 신유申濡 세 사람을 사신으로 삼았다. 을미년(1656년, 효종7)에 도쿠가와 이에미쓰가 죽고 그의 아들 도쿠가와 이에쓰나家綱(德川家綱. 1641–1680. 에도막부 제4대 쇼군)가 즉위하여 통신사를 요청하자, 조형趙珩 · 유창兪瑒 · 남용익南龍翼 세 사람을 사신으로 삼았다. 임술년(1682년, 숙종8)에 도쿠가와 이에쓰나가 죽자, 그의 아우 도쿠가와 쓰나요시綱吉(德川綱吉. 1646–1709. 에도막부 제5대 쇼군)가 즉위하여 통신사를 요청하자, 윤지완尹趾完 · 이언강李彦綱 · 박경후朴慶後 세 사람을 사신으로 삼았다. 신묘년(1711년, 숙종37)에 도쿠가와 쓰나요시가 죽고 그의 조카 도쿠가와 이에노부家宣(德川家宣. 1662–1712. 에도막부 제6대 쇼군)가 즉위하여 통신사를 요청하자, 조태억趙泰億 · 임수간任守幹 · 이방언李邦彦 세 사람을 사신으로 삼았다. 기해년(1719년, 숙종45)에는 도쿠가와 이에노부가 죽고 그의 아들 도쿠가와 이에쓰구家繼(德川家繼. 1709–1716. 에도막부 제7대 쇼군)가 즉위하였다가 얼마 되지 않아서 또 죽었다. 그러자 그의 집안 사람인 도쿠가와 요시무네源吉宗(德川吉宗. 1684–1751. 에도막부 제8대 쇼군)가 즉위하여 통신사를 요청하였다. 그래서 홍치중洪致中 · 황선黃璿 · 이명언李明彦 세 사람을 사신으로 삼았다. 금상今上(영조) 정묘년(1747년, 영조23)에 도쿠가와 요시무네가 자리에서 물러나고 그의 아들 도쿠가와 이에시게家重(德川家重. 1712–1761. 에도막부 제9대 쇼군)가 즉위하여 통신사를 요청하자, 홍계희洪啓禧 · 남태기南泰耆 · 조명채曹命采 세 사람을 사신으로 삼았다. 계미년(1763년, 영조39)에는 도쿠가와 이에시게가 자리에서 물러나고, 그의 아들 도쿠가와 이에하루家治((德川家治. 1737–1786. 에도막부 제10대 쇼군)가 즉위하여 통신사를 요

역대 조선통신사(임진왜란 이후)

회차	연도	목적	정사	부사	종사관	인원
1	1607년 (선조40년)	국교회복 회담 겸 쇄환	여우길	경섬	정호관	504
2	1617년 (광해군9년)	오사카 평정축하 회담 겸 쇄환(교토)	오윤겸	박재	이경직	428
3	1624년 (인조2년)	도쿠가와 이에미쓰 취임축하 회담 겸 쇄환	정립	강홍중	이계영	460
4	1636년 (인조14년)	태평성대 축하(닛코)	임광	김세렴	황호	475
5	1643년 (인조21년)	도쿠가와 이에쓰나 탄생축하(닛코)	윤순지	조경	신유	477
6	1655~56년 (효종6~7년)	도쿠가와 이에쓰나 취임축하(닛코)	조형	유창	남용익	488
7	1682년 (숙종8년)	도쿠가와 쓰나요시 취임축하(도쿄)	윤지완	이언강	박경후	473
8	1711~12년 (숙종37~38년)	도쿠가와 이에노부 취임축하(도쿄)	조태억	임수간	이방언	500
9	1719~20년 (숙종45~46년)	도쿠가와 요시무네 취임축하(도쿄)	홍치중	황선	이명언	479
10	1748년 (영조24년)	도쿠가와 이에시게 취임축하(도쿄)	홍계희	남태기	조명채	475
11	1763~64년 (영조39~40년)	도쿠가와 이에하루 취임축하(도쿄)	조엄	이인배	김상익	477
12	1811년 (순조11년)	도쿠가와 이에나리 취임축하(쓰시마)	김이교	이면구	–	336

청하자, 조정에서 못난 이 몸과 이인배李仁培 · 김상익金相翊 세 사람을 사신으로 삼았으니, 이것이 이전에 통신사를 보낸 대강의 내용이다.

사신의 명칭을 바꾼 것과 사신 임무의 어렵고 쉬운 것을 이루 다 논할 수 없지만, 오랑캐 나라에 가서 독자적으로 응대하는 임무란 예로부터 어렵고 조심스러운 일이었다. 이 때문에 이 임무를 맡은 사람은 본래 뛰어난 재주와 훌륭한 기량이 많이 있는 사람이어야 한다. 나와 같은 용렬한 사람이 그 자리에 채워진 것도 이미 분수에 넘치거늘, 하물며 상사上使(정사)의 임무를 맡음에랴! 이에 전후의 사신들을 기록하여 아무개는 본받아야 하고 아무개는 경계삼아야 한다는 생각을 붙이고서, 삼가 사마광司馬光의 〈간원제명기諫院題名記〉를 다음과 같이 본뜬다.

이전부터 조정에서 통신사를 대우하는 모든 절차가 매우 넉넉하고 두터웠다. 원역員役으로 말할 것 같으면, 군관軍官 중에 이름 있는 무관으로 선발한 것은 변방 사정에 익숙하게 하고자 한 것이며, 자제를 데려가는 것은 피붙이끼리 서로 의지하게 하려 한 것이며, 장사壯士를 데려가는 것은 그 씩씩한 힘을 남에게 보여 주려고 한 것이며, 제술관製述官과 서기書記를 데려가는 것은 문자 요구에 응하게 하려 한 것이며, 일본말 통역과 한문을 번역하는 사람을 데려가는 것은 언어를 서로 통하게 하려 한 것이며, 의원을 데려가려는 것은 그 병을 치료하게 하려 한 것이며, 사자관寫字官 · 화원畫員 및 별파진別破陣 · 마상재馬上才 · 전악典樂 · 이마理馬를 데려가려는 것은 모든 기예技藝를 이웃 나라에 지는 일이 없도록 한 것이다.

노잣돈으로 말할 것 같으면, 호조戶曹에서 쌀을 주고, 상의원尙衣院에서는 의복을 주고, 팔도八道에는 원복정元卜定과 별복정別卜定이 있고, 또 별도로 청구하는 것도 허락해 주었다. 위의威儀(의전)로 말할 것 같으면, 절월節鉞[41]을 빌려주었는데 공조工曹에서 만든 것이며, 새롭게 인신印信(관인)을 주조하는데 예조禮曹에서 주관하였으며, 펼쳐서 세워 놓은 대장기는 방백方伯(관찰사)과 비등하고, 칼과 창을 나열한 것은 군사의 출동과 비슷하였다. 이 밖에도 조정의 응대와 지방의 접대가 모두 보통 격식을 넘었으니, 다만 물길로 가는 것이 육로와 달라서일 뿐만 아니라, 그 일의 변고를 예측하기 어렵기 때문이다. 무릇 아랫사람이 윗사람에게 대우를 받음이 중하면, 책임지고 보답하는 것이 깊어야 한다. 생각이 여기에 미치자 더욱 부승負乘(분수에 맞지 않게 자리에 오름)의 두려움이 간절해진다.

장단부사長湍府使 이달해李達海는 옛날 내 부하였는데, 풍덕 부사豐德府使 이재형李再馨·과천 현감果川縣監 서호수徐好修·평구 찰방平丘察訪 윤창규尹唱奎·경안 찰방慶安察訪 김한종金漢宗 및 과천果川 사는 일가 6~7명과 근처에 사는 첨지 안형安衡과 함께 나를 보러 왔다.

길에서 칠언 절구 두 수를 읊었다.(시는 아래에 있다. 다음 시도 이와 비슷하다)

오늘은 20리를 왔다.

上之卽位三十九年癸未八月初三日丁亥朝陰晩晴. 平明辭朝. 次良才驛. 香祗迎罷後. 上御崇賢門. 命通信三使臣入侍. 正使臣趙曮副使臣李仁培從事官臣金相翊. 以次進前. 上親誦二陵松柏之句. 嗚咽含涕. 以寓感慨之意. 親書好往好來四字. 各給三使. 以慰行人之心. 筵話在下 思先之孝. 體下之念. 令人自切感動而欽歎也. 又命面給三使臣虎皮弓矢胡椒丸藥油芚有差. 臣等拜辭帳前. 怵惕而出. 上佇立板位

41 절월(節鉞): 절부월(節斧鉞)을 말함. 조선 시대 때 지방에 관찰사·유수·병사·수사·대장·통제사 들이 부임할 때 임금이 내어 주던 절과 부월을 말한다. 절은 수기(手旗)와 같고, 부월(斧鉞)은 도끼와 같이 만든 것으로 군령(軍令)을 어긴 자에 대한 생살권(生殺權)을 상징한다.

上. 望見而送之. 恩至渥也. 益不勝區區戀闕之忱. 是役也. 蓋因日本國關白源家重退休. 其子家治代立. 請修舊好. 朝廷許之. 昨年以徐命膺嚴璘李得培差三使. 臨行因他事并革職. 一皆新除. 殆同臨陣易將. 故子弟軍官外員役以下. 一從前使之已差. 二旬治裝. 萬里啓程. 而顧此不才. 猥膺上价. 旣無誦詩之工. 且乏伏軾之辯. 將何以專對殊方. 不辱君命乎. 受任以來. 憂懼不寧. 及承筵敎. 尤何敢暫忘. 忍痛含冤迫不得已八字. 已陳筵席而夷險不避. 臣分固然. 忠信可仗. 聖訓昭昭. 曷敢不竭力殫誠. 以酬聖意之萬一也. 三使奉國書. 謄本在下 率員役以下 一行座目在下以次成班. 出國門外. 禮曹各處書契禮單雜物. 先以載前. 書契禮單列錄在下 滿城觀者如堵. 三使小憩于典牲署. 領議政洪公鳳漢. 設饌以餞. 不特於余有私意. 實古風也. 左議政尹公東度. 右議政金公相福. 李判書益輔. 趙判書雲逵. 李判書之億. 李參判彝章. 李參判應協. 具參判允鈺. 李正翼鎭. 鄭僉正錫百. 沈承旨墢. 鄭副學存謙. 金承旨應淳. 鄭承旨夏彦. 柳司書思欽. 李承旨宜老. 金昌寧履信. 李持平一會. 洪校理樂仁來別. 侄子鎭容. 少子鎭宜. 拜辭轎前. 至漢江. 則伯氏已出臨津頭矣. 小憩拜別. 洪載寧益彬. 韓僉正後裕. 李坡州明中. 金判官坦行. 全恩君墩. 李獻納興宗. 沈校理勛之來別. 與庶叔泗川從弟奉事君瑞侄子鎭完鎭宅. 相別江頭. 三使與從人各乘津船. 穩流而渡. 夕宿于驛村. 曾聞信使之行也. 傾朝來別于南郊. 以其駕海稀有之役. 與逐年燕行. 有異故也. 今則餞客不過數十人而止. 以此觀之. 風俗之衰薄. 同朝之不厚. 亦可反三. 爲世道誠可歎也. 自前信行之時. 隨率之外. 不緊之人. 或托員役親戚. 或稱嶺外有事. 隨後而來. 作弊列邑者有之. 雖以永平一邑言之. 供饋馬上才一人. 而其從人. 至於七八人之多云. 永邑是余曾莅之地. 以畿內至殘之邑. 其何以支當. 此猶若此. 沿路之貽弊. 可以推知. 前信使徐令. 以行中人親戚之渡漢江者. 嚴加禁斷之意. 陳達行會. 蓋有深察於此弊. 欲爲嚴禁也. 雖然余意以爲矯枉過直也. 若是行中人父子兄弟切己之間. 則萬里駕海之役遠. 別于中路或船頭者. 在人情事理. 烏可禁乎. 今若禁其貽弊於沿路. 則斯可矣. 以此在京時一行人與馬. 并爲從略酌定. 累以此申飭於行中. 亦以如有數外人討食之弊. 或有額外馬責立之事. 則擧實論報之意. 預爲行關於各邑各驛. 未知果有效否也. 從前三使臣. 分路而行. 戊辰信使之回也. 自上命以此後則往來同路矣. 毋論支供之難易與否. 使事之同議. 客懷之相慰. 比分路果有勝矣. 朝鮮之於日本. 遣使通好. 自前

朝而有之. 鄭圃隱先生卽其一也. 開國以來. 交聘者必多. 而史籍散逸. 今不可考. 只太宗朝己丑. 遣朴和使日本. 留之欲釣貨賂. 政府貽書諭之. 翌年乃歸. 此亦僅見於野乘. 世宗朝癸亥. 日本國王新立. 以卞仲文爲使. 申叔舟爲書狀矣. 及叔舟臨死. 成廟問所欲言. 對以願無與日本失和. 上感其言. 己亥以李亨元爲使. 與書狀金訢. 偕至馬島. 以風水驚疑得疾. 上書言狀. 上命致書幣於馬島主而還. 自是不復遣使. 每其國使至. 依例接待而已. 至宣廟朝. 倭酋平秀吉. 弑源氏而自立爲關白. 乃曰我使每往朝鮮. 而朝鮮使不至. 是侮我也. 求通信. 朝廷報書. 辭以水路迷昧. 秀吉又令馬島主平義智來請. 久留東平館. 必要我使與俱. 朝廷始不許. 爲探情僞. 庚寅以黃允吉金誠一許筬爲三使往報之. 與義智同發. 馬島主之護行. 自此爲例. 伊後數年. 壬辰之亂作矣. 秀吉蓋以虺毒之性. 恃其强暴. 欲犯大明天朝. 先爲移鋒於朝鮮. 八年連兵. 所過殘滅. 二陵受辱. 車駕遠播. 一隅靑丘. 幾爲夷狄之地. 大明神宗皇帝. 累發大兵救之. 盡逐倭奴. 載完東土. 嗚呼皇恩. 萬世難忘. 丙申皇朝因沈惟敬之言. 許其成和. 以李宗城楊芳亨爲使. 頒詔于秀吉. 宗城中路逃還. 以沈惟敬陞使. 我朝亦以黃愼武臣朴弘長偕往. 而稱以跟隨陪臣. 秀吉但受天朝封爵. 不肯與我講和. 我使隨天使虛還. 秀吉厚惡而斃. 其將源家康復其國. 遣使乞和. 使僧惟政. 渡海探情. 歸致家康意曰. 我於壬辰在關東. 不曾干於兵事. 朝鮮與我無怨. 又遣人修書. 縛獻犯陵賊二名. 宣廟命斬之. 丙午以呂祐吉慶暹丁好寬爲三使. 自前凡使日本者. 皆稱通信使. 至是朝廷. 以通信之稱爲嫌. 且不可以奏聞天朝. 議改使號. 或謂當稱刷還使. 刷還俘口之意也. 或謂當稱通諭使. 竟以諭字不可施諸隣國. 稱回答兼刷還使. 自庚寅以堂上三品差上使. 堂下三四品差副使. 五六品差書狀. 而必兼臺銜. 于時朝議以爲旣改使號. 書狀亦宜改稱. 引世宗朝癸亥送使時. 以訓鍊奉事一人自隨. 號從事官爲證. 自此因以不改. 光海丁巳. 關白源秀忠. 滅秀吉之子秀賴. 要信使. 以吳允謙朴梓李景稷爲三使. 仁祖朝甲子. 秀忠傳位於其子家光. 請修世好. 以鄭岦姜弘重辛啓榮爲三使. 丙子因馬島主平義成與副官平調興相訟事. 請信使. 以任絖金世濂黃㦿爲三使. 復稱通信使. 癸未家光生子. 請賀使. 朝廷始以無例難之. 終許之. 以尹順之趙絅申濡爲三使. 孝宗朝乙未. 家光沒. 其子家綱立. 請信使. 以趙珩俞瑒南龍翼爲三使. 肅宗朝壬戌. 家綱沒. 其弟綱吉立. 請信使. 以尹趾完李彦綱朴慶後爲三使. 辛卯綱吉沒. 其侄家宣立. 請信使. 以趙泰億任守幹李邦彦爲

三使. 己亥家宣沒. 其子家繼立. 未久又沒. 其族源吉宗立. 請信使. 以洪致中黃璿李明彦爲三使. 當宁丁卯. 吉宗退休. 其子家重立. 請信使. 以洪啓禧南泰耆曹命采爲三使. 癸未家重退休. 其子家治立. 請使. 朝廷以不佞及李仁培金相翊爲三使. 此前後通信之梗槪也. 使名之變易. 使事之難易. 不勝殫論. 而蠻邦專對之任. 自古難愼. 是以受此任者. 固多宏才偉器. 而如我蔑劣者. 充位已濫. 況此上使之任乎. 玆錄前後使价. 以寓某可法某可戒之意. 竊擬之於司馬光諫院題名記. 自前朝廷之待信使凡節. 極其優厚. 以員役言之. 軍官之名武. 欲其邊情之慣習也. 子弟. 欲其親屬之相依也. 壯士. 欲其勇力之視人也. 製述官書記. 欲其文字之酬應也. 倭譯漢譯. 欲其言語之相通也. 醫員. 欲其疾病之救護也. 寫字官畫員暨夫別破陣馬上才典樂理馬. 皆莫非技藝之無負於隣國也. 以其盤纏言之. 地部賜米. 尙方賜衣資. 八路有元卜定別卜定. 又許其別求請焉. 以威儀言之. 假以節鉞而水部造之. 新鑄印信而禮部管之. 旗纛擺立. 比之方伯. 劍戟羅列. 擬於軍行. 此外朝家接應. 外邑供億. 皆踰常格. 非特以水路之行. 異於陸地. 以其事變之難測故也. 夫下之於上. 見待者重. 則其所責報也深. 念之及此. 尤切負乘之懼矣. 長湍府使李達海. 舊幕也. 與豐德府使李再馨. 果川縣監徐好修. 平丘察訪尹昌垕. 慶安察訪金漢宗及果川同宗六七人. 近居安僉知衡來見. 道吟七絕二首. 詩在下後倣此 是日行二十里.

2. 용인龍仁 1763년8월4일

맑음. 용인龍仁에 도착했다.

동생, 아들 진관鎭寬, 사위 한용정韓用靜, 삼종질三從侄 진벽鎭璧이 따라 왔다.

낮에 판교板橋에서 쉬는데 광주廣州 부윤 윤동승尹東昇[42] · 부평富平 부사 안상즙安相楫 · 김포金浦 군수 민백인閔百寅이 보러 왔고, 응교應敎 벼

42 윤동승(尹東昇): 1718(숙종44)~1773(영조49). 1746년(영조22)에 춘당대시험에 급제하고, 수찬, 부교리, 사헌부집의, 교리 등을 역임하였으며, 이후 대사성, 충청도관찰사, 이조참의, 전라도관찰사, 도승지를 지냈다.

슬인 홍술해洪述海[43]는 지은 시詩를 소매에 넣고서 광주를 지나고 있는 나를 찾아왔으며, 원희규元熙揆·유화지柳和之·강연姜演·김진악金鎭岳·홍달수洪達洙가 와서 작별하였다.

용인에 도착하니, 옛날 막하幕下였던 통진 부사通津府使 김취행金就行이 지주地主 이구李球·남양 부사南陽府使 구병훈具秉勳과 같이 보러 왔다.

밤에 동생 인서寅瑞와 아들 그리고 사위와 함께 성문이 열릴 때까지 이야기를 나누다 보니, 칠언 절구 한 수를 짓게 되었다.

오늘은 50리를 왔다.

晴. 次龍仁. 舍弟子鎭寬女壻韓用靜三從侄鎭璧追到. 午憩板橋. 廣尹尹東昇. 富平府使安相楫. 金浦郡守閔百寅來見. 應敎述海袖詩. 訪余於廣州歷路. 元熙揆柳和之康演金鎭岳洪達洙來辭. 到龍仁. 通津府使金就行. 舊幕也. 與地主李球. 南陽府使具秉勳來見. 夜與寅弟及子壻. 打話到開門. 因成七絕一首. 是日行五十里.

3. 죽산竹山 1763년8월5일

맑다가 늦게 바람이 불었다. 죽산竹山에 도착했다.

아침에 아우 인서와 손을 붙잡고 작별하였다. 아들 진관, 사위 한용정, 외종질 이주욱李周郁·이이빈李彝彬, 서종庶從 이만운李晩運·이화원李華源·이윤익李潤翼·이세춘李世春, 그리고 겸종傔從과 노속奴屬들도 모두 작별하고 돌아갔다. 양지陽智에 도착하니, 이 고을 현감 박행원朴

---

43 홍술해(洪述海): 1722(경종2)～1777(정조1). 1759년(영조35)에 정시문과에 급제하고 상시봉원도감(上諡封園都監)의 감조관(監造官)이 되고, 정언·지평·수찬 등을 거쳐, 1761년 사간이 되었다. 1763년 북도감진어사(北道監賑御史)를 지내고 부응교·응교 등을 거쳐, 1764년 교리가 되었다. 이어 대사성을 지내고, 다음해 황해도관찰사가 되었다. 이 때 외지로부터 쌀을 사들여오면서 돈을 빼돌려 파직되었다. 다시 1776년(정조 즉위년)에 황해도관찰사로 재직 중 장전(贓錢), 조(租), 송목(松木) 을 사취한 사실이 드러나, 흑산도에 위리안치(圍籬安置) 되었다.

行源, 안산 군수安山郡守 임서任遾, 이천 부사利川府使 심공유沈公猷가 보러 왔다.

저녁에 죽산에 도착하였다. 부사 이언희李彦熙가 들어와 배알하였고, 음죽陰竹의 율곡栗谷과 충주忠州 유촌柳村의 일가 7~8명이 보러 왔다.

오늘은 70리를 왔다.

晴晩風. 次竹山. 朝與寅弟握別. 鎭寬韓塄外從姪李周郁李生彝彬庶從李晩運李華源及李潤翼李世春. 傔從奴屬. 皆辭歸. 到陽智. 主倅朴行源. 安山郡守任遾. 利川府使沈公猷來見. 夕到竹山. 府使李彦熙入謁. 陰竹栗谷忠州柳村同宗七八人來見. 是日行七十里.

4. 숭선崇善 1763년8월6일

맑음. 숭선崇善에 도착했다.

정오에 무극촌無極村에 이르니, 여주 목사驪州牧使 이시중李時中[44] · 안성 군수安城郡守 박호원朴好源 · 음죽 현감陰竹縣監 박동최朴東最와 음죽 · 충주 두 곳의 일가 15~16명이 보러 왔다.

저녁에 숭선촌崇善村에 도착하니, 문의 현감文義縣監 김성규金聖規 · 진천 현감鎭川縣監 윤득열尹得說 · 제천 현감堤川縣監 이영배李永培[45] · 연원

44 이시중(李時中): 1707년(숙종33)~1777년(정조1). 호는 현암(弦庵)이고, 1741년(영조17) 식년시에 생원으로 합격하였다. 벼슬은 도총부총관(都摠府副摠官), 동의금(同義禁), 동중추(同中樞), 한성부우윤(漢城府右尹)을 지냈다. 여러 군의 현감으로 정사를 볼 때 인을 베풀고, 일을 공평하게 처리하여 억울하거나 원통함을 호소하는 사람이 없었다.

45 이영배(李永培): 1730년(영조6)~1779년(정조3). 1753년(영조29)에 음서로 장녕전참봉(長寧殿參奉)에 제수되고 그 뒤 동부봉사(東部奉事), 제용감직장(濟用監直長)을 거쳐, 숙종의 계비 인원왕후(仁元王后)의 능을 조성, 감독하는 감조관(監造官) 등을 지냈다. 장악원주부(掌樂院主簿), 의금부의빈도사(義禁府儀賓都事), 제천현감, 제용감주부, 안성군수, 장원서별제(掌苑署別提)를 지낸 뒤 1771년에는 황주목사가 되었다. 군적을 바로잡고 환곡의 폐단을 개혁하는 등 목민관의 소임을 충실히 하였다.

찰방連源察訪 이익섭李益燮과 유촌柳村의 일가 6~7명이 보러 왔다.

오늘은 60리를 왔다.

晴. 次崇善. 午抵無極村. 驪州牧使李時中. 安城郡守朴好源. 陰竹縣監朴東最. 陰竹忠州兩處同宗十五六人來見. 夕到崇善村. 文義縣監金聖規. 鎭川縣監尹得說. 堤川縣監李永培. 連源察訪李益燮. 柳村同宗六七人來見. 是日行六十里.

5. 충주忠州 1763년8월7일

비가 내렸다. 충주忠州에 도착했다.

충주 목사 홍헌보洪獻輔 · 청풍 부사淸風府使 이형중李衡中 · 음성 현감陰城縣監 장학룡張學龍이 보러 왔고, 일가 두어 사람도 따라왔다.

밤에 제술관製述官 남옥南玉[46] · 서기書記 성대중成大中 · 서기 김인겸金仁謙[47] · 서기 원중거元重擧[48]와 함께 거듭 오언율시五言律詩 한 수씩을 지었다.

---

46 남옥(南玉): 1722년(경종2)~1770년(영조46). 호는 추월(秋月)이며, 1753년(영조29) 정시문과에 병과로 합격하였다. 1763년(영조39)에 조선통신사의 서기(書記)로 일본에 다녀왔다. 1764년 수안군수(遂安郡守)에 임명되었다. 1770년(영조46)에 최익남(崔益男)의 옥사 때 이봉환(李鳳煥)과 친하다고 하여 투옥되어 5일 만에 매를 맞아 죽었다. 『일관시초(日觀詩草)』, 『일관창수(日觀唱酬)』, 『일관기(日觀記)』 등의 방대한 저술을 남겼다.

47 김인겸(金仁謙): 1707년(숙종33)~1772년(영조48). 어려서부터 가난에 시달려 학문에 전념하지 못하다가 47세 때인 1753년(영조29)에야 사마시에 합격하여 진사가 되었다. 1763년(영조39)에 조엄을 정사로 한 조선통신사의 삼방서기(三房書記)로 수행했다. 그는 문장에 대한 자부심이 대단하였을 뿐만 아니라, 청렴결백한 성품에 확고한 신념의 소유자로 국서봉정(國書奉呈) 의식에 불참하는 강직과 의협을 보였다. 가사형식의 『일동장유가』를 지었다.

48 원중거(元重擧): 1719년(숙종45)~1790년(정조14). 호는 현천(玄川)으로, 1750년(영조26) 식년사마시에 생원으로 급제하였다. 그러나 10여 년간 벼슬을 제수 받지 못하다가 40세가 넘어서야 장흥고봉사(長興庫奉事)를 제수받았다. 시인으로 뛰어난 역량을 보여 1763년(영조39)에 조선통신사의 서기로 일본을 다녀왔다. 1770년(영조46)에 송라도찰방으로 승직되었으나, 60일 만에 교체되었다. 그 뒤에 가난에 쪼들려 결국 선영이 있는 용문산 아래에 은거하였다. 이후에 1776년(영조52) 장원

오늘은 50리를 왔다.

雨. 次忠州. 本官洪獻輔. 淸風府使李衡中. 陰城縣監張學龍來見. 同宗數人隨來. 夜與南製述玉. 成書記大中. 金書記仁謙. 元書記重擧. 仍成一五律. 是日行五十里.

6. 안보역安保驛 1763년8월8일

하루 종일 큰 비가 내렸다. 안보역安保驛에 도착했다.

연풍 현감延風縣監 안재건安載健 · 보은 현감報恩縣監 조태복趙台福 · 율봉 찰방栗峯察訪 이형원李亨元과 단양丹陽의 조카族姪 진기鎭琦가 보러 왔다.

오늘은 60리를 왔다.

終日大雨. 次安保驛. 延豐縣監安載健. 報恩縣監趙台福. 栗峰察訪李亨元. 丹陽族侄鎭琦來見. 是日行六十里.

7. 문경聞慶 1763년8월9일

아침에 비가 내리고, 날이 저물 무렵에는 흐렸다. 조령鳥嶺을 넘어 문경聞慶에 도착했다. 고갯길이 질퍽하여 거의 무릎까지 빠지면서, 힘들게 고개를 넘어 문경에 도착했다. 거듭 고갯길을 넘어 다시 영남의 백성들을 대하니, 3년 만의 물색物色이 눈에 들어와 아른거린다. 다만 부끄

서주부를 맡게 되었다. 통신사행의 서기로 일본에 들어가 오사카 성(大坂城)의 웅장하고 번화한 모습에 감탄하고, 그들의 풍부한 물산이나 편리한 기용 등에 관하여 칭찬을 아끼지 않았다.

러운 것은, 한 가지 혜택도 도민道民에게 미치지 못한 것이다.

세 명의 사신이 동헌에 모여 활 쏘는 것을 보며 이야기하였는데, 이 고을 현감 송준명宋準明 · 상주 목사尙州牧使 김성휴金聖休 · 김천 찰방金泉察訪 이종영李宗榮 · 유곡 찰방幽谷察訪 최창국崔昌國 · 안기 찰방安奇察訪 김제공金濟恭이 보러 왔다. 감영監營의 교리校吏가 관찰사의 전례에 따라 보러 왔다. 조령鳥嶺에서 시詩 두 수를 지었다.

오늘은 50리를 왔다.

朝雨晩陰. 踰嶺次聞慶. 嶺路泥濘. 幾沒人膝. 艱辛踰嶺. 到聞慶. 重尋嶺路. 復對嶺民. 三載物色. 入眼依依. 而但愧夫無一惠澤之及民也. 三使會于衙軒. 觀帿打話. 本官宋準明. 尙州牧使金聖休. 金泉察訪李宗榮. 幽谷察訪崔昌國. 安奇察訪金濟恭來見. 巡營校吏. 以道先生. 依例來現. 鳥嶺有詩二首. 是日行五十里.

8. 유곡역幽谷驛 1763년 8월 10일

맑음. 유곡역幽谷驛에 도착했다.

일찍 출발하여 10리쯤 갔는데, 앞내의 물이 불어났기에 우리 세 명의 사신이 모두 연병장에 모여 잠시 물이 얕아지기를 기다렸다가 일제히 건넜다. 신원참新院站에 들어가 말에게 먹이를 먹이고 수탄戍灘에 이르니, 물의 형세가 사나운데다가 깊고도 넓었다.

이 고을 수령이 냇물을 건너는 역군을 많이 준비해 놓지 못한 탓에 힘들게 건넜다. 이에 일행 중에는 사람과 말이 넘어지는 경우도 있었고, 혹은 떠내려가는 경우도 있었다. 나는 먼저 건너가 언덕 위에서 숨을 돌리고 앉아서 다 건너기를 기다리고 있었는데, 날은 이미 어두워지고 말았다. 형편상 어떻게 할 도리가 없어, 건너지 못한 사람들은 신원참으로 되돌아가 묵게 하였다. 다만 이미 건넌 사람만을 데리고 유곡역에 도착하고 보니, 한밤중이 되었다.

예전에 들은 말인데, 통신사의 행차가 각 고을에서 말썽을 일으키는 일이 너무 많아 마치 난리를 겪는 것 같다고 한다. 비록 거느리고 가는 사람이 매우 많고 먼 행역行役을 후하게 대접하는 것이 이유이기는 하지만, 반드시 폐해를 끼치는 잘못된 일이 없지는 않았기 때문이다. 이번 사행의 경우에는 음식물을 제공하는 모든 절차를 이전보다 줄였을 뿐만 아니라, 원역員役이 개인적으로 데리고 가는 사람 또한 이미 금지하였다. 그리고 비록 여러 고을에서 배정한 역졸이나 역마 등의 일이라 할지라도 일체 간략하게 따를 것을 먼저 이미 지휘하였다. 이렇게 하였는데도 오히려 여러 고을이 이전과 같이 소란할까 염려하여 강을 건넌 뒤부터는 각 고을에서 대접을 잘못하거나 실수 한 일에 대해서는 일체 내버려두고 문책하지 않기로 하였다.

첫 역인 양재에서부터 조령을 넘어오기까지 일행들을 매번 단속하였고, 여러 고을에서 거행한 일에 대해서도 꼬투리를 잡아서 매로 다스린 적이 없었다. 하지만 수탄戍灘을 건널 때에 사람과 말이 다칠 뻔하여 그 기강紀綱이 무너지는 것이 너무 놀랄 만하였다. 이 때문에 어쩔 수 없이 해당 고을의 좌수座首와 색리色吏를 잡아다가 엄하게 형벌을 가하였고, 수령의 죄를 논하는 것은 잠시 보류하였다.

선산 부사善山府使 김치공金致恭[49] · 함창 현감咸昌縣監 신택녕辛宅寧이 보러 왔다. 상주尙州에 사는 일가 조운만趙雲萬은 곧 풍양 조씨豐壤趙氏의 종손인데, 진사進士 천경天經 및 일가 5~6명과 함께 작별시를 소매

49 김치공(金致恭): 1717(숙종43)~1785(정조9). 호는 문유재(文幽齋)이며, 1741년(영조17)에 사마시에 합격하고, 여러 요직을 거쳐 부사로 승차하였고, 이 해에 정시 문과에도 급제하였다. 그 후 세자시강원 보덕, 사간원, 대사헌을 지낸 후 충청도 관찰사를 역임하였다.

에 넣어 가지고 보러 왔다. 창성昌城 부사 심기沈錡가 보러 왔는데, 이 사람은 내가 경상감영慶尙監營에 있을 때 중군中軍 벼슬을 지냈었다. 내가 벼슬을 내어놓고 돌아갈 즈음에 선산善山에 홀로 남아 머물면서 다시 서울에 가서 벼슬을 구하지 않았으니, 이 또한 아무나 할 수 없는 어려운 일이다.

오늘은 30리를 왔다.

晴. 次幽谷驛. 早發到十里. 因前川水漲. 三使齊會操場. 小待水淺齊渡. 入新院站秣馬. 到戌灘. 水勢峻急. 旣深且闊. 而本倅未能多定越川軍. 艱辛渡涉. 而行中人馬. 或有顚蹶者. 或有漂流者. 余先渡憩于岸上. 坐待畢渡而日已向昏. 勢有不及. 令未渡者. 還宿新院站. 只領已渡者. 到幽谷驛. 夜至三更矣. 曾聞信使之行. 自多生梗於各邑. 如經亂離云. 雖因所率之甚多. 遠役之從厚. 而必不無貽弊之端故耳. 以此今行. 則不特支供凡節之比前減省. 員役私人之從行. 亦已禁之. 雖列邑排把與驛卒驛馬等事. 一切從略. 先已指揮. 而猶慮夫列邑之如前騷擾. 自渡江以後. 各邑之失待與做錯. 一切置而不問. 自良才初站. 至踰鳥嶺. 行中所屬. 則每加檢飭. 而列邑擧行. 則未嘗有執頉而笞治者矣. 至於戌灘渡涉之時. 則人馬幾乎致傷. 其在紀綱. 極爲可駭. 不得已該邑座首及該色. 拿致嚴刑. 而守令論罪. 姑爲安徐矣. 善山府使金致恭. 咸昌縣監辛宅寧來見. 尙州同宗趙雲萬. 卽豊壤衆趙之宗孫也. 與進士天經及五六同宗. 袖別詩來見. 沈昌城錡來見. 是余在嶺營時中軍. 而及余遞歸時. 落留於善山. 更不求仕於京洛. 其亦難也. 是日行三十里.

9. 예천醴泉 1763년8월11일

맑음. 예천醴泉에 도착했다.

이른 아침에 출발하여 낮에 용궁龍宮에서 쉬는데, 이 고을 현감 정지량鄭至良 · 금산 군수金山郡守 이정환李晶煥 · 비안 현감比安縣監 홍대원洪大源이 보러 왔다. 상주 사는 일가 두서너 사람과 그 고을에 사는 찰방

강한姜翰이 보러 왔다.

저녁에 예천에 도착하니, 이 고을 군수 신경조申景祖 · 순흥 부사順興府使 신대손申大孫 · 봉화 현감奉化縣監 이언중李彥中 · 풍기 군수豐基郡守 정언충鄭彥忠[50]이 보러 왔다.

나주 목사羅州牧使를 지낸 홍역洪櫟은 바로 나와 함께 공부하던 옛 친구로, 나주 고을 일 때문에 이 곳 예천에 와서 귀양살이를 하고 있었다. 모친상을 당하였기에 밤을 이용하여 가 보았다.

오늘은 60리를 왔다.

晴. 次醴泉. 早發晝憩于龍宮. 主倅鄭至良. 金山郡守李晶煥. 比安縣監洪大源來見. 尙州同宗數人及邑居姜察訪翰來見. 夕到醴泉郡. 主倅申景祖. 順興府使申大孫. 奉化縣監李彥中. 豐基郡守鄭彥忠來見. 洪羅州櫟. 卽同研舊交也. 以羅州官事. 被謫於本郡. 因遭內艱. 故乘夜往見. 是日行六十里.

10. 안동安東 1763년8월12일. ~13일)

맑음. 안동安東에 도착했다.

정오에 풍산관豐山館에서 쉬고 있는데, 영천 군수榮川郡守 김형대金亨大가 보러왔다.

저녁에 안동부安東府에 들어갔는데, 이전에 이곳에 순행하며 민심을 살피러 세 차례나 온 일이 있었다. 물색物色이 이전과 다름이 없으니,

50 정언충(鄭彥忠): 1706년(숙종32)~1772년(영조48). 1740년(영조16) 증광문과에 급제하였다. 1754년 사헌부장령이 되어 붕당을 없애고 국가기강을 세우며, 언로를 개방하고, 백성의 생활안정을 추구하며, 군비를 갖추는 일 등을 주장하였다. 그러나 그 해 10월 좌의정 김상로(金相魯)에 의하여 헌관(憲官)으로서 체통이 없다고 탄핵을 받아 파직되었다가 1756년 장령에 다시 임용되었다. 그 뒤 동부승지를 거쳐 1768년 나주목사로 전보되었다가 같은 해 11월 형조참판에 임용되었으며 승지를 지냈다.

참으로 웅장한 대도호부大都護府이다.

이 고을 부사 참판參判 김효대金孝大[51] · 진보眞寶 군수 임정호林正浩 · 영덕 현령盈德縣令 이명오李明吾가 보러왔다.

오늘은 80리를 왔다.

晴. 次安東. 午憩豐山館. 榮川郡守金亨大來見. 夕入安東府. 前以巡審. 三到此地. 物色依然. 眞雄府大都護也. 主倅金參判孝大. 眞寶倅林正浩. 盈德縣令李明吾來見. 是日行八十里.

1763년 8월 13일

맑음. 안동安東에 머물렀다.

세 명의 사신이 모두 모여 예단禮單을 싸서 봉하면서 다시 점검해 보니, 흑마포黑麻布가 약간 젖은 것이 있었다. 그래서 말려서 다시 봉한 뒤에, 건물의 복도를 따라 고을 부사와 함께 망호정望湖亭에 올랐다. 누에서 바라보는 전망이 매우 웅장하여 종일 이야기하다가 밤이 되어서야 그쳤다.

도내道內에는 내가 곁눈질하던 기생 셋이 있었는데, 동래東萊에 살던 기생은 이미 죽었고, 대구大邱에 살던 기생은 이미 다른 사람이 차지하였다. 다만 이 고을에 유일하게 한 기생이 남아 있었지만, 이틀 동안이나 묵으면서도 다시 가까이하지 않은 것은 삼가 뜻한 바가 있었기 때

51 김효대(金孝大): 1721년(경종1)~1781년(정조5). 1737년(영조13)에 음보로 돈녕부참봉이 되었고, 포천군수와 고양군수를 역임한 뒤 1756년 성천부사를 거쳐서 1758년 수원부사가 되었다. 그 뒤 승지와 공조 · 병조참판 등을 역임하고, 1778년(정조2)에는 총융사(摠戎使)에 올랐다. 1780년 한성부판윤을 거쳐 형조판서가 되었고, 1781년에는 공조판서에 이르렀다.

문이다.

나는 재주가 모자란 사람으로 지금 외국에 사신으로 가는 명을 받았으니, 만일 혹시라도 먼저 여색女色에 마음을 둔다면 병을 조심해야 하는 계율을 어길 뿐만 아니라, 장차 어떻게 마음을 맑게 하고 욕심을 적게 하여 사신에 관한 일을 응하겠는가?

이 때문에 재물과 여색의 두 가지 일에 대해서는 반드시 사사로운 마음을 끊어버리고 직무상 맡은 바에 오로지 마음을 다 잡으려고 한다. 하지만 이 경계를 지킬 수 있을지는 알 수 없다.

晴. 留安東. 三使並會. 禮單封裹. 更爲點閱. 則黑麻布略有沾濕者. 故曝晒改封後. 從閤道. 與主倅同登望湖亭. 樓觀頗壯. 終日打話. 入夜而罷. 余於道內. 有所眄三妓. 而萊州之妓. 旣歸北邙. 大丘之物. 已屬別人. 只於此州. 惟餘一妓. 而兩日留連. 不復近者. 竊有意焉. 余以不才. 今膺異域奉使之命. 苟或先於女色上留意. 則非但愼疾之犯戒. 將何以淸心寡欲. 酬應使事. 以此財色兩事. 必欲斷祛私意. 以爲專心於職任之地. 未知可能守此戒否也.

11. 의성義城 1763년 8월 14일

맑음. 의성義城에 도착했다.

낮에 일직역참에서 쉬고 있는데, 청송 부사靑松府使 유건柳健 · 영양 현감英陽縣監 이언신李彦藎이 보러 왔다. 저녁에는 의성현義城縣에서 묵었으며, 이 고을 현감 김상성金相聖이 들어와 배알하였다.

오늘은 70리를 왔다.

晴. 次義城. 晝憩于一直站. 靑松府使柳健. 英陽縣監李彦藎來見. 夕宿義城縣. 主倅金相聖入見. 是日行七十里.

12. 신녕新寧 1763년8월15일

맑음. 신녕新寧에 도착했다.

새벽에 우리 세 사람의 사신 및 일행들과 함께 관복冠服을 갖추어 입고 망궐례望闕禮를 하였다.

낮에 의흥현義興縣에서 쉬고 있는데, 이 고을 현감 김상무金相茂와 성주 목사星州牧使 한덕일韓德一이 들어와 배알하였다.

저녁에 신녕현新寧縣에 도착하니, 이 고을 현감 서회수徐晦修와 군위 현감軍威縣監 임용任瑢·성현 찰방省峴察訪 임희우任希雨·지례 현감知禮縣監 송부연宋溥淵이 보러 왔다. 순영巡營의 장교將校와 아전들 50~60명이 보러 왔다.

오늘은 90리를 왔다.

晴. 次新寧. 曉與三使及一行. 具冠服. 行望闕禮. 晝憩于義興縣. 主倅金相茂. 星州牧使韓德一入謁. 夕到新寧縣. 主倅徐晦修. 軍威縣監任瑢. 省峴察訪任希雨. 知禮縣監宋溥淵來見. 巡營將校吏胥五六十人來見. 是日行九十里.

13. 영천永川 1763년8월16일

맑음. 영천永川에 도착했다.

도백道伯(관찰사) 김상철金相喆이 보러 왔고, 이어서 전별연을 조양각朝陽閣 위에다 차렸으니 이전부터 있던 사례이다.

내가 비록 상복喪服을 입었지만 가지 않을 수 없었기에, 풍악을 울리고 음식상을 받을 때에는 방안으로 피해 들어갔다. 반나절 동안 감사와 우리 사신 세 명이 이야기를 나누었다. 대개 이러한 전별연은 영남지방의 성대한 모임이라서 구경하는 사람이 거의 일만 명을 헤아릴 정도였다.

이 고을의 사또 윤득성尹得聖·칠곡 부사漆谷府使 김상훈金相勛·함양

조양각(朝陽閣).

경상북도 영천시 문화원길 6(창구동1-1). 영천읍성 내 중심에 위치하고 있다. 1363년(공민왕12년)에 당시 부사였던 이용과 포은 정몽주 선생이 건립한 것으로, 임진왜란 때 소실된 것을 조선 인조 이후 재건했는데 누각 안에는 포은 정몽주의 청계석벽 등 서거정, 이이, 박인로 등 명현석학들이 남긴 70점의 시가 편액으로 보존되어 있다. 진주 촉석루, 밀양 영남루와 함께 영남 3루로 불린다. 서울을 출발한 12차례 조선통신사 사절단이 모두 머물다간 명소로 국왕의 명을 받아 경상도관찰사가 직접 전별연을 베풀었으며, 마상재가 시연된 곳이다.

부사咸陽府使 이수홍李壽弘 · 청도 군수淸道郡守 이李 · 개령 현감開寧縣監 박사형朴師亨[52] · 장수 찰방長水察訪 이명진李命鎭 · 소촌 찰방召村察訪 박사복朴師宓 · 송라 찰방松羅察訪 남범수南凡秀 · 안동 부사安東府使가 따라왔다. 경주 부윤慶州府尹 이해중李海重[53]이 보러 왔다.

오늘은 40리를 왔다.

晴. 次永川. 道伯金台相喆來見. 仍設餞宴於朝陽閣上. 例也. 余雖帶服制. 不可不往赴. 故擧樂受床時. 避入房中. 半日與巡相三使打話. 蓋是嶺南盛會. 觀光殆以萬數. 主倅尹得聖. 漆谷府使金相勛. 咸陽府使李壽弘. 淸道郡守李. 開寧縣監朴師亨. 長水察訪李命鎭. 召村察訪朴師宓. 松羅察訪南凡秀. 安東府使隨來. 慶州府尹李海重來見. 是日行四十里.

14. 경주慶州 1763년8월17일

맑음. 경주慶州에 도착했다.

낮에 모량역毛良驛에서 쉬고 있는데, 영일 현감迎日縣監 조경보趙慶輔 · 하양 현감河陽縣監 이귀영李龜永 · 청도 군수 이李가 보러 왔다.

저녁에 경주에 들어갔는데, 이 고을 부사 이해중李海重이 안동安東 시험관試驗官이 되어 고을에 있지 않았기에 섭섭하였다. 영장營將 홍관해洪觀海가 들어와 배알하였다.

---

52 박사형(朴師亨): 1712(숙종38)~1782(정조6). 1750년(영조26) 세자익위사세마에 천거되었고, 1752년 부수찬을 거쳐 1758년 장악원주부에 올랐다. 그 뒤 담양현감, 군자감정, 성천부사를 지냈다. 1780년(정조4) 사복시주부에 복귀하였다. 개령현감과 담양현감으로 있을 때 아전들의 비리를 막고 수리시설을 설치하는 등 선정을 베풀었다.

53 이해중(李海重): 1727년(영조3)~?. 1750년(영조26) 알성문과에 급제하고, 1755년 설서가 되었으며, 형조참의, 경주부윤을 거쳐 대사간, 대사성, 이조참의, 승지, 예조참판을 두루 역임하였다. 1776년(정조 즉위년)에 대사헌에 임명되었으나, 역적들의 죄를 늦게 처리하였다는 이유로 단천으로 유배되었으나 곧 석방되었다.

오늘은 80리를 왔다.

晴. 次慶州. 晝憩于毛良驛. 迎日縣監趙慶輔. 河陽縣監李龜永. 淸道郡守李來見. 夕入慶州. 主倅李海重. 以安東試官. 不在官. 可悵. 營將洪觀海入謁. 是日行八十里.

15. 울산蔚山 1763년8월18일

맑음. 울산蔚山에 도착했다.

낮에 구오역仇於驛에서 쉬고 있는데, 영해 부사寧海府使 김양심金養心[54] · 청하 현감淸河縣監 최창걸崔昌傑이 보러 왔다.

저녁에 울산부에 들어갔다. 이 고을 부사 홍익대洪益大는 바로 내가 두 해 동안 경상도를 안찰按察할 때에 대구 판관大邱判官이었다가 현재의 직임職任으로 승진하였고, 또 영남에서 만났으니, 오랫동안 남쪽지방에 체류한다고 말할 만하다. 좌병사左兵使 신광익申光翼[55] · 우후虞候[56] 이문국李文國이 보러 왔다. 동래의 교리校吏 10여 명이 뵈러 왔다.

오늘은 90리를 왔다.

晴. 次蔚山. 晝憩于仇於驛. 寧海府使金養心. 淸河縣監崔昌傑來見. 夕入蔚山

---

54 김양심(金養心): 1725(영조원년)~1777(정조원년). 1747년(영조23) 춘당대정시에서 급제하여 승정원 가주서로 임명되었다. 승문원 부정자, 의정부 사록, 성균관 전적, 병조 좌랑을 거쳐 낙안 군수로 부임하였다. 1760년(영조36)에 사헌부 지평에 임명되었으나 한 달 뒤에 사직하였고, 통례원 상례가 되었다. 1762년(영조38)에 다시 사헌부 지평, 그리고 1763년(영조39)에 영해 부사가 되었다.

55 신광익(申光翼): ? ~ ?. 1744년(영조20) 무과에 급제한 후 여러 무관직을 거쳐 1761년(영조37)에 제주목사로 부임하여 극심한 흉년에 굶주리는 백성들을 진휼하는 데 많은 노력을 다하였다. 세금을 감면해 백성들의 부담을 덜어주는 등 선정을 베풀어 제주 백성들이 그의 업적을 기리는 추사비(追思碑)를 세웠다. 이후 1763년(영조39)에 경상좌도 병마절도사에 임명되었다.

56 우후(虞候): 각 도의 병영과 수영에 두었던 종3품 · 정4품의 무관 벼슬.

府. 主倅洪益大. 卽兩年按道時大丘判官. 而陞遷是任. 又逢嶺南. 可謂久滯於南方也. 左兵使申光翼. 虞候李文國來見. 東萊校吏輩十餘人來現. 是日行九十里.

16. 용당창龍堂倉 1763년8월19일

맑음. 용당창龍堂倉에 도착했다.

양산 군수梁山郡守 한광협韓光協 · 장기 현감長鬐縣監 권필칭權必稱[57] · 흥해 군수興海郡守 김기로金起老가 보러 왔다. 동래부의 교리校吏 수십 명이 뵈러 왔다.

오늘은 60리를 왔다.

晴. 次龍堂倉. 梁山郡守韓光協. 長鬐縣監權必稱. 興海郡守金起老來見. 萊府校吏數十人來現. 是日行六十里.

17. 동래東萊 1763년8월20일. ~21일)

맑음. 동래東萊에 도착했다.

동래는 내가 정축년(1757년, 영조33)과 무인년(1758년, 영조34)에 다스리던 지역인데, 고을 사람과 장교, 지방 아전과 백성, 승려 수백 명이 고을 경계에까지 와서 기다렸다. 그리고는 내가 탄 가마를 막고 말을 잡으며 앞을 다투어 앞으로 가는 길을 위로하기에, 잠시 수레를

57 권필칭(權必稱): ? ~1784(정조8). 1750년(영조26)에 무과에 급제하여 선전관을 거쳐 주부 · 도사 · 경력 · 충청도우후 등을 역임하였다. 장기의 현감을 지내던 중 어머니의 상을 당해 사직하였다가, 1771년(영조47) 원인손(元仁孫)과 서지수(徐志修)의 천거로 고성현감에 임명되었다. 그러나 사직하고 학문에 힘썼다. 1775년(영조51) 해남 · 광양의 현감을 지내면서 선정을 베풀었으며, 1781년(정조5)에는 창성 방어사를 거쳤다. 무신이면서도 『주역』 · 『논어』 등 경학에도 밝았다.

멈추고 화답하였다.

금년 농사의 형편을 물었더니, 비록 큰 풍년이 들지는 않았지만, 지난해에 비해 조금 나아졌다고 한다. 변방 백성들이 찌든 가난을 대부분 면하게 되었으니, 기뻐할 만한 일이다.

잠시 십휴정十休亭에서 쉬고 있는데, 종사관이 벌써 도착했다. 함께 5리쯤 가니, 동래 부사 정만순鄭晩淳이 의식행사에 쓰이는 장식을 갖추고 국서國書를 길거리에서 맞이하였다. 이어서 앞에서 인도하여 가는데, 바다를 건널 군물軍物 및 나졸羅卒과 전배前排[58]를 갖추어 늘어놓았다.

우리 세 명의 사신은 관복을 갖추고, 원역들에게 각기 그의 정복을 입고 반차班次(품계와 신분의 차례)를 정돈하게 하였다. 그리고 말을 천천히 몰고 가서 남문에 들어서니, 좌우 길가에 구경하는 사람들이 몇 천 명인지 모를 정도로 많았다. 국서를 객사에 모시고 직접 부사의 연명례延命禮를 받았다.

좌수사 심인희沈仁希 · 부산 첨사 이응혁李應爀이 보러 오고, 장교 · 관속부터 기생들에 이르기까지 일제히 맞이하여 알현하는데 모두 전에 심부름을 하던 자들이다.

오늘은 60리를 왔다.

晴. 次東萊. 萊州是余丁丑戊寅所莅之地. 鄕人將校吏民緇徒累百人. 來待境上. 遮轎擁馬. 爭問行路. 暫爲停車而酬答之. 問今年年事. 雖未大登. 比昨年稍勝云. 邊民庶免顚連. 可喜. 暫憩十休亭. 從事官已來到矣. 同到五里程. 府使鄭晩淳. 陳威儀迎國書於路次. 仍爲前導而行. 備陳渡海軍物及羅卒前排. 三使具官服. 員役各

58 전배(前排): 임금이 거둥할 때 어련(御輦) 앞에 늘어서던 궁속.

服其服. 整齊班次. 緩轡而行. 入南門. 左右路傍. 觀者不知其幾千人. 奉國書於客舍. 親受府使延命禮. 左水使沈仁希. 釜山僉使李應爀來見. 將校官屬以至妓輩並迎謁. 皆前日使喚者矣. 是日行六十里.

1763년 8월 21일

맑음. 동래東萊에 머물렀다.

6년이 지났건만 산천과 풍물風物이 옛날과 한결같으니, 꽤나 사흘을 머문 옛 그리움[59]이 있다. 성대하게 무사들을 모아 활쏘기를 시험하여 상을 주고, 약간의 떡과 과일을 장만하고 풍악을 베풀어 즐기다가 해가 떨어져서야 그치었다.

울산 부사 홍익대洪益大와 기장 현감機張縣監 하명상河命祥이 보러 왔다.

晴. 留東萊. 六年之間. 山川風物. 一如舊日. 頗有三宿之舊戀. 大會武士. 而試射施賞. 略設餠果. 設樂而饗之. 終日而罷. 蔚山府使洪益大. 機張縣監河命祥來見.

18. 부산釜山 1763년 8월 22일. ~10월 5일)

맑음. 부산釜山에 도착했다.

식사를 마친 뒤에 길을 떠나 5리쯤 가니, 좌수영 우후左水營虞候 황만

---

59 사흘을 머문 옛 그리움(三宿之舊戀): 불교에서 말하는 삼숙연(三宿戀)의 고사로, 짧은 시간 머무는 동안에 생긴 미련의 정을 뜻한다. 《후한서》 권30 〈양해열전(襄楷列傳)〉에 "중들이 뽕나무 밑에서 사흘을 자지 않은 것은 오래도록 은정을 남기지 않으려고 한 것이다."라고 하였는데, 그 주에 "중이 뽕나무 밑에 잘 적에 사흘을 경과하지 않고 곧바로 떠나는 것은 미련의 마음이 없다는 것을 보인 것이다."라고 하였다.

黃曼 · 창원 부사昌原府使 전광훈田光勳[60] · 김해 부사金海府使 심의희沈義希 · 하동 부사河東府使 김재金梓 · 칠원 현감漆原縣監 전광국田光國 · 의령 현감宜寧縣監 서명서徐命瑞[61] · 부산 첨사釜山僉使 이응혁李應爀 · 다대 첨사多大僉使 전명좌全命佐 · 적량 첨사赤梁僉使 이운홍李運弘 · 서생 첨사西生僉使 김창일金昌鎰 · 개운 만호開雲萬戶 황명담黃命聃 · 포이 만호包伊萬戶 구선형具善亨 · 두모 만호豆毛萬戶 박태웅朴泰雄 · 서평 만호西平萬戶 박계백朴桂柏 · 율포 권관栗浦權管 우숙주禹淑疇 · 남촌 별장南村別將 신식申植 등이 국서國書를 공경히 맞이하였다. 이어 앞에서 인도하는데, 격식을 갖춘 법식이 동래부에 들어갈 때와 똑같았다. 객사에 도착하여 연명례延命禮를 행하고 조금 쉬었다.

우리 세 명의 사신이 같이 배가 있는 곳에 가서 각각 탈 배에 올라가 그 제도와 모양을 살펴보니, 매우 견고하였고 전선戰船에 비해 조금 컸다. 배의 갑판의 길이가 19발 반이고, 갑판의 너비가 6발 2자이며, 갑판 위에 마루방 14칸을 설치하였다. 마루방 위에 또 누각이 있는데, 붉게 단청을 하였다. 누각 위에 군막軍幕을 설치하고, 군막 위에 포장을 쳤다.

의자를 놓고 앉아 큰 바다를 굽어보니 조금 쾌활함이 생긴다. 횃불을 들고 객사로 돌아왔다.

오늘은 20리를 왔다.

---

60 전광훈(田光勳): 1722년(경종3)~1776년(영조52). 1753년(영조29)년에 무과에 합격하였다. 선전관을 시작으로 내금장(內禁將), 이천부사(伊川府使), 창원부사(昌原府使), 수어중군(守禦中軍) 부총관(副摠管), 선천방어사(宣川防禦使) 등을 역임하였다. 창원부사에 재임 시 흉년이 들자 사재를 털어 고을 사람들을 구휼하였으며, 선행이 조정에 알려져 왕이 새서(璽書)를 내려 표창하고 마필을 하사하였다.

61 서명서(徐命瑞): 1711(숙종37)~1795(정조19). 호는 만옹(晩翁). 음서로 벼슬이 중추부지사(中樞府知事)에 이르렀으며, 학자로서 더 유명하였다. 《만옹집(晩翁集)》이 있다.

晴. 次釜山. 食後離發. 到五里程. 左水虞候黃曼. 昌原府使田光勳. 金海府使沈義希. 河東府使金梓. 漆原縣監田光國. 宜寧縣監徐命瑞. 釜山僉使李應爀. 多大僉使全命佐. 赤梁僉使李運弘. 西生僉使金昌鎰. 開雲萬戶黃命聃. 包伊萬戶具善亨. 豆毛萬戶朴泰雄. 西平萬戶朴桂柏. 栗浦權管禹淑疇. 南村別將申植. 祇迎國書. 仍爲前導. 威儀一如入萊府時. 到客舍行延命小憩. 三使同往船所. 各登騎船. 觀其制樣. 頗爲堅固. 比戰船稍大. 上裝長十九把半. 上腰廣六把二尺. 上設廳房十四間. 房之上. 又有柁樓. 施以丹雘. 樓之上設軍幕. 幕之上設布帳. 設椅而坐. 俯臨滄溟. 稍有快活之意. 擧火還客舍. 是日行二十里.

1763년 8월 23일

맑음. 부산釜山에 머물렀다.

본진本鎭(부산진)의 첨사僉使 이응혁李應爀은 바로 나와 죽마고우인 이시보李時甫의 아들로서, 모든 의식을 행할 때 극히 조리가 있으니, 좋은 사또라 할 만하다.

부산 첨사는 '접왜사接倭使(왜국 사신을 접대)'라 하며 또 '부영대장釜營大將'이라고도 한다. 쓰시마 태수對馬島太守가 서계書契를 보낼 때에는 반드시 '동래부산양영공 합하東萊釜山兩令公閤下'라고 부르니, 다른 나라로부터 중요시되고 있다는 것을 이것에 근거하면 알 수 있다. 그래서 무반武班이라 하여 결코 소홀하게 여겨서는 안 된다.

지금 첨사 이응혁은 일찍이 통신사 서명응徐命膺[62]의 군관軍官으로 차

62 서명응(徐命膺): 1716년(숙종42)~1787년(정조11). 호는 보만재(保晩齋)이며, 1754년(영조30) 증광 문과에 급제하고 부제학·이조판서를 거친 뒤, 청나라 연경(燕京)에 사행으로 다녀왔다. 그 뒤 대제학을 거쳐 정승에 오르고 봉조하(奉朝賀)에 이르렀다. 흔히 북학파의 비조로 일컬어지며, 이용후생을 추구하는 학문 정신은 아들 서호수(徐浩修), 손자 서유구(徐有榘)에게 이어져 가학(家學)의 전통이 세워지기도 하였다.

출되었는데, 서 영공이 그가 먼저 가서 정세를 탐지하기 위해 본진本鎭에 차출하도록 도모하였고, 공주公州 본거지로부터 조정에 하직인사까지도 생략하고 보낸 것이다. 내가 봄에 서 영공을 승정원에서 만나 다음과 같이 말했다.

"부산진 첨사는 이미 왜인들이 중시하는 직위지만, 통신사의 비장裨將은 왜인들이 존귀하게 접대하지 않습니다. 한때 데리고 가기 위해 변방의 군영을 평상시에 무시당할 수 없고, 또 부산 첨사가 차왜差倭(왜국의 임시 외교 사절)를 접대하는 잔치에, 수석 통역관이 이쪽저쪽에 말을 통역하느라 첨사의 의자 앞으로 종종걸음하면서 명령을 듣는 것은 저 왜인들이 알고 있는 일입니다. 왜인들이 통신사 행차 때에 수석 통역관을 칭하여 '상상관上上官'이라 하고, 군관軍官을 일컬어 '상관上官'이라 하는데, 지금 만약 저 왜인들이 아는 부영대장釜營大將을 낮추어 수석 통역관의 아래에 두게 한다면, 저 왜인들이 뒤에 반드시 '부산 첨사는 원래 물망이 가벼운 자다'라고 하여 마땅히 업신여겨 깔보고 비천하게 여겨 짓밟으려 할 염려가 있을 것입니다. 변방 정세를 중히 여기는 방법에 있어서, 결코 데리고 가서는 안 될 것입니다." 그러자 서 영공은 '왜인들이 대우하는 부산 첨사를 막비로 데리고 간다면, 통신사가 더욱 존중받게 될 것이오.'라고 말하면서, 내 말을 믿지 않았다. 내가 '통신사가 존중받는 것은 그런 데에 있지 않으며, 오히려 변방의 정세가 경시되는 것이 반드시 여기에서 비롯되는 것입니다."라고 하였다.

한나절 동안 다투며 논하였으나 끝내 뜻을 굽히어 들어주지 않았다. 조정 대신들이 서 영공의 말을 듣고 데리고 가는 것을 허락하였다가, 내 말을 듣고서야 비로소 실정을 깨닫고 데리고 가지 못하게 하였다. 그러자 서 영공이, 이응혁李應爀이 군관軍官을 피하려 한다고 연석筵席

(신하가 임금의 자문에 응답하던 자리)에서 아뢰어 충군充軍[63]하는 벌까지 내리게 하였다. 이튿날 연석에서 임금께서 이 일을 신하들에게 묻고 변방의 정세를 혹시라도 가볍게 여길까봐 깊이 염려하여 누누이 하교下敎하셨으니, 이것은 참으로 만 리 밖의 일을 환하게 살펴서 알고 있는 것이다. 대신들이 그때서야 비로소 부제조副提調 조엄이 이런 의론을 꺼낸 것이라고 임금께 아뢰었다.

임금께서 하교하며 말하기를 "부제조가 과연 먼저 깨달았으니, 옳고 옳도다. 그러나 옛날에는 생각한 것이 있으면 번번이 상소를 하였는데, 지금은 하지 않고 있다. 이것은 그릇된 것이니, 다만 사례事例를 진술하여 알리는 것이 좋겠다."라고 하였다.

비천한 이 몸이 전후의 변방 사례 및 사세에 방해되는 것을 갖추어 아뢰니, 임금이 크게 깨닫고 별도로 비망기備忘記(임금의 명령을 적어서 승지에게 전하는 문서)를 내려 이응혁의 충군하는 벌을 다시 거두었다. 그리고 서 영공은 파직하였다가, 다시 통신사를 파직하는 것이 또한 가볍게 여길까봐 염려하여 역시 다시 명을 거두었으니, 처분이 타당하여 변방의 정세가 저절로 중요해졌다. 이는 공적인 일을 위해서 다행한 것이지, 꼭 내 의론의 민첩함을 기쁨으로 삼을 만한 것은 아니다.

지금 부산에 도착하여 자세히 일의 형세를 생각해 보니, 말한 바가 털끝만큼도 사사로운 뜻에서 나오지 않았다는 것을 한층 더 깨달았다.

이응혁은 나에게 아주 가까운 친족과 다름이 없었으나, 진실로 그의 처지를 위해 괴로운 부역을 벗어나도록 꾀하는 마음이 있었다면 어찌 한 마디의 말이 임금 앞에서 신임을 받게 되었겠는가?

무릇 공과 사의 사이에 남에게 의심을 받는 것 또한 자신의 정성과

---

63 충군(充軍): 죄를 지은 벼슬아치를 군역에 복무시키거나 죄를 지은 평민을 천역군(賤役軍)에 편입시키던 형벌의 한 가지.

신의가 부족한 것이니, 또 어찌 남을 탓할 필요가 있겠는가?

곤양 군수昆陽郡守 조관趙琯이 와서 배알하였다.

晴. 留釜山. 本鎭僉使李應爀. 卽竹馬友李時甫子也. 凡諸擧行. 極有條理. 可謂好主人也. 釜山僉使. 是稱接倭使. 而亦稱釜營大將也. 馬島太守書契時. 必稱東萊釜山兩令公閤下. 其取重於他國. 據此可知. 決不可以武班而忽之也. 時僉使李應爀. 曾差徐信使軍官之故. 徐令爲其先往探情. 圖差本鎭. 自公州任所. 除朝辭而送之. 余於春間. 逢着徐令於喉院. 以釜鎭旣是取重於彼人之職. 信使幕裨. 彼人之接待不尊. 不可爲一時帶去. 致使邊鎭. 見輕於他日. 且釜山僉使宴享差倭之時. 首譯輩通語彼此. 趨走聽命於僉使交椅之下. 此彼人之所知也. 彼人於信行時. 稱首譯曰上上官. 稱軍官曰上官. 今若使彼人所知之釜營大將. 屈置於首譯之下. 則彼人後必曰. 釜山僉使自是望輕者. 應有凌蔑賤踏之患. 其在重邊情之道. 決不可率去云爾. 則徐令以爲. 以彼人見待之釜山僉使. 帶去幕裨. 則通信使益爲尊重云云. 而不信之. 余則以爲. 信行之尊重. 不在於此. 邊情之見輕. 必由於是. 半日爭難. 終不回聽矣. 廟堂大臣. 聞徐令之言. 許其率去. 及聞余言. 始乃覺悟. 使之不得率去. 則徐令以李應爀謀避軍官之意. 陳達筵中. 至施充軍之罰矣. 翌日筵席. 上下詢此事. 而深慮邊情之或輕. 縷縷辭敎. 實是明見萬里矣. 大臣始以副提調果發此論仰達之. 上敎曰. 副提調果爲先覺. 是矣是矣. 然古則有所懷輒陳疏. 今不爲之. 此則非矣. 第爲陳達事例可也. 賤臣備陳前後邊例及事勢之掣碍者. 上大悟之. 別下備望. 還收李應爀充軍之罰. 徐令則罷職矣. 更以信使罷職. 又恐見輕. 亦爲還收. 處分得當. 邊情自重. 爲公而幸. 不必以己論之快捷爲喜也. 今到釜山. 細想事勢. 益覺所言之不出於一毫私意矣. 李應爀於吾. 無異至親. 苟有爲渠地. 而圖免苦役之心. 則豈一言見符於君父之前耶. 大凡公私之間. 致人疑阻者. 是亦自己誠信之不足. 又何必尤人也哉. 昆陽郡守趙琯來謁.

1763년 8월 24일

비가 조금 내렸다. 부산釜山에 머물렀다.

우리 삼사가 묵는 곳이 서로 멀지 않았다. 그래서 아무 때나 오고가면서 간혹 서로 모여 활도 쏘고 이야기도 하였는데, 다 기록할 수 없다.

小雨. 留釜山. 三使下處不遠. 故無時往來. 或相會射帿打話. 不能盡記.

1763년 8월 25일

맑음. 부산釜山에 머물렀다.

晴. 留釜山.

1763년 8월 26일

맑음. 부산釜山에 머물렀다.

晴. 留釜山.

1763년 8월 27일

맑음. 부산釜山에 머물렀다.
황산 찰방黃山察訪 안치택安致宅이 와서 배알하였다.

晴. 留釜山. 黃山察訪安致宅來謁.

1763년 8월 28일

맑음. 부산釜山에 머물렀다.
거창 부사居昌府使 최정창崔挺昌이 와서 배알하였다.

晴. 留釜山. 居昌府使崔挺昌來謁.

1763년 8월 29일

맑음. 부산釜山에 머물렀다.

합천 군수陜川郡守 심용沈鏞·초계 군수草溪郡守 이방인李邦仁, 이 고을 사또 정만순鄭晩淳·기장 현감機張縣監 하명상河命祥이 와서 배알하였다.

晴. 留釜山. 陜川郡守沈鏞. 草溪郡守李邦仁. 主倅鄭晩淳. 機張縣監河命祥來謁.

1763년 8월 30일

맑음. 부산釜山에 머물렀다.

현풍 현감玄風縣監 조장진趙長鎭이 와서 배알하였다.

晴. 留釜山. 玄風縣監趙長鎭來謁.

1763년 9월 1일

일식日食 현상이 나타나고, 날씨는 맑았다. 부산釜山에 머물렀다.

새벽에 망궐례望闕禮를 하였다. 이어 국서를 사대査對(외국에 가는 문서를 살펴 틀림이 없는가를 확인하는 일)하였는데, 예조의 서계 속에 관백關白의 이름자가 있어 기휘忌諱에 저촉되고, 문서의 어간 사이사이에 기후의 절기가 잘못된 곳도 있었다. 그래서 바로 지워버리고 사유를 달아 장계를 올렸다.(등본은 아래에 있다) 단성 현감丹城縣監 이지광李趾光이 들어와 배알하였다.

日食晴. 留釜山. 曉行望闕禮. 仍行國書查對. 而禮曹書契中有關白名字觸諱處. 措語間亦有節候差異者. 故卽爲擦字. 具由狀聞. 謄本在下 丹城縣監李跙光入謁.

1763년 9월 2일

바람이 불고 흙비가 내렸다. 부산釜山에 머물렀다.

風霾. 留釜山.

1763년 9월 3일

아침에 비가 내리다가 곧 그쳤다. 부산釜山에 머물렀다.

종사관 및 문사文士·군관 20여 명과 해운대에 가서 구경하는데, 좌수사가 음식을 장만해 와 접대하였다. 합천 군수陜川郡守가 뒤따라 와서 같이 참석하였다.

동래에는 해운대海雲臺·몰운대沒雲臺 두 대가 있는데, 몰운대는 다대진多大鎭 오른쪽에 있고, 해운대는 좌수영 왼쪽에 있다. 구경하는 사람들이 서로 우열을 다투어, 거의 영남루嶺南樓가 촉석루矗石樓보다 뛰어나다느니 촉석루가 영남루보다 뛰어나다느니 변론하는 것과 같았다. 대개 몰운대는 앞에 벌여 있는 작은 섬들이 아늑하게 아름답고 고와서 마치 아름다운 여자가 화초 떨기 속에 단장하고 있는 것 같다. 해운대는 대 앞의 기이한 암석이 3면을 둘러싸서 층층이 굽이져 천 명 쯤 앉을 만하며, 전면이 드넓어 바로 쓰시마와 맞대고 중간에 장애가 되는 어떤 물건도 없다. 그래서 마치 활달한 사내가 흉금胸襟을 드러내 놓고 만 가지 형상을 보여주는 것과 같다.

전후의 시인과 길손이 두 대를 논평한 것이 나의 이 견해와 과연 부

해운대(海雲臺).

부산광역시 해운대구 중동 일대의 명승지. 신라의 학자 최치원(崔致遠)이 낙향하여 절로 들어가는 길에 우연히 이 곳에 왔는데, 주변의 경치가 너무나 아름다워 동백섬 동쪽 벼랑의 넓은 바위 위에 '해운대(海雲臺)'라고 새겼다. 지명이 이것에서 유래하였다.

몰운대(沒雲臺).

낙동강 하구와 바다가 맞닿는 곳인 다대포와 인접하고 있다. 이 곳은 안개와 구름이 자주 끼어, 시야를 가리기 때문에 '몰운대'라고 불린다. 다대포와 몰운대는 조선시대 국방의 요충지로서 임진왜란 때는 격전이 벌어졌으며, 이순신(李舜臣) 장군의 선봉장이었던 정운(鄭運)이 이 앞바다에서 500여척의 왜선을 맞아 싸우다가 순국한 곳이다.

합하는지는 알 수 없다.

오늘은 비를 뿌리고 흐렸는데, 오후에 잠시 갰다. 바다 물결이 흔들리지 않고 물빛이 매우 맑아 쓰시마를 쉽게 살필 수 있으니, 산 모양이 완연히 눈앞에 있는 것 같다.

일찍이 동래부에 있었을 때, 해운대에는 두 번 오르고, 몰운대에는 한 번 오르고, 부산장대釜山將臺에는 한 번 오르고, 의상대義相臺에는 한 번 올라서 멀리 쓰시마를 바라보았었다. 그러나 오늘처럼 분명하게 본 적이 없었다. 마음껏 놀다가 해가 저물 무렵쯤 끝내고 밤에 부산으로 돌아왔으니, 왕복 60리였다.

朝雨旋晴. 留釜山. 與從事官及文士軍官二十餘人. 往觀海雲臺. 左水使出待供饋. 陜川郡守隨後同參. 萊州有海雲沒雲兩臺. 沒雲在多大鎭右. 海雲在左水營左. 觀者互爭優劣. 殆如嶺南勝矗石. 矗石勝嶺南之辨矣. 蓋沒雲臺則羅前小島. 窈窕佳麗. 有若美貌女子. 凝粧於花卉叢中. 海雲臺則臺前怪岩. 周回三面. 層層曲曲. 可坐千人. 而前面廣闊. 直對對馬島. 無一物中間碍滯者. 有若軒豁丈夫. 披露胷襟. 以示萬象者也. 前後騷人過客之評論兩臺. 未知果符於此見否也. 是日灑雨而陰. 午後乍晴. 海波不搖. 水光洞澈. 平視馬島. 山形宛如在眼前. 曾在萊府時. 兩登海雲. 一登沒雲. 一登釜山將臺. 一登義相臺. 遙望馬島. 而未有若今日之見得分明也. 極意而遊. 終日而罷. 夜歸釜山. 往來爲六十里.

1763년 9월 4일

맑음. 부산釜山에 머물렀다.

합천陜川 군수가 통신사행의 일에 대해 묻기에 내가 다음과 같이 대답하였다.

"다른 나라에 가서 오로지 응대하는 것이 본래 처리하기가 어려운 사단事端이 많지요. 지금 일행으로 말하자면 원역員役으로부터 격군格

軍(사공 일을 돕던 뱃사람)에 이르기까지 거의 5백 명에 육박하오. 그중에는 무예로 이름난 군관도 있고 자제 군관子弟軍官과 장사壯士 군관도 있어, 같은 막료幕僚 아래에 이 3가지로 구분되지요. 또 제술관製述官과 서기書記가 있어, 문사文士 또한 두 가지 명목名目으로 구분되오. 또 왜역倭譯과 한역漢譯이 있어 역관도 두 가지 명목으로 구분되며, 의관醫官도 있고 사자관寫字官도 있으며, 화원畫員도 있고 별파진別破陣·마상재馬上才·전악典樂·이마理馬 등의 명색名色이 있소. 원역은 46명인데 명색이 이와 같이 많은 중에도 각각 어느 어느 색으로 구분하여 세 명 사신의 방에 구분되어 소속되어 있소. 군대의 군문軍門은 비록 수만 명의 사졸士卒이 모여 있을지라도 대隊·초抄·사司·부部의 편제로 만들어져 있어 자연히 순서가 있고, 호령이 한 번 상장上將에게서 내려지면 저절로 시행되게 되어 있지만, 통신사 일행은 그렇지 아니하여, 명령이 여러 곳에서 내려지오. 또 장사將士들은 마음과 힘을 한가지로 하여 형세를 서로 의지하지만, 이 통신행차는 그렇지 아니하여 명색名色이 가닥이 많고 지향하는 바가 가지런하지 아니하여 통솔하기가 참으로 장애가 많소. 여러 사람을 거느리는 방도는 참으로 거느리는 사람의 됨됨이가 어떠한가에 달려있는데, 이 5백 명을 거느리기는 실로 군사 5천 명을 거느리기보다도 어려운 점이 있으니, 나 같이 재주가 없는 사람으로는 진실로 이 상사上使(사신의 우두머리)의 책임을 감당하기가 참으로 어렵소이다." 그러자 합천 군수는 "그 말씀은 정말로 그러합니다."라고 하였다. '만일 이 5백 명을 잘 거느릴 수 있다면 5천 명의 군사도 거느릴 수 있다'라고 했던 나의 이 말은 내가 이 일을 잘할 수 있다는 말이 아니다.

남몰래 일행의 기색氣色을 살펴보아, 서로 어긋나 거슬리는 단서가 없지는 않았기 때문에 이처럼 견주어 보며 의론한 것이다. 다행한 것은 우리 세 명의 사신의 논의가 모든 일에 있어서 남과 나를 가리는 의심이 없다는 것이다. 거제 부사巨濟府使 이방오李邦五가 와서 배알하였다.

晴. 留釜山. 陜川倅問以使事. 余答之以專對異域. 固多難處之事端. 而以目下行中言之. 自員役至格卒. 殆近五百人. 而其中有名武軍官焉. 有子弟軍官焉. 有壯士軍官焉. 同幕之中. 分此三色焉. 又有製述官焉書記焉. 文士之中. 亦分二目焉. 又有倭譯焉漢譯焉. 譯官之中. 又分二目矣. 又有醫官焉. 又有寫字官焉. 又有畫員焉. 又有別破陣馬上才典樂理馬等名色. 員役四十六人. 而名色若是其夥然之中. 各分某某色. 分屬三使臣房矣. 軍門則雖至累萬士卒. 作隊作抄作司作部. 自有挨次之法. 號令一出於上將. 則自可流行. 而此行則不然. 令出已多門矣. 將士則同心同力. 形勢相須. 而此行則不然. 名色多端. 趨向不齊. 統率誠捍格矣. 御衆之道. 固在爲將者之如何. 而領此五百人. 實有難於將兵五千. 以余不才. 誠難堪此上价之任矣. 陜倅以爲此言果然. 若能善御此五百人. 可將五千人云. 余之此言. 非日能之. 竊觀行中氣色. 自不無牴牾之端. 故有此比方之論. 而所可幸者. 三使之相議. 凡事無有物我之嫌耳. 巨濟府使李邦五來謁.

1763년 9월 5일

맑음. 부산釜山에 머물렀다.

晴. 留釜山.

1763년 9월 6일

맑음. 부산釜山에 머물렀다.

해신제海神祭 의식을 익히기 위해 우리 세 명의 사신이 여러 집사執事들과 함께 영가대永嘉臺에 가서 의식을 연습하고, 이어 각자 재계齋戒(몸과 마음을 깨끗이 함.)하였다. 진해 현감鎭海縣監 성아成埜가 와서 배알하였다.

晴. 留釜山. 以海神祭習儀. 三使與諸執事. 同往永嘉臺習儀. 仍各致齋. 鎭海縣監成埜來謁.

1763년 9월 7일

맑음. 부산釜山에 머물렀다.

산음 현감山陰縣監 서명규徐命珪가 와서 배알하였다.

晴. 留釜山. 山陰縣監徐命珪來謁.

1763년 9월 8일

맑음. 부산釜山에 머물렀다.

밤 11시쯤에 우리 삼사와 여러 집사들이 영가대에 모여 해신제海神祭를 지냈는데, 관례이다.(제문祭文은 아래 있음. 집사는 일행 중의 사람임)

영가대 앞에 3층의 단壇을 쌓았다. 제일 위층에 신위神位를 모셨는데, 위패位牌는 '대해신위大海神位'라 쓰고 제물을 진열하였다. 가운데 층에는 향로와 향을 놓고, 아래층에서는 헌관獻官과 집사가 일을 주관하였다. 3단의 아래에는 제관祭官 이하 집사들의 내반內班 자리를 만들고 주위에는 포장을 둘러쳐 바다 신이 출입할 문을 만들었으며, 문 밖에는 또 외반外班의 자리를 만들어, 인접引接하고 행례行禮하기를 모두 법식대로 하였다. 홀기笏記(제사의 진행 순서를 읽으면서 제사를 진행하는 글)는 《오례의五禮儀》의 '해독海瀆에게 제사 지내는 의식'에다가 약간 덧붙여서 썼다.

오늘 밤에는 하늘이 청명하고 바다색이 맑았으며, 때때로 동북풍東北風이 살살 불어 갑자기 신령神靈이 강림하는 것 같았다. 그래서 일행 모두가 서로 머리를 들어 축하하기를 "제례祭禮가 잘 진행되었으니, 이번

영가대(永嘉臺).

부산광역시 동구 범일동에 있다. 처음 건립할 당시에는 이름이 없었는데, 1624년(인조2) 일본 사신을 맞이하기 위해 부산에 파견된 선위사(宣慰使) 이민구(李敏求)(1589년~1670년)가 순찰사 권반(權盼)(1564년~1631년)의 본향(本鄕)인 안동의 옛 지명 '영가(永嘉)'를 따서 이름 붙였다. 이후 영가대는 조선 후기 통신사를 비롯한 역대 대일(對日) 사신들이 무사 항해를 기원하며 해신(海神)에게 제사를 지내던 해신제당(海神祭堂)의 역할은 물론, 출발과 귀환의 상징적인 지점이 되기도 하였다.

행차에 반드시 좋은 바람을 만나 큰 바다를 편하게 건너가겠습니다." 라고 하였다.

제사가 끝나 객사客舍로 돌아왔다.

밀양 부사密陽府使 이익현李益炫이 보러 왔다.

晴. 留釜山. 子時三使及諸執事. 同會永嘉臺. 設行海神祭例也. 祭文在下執事行中 築三層壇於永嘉臺前. 設神位於上層. 位板書以大海神位. 陳設祭物. 中層置爐香. 下層獻官執事將事. 三壇之下. 設祭官以下執事內位. 周回布帳以作神門. 門外又設外班位. 引接行禮. 俱皆如式. 而笏記則五禮儀祭海瀆儀. 略加增刪. 是夜天氣淸明. 水色瑩澈. 時有東北風. 拂拂而起. 倏然若神靈之來格. 一行上下諸人. 矯首相賀日. 祭禮順成. 今行必得好風. 利涉大海也. 祭罷還客舍. 密陽府使李益炫來見.

1763년 9월 9일

맑음. 부산釜山에 머물렀다.

좌수사左水使 심인희沈仁希가 보러 왔는데, 아마도 내일 잔치를 베풀기 위한 이유인 듯하였다. 자여 찰방自如察訪 신광보申光輔가 와서 배알하였다.

晴. 留釜山. 左水使沈仁希來見. 蓋爲明日設宴故也. 自如察訪申光輔來謁. .

1763년 9월 10일

맑음. 부산釜山에 머물렀다.

옛날에 조정에서 통신사 일행에게 네 곳에서 전별연을 차려 주도록 명하였다. 충주 · 안동 · 경주 · 동래가 바로 그곳이다. 얼마 지나지 않아 세 곳에서의 잔치는 없애고 다만 좌수사에게 잔치를 베풀어 주되

날을 가려 거행하게 하였다.

오늘 우리 세 명의 사신 및 일행의 원역들이 객사에 일제히 모였는데, 객사의 건물이 좁아서 넓게 부계浮堦[64]를 설치하고 많은 기생과 풍류를 모집했다. 삼사와 좌수사는 주객의 자리에 구분하여 앉았고, 나머지 사람들은 모두 순서대로 앉았다. 자리를 정돈한 다음에 상을 받았는데, 상차림이 매우 융숭하였다. 차茶로 술을 대신하여 9잔7미九盞七味(성대한 잔치를 말함)의 예를 행하였다.

사람들 모두 머리에 고운 빛깔의 꽃 한 송이를 꽂고 상에 가득한 진수성찬을 배부르게 먹으면서 임금이 내려주신 것을 영광스럽게 여겼으며, 임금의 은혜에 대해 감사하게 여긴 나머지 기뻐하면서 나그네의 괴로움을 잠깐 잊었다.

공적인 연회가 끝난 뒤에 좌수사가 사적인 연회를 이어서 베풀었다. 여러 풍악이 번갈아 연주되고 군무群舞가 일제히 펼쳐졌으며, 청사초롱이 벽에 걸려 마치 대낮처럼 황홀하고, 상 위에 벌여 놓은 꽃병이 흡사 봄 동산과 같았다. 또 하나의 기이한 구경거리였다. 한밤중이 되어서야 연회를 마쳤다.

晴. 留釜山. 信使之行. 古則自朝家命賜餞宴於四處. 忠州安東慶州東萊是也. 中古以來. 罷三處宴. 只令左水使設宴. 而擇日擧行矣. 是日三使及一行員役. 齊會客舍. 廳舍不足. 廣設浮堦. 大會妓樂. 使臣與水使. 分主客位. 餘皆以次而坐. 正席而受床. 甚盛饌也. 茶以代酒. 行九盞七味之禮. 人皆頭揷一枝彩花. 腹飽滿盤珍羞. 榮君賜而感君恩. 欣欣然頓忘客苦矣. 公宴罷後. 水使繼設私宴. 衆樂迭奏. 群舞齊起. 掛壁紗籠. 怳然若淸晝. 列案甁花宛然如春園. 亦一奇觀也. 夜分而罷.

64 부계(浮堦): 특정한 행사를 하기 위하여, 장나무나 널빤지를 사용해서 고가(高架)처럼 높다랗게 얽어매어 설치한 일종의 구조물을 말한다.

1763년 9월 11일

비가 내렸다. 부산釜山에 머물렀다.

우리 삼사 및 일행인 원역들을 모두 모아 객사에서 음식을 차려 위로하였는데, 사람마다 고기 1꼬치, 탕湯 1그릇, 떡 1접시, 과일 1가지씩을 모든 인원에게 고르게 주었다.

내가 지난 경진년(1760년, 영조36)에 이 도의 관찰사로 있을 때 조창漕倉을 처음 설립하였다. 세곡을 실은 배가 떠날 때에는 좌우의 조창을 순찰하면서 음식을 차려 사공과 격군格軍들에게 먹이고, 배따라기를 연주하면서 바닷가에 나가서 전송하였다.

이번 통신사 행차에도 음식을 차려 위로하는 예를 처음으로 만든 것은, 다만 윗사람과 아랫사람들의 객지에서의 향수를 위로하는 것일 뿐이니, 전례의 유무가 무슨 상관이겠는가?

비가 막 오려고 하여 사공과 격군들은 같은 뜰에서 먹일 수 없었다. 그래서 가까이 있는 비장裨將에게 각각 그들이 탈 배 위로 가지고 가서 먹게 하였고, 또 삼현三絃을 주어 즐기게 하였는데, 각 배 사람들의 즐거움과 가무歌舞가 참으로 볼만했다고 한다. 대청마루에서의 놀이 또한 어제와 같았는데, 통금시간이 되어서야 그쳤다.

울산 부사蔚山府使 홍익대洪益大가 또 일부러 와서 서로 만났다.

雨. 留釜山. 三使及一行員役. 齊會設犒饋於客舍. 人各一串肉一椀湯一器餠一色果. 上下諸人惟均. 余於庚辰按本道時. 刱設漕倉. 當其發船也. 巡到左右漕倉. 設犒饋餉沙格. 奏行船樂. 臨海濱而送之. 今於信使之行. 亦爲刱出犒饋之例. 只欲慰上下之客懷. 何關前例之有無也. 雨意頗緊. 沙格則未能同庭而食. 使親裨領賜于各其船上. 且給三絃以樂之. 各船之歡娛歌舞. 誠亦可觀云爾. 堂上之遊. 亦如昨日. 犯夜而罷. 蔚山府使洪益大. 又爲委來相見.

1763년 9월 12일

하루 종일 비가 내렸다. 부산釜山에 머물렀다.

釜山雨終日. 留釜山.

1763년 9월 13일

맑음. 부산釜山에 머물렀다.

오늘은 바로 우리 임금께서 탄생하신 날이라서 새벽에 망궐례望闕禮를 하였다. 식사한 뒤에 국서를 모시고 예에 맞게 차림을 갖추어 일행이 동시에 배를 탔는데, 이는 임금께서 배에 오르라고 허가한 날이기 때문이다.

모든 절차를 하나같이 바다를 건너는 법식과 같이 하여 닻을 올리고 배를 띄워 바다 어귀 10여 리까지 나왔다. 하지만 바람의 기세가 순조롭지 않아 돌아와 정박하고 육지에 내렸는데, 의장대儀仗隊의 모든 것이 성대하게 갖추어졌다고 할 만하였다. 모습이 같은 여섯 척의 배를 분별하기 어려워 등불과 촛불의 숫자 및 초롱의 빛깔, 포砲와 화전火箭의 숫자가 많고 적음을 가지고 기선騎船(사람을 싣는 배)과 복선卜船(짐을 싣는 배)을 분별하려고 새롭게 조목條目을 정했었다.

오늘 시험해 보니 역시 모두 명령한 대로 응하였다.

경주 부윤慶州府尹 이해중李海重 · 웅천 현감熊川縣監 김광한金光漢이 보러 왔다.

釜山晴. 留釜山. 是日卽我聖上誕彌之辰也. 曉行望闕禮. 食後奉國書具威儀. 一行同時乘船. 以其啓下乘船日故也. 凡節一如渡海例. 擧碇發船. 行出洋口十餘里. 以風勢不順. 還泊下陸. 軍儀凡百. 可謂盛備. 同樣六船. 有難卞別. 乃以燈燭之柄

數與籠色. 放砲與火箭之放數多寡. 欲卞其各船騎卜. 有所新定條目. 是日試之. 亦皆應令矣. 慶州府尹李海重. 熊川縣監金光漢來見.

1763년 9월 14일

맑음. 부산釜山에 머물렀다.

창원 부사昌原府使 전광훈田光勳이 와서 배알하였다.

釜山晴. 留釜山. 昌原府使田光勳來謁.

1763년 9월 15일

맑음. 부산釜山에 머물렀다.

새벽에 망궐례를 하였다.

우리 임금께서 탄생하신 날은 실제로 이번 달 13일이었다. 여러 신하들이 금년에 임금의 나이가 만 70세여서 탄생하신 날에 하례賀禮를 거행하려 하였는데, 임금께서 추모追慕하는 효심孝心 때문에 당일에 하례식을 거행하지 못하였다. 그러자 임금께서 여러 사람들의 심정을 굽어 따르시어 하례식을 오늘로 연기하여 치르게 하신 것이다. 그래서 우리 세 명의 사신과 일행 원역들이 망하례望賀禮를 하며 천세千歲를 세 번 불렀는데, 멀리 축강祝岡(임금의 복록이 성대하기를 축원하는 것)의 정성이 간절하였다.

일행이 물러나자 풍악을 베풀어 그 기쁨을 기념하는 뜻을 보였다.

晴. 留釜山. 曉行望闕禮. 我聖上誕彌之辰. 實在今月十三日. 諸臣以今年聖壽洽滿七十. 欲爲擧賀於誕辰. 則自上以追慕之孝. 不擧當日之陳賀. 亦爲曲循群情. 退行陳賀於今日. 故三使與一行員役. 行望賀禮. 三呼千歲. 遙切祝岡之忱. 一行退以設樂. 以示志喜之意.

1763년 9월 16일

맑음. 부산釜山에 머물렀다.

대구 판관大丘判官 이성진李宬鎭·흥해 군수興海郡守 김기로金起老·황산 찰방黃山察訪 안치택安致宅이 보러 왔다.

오후에 우리 세 명의 사신이 경주 부윤과 함께 영가대永嘉臺에 가서 달이 뜬 뒤에 각각 부산진의 배를 타고 기녀妓女와 풍악風樂을 싣고 바다 가운데로 나갔다. 이때에 가을 달이 둥글게 막 떠오르고 금빛 파도가 잔잔하여, 배를 서로 연결시켜 노를 천천히 저으며 갔다.

부산 첨사가 중간쯤에서 횃불놀이를 하라는 명령을 하니, 10리 해변이 갑자기 휘황찬란한 불야성不夜城이 되어 바닷물을 훤하게 비쳤다. 그 경치가 기이한 절경이라고 할 만하였다. 경주 부윤慶州府尹이 배 위에서 잔치를 베풀어 마음껏 놀다가 밤이 깊어서야 그치고 돌아왔다.

晴. 留釜山. 大丘判官李宬鎭. 興海郡守金起老. 黃山察訪安致宅來見. 午後三使與慶尹. 同往永嘉臺. 月出後各乘鎭船. 載妓樂出洋中. 于時秋月方圓. 金波不動. 結船而行. 緩棹而流. 釜山僉使. 中流行炬火令. 十里海邊. 倏然作煌煌火城. 映映海水. 景色可謂奇絕. 慶尹設宴於船上. 極意而遊. 夜深罷歸.

1763년 9월 17일

맑음. 부산釜山에 머물렀다.

김해 부사金海府使 심의희沈義希·의흥 현감義興縣監 김상무金相戊가 와서 보았다.

晴. 留釜山. 金海府使沈義希. 義興縣監金相戊來見.

1763년 9월 18일

맑음. 부산釜山에 머물렀다.

다대포 첨사 전명좌全命佐가 와서 배알하였고, 좌수사가 여러 차례 보러 왔으며, 부산 첨사가 아침저녁으로 와서 배알하였지만, 다 기록할 수 없다.

晴. 留釜山. 多大僉使全命佐來謁. 左水使累次來見. 釜山僉使朝夕入謁. 不能盡記.

1763년 9월 19일

맑음. 부산釜山에 머물렀다.

晴. 留釜山.

1763년 9월 20일

맑음. 부산釜山에 머물렀다.

일행의 공사公私 복물卜物(말과 소에 실은 짐)을 종사관이 직접 검사하여 봉인하게 하고 배에 실고서, 만약 짐을 풀어야 할 일이 생기면 반드시 보고한 뒤에 풀어야 한다고 다시 여러 번 경계하여 타일렀다. 만일 금지 사항을 위반하는 일이 없다면 진실로 다행이겠지만, 혹시라도 법에 어긋나는 경우가 있으면 일의 형편상 용서하기 어렵다.

만 리 먼 길을 같이 가는 사람에게 법을 시행하는 일을 어찌 즐거워서 하겠는가?

내가 바라는 것은 참으로 간사한 짓과 숨긴 물품을 적발하는 것에 있지 않고, 오직 처음부터 죄를 범하는 사람이 없게 하는 것에 있다.

아! 우리 원역들이 진실로 이런 내 마음을 알아준다면, 아마도 서로에게 다행한 일이 아니겠는가?

晴. 留釜山. 一行公私卜物. 從事官親爲搜檢. 封印載船. 而如有解卜之事. 則必令經稟而爲之. 更加申申戒飭之. 如無所犯禁. 則誠爲多幸. 若或有犯科者. 則勢難容貸. 施法於萬里同行之人. 夫豈樂爲哉. 余之所望. 實不在於發奸摘伏. 惟在於初無犯罪者. 嗟我員役. 苟能體此心. 則豈非人與我之幸歟.

1763년 9월 21일

맑음. 부산釜山에 머물렀다.

우리 세 명의 사신이 부산에 머무를 때에 일행들에게 음식물을 제공하는 것을 대개 영남의 71고을에서 돌아가며 나누어 담당하도록 하였다.

수백 리 밖에서 수송하는 폐단은 말하지 않아도 알 수 있거니와, 40~50일 동안 음식물을 접대하는 물자의 소비가 얼마이겠는가?

부산 사람들이 말하기를 "이번 행차에 음식물을 제공할 임시 장소를 마련하고 가마 · 솥 · 그릇 등을 준비하는데 하루에 들어간 세금이 백여 금이 넘었다."라고 하였다.

일이 너무 지나쳤으므로 주관하는 사람을 엄히 다스리고, 동래부에 공문을 보내 3분의 2로 줄이게 하였으며, 그 외 헛되이 중간에서 다 써버리는 폐단을 특별히 엄하게 금지하도록 조치하였다. 하지만 어찌 여러 고을에서 이러한 폐단이 없어지기를 바랄 수 있겠는가?

晴. 留釜山. 三使留釜山時. 一行支供. 例以嶺南七十一州輪回分定矣. 累百里外. 轉輸之弊. 不言可想. 而四五十日供億之需. 所費幾何. 釜山人曰. 今行設支供

假家. 備釜鼎器皿. 一日捧貰. 至過百餘金云. 事極過濫. 重治主張者. 行關萊府. 使之減三分之二. 餘外空中消融之弊. 另加嚴禁. 而何望其除弊於列邑也.

1763년 9월 22일

맑음. 부산釜山에 머물렀다.

사신행차를 호위하는 것에 대해 들으니, 대차왜大差倭[65] 다와라 헤이마藤如鄕, 재판왜裁判倭[66] 히라타 쇼자에平如任 · 도선주왜都船主倭 아사오카 이치가쿠紀蕃實 이하가 10여 척의 배를 가지고 사신행차를 호위하기 위하여 두모포豆毛浦 앞바다에 와서 정박하였다고 한다.

동래 부사 정만순鄭晩淳이 보러 왔는데, 내가 머무른 뒤로 3번이나 왔다.

晴. 留釜山. 聞護行大差倭藤如鄕. 裁判倭平如任. 都船主倭紀蕃實以下十餘隻. 爲護行來泊豆毛浦前洋. 主倅鄭晩淳來見. 前後凡三來.

---

65 대차왜(大差倭): 조선 후기 일본이 매년마다 보낸 사신 이외에 별도로 파견한 왜인을 차왜(差倭)라고 하였는데, 이들 가운데 조선 정부로부터 외교 사행으로 인정받은 차왜를 별차왜(別差倭)라고 하였다. 별차왜는 대차왜(大差倭)와 소차왜(小差倭)로 나뉘는데, 관백(關白)의 사망과 승계, 대마도주의 승계, 통신사(通信使)의 파견 요청 등 비교적 큰 사안이 있을 때 파견하는 사신이 대차왜이고, 소차왜는 대마도주의 사망, 강호(江湖)에 나갔던 대마도주의 귀환 사실 보고, 일본으로 표류한 사람의 인도 등을 위해 보내는 사신이었다.

66 재판왜(裁判倭): 재판차왜(裁判差倭)를 말한다. 1651년(효종2년)에 시작되었다. 공무로 나와서 왜관(倭館)에 머물러 있다가 일이 끝나면 돌아가는데, 머무르는 기간에는 제한이 없으며, 통신사 또는 문위관(問慰官)을 청할 때에는 와서 기다렸다가 호행하여 돌아갔다.

1763년 9월 23일

맑음. 부산釜山에 머물렀다.

대차왜大差倭가 지난번 9일 명절에 안부를 묻는 단자單子를 올렸는데, '영빙사迎聘使'라고 썼다. 그래서 사행使行을 가기도 전에 '사使'자를 쓰는 것은 합당하지 않다는 뜻을 일의 이치를 들어 책망하고 알려주었다.

오늘은 단자를 새로 고쳐 써왔는데, '영빙정관迎聘正官'이라고 썼다.

오화당 갈분五花糖葛粉 1근씩과 강고어羌古魚 10개를 세 명의 사신 앞으로 가져 왔는데, 단자는 각각이었으나 물건의 종류는 같았다. 저 사람들이 이미 사신행차를 호위하기 위하여 왔고, 또 전례를 따라 바치었기에 비장들의 처소에 나누어 주었다.

晴. 留釜山. 大差倭頃於九日佳辰. 呈問安單子. 而書以迎聘使. 故使行之前. 不當書以使字之意. 據理責諭矣. 今日則改書單子. 書以迎聘正官. 呈納五花糖葛粉各一斤羌古魚十箇於三使前. 各單而物種則同. 彼旣護行而來. 有此遵例而納. 故分給裨將廳.

1763년 9월 24일

맑음. 부산釜山에 머물렀다.

청도 군수淸道郡守 이李・영산 현감靈山縣監 강지환姜趾煥・기장 현감機張縣監 하명상河命祥이 보러 왔다. 아들 진관鎭寬이 표表・책策 두 가지로 증광대과增廣大科[67] 초시初試에 모두 합격했다는 소식을 듣고나니 나그네 회포가 매우 위로가 되었다. 하지만 아우 인서寅瑞는 나이 많은

67 증광대과(增廣大科): 나라에 큰 경사가 있을 때 기념으로 보이던 과거시험.

선비로서 낙방하여 매우 탄식할만하고 서로 바꿔주지 못하는 것이 한스러웠다.

대차왜에게 닭 2마리와 호두 · 생밤 각 5되, 장지壯紙 1속束, 재판왜와 도선주왜에게 각각 닭 2마리와 호두 · 생밤 각 5되씩을 보내주며 역관에게 안부를 묻게 하였다.

晴. 留釜山. 淸道郡守李. 靈山縣監姜趾煥. 機張縣監河命祥來見. 聞家兒鎭寬. 以表策俱中增廣大科初試云. 非不慰客懷. 而寅弟以老儒見屈. 極可咄歎. 恨不得移施之也. 大差倭處. 給雞二首胡桃生栗各五升壯紙一束. 裁判都船主倭處. 各雞二首胡桃生栗各五升. 使譯官存問之.

1763년 9월 25일

이슬비가 내렸다. 부산釜山에 머물렀다.

자인 현감慈仁縣監 정충언鄭忠彦이 와서 배알하였다.

微雨. 留釜山. 慈仁縣監鄭忠彦來謁.

1763년 9월 26일

맑음. 부산釜山에 머물렀다.

저녁 7시쯤에 왜인이 '한밤중에 장차 좋은 바람을 만나게 될 것이니, 행장을 꾸려 달뜨기를 기다렸다가 닻을 올리십시오.'라고 하였다. 하지만 날마다 서남풍이 연이어 불어와 날씨가 찌는 듯 무더웠다. 설령 동북풍이 불어오더라도 오래 지속되지 않을 것이며, 우리나라 사공들의 말 역시 불가하다고 하였다. 그래서 충분히 조심하고 삼가는 뜻에서 허락하지 않았다. 과연 밤중부터 약간 동북풍이 불어오다가 날이 밝을 무렵이 되어서 바람의 기세가 점차 그치고 도리어 서남풍이 불었다.

앞서서 매와 말을 싣고 먼저 출발한 왜인의 배가 바다 가운데서 표류하다가 저녁에야 절영도絕影島로 되돌아왔다고 하였다. 정말로 배를 출발시켰더라면 반드시 바다 가운데서 표류하는 지경에 이르러 마치 매와 말을 실은 배와 같았을 것이다. 이를 통해 말하건대, 왜사공의 말 또한 전적으로 믿어서는 안 될 것이다.

晴. 留釜山. 初更量倭人以爲夜半當得好風. 治裝而出. 待月擧碇云. 而日西南風連吹. 日氣薰蒸. 設有東北風. 必不久長. 且我國沙工之言. 亦以爲不可. 故以十分審愼之意. 不許之矣. 果自夜半. 微有東北風矣. 至平明風勢漸止. 反有西南風. 當初倭人所先發之鷹馬所載船. 逗留洋中. 夕還絕影島云. 果若發船. 則必致逗留洋中. 如鷹馬船矣. 以此言之. 倭沙工之言. 亦不可專信之矣.

1763년 9월 27일

맑음. 부산釜山에 머물렀다.

칠곡 부사漆谷府使 김상훈金相勳·함양 부사咸陽府使 이수홍李壽弘·비안 현감比安縣監 홍대원洪大源이 보러 왔다.

대차왜·재판왜·도선주왜 등에게 각각 약과藥果 15덩이, 닭 2마리, 대구大口 2마리씩을 보내고, 통역관에게 안부를 묻게 하였다. 왜사공이 또 '오늘 장차 좋은 바람이 있을 것입니다.'라고 말하면서, 우리에게 배 타기를 재촉하였다. 하지만 우리나라 사공들은 대부분 불가하다 하였는데, 날이 밝은 뒤에 보니 과연 서남풍이 불어왔다. 이른 새벽에 매와 말을 실어 보낸 왜인의 배가 기장機張 부근에서 맴돌며 표류하였는데, 왜사공들도 거듭하여 잘못 점친 것을 매우 부끄러워하는 기색이 있었다고 한다.

晴. 留釜山. 漆谷府使金相勳. 咸陽府使李壽弘. 比安縣監洪大源來見. 大差裁判都船主倭等處. 各給藥果十五立雞二首大口魚二尾. 使譯官存問之. 倭沙工又以謂今日當有好風. 促我乘船. 而我國沙工輩. 大以爲不可. 平明以後. 果爲西南風. 曉頭倭人所發送鷹馬船. 轉漂機張境. 倭沙工再次誤占. 頗有無聊之色云矣.

1763년 9월 28일

맑음. 부산釜山에 머물렀다.

晴. 留釜山.

1763년 9월 29일

맑음. 부산釜山에 머물렀다.

晴. 留釜山.

1763년 10월 1일

보슬비가 내리고, 온종일 서남풍이 불었다. 부산釜山에 머물렀다.

새벽에 망궐례를 하였다. 사신 가는 명을 받은 지 달이 이미 두 번이나 바뀌도록 여태 이렇게 머물러 있으니, 대개 바람의 기세가 순하지 않기 때문이다. 쓰시마는 부산의 사방巳方(정남쪽에서 약간 동남쪽 지점)에 위치하고 있으므로, 북풍을 만나면 곧장 갈 수 있다. 그런데도 전후 통신사의 행차가 반드시 동북풍이 불 때 건넌 것은, 비스듬히 부는 순풍順風의 편안함이 곧장 가는 순풍보다 낫기 때문이다.

요사이 날씨는 푹푹 찌고 바람의 방향이 일정하지 않았다. 한밤중이 지난 후에 북풍이 부는 것 같다가 새벽녘에는 서풍이 불며, 오전에는 남풍이 불어 미친 듯이 어수선하여 갈피를 잡을 수 없었다. 이런 바람의 기세에 어떻게 5백 명이 함께 탄 6척의 배를 경솔하게 띄울 수 있겠는가?

예전부터 통신사 행차가 부산에서 체류한 것이 대개 이와 같았기 때문에 그런 것이다. 오래도록 빈일헌賓日軒에 체류하여 매우 시름겹고 답답한지라 〈후풍사候風詞〉한 절구絕句를 짓고, 종사관과 제술관 · 서기관에게도 화답할 것을 요청하였다. 영천 군수永川郡守 윤득성尹得聖 · 성현 찰방省峴察訪 임희우任希雨가 보러 왔다.

지금 우리 일행이 거의 5백 명이나 되어 거듭하여 약조를 밝히지 않을 수 없었다. 그래서 이전 통신사 행차 때에 금지하던 법규 조항을 가져다가 상고하여 번잡한 문장은 삭제하고 미비한 점은 보충하였다. 이에 통일된 글을 만들어 '금제조禁制條' · '약속조約束條'라 이름을 짓고, 여러 원역들에게 알아듣게 타이르고 또 언문(한글)으로 써서 아래의 모든 노졸奴卒에게도 알리었지만, 그들이 처음부터 죄를 범하지 않게 하는 데에는 이르지 못하였다.

어찌 실효가 있기를 바라겠는가?(양조兩條는 아래에 있음).

灑雨終日西南風. 留釜山. 曉行望闕禮. 受命出疆. 月已再易. 尙此淹留. 蓋因風勢之不順. 馬島在釜山之巳方. 得北風可以直指. 而前後信行之必渡東北風者. 以其橫順之安穩. 有勝於直指之順風故也. 近來日氣蒸鬱. 風頭無常. 半夜以後則似有北風. 平朝而西. 未午而南. 顚狂胡亂. 不可取信. 如此風勢. 何可輕發五百人同乘之六舟乎. 從前信行之滯留釜山. 蓋亦如是而然. 久滯賓日軒. 愁鬱頗切. 作候風詞一絕. 要從事官製述書記之唱和. 永川郡守尹得聖. 省峴察訪任希雨來見. 今此一行. 殆近五百人. 不可不申明約束. 故取考前後信行時禁制條. 删其煩文. 補其未備. 合成一統文字. 名之曰禁制條約束條. 曉諭於各色員役. 又以諺書. 下布於諸般奴卒. 俾不至於初不犯罪. 而何望其有實效也. 兩條在下.

1763년 10월 2일

맑고 서남풍이 불었다. 부산釜山에 머물렀다.

좌수사 심인희沈仁希가 보러 왔다.

晴西南風. 留釜山. 左水使沈仁希來見.

1763년 10월 3일

맑고 서남풍이 불었다. 부산釜山에 머물렀다.

말과 매를 실은 배가 기장機張에서 돌아와 바람을 기다리는 곳에 정박하였다. 이 고을 부사와 신녕 현감新寧縣監 서회수徐晦修가 보러 왔다.

대차왜 · 재판왜 · 도선주왜에게 각각 닭 2마리, 생어生魚 2마리, 대구어 2마리를 보내면서 수석 통역관에게 안부를 묻게 하였다.

晴西南風. 留釜山. 鷹馬船自機張還泊待風所. 主倅新寧縣監徐晦修來見. 大差裁判都船主倭處. 各給雞二首生魚二尾大口魚二尾. 使首譯存問之.

1763년 10월 4일

맑고 서남풍이 불었다. 부산釜山에 머물렀다.

우리 세 명의 사신이 일제히 부사副使의 방에 모여 밤이 깊도록 이야기를 나누었다.

晴西南風. 留釜山. 三使齊會副房. 半夜打話.

1763년 10월 5일

맑음. 부산釜山에 머물렀다.

밤부터 북풍이 불다가 새벽녘 이후에 동풍이 불어오니 순풍이라 할 수 있겠다. 하지만 날이 이미 저물었을 뿐만 아니라, 신중하게 생각하여 우선 하루 낮 밤을 더 살펴보고 오래도록 불 바람인 것을 안 뒤에 배를 출발시키도록 하였다. 행장을 꾸려놓고 기다렸다.

남해 현령南海縣令 정택수鄭宅洙가 들어와 배알하였다.

晴. 留釜山. 自夜有北風. 平朝以後東風. 可謂順風. 而非但日勢已晩. 其在愼重之道. 姑爲更觀一晝夜. 知其長久之風. 然後可以發船. 束裝而待. 南海縣令鄭宅洙入謁.

19. 사스우라佐須浦 1763년 10월 6일. ~10월 10일)

맑고 동북풍이 온종일 불었다. 바다를 건너 사스우라佐須浦에 도착했다.

밤 11시쯤에 국서를 받들고 배에 올라 행장을 정돈하고 사람들을 점검하였으며, 닭이 처음 울 때 거정포擧碇砲(배 떠나갈 때에 쏘는 포)를 쏘고 여섯 척의 배가 일제히 출발하자, 동래부의 교리校吏들이 배 밖 멀리서 전송하고, 해안에 가득 모인 남녀가 모두 무사히 건너기를 빌었다.

부산 첨사 이응혁李應爀과 개운開雲 · 두모豆毛 두 진鎭의 만호萬戶가 각각 병선兵船을 타고 절영도 밖에까지 나와서 전송하였다.

음죽陰竹 현감 이서표李瑞彪는 바로 나와 함께 공부했던 옛 벗으로, 천릿길을 필마를 타고 일부러 찾아와서 서로 마주하였다.

오늘 부산 부둣가에 나와서 손을 들어 읍揖하고 전송하며 말하기를, “이 일은 진실로 남아의 쾌활한 일이다.”라고 하였으니, 젊은 날 시와 술을 좋아하던 기질과 습성을 알 수 있었다. 때마침 별들이 하늘에 늘어서 있고 등불과 촛불이 바닷물을 비추었으며, 우리 일행의 여섯 척 배와 통신사행을 호위하는 왜선倭船이 앞서거니 뒤서거니 하다가 잠깐 사이에 넓은 바다로 나갔고, 동이 틀 때까지 빠르게 1백여 리를 지나왔다.

선실 다락에 나가 기대어 사방을 바라보니 큰 바다의 동쪽과 서쪽은 아득하여 끝이 없고, 남쪽으로 쓰시마가 보이는데 뚜렷하게 가로로 벌여져 있다.

부산쪽으로 머리를 돌리니 바라볼수록 점차 멀어져 나라를 떠나는 회포가 인정人情상 원래 그런가 보다. 파도가 매우 거세어 배들이 흔들리고 판옥板屋은 찢어지는 듯 삐거덕 소리를 내고, 인상印床(책상書案)과 향동香童(향꽂이)이 이따금 넘어지기도 하고, 요강과 침 뱉는 그릇이 저절로 서로 부딪치기도 하였다. 멀리 다른 배들을 바라보고 있으려니, 높이 올라가는 것은 9만 리 하늘로 올라가는 듯하고 낮게 내려가는 것은 천길 구멍으로 떨어지는 듯하였는데, 배안 사람들이 불안해 하는 마음을 미루어 알 수 있었다.

윗사람과 아랫사람 할 것 없이 여러 사람들이 대부분 배 멀미를 하였는데, 증상이 가벼운 자도 자리에 달라붙어 어지러워 일어나 앉을 수 없었고, 증상이 심한 자는 속이 울렁거려 토하며 인사불성이 되었다.

하루종일 정신이 멀쩡한 사람은 나와 수석 통역관 최학령崔鶴齡·비장裨將 이매李梅·의원 이민수李民秀와 선장船將·도훈도都訓導[68]·사공과 격군格軍(노 젓는 사람) 등 5~6명뿐이었다. 청지기·노자奴子·통인通引[69]·급창及唱(관아에서 사무를 맡아보는 사내종) 등은 하나같이 모두 쓰러져

68 도훈도(都訓導): 조선시대 서울의 4학(四學)과 지방의 향교에서 교육을 담당한 정·종9품 교관의 우두머리.

69 통인(通引): 지방수령의 잔심부름하던 심부름꾼.

누워 있어서 내 앞에서 심부름할 사람이 없었다. 또한 답답할 노릇이다.

배가 출항한 지 2백 리 쯤 되어 치목鴟木이 바다속으로 떨어져 나갔다. 우리나라 사공이 다시 꽂으려 하였지만 일본 사공이 매우 어렵게 여기기에 곧 노목櫓木을 치목鴟木[70]의 원기둥 좌우에 기대어 묶어 겨우 지탱하였다. 하지만 이 때문에 배의 기능을 마음대로 부릴 수 없었고, 배의 움직임 또한 빠르지 못하였다. 오후에 겨우 물마루를 지나려니 사람들이 하는 말이 '물마루는 너무 위험하여 거의 고개를 넘는 것과 같다.'라고 하였지만, 나는 반드시 그러할지 알지 못하였다.

오후 5시에 사스우라佐須浦 어귀에 도착하였는데, 왜의 작은 배 20~30여 척이 좌우에서 끌어당겨 저녁 7시쯤에 선착장에 정박하고 보니, 다섯 척의 배는 먼저 와서 이미 정박해 있었다. 듣자하니, 부기선副騎船이 수평선에 못 미쳐서 치목鴟木이 다시 부러져 위태한 지경에 이르렀다가 안전하게 되었다고 하였다. 처음에는 두려운 마음이 극에 달하였지만 곧 다행스러운 마음이 간절하였다.

부산에서 40여 일 동안 머물면서 바람을 기다리는 괴로움이 거의 가문 날에 무지개가 뜨기를 바라는 것과 같았는데, 우연히 순풍을 만나 하루에 여섯 척의 배가 큰 바다를 잘 건넜으니, 이것은 우리 임금의 위령威靈에 힘입어 건넌 것이나 다름없다. 일행 여러 사람들이 얼굴을 대할 때마다 서로 축하하였다.

포구에 들어가자, 영접봉행迎接奉行(영접하는 일을 맡은 관리) 다다 겐모쓰平如敏가 배 위에서 두 번 읍하는 예를 하였다. 그래서 한 번 옷소매를 들어 답례하였다. 선착장에 정박하자 호행봉행護行奉行(보호하는 일을 맡은 관리) 등이 육지에 내리기를 요청하였다.

70 치목(鴟木): 배의 키에 붙은 분판(分板).

수석 통역관을 보내 관소館所를 살펴 본 뒤에야 국서를 받들고 관소로 들어갔다. 관소의 제도가 우리나라와는 아주 달랐으니, 굽이굽이 돌 때마다 매우 교묘하고 정밀하였으며, 작은 종이로 각 방의 패를 내걸어 원역들의 호칭을 써놓았다. 하지만 애초부터 온돌이 없어서 꽤 쌀쌀하였기에 군막軍幕을 마루 위에 설치하고 그대로 거처하였다.

우리 배에 승선하도록 허락한 왜인은 배마다 금도禁徒 1인, 통사通詞 1인, 사공 2인, 수솔隨率 1인인데, 가는 길에 더러 역참驛站에 따라 교체하거나 가감되는 자가 있다고 한다. 그리고 예인선은 각각 정正·부副·종從 세 글자를 써서 등불로 표시하였는데, 가는 길에 표시한 글자가 비록 다르더라도 각각 속한 바에 따라 서로 혼잡하지 않도록 했다고 한다.

포구에서 선착장까지의 거리는 10리가 훨씬 넘었는데, 사방이 둘러싸여 있어 몇 천 척의 배를 댈 만하니 참으로 얻기 어려운 선착장이다. 여기서부터 후추府中(이즈하라)까지 육로가 있다고 들었지만 그 멀고 가까움은 상세히 알기 어려웠다. 또한 그 육로로 가는 것을 허락하지 않고 반드시 바닷길로 위험을 무릅쓰고 선회하여 들어가게 하였는데, 길 양쪽에 우리나라의 모화관慕華館과 같은 것이 있어 그렇게 했다고 하는데, 실로 가소로운 일이다. 이른바 숙공熟供(익힌 음식)이라는 것은 비록 10여 그릇이 넘었지만 모두 먹을 수가 없었다. 그런데도 통역관들은 오히려 좋은 음식이라 하니, 그들은 왜관倭館에서 습관이 되어 드나들 때에 늘 먹어 보았기 때문에 그런 것인가 보다.

일행 중 배 멀미 하던 여러 사람들이 비로소 억지로 일어날 수 있었는데, 어떤 이는 숙소로 내려가고 어떤 이는 배 위에서 묵었다.

앞에 다녀온 통신사 가운데 사신이나 원역을 막론하고 일기日記를 쓴 자가 많았다. 상서尙書 홍계희洪啓禧가 이를 널리 수집하여 《해행총재海行摠載》라고 이름을 지었으며, 부제학 서명응徐命膺이 다시 베껴 써서

《식파록息波錄》이라 제목을 달고 모두 61편을 만들었다. 사신 일행이 상고하여 열람할 자료를 삼았는데, 그가 통신사로 못가게 되어 나에게 모두 보내 주었다.

내가 본래 자세히 살펴보지 못하고 대강 보았는데, 다음과 같다. 〈전후사행비고前後使行備考〉 1편을 시작으로 삼고, 이전 조정(고려)의 포은 정몽주가 사신 갔을 때에 지은 시 1편을 다음으로 삼았으며, 고령高靈 신숙주申叔舟가 계해년(1443년, 세종25)에 서장관으로 사신 갔을 때에 지은 것 1편 및 그가 지어 올린 《해동제국기海東諸國記》 1편을 다음 편으로 삼았다. 그 아래에는 경인년(1589년, 선조23)에 부사로 갔던 학봉鶴峯 김성일金誠一의 《해사록海槎錄》 4편과 병신년(1596년, 선조29)에 사신 갔던 추포秋逋 황신黃愼의 서사書寫였던 김철우金哲佑의 《동사록東槎錄》 1편이 있는데, 추포가 기록한 것은 잃어버려 전하지 않으니, 진실로 한스러운 일이다. 수은睡隱 강항姜沆의 《간양록看羊錄》 1편이 있는데, 이 사람은 바로 임진왜란 때에 전직 좌랑으로 포로가 되어 잡혀 갔다가 4년 만에 돌아온 사람이다. 병오년(1606년, 선조39)에 부사副使로 갔던 경섬慶暹의 《해사록海槎錄》 1편이 있고, 정사년(1617년, 광해군9)에 정사로 갔던 추탄秋灘 오윤겸吳允謙의 《동사록東槎錄》 1편과 종사관 석문石門 이경직李景稷의 《부상록扶桑錄》 1편이 있다. 갑자년(1624년, 인조2)에 부사副使로 갔던 강홍중姜弘重의 《동사록》 1편이 있고, 병자년(1636년, 인조14)에 정사로 갔던 참판 임광任絖의 《일기日記》 1편과 부사 동명東溟 김세렴金世濂의 《해사록海槎錄》 3편 그리고 종사관 만랑漫浪 황호黃戾의 《동사록東槎錄》 1편이 있다. 계미년(1643년, 인조21)에 부사로 갔던 용주龍洲 조경趙絅의 《동사록東槎錄》 1편과 종사관 죽당竹堂 신유申濡의 《해사록海槎錄》 2편이 있다. 또 《계미일기癸未日記》 1편이 있는데, 반드시 그 당시에 따라간 사람의 지은 것이련만 누구것인지 알지 못한다. 을미년(1655년, 효종6)에 종사관으로 갔던 호곡壺谷 남용익南龍翼의 《부상록扶桑錄》 3편이 있으며, 임술년(1682년, 숙종8)의 통신사 행차 때에는 사신의 일기는 없고, 다만 통역관 홍우재洪禹載의 《동사록東槎錄》 1편과 통역사 김지남金指南의 《동사록》 1편만 있다. 신묘년(1711년, 숙종37)에는 종사관 남강南岡 이방언李邦彦의 《동사록》 2편과, 통역사 김현문金顯門의 《동사록》 1편이 있고, 기해년(1719년, 숙종45)에는 정사 북곡北谷 홍치중洪致中의 《해사록》 2편과 부사 노정鷺汀 황선黃璿의 《동사록》 19편, 제술관 신유한申維翰의 《해유록海遊錄》 3편, 막비幕裨 정후교鄭后僑의 《부상록》 1편이 있다. 정묘년(1747년, 영조23)에는 정사 담와澹窩 홍계희洪啓禧의 기록이 있지만 아직 세상에 내놓지 않았고, 부사 죽리竹裡 남태기南泰耆의 《사상기槎上記》 4편이 있으며, 또한 초본草本으로 된 《사상기》를 수십 편으로 나눌 만한 것이 있다. 이는 통역관들이 베낀 것이다. 전후의 일기가 이처럼 많아서 거의 없는 말이 없으니, 산천 · 풍속 · 관직 · 법제의 큰 것은 선배들이 기록한 것에 이미 다 말하였고, 의복 · 음식 · 기명 · 화훼 및 응당 거행해야 하는 의절儀節, 일공日供의 가감 등의 일은 모두 초본草本 《사상기槎上記》에 실리지 않은 것이 없다. 자세하게 다 갖추면서도 번거롭고 세세함을 꺼려하지 않았기에 거의 그 모든 광경光景을 그려낸 것처럼 분명하였다. 충분히 통신사로 갈 때의 등록책謄錄冊이 될 수 있을 것이다.

나는 이번 사행길에 역시 붓 가는 대로 일기 쓰는 것을 면치 못하였는데, 이전 사람들이 이미 기록한 말을 만일 다 빼버리고자 한다면 실제를 기록하는 것이 되지 못할 것이다. 그래서 다만 눈으로 보고 귀로 들은 것과, 어리석은 소견이 이르는 곳마다 기록하였다. 하지만 본래 이런 일에 익숙하지 않고 또 병들고 게을러서, 이미 다 쓴 뒤에 볼 만한 것이 없을까 걱정이다.

오늘은 4백 80리를 왔다.

晴東北風盡日. 渡海次佐須浦. 子時奉國書乘船. 整頓行具. 點考人物. 雞初鳴. 放擧碇砲. 六船齊發. 萊府校吏. 遙辭船外. 滿岸士女. 咸祝利涉釜山僉使李應爀. 開雲豆毛兩鎭萬戶. 各乘兵船. 出絕影島外以送之. 李陰竹瑞彪. 卽同硏舊交. 匹馬千里. 委來相守. 是日立于釜山船頭. 擧手揖送曰. 是誠男兒快闊事. 可見其少日詩酒客之習氣也. 于是星斗羅天. 燈燭照浪. 一行六船. 護行倭船. 或先或後. 轉眄之頃. 已出外洋. 開東之時. 倏過百餘里. 出倚柁樓. 四望觀之. 大海東西. 茫無津涯. 南見馬島. 宛然橫列. 回頭釜山. 看看漸遠. 去國之懷. 人情固然. 波濤頗盛. 舟楫搖蕩. 板屋如裂. 角角有聲. 印床香童. 時或顚仆. 溺缸唾壺. 自相撞擊. 望見他船. 高而上者. 如登九萬之天. 低而下者. 若墜千仞之坑. 舟中之不安. 可推而知. 上下諸人. 多患水疾. 輕者接席. 昏眩不能起坐. 重者惡心嘔吐. 不省人事. 終日惺惺者. 余與首譯崔鶴齡李禕梅李醫民秀船將都訓導沙格五六人而已. 廳直奴子通引及唱等. 一并頹臥. 案前無使喚之人. 亦可悶也. 行近二百里. 鴟木所付之分板. 墮落水中. 我國沙工. 欲爲改揷. 而日本沙工則極爲持難. 乃以櫓木束付於鴟木元株之左右. 僅僅支撑. 而以此之故. 運用不能如意. 舟行亦不迅疾. 午後僅過水宗. 人言水宗尤險. 殆若踰嶺. 而余莫知其必然也. 申末到佐須浦口. 則倭小船數三十隻. 左右曳纜. 初更末到泊船所. 則五船先已來泊. 而聞副騎船未及水旨. 鴟木再折. 幾致殆危. 獲得全安. 始極驚心. 旋切多幸. 留釜山四十餘日. 候風之苦. 殆同望霓. 偶得順風. 一日六帆. 利涉大洋. 此莫非君靈攸濟. 一行諸人. 面面相賀. 入浦口. 迎接奉行平如敏. 於船上行再揖禮. 故以一擧袖答之. 及泊船所. 護行奉行等請下陸. 遣首譯摘奸館所. 後奉國書入館所. 館宇制度. 與我國絕異. 曲曲回回. 極其巧密. 以小紙揭榜各房. 書以員役稱號. 而初無溫堗. 頗爲冷落. 設軍幕于廳上. 仍爲居處. 我船之許登倭人者. 每船禁徒一人通詞一人沙工二名隨率一名. 而前路或有隨站. 而替易加減者云矣. 曳船則各書正副從三字. 以作燈標. 而前路標字雖異. 各從所屬. 無得相混云矣. 自浦口到船所. 洽過十里. 而四面回抱. 可藏累千艘. 眞難得之船所也. 自此至府中. 聞有陸路. 而遠近難詳. 且不許其借道. 必使從水路. 冒險而轉入. 有若我國慕華館挾路者然. 誠可笑也. 所謂熟供. 雖過十餘器. 皆不可堪食. 而譯舌輩猶爲好饌. 以其慣習於倭館. 出入時茶飯而然耶. 行中諸人之水疾者. 始

能强起. 或下下處. 或宿船上. 前後信使. 毋論使臣員役. 多有日記者. 洪尙書啓禧. 廣加蒐集. 名以海行摠載. 徐副學命膺翻謄之. 題以息波錄. 合爲六十一編. 以爲行中考閱之資. 及其遞任也. 盡送於余. 余固未及詳覽. 而概見之. 則以前後使行. 備考一編爲始. 前朝鄭圃隱奉使時作一編次之. 申高靈叔舟癸亥以書狀奉使時作一編. 及撰上海東諸國記一編又次之. 其下有庚寅副使金鶴峯誠一海槎錄四編. 丙申有黃秋浦愼之書寫金哲佑東槎錄一編. 秋浦所錄. 逸而不傳. 誠可恨也. 有姜睡隱沆看羊錄一編. 此是壬辰亂時. 以前佐郎被擄而去四年而歸者也. 丙午有副使慶暹海槎錄一編. 丁巳有正使吳秋灘允謙東槎錄一編. 從事官李石門景稷扶桑錄一編. 甲子有姜副使弘重東槎錄一編. 丙子有正使任參判絖日記一編. 副使金東溟世濂海槎錄三編. 從事官黃漫浪㦿東槎錄一編. 癸未有副使趙龍洲絅東槎錄一編. 從事官申竹堂濡海槎錄二編. 又有癸未日記一編. 必是其時從人. 而未知爲誰也. 乙未有從事官南壺谷龍翼扶桑錄三編. 壬戌信行則無使臣日記. 只有譯士洪禹載東槎錄一編. 譯士金指南東槎錄一編. 辛卯有從事官李南岡邦彦東槎錄二編. 譯士金顯門東槎錄一編. 己亥有正使洪北谷致中海槎錄二編. 副使黃鷺汀璿東槎錄十九編. 製述官申維翰海游錄三編. 幕裨鄭后僑扶桑錄一編. 丁卯正使洪澹窩啓禧有所錄. 而姑不出. 有副使南竹裡泰耆槎上記四編. 而又有草本槎上記. 可分數十編者. 此則譯官輩謄出者也. 前後之日記. 若是夥然. 殆無言不有矣. 山川風俗官職法制之大者. 前輩所錄. 已盡得之矣. 衣服飮食器皿花卉. 暨夫應行儀節日供加減等事. 無不畢載於草本槎上記. 纖悉詳備. 不嫌煩瑣. 殆若畫出光景者然. 足可爲信行時謄錄冊矣. 余於此行. 亦不免信筆記日. 而前人已錄之言. 如欲盡拔. 則未爲記實. 故只取其目擊耳聞及愚見所到處載之. 而旣不閑於此等事. 又且病懶. 旣成之後. 恐無足可觀者矣. 是日行四百八十里.

1763년 10월 7일

맑고 서북풍이 불었다. 사스우라佐須浦에 머물렀다.

일행을 실은 여섯 척 배가 사스우라에 당도한 연유를 장계狀啓로 만

들어 보냈다.(장계 초본은 아래 있음) 1・2기선騎船의 치목鴟木이 애초에 정밀하게 만들지 않아 부러지고 망가지는 데에 이르렀으니, 주관한 통제사가 책임이 없을 수 없고, 감조차사원監造差使員(배를 만드는 일을 감독하기 위해 중앙에서 파견된 관원)도 마땅히 징계받아야 한다. 그래서 조정에서 논죄論罪하게 하라는 뜻을 장계 속에 거론하였고, 겸하여 집에 부치는 편지를 차왜差倭에게 내어주며 부산으로 비선飛船(빨리 가는 배)을 정해 보내도록 하였다.

통신사 행차가 바다를 건너게 되면 저쪽 사람들이 전례에 따라 5일간의 공급품과 일용품을 받친다. 세 사신 외에 세 수석 통역관을 '상상관上上官'이라 하고, 군관 이하의 원역들을 '상관上官'이라 하고, 별파진別破陣 이하 격졸格卒들은 '차관次官'・'중관中官'・'하관下官'이라고 불렀다. 그 공급하는 것 또한 등급을 나누었는데 모두 전례에 의거한 것이다. 하지만 들었는데, 그 바치는 것 또한 원래 정해진 수를 준수하지 아니하고, 어떤 때는 다른 것으로 바치기를 요청하기도 하고 어떤 때는 나중에 바치기를 요청하기도 한다고 한다. 이처럼 교묘한 속임수가 갖가지로 나오니, 일의 사정과 상태를 매우 싫어할만하다.

동래부에 있을 때부터 이미 쓰시마의 형편이 피폐하고 쇠잔하다는 말을 들었지만, 또한 어찌 이와 같을 줄 짐작이나 했겠는가?

혹은 모두 물리치자는 의논도 있었으나, 일찍이 정묘년(1747년, 영조23) 행차 때에도 아직 공급받지 못한 것을 추후 납부토록 허락한 일이 있었다. 그래서 이번에도 전례에 따라 이를 허락하였다.

호행 정관護行正官 다와라 헤이마藤如鄕・재판裁判 히라타 쇼자에몬平如任・도선주都船主 아사오카 이치가쿠紀蕃實・영접봉행迎接奉行 다다 겐모쓰平如敏와 태수太守가 보낸 사람들이 모두 전례에 따라 뵙기를 요청하여 모두 허락하였다. 저들은 모두 몸을 굽히고 두 번 읍하여 예를 하였는데, 영접봉행에게는 서서 한 번 손을 들어 답하였고, 재판裁判 이하에게는 앉아서 한 번 손을 들어 답하였다.

태수太守가 삼중찬합杉重饌盒[71]과 술병을 보내 왔는데, 술은 금지령이 지극히 엄하였기에 물리치고 받지 않았다. 그리고 오늘 이후로는 매일 바치는 공물에서 술은 일체 받지 않겠다는 뜻을 모든 사람들에게 분부하였다.

듣자하니, 바다를 건넌 뒤에는 지나가게 되는 큰 길가의 각 고을 태수 중에는 으레 삼중杉重 및 과일과 떡을 수시로 보내오는 자가 있다고 하는데, 이른바 삼중이란, 삼나무로 만든 3층 찬합에다가 과일과 떡과 음식을 섞어 담은 것을 말한다.

호행차왜와 출참봉행出站奉行 중에 또한 과일과 음식을 바치는 자가 있는데, 이것은 모두 전례에 따라 거행하는 일이다. 만일 다 기록하려고 하면 시시콜콜하여 맨 처음에 바치는 것만 기록하여 그 이름을 남겼고, 나머지는 전례에 따라 문안하며 인사하는 것은 함께 모두 빼버렸으며, 만약 일이 있어 특별히 문안하는 것은 기록하였다. 전후에 바치는 것은 번번이 모두 일행들에게 나누어 주었는데, 일행의 원역이 통신 삼사의 세 방에 나누어 속해 있었다. 그래서 이런 물건을 나누어 줄 때에 각각 그 소속에 나누어 주되, 양이 적으면 군관과 원역에게만 나누어 주고, 양이 많으면 두루 격졸格卒에게까지 주었다.

일공日供으로 말할 것 같으면 큰 길가의 각 고을에서 간혹 더하거나 뺀 것이 있었다. 역참마다 다 기록하자면 지루하여 우선 지금은 기록하지 않는다.

대마도주가 봉행奉行을 보내어 문안할 때에 물건을 보내는 단자를 바

71 삼중(杉重): 스기쥬(すぎじゅう)라 하며, 얇은 삼나무 판자로 만든 상자를 말함.

치는 일이 있으면 간혹 수석 통역관을 시켜 사례를 표하게 하였는데, 이것은 모두 다 전례에 따른 것으로, 다만 한 두 번만 기록하고 나머지는 모두 빼버렸다.

晴西北風. 留佐須浦. 以一行六船到泊佐須浦之由. 修送狀啓. 狀草在下 而一二騎船鴟木. 初不精造. 以致折傷. 句管統制使. 不可無責. 監造差使員. 固宜懲勵. 令廟堂論罪之意. 擧論於狀聞中. 兼付家書. 出給差倭. 使之定送飛船于釜山. 信行渡海. 則彼人例納五日供及逐日供. 而三使臣外三首譯. 謂之上上官. 軍官以下員役. 謂之上官. 別破陣以下格卒. 有次官中官下官之稱焉. 其所支供. 亦有分等. 皆據前例. 而聞其所納. 亦不準元數. 或請代納. 或請追納. 巧詐百出. 情態甚可惡也. 自在萊府. 已聞馬島形勢之疲殘. 而亦豈料如是乎. 或有一倂退却之議. 而曾在丁卯之行. 亦許其未收之追納. 故今亦依前許之. 護行正官藤如鄕. 裁判平如任. 都船主紀蕃實. 迎接奉行平如敏. 太守所送使者等. 并依例請謁. 故皆許之. 彼人則皆鞠躬再揖爲禮. 而於奉行則立而一擧手答之. 於裁判以下則坐而一擧手答之. 太守送杉重饌盒及酒壺. 而酒則以禁令至嚴. 退却不捧. 今後日供所納之酒. 一倂不捧之意. 分付于行中. 聞渡海後. 則所經沿路. 各州太守例有杉重及果餠之隨時送來者. 所謂杉重. 以杉木三層饌盒. 盛以雜果餠饌之謂也. 護行差倭出站奉行等. 亦有果饌呈納者. 而此皆遵例而擧行者. 如欲盡記. 似涉煩瑣. 只錄其初次送呈. 以記其姓名. 餘外例問者. 并皆闕之. 若係有事而別問. 其錄之. 前後所呈納者. 輒皆分給於行中. 而一行員役分屬三房. 故此等物分俵之際. 各分所屬. 小則只分軍官員役. 多則遍及格卒. 至於日供. 則沿路各州. 或有加減. 逐站而書. 未免支離. 今姑不錄. 若夫島主之送奉行問候. 有饋物呈單也. 或使首譯回謝之. 此皆例也. 只記一二次. 餘並闕之.

1763년10월8일

맑고 서남풍이 불었다. 사스우라佐須浦에 머물렀다.

한 두 척의 기선騎船에서 치목이 떨어지며 부러질 때에 애를 쓴 왜사공과 우리 사공들에게 삼사의 세 방에서 각각 쌀 · 베 · 실 · 음식으로 경중에 따라 상을 주었다. 비선飛船이 역풍 때문에 출발할 수 없게 되니, 민망한 일이다.

晴西南風. 留佐須浦. 一二騎船鴟木墮落折傷時. 效勞彼我沙格等處. 三房各以米布果饌. 從輕重施賞. 飛船以風逆不得發可悶.

1763년 10월 9일

아침에 흐리다가 늦게 개고, 서남풍이 불었다. 사스우라佐須浦에 머물렀다.

왜인들 중에 녹봉을 받는 자는 지위가 높고 낮음을 막론하고 모두 두 자루의 칼을 찼다. 이처럼 녹을 받는 자의 아들이나 조카들도 비록 5~6세라도 또한 모두 찼고, 하인은 모두 한 자루의 칼을 찼다. 승려나 가장 천한 사환使喚들과 같은 경우는 간혹 차지 않았다. 그리고 예의를 갖추어 높은 사람을 뵐 때에는 매번 칼 한 자루는 풀어 놓는다고 한다. 왜국의 남자는 머리 앞부분의 머리털은 깎고 뒤통수 쪽의 머리털만 남겨서 새의 부리 모양처럼 매었으며, 수염 또한 모두 깎는다.

왜국의 승려는 대머리이고, 왜국의 의원은 환자를 보는 데 편리하고 빠르게 진료하기 위하여 또한 대머리를 한다고 하니, 대머리이면서 칼을 찬 사람은 묻지 않아도 의원임을 알 수 있다.

왜국의 여자는 모두 머리를 깎지 않고 뒤통수에다 붙여서 묶으며, 누구나 다 머리 앞쪽에 빗 하나를 꽂는다. 이미 시집간 사람은 이빨을 물들이고, 아직 시집가지 않은 사람과 과부 및 창녀娼女는 모두 이빨을 물들이지 않는다. 이빨에 물들이는 풍습에 대해 들었는데, 남편을 위하여 마음속에 굳게 맹세하는 것인데도 음란하고 외설스러운 풍속이

금수와 다름이 없다고 하니, 매우 추잡한 일이다.

왜국 남자의 경우는 예전에 동래부에서 잔치할 때에 여러 차례 그 복식 제도를 보았는데, 거의 우리나라의 두루마기와 비슷한 듯하였다. 하지만 제도가 또한 조금 달랐으며, 바지를 입지 않고 버선을 신지 않았다. 지금 왜국 여자들의 평상복을 보면 남자의 의복과 흡사하다. 다만 큰 띠가 있어서 자기들끼리는 구별되고 있는지 알 수 없지만, 보이는 것이 너무나 서로 혼동된다.

朝陰晩晴西南風. 留佐須浦. 倭人之有祿者. 毋論尊卑. 皆佩二劍. 若是有祿者之子侄. 則雖五六歲兒子. 亦皆佩之. 下隷則皆佩一劍. 至於僧人及最賤使喚者. 則或不佩焉. 禮見尊者之時. 輒解其一劍云. 男倭則削其顱前頭髮. 留其腦後. 而結如鳥嘴之形. 鬚髮亦皆削之. 僧倭則禿頭. 醫倭則爲其看病之便速. 亦爲禿頭. 禿頭而佩劍者. 不問可知爲醫人也. 女倭則並不削髮. 貼束腦後. 各揷一梳於顱前. 已嫁者染齒. 未嫁者與寡婦及娼女. 則並不染齒. 聞染齒之法. 爲其夫誓心者. 而淫瀆之風. 無異禽獸云. 極可醜也. 男倭則曾前萊府宴享時. 屢見其衣制. 殆如我國之周遮衣. 而制亦少異. 不袴不襪. 今見女倭常着. 則恰似男服. 只有大帶. 未知自中之有所區別. 而所見則甚相混矣.

1763년 10월 10일

비 오고 서남풍이 불었다. 사스우라佐須浦에 머물렀다.

저 사람들이 시끄럽게 떠드는 언어는 하나도 알아들을 길이 없지만, 어린 아이의 우는 소리와 갑자기 세차게 터져 나오는 남녀의 웃음소리는 우리나라 사람과 다를 바가 없었다. 아마도 같이 얻은 천성天性에서 발현하여 음이 다른 방언方言과 상관없는 것이기 때문에 그럴 것이리라. 이것으로 미루어 본다면 떳떳한 본성을 지니고 있는 천성이야 어찌 다를 수가 있겠는가?

다만 교양이 마땅함을 잃었기에 화이華夷(문명과 야만)의 구별이 있게 된 것이다. 만일 오륜五倫과 삼강三綱으로 가르치고 예禮와 의義로 인도한다면, 또한 풍속을 바꾸어 야만을 변화시키고, 문명으로 선도善導하여 본래 지니고 있는 천성을 회복시킬 수 있을 것이다. 한 하늘 아래에서 똑같이 울고 웃는 데 무슨 차이가 있겠는가?

왜인들의 풍속에 죽은 사람에게 관곽棺槨을 쓰지 않고 화장하여 나무통 속에 안치하였다가 이튿날 사찰의 가까운 곳에 매장한다. 이른바 신패神牌라는 것을 사찰에서 보관하였다가, 제사 때에 그대로 사찰에서 지낸다고 하니 무식함이 심하다고 할만하다.

쓰시마 지도와 일본의 인쇄된 지도를 얻어 변박卞璞에게 베껴서 그리도록 하였는데, 변박[72]은 동래 사람으로 문자에 능하고 그림을 잘 그리기에 삼기선三騎船의 선장船將으로 데리고 온 사람이다.

雨西南風. 留佐須浦. 彼人之啁啾言語. 末由曉其一端. 而至於小兒啼哭之聲. 男女急笑之音. 與我國無異. 以其發於同得之天性. 無關於異音之方言而然耶. 以此推之. 秉彝倫常之天. 夫豈有異哉. 只緣教養之失宜. 以致華夷之有別. 苟能敎之以倫綱. 導之以禮義. 則亦可以移風易俗. 變夷導華. 以復天性之固有者. 其何間於啼笑之同然於一天之下者耶. 倭人之法. 死者不用棺槨. 灰葬而坐置於木桶中. 翌日埋之於寺刹之近地. 所謂神牌. 藏於寺刹. 祭時則仍行於寺刹云. 可謂無識之甚矣. 得馬州地圖及日本印本地圖. 使卞璞模寫. 璞是萊州人. 而能文字善寫畫. 以三騎船將率來者也.

---

72 변박(卞璞): 1742~? , 호는 술재(述齋)이며, 동래부소속의 화원으로, 1763년 조선통신사의 기선장으로 일본으로 건너가 화원 김유성과 함께 일본지도 및 풍물을 그리는 등 활약하고 돌아왔다. 〈동래부순절도〉, 〈왜관도〉, 〈묵죽도〉 등이 있다.

20. 오우라大浦(배) 1763년10월11일. ~18일)

맑다가 밤에 비오고, 서북풍이 불었다. 오우라大浦에 도착했다.

식사 후에 배를 띄워 니시도마리우라西泊浦로 가려고 하였는데, 포구를 벗어나자마자 역풍이 세게 불어 겨우 수십 리 밖에 가지 못했다.

파도가 점점 세차게 일고 날이 또한 저물어 형편상 험한 나루인 와니우라鰐浦를 넘어갈 수 없었다. 그래서 바다 가운데서 자포子砲 한 발을 쏘고 깃발을 휘두르며 오우라大浦로 향하니, 두 나라의 배들이 모두 따라 들어왔다. 포구의 5~6리 지점까지 들어가 산 아래에 정박하였다. 비록 돌로 쌓은 선착장은 없었지만, 여기 또한 배를 숨겨 두기에 좋은 곳으로 사스우라보다 뒤지지 않았다.

여러 날 순풍을 기다렸다가 겨우 20리를 왔는데, 저 왜인들을 보니 대부분 뒷산을 통해 짐을 싣고 왔다. 이것으로 미루어 본다면, 여기에서 사스우라는 매우 가까운 곳임에 틀림이 없다.

관소館所가 없었을 뿐만 아니라, 민가 또한 멀어서 배 위에서 묵었다.

晴夜雨西北風. 次大浦. 食後發船. 欲向西泊浦. 才出浦口. 逆風緊吹. 艱進數十里. 波浪漸盛. 日色且暮. 勢不可踰越鰐浦險津. 故洋中放子砲一聲. 揮旗向大浦. 則兩國船隻擧皆隨入. 入浦口五六里. 泊于山下. 雖無石築之船所. 此亦藏船之好地. 無減於佐須浦也. 累日候風之餘. 纔行二十里. 而望見彼人. 多從後山載卜而來. 以此推之. 必是佐須浦至近之地也. 旣無館所. 人家且遠. 留宿船上.

1763년10월12일

비가 오고 동남풍이 불었다. 오우라大浦에 머물렀다.

가파른 언덕 아래에 배를 매어두었다. 배와 배를 이어 주는 다리가 거의 똑바로 세워져 있어 왕래하기에 어렵고, 또한 장막을 칠 만한 평지도 없었다. 그래서 우리 세 명의 사신이 서로 모이지 못하고 어떤 경우에는 배 안의 누각에 올라가 바라보기도 하고, 어떤 경우에는 심부름꾼을 보내어 서로 문안만 하니, 문득 나그네 중의 나그네와 같아서, 참으로 가슴이 답답하였다.

雨東南風. 留大浦. 繫舟峻坡之下. 船橋幾乎直立. 往來爲難. 且無設幕之平地. 三使不得相會. 或登樓而望見. 或送伻而相問. 便同客中之客. 良可悶鬱.

1763년 10월 13일

아침에 맑다가 저녁 늦게 비오고, 어지러운 바람에 우박이 날렸다. 오우라大浦에 머물렀다.

새벽잠이 오지 않아 문득 《시경 · 정풍鄭風》의 〈풍우風雨〉에 나오는 '비바람이 싸늘한데 닭 울음소리 멈추지 않는구나(風雨凄凄 鷄鳴不已).'와 《시경 · 소아小雅》의 〈사모四牡〉에 나오는 '어찌 돌아가고 싶은 생각이 없겠는가마는 나랏일을 소홀히 할 수 없네(豈不懷歸 王事靡盬).'라는 구절을 생각하였는데, 바로 오늘 나의 심정을 말한 것이리라.

朝晴晩雨亂風飛雹. 留大浦. 曉枕無寐. 忽思詩人風雨凄凄雞鳴不已豈不懷歸王事靡盬之句. 正道余今日之懷事也.

1763년 10월 14일

아침에 흐리다가 저녁 늦게 맑아지고, 서남풍이 불었다. 오우라大浦에 머물렀다.

朝陰晩晴西南風. 留大浦.

1763년 10월 15일

맑고 서남풍이 불었다. 오우라大浦에 머물렀다.

우리 세 명의 사신이 각각 판옥板屋 위에 자리를 마련하고 망궐례를 하였다. 몸은 비록 다른 지역에 있지만 멀리 우리나라를 바라보니, 서울 대궐을 그리는 마음이 다른 날보다 갑절이나 더하였다.

파도가 너무 거세기에 배를 운행할 수 없으니, 더욱 걱정되어 답답하다.

晴西南風. 留大浦. 三使各於板屋上設位. 行望闕禮. 身在異域. 遙望我國. 京闕之戀. 一倍他日. 因波濤極盛. 不得行船. 尤可愁鬱.

1763년 10월 16일

아침에 맑다가 저물녘에 비가 오고, 서남풍이 불었다. 오우라大浦에 머물렀다.

朝晴暮雨西南風. 留大浦.

1763년 10월 17일

맑고 서북풍이 불었다. 오우라大浦에 머물렀다.

오늘 바람의 형세는 겨우 배를 운행할 만하였지만 파도가 매우 거세었다. 더구나 와니우라鰐浦의 경계인 도요사키豐崎는 아주 험악한 지역이라 충분하고 신중하게 대처해야 해서 경솔하게 출발할 수 없었고, 또 감기에 걸려 그대로 배 위에 머물렀다.

晴西北風. 留大浦. 今日風勢. 僅可行船. 而但波濤頗盛. 鰐浦境豐崎. 是絕險之地. 固宜十分愼重. 不可輕發. 且有感氣. 仍留船上.

1763년 10월 18일

맑고 서풍이 불었다. 오우라大浦에 머물렀다.

네 명의 문사文士와 '원로圓爐(둥근 화로)'라는 제목으로 절구絕句 각 1수씩을 읊어, 종사관에게 등급을 품평하게 하였더니, 제술관 남옥南玉이 1등을 차지하고 내가 2등을 차지하였다. 내 시의 제 3구는 '넘어져 쓰러지고 떠돌아도 마음만은 문득 바르네(顚沛流離心輒正)'인데, 종사관이 비록 비점批點(시문의 잘된 곳에 찍는 점)을 주기는 하였지만, 이것이 내 작품인 줄은 알지 못하였다. 듣고서 알게 되어 비로소 말하기를 "시 외에 증명할 만한 것이 있었는데도 제가 알지 못하여 장원이 되지 못했으니, 한탄스러운 일입니다."라고 말을 하여, 특별히 한번 크게 웃었다.

晴西風. 留大浦. 與四文士詠圓爐詩絕句各一首. 要從事官評等. 南製述居一. 余居二. 余詩第三句有曰. 顚沛流離心輒正. 從事雖加批點. 而未覺其余作矣. 及聞而知之. 始乃曰詩外有可驗者. 而吾未覺知. 不得致魁. 可歎爲言. 殊涉一笑.

21. 니시도마리우라西泊浦(배) 1763년 10월 19일. ~25일)

맑고 서북풍이 불다가, 저녁 늦게야 서풍으로 돌아서 불었다. 니시도마리우라西泊浦에 도착하였다.

아침 7시쯤에 배를 띄워 6척의 배가 일제히 포구를 떠났다. 멀리 도요사키豐崎를 바라보니, 파도가 몹시 흔들거려 흰 눈처럼 뿜어내고, 바위 모서리가 우뚝 솟아나 성곽처럼 둘러쌌기에 바라보기가 참으로 두려웠다.

대체로 들었는데, '석맥石脈(바위 줄기)이 바다 속으로 우리나라의 장기長鬐 지방까지 서로 연결되어 있으며, 도요사키豐崎에서 바다로 수십 리를 들어가서, 석맥이 노출되어 있기도 하고 바다속으로 깔려있어 보이지 않는다고도 한다. 그래서 물이 솟구치고 파도가 뒤집힐 때에 부딪치는 자는 살아남지 못하여, 저 사람들 중에 배를 익숙하게 운행하는 자도 오히려 반드시 바람을 타고 조수의 흐름을 좇아 왕래한다고 한다.'고 하였다.

왜의 작은 배 3척이 '천川'자 모양으로 깃발을 세우고 바위 모서리 사이에 나누어 서 있는데, 마치 군영軍營의 문門과 같았다. 재판왜裁判倭가 탄 배가 앞에서 인도하여 지나가고, 부복선副卜船과 삼복선三卜船이 다음으로 따라가고, 내가 그 뒤를 따라 나가니, 배의 격군들이 일제히 모두 분주하게 힘을 다하여 순조롭게 건널 수 있었다. 배의 누각으로 나와 기대서서 뒤 따라 오는 배들을 돌아보니, 또한 모두 잘 건너서 그 다행함이 큰 바다를 건너올 때보다 덜함이 없었다.

지난 계미년(1643년, 인조21)에 바다를 건널 때에 통역관 한천석韓天錫 일행이 이 곳에서 빠져 죽었다. 이 때문에 우리나라 사람들이 두려워하지 않는 이가 없었다. 구당瞿塘의 염예灔澦[73]는, 그 험한 정도가 어떠한지 모르겠으나 아마 이보다 심하지는 않았으리라.

만약 바다를 건너올 때에 곧장 니시도마리우라에 도착했다면 이 험악한 곳을 넘지 않을 수도 있었을 것이다. 하지만 저 사람들이 반드시

73 구당(瞿塘)의 염예(灔澦): 중국 쓰촨성 봉절현(奉節縣) 동남쪽 양쯔강의 상류에 3협(峽)의 하나인 구당협(瞿塘峽)이 있는데, 양쪽의 높은 언덕이 절벽으로 되어 있고, 강 중심에 암석 염예퇴(灔澦堆)가 우뚝하게 서 있다. 배가 석벽으로 붙어서 가면 물을 따라 곁으로 흐르게 되어 돌을 피할 수 있으나, 만일 석벽을 피하여 가면 소용돌이에 휘말리게 되어 돌에 부딪혀 파선된다고 한다.

사스우라로 인도한 까닭은, 길의 거리를 조금 멀게 했을 뿐만 아니라, 그 뜻이 우리나라 사람들에게 눈으로 도요사키豐崎를 보게 하여 관방關防의 험난함을 보여주려 했기 때문이니, 참으로 통탄스러운 일이다.

기해년(1719년, 숙종45)과 정묘년(1747년, 영조23)때의 통신사 행차는 귀국길에 사스우라를 경유하지 않고 바로 니시도마리우라에서 배를 띄웠다고 한다. 내년에 돌아올 때에는 마땅히 그 전례를 따라야 할 것이다. 오후에 바람의 형세가 조금 밖에 변하지 않아 앞으로 나가지 못하고 니시도마리우라에 정박하였다. 포구의 깊이와 길이가 비록 사스우라나 오우라만 못하였지만, 배를 정박할 곳으로는 매우 좋았다.

정박한 뒤에 일행 6척의 배는 각각 서로 축하하고 그대로 배 위에서 머물렀다. 대마도주가 단자를 바치고, 술 1병과 술 찌꺼기에 절인 전복 한 통을 보내왔다. 하지만 이미 술을 사양하였으니 어찌 감히 또 받겠으며, 전복도 술 찌꺼기에 절인 것이어서 역시 술맛이 있다는 뜻으로 모두 물리쳐 보냈다. 그러자 '사자使者가 벌써 역참에 나와 기다린 지 오래 되었기에, 정말로 사스우라佐須浦에서 물리쳐 보낸 분부를 알지 못했습니다.'라고 하였다.

오늘은 60리를 왔다.

晴西北風晚回西風. 次西泊浦. 辰時發船. 六船齊出浦口. 遙見豐崎. 波濤震盪. 噴如白雪. 石角嵯峨. 環如城郭. 望之誠懍然也. 蓋聞石脈在水中. 相連於我國長鬐地境. 而自豐崎入海數十里. 則或露出或隱伏. 水激波翻. 觸之者無餘. 故以彼人之慣於制船者. 猶必乘風順潮而往來云耳. 倭小船三隻. 以川字形豎旗. 分立於石角之間. 有若作門之形. 裁判船前導而過. 副卜船三卜船次之. 余乃隨後而進. 船格輩一皆奔走效力. 得以順濟. 出倚柁樓. 回顧在後之諸船. 則亦皆利涉. 其幸無減於渡海時也. 曾在一去癸未渡海譯官韓天錫之一行. 渰沒此中. 以是我國人. 莫不危凜. 瞿

塘灩澒. 未知其險之若何. 而恐無加於此矣. 渡海時若直抵於西泊浦. 則可以不踰此險. 彼人之必爲引導於佐須浦者. 非但爲道里之稍遠. 其意必欲使我國人. 目見豐崎. 以示關防之險阻. 良可痛也. 己亥丁卯之信行回還也. 不由佐須浦. 直自西泊浦發船云. 明年回還. 亦當用此例矣. 午後因風勢小變. 不得前進. 止泊於西泊浦. 浦口之深遠. 雖不如佐須浦大浦. 而船泊處頗好矣. 到泊後一行六船. 各自相賀. 仍留船上. 島主呈單子. 送酒一瓶糟漬鰒一桶. 而曾已辭酒. 何敢又納. 鰒旣糟漬. 亦係酒味之意. 一倂退却. 則使者已爲出站. 等待已久. 故實未知佐浦退却之分付云爾. 是日行六十里.

1763년 10월 20일

맑고 서남풍이 불었다. 니시도마리우라西泊浦에 머물렀다.

우리 세 명의 사신이 일제히 사이후쿠지西福寺에 모여 이야기를 나누었다. 절은 마을 뒤 언덕 위에 있는데 귤 · 유자 · 종려나무와 기이한 화초가 사방에 두루 섞여 있어 모두 기록할 수 없다. 절은 매우 좁고 승려의 숫자도 적은데다가 또 승려 모두가 멀리 피하여, 달리 볼 만한 것이 없었다. 지나온 여러 곳이 모두 어촌에 불과한데, 구경하는 남녀가 가는 곳마다 가득하였다. 인구의 번성함을 알 수 있다.

격군 중에 더러 잠수하는 자가 있어 포구에 보내어 전복과 소라를 따다가 절에 올라온 여러 비장들과 나누어 맛을 보았다. 날이 저물녘에야 배 위로 돌아와 잤다.

이달 4일과 7일에 보낸 본가 편지를 부산진에서 비선飛船 편에 부쳐와 비로소 오늘에야 받아 보았다.

해외의 다른 지방에서 집안과 나라가 평안하다는 소식을 듣게 되니, 위안이 되고 기뻐할 만하였다.

晴西南風. 留西泊浦. 三使齊會打話于西福寺. 寺在村後岸上. 橘柚棕櫚奇花異卉. 環雜四面. 不可勝記. 寺甚狹窄. 僧亦數少. 而亦皆遠避. 他無可觀者. 所經諸處. 不過海村. 而觀光男女. 輒皆彌滿. 可知人物之繁盛. 格軍中或有潛水軍. 故送于浦邊. 摘得生鰒小盠. 三使與上寺諸裨分味. 日暮還宿船上. 本月初四日初七日所出家書. 因釜山鎭付送飛船便. 始見於今日. 海外殊方. 得聞家國平安之消息. 可慰可喜.

1763년 10월 21일

아침에는 맑다가 저녁 무렵에는 흐리고, 서남풍이 불었다. 니시도마리우라西泊浦에 머물렀다.

비장들이 또 잠수하는 병사를 데리고 전복을 따기 위해 바다 어귀로 나갔다가, 비를 만나 돌아왔다. 대마도주가 우리 일행이 여러 날 동안 어촌에 머무른다고 하여 특별히 문안하는 사람을 보내 귤 한 바구니와 강고어羌古魚 한 두름을 바쳤다.

朝晴暮陰西南風. 留西泊浦. 裨將輩又率潛水軍. 爲摘生鰒出海口. 値雨還歸. 島主以吾行之多日淹滯於海村. 別遣問安使者. 呈納柑子一籠羌古魚一級.

1763년 10월 22일

맑고, 아침에는 동북풍이 불었으며, 눈이 흩뿌리다가 저녁 늦게 서남풍이 불었다. 니시도마리우라西泊浦에 머물렀다.

왜인들이 말하기를, "추운 날씨가 예전에는 없었는데, 필시 조선 사람들이 건너왔기 때문에 생긴 것이다."라고 하였다. 우리나라의 날씨로 말할 것 같으면 9월의 첫 추위에 지나지 않는다.

왜사공들이 배를 띄우려고 하였으나 우리나라 사공들이 풍향이 바뀔 것을 걱정하여, 결국 서로 뜻을 굽히지 않다가 출발하지 못하였다.

晴朝吹東北風灑雪晚吹西南風. 留西泊浦. 倭人言日寒近古所無. 必因朝鮮人渡來之致云. 而以我國言之. 不過九月初寒矣. 倭沙工欲爲行船. 而我國沙工. 以變風爲慮. 相持不發.

1763년 10월 23일

맑고 서풍이 불었다. 니시도마리우라西泊浦에 머물렀다.

晴西風. 留西泊浦.

1763년 10월 24일

아침에 흐리고 저녁 무렵에 비가 왔다. 아침에는 서북풍이 불다가 저녁 늦게는 서남풍이 불었다. 니시도마리우라西泊浦에 머물렀다.

우리나라 사공들이 배를 띄우려고 하였지만 왜사공들이 한사코 안 된다고 하였다. 마치 그저께의 일을 보복하는 것 같았고, 저들 지방의 바닷길도 자세히 알지 못하여, 형편상 장차 두 나라 사공들의 말이 합치되어야 배를 띄울 수 있을 것이다.

朝陰暮雨. 朝吹西北風晚吹西南風. 留西泊浦. 我沙工欲爲發船. 則倭沙工大爲不可. 有若報復再昨日之事. 而彼地水路. 旣不可詳知. 勢將待兩國沙工之言. 合而後可以發船矣.

1763년 10월 25일

맑고 서북풍이 불었다. 니시도마리우라西泊浦에 머물렀다.

오늘은 배를 띄울 만하였지만, 왜사공들이 풍향이 바뀔까 걱정하는 바람에 출발하지 못하였다.

晴西北風. 留西泊浦. 今日足以行船. 而倭沙工爲慮變風. 故不得發.

22. 고토우라琴浦 1763년 10월 26일

맑고, 아침에는 서북풍이었는데 낮에는 서남풍으로 돌아왔다. 고토우라琴浦에 도착했다.

아침 7시쯤에 배를 띄워 수십 리를 갔는데 바람의 형세가 점차 반대 방향으로 불어 노 젓기를 독촉하여 겨우 고토우라琴浦로 들어갔다. 포구가 매우 얕고 바다의 통로가 막힘없이 바로 뚫렸으며, 배를 정박할 곳에 바위줄기가 울퉁불퉁하고 물깊이가 깊지 않았다. 또 모진 바람이 줄곧 불어 배가 흔들리니, 파도 속에서 배를 운행하던 때와 다름이 없었다. 사공들을 거듭 경계시켜 닻줄을 돌의 모서리에다 단단히 매어놓고 방심하지 않도록 하였다.

밤에 비선飛船편으로 온 집 편지를 받아 보았는데, 이달 12일에 보낸 것이다. 집안과 나라가 평안하다니 다행이다. 도중에 니시도마리우라西泊浦로 향하는 차왜差倭가 탄 배를 만나 들었는데, '관백關白이 아들을 낳아 경사를 알리는 대차왜大差倭가 부산으로 출발하는 것이다.'라고 하였다.

저들의 나라에서 약군若君(관백의 아들)을 봉封하려면 또한 마땅히 우리나라에 통신사를 요청해야 할 것인데, 언제 있을지 알 수 없으나 10년 안쪽에서 벗어나지 않을 것이다.

오늘은 60리를 왔다.

晴朝有西北風午回西南風. 次琴浦. 辰時發船. 行數十里. 風勢漸逆. 督櫓而行. 僅入琴浦. 浦口甚淺. 海門直通. 而船泊處. 石脈磈磊. 水勢不深. 且獰風頗作. 舟中搖蕩. 無異波濤中行船之時. 申飭沙格. 固結船纜於石角. 戒心而度. 夜因飛船便得家書. 今月十二日所出. 而家國平安. 多幸. 路逢差倭船之向西泊浦者. 聞是關白生子. 告慶大差倭. 將出釜山云. 彼國如封若君. 亦當請我國通信使. 未知在於何間. 而似不出十年之內也. 是日行六十里.

23. 쓰시마對馬島 1763년10월27일

맑고 종일 서북풍이 불었다. 아침 5시쯤에 배를 띄워 오전 11시 정도에 쓰시마對馬島에 도착했다.

새벽에 고토우라琴浦를 출발하여 앞으로 요시우라芳浦로 가려는데, 해가 뜬 뒤부터는 바람이 점차 거세게 불었다. 날씨가 맑고 화창하여 오래도록 선루에 앉아 기대어 멀리 바라보니, 큰 바다는 거울의 표면처럼 평평하고 남쪽 만에 접해있는 산들은 날아가는 새처럼 빨리 지나치니, 배를 띄운 뒤의 상쾌함이라고 할 만하였다.

재판왜가 탄 배가 곧장 후츄府中(이즈하라)로 향하기에 뒤를 따라갔다. 10리를 채 못 가서 쓰시마의 봉행奉行 다다 겐모쓰平如敏 · 재판裁判 귤여림橘如林과 대마도주의 사자使者가 배 위에서 예禮를 행하기를 사스우라佐須浦 때처럼 하였다.

포구에 들어가자마자 대마도주 및 이테이안以酊菴[74]의 장로승長老僧이 각각 아름답게 장식한 배를 타고와 맞이하였다. 배가 서로 근접하자 대마도주가 배 위에 서서 두 번 읍하는 예를 하므로 나도 두 번 읍하여

74 쓰시마(對馬島)의 할려산(瞎驢山)에 있는 일본 승려 겐소(玄蘇)의 암자(庵子).

답하고 장로승에게도 역시 그렇게 하였다. 대마도주와 장로가 부선副船(부사가 탄 배)·삼선三船(종사관이 탄 배)에도 그와 같이 하였다.

대마도주[75] 소 요시나가平義暢는 곧 무진년(1748년, 영조24년) 통신사 때의 태수太守 소 요시유키義如의 아들로서, 나이가 이제 막 23세이다. 사람됨이 매우 부드럽고 착하여 비록 오랑캐 나라의 한 섬의 추장(우두머리)이지만, 또한 다른 오랑캐보다는 조금 다르다고 할 수 있다.

장로승의 이름은 류호龍芳이고, 호는 게이간桂巖으로, 용모가 아주 깨끗하며 나이는 지금 43세이다.

듣자하니, 관백의 명령으로 이테이안에 와서 지키고 있는데 마치 당唐나라 번진藩鎭의 감군監軍과 같았다. 그래서 비록 태수라 하더라도 꽤나 괴롭게 여겨 매우 존경하여 접대한다고 하는데, 품계의 차례는 태수의 아래에 앉는다고 한다.

대마도주가 탄 배는 길이가 10여 발이 되는데, 꾸밈새가 정교하고 단청이 찬란하여 배 한 척을 건조하는데 비용이 천금이 넘는다고 한다. 그들은 예를 행할 때에 문관文冠을 썼다. 관冠의 제도가 마치 바리를 덮는 뚜껑과 같은 것이 있었다. 위에는 사모紗帽(문무관이 평상복에 착용하던 모자)를 위층의 작은 것을 이어 붙이고, 뒤에는 사모의 한 가닥을 드리웠는데 두 번이나 구부려 길었다. 이른바 관대冠帶(옛날 벼슬아치들의 공복公服)란 대략 우리나라의 철릭天翼(무관이 입던 공복公服)과 같으나, 제도는 역시 달랐다.

장로승長老僧은 붉은 가사袈裟를 입고 황색 관을 썼는데, 모양이 쳇바퀴 같으며, 세 면面에 드리운 것이 거의 주익冑翼 같았다.

---

75 대마도주와 쓰시마 태수는 같은 사람으로 혼재하여 씌여있다.

6척의 배가 차례로 선착장에 도착하니, 대마도주가 먼저 내리고 수석 통역관이 전례에 따라 관소館所를 살펴 조사한 뒤에, 대마도주가 봉행에게 우리 세 명의 사신이 육지에 내리기를 요청하게 하였다. 마침내 위의威儀(의전)를 갖춘 다음 국서를 받들고 세이잔지西山寺로 들어가는데, 길 좌우에서 구경하는 사람이 거의 만 명을 넘었다.

절은 언덕 위에 있는데, 겹겹의 방과 벽이 거의 수백 칸에 이르러 일행 원역들이 모두 몸을 들여놓을 만하였다.

대마도주가 즉시 봉행을 보내 문안하고 또 숙공熟供(익힌 음식)을 들이는데, 무진년의 전례에 의하여 왜의 어린아이들에게 올리게 하였다. 음식의 가짓수가 비록 20그릇에 가깝지만, 식성이 원래 다르다 보니 특별히 먹을 만한 것이 없었다.

후츄府中(이즈하라)의 산세가 여러 다른 포구들에 비해 비록 들판이 열렸다고는 하지만, 남북이 7~8리에 지나지 않고 동서로는 수백 보였다. 남쪽으로 이키노시마壹岐島와 마주하고 있어 하늘이 개고 바다가 잔잔할 때에는 완연히 눈앞에 들어와, 마치 해운대海雲臺에 있으면서 쓰시마의 산 모양을 보는 것과 같았다.

인가는 거의 만여 호가 넘는데, 담과 지붕들이 서로 연이었고 분칠한 그림이 서로 비치며, 배들이 항구에 가득하고 고기잡이 불이 새벽까지 비추어, 한 섬의 도회지라고 말할 만하다.

이마理馬(사복시의 정6품 잡직) 장세문張世文이 먼저 후츄(이즈하라)에 도착한 지 수십 일이 되었는데, 배를 탄 뒤에 세 차례나 바람결에 표류하여 거의 죽을 뻔하다가 다행히 살아났다고 한다. 지금 배위로 와서 배알하니 기뻤다.

듣건대 그의 숙부가 무진년에 이마理馬의 직책으로 오다가 나가토노쿠니長門州에 표류하여 떠돌다가 겨우 살아 돌아왔다고 들었는데,

지금 그 조카가 다시 이런 일을 겪었으니, 경계하지 않았다고 말할 만하다.

오늘은 1백 60리를 왔다.

晴西北風終日. 卯時發船. 未時次對馬島. 曉發琴浦. 將向芳浦. 而平明以後. 風力漸緊. 日氣淸和. 久坐柁樓. 憑眺遠望. 大海如鏡面之平. 蠻山若飛鳥之迅. 可謂舟行後快闊事也. 裁判船直向府中. 故隨後而進. 未及十里. 馬島奉行平如敏. 裁判橘如林. 島主使者. 船上行禮. 如佐須浦時. 纔入浦口. 島主及以酊菴長老僧. 各乘彩船而迎候. 舟相近. 島主立于船上. 行再揖禮. 余亦以再揖答之. 於長老僧亦然. 島主長老. 於副三騎船亦如之. 島主平義暢. 卽戊辰信行時. 太守義如之子. 年方二十三. 爲人頗順良. 雖蠻邦一島之酋長. 亦可謂稍異於諸蠻矣. 長老僧名龍芳號桂巖. 容貌頗精潔. 年今四十三. 而聞以關白之命. 來守酊菴. 有若唐家藩鎭之監軍. 故雖太守亦頗苦之. 接待甚尊敬. 而班次則坐於太守之下云矣. 島主所乘船長過十餘把. 飾粧精巧. 丹雘燦爛. 一船之造. 費過千金云矣. 當其行禮之時. 着文冠. 冠制有若鉢盂蓋. 上貼連紗帽上層之小者. 而後垂帽角一條. 再曲而長. 所謂冠帶. 略似我國天翼. 而制亦異焉. 長老僧衣紅袈裟. 着黃冠. 而形如篩圍. 三面所垂. 殆如冑翼. 六船以次到泊船所. 則島主先下. 而首譯依例摘奸于館所後. 島主使奉行請三使下陸. 遂陳威儀. 奉國書而入西山寺. 左右觀者. 殆過萬數. 寺在岸上. 重房複壁. 將至數百間. 一行員役. 并皆容膝. 島主卽送奉行而問安. 又納熟供. 依戊辰例. 使倭小童進止. 饌品雖近二十器. 而食性旣異. 別無可餐者矣. 府中山勢. 比諸各浦. 雖云開野. 南北不過七八里. 東西數百步. 南對一歧島. 天晴海晏之時. 宛然入望. 有若在海雲臺. 見馬島山形者矣. 人戶殆過萬餘. 而墻屋相連. 粉繪交映. 舟楫滿港. 漁火達曉. 可謂一島都會之地也. 理馬張世文. 先到府中數十日. 而乘船之後. 三次漂風. 幾死幸生. 今者來謁於船上. 可喜. 聞其叔父戊辰以理馬來. 漂泊於長門州. 僅得生還. 而今其侄. 又作此行. 可謂不存戒也. 是日行一百六十里.

24. 세이잔지西山寺 1763년10월28일. ~11월12일)

맑고 동북풍이 불었다. 세이잔지西山寺에 머물렀다.

6척의 배가 무사히 쓰시마에 건너왔다는 뜻으로 장계狀啓를 지어 (장계초본은 아래 있음) 비선편에 부쳤다.

대마도주가 사람을 보내 문안하였는데, 일이 있으면 자연히 왕복하는 일도 많아져 다 기록할 수가 없었다. 전 태수太守 소 요시시게平義蕃는 곧 내가 동래부사로 있을 때 대마도주였는데, 오늘 또 사람을 보내어 문안하였다. 그래서 내가 말하기를 "일찍이 정축년과 무인년에 각각 자기 나라의 변방을 지키게 되어 누차 서계書契를 왕복하였습니다. 마침 지금 여기에 왔는데, 그대는 이미 관직에서 물러나 공적인 예로 서로 볼 수 없으니 한스럽습니다."라고 답하였다.

뒤에 들으니, 이 회답을 받고 크게 감사하게 여겨 몇 줄의 문한文翰을 얻기를 원하였다 하였으나, 내가 사신의 일을 끝내지 못했다 하여 허락하지 않았다.

대마도주 및 이테이안以酊菴의 승려와 반쇼인萬松院의 승려가 있는 곳에 우리 조정 예조의 서계와 예물을 보냈는데, 대마도주의 처소에는 수석 통역관이 가지고 가고, 이테이안 이하에게는 상판사上判事가 가지고 갔다.

쓰시마는 지방이 동서 3백리, 남북이 80리이며, 8군郡 82포浦로 나누어져 있다. 땅이 척박하여 생산되는 곡물이 매우 적다. 거주하는 백성은 오로지 고기잡이로 생활해 가는데, 만일 우리나라의 공미公米와 공목公木[76]이 아니면 어떻게 살아가겠는가?

---

76 공목(公木): 일본 사신이 가지고 온 개인물품에 공식적으로 무역을 허가하여 그 대가로 지급하던 무명베.

세이잔지(西山寺).

대마도에 있는 사찰로, 조선과 일본의 중개역할을 했던 겐소 스님이 주석하던 곳이다. 1611년에는 대 조선 외교실무를 담당하는 기관인 이테이안(以酊庵)도 이 곳에 세워졌다. 1590년 일본에 통신사로 갔던 황윤길, 김성일, 허성 일행이 머물렀으며, 이후에도 조선통신사들의 숙소로 쓰였다.

일찍이 동래부에 있을 때 해마다 왜에게 주는 재물을 헤아려 계산해 보니, 공작미公作米가 1만 6천 석, 겸대미兼帶米가 2천여 석, 요미料米가 2천여 석이었다. 이 밖에도 여러 가지 명목의 쌀과 콩이 또한 1천여 석을 넘으니, 도합 쌀이 2만 수천여 석이고 공목公木이 7백 20여 동同인데, 포목은 여러 역관譯官들이 절반 이상을 삼蔘으로 바꾸어 들여보내주니, 이것은 이른바 피집조被執條(대금을 선불하고 물품은 후일에 인수하는 상거래) 항목의 수표手標요, 입송사入送使에게 당연히 주는 예단도 삼이 30여 근이고 명주 · 모시 · 마포 및 범 · 표범의 가죽과 잡물雜物 명목이 매우 많은데, 이것은 곧 입송사에게 해마다 마땅히 내려주는 것이다.

별송사別送使에게도 해마다 5~6차례보다 적지 않은데, 그들에게도 접대하는 것이 또한 각기 전례가 있으니, 일 년 내내 주게 되는 여러 잡물을 모두 값을 정하여 계산하면, 30만 냥이 훨씬 넘는다. 그래서 항상 '영남도의 재산 절반이 왜에게 공급하는 것으로 모두 쓰인다.'라고 말하는데, 이것은 반드시 그러한 것은 아니지만 그 수가 진실로 많은 것이다.

저 왜인들이 바치는 것으로 말하면, 흑각黑角 4백 각桷, 동철銅鐵 2만 7천 9백 근, 후추 4천여 근, 명반明礬 1천 4백여 근, 단목丹木 5천 6백여 근, 납가은鑞價銀 1천 5백여 냥 및 잡종 물건이다. 모두 값을 정한다면 3만여 금金에 지나지 않으니, 그들이 바치는 것으로 우리가 주는 것에 비교하면 10분의 1이라고 할 수 있다.

우리의 적지 않은 재물을 소모해가며 결코 잊기 어려운 이 원수들을 먹이는 것이 일의 이치로 생각해 본다면 진실로 불가한 측면이 있다. 그러나 삼가 생각하건대, 열성조列聖朝의 깊은 근심과 원대한 생각이 보통보다 매우 뛰어남이 만의 만 배이고, 주부자朱夫子(주희)같은 분의 원통함을 참고 삼키는 마음으로 마지못해 오랑캐와 화친한 최하의 방책을 쓴 것일 것이다. 이 어찌 즐거워서 하였겠는가?

반쇼인(萬松院).

일본3대 묘지의 하나로, 제19대 대마도주 소 요시토시(平義智)의 묘석을 중심으로 역대 대마도주들의 묘석이 모여 있는 묘지.

조선국왕이 반쇼인 스님에게 보낸 예물. 쓰시마 반쇼인(만송원萬松院) 소장.

일찍이 들으니, 공미公米·공목公木과 예단의 인삼이 거의 다 대마도주의 주머니를 위한 것이고, 도쿄江戶로 보내는 것은 아주 적다고 한다. 이것으로 말하자면, 온 섬의 생활이 전적으로 우리나라에 기댄 것이다.

쓰시마 사람들이 수백 년 동안 두텁게 성대한 옷과 음식의 은혜를 입었으니, 뼈는 일본 사람이지만 살은 조선 사람이라 할 수 있다. 만일 조금이라도 사람의 마음이 있다면 마땅히 그 은덕을 마음에 품고 감사해야 할 것인데, 매사에 번번이 모두 막부를 핑계 삼아 우리나라에 위험한 말을 하여 우리를 두렵게 하고, 또 우리 조선을 빙자하여 그들의 관백을 기만하고, 규정 밖의 재물을 바라는 차왜差倭들이 해가 바뀌어도 돌아가지 아니하고, 중간에 어부지리漁父之利의 간사한 버릇이 날마다 더욱 심해졌으니, 진실로 통탄할 일이다. 비록 그렇지만, '도리로써 먼 곳 사람을 회유懷柔한다.'는 말이 《중용中庸》 9경九經에 실려 있고, '후하게 주고 박하게 받는다.(厚往薄來)'는 말이 《주역周易》에 밝게 나타나 있으니, 큰 나라로서 일 처리는 마땅히 대체大體를 보아서 해야할 것이지, 도리어 어찌 작은 이해를 따질 수 있겠는가?

대개 이 쓰시마는 본래 조선의 소속이었는데, 어느 나라 어느 때에 일본으로 들어갔는지 알 수 없다. 만력萬曆(중국 명나라 연호, 1573년~1619년) 이전은 소 씨宗氏가 대대로 대마도주였는데, 도요토미 히데요시 때에 와서 소 나가모리宗盛長를 폐하고 소 요시토시平義智(제19대 도주)를 세워 대마도주로 삼았다. 지금까지도 소 씨가 쓰시마의 태수(宗對馬守)라고 일컫는 것은, 쓰시마 사람들이 옛날 태수의 성을 잊어버리지 않은 까닭이다. 소 요시토시義智가 죽자 아들 소 요시나리義成(제20대 도주)가 물려받고, 소 요시나리가 죽자 아들 소 요시자네義眞(제21대 도주)가 물려받았으며, 소 요시자네의 아들 소 요시쓰구義倫(제22대 도주)·소 요시미치義方(제23대 도주)·소 미치히로方誠(方熙의 誤記)·소 요시노부義誠(제24대 도주)

4형제가 잇따라서 물려받다가, 소 요시노부義誠가 죽자 그 아들 소 요시유키義如(제26대 도주)가 물려받아 소 요시노부義誠의 아우 소 미치히로方熙(제25대 도주)에게 전하고, 소 미치히로가 물러나자 소 요시유키가 다시 섰으며, 소 요시유키가 죽자 그 아우 소 요시시게義蕃(제27대 도주)가 물려받고, 소 요시시게가 물러나자 소 요시유키의 아들 소 요시나가義暢(제28대 도주)가 지난해에 봉작封爵을 물려받아 지금 호행護行이 되었다.

이미 조선의 옛 땅에 살면서 대대로 조선의 도서圖書를 받고, 또 공미公米와 공목公木에 의지하여 생활을 해 가니, 곧 우리 조선의 외복外服(중원에서 멀리 떨어진 변두리의 미개한 지역)이다. 또 예전에 소 요시나리義成가 그의 부관副官 야나가와 시게오키平調興와 사이가 좋지 않았을 때, 야나가와 시게오키가 소 요시나리를 관백에게 참소하여 말하기를 "조선이 우리나라를 매우 박하게 대하는데도 소 요시나리가 우호를 통하여 마음으로 모욕당하는 것을 달게 여기니, 소 요시나리는 정말로 하나의 조선 번신藩臣입니다. 만일 군사를 일으키지 않으면 우리나라가 능멸당한 수치를 씻을 수 없습니다."라고 하였다.

이때에 관백 도쿠가와 이에미쓰源家光가 크게 화를 내어 군사를 출동시킬 것을 꾀하자, 늙은 장수 정종正宗이 크게 말하기를 "도요토미 히데요시가 아무런 이유 없이 군사를 움직였다가 오래지 않아 패망하여 사람들이 하늘의 재앙을 받았다고 하였습니다."라고 하였다. 이로 말미암아 야나가와 시게오키가 참소하고 무고한 죄를 책망하니, 관백이 조선의 사정을 탐지하려고 마상재馬上才를 보고 싶다는 핑계로 그들을 불렀다. 그때 수석 통역관 홍희남洪喜男[77]이 마상재를 인솔하고 들어갔

77 홍희남(洪喜男): 1595년(선조28) ~?. 역관으로 임진왜란 이후 일본과의 교섭에서 문제가 생길 때마다 일본에 파견되어 해결하였으며, 그 공로로 1년에 3계급이나 특진하여 숭록대부에 올라 지중추부사가 되었다.

소 요시토시(平義智, 1568년~1615년) 무덤.

쓰시마 반쇼인(대마도주의 역대 묘지)에 있는 제19대 소 요시토시(平義智)의 무덤. 쓰시마 소씨 가문의 20대 당주로 쓰시마 번의 초대 번주. 임진왜란 때 일본군 제1군(고니시유키나가)에 속하여 조선에 출병했다.

었는데, 소 요시나리와 야나가와 시게오키가 서로 관백에게 좋게 말해 줄 것을 각각 홍희남에게 부탁하였다.

홍희남은 겉으로는 야나가와 시게오키를 위하는 척하면서 속으로는 소 요시나리를 두둔하자 관백이 도리어 야나가와 시게오키가 조선에 사사로운 감정이 있는 것으로 의심하였다. 그리고 마침내 야나가와 시게오키를 귀양보내고 소 요시나리를 세우니, 이로부터 헤이 씨平氏가 대대로 그 관직을 물려받게 되었다. 이때로부터 쓰시마에서 우리나라의 일 처리를 마음으로 복종하였고, 홍희남의 임기응변을 성심으로 감탄하였다. 그래서 통신사를 접대하는 것이 지극히 넉넉하고 후하였으며 또 공순하고 정성스러웠다. 그리고 수석 통역관을 '상상관上上官'이라고 일컬은 것도 이 일로 비롯되었다.

삼가 살펴보니, 최근에 와서는 모든 접대와 응대하는 예절이 점차 전보다 부족하였다. 이것은 다만 세월이 오래되어 옛날의 은혜를 쉽게 잊어버린 것뿐만 아니라, 지금 곤궁함이 더욱 심해져서 아첨하는 태도와 마음씨가 더욱 교묘해진 것 때문이다. 이렇든 저렇든 간에 모두 은덕을 저버리고 잊은 것이라고 할 수 있다.

晴東北風. 留西山寺. 以六船無事渡對馬島之意. 修狀啓. 狀草在下 付送飛船便. 島主送人問安. 有事則自多往復. 不能盡記. 前太守平義蕃. 卽余在萊府時馬州島主也. 今日亦送人問安. 余以曾於丁丑戊寅. 各守兩國邊塞. 累有書契往復. 今適來此. 君已退休職事. 不得以公體相見. 可歎答之矣. 追聞得此回伻. 大以爲感. 願得數行之文翰. 而余以使事未竣. 不許之. 島主及以酊菴僧萬松院僧處. 送禮曹書契及物種. 而島主許則首譯領去. 酊菴以下. 上判事領去. 馬島地方. 東西三百里. 南北八十里. 分爲八郡八十二浦. 而土地瘠薄. 生穀甚少. 居民生涯. 專以漁採. 苟非我國之公米公木. 何以聊活. 曾在萊府時. 考算每年給倭之財產. 則公作米爲一萬六千石. 兼帶米爲二千餘石. 料米爲二千餘石. 餘外雜名色米太. 亦過千餘石. 合米爲二

萬數千餘石. 公木爲七百二十餘同. 而木則衆譯輩. 過半換蔘而入給. 此所謂被執條手標也. 入送使處. 例給禮單蔘三十斤餘. 紬苧麻布及虎豹皮雜物名色甚多. 此乃入送使逐年應下之物. 至於別送使. 歲不下五六次. 其所接待. 亦各有例. 通一年所給雜物. 並爲折價以計. 則洽過三十萬兩. 恒言嶺南半道之財產. 盡入於給倭. 此則未必然. 而厥數誠夥然矣. 以彼人所納者言之. 則黑角四百桶. 銅鐵二萬七千九百斤胡椒四千餘斤明礬一千四百餘斤丹木五千六百餘斤鑞價銀一千五百餘兩及雜種物件矣. 並爲折價. 則不過爲三萬餘金. 以其所納. 較我所給. 可謂什之一. 耗我不鮮之財. 餉此難忘之讎者. 揆以事理. 誠有不可. 而仰惟列聖朝深憂遠慮. 迥出尋常萬萬. 以朱夫子忍痛含冤之心. 不得已用和戎之下策矣. 夫豈樂爲哉. 曾聞公米公木單蔘. 幾盡爲島主之囊橐. 歸於江戶者絕小. 以此言之. 一島生涯. 專靠於我國矣. 馬州之人. 累百年厚蒙衣食之盛惠. 可謂骨日本而肉朝鮮. 苟有一分人心. 其宜含恩感德. 而每事輒皆假托江戶. 而恐動於我國. 亦必憑藉於朝鮮. 而欺瞞其關白. 規外希財之差倭. 閱歲不歸. 居間漁利之奸習. 逐日益甚. 良可痛嘆. 雖然綏遠人旣載九經. 厚往薄來. 昭著羲易. 大邦處事. 當觀大體. 顧何足計較於少利害耶. 蓋此馬島. 本是朝鮮所屬. 未知何國何時. 入於日本. 而萬曆以前. 宗氏世爲島主. 至秀吉廢宗盛長. 立平義智爲島主. 至今稱爲宗對馬守者. 島民不忘舊太守之姓故也. 義智死. 子義成襲. 義成死. 子義眞襲. 義眞之子義倫義方方誠義誠四兄弟相繼而襲. 義誠死. 子義如襲. 傳于義誠弟方熙. 方熙退. 義如復立. 義如死. 其弟義蕃襲. 義蕃退. 義如子義暢. 昨年襲封. 今爲護行. 旣居朝鮮之舊地. 世受朝鮮之圖書. 又以公米公木. 藉以生活. 則便是朝鮮之外服也. 且在昔義成與其副官平調興不協. 調興讒義成於關白曰. 朝鮮待我甚薄. 義成以其通好. 甘心受侮. 義成直一朝鮮藩臣. 若不興兵. 本國見凌之恥不除. 於是關白源家光大怒. 謀動兵. 有老將正宗大言曰. 秀吉無故動兵. 不久覆滅. 人謂天殃. 因數調興讒誣之罪. 關白欲探朝鮮事情. 托觀馬上才而請之. 其時首譯洪喜男領率入去. 則義成與調興皆以善辭於關白. 各自干囑於喜男. 喜男乃陽爲調興. 而陰扶義成. 關白反疑調興之有私於朝鮮. 遂竄調興而立義成. 自此平氏世襲其職. 伊時則馬州心服我國之處置. 誠感喜男之應變. 接待信行. 極其優厚恭慤. 首譯之稱以上上官自此始焉. 竊觀近來則凡百接應之節. 漸殺於前. 非但歲月旣久. 易忘舊惠. 抑亦貧窶益甚. 情態愈巧. 以此以彼. 皆可謂背恩忘德也.

1763년 10월 29일

흐리고 비가 왔다. 세이잔지西山寺에 머물렀다.

陰雨. 留西山寺.

1763년 10월 30일

새벽에 비가 오다가 아침에 개고, 서남풍이 불었다. 세이잔지西山寺에 머물렀다.

부복선장副卜船將 유진원兪進源이 지난번 오우라大浦에 있을 때 배 밑창으로 떨어져 매우 위중한 내상內傷을 입었다. 계속해서 약물藥物로 치료하였지만, 잠깐 동안 조금 좋아졌다가 끝내 병세가 심해져 결국 일어나지 못하는 지경에 이르고 말았다. 이 사람은 원래 부산의 장교將校인데, 8월에 통신사 일행으로 뽑혀 이국땅에 데리고 왔다가 이제 관에 누워 돌아가게 되었으니, 애처로움과 가련함을 어떻게 말할 수 있으리오?

삼사 세 방에서 각각 돈을 내어 염습殮襲하도록 하였는데, 내가 이번 길에 뜻밖에 쓰임이 있을 것에 대비하여 무명 저고리와 바지 및 솜을 준비하여 왔는데, 이것으로 제사題辭를 써서 내주었다.

曉雨朝霽西南風. 留西山寺. 副卜船將兪源. 頃在大浦時. 墮落船粧. 內傷甚重. 連試藥物. 間得少愈. 終因添劇. 竟至不起. 此是釜山將校. 而八月差役. 率來異域. 今以柩歸. 慘憐何可言. 三房各出財力. 使之斂襲. 而余於今行. 爲需不虞之用. 木綿衣袴及去核有所備來者. 以此題給之.

1763년 11월 1일

맑고, 서풍이 불었다. 세이잔지西山寺에 머물렀다.

새벽에 망궐례를 하였다. 동래부의 악공樂工 장복삼張卜三과 유원봉劉元奉·영덕격군 유돌바위劉乭巖回·부산격군 송귀돌이宋貴乭伊 등이 오래된 병이 도지기도 하고, 부스럼이 갑자기 나기도 하여 모두 고국에 돌아가서 죽기를 원하기에 모두 허락해 주었다. 그리고 복선장卜船將(유진원)의 관과 병이 깊은 격군을 내보내겠다는 뜻으로 장계를 써서(장계의 초본은 아래에 있다) 저들에게 부쳐 비선飛船편에 내보내게 하였다.

동래 장교將校 변탁卞琢은 바로 내가 동래 부사로 재직할 때에 신임하던 자로, 사람됨이 매우 영리하였다. 이번 걸음에 격군이란 이름으로 데리고 왔는데, 부사副使가 복선장을 대신 맡아줄 수 있는 사람을 뽑는 어려움을 걱정하기에 변탁을 그를 대신 맡을 사람으로 삼았다.

이테이안以酊菴의 승려가 삼층 찬합을 바쳤는데, 단자의 연월 아래에 별호別號만 썼기에 무진년의 전례에 의거하여 물리쳤다. 그러자 단자에 이름을 고쳐 쓰고 계암도서桂巖圖書를 찍어서 바치므로 받았다.

대마도주가 여러 가지 꽃을 꽂은 죽통을 보내왔는데, 겨울철에 진짜 꽃을 보니 풍토가 다르다는 것을 느낄 수 있었다.

晴西風. 留西山寺. 曉行望闕禮. 東萊樂工張卜三劉元奉. 盈德格軍劉乭巖回. 釜山格軍宋貴乭伊等. 或以宿病添重. 或因瘡疾猝發. 皆願歸死故國. 故並許之. 而以船將輿櫬. 病重格軍出送之意. 修啓. 狀草在下 付彼人. 使之出送飛船便. 東萊將校卞琢. 是余按府時信任者. 爲人頗伶俐. 今行以格軍名率來. 副使以卜船將之難其代爲悶. 以琢代之. 酊菴僧進三層饌盒. 而單子年月下. 只書別號. 故依戊辰例退却不捧. 則改單書名. 仍着桂巖圖書而納. 故受之. 島主送雜花竹筩. 冬月眞花. 可驗風土之各異也.

1763년 11월 2일

맑고, 동북풍이 불었다. 세이잔지西山寺에 머물렀다.

봉행奉行 장감將監 히라타 쇼겐平誠泰과 감물監物 다다 겐모쓰平如敏와 소야전선小野典膳 원영장源如長 · 재판裁判 소좌所左 히라타 쇼자에몬平如任과 귤좌橘左 귤여림橘如林 · 도선주都船主 아사오카 이치가쿠紀蕃實가 뵈러 와서 두 번 읍례揖禮를 하기에 사스우라佐須浦 때처럼 한 번 읍례하여 답하였다. 인삼차와 음식상을 보내왔다.

저녁에 태수 소 요시나가平義暢 · 이테이안 승려 게이간 류호龍芳 · 세이잔지의 승려 본장사本藏司 조본祚本이 예전의 예에 의하여 보러 왔다.

대마도주가 문밖에서 한 자루의 검을 풀고, 신발을 벗고 걸어서 들어오기에 물었더니, 이것이 높은 손님을 대접하는 예절이라고 한다. 섬돌에 올라오자 우리 세 명의 사신이 뒷마루로 나가 서로 읍하고 들어와서 동쪽과 서쪽으로 갈라서서 두 번 읍례를 하였고, 세이잔지 승려에게는 한 번 읍례로 답하였다.

자리에 앉은 뒤에 먼저 인삼차를 대접받고, 다음으로 음식상을 진상받았다. 차로 술을 대신하여 9작 7미九酌七味(성대한 잔치)의 예를 다하였다.

예가 끝나자 대마도주가 손수 막부의 서신 한 통을 전해 주었는데, 문리文理가 이루어지지 않고, 또 어록語錄이 많아 마치 우리나라의 이두吏讀처럼 그러하였다.

수석 통역관에게 풀어서 아뢰게 하였더니, 대개 통신사 행차 때 조심하고 삼가서 바람을 기다리라는 뜻이었다.

막부는 도쿄江戶를 가리키는데, 대마도주에게 거듭 경계하여 통신사 행차에 통보한 것이다. 그것을 받아 두고 통역관에게 번역하여 바치게 하였다.(번역한 글은 아래에 있다) 대마도주가 봉행을 시켜 수석 통역관에게 말을 전하면, 수석 통역관이 우리말로 통신사신에게 와서 아뢰고, 통신사신이 대답하는 것을 수석 통역관이 저들의 말로 봉행에게 말하면, 봉행이 대마도주에게 전한다. 그래서 주인과 손님은 이미 스스로 말을 통할 수가 없어 그 수작하는 것이 온전히 봉행과 통역관의 무리에게 달려 있으니, 진실로 귀머거리나 장님이라고 할 만하다.

대마도주가 정오쯤에 보러 온다고 말하였지만, 날이 저물녘에야 왔다. 그래서 그 이유를 물으니 '행례行禮할 때에 실수할까 걱정되어 헤아릴 수 없을 정도로 스스로 의식을 익히다가 저절로 시간이 늦어지게 되었다.'고 한다.

내가 동래부에 있을 때에 또한 들었는데, '차왜差倭들은 잔치할 때에 무사히 예를 치르게 되면 매우 다행으로 여겨 스스로 서로 치하한다.' 고 하였다. 비록 무식한 오랑캐의 무리일지라도 오히려 행례行禮하는 것을 중하게 생각하고, 실례失禮하는 것을 부끄럽게 생각하니, 또한 조금의 수오지심羞惡之心은 있다고 할 수 있다. 또 생각하건대, 우리나라는 예의禮義로써 천하에 소문이 났으니, 저들이 우리나라 사람들과 예를 행할 때에 더욱 마음을 쓰는 것은 반드시 우리나라가 예의의 나라이기 때문에 그러한 것이다.

이것으로 미루어 살펴본다면, 예의가 천하에 중하게 여겨지는 것과 충신이 오랑캐 지방에서도 행해질 수 있는 것을 또한 증명할 수 있다. 그러니 다른 나라에 사신으로 온 자가 더욱 어찌 스스로 예의를 손상시켜 이웃 나라에 업신여김을 당해서야 되겠는가?

晴東北風. 留西山寺. 奉行將監平誠泰. 監物平如敏. 小野典膳源如長. 裁判所左平如任. 橘左橘如林. 都船主紀蕃實來謁. 行再揖禮. 答以一揖. 如佐須浦時. 而饋以蔘茶宴床. 夕間太守平義暢酊菴僧龍芳西山僧本藏司祚本. 依例來見. 島主自門

外解一劍脫履子. 步席而入. 問是待尊客之禮也. 及升階. 三使出退廳. 相揖而入. 分東西相行再揖禮. 而於西山僧以一揖答之. 就坐後. 先饋蔘茶. 次進宴床. 以茶代酒. 行九酌七味之禮. 禮畢. 島主手傳東武書一封. 而文理不成. 且多語錄. 若我國吏吐者然. 使首譯解告. 則蓋是信行時候風審愼之意. 而東武者指江戶也. 申飭於島主. 轉通於信行也. 領留之. 使譯官飜譯以納. 翻書在下 島主以奉行傳言首譯. 則首譯以我音來告于使臣. 使臣所答. 首譯以彼音言于奉行. 奉行傳于島主. 而主客旣不能自通言語. 其所酬酌. 全係於奉行譯舌輩. 誠可謂聾瞽也. 島主謂以午間來見. 而日暮始出. 故問其由. 則爲慮行禮時失措. 私行習儀. 不知其數. 自致日晩云. 余在萊府也. 亦聞差倭輩宴享時. 如得無事行禮. 則大以爲幸. 私相致賀云. 雖蠻貊無識之類. 猶以行禮爲重. 失禮爲愧. 亦可謂有一分羞惡之心矣. 且念我國以禮義聞於天下. 彼人之與我人行禮時. 尤爲致念者. 其必以禮義之邦而然也. 推此以觀. 則禮義之見重於天下. 忠信之可行於蠻貊. 亦可驗矣. 使乎他邦者. 尤何可自損禮義見侮於隣國也哉.

1763년 11월 3일

맑고, 서남풍이 불었다. 세이잔지西山寺에 머물렀다.

이테이안 승려가 각각 사율시四律詩 한 수를(시는 아래에 있다) 우리 세 명의 사신에게 보내와 화답을 구하였지만, 통신사의 일을 아직 끝내지 않아서 돌아가는 길에 화답해 보내겠다는 뜻으로 답하였다.

그 시에 '한대漢代의 의관은 백대 동안 왕성하네(漢代衣冠百世隆)'라는 구절이 있으니, 대개 중화인中華人으로써 우리나라를 대하는 것은 예악禮樂과 문물文物이 있기 때문일 것이다. 돌아보건대 지금 천지에 비린내가 나서 순조鶉鳥[78]가 오랫동안 취했으니, 만일 예악과 문물을 구하

78 순조(鶉鳥): 일종의 메추라기. 상제(上帝)의 온갖 기물과 의복을 맡아 관리하고, 반드시 짝과 함께 행동하는 것으로 알려져 있다.

고자 한다면 우리나라를 버려두고 그 어디로 가겠는가?

어렴풋이 들었는데, 호행정관護行正官 다와라 헤이마藤如鄕가 우리 일행의 마중과 호행을 신중하게 하지 않아서 그가 맡은 직을 다다 겐모쓰平如敏로 교체하였다고 하는데, 그 말을 또한 어떻게 믿겠는가?

지난달 6일에 바다를 건너온 뒤에 장계狀啓를 올렸다. 그런데 오늘 듣자하니, 연달아 부는 역풍 때문에 내보내지 못하다가 비로소 지난달 28일에야 내보냈다고 한다.

晴西南風. 留西山寺. 酊菴僧各送四律一首. 詩在下 於三使求和. 而以使事未竣. 歸路和送之意答之. 其詩有曰. 漢代衣冠隆百世. 蓋以中華人待我國者. 以其有禮樂文物也. 顧今天地皆腥. 鶉鳥久醉. 如欲求禮樂文物. 捨我邦而其誰適哉. 側聞護行正官藤如鄕. 以我行之迎護不謹改差. 而代以平如敏云. 其言亦何信也. 前月初六日渡海後修啓. 今聞連因風逆. 不得出送. 始於前月二十八日出去云.

1763년 11월 4일

맑고, 서북풍이 불었다. 세이잔지西山寺에 머물렀다.

그저께 대마도주를 접견할 때에 왜인이 영장營將 김상옥金相玉의 용모와 풍채가 장대함을 보고 놀라서 그의 이름과 용력勇力을 물었다. 그래서 역관이 과장되게 자랑하였더니, 저들이 '김장군金將軍'이라 불렀다. 나중에 들었는데, 대마도주도 매우 기상이 훌륭하다고 말하였다고 하였다.

길가에서 저들이 강령 현감康翎縣監 이해문李海文의 우람한 모습을 보고 장비張飛로 지목하였다. 나는 이 두 가지의 일을 듣고 다른 나라에서 모욕을 당하지 않게 되어 기쁘게 여기고, 또 관소 안에서 적적함을 풀어 줄 심심풀이 자료로 일행 중 비장 · 원역 · 반인伴人(수행원) · 장교

등으로 '후촉장사록後蜀壯士錄'을 잇따라 만들었다.

어떤 경우는 그 용력을 취하고, 어떤 경우는 그 성명과 자字가 서로 같은 것을 취하여 각각 칭호를 만들었다. 그랬더니 우수한 칭호를 얻은 자는 기뻐하고 열등한 칭호를 얻은 자는 싫어하였다. 희롱과 해학으로 심심하지 않게 시간을 보내는 것으로 삼았으니, 우습고도 우습다.

대마도주가 글과 그림 그리고 마상재馬上才를 보여주기를 요청하였는데, 이는 곧 예전의 예이다. 비장 김상옥 · 수석 통역관 최학령崔鶴齡에게 사자관寫字官 홍성원洪聖源과 이언우李彥佑, 화원畫員 김유성金有聲, 마상재 정도행鄭道行과 박성적朴聖迪을 데리고 후추府中(이즈하라)로 가게 하였다. 그렇게 한 뒤에 들으니, 밥을 싸 가지고 와서 기다리면서 구경하는 자들이 길을 가득 메웠다고 한다.

저들이 조선의 마상재의 많고 적음에 대해 물어보기에, 통역관이 우리나라 군대의 병사 중에 마재馬才에 뛰어난 자는 이루 다 셀 수 없이 많다고 대답하였다 한다.

晴西北風. 留西山寺. 再昨接見島主時. 倭人見金營將相玉身手壯大. 驚問其姓名勇力. 譯官鋪張而誇耀之. 彼人謂之金將軍. 追聞島主亦頗壯之云. 路上彼人輩. 見李康翎海文之磅礴. 目之以張飛. 余聞兩事. 喜其得免見侮於他國. 且於客中聊作破寂之資. 以行中裨將員役伴人將校等. 續成後蜀壯士錄. 或取其勇力. 或取其姓名字相似. 各成稱號. 得其優者喜之. 得其劣者惡之. 戲謔侵弄. 便爲消日之場. 好笑好笑. 島主請觀書畫馬上才. 卽例也. 使兵裨金相玉. 首譯崔鶴齡. 領率寫字官洪聖源李彥佑. 畫員金有聲. 馬上才鄭道行朴聖迪. 往赴府中. 故後聞裹粮來待而觀光者. 彌滿道路. 彼人以朝鮮馬才多少問之. 譯官以我國軍兵善馬才者. 不可勝數答之云爾.

「마상재도」. 일본 사가현 나고야(名護屋)성 박물관 소장.

1763년 11월 5일

맑고, 서북풍이 불었다. 세이잔지西山寺에 머물렀다.

얼마 전 사스우라佐須浦에 있을 때, 우리나라의 금주령이 매우 엄하기 때문에 저들의 단자 가운데 술이 있는 것은 번번이 물리치고 받지 않았다. 그래서 쓰시마 태수가 감히 다시는 술을 올리지 않고, 말하기를 "우리 쓰시마는 이미 귀국의 금주령을 알고 있지만, 앞으로 가는 곳은 금주령을 알지 못하는데다가 또 관백關白이 잔치를 베풀 때에 일의 형편상 제약이 많을 것입니다. 잔치의 예절에 관계되는 것은 말로 전하여 시행할 수 없습니다. 통신사신의 문자 몇 줄을 얻는다면 앞으로 가는 큰길에 연통하여 공유하고 관백에게 고하여 알리고, 잔치 때 임시로 술잔이 왕복하는 일이 없게 할 수 있겠습니다."라고 하였다.

우리 세 명의 사신이 상의하기를, "단지 이렇게 술을 사양하는 것은 우리에게 달려 있을 뿐이다. 저들이 만약 보내는데 우리가 받지 않는다면 괜찮지만, 술이 만약 왕래한다면 우리들이 아무리 돌려보낼지라도 중간에서 없어지지 않는다는 것을 어찌 알겠는가? 무식한 아랫사람들 역시 반드시 이것으로 먹을 마음이 생길 것이다. 그래서 대마도주에게 타일러 애당초 술 주(酒)자 한 글자도 서로 들리지 않게 하는 것이 좋겠다."라고 하였다.

이에 서너 줄 서계書啓를 지어(서계는 아래에 있다) 수석 통역관으로 하여금 대마도주에게 전하게 하였다.

晴西北風. 留西山寺. 頃在佐須浦時. 以我國酒禁之至嚴. 彼人單子中有酒者. 輒退却不捧. 馬島太守雖不敢更進. 而以爲本島則已知貴國之禁. 而前路旣不知之. 且關白賜宴時. 事勢多掣碍者. 宴禮所關. 不可以口傳施行. 若得使行數行之文字. 則可以通諭於沿路. 傳告於關白. 俾無宴享. 臨時往復之事云. 三使相議以爲. 惟此辭酒. 在我而已. 彼若送來. 我自不受則可矣. 而酒若往來. 則吾輩雖還送. 安知不消

融於中間乎. 無識下賤. 亦必因此而生心. 不如曉諭島主. 使之初不敢以一酒字相聞之爲愈矣. 乃搆數行書契. 書契在下 使首譯傳于島主.

1763년 11월 6일

맑고, 동북풍이 불었다. 세이잔지西山寺에 머물렀다.

대마도주가 봉행奉行을 보내어 쓰시마 후츄(이즈하라) 안에서 환영연회를 베풀기를 요청해왔으니, 이것은 준례이다.

우리 세 명의 사신은 홍단령紅團領[79]을 입고, 비장裨將은 융복戎服(군복의 한 가지)을 갖추어 입고, 원역은 시복時服(철에 맞는 옷)을 입고, 갓을 쓰고, 띠를 두르고, 앞에는 의장대를 벌이고 준례대로 나갔는데, 길가의 좌우에 모인 남녀들이 3~4리나 뻗어 있었다.

가는 도중에 더러 관청이나 부속건물이 있기에 물어보니, 모두 봉행과 재판의 집이라고 한다. 그들은 세습世襲하기 때문에 집이 아름답고 사치스러워 우리나라 재상의 집도 거기에는 미칠 수 없다고 한다.

후츄(이즈하라)에 이르러 두 번째 문에 들어가 사신이 모두 모이기를 기다렸다가 가마에서 내려 들어갔다. 재판 두 사람이 세 번째 문 밖에서 맞이하고, 봉행 두 사람은 문 안에서 맞이하고, 또 두 사람은 대청 앞에서 맞이하였는데, 저들은 두 번 읍하고 우리는 한 번 읍하였다.

겹겹의 방과 겹겹의 벽을 경유하여 들어가니, 처마 안에 새로 만든 조총과 자포子砲를 벌여 세워 놓았다. 이것은 그들의 군사 장비를 뽐내려는 것이었다. 굽이굽이 돌고 돌아 대청 끝에 이르니, 대마도주 및 이테이안 승려가 나와서 맞이하였다. 서로 읍하고 앞으로 가니, 대청의

79 홍단령(紅團領): 깃을 둥글게 만든 붉은 색 공복(公服.)

가운데 층에 탁자를 차려 놓았다.

주인과 손님이 탁자 앞에 서서 각각 두 번 읍례를 하고 자리로 나아가니, 원역들도 모두 빈자리를 바라보고 두 번 절하였다. 빈자리를 바라보고 두 번 절하는 것은 그 뜻이 어디에 있는지 알지 못하겠다. 하지만 저들은 대마도주에게 절하는 것이라 하고, 우리나라 사람들은 사신 앞에 절하는 것이라 하니, 모두 그것이 반드시 그런지는 모르겠다.

잔치에는 공식적인 잔치와 개인적인 잔치가 있는데, 내 생각으로는 관백을 향해 절을 올리는 것 같았다.

일찍이 기해년(1719년, 숙종45)에 저들의 잔치를 베푸는 전례典禮의 절차를 적은 책 안에는, '대마도주는 비스듬히 남면南面한다.'라는 말이 있었다. 그래서 그렇게 해서는 안 된다는 것을 꾸짖었지만, 잔치에 나와서 갑자기 몸을 비스듬하게 하였다고 한다. 이 때문에 무진년(1748년, 영조24)에도 논쟁이 있었고, 이번 사신 행차에도 이러한 행동이 있었다. 그래서 수석 통역관에게 기일에 앞서 오고가게 하였더니, 대마도주가 다시는 이와 같이 하지 않겠다고 말했다고 한다.

예를 행할 때에는 나와 대마도주가 서로 마주보고 섰다. 대마도주를 바라볼 생각이 없어 엿보니 뚜렷하게 몸을 비스듬하게 하는 혐의가 있어 끝내 눈동자를 굴리지 않고 오직 공손하게 마주보고 서 있었다.

칠미구작七味九酌의 예를 하였다. 이것이 공식적인 연회이다. 연회를 즐길 때에 잔을 바꾸어 서로 드는 것은 바로 저들을 대하는 준례이다.

지금은 우리들의 술잔이 비록 깨끗한 차로 대신하고 있지만, 저들의 술잔은 어떤지 알 수 없다. 만약 술잔을 바꾸어 든다면 이는 술을 남에게 권하는 것이 된다. 저들이 스스로 마시는 것이야 우리가 어쩔 수 없지만, 우리가 손수 집어든 술잔은 의리상 불가하다. 그래서 미리 수석 통역관에게 이런 뜻을 전하러 오고가게 하였다. 술잔을 바꾸는 한 가지 항목에 대해 폐지하여 시행하지 않고 서로 읍하고 나왔다.

다른 대청에서 잠깐 쉬다가 난삼襴衫으로 갈아입고 와룡관臥龍冠을 쓰고 나니, 날이 이미 저물어 어두워졌다. 촛불을 밝히고 대청의 위층에서 개인적인 연회를 베푸는데, 찬품饌品은 공식적인 연회에 비해 조금 나았고, 조화를 꽂는 통은 세 번이나 바꾸어 놓아두었다. 중앙에 과일상 하나를 차려놓고 역시 조화도 놓아두어 거의 주인장의 자리처럼 하였다. 어쩌면 관백을 위해서 마련한 자리가 아닌가?

준례에 따라 돌리는 술잔 외에 다시 토배土杯 한 잔을 권하였는데, 아마도 와준瓦樽(진흙으로 만든 술잔)으로 따르는 예를 귀하게 여기는 것일 것이다.

다과가 끝나자 붓과 벼루를 바쳐 시를 지어달라고 요청하였으나, 통신사의 일이 아직 끝나지 않았다고 하면서 사양하였다.

공식적인 연회 때 대마도주가 입은 옷은 배 위에서 맞이할 때와 같았고, 개인적인 연회 때 입은 옷은 거의 미천한 왜인들의 의복 제도와 같았으며, 반쯤 깎은 머리에다 관을 쓰지 않아서 보기에 매우 형편이 없었다. 사신을 접대하는 왜인들은 모두 긴 바지를 입었는데, 두어 자나 길게 땅에 끌리었다. 이것이 높은 손님을 접대하는 예절이라고 들었지만. 이것은 반드시 뜻밖의 변을 막기 위하여 중국 진秦나라가 궁궐에서 한 자나 한 치가 되는 무기도 소지하지 못하게 했던 것과 같을 것이다.

연회를 누릴 때 오고가는 수작은 모두 전례가 있고, 《첩해신어捷解新語》에 자세히 나와 있어 특별히 다른 일이 없다. 그리고 집 건물의 기이하고 교묘함과 그릇의 산뜻하고 뚜렷함에 대해 말을 한다면, 예전 사람들이 이미 기록하였으므로 아울러 다시 기록하지 않겠다.

연회를 누릴 때 군관과 원역들에 대해서는 각각 뒷마루에 먼저 잔치상을 차려놓았는데, 젓가락을 대자마자 구걸하여 먹듯이 왜인들이 아주 복잡하게 뒤엉켜 팔짱을 하고 시끄럽게 떠들어 걸신들린 귀신같았다고 한다. 예전에 들었는데, 중국 연경燕京에 사신으로 가서 연회에 참석할 때 사신과 원역들의 음식상을 대청에 같이 차려놓아, 연회가 끝나기 전에 무뢰배들이 들어와서 잔치상의 음식을 움켜쥐고, 그릇들을 때려 부수는 데까지 이르렀다고 한다. 보기에 아주 해괴한 일이었지만 그 자리에 앉아 있던 예관禮官들 또한 이를 막지 못하였다고 한다.

이것으로 미루어 보건대, 오랑캐와 왜 이 두 나라는 기강이 점점 더 추락하고 있다는 것을 알 수 있다. 연회에 참여하는 인원은 합이 3백여 명인데, 기해년 통신사 행차 때 제술관이 예절禮節에 맞지 않는다고 논쟁을 하다가 가지 않아 드디어 전례가 되었다. 그래서 이번에도 나가지 않았다.

밤 9시쯤에 연회를 끝내고 관소館所로 돌아왔다. 대마도주의 관함官銜(성 밑에 붙여 부르는 벼슬 이름)은 종4위의 습유拾遺라고 들었는데, 대마도주가 습유를 겸직하기는 소 요시유키平義如로부터 비롯되었는데, 이것은 이 나라의 청직淸職이라고 한다. 쓰시마 태수는 으레 우리나라에서 하사한 성명과 도서圖書를 받았는데, 마치 우리나라의 각 고을에서 인신印信을 받는 것과 같았다. 이런 까닭으로 연회 때 대마도주가 스스로 말하기를, "쓰시마는 조선 사람과 다름이 없어, 모든 일을 내지內地와 같이 보살펴 주었으니, 감히 가는 곳마다 일이 잘 되도록 이리저리 힘을 써 주지 않겠습니까?"하였다.

대대로 도서를 받고, 해마다 쌀과 포목을 받아서 다른 왜인과 다른 것이 있기 때문에 그러한 것인가? 아니면 은혜와 신의가 사람을 감동시키는 것이 과연 오랑캐 나라에까지 행해질 수 있는 것인가?

후츄(이즈하라)로 왕래할 때에 길가에서 구경하던 왜인으로 가끔 통사通事들과 웃고 마중하는 자가 있기에 물었더니, 과연 왜관에서 얼굴을 아는 자라고 한다.

비록 다른 나라 사람이지만 오히려 서로 아는 자에게 이처럼 정성을 다 하는데, 하물며 만 리 밖에까지 배를 같이 타고 와서 죽으나 사나 고생을 같이하는 자라서 그러한가?

일찍이 동래부에 있을 때에 관수왜館守倭 다다 슈케이橘如棟가 배에서 내리는 것을 축하하는 잔치에 참석하였는데, 그때 그 사람됨을 보니 매우 정밀하고 자상하였다. 이번에 와서 수석 통역관 이명윤李命尹에게 그의 생사를 물었더니, 말하기를, "다다 슈케이는 애초에 이번 사행使行의 호행 정관護行正官에 뽑혔는데, 사신을 호행하는 절목節目을 정하기 위해 지난 겨울에 도쿄江戶에 갔다가 돌아오는 도중에서 죽었습니다. 이번에 후츄(이즈하라)로 들어올 때에 그의 집에 들렀더니, 그를 모시던 사람이 그의 젖먹이 아들을 안고서 저에게 울며 하소연하였습니다."라고 하였다. 그도 또한 오랜 벗의 인정이 있어서 그런 것인가?

'물오동포物吾同胞(남과 나는 같은 겨레)'라는 말은 군자君子가 남긴 가르침이니, 사람이 느끼는 감정이 풍속이 다른 나라인들 어찌 차이가 있겠는가?

晴東北風. 留西山寺. 島主送奉行. 請行下船宴於府中例也. 三使着紅團領. 裨將具戎服. 員役着時服冠帶. 前排威儀. 如例而出. 路傍左右. 簇立男女. 連亘三四里. 或有如官府衙門者. 問之則皆是奉行裁判之家. 以其世襲之故. 第宅之侈美. 我國宰相家所未可及也. 到府中入第二門. 待三使齊會. 下轎而入. 裁判二人迎于第三門外. 奉行兩人. 迎于門內. 又兩人迎于廳前. 彼以兩揖. 我以一揖. 由重房複壁而入. 則廡內羅列鳥銃子砲新造者. 是欲誇耀其武備也. 回回轉曲. 到廳邊則島主及酊

菴僧出迎之. 相揖而進. 則設卓于大廳中層. 主客立于卓前. 各行再揖禮而就坐. 則員役並皆望空再拜. 望空再拜. 未知其義之何居. 而彼人則謂拜於島主. 我人則謂拜於使前. 皆未知其必然也. 宴有公私. 吾意則似是向關白而納拜也. 曾於己亥彼人於設宴儀註中. 有島主斜南面之言. 故其時責其不然. 則臨宴忽有側身之意. 以此戊辰亦有爭難. 今行又有此儀. 故使首譯前期往復. 則島主謂不復如是矣. 及行禮也. 我與島主相向而立. 目視之則島主不無觀光之意. 而顯有側身之嫌. 終不轉睛. 對立惟謹. 行七味九酌之禮. 此爲公宴也. 宴享之時. 換盃相稱. 乃接彼人之例也. 今則我酌雖代以淸茶. 彼酌旣未可知. 若換盃而稱之. 則是以酒勸人也. 彼人之自飮. 我無奈何. 而我手之執酒盃. 於義不可. 故預使首譯往復此意. 換盃一節. 廢却不行. 相揖而出. 少憩他廳. 改着鷺衫臥龍冠. 日已昏黑矣. 明燭行私宴禮於大廳上層. 饌品比公宴稍優. 假花第三易而置. 當中設一果床. 亦設假花. 殆若有主壁者然. 毋或爲關白而設位耶. 例酌之外. 更勸土杯一酌. 其或以瓦樽之禮而爲貴耶. 茶罷. 進筆硯請詩. 而以使事未竣辭焉. 公宴時島主所着. 如船上迎候時. 私宴時所着. 殆類下倭之衣制. 半剃之頭. 無所着冠. 所見甚不似矣. 進止倭人. 皆着長袴. 曳地數尺. 聞是待尊客之禮. 而其必欲防遏意外之變. 若秦家殿上. 不得持尺寸之兵也. 宴享時往復酬酢. 俱有前例. 詳見於捷解新語. 而別無他事. 至於第宅之奇巧. 器皿之鮮明. 前人已錄. 并不復記焉. 宴享時軍官員役. 各於後廳. 先設床排. 而纔爲下箸. 倭人之丐食者. 極其紛挐. 乂手喧聒. 便同乞鬼云. 曾聞燕京使行宴享時. 使臣員役之床排. 同設一廳. 宴未罷而無賴輩突入攫取宴饌. 至於打破器皿. 所見極其駭然. 而在座之禮官. 亦不能禁止云. 以此推之. 胡倭二國紀綱. 漸益墜落. 可知之矣. 赴宴人員. 合爲三百餘人. 而製述官則己亥信行時. 以禮節之拘碍. 爭難而不赴. 遂爲前例. 今番亦不進去. 二更量罷歸館所. 島主官銜. 聞是從四位拾遺. 而島主之兼銜拾遺. 始自義如. 此是渠邦之淸職云. 對馬太守例受我國所賜姓名圖書. 有若各官之授印信者也. 以此之故. 宴享時島主自言. 馬島無異朝鮮之人. 凡事視同內服. 則敢不隨處周旋云. 以其世受圖書. 歲食米布. 與他倭有異而然耶. 恩信之感人. 果可行於蠻貊耶. 府中往來時. 路傍觀光之倭人. 或有與通事輩迎笑者. 問之則果是倭館知面者云. 雖異域之人. 猶於相知者. 若是致款. 況萬里同舟. 死生同苦者乎. 曾在萊府時. 往參於館守倭橘如棟之下船宴. 而見其爲人. 極精詳矣. 今來問其生死於首譯李

命尹. 則以爲如棟則初差於今行. 護行正官爲節目講定. 昨冬往江戶路死. 今番入府時. 過其家門. 則其從人. 抱其乳子. 而泣訴於渠云. 其亦有知舊人情而然耶. 物吾同胞. 君子垂訓. 人情相感. 殊俗何間也.

1763년 11월 7일

흐리다가 비가 쏟아지고 바람이 크게 불었다. 세이잔지西山寺에 머물렀다.

대마도주가, 어제 왕림해 주셨다고 봉행을 보내어 사례의 뜻을 표하였다. 이것은 준례이다. 쓰시마에서 오고가는 글은 이테이안 승려가 주관하였는데, 이는 별도로 대마도주의 관하에는 글을 해독하는 자가 없었기 때문이다. 수십 년 전에 아라이 하쿠세키新井白石인 겐요源璵란 자가 막부에서 쫓겨난 뒤로는 그의 문도 아메노모리 호슈雨森東란 자가 제법 글을 해독할 줄 알았다. 그래서 쓰시마 태수가 서기書記로 맞아 숭신청崇信廳을 창설하고 문도를 가르치게 하였다. 그 뒤로부터 쓰시마가 비로소 문풍文風을 숭상하게 되었다.

아메노모리 호슈의 제자 기노 고쿠즈이紀國瑞는 이름을 바꾸어 아사오카 이치가쿠紀蕃實라 하였는데, 지체는 비록 낮지만 문장은 꽤 훌륭하여 일을 주관한 것이 많이 있었다. 무진년 통신사 행차 때에는 대마도주의 서기로 도쿄까지 따라갔었고, 우리 행차에도 역시 도선주都船主로 따라왔는데, 지금 간사관幹事官의 명목으로 또 따라갈 것이라고 한다. '간사幹事'라는 칭호는 반드시 옛날에 있었던 것이 아니다.

전 쓰시마주 태수가 통신사를 호행할 때부터 봉행 · 재판 이외에 글을 해독할 수 있는 자를 또한 별도로 데리고 간 일이 있었는데, 대마도주가 거느리고 오는 원액員額(규정에 의하여 정한 인원)과 칭호는 내가 알바

아메노모리호슈(雨森芳洲, 1668년~1755년).

에도막부시대 중기의 유학자로, 주자학 계통의 기노시타 쥰안(木下貞幹)에게 사사받았으며, 이후 스승의 추천으로 1689년부터 쓰시마 번의 유학자로 근무하였다. 나가사키와 동래(부산)에 유학하면서 중국어와 조선어를 배워 3개 국어에 능통하였다. 1711년과 1719년 조선통신사의 일본 방문을 수행한 그는 '성신외교'에 진력한 인물로 평가된다. 저서로는 조선과 일본의 외교를 논한 『교린제성』과 조선어 교과서 『교린수지』가 있다.

가 아니다.

아사오카 이치가쿠紀蕃實는 비록 무진년에 좋지 않은 전례를 만든 처지에 놓여 있었다고는 하지만, 그때 이미 서기로 따라갔었고, 수석 통역관들도 "이 사람이 이번 행차에 뚜렷하게 일을 주선하여 일할 뜻이 있으니, 이는 무진년 때와는 아주 다릅니다. 이것은 반드시 그때의 일에 대해 징계를 받았기 때문에 그러한 것입니다."라고 하였다.

이에 나는 "무식한 무리 중에서 문자를 해독할 수 있고, 대략적으로 일의 실제를 안다고 본다. 이러하기 때문에 또한 반드시 중간에서 농간을 부릴 것이다. 일찍이 그 사람됨을 보았더니, 매우 음흉하고 간사하였는데, 어찌 뒷날의 폐단이 없을 줄 알겠는가? 비록 뚜렷하게 죄를 지은 것이 없으니 쫓아내기는 어렵지만, 무진년 때의 일로 말한다면 할 말이 없지는 않다."라고 하였다.

이번 행차에는 각별히 조심하여 전과 같은 생각이 없도록 그에게 단단히 경계하게 하였더니, 수석 통역관이 돌아와서 보고하기를 "이 말씀을 분부하였더니, 그는 황송하게 여기고 이 뒤로는 또한 마땅히 맡은 일에 마음을 다하겠다고 합니다."하였다. 과연 그럴지는 모르겠다.

陰灑雨大風. 留西山寺. 島主以昨日枉臨. 送奉行致謝伻. 例也. 馬州之去來文字. 以酊僧主之. 而別無島主之所管解文字者矣. 數十年前. 源璵白石者. 見逐於江戶之後. 其門徒有雨森東. 頗解文字. 故馬島守以書記迎來. 創設崇信廳. 敎誨門徒. 自是以後. 馬島始尙文風. 森東弟子紀國瑞改名蕃實者. 處地雖卑. 文辭稍優. 多有主張者. 戊辰信行. 以島主書記. 隨往江戶. 吾行亦以都船主隨來矣. 今以幹事官名目. 又將隨去云. 幹事之稱. 未必古有. 而自前馬州守之護行也. 奉行裁判外. 解文字者. 亦有別帶去之事. 島主率來員額與稱號. 非吾所知. 蕃實雖於戊辰. 或有居間作俑之事云. 而其時旣以書記隨往. 首譯輩且以爲此人今行. 顯有周旋行事之意. 與戊辰絕異. 此必懲創於其時而然也. 余以爲無識叢中. 能解文字. 略知事例. 如是之故. 亦必有居中作戱之端矣. 曾見其爲人. 頗涉陰譎. 安知無後弊耶. 雖然姑無顯然

作罪者. 則有難逐送. 以戊辰時不無辭說. 今行則各別操心. 俾無如前之意. 使之申飭矣. 首譯回報日. 以此分付. 則渠以爲惶感. 此後則亦當盡心於行事云. 未知其果然否也.

1763년11월8일

흐리고 비가 오고, 서북풍이 불었다. 세이잔지西山寺에 머물렀다.

탕병湯餠과 찬품饌品을 베풀어 일행에게 먹이기를 부산의 호궤犒饋(군사들에게 음식을 베풀어 위로함) 때처럼 하였으나, 복선장卜船將(유진원)의 관을 미처 내보내지 못하였기 때문에 통신사신의 방에서는 음악을 연주하지 않았다.

陰雨西北風. 留西山寺. 設湯餠饌品饋一行. 如釜山犒饋時. 而以卜船將輿櫬之未及出送. 使房則不爲擧樂.

1763년11월9일

맑고, 서남풍이 불었다. 세이잔지西山寺에 머물렀다.

윤도시輪圖詩를 지어 여러 문사文士들과 함께 화답하였다. 대마도주 및 각처에 준례에 의거하여 개인적인 예단禮單을 보냈다.(물목은 아래에 있다).

무진년 통신사 행차 때에는 전 태수에게 인삼 반 근을 허용했는데, 대개 기해년(1719년, 숙종45) 후루카와 구로도古川藏人의 예에 근거한 것이다. 그런데 저 사람들이 베껴 기록한 것 중에는 '무진년에 2근을 받았다'고 한다. 이는 사행 중에 베끼어 기록한 것이 서로 다르니, 어느 것이 잘못된 것인지 알지 못하겠다. 자세하게 그 잘못된 것을 살펴보면 중간에서 임시방편으로 꾸며댄 실마리가 없지는 않을 듯 하지만,

이번 통신사행에서는 단지 무진년 예단禮單의 전례를 따를 뿐이라서 인삼 반 근을 주었다.

대마도주가 건어물로 별하정別下程(외국 사신에게 특별히 보내주는 음식물) 10여 종을 보내왔고, 또 상 · 중 · 하관에게도 각각 보내온 것이 있었다고 한다. 예단의 품목을 적은 기록에는, 소주 두 병이 있어서 약과藥果 60입立을 대신 보냈다.

晴西南風. 留西山寺. 賦輪圖詩. 與諸文士唱和. 島主及各處. 依例送私禮單. 物目在下 而戊辰信行時. 前太守許人蔘半斤. 概引己亥古川藏人之例而彼人謄錄中. 謂於戊辰得二斤. 與行中謄錄相左. 未知何者爲誤也. 細究其委折. 則似不無中間彌縫之端. 而使行則只當從戊辰禮單前例而已. 故以半斤給之. 島主以乾物送別下程十餘種. 而上中下官亦各有送云. 禮單謄錄. 有燒酒二瓶. 故代送藥果六十立.

1763년 11월 10일

맑고, 서북풍이 불고, 늦게 비가 왔다. 세이잔지西山寺에 머물렀다.

대마도주가 스스로 길일을 택하여 배를 탔지만, 우리 통신사 일행은 바람이 어지럽게 불어와서 배를 타지 않았다. 때문에 대마도주는 단지 바닷길을 연 뒤에 다시 내렸다고 한다.

일행 중 여러 사람에게 힘을 겨루게 하였더니, 만호萬戶 조신曹信이 총 네 자루를 버티어 내고, 쌀 두 섬을 간신히 들어서 그 쌀을 상으로 주었다. 일본의 풍습은 오로지 과시하는 것을 주된 것으로 삼기 때문에, 주택의 웅장함과 화려함, 의복의 사치, 살림살이 물건 등의 공교함을 숭상하지 않은 것이 없으니, 재력을 낭비함이 '바다 밑의 큰 구멍'이라고 할 만하다. 그러하지만 다른 나라 사람을 대할 때에는 빈곤함을 보인 적이 없었다.

수십 년이 지난 후에 쓰시마 사람들이 점점 가난하다고 말을 하여 구차한 버릇과 궁핍한 모습을 일마다 드러낸다고 한다.

동래부에 있을 때부터 이미 이 말을 듣고 마음속으로 매우 의아스럽게 여겼었다. 지금 이 섬에 와서 들으니, 대마도주가 각처의 장사치들에게 빚진 것이 몇 만금이나 되는지 알 수 없고, 빚쟁이들의 독촉이 자주 있으며, 나이 20이 넘도록 아직 장가를 들지 못한 것은 혼수비용을 마련하기가 어렵기 때문이라고 한다. 그리고 날마다 바치는 모든 물품을 부유한 상인에게 값을 주고 계책을 세워 대응했다는 것은 마치 우리나라의 방납防納제도와 같지만, 그것도 값을 본디 다 주지 못하였다고 한다. 그래서 책임지고 물품을 내어주는 것이 미비한 것도 진실로 이 때문이라고 한다. 소문을 비록 다 믿을 수는 없더라도 본 대로 말한다면 모든 사치가 극에 달했다고 할 수 있다. 유한한 재산으로 무한한 사치스런 마음을 다하려 하니, 어찌 재물을 쓰면서 빚을 지지 않을 수 있겠는가?

물건 아까운 줄 모르고 마구 써버리면 훗날 재앙을 초래하게 되는데도 안일하게 두려워할 줄 모르니, 매우 무식하다고 할 만하다.

일찍이 들었는데, 쓰시마주 사람은 통신사 행차가 지나가면 대마도주뿐만 아니라, 비록 종왜從倭까지도 모두가 거의 재물을 챙긴다고 하니, 그 중간에서 개인의 이익을 도모하여 농간을 부리는 버릇을 상상할 수 있겠다.

전례를 상고해 보니 따라다니는 왜인이 거의 일천여 명에 가깝다고 한다. 이들 무리들은 반드시 모두 통신사행을 빙자하여 통신사들이 가는 행로의 각 고을에 금품을 요구할 것이지만, 우리의 힘으로 금지할 바가 아니니, 어쩌겠는가?

오직 마땅히 우리 일행을 경계시켜 한통속이 되어 간사한 짓을 하는 일이 없게 할 뿐이다. 세 명의 수석 통역관 및 역관 역시 각각 쓰시마 주 태수와 봉행 이하에게 사사로이 선물하는 것이 있어 그 수효가 적지 않았다. 게다가 근래에는 왜의 실정이 점차 더욱 교묘하게 속이기 때문에 일에 따라 임시변통으로 이리저리 꾸며댈 때에 저절로 낭비하는 폐단이 없지 않다고 하니, 또한 그러한 듯하다.

전에는 일본 통역관들도 부자가 된 자가 많이 있었는데, 한 번 나가사키시마長崎島에서 중국 강남江南의 장사꾼과 왕래한 뒤부터 비단을 사고파는 상거래가 우리나라의 왜관倭館을 거치지 않았고, 피집被執(대금을 선불하고 물품은 후일에 인수하는 상거래)하는 인삼 가격도 또 높게 뛰어 남는 이윤이 많지 않아 살림살이가 점차 어려워졌다고 한다.

그래서 통역관들의 아들과 조카 중에 글자를 조금 아는 자들은 전부 과거시험장에 나가고 그 선대의 가업을 잇는 자가 매우 적었다. 훗날에 국경의 일을 맡길만한 자가 이러한 이유로 얻기 어려워져서, 이것이 더욱 답답한 점이다.

경내에 사찰이 48곳이나 되는데, 민가 안에 뒤섞여 있어 사이후쿠지西福寺나 세이잔지西山寺 같이 반드시 스님이 항상 머물지는 않는다.

어떤 이가 말하기를 '관청이지만 스님에게 지키게 한다.'라고 하는데, 반드시 그러한지는 모르겠다. 부내府內(이즈하라)에 가이운지海雲寺 · 고세이지光清寺 · 류죠인龍女院이 있다.

예전의 통신사 행차 중에 가서 구경한 자가 많았지만, 나는 본래 구경을 좋아하지 않아 가서 보지는 않았다.

晴西北風晩雨灑. 留西山寺. 島主自擇吉日而乘船. 使行則以風亂不爲乘船. 島主只開洋後還下云矣. 較力於行中諸人. 曹萬戶信. 能撑四柄銃僅擧二石米. 以其米賞之. 日本之風習. 專以誇耀爲主. 第宅之壯麗. 衣服之奢侈. 器皿什物無不尙巧. 財力之耗費. 可謂尾閭矣. 然而對他國人. 未嘗示貧窘之意矣. 數十年來. 馬州人漸爲

說貧. 苟且之習艱乏之態. 顯於事事云. 自在萊府. 已聞此事. 心甚訝之. 今來此島而聞之. 則島主負債於各處商賈者. 不知其幾萬金. 債人徵索. 比比有之. 年過二十. 尙未娶妻. 以其資裝之難辦也. 至於日供諸需. 給價富商. 使之策應. 有若我國防納者然. 而價本未及盡下. 故責應者之不備. 良以此也云云. 所聞雖未可盡信. 以所見言之. 凡諸奢侈. 可謂極矣. 以有限之財產. 窮無已之侈心. 安得不耗財而負債乎. 暴殄天物. 宜招後災. 而恬不知畏. 可謂無識之甚矣. 曾聞馬州人. 經過信行. 則非但島主. 雖至從倭. 擧幾致富云. 可想其中間營私操切之習也. 考見前例. 則從行倭人. 殆近千數云. 而此輩必皆憑藉而徵求於沿路各州. 非吾力所可禁止. 奈何. 惟當申飭我人. 使無符同作奸之事耳. 三首譯及譯官. 亦各有私贈於馬州守及奉行以下而厥數不些. 且近來倭情. 漸益巧詐. 隨事彌縫時. 自不無浮費之端云. 亦似然矣. 在前則倭譯多有致富者. 一自長崎島. 直通江南商賈之後. 錦緞買賣. 不由倭館. 被執蔘價. 又重以高蹬. 餘利無多. 契活漸疏. 故譯官輩子姪之稍解文字者. 盡趨科場. 繼其箕裘之業者甚少. 他日邊門之可以任事者. 因此難得. 是尤可悶處也. 境內寺刹. 爲四十八處. 而混在於閭里之中. 如西福寺. 西山寺未必是恒留僧居. 或云公廨而使僧守之云. 未知其必然也. 府內有海雲寺光淸寺龍女院. 前後信行. 多有往觀者. 而余則本不喜玩賞. 故不見之.

1763년11월11일

음산하고 차가워 눈이 흩날렸다. 세이잔지西山寺에 머물렀다.

대마도주가 수석 통역관의 관복冠服을 보여 달라고 요청했다는 말을 들었는데, 이는 그가 중국의 의복 제도를 사모하기 때문에 그런 것인가?

대마도주가 사스우라佐須浦에서 물리친 단자를 고쳐 쓰고 도미 · 절인 전복 등을 대신 보내왔다. 그래서 받아두었다.

陰寒灑雪. 留西山寺. 聞島主請見首譯冠服. 以其慕中華之衣制而然耶. 島主改書佐須浦退却之單子. 代送鯛魚鹽鰒等屬. 故留之.

1763년 11월 12일

흐리고, 서북풍이 불었다. 세이잔지西山寺에 머물렀다.

저녁에 대마도주가 사람을 보내 말하기를 "내일은 순풍이 불어 배가 갈 수 있습니다."라고 하여, 삼사 모두가 밤 9시쯤에 배에 올랐다.

陰西北風. 留西山寺. 夕間島主送言云. 明日風順. 可以行船. 三使於二更量并乘船.

25. 이키노시마壹岐島 1763년 11월 13일. ~12월 2일)

아침에는 흐리고, 오후에는 비가 뿌리다가 눈도 흩날렸다. 종일 서북풍이 불었다. 아침 9시 무렵에 쓰시마를 떠나 오후 1시쯤에 이키노시마壹岐島에 도착했다.

먹구름이 아직 흩어지지 않았지만 두 나라 사공이 모두 만나기 어려운 순풍이라 하였고, 대마도주 또한 배를 띄울 것을 요청하였다. 그래서 저들은 북을 세 번 울리고, 우리는 나발을 세 번 불며 서로 응하면서 나갔다.

대마도주가 앞에서 인도하고, 호행 정관護行正官 다다 겐모쓰平如敏는 일기선一騎船을 인도하고, 재판裁判 히라타 쇼자에몬平如任・다키후쿠 다이코쿠橘如林(瀧福太谷)는 각기 이기선二騎船과 삼기선三騎船을 인도하였다.

바다 어귀를 출발하자마자 바람소리가 점점 거세져 배가 번개처럼 빨랐다. 겨우 오후 1시인데도 이미 4백여 리를 지나왔으니, 날아서 건넜다고 할 수 있다.

나는 밤부터 두통이 꽤 심하여 누각에 나가 앉아 있을 수 없었다. 그래서 부산 통인通引에게 이키노시마를 바라보게 하였더니, 남은 행로가 40~50리에 불과하지만, 부산에서 절영도絶影島까지의 거리보다 조금 멀다고 하였다. 내가 듣고 입안에서 중얼거리기를, '큰 바다는 비록 거의 다 건넜을지라도 경계하는 마음은 오히려 늦출 수 없다.'고 하였더니, 통인이 황급히 와서 고하기를 "치목鴟木이 부러졌습니다."라고 하였다.

아픈 가운데 놀라 일어나 창문에 기대어 보니, 뱃머리가 벌써 가로로 기울어져 있었다. 왼쪽으로 기울다가 오른쪽으로 기울고 앞이 낮아지고 뒤가 높아졌다 하면서, 흰 파도가 용솟음쳐서 마치 산과 언덕처럼 거대하였으며, 물이 배 바닥으로 새어 들어 와 작은 배를 띄울 만하였다. 파도가 배안의 누각을 때려 사람들의 옷이 다 젖었다. 곁에서 따르는 배가 한 척도 없어, 일이 거의 위급한 지경에 이르고 배가 엎어질 위험이 숨 쉬는 순간 만큼 빨리 닥쳤는데, 부기선副騎船이 20~30보를 사이에 두고 스쳐 지나가는데도 바람이 날쌔고 파도가 휘몰아쳐 형편 상 배를 돌려 구해줄 수가 없었다. 포를 쏘고 기를 흔들었지만 각 배가 뚫고 들어올 방법이 없었다. 이러한 지경에서는 어떻게 할 방법이 없어서, 오직 죽음만이 있을 뿐이었다. 다만 '이 국서國書는 바로 우리 임금의 성과 이름이 적힌 문자로 이미 내게 부탁하였으니, 비록 죽을지라도 내 몸에서 떨어지게 할 수 없다.'라고 생각하고, 곧 국서를 꺼내어 속옷 안에 넣고 붉은 띠로 묶은 다음 하늘의 운명을 기다렸다.

대구 통인通引 백태륭白兌隆이 울면서 나에게 말하기를 "원컨대 사또의 적삼을 물에 던져서 액이 물러나기를 비소서."라고 하였다. 내가 웃으며 답하기를 "죽고 사는 것이 어찌 이런 일에 달렸겠는가?"라며 허락하지 않자, 곁에서 시중을 드는 많은 사람들이 울었다.

내가 웃으며 말하기를 "울지 마라. 운다고 살아날 수 있겠는가?"라고 하였다. 배 안의 사람들 반 이상이 멀미로 쓰러져 깨어 나지 못하였고, 비록 일어나 움직이는 자들도 거의 모두 넋을 잃어 역할을 수행할 수 없었다.

내가 이에 거듭 경계하고 재촉하여 돛을 내리도록 하였다. 하지만 혹 그것을 다 내리면 도리어 바람의 힘이 없어져 쉽게 엎어지는 지경에 도달할까 염려되어 단지 반을 조금 넘게 돛을 내리도록 하였다. 이어서 치목鴟木을 고쳐 세우게 하였으나 대부분 너무 위급하여 어쩔 줄 몰라 했다. 그러나 중화中和 서유대徐有大 · 영장營將 유달원柳達源은 변고를 듣고 병중에도 억지로 뛰쳐나와 여기저기 바쁘게 뛰어 다니면서 실수하지 않고 대처하였다.

치목이 누각의 난간 안에 있어 배를 매어놓은 닻줄을 단단히 누르고 있었는데, 격군格軍들이 혼미昏迷하여 알아채지 못하였고, 힘만 허비하며 당겨 끌어낼 수도 없었다.

서 비장徐裨將이 이런 사실을 알아내고 먼저 떡메로 난간을 때려 부수고, 또 줄이 매어있는 나무덩이를 두드렸더니, 기둥 같은 나무덩이가 손이 가는 곳마다 부서지고 줄도 조금 느슨해졌다. 이에 서徐 비장과 유柳 비장이 소리를 질러 치목을 당기고 칼을 뽑아 들고 여러 군사들을 독려하니, 각자가 죽을 힘을 다해 배 밖으로 당겨 내리고 줄을 끌어당겨 꽂으려 하였다. 하지만 가로 놓인 나무가 바다로 떨어졌기 때문에 사람의 힘으로 건져내기 어려웠다. 그런데 마침 급박한 가운데서도 성난 파도가 몰아쳐서 치목에 붙은 분판分板의 원 기둥이 갑자기 세워지더니 저절로 치목의 구멍에 바로 꿰어졌다. 마침내 안전한 상태가 되어 돛을 들어 올려 전진하였다. 그 사이가 거의 2식食경이나 되었다. 위급함이 닥쳤을 때에 서유대 · 유달원 두 비장의 임기응변에 힘입어 치목을 다시 꽂게 되었으니, 이것은 사람의 재주를 잘 쓴 것이다.

치목이 부러진 뒤로부터 바람이 조금 잠잠해지고 햇빛이 간혹 비쳤는데, 무지개가 갑자기 생겨 배의 앞뒤를 두르니, 배 안 사람들이 서로 돌아보고 의아하게 생각하였다.

부선副船에 탄 사람이 말하기를 "채색 무지개 두 줄기가 배 앞부분과 뒷부분을 꿰어 마치 활을 잡아당기며 들고 있는 것 같다."라고 하였다.

이것은 반드시 그 길흉을 점치지 않고도 또한 기이한 일이라고 할 만하다. 이번에 위태로웠다가 다시 안전하게 된 것은 진실로 굽어 살피는 천신天神과 멀리서도 미치는 왕령王靈에 힘입은 것이다. 우리는 가장 위험한 때에 배 안에 있어서 이미 운명이 반드시 죽을 것이라 여기고 각자 다른 생각이 없었다. 하지만 다른 배들은 우리가 탄 배의 바닥이 거의 다 드러나서 돛대가 바다 속으로 들어간 것처럼 보여 모두 손가락으로 가리키며 놀라고 두려워 했다고 한다.

어떤 이는 눈을 감고 차마 보지 못하였으며, 어떤 이는 눈물을 흘리며 가슴을 답답해했다고도 한다.

선착장에 도착하자 모두 와서 위문하고 축하하며 기뻐하는 말을 올리니, 이것은 진실로 처음에는 크게 울다가 나중에는 웃는다는 것이다. 관소館所에 들어오니, 부사와 종사관이 따라와서 내 손을 잡으면서 말하기를 "위태로운 지경을 직접 보고도 형편상 구할 수 없어 깜짝 놀라 간담이 떨어지는 것 같았습니다. 그런데 국서國書를 등에 짊어지셨다는 말을 듣고 눈물이 저절로 흘러내렸습니다."라고 말하며 놀라고 기뻐하여 서로 맞이하기를 마치 다시 살아난 사람을 보는 듯하였다. 만 리 머나먼 길을 동행하는 인정상 어찌 그렇지 않겠는가?

통신사가 왔을 때에 왜선倭船은 대부분 통신사 배를 보호하며 같이 가는 배인데, 많은 배들이 좌우로 열을 지어 가는 것이 거의 수십이 넘는다. 돛을 올린 뒤에는 배를 끌고 닻줄을 풀어 앞서기도 하고 뒤서기도 하는데, 내 생각에는 위급할 때에 와서 구해 주려는 것이라 여겼다. 하지만 오늘처럼 위급함이 닥쳤을 때 파도가 공중에 나부껴 지척의 거리에서도 헤치고 들어오지 못하였으니, 뱃길의 위험을 한층 더 깨달았다. 비록 상한 치목은 고칠 수 있고, 미친 바람은 가는 대로 맡겨둘 수 있지만, 세상일에 있어서 풍파는 대부분 갑자기 생기는 것이다. 만일 마음가짐을 어질게 하고 일처리를 조심스럽게 하지 않으면 풍파는 면하기 어려워 그 험악함이 진실로 바다를 건너는 위태로움보다 배가 되니, 어찌 더욱 두려워 하지 않겠는가?

일복선一卜船(정사의 물품을 싣는 배)도 돛을 펼치는 큰 활대가 부러져서 또한 위태롭게 되었다가 곧바로 안전해졌다고 한다. 비록 기선騎船에서 놀라 당황한 상태보다는 덜하였지만, 이 또한 잘 건넜다고는 할 수 없다.

지난번 쓰시마에 있을 때, 〈후촉장사록後蜀壯士錄〉에 서유대徐有大는 조자룡趙子龍(중국 삼국시대 촉한蜀漢의 무장)의 칭호를 얻었는데, 이것은 대담함과 용기가 있었기 때문이다.

오늘 급변을 잘 처리하여 과연 대담함과 용기가 증명되었기에 장난으로 그 이름을 서유담徐有膽이라고 고쳤으니, 또한 좋은 제목題目이라고 할 만하다. 치목이 부러졌을 때에 애썼다 하여 선장船將과 도사공都沙工들 그리고 같이 탔던 왜인에게 상을 주었다.

대마도주가 사람을 보내어 위문하고, 봉행과 재판 등도 모두 와서 문안하였다. 이키노시마壹岐島는 곧 마쓰다이라 히젠노쿠니松平肥前州 히라도 태수平戶太守가 관할하는 곳이다. 태수 마쓰라 사네노부源誠信

(松浦誠信,1712~1779,히라도번 마쓰라가(松浦家) 제8대 번주)가 와서 마중하지 않고 다만 봉행 마쓰라 마사노부源雅信(松浦雅信)를 보내어 마중하여 지공支供(음식을 바침)하였다. 그래서 물어보았더니, 이것이 바로 전례라고 한다.

오늘은 4백 80리를 왔다.

朝陰午後或灑雨灑雪終日西北風. 辰時末離馬州. 未時次壹岐島. 是日陰雲猶未解散. 而兩國沙工. 皆以爲難得之順風. 島主亦請行船. 彼以三鼓. 我以三吹相應而出. 島主在前引導. 護行正官平如敏. 導一騎船. 裁判平如任橘如林. 各導二三騎船. 纔發海口. 風聲漸緊. 舟行如電. 僅到午末. 已過四百餘里. 可謂飛渡也. 余自夜頭風頗劇. 不得出坐柁樓. 使釜山通引望見歧島則告以餘路不過四五十里. 差遠於自釜山距絕影島云矣. 余聞之. 口中以爲. 大海雖幾盡涉. 戒心猶未可弛也. 通引顚倒來告曰鴟木折傷. 病中驚起. 倚牕而見. 則船頭已橫矣. 左傾右側. 前低後高. 而白波洶湧. 如山如陵. 水漏下裝. 可浮小舟. 浪射柁樓. 盡濕人衣. 傍無一船之相隨. 事到九分之危急. 傾覆之患. 迫在呼吸. 而副騎船. 戛過於二三十步之間. 風利水逆. 勢莫能回船相救. 放砲揮旗. 而各船亦未由衝進. 到此地頭. 無可奈何. 有死而已. 但念此 國書. 是吾君父姓諱所寫之文字. 旣付於余. 雖死不可離吾身也. 遂乃出國書. 背負於裡衣之內. 結以紅帶. 以待天命矣. 大丘通引白兌隆. 泣告於余曰. 願得使道之赤衫. 投水而祈厄. 余笑答曰. 死生豈係於是也. 不許之. 在傍侍者多泣. 余笑曰. 毋哭也. 哭可生乎. 船中人過半水疾. 昏倒不醒. 雖起動者. 幾盡喪魄不能執役. 余乃申飭. 促使弭帆. 而或慮其盡弭. 則反致無風力而易覆. 只令强半下帆. 仍令改竪鴟木. 則擧皆蒼黃罔措. 而徐中和有大. 柳營將達源聞變. 强疾突出. 左右奔走. 應接不錯. 鴟木在柁樓欄干之內. 緊壓於結船之注索. 而格軍輩. 昏迷不覺. 徒費力挽. 挽出不得. 徐裨見而覺之. 先以餠槌打破欄干. 又打注索交結之木堆. 則如柱之木堆. 隨手破碎. 注索少緩. 於是徐柳兩裨. 倡聲而挽鴟木. 拔劍而飭諸卒. 各人盡死力. 挽下於船外. 引繩欲揷. 而以其橫落水中之故. 難施人力. 正在遑急之中. 怒濤搏激. 鴟木所付之分板元柱. 倏自起立. 直貫鴟穴. 遂得安全. 擧帆前進. 其間幾爲二食頃矣. 當其危迫之際. 賴有徐柳之應變. 得以改揷鴟木. 此則人謀

之攸臧也. 鴟木折傷之後. 風頭乍歇. 日光或漏. 而虹霓忽成. 繞船前後. 舟中之人. 相顧訝之. 副船之人. 則以爲彩虹兩頭. 貫於船頭船尾. 殆若彎弓而擧者云. 此不必占其吉兇. 而亦可謂異事. 今此幾危而回安者. 實賴天神之俯鑑. 王靈之遠曁矣. 方在舟中. 已分必死. 自無他念. 而他船望見船底之幾乎盡露. 帆檣如入水中. 無不指點驚悸. 或合眼而不忍視. 或流涕而抑塞. 及到船所. 咸來致唁. 旋皆獻賀. 是誠先咷而後笑矣. 入館所則副使從事官隨來. 握余手而言曰. 目覩危境. 而勢不可救. 驚心墜膽. 及聞背負國書之言. 涕淚自下云. 而驚喜相迎. 如見再生之人. 萬里同行之情. 烏得不然也. 信使時倭船例多護行. 左右成行. 殆過數十. 而擧帆之後. 曳船解纜. 或先或後. 意謂緩急之來救. 今日濱危之時. 波濤翻空. 咫尺莫能衝突. 尤覺舟行之危懍也. 雖然鴟木之傷. 可以改之. 狂逆之風. 可以任其所之. 至於世路風波. 多生忽地. 苟非宅心仁厚. 處事謹畏. 則鮮能免之. 其爲險也. 誠有倍於涉海之危也. 尤豈不大可懼哉. 一卜船帆席弓竹折傷. 亦致傾危而即安. 雖不如騎船之驚遑. 其亦不可謂利涉也. 頃在馬島時. 後蜀壯士錄. 徐有大得趙子龍. 以其有膽勇也. 今日處變. 果驗膽勇. 故戲改其名曰徐有膽. 亦可謂好題目耶. 以鴟折時效力. 賞船將都沙工輩. 及於倭人之同分乘者. 馬島主送伻慰問. 奉行裁判等. 皆來問安. 壹岐島. 即松平肥前州平戶太守所管也. 太守源誠信不爲來待. 只送奉行源雅信. 以待支供. 問是前例云爾. 是日行四百八十里.

1763년 11월 14일

흐리고 크게 바람이 불고 비와 함께 우박이 내렸다. 이키노시마壹岐島에서 머물렀다.

대마도주가 봉행을 보내 문안하였기에 수석 통역관에게 가서 사례하게 하였다. 종일 우박이 내리다가 비도 내려 날씨가 이상하였다. 날이 저문 뒤에 사나운 바람이 크게 불어 각 배들이 서로 부딪쳐 간혹 매어 놓은 새끼줄이 끊어져 보였다 안보였다 하면서 물에서 떠돌았다. 이에 수석 통역관과 비장들에게 배에 가서 힘을 합쳐 구하도록 타일렀더니, 봉행과 재판 무리들 또한 신발을 벗고 바쁘게 나와서 감독하였다. 겨우 닻줄을 매었는데 밤새도록 배들이 시끄럽게 떠들었다.

죽리竹裏 남태기南泰耆[80]의 《사상기槎上記》에는 아주 상세하게 기록되어 있는데, 이키노시마의 일공조日供條에 이르러서는 오히려 잘못된 것이 있었다. 사신의 일공을 나열하여 기록한 것이 50종에 가까운데, 이키노시마 사람이 바친 기해년과 무진년 두 통신사행 때의 일공과 역관譯官들이 바친 문서의 수표手標에 쓰인 것은 다만 40종이었다.

《사상기槎上記》안에 이미 기해년의 기록을 사용하였다고 하였으나, 그 부록에는 종수가 기해년보다 많으니, 이는 반드시 부록에 글자를 잘못 쓴 것일 것이다. 또 낮은 벼슬아치에게 바치는 찬물饌物 중에 간혹 높은 사람의 것보다 훌륭한 것이 있으니, 이 또한 글자를 잘못 쓴 것일 것이다. 그런데 무지한 하관들이 《사상록槎上記》을 표준으로 잘못 삼았기 때문에 문서를 가져다가 살펴본 뒤에 똑같이 기해년과 무진년의 두 통신사행의 방법에 따라 거행하게 하였다.

대개 이 일공은 우리나라 별성別星(임금의 명령을 받든 사신)의 지대支待[81]와 같은 것이다. 별성이 된 자들은 간혹 지공이 좋지 않다고 여러 지방에 트집을 잡는 일이 있었다. 그러나 나는 항상 생각하기를 '이것은 아

---

80 남태기(南泰耆): 1699(숙종25)~1763(영조39). 호는 죽리(竹裏). 1732년(영조8) 정시 문과에 급제하고, 주서 · 전적 · 병조좌랑 · 정언을 역임하였다. 이조좌랑이 되어 『속대전(續大典)』을 수찬하였으며, 1748년 승지로 조선통신사의 부사가 되어 일본에 다녀왔다. 그 뒤 동부승지 등을 거쳐 1753년 의주부윤으로 백마산외성(白馬山外城)을 수축하고 둔전을 설치하여 많은 곡식을 거두었다. 이어 황해도감사, 도총관, 병조 · 형조의 참판, 한성부좌우윤 등을 거쳐, 1762년에 예조판서 겸 내의원제조가 되었으나 동생 남태회(南泰會) 때문에 대간의 지탄을 받아 사직하고 고향에 돌아가 제자들을 가르쳤다. 성품이 겸손하였고 지론이 공평하여 존경과 질시를 함께 받았다. 문장과 글씨에도 뛰어났으며, 저서로는 『죽리집』이 있다.

81 지대(支待): 임금의 명령을 받은 사신을 지방관아에서 먹을 것과 쓸 물건을 제공하는 일.

침, 저녁으로 음식을 바치는 것에 불과한데, 어찌 한때의 내 배를 채우려는 욕심 때문에 매질을 하여 남의 살갗을 상하게 하겠는가?'라고 하였다.

이 때문에 집에 있을 때나 관에 있을 때나 일찍이 음식과 관련된 일로 종이나 지방관아에서 부엌일을 하는 사람을 매질 한 적이 없었다. 우리나라에 있을 때에도 그러했는데, 하물며 다른 나라인데 어쩌겠는가?

일행 중에 여러 사람이 대부분 일공이 좋지 않은 것을 큰 일로 여겨 일공을 바치는 관리에게 잘못을 돌렸으며, 격졸格卒들은 또 간혹 일공을 바치는 통역관을 의심하기도 하였다. 그래서 내가 듣고 말하기를 "지공은 다른 나라의 손님을 대접하는 예로, 아직 준비하지 못했거나 빠뜨린 것이 있다면 진실로 주인의 수치이지만, 우리에게는 바로 나그네가 끼니를 때우는 밑천에 지나지 않는다. 설령 아직 갖춰지지 못한 것이 있더라도 하필 자질구레한 음식의 일로 염치를 모르는 오랑캐 족속들과 시끄럽게 다투어 따져야 되겠는가?"라고 하였다. 또 생각하기를 '우리 통신사행은 다만 교린交隣과 친선을 도모하기 위한 것이지, 어찌 음식 때문에 왔겠는가? 다른 나라에 사신의 명을 받들고 와서 혹시 조금이라도 저버릴 수 없는 것은 오직 예의禮義와 체례體例(관리 사이에 지키는 예절)만 있을 뿐이다. 만약 혹시라도 그 중함을 버리고 가벼움을 취한다면 사신의 명을 받들고 온 체통이 어디에 있겠는가?'라고 하였다. 이러한 이유 때문에 나중에 준비하여 바치는 것을 허락하기도 하고, 다른 물건으로 대신하여 바치는 것도 허락하여 그다지 중요하지 않은 일처럼 하였으니, 선배들의 견해도 이와 같은지는 모르겠다.

히슈肥州의 왜의倭醫가 양의良醫와 필담筆談할 때, '일본 사람이 귀국을 접대하는 것에 힘을 쓰지 않은 것은 아니지만, 오직 쓰시마 사람이 어떻게 하느냐에 달려있습니다.'라고 하였다. 그래서 양의는 '만약 그와 같다는 것을 안다면 어째서 변통하지 않는가?'라고 대답하였더니, 왜의는 '어찌할 수 없다.'고 글을 써서 보였다고 한다.

이것으로 살펴본다면, 쓰시마 사람의 잘못된 버릇을 더욱 검증할 수 있겠다.

陰大風雨雹. 留壹岐島. 馬島主送奉行問安. 使首譯往謝之. 終日或雹或雨. 日氣乖常. 昏後猛風大作. 各船自相撞擊. 或絕結索. 出沒漂蕩. 使首譯及裨將. 往飭彼人. 合力而救之. 奉行裁判輩. 亦皆脫履忙出而董飭. 僅僅係纜. 而徹夜喧聒. 南竹裏槎上記. 極其詳備. 而至於岐島日供條. 則猶有所差誤者. 使臣日供列書者近五十種. 而岐島人所納己亥戊辰兩行時日供. 譯官捧上文書手標着套署者. 則只是四十種也. 槎上記中既用己亥謄錄云. 而於其左錄. 則種數過於己亥. 此必是左錄之誤書也. 且於下官輩饌物. 或有優於上官者. 此亦必誤書之致. 無知下官. 誤以槎上錄爲準. 故取考文書後. 使之一從兩行手標而擧行之. 蓋此日供. 如我國別星之支待也. 爲別星者. 或因支供之不善. 多有生梗於列邑者. 而余則常以爲. 是不過朝夕供饋也. 豈爲我一時口腹之累. 傷害人肌膚也哉. 以此居家與在官. 未嘗以飮食事. 箠笞奴隷與外邑廚夫矣. 在我國猶然. 況他國乎. 行中諸人. 多以日供之不善. 看作大事. 歸咎於日供官. 格卒輩則亦或疑之於日供譯官. 余聞之曰. 支供在他國. 爲待賓之禮. 或未預備. 或有闕漏. 則誠爲主人之羞恥. 於我則不過是行客糊口之資. 設有未備. 何必以飮食間細瑣事. 呶呶爭詰於無恥之蠻俗乎. 且念吾行. 只爲交隣修睦而已. 豈爲飮食而來哉. 奉使異域. 毋或少負者. 惟在於禮義體例. 若或捨其重而取其輕. 烏在乎奉使之體也. 以此之故. 或許其追納. 或許其代捧. 視若不甚關緊之事. 未知前輩之見. 亦同於此與否也. 肥州倭醫與良醫筆談之際. 謂以日本人接待貴國. 非不勤矣. 專由於馬島之人奈何. 良醫答之以如知其如此. 則何不變通云爾. 則醫倭書示以末如之何云. 以此觀之. 馬島人謬習. 尤可驗矣.

1763년 11월 15일

종일 바람이 어지럽게 불다가 비가 내렸다. 이키노시마壹岐島에서 머물렀다.

새벽에 망궐례를 하는데 관사의 마당이 너무 좁아 세 명의 수석 통역관과 제술관製述官만 들어와 참여하였다.

히슈 태수肥州太守가 삼중杉重을 보내왔는데, 곧 다시마 · 오징어 · 말린 도미 등 이었다.

終日亂風或雨. 留壹岐島. 曉行望闕禮. 而館庭甚窄. 只三首譯製述官入參. 肥州太守送杉重. 卽昆布烏賊魚乾鯛.

1763년 11월 16일

아침에는 맑고 저녁 늦게는 흐렸다. 서북풍이 불었다. 이키노시마壹岐島에 머물렀다.

기선장騎船將과 복선장卜船將에게 각각 선신소船神所에서 보사제報謝祭를 지내게 하였다. 제문(제문은 아래 있다)은 제술관 남옥과 서기 성대중이 지었다. 제사를 마치자, 기선의 창고지기 김두우金斗佑가 꿈에 공복公服 차림의 노인을 보았는데, '여아이주汝我以周' 넉 자를 써 주더라고 하였다. 꿈을 전혀 믿을 수도 없고 또 말뜻도 해석하기 어려웠다. 하지만 이제 막 위험을 겪은 사람인지라 이 말을 듣고 오히려 위로가 되니, 이 또한 세속적 인정이 그렇지 않을 수 있겠는가?

부선副船도 또한 사스우라佐浦를 건널 때 치목鴟木이 꺾어졌으나, 그 날은 바람의 세기와 파도가 이키노시마를 건널 때와 비교한다면 반이나 줄었다고 할 만하다.

생각건대, 그 배에 닥친 위태로움이 우리 배의 급박함만 못하였을 것이다. 그곳에 도착하여 또한 사신제謝神祭를 지내게 하였다.

朝晴晩陰西北風. 留壹岐島. 使騎卜船將. 各行報謝祭于船神之所. 祭文 祭文在下 則南製述成書記撰之. 祭罷. 騎船庫子金斗佑. 夢見着冠帶老人. 書贈以汝我以周四字云. 夢不可全信. 且難釋語意. 而纔經濱危之人. 得此言而猶以爲慰. 其亦俗情之不得不然耶. 副船曾亦折鴟於渡佐浦時. 而其日則風勢波濤. 比濟壹岐島時. 可謂半減. 想其舟楫之濱危. 亦不如余船之急迫矣. 至是亦令行謝神之祭.

1763년 11월 17일

잠깐 흐리다 잠깐 맑았다 하였다. 서북풍이 크게 불었다. 이키노시마壹岐島에 머물렀다.

대마도주가 삼현三絃을 보여주기를 청하기에 무진년(1748년, 영조 24)의 전례에 의하여 허락하였다.

이마理馬의 배(말을 싣는 배)가 앞으로 갈 예정인 길로 먼저 떠났다.

乍陰乍晴西北風大作. 留壹岐島. 馬島主請觀三絃. 依戊辰例許之. 理馬船先向前路.

1763년 11월 18일

아침에는 비가 내리고, 저녁 늦게는 맑았다. 동북풍이 불었다. 이키노시마壹岐島에 머물렀다.

오늘은 곧 동짓날이다.

꿈에 부모님을 뵈었는데, 꿈에서 깨니 슬픈 감정이 밀려온다. 아마도 임금님께 망하례望賀禮를 하려 했기 때문에 그런가 보다.

관소의 뒷동산에서 맑은 날에는 조선의 산천이 바라다 보인다고 하기에, 언덕 위에 자리를 마련하고 북쪽을 향하여 망하례를 하였다. 오늘은 구름과 노을이 하늘을 막고 바람과 물결이 눈을 가려 고국의 산천은 비록 볼 수 없었지만, 하늘 끝을 손가락으로 가리키니 타향에서의 나그네 회포가 조금 위로가 되었다. 이어 일행과 함께 언덕 위에 모였다.

우리 세 명 사신의 처소에서 힘을 합해 음식을 마련하여 상을 받았는데, 팥죽과 어탕魚湯을 아래의 격졸格卒까지도 먹이게 했다.

대마도주가 찬합 삼층함三層函을 바쳤는데 과일과 음식이 있었고, 출참 봉행出站奉行이 마른 과일과 떡 · 나물을 바쳐서 일행에게 나누어 먹였다.

저 일본인들이 바다에서 고래잡이 놀이를 선보이고 우리 일행에게 구경하기를 요구하였다. 대개 작은 배 수십 척이 빙 둘러싸고 마치 고래를 뒤쫓는 것처럼 하였는데, 빠른 소리로 떠들고 날아갈 듯이 노를 저었다. 만일 고래를 만난다면 그들이 반드시 잡을 수 있을 지는 비록 기약할 수 없었지만, 배가 빠름을 볼 수 있었다.

동짓날이 되자 팥죽을 쑤고 음식을 마련하였으며, 또 앞으로 높은 데 올라가서 풍악을 벌이고 음식상을 받았으니, 호행護行하는 대마도주와 차왜差倭에게도 마땅히 나누어 먹어야 한다. 그래서 각각 한 상씩을 마련하여 보냈더니, 대마도주가 바로 사람을 보내와서 감사하다고 인사하였고, 봉행 이하도 와서 사례하였다.

바다를 건너 온 뒤로 봉행과 재판裁判의 무리들이 만약 일이 있어 우리에게 오게 되면 수석 통역관이 나가 상대하였고, 더러는 과일과 음식을 먹였다. 이 또한 준례이다.

朝雨晩晴東北風. 留壹岐島. 今日卽冬至也. 夢拜兩親. 覺來悽愴. 其以將行望賀禮於君父而然耶. 館所後岡. 日晴則望見朝鮮山川云. 故設鋪陳于岸上. 北向行望賀禮. 是日雲霞遮空. 風濤翳眼. 故國之山川. 雖不得見. 指點天末. 稍慰殊方之客懷. 仍與一行會于岸上. 三房合力. 設饌受床. 而豆粥魚湯. 下及格卒. 馬島主進三層函. 有果有饌. 出站奉行. 進乾果餠菜. 分饋行中. 彼人設捉鯨戱於洋中. 請余行觀之. 蓋以小船數十隻周圍而行. 有若追逐鯨魚者然. 啁啾疾聲. 揮櫓如飛. 而若逢鯨魚. 其必捉得. 雖未可期. 亦可見其制船之捷疾矣. 旣爲至日豆粥而設饌. 且方登高而張樂受床. 則護行之島主與差倭處. 亦宜分饋. 故各備一床而送之. 島主卽送人致謝. 奉行以下. 亦來致禮矣. 渡海以後. 奉行裁判輩. 若有事而來. 則首譯出對. 而間以果饌饋之. 此亦例也.

1763년 11월 19일

흐리다가 저녁에 비가 오고, 서북풍이 불었다. 이키노시마壹岐島에 머물렀다.

양의良醫 이좌국李佐國이 와서 말하기를 "평호平戶 왜의倭醫가 와서 백석白石 한 조각을 주었는데, 돌도 흙도 아닌 것이 무게는 가볍고 안에는 잎사귀 무늬가 있습니다. 이것은 틀림없이 보물인데, 과연 이것을 알 수 있느냐고 물었으나, 대답할 바를 몰랐습니다. 장차 어떻게 처리해야합니까?"라고 하였다.

내가 이에 동명東溟 김세렴金世濂의 일기를 생각해 보았더니, '이 돌을 가지고 와서 보여주는 자가 있어 개벽開闢(천지天地가 처음으로 생기는 것) 이전의 물건이라고 대답하였다.'고 하였다. 그래서 의원에게 이것으로써 대답하게 하기를 "그대는 괴이한 물건을 보배로 삼지만 나는 탐욕스럽지 않은 마음을 보배로 삼는다. 그대의 보배를 돌려주고 나의 보배를 지키면 두 사람이 보배를 온전하게 지킬 수 있다고 할 수 있다."라고 하였다.

陰夕雨西北風. 留壹岐島. 良醫李佐國來言. 平戶醫倭來贈白石一片. 而非石非土. 體輕而中有葉文. 此必寶物. 果能知之云. 而莫知所對. 將何以處之云. 余乃考出金東溟日記. 則有來示此石者. 答之以開闢前物云矣. 乃使李醫以此答之曰. 君以怪物爲寶. 我以不貪爲寶. 還君之寶. 守吾之寶. 可謂兩全寶矣.

1763년 11월 20일

맑고, 서풍이 불었다. 이키노시마壹岐島에 머물렀다.

이 섬은 일명 도마리우라風本浦라고도 한다. 바닷바람이 예사롭지 않아 쓰시마보다 두 배나 더 바람이 불고, 바람이 불지 않으면 비가 내려 맑은 날이 항상 적었다.

오늘은 날씨가 봄날처럼 온화하기에 세 사신의 군막軍幕과 각각의 방 칸막이를 열어젖히니, 막힘이 없이 드넓어 수십 칸이나 될 것 같았다.

비장과 원역을 모아 각기 소반을 가지고 앉게 하여 사슴고기를 나누어 주고 즉석에서 석쇠에 구워 먹으니, 이 또한 객지에 있는 동안의 하나의 재미였다.

晴西風. 留壹岐島. 此島一名風本浦也. 海風之乖常. 有倍馬島. 非風則雨. 晴日常少. 今日日氣. 和暖如春. 洞開三使軍幕與各房槅子. 通豁可爲數十間矣. 會集裨將員役. 使各持盤床而坐. 分給鹿肉. 卽席煮鐵而食之. 亦一客中之滋味也.

1763년 11월 21일

흐렸다 갰다 하였다. 이키노시마壹岐島에 머물렀다.

이곳의 닭은 너무 일찍 울었는데, 불과 밤 12시였다. 이에 종사관이

"땅이 도도桃都[82]에 가까우니 닭이 일찍 우네(地近桃都鷄早唱)"라는 시를 짓고, 문사文士에게 댓구를 구하였다. 서기 원중거元重擧는 "하늘이 동래東萊에서 머니 기러기 더디오네(天長萊海雁遲來)"라고 댓구를 달았다. 서기 김인겸金仁謙은 "물결이 아이노시마藍島에 이어지니 물은 더욱 푸르네(波連藍島水愈靑)"라고 댓구를 달고, 나는 "길이 초도를 지나니 말이 먼저 가도다(路過草島馬先行)"라고 댓구를 달았다. '초도草島'는 앞으로 갈 땅 이름이고, '마선행馬先行'은 이마理馬가 말을 끌고 먼저 떠난 것을 말한다. 그러나 세 글귀는 모두 종사관이 지은 글귀에는 미치지 못한다.

乍陰乍晴. 留壹岐島. 此處雞鳴太早. 不過爲三更中矣. 從事官以地近桃都雞早唱. 求其對耦於文士. 元書記對以天長萊海雁遲來. 金書記對以波連藍島水愈靑. 余則對以路過草島馬先行. 草島是前路地名也. 馬先行. 謂理馬領馬先行. 而三句皆不及於從事官之所得矣.

1763년 11월 22일

맑음. 이키노시마壹岐島에 머물렀다.

날씨가 개고 따뜻하여 봄 날과 같았기에 또 세 사신의 군막軍幕을 터서 일행을 모으니, 마루에 오른 자가 64명이었다. 밥과 반찬을 먹이기를 마치 성균관成均館 식당食堂의 예식처럼 했는데, 이 곳에서의 진사進士는 김 서기(김인겸)뿐이었다.

내가, 우리 세 사람을 당상으로 삼고, 남 제술南製述 · 성 서기成書記

82 도도(桃都): 중국 동남쪽에 하늘 높이 치솟았다는 거목(巨木)의 이름. 도도 위에 천계(天雞)라는 닭이 서식하는데, 해가 떠서 이 나무를 비추면 천계가 바로 운다고 한다. 그러면 천하의 닭들이 모두 뒤따라 울기 시작한다는 전설이 있다.

는 관館의 관원으로 삼고, 원 봉사元奉事는 이미 벼슬 이름이 있어서 공사公事에 참여시키지 않았다. 오늘 식당놀이에 김 진사는 마땅히 성균관 양재兩齋의 반수班首가 되어야 하는데, 다른 생원과 진사가 없어 일의 형편상 7당장七堂丈 · 양장의兩掌議 · 양색장兩色掌과 동 · 서재東西齋의 조사진사曹司進士를 겸하게 하였다. 이 때문에 상좌上坐로 맞이하니 여러 사람들이 모두 포복절도抱腹絶倒하였는데, 역시 한 가지 좋은 놀이였다.

내가 말하기를 "놀이에 참여하는 사람 중에서 일찍이 성균관 식당에 가 본 자는 오직 나뿐이다. 내가 젊었을 때에 원점과圓點科를 보기 위해 그곳에서 백 그릇 정도의 밥을 배불리 먹었었다. 성균관 유생은 대부분 먼 시골의 빈궁한 사람이였기에, 번화한 서울의 문벌 좋은 집 자제들이 때로는 조소하고 업신여기는 자가 있었다. 그래서 내가 말하기를 '거재 유생居齋儒生(성균관에서 공부하는 유생)의 선비의 기개와 풍습이 비록 반드시 옛날의 번성할 때와 같지는 못하지만, 칭찬할 만한 옳은 일을 행한 자도 있고, 문학이 조금 우수한 자도 있으며, 과문科文을 잘 짓는 자도 있고, 재주와 도량이 우수한 자도 있으며, 서화書畫와 점산占算에 이르기까지 모든 것을 구비한 자가 다 모였다. 또 조선팔도의 많은 선비들이 모두 오기 때문에 그 지방의 산천과 풍속, 옛 유적과 지금의 일도 또한 다 알고 있으니, 이것이 이른바 사람에게는 모두 한 가지는 잘하는 것이 있다는 것이다. 어찌 의복이 헤지고 생긴 꼴이 초췌하고 야위었다 하여 홀대해서야 되겠는가?" 하였다. 나의 이 말은 진실로 뜻한 바가 있어서 말한 것이다.

지금 이번 통신사행에도 한 모퉁이를 들면 세 모퉁이를 아는 자(擧一反三者)가 있을 것이다. 5백 명이나 같이 가는 사람 중에 비록 누구는 실제로 행동하는 능력이 있고, 누구는 기이한 재주가 있는지 자세히 알 수는 없지만 대강 논해 보건대, 문사文詞에 능한 자도 있고, 무예에 능한 자도 있고, 의약醫藥에 능한 자도 있고, 통역에 능한 자도 있고, 서화書畫에 능한 자도 있으며, 기예技藝에 뛰어난 자, 음악에 능한 자, 말을 잘 몰거나 배를 잘 다루는 자, 병서兵書를 외고 변례邊例를 익힌 자가 모두 왔다. 노래하는 자, 춤추는 자, 장기를 잘 두는 자, 바둑을 잘 두는 자, 쌍륙雙陸을 잘 두는 자, 뱃사공 · 악공 · 점장이 · 관상장이 · 잠수를 잘 하는 자 · 배우 · 바느질 하는 자 · 조각하는 자 · 말총을 매는 자 · 목수 · 대장장이 · 포수 · 무당 등 모두가 있으니, 또한 사람은 모두 한 가지는 잘하는 것이 있다고 할 만하다. "대체로 만물 중에서 오직 사람만이 가장 신령하다. 완전한 재주는 진실로 쉽게 얻기 어렵지만 한 가지 능력은 사람마다 다 본래 가지고 있어, 비록 이 일에는 능한 자일지라도 꼭 저 일에 능하지는 못한다. 그들의 윗사람이 되어 만일 단점은 버리고 장점을 취하여 다만 재주대로 맞게 쓴다면 쓸 만하지 않은 사람이 없을 것이요, 또한 끝내 버릴 자가 없을 것이다." 라고 하였더니, 듣는 사람들이 옳다고 여겼다.

이키노시마는 포구의 백성이 백 가구 남짓하고, 너비는 수십 리나 될 만하고, 길이는 80리가 된다고 한다. 쓰시마주에 비해 크기가 반도 못 되고 밭이 많고 논이 적지만, 토산물이 풍부하고 또 부지런히 경작하여 곡식을 생산하는 방도는 쓰시마주보다 낫다. 그래서 쓰시마주 사람 중에는 이 섬에서 장사하는 사람이 많다고 한다. 또 히슈肥州는 인심이 쓰시마주에 비해 조금 나아, 비록 매일 지공하는 것을 보더라도 속이는 습관을 볼 수 없으니, 아마도 생계가 조금 넉넉하기 때문에 그런가 보다.

우리 배가 정박한 곳은 물이 얕기 때문에 작은 배를 배치하고 죽교竹橋를 30여 보나 넓게 설치하였는데, 히슈 사람이 밤낮으로 지켜서 밝은 등불이 꺼지지 않았다. 또한 그 기울을 알 수 있었다.

며칠 동안 바람이 좋고 파도가 잦아들어 배를 운행할 수 있었지만, 배를 고치고 수리하는 일이 미비하여 떠나지 못하다가 오늘 비로소 수리를 마쳤다. 그래서 대마도주가 사람을 보내와 내일 출발할 것을 청하였는데, 나는 마땅히 밤사이의 기후를 보아 처리하겠다고 대답하였다.

저녁 식사를 한 뒤에 비장과 원역들이 배에 거의 다 타고 우리 세 명의 사신과 몇 사람만이 관소에 머물렀다. 밤에 세 사신이 모여서, 두공부杜工部(두보)의 〈북정北征〉70운을 연구聯句(여러 사람이 각 한 구씩 짓는 것)로 차운하느라 닭이 울 때쯤에 끝났는데, 내가 41구를 짓고, 부사가 4구를, 종사관이 25구를 지었다.

나는 시율詩律의 공부가 부족하여 감히 능하다고 할 수 없고, 다만 심심풀이의 자료로 삼을 뿐이다. 나의 시 가운데 "의지할 것은 충과 신이요(所仗忠與信), 행할 만 한 것은 너그러움과 공경이다(可行寬而栗). 사람을 감동시킴은 하늘을 감동시킴과 같으니(感人如感天), 반드시 진실로써 응할 일이다(應之必以實)."라고 한 것은 바로 나의 마음속에서 나온 말이다. "야만인의 습성이 교활하다고 말하지 마라(莫言蠻性巧), 응당 우리의 넓은 정치 보여야 하네(當示我政豁). 한나라는 남월을 제압하였고(漢用制南越), 당나라는 회흘을 복종시켰네(唐以服回紇)."라고 한 것은 바로 내가 오랑캐를 제압하려는 뜻이었다.

보는 자들은 글이 졸렬하다 하지 말고 양해해 주기 바란다. 들었는데 '저들이 새로 지은 객관은 사신이 돌아간 뒤에는 모두 철거하고 다음 사행이 오기를 기다렸다가 다시 세운다. 그 집 제도가 공사公私를 막론하고 넓고 좁고 길고 짧은 것이 당연히 자로 잰 수치가 있어 감히 어긋남이 없다. 그래서 동쪽 집 창문을 가져다가 서쪽 집에 사용하여도 부절符節처럼 꼭 들어맞는다.'라고 한다. 그 또한 매우 공교하지만 반드시 다 그렇지는 못할 것이다.

晴. 留壹岐島. 晴暖如春. 又通三幕. 會集一行. 升廳者六十四員. 饋飯饋饌. 有若泮中食堂之儀. 進士則只金書記而已. 余以爲使相將倣三堂上. 南製述成書記爲館官員. 元奉事已有官銜. 不敢與公事. 今日食堂之會. 金進士當爲兩齋班首. 而無他生進. 勢將兼之. 以七堂丈兩掌議兩色掌與東西齋曹司進士. 因延之上坐. 諸人皆捧腹絕倒. 亦一勝遊矣. 余曰. 坐中曾參泮中食堂者惟吾耳. 少時爲觀圓點科. 飽喫. 百椀飯矣. 泮儒率多遐鄉貧窮者. 京華閥閱家子弟. 或有嘲侮之者. 余以爲居齋儒生之士氣士習. 雖未必盡如古昔盛際. 而或有行義可稱者. 或有文學稍優者. 或有善於科文者. 或有優於才局者. 以至書畫占算凡百備具者. 無不畢集. 且以八路多士咸造之. 故其土之山川風俗. 古蹟近事. 亦皆知之. 是所謂人皆有一能也. 何可以衣裳之繿縷. 形容之窮瘦忽之哉. 余之此言. 誠亦有意而發. 今於此行. 亦有所擧一反三者矣. 半千從人. 雖未能詳知其某人之有實行. 某人之有奇才. 而槪論之. 有能於文詞者. 有能於武藝者. 有能於醫藥者. 有能於譯學者. 有能於書畫者. 工於技藝. 習於律呂. 善御馬而能制船者. 誦兵家而習邊例者. 無不畢來. 以至歌者舞者博者奕者陸者梢手樂工占者相者潛水者俳優者針線者雕刻者結驄者木手冶匠砲手巫覡. 擧皆有之. 亦可謂人皆有一能也. 大凡萬物之中. 惟人最靈. 全才固難易得. 一能人皆自有. 雖其能於此者. 不必能於彼. 而爲其上者. 苟能捨短取長. 惟才適用. 則無人不可用. 而亦無可終棄者矣. 聞者以爲然矣. 歧島浦民百餘戶. 而廣可數十里. 長爲八十里云. 比馬島未及其半矣. 田多畓少. 而土品豐厚. 且勤耕作. 生穀之道. 優於馬州. 故馬州人. 亦多商販于此島云矣. 且肥州則人心比馬島稍勝. 雖以日供觀之. 未見欺詐之習. 以其生涯稍裕而然耶. 我船來泊處. 水淺之故. 橫布小船. 廣設竹橋三十餘步. 肥州人晝夜守直. 明燈不離. 亦可見其紀律也. 數日則風利波息. 可以行船. 而因補船鐵釘之未備. 不得發行. 今日始畢修補. 故島主送言. 請以明日行船. 余以當觀夜間日氣處之答之. 夕後裨將員役輩. 擬將行船. 幾盡乘船. 只三使與略而人留館所. 夜三使相會. 聯次杜工部北征七十韻. 雞鳴始訖. 而余得四十一句. 副使得四句. 從事官得二十五句. 余於詩律小宿工. 非敢曰能之. 只爲消寂之資. 而吾詩中所

仗忠與信. 可行寬而栗. 感人如感天. 應之必以實者. 是余出中心之言也. 莫言蠻性巧. 當示我政豁. 漢用制南越. 唐以服回紇者. 是余制外夷之意也. 勿以辭拙. 而覽者諒之. 聞彼人之新創客館者. 使臣回還後. 輒皆毁撤. 待後行復建. 以其第宅之制度. 毋論公私. 而廣狹長短. 自有尺量. 無敢違越. 故借東家之牕戶. 用於西家. 而如合符節云. 其亦工巧之甚. 而亦未必盡然矣.

1763년 11월 23일

새벽부터 비가 내리고 하루종일 바람이 어지럽게 불었다. 이키노시마壹岐島에 머물렀다.

수석 통역관이 와서 말하기를 "지쿠젠노쿠니 태수筑前州太守가 비선飛船편에 쓰시마 태수에게 말을 전하였는데(서본書本은 번역해 베껴 아래에 있다), '이번달 15일에 지쿠젠노쿠니의 후쿠오카福岡 해변에 부러진 치목鴟木 두 토막이 떠내려 왔는데, 그 만들어진 형태가 일본 물건이 아니라서, 통신사의 행차에 변고가 있는지 걱정이 되어 치목을 그린 그림을 보내어 소식을 탐지한다.'고 하였습니다."라고 하였다. 그 그림을 보았더니, 정말로 일기선一騎船의 부러진 치목이었다. 이것을 보고 마음속으로 더욱 놀랐다. 치목의 하단이 부러져서 떨어져 나간 후에 상단도 조금 뒤에 바다에 던졌는데, 아득한 큰 바다에서 후쿠오카의 한 곳에 함께 떠돌아다니는 것 또한 기이한 일이다. 오늘 이미 출발하지 못하고 바람의 기세도 이처럼 예사롭지 않아, 언제쯤에나 청명한 날을 얻어 아이노시마藍島로 빨리 건너갈지 모르겠다.

히슈肥州의 태수가 관포串炮 1궤를 보내왔는데, 이것은 곧 건복乾鰒으로 우리나라의 화복花鰒과 같은 것이었다. 예전에는, 연해에서 받은 삼중衫重을 간혹 차왜差倭에게 대신 주는 일도 있다고 하였다. 그래서 호행 정관護行正官 다다 겐모쓰平如敏에게 내어 주었더니 '우리 조부가 한 번은 뱃길을 가다가 배에 물이 새어들어 와 위태로운 지경에 이르렀는데, 갑자기 생전복이 물이 새는 구멍에 붙어서 살아나게 되자 그의 자손 되는 자는 이 때문에 전복을 먹지 않는다.'고 한다. 기이한 일이라고 할만하다. 배에 올랐던 비장이 가끔씩 관소로 다시 내려왔다.

自曉而雨亂風終日. 留壹歧島. 首譯來言. 筑前州太守以飛船送言於馬州太守. 書本翻謄在下 謂今月十五日筑前州福岡地海邊. 有鴟木折傷之兩端浮來者. 而制樣非日本之物. 通信使行慮有變. 故圖形以送. 爲探消息云. 見其圖形. 則果是一騎船所折之鴟木. 見此尤覺驚心. 鴟木下端折落之後. 上端則移時投水. 而茫茫大海. 同爲漂泊於福岡一處者. 其亦可異也. 今日旣不得行船. 風勢若是乖常. 未知何間. 可得清明日. 飛渡藍島也. 肥州守送串炮一樻. 是乃乾鰒. 而如我國花鰒者也. 曾聞沿海所受杉重. 或有替給差倭之事. 故出給護行正官平如敏. 則謂以其祖. 曾於水行. 船漏水入. 幾至危境. 忽有生鰒. 貼付漏穴. 得以濟活. 故爲其子孫者. 因此而不食鰒魚云. 可異也. 登船裨將. 或還下館所.

1763년 11월 24일

흐리고, 서북풍이 불었다. 이키노시마壹岐島에 머물렀다.

오늘 보중익기탕補中益氣湯을 먹고, 복부 가운데에 5~7장壯 뜸질을 하였다. 떠나온 뒤로부터 복용한 탕제湯劑가 거의 1백첩에 가까운데 보중제補中劑가 반이나 차지하고, 복부의 뜸질 또한 수백 장이 넘는다. 병의 뿌리는 비록 아직 없애지는 못하였으나 우선 크게 더하지 않은 것은 아마도 또한 약효에 힘입어 그런 것일 것이다. 시인이 이른바, '약이 되는 음식이 나를 도와 가는 곳마다 따른다(藥餌扶吾隨所之).'라고 한 것이 바로 이를 두고 한 말이다. 일기 쓰는 일은 처음부터 자세히 적으려

하였으나, 때때로 《식파록息波錄》과 《사상기槎上記》를 보았더니, 이전 사람들이 이미 다 말하였으므로 거듭 말할 필요가 없고, 또 내가 병들고 게으르기 때문에 중간에 빠뜨린 것이 많다. 바다를 건너온 이래로 거의 전부 중단하였는데, 이키노시마에 오래 머무를 때에 소일로 시간 보내기가 어려워 유한상劉漢象에게 붓을 잡게 하고 나는 입으로 불러 겨우 날짜를 연결할 수 있었다. 하지만 날짜가 오래되어 엉성하고 간략함이 특히 심하여, 단지 기행紀行의 대강만을 적었으니, 애초부터 뒷사람들의 고증을 위한 것은 아니다.

유한상은 안동 사람으로, 의술이 정통하고 사람됨이 사랑스러웠다. 일찍이 이심원李深遠[83] 영감의 연경燕京 행차에 따라간 적이 있고, 지금 또 남쪽 일본 통신사행에 같이 오게 되었다. 먼 지방 사람으로 나이 겨우 30에 남북의 외국 땅을 두루 구경하는 것 또한 어려운 일이라 하겠다.

陰西北風. 留壹岐島. 今日服補中益氣湯. 灸中脘五七壯. 自出行後. 所服湯劑. 殆近百貼. 而補中之劑居其半. 中脘之灸. 亦過數百壯. 病根雖未祛. 姑不大段添加者. 其亦賴藥效而然耶. 詩人所云藥餌扶吾隨所之者. 正謂此也. 日記初欲詳錄. 時見息波錄與槎上記. 則前人已盡之. 言不必疊床. 且因余病懶. 間多遺漏. 渡海以來. 則幾乎全廢. 久滯岐島. 消寂爲難. 使劉漢象執筆而呼之. 僅能排日. 而爲日旣久. 疏略特甚. 只自記行之梗概. 初不擬後人之考證也. 漢象是安東人. 而醫理精通. 爲人可愛. 曾隨李令深遠燕京之行. 今又同日南之役. 以遐土之人. 年纔三十. 遍觀南北異域. 其亦難矣.

83 이심원 (李深遠): 1721년(영조7년)~1771년(영조45년). 심원(深遠)은 이유수(李惟秀)의 자(字)이다. 정시문과에 장원하여 정언, 응교, 관찰사, 대사헌, 형조판서를 지냈다.

1763년 11월 25일

맑고, 서북풍이 불었다. 이키노시마壹岐島에 머물렀다.

날씨가 봄날처럼 맑고 따뜻하여 배를 운행하기에 꼭 알맞았지만, 어제 어지럽게 분 바람으로 인해 파도가 하늘에 닿아 배를 운행하지 못하였다. 대마도주가 소면素麪 한 상을 바쳤다. 대마도주가 물건을 보내올 때에는 단자를 바치는데, 단자의 피봉에 '봉정 정사대인 각하奉呈正使大人閣下'라 쓰고, 안에는 물건의 목록을 나열하여 썼으며, 하단의 연월 아래에 '쓰시마주 태수 평의창對馬州太守平義暢'이라고 쓰고, 그의 도서圖書를 이름 위에 찍었으니, 준례이다.

晴西風. 留壹岐島. 日氣淸和如春. 正好行船. 而因昨日風亂. 波濤接天. 不得行船. 島主呈素麪一床. 島主有送. 輒呈單子. 而單子皮封. 書以奉呈正使大人閣下. 內幅列書物錄. 下端年月下. 書以對馬州太守平義暢. 踏其圖書於名字之上. 例也.

1763년 11월 26일

잠깐 갰다가 잠깐 흐리다가, 서풍이 불고 조금 추웠다. 이키노시마壹岐島에 머물렀다.

저번 때의 예처럼 부사의 방에 식당을 차렸으니, 대개 적막한 시간을 보내려는 것이다.

乍晴乍陰西風稍寒. 留壹岐島. 自副房設食堂. 如向日之例. 蓋爲消寂之地.

1763년 11월 27일

맑고 따뜻한 것이 봄날과 같고, 동북풍이 약간 불었다. 이키노시마壹岐島에 머물렀다.

오늘은 배가 갈 수 있을 듯하였지만 역풍이 불어 출발하지 못하였다. 대개 여기서부터 아이노시마藍島로 향하는 길은 동북쪽이라서 서남풍이 불어야 배를 띄울 수 있다고 한다. 여러 문인들이 지은 시를 간혹 가져다 보았더니, 마침 이 섬에서 지은 것이 있었다. 쓰시마 사람이 이 섬을 전적으로 관장한 뒤로 일공日供을 중간에서 훔쳐가 먹었는데 그 실태를 기록하여 펼쳐 놓으니, 말이 각박한 것이 많았다.

내가 그것을 보고 말하기를 "왜인의 실정은 진실로 속이는 것이 많지만, 이는 먹는 음식의 일에 지나지 않을 뿐이다. 글을 쓸 때에는 비록 진실에 가깝게 하고자하나 시인의 충직하고 두터운 의리에 있어서는 이처럼 해서는 안 된다."라고 하였다.

바다를 건너온 뒤로 일행 모두가 일만 있으면 번번이 왜인의 간교함을 나에게 말하였다. 그래서 내가 말하기를 "사람의 떳떳한 마음은 다 같이 하늘에서 타고났으니, 거짓이 풍속을 이루게 된 가운데서도 어찌 진실한 자가 없겠는가?"라고 하였다. 지금 만약 사람마다 간사하다 하고 일마다 거짓이라고 의심한다면 저들도 사람일 뿐인데, 어찌 원통해하지 않겠는가? 게다가 다른 나라의 사례事例를 자세히 다 알지 못하고 한갓 한 번 전해들은 것에 의거하여 번번이 의심을 품는다면 또한 들은 바가 잘못된 것이 아니고, 본 바가 잘못됨이 있다는 것을 어찌 알겠는가?

옛날 장영張詠이 촉蜀지방을 다스릴 적에 추로鄒魯(공자와 맹자의 고향)의 사람으로 대하였더니, 난민亂民이 모두 교화되어 양민이 되었다. 이 의리는 진실로 하루아침에 다른 나라의 풍속에 물드는 것을 기대하기 어렵겠지만, '말이 충성스럽고 믿음이 있으면 오랑캐 지방에서도 행해질 수 있다(忠信蠻貊).'라고 한 공자님의 가르침을 마땅히 마음에 새겨두어야 할 것이다.

통역관에 대해 말한다면, 대개 사대事大와 교린交鄰때 서로의 뜻을 통하기 위해 설치한 것이다. 국가에서의 쓰임새 또한 매우 긴요하다.

우리나라의 의관衣冠을 착용한 사람으로서 나랏일에 힘쓰다가 죄를 지으면 비록 법에 따라 시행하지는 못하더라도, 이미 임명한 뒤에는 의당 의심하지 말아야 할 것이고, 그 대우하는 도리로 말할 것 같으면 또한 마땅히 성실하고 미덥게 해야 한다. 그런데 가만히 일행을 살펴보면, 사적인 이익을 꾀하는 통역이라 하고, 또 대부분 일본 사람들과 한통속이 되었다고 의심한다. 어찌 그리도 믿지 못함이 심하단 말인가? 지금 세상에서 노역勞役하는 자로 '이롭다(利)'의 한 글자에서 벗어나는 자가 무릇 몇이나 되겠는가?

접대하고 일을 맡아 처리할 때에 누군들 인정상 동행하는 우리나라 사람을 위하려고 하지 않겠는가? 다만 힘이 미치지 못하고 방해받은 일이 있어, 비록 동행들의 하고 싶어 하는 바를 따라주지 못하지만, 어찌 이 때문에 일본 사람들과 한통속이 되었다고 의심하면서 남의 실정을 밝히지 않아서야 되겠는가?

우리나라 사람은 스스로 일을 해내지 못하면서 번번이 남의 옳고 그름을 의논하기 좋아하니, 참으로 답답한 일이다.

晴和如春微有東北風. 留壹岐島. 今日似可行船. 而以逆風不得發. 蓋自此向藍島爲寅卯方. 必得西南風後. 可以發船云矣. 諸文士有詩. 或取見之. 適於此島作. 以馬州人專管此島以後. 日供居間偸食之狀. 臚列情態. 語多刻削. 余見之以爲倭人情狀. 固多欺謾. 而此不過飮食間事耳. 遣辭雖欲逼眞. 在詩人忠厚之義. 不當如是矣. 渡海以後. 一行上下. 有事輒稱倭人之奸巧. 余以爲秉彝之心. 同得於天. 詐

僞成俗之中. 亦豈無眞實者乎. 今若人人而謂其詐. 事事而疑其僞. 則彼亦人耳. 豈不冤哉. 且他國之事例. 旣未詳悉. 徒憑一時之傳聞. 輒懷疑慮. 則亦安知所聞之不錯. 所見之有碍乎. 昔張詠治蜀. 待以鄒魯之人. 亂民皆化爲良民. 此義固難一朝責之於殊方染俗. 而忠信蠻貊之訓. 宜着心頭矣. 至於譯官. 蓋爲事大交隣時通情而設置者. 則國家之需用. 亦甚緊要矣. 以我國衣冠之人. 效勞 王事. 有罪雖不得照法施行. 旣任之後. 正宜勿疑. 若其待之之道. 亦當用誠信. 而竊觀行中. 輒謂之牟利之象譯. 多疑符同於異類. 何其不諒之甚也. 今世上勞勞役役者. 得免於利之一字者. 凡幾人乎. 至於接待幹事之際. 在人情孰不欲爲同行我人地哉. 惟其力有所不及. 事有所相碍. 雖未副同行之所欲爲者. 豈可以此疑之以符同異類. 不究人情實哉. 我國之人. 自未必做事. 而輒好議論人是非. 良可悶也.

1763년 11월 28일

아침에는 흐리고 낮에는 개었다가 밤에는 비가 왔다. 서풍이 불었다. 이키노시마壹岐島에 머물렀다.

대마도주가 말을 전하였는데, 배가 출발할 만하다고 하였지만, 우리나라 사공들은 '먹구름이 모였다 흩어지는 것이 일정하지 않다'라고 하였다. 그러자 어떤 이는 바람이 너무 사나울까 걱정되고, 어떤 이는 늦게 눈이나 비가 내릴까 걱정되어 의심을 하고서 떠나지 않았다.

밥을 먹고 난 뒤부터 날씨가 청명해졌지만, 해가 이미 기울었고 조수潮水도 이미 바뀌었으므로 배를 띄우지 못하였다. 그래서 일행 모두가 우리나라의 선장船將과 사공이 바람을 잘 점치지 못하였다고 탓하며 사방에서 호통과 비웃음을 쳤다.

나는 말하기를 "먹구름이 흩어지지 않아서 마땅히 배를 출발시킬 수 없다고 한 것은 살펴보고 신중히 하는 도리이고, 날씨가 개어 배를 띄우지 못한 것을 한스럽게 여기는 것은 사람의 보통 마음이다. 그러나 이제 만약 출발하지 못한 것 때문에 사공을 지나치게 꾸짖는다면 앞으로는 반드시 이것을 경계로 삼을 것이다. 이렇게 되면, 정말로 안전하지 못한 날에 배를 출발시킬지 어찌 알겠는가? 게다가 많은 사람이 나무라고 비웃으면 사람 또한 저절로 의심이 생겨, 날씨를 점쳐서 결정할 때에는 현혹되기 쉽다."라고 하였는데, 이런 이유로 나 혼자서 사공을 꾸짖지는 않았다. 내가 이번 행차에서 일마다 마음을 쓰게되니, 정말로 또한 괴롭다.

朝陰午晴夜雨西風. 留壹岐島. 島主送言. 謂可行船. 而我國沙工等. 以爲頑雲之聚散無常. 或慮風勢之過猛. 或慮雨雪之晩下. 持疑而不發. 自飯後日氣淸明. 而日勢旣晩. 潮頭已回. 不得發船. 行中上下. 皆咎我國船將沙工之不善占風. 呵責譏嘲. 四面而起. 余則以爲頑雲不散. 謂不當行船者. 審愼之道也. 日氣旣晴. 則以不得發船爲恨者. 人情之常也. 雖然今若以不得發船. 過加誚責於沙工. 則後必以此而爲戒. 安知不爲行船於未萬全之日乎. 且多人譏嘲. 人亦自生狐疑. 易眩於占候取捨之時. 以此獨不誚責沙工. 余於此行. 隨事用心. 正亦苦矣.

1763년 11월 29일

아침에는 비가 뿌리다가 낮에는 개고 동풍이 불었다. 이키노시마壹岐島에 머물렀다.

지난 동짓날, 언덕에 올라 음식을 차렸을 때에 이미 쓰시마주 봉행奉行 등에게 음식을 먹였었다. 그래서 또 출참 봉행出站奉行에게 한 상 주었는데, 며칠 전에 그 태수 마쓰다이라 세이신源誠信이 비선飛船으로 사람을 보내 음식상을 바치고 그 주의 봉행도 별도로 사례하는 사람을 보내왔으니, '밥 한 그릇 얻어먹은 덕을 말씨와 얼굴빛으로 드러낸다.' 라고 이를 만하다.

왜인들은 우리나라 음식에 대해서, 만약 통신사행이 주는 것이거나 먹고 남은 음식을 얻게 되면 아까워서 차마 먹지 못하였다. 심지어 가늘고 작게 구운 고기나 즙이 있는 것도 모두 종이에 싸서 물기가 흐르는 것도 개의치 않고 품에 넣고 간다. 어쩌면 높은 사람이 주는 것이기 때문에 그런 것인가? 아니면 다른 나라의 음식이 희귀해서 그런 것인가?

나는 일본의 그릇과 음식에 대해서는 일찍이 동래부에 있을 때에 또한 본 바가 있었다. 게다가 이번 걸음에도 특히 그때 보지 못한 것을 볼 수 있었다. 그러나 눈에 들어와서 마음이 움직이는 것이 하나도 없었고, 입에 들어와서 비위를 가라앉게 하는 것도 하나 없었다. 이것은 원하는 바가 오직 나랏일을 마치고 고국에 돌아가는 데 있었기 때문에 생각이 다른 일에 미칠 겨를이 없어서 그런 것일 것이다.

삼사의 방에서 지난 번의 예처럼 저녁에 음식을 베풀었는데, 우리 세 명 사신의 밥상에는 두 그릇의 음식을 더 차렸다. 그래서 귀천과 예절을 따지지 않는 진솔회眞率會(귀천을 따지지 않는 검소하게 차린 술자리)가 약속을 저버린 것을 벌주던 예에 의거하여 장난으로 감관 비장에게 '재齋에서 내쫓는 벌'을 내리고, 더 차린 음식은 내어주고 먹지 않았다. 대개 사졸士卒과 고락을 같이하는 처지에서 지위의 높고 낮음을 차별해서는 안 된다는 이유 때문이다. 객중에서 한 번 웃을 만한 일이다.

때마침 앞에 있는 유기 촛대가 색깔이 변하여 검푸르고, 칼에 장식한 은과 동도 모두 그와 같이 된 것을 보았는데, 이는 사실 바다 기운과 오래도록 접촉하였기 때문이다. 쇠붙이처럼 강한 물건도 오히려 색깔이 변하는데, 하물며 사람임에랴!

다만 사람에게는 살아 움직이는 기氣가 있어 녹여 만든 그릇과는 다르다. 만일 철따라 몸조리하는 방법에 있어 모두 합당함을 얻게 된다면 자연히 상하는 것이 없고 병도 적어질 것이다.

또 생각하건대, '나랏일을 맡은 자가 과연 나랏일에 마음을 다하고 들뜬 생각에 동요되지 않는다면 병이 적어질 수 있는 것인가? 앞으로 나랏일을 맡아 행역行役에 수고하는 자는 어찌 맑은 마음 가지는 것을 경계로 삼지 않겠는가?'라고 하였다.

대마도주가 승기악勝妓樂(스키야키)을 바쳤는데, 이른바 '승기악勝妓樂'이란 일명 삼자杉煮인데, 생선과 나물을 뒤섞어서 끓인 것이다. 저들이 아주 뛰어난 맛이라 하여 이름을 '승기악'이라 하였지만, 그 맛이 어찌 감히 우리나라의 열구자탕悅口子湯(신선로神仙爐에 여러 생선과 채소를 넣어 끓인 음식)을 이길 수 있겠는가?

朝灑雨午晴東風. 留壹岐島. 曏於至日登岸設饌之時. 旣饋馬州奉行等. 故亦給一床於出站奉行處矣. 日昨其太守源誠信. 送飛船使者以饋床. 其州奉行別致謝伻. 可謂一飯之德. 見於辭色者也. 倭人於我國飮食. 如得使行所賜或退饌. 則愛惜不忍食. 至於細炙有汁者. 亦皆紙裹. 不嫌其流汁. 藏懷而去. 或以尊者之賜而然耶. 其以他國之膳稀貴而然耶. 余則於日本器皿飮食. 曾在萊府時. 亦有所見. 況於此行. 尤見其所未見者. 而無一入眼而動意者. 無一入唇而醒胃者. 以其所求. 惟在於竣王事而返故國. 故意念未暇及於他事而然耶. 自三房夕設食堂. 如曏日之例. 而三使臣飯床. 加設二器饌. 故依眞率會負約之責. 戱施出齋之罰於該監裨將. 加設之饌. 出給不食. 蓋以與士卒同甘苦之地. 不宜有加減於上下故也. 客中亦堪一笑. 適見在前之鍮燭臺色變靑黑. 刀粧銀銅. 亦皆如此. 實緣海氣之久觸也. 金鐵之强. 猶且色渝. 而況人乎. 但人有生生之氣. 與鎔成之器皿有異. 苟於節宣之道. 咸得其宜. 則自可以無傷而少病. 且念任王事者. 果能專心於王事. 而不爲浮念所動. 則亦可以少病耶. 後之任王事而勞行役者. 曷不以淸心爲戒哉. 島主供以勝妓樂. 所謂勝妓樂. 一名杉煮. 雜以魚菜而煎湯者. 彼人謂之一味. 名以勝妓樂. 而其味何敢當我國悅口子湯也.

1763년 12월 1일

흐리다가 가끔 비가 뿌리고, 동북풍이 불었다. 이키노시마壹岐島에 머물렀다.

새벽에 망궐례望闕禮를 하였다. 조정을 떠나온 지 이미 다섯 달이 되니, 서울의 왕궁이 그리워지는 것은 인정상 진실로 그러한 것이다. 앞으로 갈 길을 말하자면, 아직 반도 가지 못했는데 지체가 되니, 매우 답답한 일이다. 그러나 바다를 건너갈 때에는 자세히 살펴서 바람을 점치지 않을 수 없으니, 어찌하겠는가?

예전의 통신사 행차는 이 섬에 이번처럼 오래 머무른 적이 없었다. 무진년 통신사 행차도 이 곳에 있을 때에 15일이 지난 뒤 접대받는 물품이 이미 바닥이 나서 대신 바칠 것을 줄이게 하였다고 하였는데, 대개 그 때의 일의 형세가 그렇게 하지 않을 수 없었기 때문일 것이다. 이것은 체통과 준례에는 어긋나지만 이미 행한 전례가 있고, 우리 행차의 지체 또한 무진년의 지체보다 오래 머물렀다. 그리고 더러 군색하고 급한 일이 있다는 소리를 들었기 때문에 우리 세 사람의 사신과 상차上次에게 바치는 지공 중에 이미 바닥이 나서 대신 바친 것은 무진년의 예에 의거하여 줄이게 하였다. 그러자 히슈肥州사람이 말하기를 "일찍이 신묘년(1591년, 선조24) 통신사 행차 때에는 지공하는 사람이 도망쳐 마침내 사형에 처해졌고, 무진년 통신사 행차 때에는 지공을 줄인 것 때문에 또한 중죄重罪를 입었습니다. 통신사 행차를 걱정해 주시는 마음은 매우 감사합니다만, 뜻을 받들기 어려운 구석이 있습니다. 또한 일본이 비록 피폐하더라도 무릇 지공하는 물품은 없는 물건이 없는데, 어찌 빠뜨려서야 되겠습니까?"라고 하면서, 다만 두서너 가지로 대신 바치기를 요청하기에 원하는 대로 허락해 주었다.

대개 이 히슈 사람의 말 때문에 인사법을 대강 알 수 있었고 법률이 엄한 것도 알 수 있었다. 그들이 말한 '없는 물건이 없다'라고 한 것은 섬 하나의 힘으로는 가능한 바가 아닐 것인데, 아마도 또한 과장하려는 뜻에서 나온 것일 것이다.

陰或灑雨東北風. 留壹岐島. 曉行望闕禮. 辭朝已至五朔. 京闕之戀. 人情固然. 以行路言之. 尚不及半程濡滯. 殊甚可悶. 而海行不可不詳審占風. 奈何. 從前信行之留住此島. 未有若今番之久. 戊辰信行之在此也. 過十五日之後. 支待中已竭者代納者. 許令減除云. 蓋於其時事勢. 有不得不然者故耳. 此於體例似涉如何. 而既有已行之前例. 吾行留滯. 亦過戊辰. 聞其事力. 或有窘急. 故三使及上次支供中. 已竭者代納者. 使之依戊辰例除減. 則肥州人以爲曾在辛卯信行時. 支供人以逃避. 竟至罪死. 戊辰信行時以除減. 亦被重罪. 使行之軫念. 雖極感謝. 有難奉承. 且日本雖疲弊. 凡於供需. 無物不有. 何可闕奉云. 而只以數種. 請其代納. 依其願許之. 蓋此肥州人爲言. 粗識人事. 亦可想法律之嚴. 其所云無物不有者. 有非一島力所可能. 其亦出於誇耀之意耶.

1763년 12월 2일

잠깐 흐렸다가 잠깐 개고, 한밤중에 비가 쏟아졌다. 동북풍이 불었다. 이키노시마壹岐島에 머물렀다.

바다를 건너온 뒤로 각 방房의 비장들이 대부분 병이 났는데, 계속해서 풍토병과 접촉하였고 음식이 맞지 않았기 때문이다. 객중의 근심과 괴로움에 내 몸이 편치 않음과 어찌 다르겠는가? 그러나 만일 평소에 허접한 옷과 열악한 음식으로 풍상風霜을 충분히 겪었다면, 비록 이와 같은 여행의 괴로움을 당하더라도 반드시 참아낼 수 있었을 것이지만, 지금 이런 것은 필시 평소의 생활이 너무 편안했기 때문에 초래된 것이다. 그래서 모든 무관에게 말하기를 "혹시 예상치 못한 전쟁이 일어나면 그대들이 어떻게 비바람에 시달리고 무기를 무릅쓰는 어려운 시기를 견뎌낼 수 있겠는가? 이것을 경계로 삼아야 하는 것이 마땅하다." 라고 하였다.

乍陰乍晴雨注半夜東北風. 留壹歧島. 渡海以後. 各房裨將. 多有疾病. 以其瘴嵐之連觸. 飮食之不適也. 客中愁悶. 何異自己之不寧. 雖然若於平日. 惡衣惡食. 飽經風霜. 則雖當如許行役. 必能耐遣. 而今乃若此者. 其必由於恒居剩便之致. 因謂諸武弁日. 脫有不虞之兵革. 則君輩其何可堪過於櫛沐風雨. 衝冒矢石之時乎. 以此戒之爲宜矣.

26. 아이노시마藍島 1763년12월3일. ~12월25일)

맑고 서풍이 불었다. 밤에는 비가 뿌렸다. 오전 9시쯤에 출발하여 밤 11시쯤에 아이노시마藍島에 도착했다.

해가 뜬 뒤에 대마도주가 배를 운행할 것을 요청해 와서, 곧 배를 타고 출발하였다. 부산에서 사스우라佐須浦를 건너오기까지 4백 80리, 쓰시마의 후츄府中(이즈하라)에서 이키노시마까지 4백 80리, 이키노시마에서 아이노시마를 건너오기까지 3백 50리가 되니, 이것이 이른바 3개의 큰 바다이다. 3개의 큰 바다 중에 아이노시마의 거리가 조금 가깝다고 말하지만, 실제로는 두 바다의 거리에 뒤처지지 않는다. 암초가 어지럽게 바다 가운데에 많이 숨어 있어 물빛이 그 돌 때문에 검푸르다. 아이노시마라고 이름을 삼은 것도 아마 반드시 이 때문일 것이다. 그래서 건너기가 험난한 것이 두 바닷길보다 배가 된다. 이것이 예로부터 통신사의 행차 때 더욱 경계하고 두려워한 곳이다. 포구를 나오자마자 그 험한 것이 진실로 와니우라鰐浦의 바위 모서리보다 더 심했다. 물이 치솟고, 물결이 맴돌아 부딪쳐 솟구치고 굽이쳐서 다시 맴돌아 배를 다루기 힘들 때쯤, 예인선의 줄을 끊어 우리 배가 가로 놓이게 되었다.

다행히 뱃머리를 돌려 앞으로 가게 되었는데, 갑자기 뒤에 있던 삼기선三騎船의 포 쏘는 소리가 들리더니 기를 휘두르며 안쪽으로 들어왔는데, 아마도 반드시 일이 생겨서 그럴 것이다. 놀라고 걱정하는 마음을 어찌 감당할 수 있겠는가?

선장과 사공을 불러 우리 배가 돌아갈 수 있는지 여부를 물었다. 그랬더니 말하기를 "조수가 막 물러가고 파도가 매우 거세어 형편상 어찌할 수 없습니다."라고 하였다. 마침내 어쩔 수 없이 전진하면서 돌아보니, 삼기선이 돛을 달고 따라오고 있었다. 나중에 비로소 듣게 되었는데, 치목鴟木에 붙은 분판分板 세 개가 수중의 파도에 떨어져나갈 무렵에 고쳐 꽂기가 어렵게 되어 남은 원기둥으로 근근이 지탱하며 바다를 건넜는데, 마치 우리 배가 사스우라를 건너던 때와 같았다고 하였다. 다행함을 어찌 말로 할 수 있겠는가?

오후부터 서풍이 거세게 불어 배의 운항이 매우 빨라져 밤 9시쯤에 포구에 들어왔다. 부두와의 거리는 4~5보에 불과하였다. 이미 배를 매고 다리를 설치했을 거라 생각했는데, 잠깐 눈을 돌리는 사이에 역풍이 불어 배가 떠밀리고 말았다. 상황을 물어보니, 이미 5리가량 밀려났다고 한다.

간신히 험한 바다를 건너 겨우 선착장에 배를 댈 수 있었는데, 갑자기 이처럼 밀려난 것은 진실로 기이하고 놀라운 일이다. 이에 쇠닻을 내리고 여러 사람의 힘으로 노를 잡았지만, 바람의 기세가 너무 나빠 한 치도 나아갈 수 없었다.

불화살을 여러 번 쏘고 등불을 연이어 휘둘렀으나, 이미 기다리고 있는 예인선이 하나도 구하러 오지 않았고, 먼저 닿은 우리 일행의 배도 비록 대응하여 포砲를 쏘기는 했으나 역시 와서 구해 주는 자가 없었다. 칠흑 같은 밤중에 멀리 표류될까 걱정이 되었다. 작은 배 한 척에 통사通事를 태워 보내 예인선을 급히 불렀더니, 5~6척이 비로소 와서 우리 배를 당겨주었다.

선착장에 들어와 배를 대니, 거의 밤 1시쯤이었다. 부기선副騎船도 선착장에 거의 대었지만 또한 깜깜한 밤중이라 예인선이 없었다. 그래서 잘못하여 바닷가에 걸려 배 앞이 솟고 뒤는 낮게 가라앉아 움직이지 않았다. 또 물이 치목의 구멍으로 들어와 배 아래쪽이 잠겨, 모두가 황망하여 어찌할 바를 몰라 했다.

부사가 급히 작은 배로 갈아타고 빠져나와 언덕 위에 올라 앉아, 짐을 운반해 내리도록 독촉하니 더러는 작은 배에 옮겨 실은 것도 있고, 더러는 물속으로 잘못 던져진 것도 있었으며, 배 위쪽에 있는 것은 겨우 옮겼지만 아래쪽의 잡물은 거의 다 젖었다고 한다. 놀란 그들의 마음을 어찌 내 자신이 당한 것과 우열을 가릴 수 있겠는가?

내려서 관소에 들어가니, 부사와 종사관이 이미 모여 있다가 서로 손을 잡고 함께 위험했던 순간을 말하였다.

내가 말하기를 "부선副船은 언덕에 부딪쳐 예단 봉물禮單封物이 손상되었는데, 더러는 젖기도 하고 더러는 잃어버리기도 하였다. 겉모습만 보면 비록 매우 중대한 것 같지만, 실제로는 언덕 위에 걸려 있었고, 비록 어두운 밤 조수가 밀려나온 까닭에 급박하고 놀랐지만, 반드시 죽고 사는 걱정은 없었을 것이다. 삼기선三騎船으로 말할 것 같으면, 치목의 원기둥만으로 험한 바다를 건넌 것이니, 참으로 뜻밖의 행운이었다. 그 위태로움이 부기선副騎船에 비할 바는 아니었다. 내가 탄 배가 만난 것은 두 배에 비해 오히려 훨씬 쉬워서 비교해 의논할 수 없다." 라고 하였다.

큰 바다를 건넌다는 것은 진실로 모두 위험한 지경에 다가가는 것인데, 위험을 만나는 것이 깊고 얕음을 비교하는 것은 도리어 가소로운 일이다. 통신사 행차 때에는 바닷길의 예인선이 비록 많고 적음의 차이는 있었지만. 혹여 아예 없었던 적은 없었다. 그래서 아이노시마藍島에 도착할 무렵에는 무진년에도 오히려 바다를 뒤덮고 수십 리 밖까지 마중을 나왔다고 하기에 그때와 같으리라 생각했었다.

포구에 들어서며 멀리 선착장을 바라보니, 예인선을 대령하여 각각 문자로 쓴 표지를 달고, 등불을 밝히고 벌려 놓았다. 그런데도 하나의 예인선도 맞이하러 오지 않아 이런 사단에 이르게 하였으니, 진실로 그 연유를 알 수가 없다. 수석 통역관 등을 시켜 쓰시마주의 봉행과 재판裁判을 나무랐더니, 저들이 말하기를 "우리들이 이미 호행관護行官이 되었으니, 감히 힘을 다하지 않을 수 있사옵니까 만은, 이 일은 바로 지쿠젠노쿠니筑前州의 소관이어서 해당 노쿠니州(지방)의 봉행에게 예인선을 보낼 것을 발을 구르며 꾸짖고 잇달아 독촉하였지만, 끝내 움직일 뜻이 없었습니다. 그래서 일기선이 거의 표류할 뻔하였고, 부기선이 부딪쳐 부서지게 하였으니, 우리들이 호행을 잘못하여 초래한 것입니다. 황공할 따름입니다."라고 하였다.

또 수석 통역관에게 지쿠젠노쿠니의 봉행을 문책하게 하였더니, 저들이 말하기를 "가지런히 줄지어 기다린 예인선이 실제로 수백 척이 넘었지만, 사신행차의 배가 이미 순풍에 돛을 달았기에 작은 예인선이 앞을 막으면 내리 덮칠까 걱정이 되어 내보내지 못하였습니다."라고 하였다. "불화살과 조총을 연달아 쏘아 두려워서 보내지 못했습니다."라고도 하였다. 또 "돛을 내리지 않으면 마땅히 배가 끌어당겨지지 않습니다."라고 하니, 이것은 모두 말도 되지 않는 소리이다. 하지만 우리 배 5척은 이미 포구 밖에서부터 돛을 내렸고, 다만 부기선만이 앞

돛을 반쯤 내렸으니, 돛을 내리지 않았다고 할 수 없을 것이다. 가령 돛을 내리지 않았다고 하더라도 분간하기 어려운 캄캄한 밤중에 어떻게 미리 알아서 마중하러 나오지 않았단 말인가?

불화살과 조총은 이전의 통신사 행차 때부터 사용하던 것으로, 무진년에도 아이노시마藍島에서 모두 사용하였으니, 두려워서 나오지 않았다는 것은 그 또한 근거가 없는 것이니, 그들이 하는 말은 모두 핑계이다. 그 사이에 무슨 까닭이 있는지 모르겠지만, 이리저리 생각하고 헤아려 봐도 진실로 알 수 없는 노릇이다. 왜인의 법에 만일 우두머리의 말이 없으면 비록 당연히 해야 할 일도 끝내 실행하지 않는다고 하니, 이른바 지쿠젠노쿠니 봉행奉行이 혹시라도 술에 몹시 취해 고꾸라지고 인사불성이 되어 미처 감독하지 못하여 그런 것이 아닌가?

일찍이 들었는데, '우리 통신사행이 행차하는 길 중에서 오직 지쿠젠노쿠니의 인심이 매우 거칠고 사납기 때문에 비록 쓰시마주 사람처럼 통신사의 행차를 빙자하여 여러 고을을 위협하고 공갈하는 것으로도 오히려 감히 제어하지 못한다.'라고 하였다. 진실로 이 땅의 인심이 다른 곳에 비해 더욱 악한 것은 알고 있었지만, 객관客館의 모든 음식으로 말할 것 같으면 이키노시마에 비해 더욱 풍성하게 차렸으면서도, 어째서 유독 이미 기다리던 예인선 때문에 스스로 대접을 잘못한 죄를 초래하는가?

그 실정을 궁리해 봐도 알 수 없으니, 일의 형편상 내가 알아서 일을 살피지 못한 탓으로 돌리기로 했다.

지쿠젠노쿠니 태수松平筑前州太守 마쓰다이라 쓰쿠타카源繼高(黑田繼高, 1703~1775. 1719년에 후쿠오카번 구로다가黑田家의 제6대 번주)가 기한 보다 앞서 사람을 보내어 준례대로 삼중杉重을 올렸지만 모두 다 받지 않았고, 매일 받는 필요한 물품 또한 모두 물리쳤다. 쓰시마주 태수가 사람을 보내 안부를 묻고, 호행護行을 잘못한 것을 스스로 사죄하였다. 그리고 쓰시마주의 봉행奉行과 재판裁判의 무리들도 모두 와서 사죄하였다. 그래서 태수에게는 온화한 말로 답하였지만, 봉행의 무리들에게는 수석 통역관을 시켜 연달아 꾸짖어 타일렀다.

오늘은 3백 50리를 왔다.

晴西風夜雨灑. 巳時發船. 三更到藍島. 日出後島主送言請行. 故卽爲乘船而發. 自釜山渡佐須浦爲四百八十里. 自馬島府中至壹岐島爲四百八十里. 自壹岐島渡藍島爲三百五十里. 此所謂三大海. 而三大海中. 藍島之途里. 雖云稍近. 其實則不讓於兩海. 而亂石多伏於海中. 水色以之而青黑. 藍島爲名. 其必以是. 而渡涉之艱險. 有倍於兩海. 此從古信行之尤爲戒懼處也. 纔出浦口. 則其爲險也. 誠有過於鰐浦石角矣. 水激浪春. 澎湃灣洄. 正難制船之際. 曳船絕索. 我船橫指. 幸得回頭向前. 而忽聞在後之三騎船. 放砲而揮旗向內. 其必有事端而然矣. 驚慮曷勝. 招船將沙工. 問其我船之可回與否. 則以爲潮水方退. 波濤極盛. 勢無可奈何. 遂不得已前進. 回顧三騎船懸帆而來. 始聞鴟木所付之分板三立墮落. 水中波濤際. 改揷爲難. 以所餘之元柱. 僅僅支撑而涉海. 有若余船之渡佐須浦時云. 其幸何言. 自午後西風緊吹. 舟行甚迅. 二更初入浦口. 距船倉不過四五步矣. 意謂已繫舟而置橋矣. 轉眄之頃. 風逆而船退. 問之則已退五里許矣. 艱涉險海. 幾泊船所. 而倏此退逐者. 誠可怪訝. 於是下鐵碇. 衆力執櫓. 而風勢甚惡. 寸進不得. 多發火箭. 連揮燈燭. 而旣待之曳船. 一不來迎. 我船之先泊者. 雖發應砲. 亦無來救者. 漆夜之中. 不無遠漂之慮. 得一小船. 載送通事. 急呼曳船. 則五六隻. 始爲來挽. 入泊船所. 夜幾四更矣. 副騎船幾泊船所. 而亦無曳船之故. 昏黑之夜. 誤掛海岸. 前高後低. 橫着不動. 水入鴟穴. 浸沒下裝. 上下遑忙. 罔知攸爲. 副使急乘小艇. 下坐岸上. 促令運下卜物. 或有移載於小船者. 或有誤投水中者. 上裝之衣籠. 僅得移運而下裝之雜物. 幾盡浸濕云. 其爲驚心. 何間於自己當之也. 下入館所. 副從使已團會矣. 相與握手. 共說危境. 余以爲副船觸岸. 致傷禮單封物. 或沾或失. 外面觀之. 雖似較重. 其實則掛在岸上. 雖以夜昏潮進之故. 蒼黃驚悸. 而必無死生之慮矣. 至於三騎船. 則只以鴟木元柱. 能涉險海者. 誠僥倖耳. 其所危殆. 不啻如副騎船. 至於上船所遭. 比

兩船猶屬歇後. 不可擬議也. 渡涉滄溟. 固皆瀕危之地. 而比倣所遭淺深者. 還可笑也. 信行時沿路曳船. 雖有多寡之別. 未嘗或闕. 而至若藍島. 在戊辰亦尙蔽海而出迎於數十里之外云. 故意謂如前. 及入浦口. 望見船所. 則曳船待令. 各書字表. 明燈羅列. 而一不來迎. 致此事端. 誠莫曉其故也. 使首譯等責諭馬州奉行裁判等. 則渠輩以爲吾等旣是護行官. 敢不盡力. 而此是筑前州所管. 該州奉行處. 以曳船出送之意. 頓足呵叱. 連爲督促. 而終無動意. 以致一騎船之幾漂. 副騎船之觸傷. 莫非俺等不善護行之致. 惶恐云云. 又使首譯輩. 詰問筑州奉行. 則以爲曳船整待. 實過數百隻. 而使行旣已順風掛帆. 故小船當前. 恐有壓覆之慮. 不得出送. 又以爲連發火箭鳥銃. 故恐㤼不送. 又以爲帆席未下. 例不曳船. 此皆不成說話矣. 五船自浦外已爲下帆. 只於副騎船前帆半下. 則不可謂不下帆矣. 假令不下帆. 漆夜難分之際. 何可預知. 而不爲出迎乎. 火箭鳥銃. 自前信行時例用者. 戊辰. 藍島亦皆用之. 恐㤼不出者. 其亦無據矣. 其所爲言. 俱是托辭. 未知其間. 有何曲折. 而左思右量. 實未可知也. 倭人之法. 苟無頭領之言. 則雖是當然之事. 終不擧行. 所謂筑州奉行. 無或泥醉昏倒. 不省人事. 未及董飭而然耶. 曾聞此行歷路之中. 惟筑前州之人心. 極爲妄毒獰悍之故. 雖以馬州人之憑藉使行. 威喝列州者. 猶不敢制云. 固知此土人心之比他尤惡. 而至於客館凡需. 比壹歧島尤爲豐備. 何獨以旣待之曳船. 自速失待之罪耶. 究其情而不得. 勢將歸之於醉不省事之科矣. 松平筑前州太守源繼高. 前期送留使者. 例呈杉重. 而並皆不受. 日供亦皆退却之. 馬州太守送人問候. 以不善護行. 自爲摧謝. 馬州奉行裁判輩. 並來摧謝. 故於太守. 以溫言答之. 於奉行輩. 使首譯連加責諭. 是日行三百五十里.

1763년 12월 4일

잠깐 흐리다가 잠깐 개기도 하였으며, 또 더러 비가 오기도 하고 눈도 내렸다. 서풍이 불었다. 아이노시마藍島에 머물렀다.

부기선에 실은 예단禮單 가운데 생저포生苧布와 흑마포黑麻布가 대부분 물에 젖었기에 빨아서 볕에 말렸는데, 선물로 주기에는 충분하였다. 이것은 다행한 일이다. 그런데 노잣돈 가운데 소소한 것은 더러는 잃기도 하고 버리기도 하여 남은 것을 수습하였더니, 흡사 도둑맞은 집에 오히려 남은 것이 있는 듯하여 꼴이 매우 근심할 만하였다. 개인이 준비한 예단禮單은 당연히 노잣돈에서 나오는 것이지만 남은 것을 맞추어 보았더니, 가끔 모자라는 것이 있었다. 그래서 상방上房에서 남은 것으로 꿰맞추어 보냈더니 겨우 모양을 이룰 수 있었다. 다시 마치 불난 집에 남의 도움을 받는 것 같았다.

비장 · 원역 중에 그날 부기선에 승선하여 난국을 만난 사람들 중에서 마치 둥지를 잃어 버린 것 같이 편안히 앉아 있지 못하기에, 부사 이하 10여 명이 정사, 부사, 종사관의 삼방三房에서 그들의 아침 · 저녁 식사를 나누어 먹이고, 또 아래 병사들은 부복선副卜船으로 보냈다. 우환이 있을 때 에 피하여 옮겨가고, 난리 중에 빠르게 도망가는 것 같이 보여 매우 근심스럽고 통탄할 만하였다.

부기선의 제작이 원래 정밀하지 못하여 곳곳에 대부분 쇠못을 박았지만, 지금은 부서진 물건이 되어 형편상 개조해야 한다. 그래서 무진년에 왜선倭船을 빌려 사용한 전례에 따라 쓰시마 봉행에게 지쿠슈筑州의 큰 배 1척을 빌려오게 하여 짐을 옮겨 실었다.

내가 이키노시마를 건널 때 직면한 상황이 위태롭고 두려웠는데, 만일 임금에게 장계를 올린다면 반드시 구중궁궐이 놀라서 들썩거릴 것 같아 처음에 그 내용을 빼려고 하였다. 하지만 지금은 부기선이 이미 파손되어 왜선을 빌려 사용하기에 이르렀으니, 일의 이치상 앞으로 다른 사람을 거쳐서 듣게 될 상황이었다. 그래서 이키노시마의 일까지 함께 포함시켜 장계의 초안(장계초안은 아래에 있다)을 만들었다. 통신사가 타는 배는 대개 5백여 명이나 관계가 된다. 그 제작이 진실로 대단히 정밀해야 한다. 그런데 전혀 마음을 쓰지 않아 처음부터 작은 틈이 많았다. 이것은 애초부터 너무 소홀하고 엉성하였기 때문이다. 치목鴟木으로 말할 것 같으면, 배에서 가장 중요한 물건인데도 대부분 가로로 자른 재목으로 구차하게 숫자만 채웠기 때문에, 바다를 건넌 뒤 치목이 세 번 부러지고, 분판分板이 두 번 떨어져 나갔다. 그래서 감조 차사원監造差使員에게 죄를 주라는 뜻으로 지난번의 장계에서 이미 거론하였고, 이번에도 언급하였으며, 배를 만들 때 내외의 감색 선장監色船將 · 도이장都耳匠 · 좌우변장左右邊匠과 치목을 작별할 때의 감색까지도 함께 동래부에 잡아 가두어 우리 통신사행이 돌아갈 때까지 기다리도록 경상감사와 통제사統制使에게 공문서를 보냈다.

진실로 많은 사람이 감옥에 갇히면 여러 고을에 폐를 끼친다는 것은 알지만, 이렇게 하지 않으면 훗날을 징계하고 권면할 수 없다. 그래서 앞으로 더욱 경계하고 권면하고자 하였지만, 과연 경계할 수 있을지는 모르겠다.

각 배의 치목을 옛날에는 6부部로 정하였고, 무진년 때에는 줄여서 4부로 하였으며, 작년 부제학副提學 서군수徐君受(서명응)가 정사正使였을 때에는 줄여서 2부로 하였다. 이번 통신사행이 떠날 즈음에 부사가 나에게 치목을 더 만들자고 말을 전하였지만, 급한 일이 닥쳐 충분한 수효를 만들지 못하고, 다만 3부만 만들어 바치게 하여 기선騎船 3척에 각 1부씩을 보태었다. 만일 이와 같이 하지 않았다면 사스우라佐須浦를 건널 때에 부기선의 치목이 두 번이나 부러진 것을 어떻게 교체하여 정비했겠는가?

치목 1부의 무게가 2천근에 가까우니, 배마다 6부씩 실었다면, 생각하건대 정말로 무거웠을 것이다. 옛사람이 어찌 이것을 몰라서 많이 실었겠는가? 치목을 반드시 많이 실은 것은 대개 매우 경계하고자 함이 있어서이다.

그런데 요즈음의 정황은 다만 눈앞의 폐단만 위할 뿐이니, 아마도 또한 옛사람의 뜻과 다를 것이다. 쓰시마주 재판裁判이 지쿠슈 봉행筑州奉行 미나모토 나오히로源直寬(鍋島直寬, 1746~1773, 히젠하스노이케번 제6대 번주) · 예선 차지曳船次知 미야모토 다이토宮本帶刀란 자와 함께 와서 문 밖에 서서 황공하여 죄를 기다린다고 하였다. 수석 통역관에게 엄중히 꾸짖게 하고 용서하지 않았다.

저녁에 수석 통역관 최학령崔鶴齡으로 하여금 쓰시마 태수에게 사람을 보내어 기해년과 무진년 두 통신사행이 이 섬에 있을 때 대마도주와 서로 마주앉은 예를 인용하여, 그가 와서 보도록 청하게 하였다. 그러자 대마도주가 '삼가 전례에 의거하여 나아가 알현하겠습니다.'라고 하였다고 한다.

乍陰乍晴或雨灑雪西風. 留藍島. 副騎船所載禮單中生苧布黑麻布. 多有浸濕. 故洗濯曝晒. 則足以贈給. 此則可幸. 盤纏中小小者. 或失或棄. 收拾所餘. 殆若遇賊之家. 猶有所餘. 而景像則頗愁絶矣. 私禮單例出於盤纏而考準所餘. 或有不足. 故以上房所餘. 推移劃送. 僅可成樣. 更如灰燼之家. 受人扶助也. 裨將員役之伊日在副船而遭亂者. 有若失巢. 未能安坐. 故副使以下十餘員. 自上三房分饋朝夕. 下卒付之副卜船. 又若憂患際避接. 亂離中奔竄者. 所見極可愁痛. 副騎船製作. 本不精緻. 到處多着鐵釘. 而今則便成破物. 勢將改造. 故依戊辰年借用倭船之例. 使馬州奉行. 借出筑州大船一隻. 移載卜物. 余渡壹岐島時所遭. 極其危凜. 而若登狀聞. 則必致九重之驚動. 故初欲闕之. 今則副騎船隻. 旣已致傷. 至於借用倭船. 則其在事理. 勢將轉聞. 故並擧壹岐島事. 搆成狀啓狀草在下草. 而信行船隻. 蓋爲半千人命之所關. 則其所製作. 固宜十分精緻. 而全不致意. 初多微隙. 此已萬萬疎迂. 至於鴟木. 一船最緊之物. 而多以橫節之材. 苟且充數. 以致渡海後三折鴟木. 再落分板. 監造差使員論罪之意. 曾已擧論於狀聞中. 而今番亦攙及之. 至於造船時內外監色船將都耳匠左右邊匠. 鴟木斫伐時監色. 並令捉囚萊府. 以待回還時之意. 移關于嶺伯統制使. 固知多人之移囚. 貽弊列邑. 而不爲此. 則無以懲礪於後日. 故將欲大

加飭礪. 未知果有勅否也. 每船鴟木. 古則以六部爲定. 戊辰年減爲四部. 昨年徐副學君受爲正使時. 減爲二部. 臨行副使送言于余. 欲爲加造. 以臨急之致. 未能優數. 只卜定三部. 各添一部於騎船三隻矣. 苟不如是. 則渡佐須浦也. 副騎船再折鴟木. 將何以改備乎. 鴟木一部重近二千斤. 每船各載六部. 則卜果重矣. 古人豈不知此. 必爲多載者. 蓋爲致愼之地. 而近來之見. 只爲目下之弊. 其亦異乎古人之意矣. 馬州裁判與筑州奉行源直寬曳船次知宮本帶刀者. 來立門外. 惶恐待罪云. 使首譯嚴責而不赦之. 夕間使首譯崔鶴齡. 送伻于馬州守. 援引己亥戊辰兩行時. 在此島與島主相接之例. 請其來見. 島主以爲謹當依例進謁云矣.

1763년 12월 5일

가끔 흐리기도 하고 가끔 비가 오기도 하고, 동풍이 불었다. 아이노시마藍島에 머물렀다.

지쿠슈 봉행 등이 또 문밖에 와서 사죄하고 또 뜰에 들어와서 하소연하려 하였다. 수석 통역관들이 정사의 권위와 명령이 엄중하다면서 우선 기다리라고 답하였다. 저들이 말하기를 "예인선을 담당한 자는 반드시 죽을 죄를 받아야 하지만, 우리들은 맡은 바가 각각 다르니, 상상관上上官(통역관)은 사신에게 잘 아뢰어 억울함을 풀어주기를 원합니다."라고 하면서, 밤낮으로 문밖 금도청禁徒廳에서 기다리겠다고 하였다.

예전에 들었는데, 무진년 통신사 행차 때 삼대대장杉大代藏 스기무라 나카平誠一가 호행 정관護行正官으로 도쿄江戶에 따라갔는데, 아카마가세키赤間關를 건널 때에 따라오던 히젠노쿠니肥前州 배가 통신사 행차의 배를 잘못 들이받아 배 난간이 파손 되었다. 배에 있던 왜국 통역관이 역관 최학령에게 부탁하여 말하기를 "마땅히 꾸짖어야 한다."라고 하자, 학령이 곧, 잘 살피지 않았다고 꾸짖었더니, 쓰시마주 통역관 및 스기무라 나카가 이것을 보고 마치 아주 귀한 물건을 얻은 것처럼, 통신사행을 빙자하여 협박과 공갈이 미치지 않은 바가 없었다고 한다.

그 뒤에 최학령이 왜관倭館에 갔더니, 그때의 왜국 통사가 말하기를 "지난해에 정관 스기무라 나카가, 히슈肥州 사람이 통신사행의 배를 잘못 들이받은 것을 가지고 출참 봉행出站奉行을 위협하여 뇌물을 만금萬金이나 받았습니다. 처음에는 그의 자결을 허락해 주었으나, 받은 뇌물을 나누어 주지 않고 그가 독식하여 근거가 없도록 만들었습니다. 이 때문에 비난이 사방에서 일어나고, 또 그에게 죄과가 많이 있어 이미 봉행에서 교체되고 영영 쫓겨났습니다."라고 하였다 한다.

대개 왜인의 법은 죽을 죄를 범한 자라도 자결하면 오히려 그 직책을 세습世襲할 수 있고, 형벌을 받으면 그 자손까지 영영 쫓겨나기에 자결도 뇌물을 바쳐서 한다고 한다. 참으로 해괴한 일이다. 이것으로써 말하건대, 이번 예인선의 대응을 잘못한 자에게 그것을 빙자하고 공갈협박하여 뇌물을 취하는 쓰시마 사람이 또한 있을 것으로 생각되지만, 참으로 금지하기 어려운 형편이니, 더욱 통탄할만하다.

수석 통역관의 말을 들어보면, "지쿠젠노쿠니 태수가 지금 도쿄에 있는데, 출참 봉행出站奉行이 예인선을 잘못 대응한 일을 가지고 앞서서 그의 태수에게 급히 알리려 하였고, 쓰시마주 태수도 이 예인선이 잘못 대응한 일 때문에, 짐을 싣는 배를 빌려 주자는 생각으로 막부에 보고하였으니, 예인선을 담당한 자는 중죄를 입을 것입니다."라고 하였다. 하지만 저 사람들의 논죄論罪 여부를 또 어찌 알 수 있겠는가?

얼마 뒤에 들으니, 지쿠슈 사람은 '먼저 출발한 쓰시마 통역관이 일부러 불화를 일으키려고 잘 지휘하지 않고, 잘 해명하지도 않아, 이것을 빙자하여 뇌물을 요구하는 것이 매우 많았다.'라고 하였다. 쓰시마 사람은 '지쿠슈는 본래 매우 사납고 간악한데, 이번 예인선의 대응을 잘못한 일 때문에 겨우 그 눈썹 하나를 뽑았다.'라고 하였다 한다. 지쿠슈 사람이 쓰시마주 사람에게 미루어 핑계 대는 것은 비록 기준에 비추어 봐도 믿을 수 없으나, 쓰시마주 사람이 빙자하여 뇌물을 취하는 것은 증명할 수 있다.

或陰或雨東風. 留藍島. 筑州奉行等. 又到門外謝罪. 又欲入庭白活. 首譯輩以使道威令方嚴. 姑爲等待之意答之. 則渠輩以爲. 曳船次知者必當罪死. 而吾輩則所掌各異. 惟願上上官. 善爲陳白於使行. 得蒙解釋云. 而晝夜等待於門外禁徒廳云矣. 曾聞戊辰使行時杉材大藏平誠一. 以護行正官. 隨往江戶. 而渡赤間關時. 肥前州船隻之隨來者. 誤觸使行船. 自傷其船裝欄干. 則在船之倭通詞. 囑於譯官崔鶴齡曰. 宜加呵叱. 鶴齡乃以不善詳審之意責之. 則馬州通詞及平誠一. 見此如得奇貨. 憑藉使行. 脅迫嚇喝. 無所不至矣. 伊後鶴齡往倭館. 則其時倭通詞以爲. 向年正官平誠一. 以肥州人誤觸使行船事. 威脅其時出站奉行. 受賂萬金. 而始許其自裁. 所受賂物. 不爲分派. 渠自獨食. 極爲無據. 以此咎責四起. 且渠多有罪過. 已爲改差奉行. 而永廢之云云. 蓋倭人之法. 犯死罪者自裁. 則猶可以世襲其職. 被刑則永廢其子孫. 故自裁者猶且納賂而爲之云. 誠可怪駭. 以此言之. 今番曳船之失待者. 馬州人之憑藉恐喝. 徵索賂物者. 想亦有之. 而其勢誠難禁止. 尤可痛也. 聞首譯之言. 則以爲筑前州太守. 方在江戶. 出站奉行. 以曳船失待事. 將爲馳報於其太守. 馬州太守亦以此曳船失待之由. 卜船許借之意. 報于東武. 曳船次知者. 當被重罪云云. 而彼人之論罪與否. 又何可知也. 追聞之. 筑州人則以爲馬州通詞之先行者. 故欲生梗. 不善指揮. 以致失待. 而藉此徵索甚多云. 馬州人則以爲筑州素甚獰悍. 今因失待. 僅拔其一眉髮云. 筑州人之推諉於馬州人. 雖未可準信. 馬州之憑藉而索賂. 亦可驗矣.

1763년 12월 6일

맑고, 북풍이 불었다. 아이노시마藍島에 머물렀다.

쓰시마 태수가 온다고 했다가 오지 않고, 병에 걸렸다고 핑계를 댔다. 얼핏 들었는데, 단지 태수가 스스로 겸연쩍어 할 뿐만 아니라, 혹 서로 볼 때에 난처한 일이 많이 생길까 걱정하여 의심을 품고 결정하지 못하였다고 한다. 그래서 수석 통역관에게 말을 전하게 하여 일의 이치가 그렇지 않을 것이라고 타일렀더니, 내일 마땅히 와서 뵙겠다고 답하였다고 한다.

대개 이 섬의 예인선은 비록 지쿠슈筑州의 소관이지만, 통신사의 호행은 오로지 쓰시마 태수가 맡은 직책이니, 바닷길에 예인선이 마중 나오지 않은 것 역시 쓰시마 태수의 책임이 아니겠는가? 비록 그렇지만 이미 호행하는 주인으로 앞으로 만 리 바닷길을 동행해야 하는데, 만약 도쿄江戸에 가서 처벌을 받게 한다면 손님의 마음이 어찌 편안할 수 있겠는가? 게다가 저 사람들의 실정은 동에 번쩍 서에 번쩍하여 헤아리기 어렵다. 그래서 지쿠슈와 쓰시마 두 주에 나란히 허물을 돌릴 필요가 없었다.

내 뜻은 이러했지만 쓰시마 태수는 지나치게 의심하고 걱정하여 오지 않겠다는 뜻을 보내왔다. 수석 통역관에게 너그러이 용서하겠다는 뜻을 넌지시 보이게 하였더니, 비로소 와서 만나겠다는 말을 하였다.

왜인을 접대하는 도리는 진실로 처리하기 어려운 단서가 제법 있으니, 마땅히 더욱 깊이 헤아리고 두루 생각한 뒤에야 비로소 불화의 단서가 생기지 않을 것이다. 만약 일의 형세를 살피지 못하고 한갓 위엄과 공갈을 쓴다면 일을 이루지 못할 뿐만 아니라, 도리어 업신여김을 당하게 될 것이다. 이것은 손자의 병가兵家에서 이른바 '남을 알고 자기를 안다는 것은 어렵다'는 것이다.

晴北風. 留藍島. 馬州守謂來不來. 托以感疾. 側聞之. 非但自爲慊然. 或慮相見時多發難處之事. 持疑不決云. 使首譯送言. 諭其事理之不然. 則答以來日當來見云. 蓋此島曳船. 雖是筑州所管. 信使護行. 專管馬州守職掌. 則沿路曳船之不迎. 亦安得非馬州守之責乎. 雖然旣已護行之主人. 且同萬里之海路. 若致罪科於江戶. 則在客之心. 寧可安乎. 且彼人情狀. 閃忽難測. 亦不必并爲歸咎於兩州. 吾意如此. 而馬州守則過加疑慮. 顯有趑趄不來之意. 使首譯微示寬恕之意. 則始有來會之言. 接倭之道. 固多有難處之端. 尤宜熟量而周思. 然後可無生釁之端. 若或不諒事勢. 徒以威喝. 則非但不得成事. 反歸於見侮之科. 此兵家所謂知彼知己之難也.

1763년 12월 7일

맑고, 동풍이 불었다. 아이노시마藍島에 머물렀다.

정오쯤에 쓰시마 태수가 보러 왔다. 쓰시마 태수가 올 때면 항상 이테이안以酊庵 승려가 따라왔다. 이는 준례이다.

우리 세 명의 사신이 대청 밖에 나가 서로 읍하고 맞아 들였다. 자리에 앉은 뒤에 이전처럼 두 번 읍하는 예를 행하고, 일전에 예인선이 대응을 잘못한 것과 부서진 부사의 배를 개조하는 일로 필담筆談(등본은 아래 있다)을 만들어 수석 통역관으로 하여금 쓰시마 태수에게 전하게 하였다.

쓰시마 태수는 받아서 펴 보지도 않고 그를 따르는 자에게 던져 주길래, 수석 통역관에게 다시 필담을 펴 보고 논의할 마음을 전하게 하였더니, 쓰시마 태수가 돌아간 뒤에 마땅히 자세하게 살펴서 보고하겠다고 하였다. 아마도 문자를 알지 못하기 때문에 펴 볼 수 없어서 그런 것일 것이다.

다시 독촉하고 싶었지만 어찌 마음에 들지 않는 이 땅에서 남을 곤란하게 하겠는가?

또 저 사람들은 모든 공적인 일을 즉석에서 결단하지 않고 반드시 사사로이 아주 자세하게 살펴 본 뒤에야 비로소 회답하니, 이것은 그 일의 형세가 또한 그럴듯하기 때문이다.

대마도주가 보러 오면 마땅히 술상을 차리는데, 마침 나라에서 금지하여 삼가 몸가짐을 조심하는 날이라서 단지 인삼차만 권하고 헤어졌다. 술상을 갖추어 그의 관소로 보냈다.

이키노시마를 건널 때에 부러져 떨어진 치목을 후쿠오카福岡에서 이 섬으로 옮겨왔기에 불태우게 하였다. 예인선을 잘못 대응한 자는 미리 쓰시마 태수에게 조사해 처리하게 하였고, 또 아울러 그 고을의 봉행奉行도 여러 날 죄를 조사하였기 때문에 그 나머지 일은 하나같이 고집하고 양보하지 않을 필요가 없어서 삼중杉重과 그날 그날 바치는 공물만은 바치도록 허락해 주었다.

내가 이 섬에 머문 지 이제 벌써 5일이 되었지만, 한 번도 왜국 차를 맛본 적이 없었다. 한밤중이 지나 화장실에 갔다가 돌아오니, 차를 다리는 스님이 잠을 자지 않고 촛불을 밝혀 차를 끓여 놓고 나를 기다리고 있는 것이 보였다. 내가 생각해보건대, 밤낮으로 명령을 받고 나를 기다렸는데도 한 번도 찾아 주지 않았으니, 그 애쓰는 것이 진실로 애석하였다. 그래서 억지로 한 잔을 달라 하여 맛보고, 이어서 부채 한 자루를 주었더니, 손을 모아 절하며 황송하게 사례할 무렵, 다른 다승茶僧이 와서 말하기를 "나는 정사의 방에 속한 다승이고, 이 자는 부사의 방에 속한 다승입니다. 내가 잠시도 떠난 적이 없다가 마침 촛불을 가지러 나갔는데, 그 사이에 대신 지키던 자가 이런 선물을 얻게 되었으니 한스럽고 한스럽습니다."라고 말하면서, 혀를 차며 애석해 하였다. 통역관이 마침 그 자리에 있다가 모든 일에는 운이 있는 것이라고 타이르니, 승려도 '그렇습니다, 그렇습니다'라고 하였다. 그것을 듣고 나도 모르게 배를 잡고 웃었다. 또한 본래 내 방에 속한 다승茶僧인 그에게도 부채 한 자루를 주었다.

晴東風. 留藍島. 午間馬州守來見. 馬州守有行. 則以酊僧輒隨之. 例也. 三使出廳外相揖而入. 就座後兩揖之禮如前. 以日前曳船之失待. 所傷副船之改造. 搆成筆談. 謄本在下 使首譯傳于馬州守. 馬州守受而不披覽. 替給其從者. 使首譯更傳以披覽相議之意. 則馬州守答以歸後當詳覽而仰報云. 其或以不識文字之故. 無可披見而然歟. 更欲督之. 而豈可困人於無聊之地乎. 且彼人凡於公幹. 未嘗卽地決斷. 必爲私自消詳而後. 始乃回報. 此其事勢亦似然矣. 島主來見. 則例設床杯. 而適値國忌齋日. 故只勸蔘茶而罷. 備送床杯于其所. 渡壹岐島時. 折落鷁木. 自福岡運置此島. 故使之燒火. 曳船失待者. 旣使馬島守査處. 且該州奉行. 累日待罪. 故他餘事. 不必一向相持. 杉重及日供. 許其來納. 余留此島. 今已五日. 而一未嘗倭茶矣. 夜分後如厠而歸. 見茶僧明燭煎茶. 待我不寐. 想其晝夜等待. 未蒙一索. 工夫誠可惜. 强尋一鍾而嘗之. 因給一扇子. 拜首乂手. 惶恐稱謝之際. 他茶僧來以爲我是上房茶僧. 是副房茶僧. 吾未嘗暫離. 適爲取燭而出. 其間代守者得此帖給. 可恨可恨. 咄咄不已. 通事適在座. 解之以有數存焉. 僧曰然矣然矣. 聞之不覺絕倒. 亦給一扇於本茶僧.

1763년 12월 8일

맑다가 밤에는 비가 왔고, 서풍이 불었다. 아이노시마藍島에 머물렀다.

장계를 오늘에야 비로소 봉하고 집 편지를 덧붙였다. 그리고 수석 통역관을 단단히 타일러 빨리 가는 배편에 보내게 하였다. 하지만 한겨울에 동남풍을 쉽게 만날 수 없으니, 빨리 전달되는 것은 기대하기가 어렵다. 쓰시마 태수가 필담에 대한 회답서(등본은 아래 있다)를 보내왔는데, 먼저 엎드려 사죄한다는 말을 하였고, 이어서 단단히 타일러 삼가한다는 뜻이었는데, 글이 능통하니 반드시 아사오카 이치가쿠紀蕃實가

지은 것이다.

정사, 부사, 종사관의 삼방三房이 힘을 합쳐 놀란 일을 진정시키는 잔치를 베풀었는데, 떡과 탕이 격졸格卒에게까지 내려졌다. 지쿠젠筑前 태수가 삼중에 생선반찬 네 상자를 보내왔기에, 호행 정관 · 재판 등에게 나눠 주었다.

晴夜雨西風. 留藍島. 狀啓今日始爲封裹. 付家書. 飭首譯使之出送飛船. 而深冬東南風未易得. 速傳難可期也. 馬州守送筆談回書. 謄本在下 先示摧謝之言. 繼以申飭之意. 書辭能通. 必是紀蕃實之所撰也. 三房合力. 設壓驚宴. 餅湯下及格卒. 筑前守送杉重魚饌四樻. 故分給護行正官裁判等處.

1763년 12월 9일

비가 쏟아지고, 서남풍이 불었다. 아이노시마藍島에 머물렀다.

언덕에 걸린 부사의 배를 저들과 우리의 많은 인력들이 부두로 끌어내려 그 파손된 곳을 찾으려고, 이틀간 물을 퍼냈으나 끝내 물이 마르지 않았다. 생각해 보았는데, 틈이 많이 나서 퍼내자마자 곧 스며들어 형편상 어찌할 수 없었다.

부사가 말하기를 "비록 왜선을 빌려 짐은 실었지만, 이 배는 바로 우리나라 기물입니다. 마치 오래 타고 다니던 병든 말을 다른 나라에 버리고 가는 것과 같아 진실로 슬프고 애석합니다. 저들에게 배를 수리하여 바치게 하고 돌아갈 때에 사용하도록 합시다."라고 하였다. 그래서 내가 말하기를 "과연 좋은 생각이오. 일단 그렇게 해 봅시다."라고 하였다.

앞에 이미 쓰시마 태수와 필담을 나누었고, 애초부터 수석 통역관들도 개조하기 어렵지 않다고 하였다. 그래서 해당 배의 선장船將 · 통사 · 사공 · 격군 등 20여명을 뒤처지게 하여 힘을 합해 개조하도록 하였다. 그런데 저들이 이제 갑자기 변명하며 '후일 배가 어떤 일을 일으킬지 아직 몰라, 개조하여 바치기 어렵습니다.'라고 하였고, 어떤 이는 '복선卜船(짐배)을 이미 빌려다 바쳤으니, 또 새로 제작할 필요가 없습니다.'라고 하였다. 그리고 어떤 이는 '이것은 다른 나라에서 전투하는 기물로 쓸 것이니, 제작하여 바칠 필요가 없습니다.'라고 하였으며, 온갖 방법으로 핑계를 대며 끝내 실행하지 않았다. 일의 상태가 죽을 만큼 애통하였다.

그래서 또 수석 통역관들을 시켜 두 주의 봉행에게 여러 차례 꾸짖어 타일렀더니, 마지막으로 와서는 "배를 수리하는 일은 할 수 있으나 개조는 결코 감당할 수 없습니다."라고 하였다. 더욱 통분할 일이다. 비록 장사치의 배라도 만일 다른 나라에서 파손되면 그 지방관이 당연히 모두 고쳐서 보내는데, 하물며 통신사 행차인데? 통신사 행차의 배를 일찍이 개조한 것이 있는지 모르겠으나, 또한 어찌 전례가 있고 없고와 관계가 있겠는가? 비록 우리나라 사람만 머무르게 하여 개조하게 하려 하였으나, 일의 형편이 편치 않아 내버려두었다.

교활한 왜국의 실정을 비록 갑자기 변화시키기는 어렵지만, 이 또한 모두가 수석 통역관 등이 타이르는 말을 잘 하지 못해 발생한 것이다. 그래서 함께 잡아들여 엄히 꾸짖었으나, 또한 어찌할 도리가 없었다.

雨注西南風. 留藍島. 副船之掛岸者. 以彼我人衆力. 挽下船滄. 欲知其毀傷處. 兩日汲水. 終未乾涸. 想其罅隙多出. 才汲旋漏. 勢莫可矣. 副使以爲雖借倭船而載卜. 此是我國器物. 有若久騎之病馬. 棄置他國而去. 誠可憐惜. 使彼人改造以納. 以爲還歸時使用之地云. 故余以爲果是好意思. 第爲圖之. 日前旣已筆談於馬島守. 自初首譯輩亦謂改造無難云. 故該船船將通事沙工格軍等二十人. 欲使之落後. 合

力造成之矣. 彼人輩今忽游辭. 以爲船隻之他日事變. 有未可知. 有難造納. 或以爲卜船. 旣已借納. 又不必新造. 或以爲此乃他國戰器. 不必製納. 百般稱托. 終不擧行. 情狀萬萬絕痛. 又使首譯輩累度責諭於二州奉行. 則末乃曰. 修補則可行. 而改造決不可當矣. 尤可痛也. 雖是商賈船. 若或破傷於他國. 則地方官. 例皆修改以送. 而況信行乎. 未知其信行船之曾有改造者. 而亦何係於前例之有無也. 雖欲獨留我人. 使之改造. 而事勢難便. 故置之. 巧黠之倭情. 雖難猝變. 亦莫非首譯等. 不能善辭開諭之致. 并拿入嚴責之. 而亦末由奈何矣.

1763년 12월 10일

흐리고, 서남풍이 불었다. 아이노시마藍島에 머물렀다.

일행의 원역員役이 각자 밥을 가지고 와서 관소에 식당을 만들었다. 관사館舍가 넓게 트인 것은 이키노시마壹岐島에 머물 때 보다 뛰어났다. 거의 천 칸이나 새로 지은 것은 웅장하고 화려하다고 할 만하다. 호행재판護行裁判 히라타 쇼자에몬平如任이 감귤 두 자루를 바쳤다.

陰西南風. 留藍島. 行中員役. 各自持飯. 設食堂于館所. 館宇之通闊. 有勝島. 近千間新造者. 可謂壯麗矣. 護行裁判平如任. 呈納柑子二俗.

1763년 12월 11일

아침에는 개고, 저녁 무렵에는 흐리고, 밤에는 비가 내렸다. 아이노시마藍島에 머물렀다.

어제와 오늘의 날씨는 배를 운행할 만하였지만, 배에 관한 일이 아직 결말이 나지 않았기에 떠나지 못하였다. 더욱 통탄할 만하다. 쓰시마 예전 태수 소 요시시게平義蕃가 부기선副騎船이 부서졌다는 소문을 듣고 특별히 비선飛船을 보내어 위문을 해왔다. 대략 사람사는 도리를 안다고 할만하다.

어제 오전 9시쯤에 배를 띄워 이키노시마壹岐島를 경유하지 않고 곧장 이 섬에 도착했다고 들었는데, 과연 비선이 이것이로다.

朝晴暮陰夜雨. 留藍島. 昨今日氣. 足可行船. 而以船事之未出場. 不得發行. 尤可痛也. 馬州舊太守平義蕃. 聞副騎船之傷破. 別送飛船而致唁. 可謂粗識人事也. 聞昨日巳時發船. 不由岐島. 直到此島云. 果是飛船也.

1763년 12월 12일

흐리고, 동남풍이 불었다. 아이노시마藍島에 머물렀다.

배는 비록 개조하지 못하였으나 우리나라의 기물器物을 다른 나라에 버려두게 되어, 끝끝내 애석한 지경에 이르렀다. 그래서 수석 통역관을 엄하게 타일러 경계시키고 봉행들을 꾸짖었더니, 증명서를 써서 바치며 말하기를 "만일 보수할 수 있으면 보수하고, 보수하기 어려우면 배의 재목을 부산으로 옮겨 보내겠습니다."라고 하였는데, 그 말을 어찌 믿을 수 있겠는가?

여기서 50리를 가면 하카다쓰博多津가 있다. 옛날에는 서도西都라 불렀다. 하늘이 갠 날에 높은 곳에 오르면 조선을 바라볼 수 있다고 한다. 하카다쓰는 일본어 발음으로 '화가다和家多'라고 한다. 고령군高靈君 신숙주申叔舟가 '패가대覇家臺'라고 썼더니, 왜인들이 그 뜻이 좋다고 여기고 바로 이 이름으로 불렀다고 한다.

이곳에는 조선 사람의 자취가 많다. 박제상朴堤上은 신라 사람이다. 신라 임금에게 두 아우가 있었는데, 한 명은 고구려에 볼모로 가 있고, 또 한 명은 왜국에 볼모로 잡혀 있었다. 신라 임금이 사신 갈 만한 사람을 모집하였는데, 어떤 이가 박제상을 천거하였다. 박제상이 고구려에 가서 설득하여 임금의 동생과 함께 돌아왔다. 왕이 말하기를 "과인寡人이 두 팔을 잃었다가 이제 그 하나는 온전해졌으나, 아직도 한쪽 팔이 없다."라고 말하고, 또 박제상을 왜국에 보냈다. 제상은 왜국에 가서 설득해도 들어 주지 않자, 물고기를 구경한다고 핑계를 대고 짙은 안개를 틈타 임금의 동생이 스스로 귀국할 수 있도록 내보냈다. 그리고서 박제상은 왜에게 명령을 내려달라고 요청하기를 춘신군春申君이 볼모로 잡힌 왕자를 구해낸 고사故事처럼 하니, 왜가 화가 나서 박제상에게 맨발로 대나무를 베고 남은 뿌리 위를 밟게 하고, 일본 신하라고 소리치게 하였다. 박제상은 그들의 요구에 응할 때마다 번번이 신라의 신하라고 소리쳤다. 왜가 더 화가 나서 불태워 죽였다.

박제상의 아내는 치술령鵄述嶺에 올라 남편을 바라다가 죽었는데, 이로 인하여 산신山神이 되었다고 한다.

고려 말엽에 패가대覇家臺(하카다)의 사신이 와서 포은圃隱 정몽주鄭夢周를 사신으로 보내주기를 요청하였다. 그에 앞서 왜구 때문에 고려조정에서 나흥유羅興儒를 파견하여 화친하자고 설득하려 했는데, 붙잡혀 거의 죽을 뻔하였다. 그래서 사람들이 모두 포은을 위해 걱정하였는데, 포은은 조금도 어려워하는 기색이 없었다. 패가대에 이르러 교린交隣의 이해득실을 모두 준비하여 말하였더니, 한참 동안 왜장倭將이 감화하여 존경하고 마지막에는 호송해주었다고 한다. 모두 다 이곳에서 있었던 일이다.

조선은 기자箕子가 제후의 나라로 인정받은 예의의 나라라서, 자기 삶을 버리고 임금을 위해 죽은 자를 역사에서 이루 다 헤아릴 수 없다. 오직 이 세 분은 오랑캐 지방에서 상도常道를 지키고 신하의 절조를 굳게 지켜 비록 살기도 하고 죽기도 한 것은 다르지만, 요컨대, 다 오랑캐에게 두터운 명성을 얻었다. 이것이 저 사람들이 마침내 우리나라 사람에게 예로써 정중하게 맞게 된 까닭이다.

앞으로 우리 행차가 이 나루를 지나가게 되는데, 아득히 충렬忠烈을 생각하니, 더욱 사람으로서 경건한 생각을 일으키게 한다. 이어서 동명東溟 김세렴金世濂의 〈패가대운覇家臺韻〉을 차운하여 박제상의 남은 넋을 위로하였다.

陰東南風. 留藍島. 船隻雖未得改造. 我國器物. 棄置他國. 終涉可惜. 故嚴飭首譯. 責諭奉行輩. 則書納手標. 謂以如可修補則修補. 如難修補則船材運納于釜山云. 其言亦何可信也. 此去五十里. 有博多津. 古稱西都而天晴日朗. 則登高可望朝鮮云矣. 博多津倭音和家多. 申高靈叔舟書以霸家臺. 倭人以其義好. 因稱此號云矣. 此地多朝鮮人事蹟. 朴堤上羅人也. 羅王有兩弟. 一質于高句麗. 一質于倭. 王募能使者. 或薦堤上. 堤上往說高句麗. 得與王弟歸. 王曰寡人失兩臂. 今全其一. 而尙無一臂. 又送堤上于倭. 說不見聽. 托以觀魚. 因太霧出送王弟自歸. 請命于倭. 如春申故事. 倭怒之. 令堤上跣足於竹根之上. 使稱日本臣. 堤上應聲輒稱新羅臣. 倭怒而燒殺之. 堤上之妻. 登鵄述嶺. 望夫而死. 因化山神云. 高麗末霸家臺使者至. 以鄭圃隱夢周報聘. 前患倭寇. 遣羅興儒說和親. 被拘幾死. 至是人皆爲公危之. 公略無難色. 及至霸家臺. 備陳交隣利害. 久之倭將感化尊敬之. 末乃護送云. 并皆此地也. 朝鮮以箕封禮義之邦. 捨生殉君. 史不可勝數. 而惟此三子. 秉彝蠻邦. 確守臣節. 雖異或生而或死. 要皆取重於異類. 此彼人之終加禮待於東土人者也. 歷路將過此津. 緬懷忠烈. 尤令人起敬也. 因次金東溟世濂霸家臺韻. 以慰朴堤上之遺魂焉.

1763년 12월 13일

아침에는 맑고 늦게는 흐렸다. 동남풍이 불었다. 아이노시마藍島에 머물렀다.

저번에 '술을 물리치라'는 뜻으로 쓰시마 태수에게 글을 보냈는데,

지금, 쓰시마 태수가 막부의 회답(번역한 글은 아래에 있다)을 보내어 보여 주었는데, 글의 내용은 '연회에서 음식을 바치는 것은 그만두게 하겠으나, 막부에서 술잔을 드는 것은 막부에 참석한 뒤에 다시 의논하자.'는 뜻으로 말하였다고 한다.

지쿠젠노쿠니의 태수가 도미와 소면素麪을 보내왔기에 일행에게 나누어 주었다. 약과藥果 등 대여섯 가지를 갖고 위문한 것도 쓰시마 태수·봉행·재판 등이 이 섬에 도착한 뒤에 있었다. 준례이다.

朝晴晩陰東南風. 留藍島. 頃以却酒之意. 送書於馬州守. 即者馬州守送示東武回答. 翻書在下 書辭以宴享支供則相止. 東武稱杯參府後更議之意爲言云矣. 筑前守送鯛魚素麵. 故分給行中. 以藥果等五六種饋問. 馬島守奉行裁判等. 到此島後例也.

1763년 12월 14일

흐리고, 동풍이 불었다. 아이노시마藍島에 머물렀다.

오늘은 곧 어머니께서 돌아가신 날이다. 몸이 다른 나라에 있어 제사에 참여하지 못하니, 슬프고 사모하는 마음을 어찌 다 말할 수 있겠는가!

부모님의 제사가 섣달과 2월 초에 있는데, 임신년 겨울에는 형님이 안동 부사로 임기를 마치고 돌아갔으며, 을해년 봄에는 내가 벼슬에서 쫓겨나는 죄를 입었으며, 병자년 봄에는 어사로 호서湖西지방에 갔으며, 그해 늦겨울에는 또 어사로 함경도 육진六鎭에 갔다가 이듬해 봄에 돌아왔다. 그해 초가을에는 동래 부사로 나갔다가 도백道伯(관찰사)으로 승진되어 5년 만에 돌아왔다. 작년 겨울에는 형님이 함경도 관찰사로 나갔다가 2월에 돌아왔고, 이제 내가 이 통신사의 사명을 받아 돌아갈 날이 내년 여름쯤 될 듯한데, 10여 년 동안 단지 4~5차례 제사에 참여했을 뿐이다. 비록 사고가 많았기 때문이기는 하지만, 실제로는 내 효성이 부족하였기 때문이다. 몸을 어루만지면서 비통해하고 이어서 송구하기 그지없었다. 멀리서 생각하건대, 형제와 자식과 조카가 일제히 모여 제사를 지내면서 애달프고 사모한 나머지 반드시 길을 나선 나에 대해 많은 말을 할 것이다. 이것을 생각하면 더욱 마음이 아프다. 다만 '슬프고 슬프도다! 부모님 생각, 낳고 길러 주시느라 얼마나 고생하셨던가! 은덕을 갚고자 하니, 하늘처럼 끝이 없네.(哀哀父母 生我劬勞 欲報之德 昊天罔極)'라고 한 시경의 싯구를 외우노라니, 더욱 목이 메이는 지극함을 견딜 수가 없다.

陰東風. 留藍島. 是日卽先妣遠諱之辰也. 身在異域. 不得參祀. 悲慕何言. 鏟日在於臘月及二月初. 而壬申冬伯氏宰安東. 準瓜而歸. 乙亥春余被削黜之罪. 丙子春以御史往湖西. 其季冬又以御史往六鎭. 翌年春中以還. 初秋出宰東萊. 陞移道伯. 五年而歸. 昨年冬伯氏出按北蕃. 仲春而歸. 今余作此行. 歸期似在明夏. 十餘年之間. 只得四五次參祀. 雖因事故之多端. 實緣余誠孝淺薄. 撫躬悲痛. 繼以悚惕. 遙想兄弟子侄. 齊會將事. 悲慕之餘. 必多語及於行人. 念此尤切傷懷. 只誦哀哀父母. 生我劬勞. 欲報之德. 昊天罔極之句. 尤不勝哽咽之至耳.

1763년 12월 15일

음산하고 차가웠으며, 동북풍이 불었다. 아이노시마藍島에 머물렀다.

새벽에 망궐례를 하는데, 정원이 넓어서 일행이 다 참여하였다. 날씨가 매우 추워서 반열에 참여한 사람에게 각각 면탕麪湯 한 그릇씩 먹였다.

아침에 '부산에서 치목 3부를 왜선倭船편에 실어 보내왔다.'고 들었다. 필시 사스우라佐須浦에 있을 때에 장계로 요청한 것의 회답일 것이다. 우리나라 소식이 여러 달 동안 막혀있었는데, 이 소식을 들으니, 모두 다 놀라고 기뻐하였다. 급히 집에서 온 편지와 부산에서 온 공문서를 찾아보았더니, 저 사람들이 말하기를 "쓰시마로부터 어제 아침에 배를 띄웠으나, 정사의 개인 편지는 먼저 빠른 배편에 이미 발송하였습니다. 아직까지 도착하지 않은 것은 아마도 아카마가세키赤間關로 바로 갔거나, 그렇지 않으면 혼란스런 바람 탓에 다른 포구에 표류해 정박하였을 것입니다."라고 하였다. 매우 답답하였다.

부사가 말하기를 "비록 편지는 못 보았지만 오히려 우리나라의 물건이 들어온 소식을 들었으니, 조금은 위로됩니다."라고 하였다.

내가 답하기를 "만일 '집과 나라가 평안하다(家國平安)'라는 네 글자를 들었다면, 그 나머지 소식은 비록 듣지 않아도 됩니다. 옛사람 중에 집 편지의 '평안하다'는 두 글자 이외에는 결코 보지 않고 시냇물에 던져 버린 자가 있었습니다. 내 뜻도 그와 같을 뿐입니다. 나는 부모님을 모시고 있지 않으니, 어찌 반드시 집안 식구에 대한 걱정으로 생각이 얽매이겠소. 우러러 생각하면, 70세의 임금님(영조)께서 바다를 건널 때 어렵고 험악한 상황을 연달아 들으셨을 것인데, 아마도 반드시 근심을 놓지 못하시어 잠자리에서 생각하고, 경연에서도 분부하셨을 것입니다. 비록 우리 부모가 세상에 계셨더라도 나의 통신사행을 걱정하는 것이 어찌 이보다 더하겠소. 내가 이번 걸음에 죽산竹山에 이르러 사군곡思君曲 한 수를 지었는데, 그 아래 구절에 '알겠구나! 응당 신하가 임금을 생각하는 밤에(知應臣子思君夜), 임금 역시 신하 생각에 근심 풀지 못할 것을(君亦思臣未解憂)'이라고 했는데, 이 시는 진실로 간절한 마음에서 나온 것이요, 또한 주상전하의 생각을 만 분의 일이나마 우러러 헤아리는 바가 있기 때문이다. 또 생각해보면, 두 바다를 건널 때에 위태로움이 닥친 것은 비록 치목이 부러졌기 때문이지만, 우리들 또한 어찌 잘 경계하고 삼가지 않은 책임을 면할 수 있겠소? 이것으로 말미암아 거듭 구중궁궐에 지나친 심려를 끼쳤으니, 이것 역시 우리의 죄입니다. 송구하고 개탄스러움을 말해 무엇 하리오?"라고 하였다.

쓰시마 이후부터 지나가는 역참마다 통신사 행차에 이불과 요를 제공하였는데, 더러는 비단이나 명주나 무명으로 만들어 그 만드는 방법은 매우 해괴하였지만, 가끔은 상·차관上次官에게까지 제공하거나 중·하관에게까지 제공하기도 하였다. 하지만 오사카 성大坂城에 도착한 뒤에 관백이 준 것 이외의 행선지 역참에서 베풀어 준 것은, 모두 떠날 때에 되돌려주는 것이 준례이다.

이 고을에서도 처음에는 하관下官에게까지 주었는데, 무식한 격졸格卒들이 영원히 주는 물건인 줄 알고 감히 예전의 사례를 잘못 끌어대어 그대로 가지겠다고 모두가 하소연하였다. 매우 놀라울 지경이다. 그래서 제일 먼저 주장한 자를 잡아들여 곤장을 쳐서 징계하고, 다시 말로써 약속하여 거듭 경계하고 타일렀다. 마침 《식파록息波錄》[84]을 보니, 광해군 정사년(1617년, 광해군9)에 추탄楸灘 오윤겸吳允謙, 박재朴梓, 석문石門 이경직李景稷이 통신사가 되었을 때, 모두 멀미를 하여 증세의 경중을 따져 삼망三望[85]을 비의備擬[86]하여 서로 웃었다고 한다. 지금은 세 사신이 이미 세 개의 큰 바다를 건넜지만, 모두 배 멀미를 하지 않았으니,

84 『식파록息波錄』: 조선 영조때에 홍계희가 그 때까지의 일본사행기록을 수집하여 『해행총재』로 엮었는데, 다시 서명응이 전체 61권으로 재정리하고 『식파록』이라 이름을 붙였다.

85 삼망(三望): 세 사람의 후보자를 임금에게 추천하던 일

86 비의(備擬): 관원(官員)을 임명(任命)할 때 이조·병조에서 세 사람의 후보자를 추천하던 일.

또한 마땅히 배 멀미를 하지 않은 것으로 삼망을 비의해야 하겠다. 다만 배 멀미는 비록 옛사람도 면치 못한 것을 면하였지만, 다른 일은 정말로 옛사람이 하였던 것을 할 수 있을지 모르겠다. 만약 옛사람이 한 것을 하지 못한다면, 배 멀미를 면하게 된 것도 귀하게 여길 것이 못된다. 계속해서 우리 세 사신은 대화하며 서로 웃었다.

봉행奉行 다다 겐모쓰平如敏가 감귤과 노송분老松盆을 바쳤는데, 감귤은 받고 노송분老松盆은 보지 않고 돌려보내며 말하기를 "나는 본래 화초를 좋아하는 버릇이 없으니, 그대 혼자 구경하는 것이 좋겠다."라고 하였다.

간사관幹事官 아사오카 이치가쿠紀蕃實는 교파감咬吧柑 8개, 만온饅饂 1상자를 바쳤다. 매번 통신사 행차의 절목(규칙)을 의논하여 정할 때마다 바다를 건너오는 원역과 격졸은 절목에 정해진 수가 있어 보태거나 뺄 수 없게 되어 있다.

이번에 내보낸 격군格軍 5명의 식량은 마땅히 줄여야 할 듯하지만, 역관들은 "격군의 원래 수가 근본적으로 매우 부족한데, 지금 만일 5명분을 빼고 줄인다면 교활한 저들이 반드시 다음 행차에는 이것을 준례로 삼아 격군 5명이 영영 줄어드는 결과로 귀결 될 것입니다. 뒷날의 폐단에 관계되므로 줄일 수 없습니다."라고 하였다. 또 "저들이 사신을 보내올 때에는 동래東萊에서 하루에 주는 양을 스스로 정한 제도가 있어, 왜의 격군 수가 차지 않았거나 먼저 돌아간 자를 막론하고 한결같이 원래 숫자대로 식량을 주었으니, 양국의 사례事例로 보아 차이가 있을 수 없습니다."라고 하였다. 그 말이 또한 이치가 있는 듯하여 그것을 받게 하였다. 하지만 식량을 나누어 처리하는 것을 명백하게 하지 않을 수 없었기에 우리 통신사 일행의 여론을 모아보니, '도훈도都訓導 · 복선장卜船將은 맡은 바가 중요한데 중관中官의 줄에 들었고,

급창及唱은 밤낮으로 수고하지만 하관下官의 줄에 있어 이전부터 별도로 식량을 주었다.'라고 하여, 우리 세 명의 사신이 상의하여 이 사람들에게 더 나누어 주도록 하였다. 그런데 다시 생각해 보니, 노잣돈 중에서 식량을 더 주고, 부산에 돌아가서 후한 상을 주는 것이 옳을 듯하였다. 그리고 내보낸 격군의 식량을 거듭 받은 일의 이치가 끝내 어떨지는 모르겠고, 또 왜통사倭通詞 · 금도禁徒 · 사공 등 여섯 척의 배에 항상 있는 자가 30여명에 가까워서, 배가 운행하는 날에는 각각의 배마다 10여 명이 넘는다.

우리 세 명 사신이 먹는 쌀은 처음부터 도해량渡海糧(바다를 건너는 동안에 먹을 식량)에서 나오고, 저들이 날마다 바치는 쌀은 급왜給倭에서 모두 써 왔다. 하지만 이 때문에 부족하여 예상치 못한 일에 대비하는 예비 도해량渡海糧이 날마다 점점 줄어들어 모자랐으며, 이 섬에 와서는 부기선에 실린 양미 30여 석이 다 침수되어 버렸으니, 이후부터는 양식을 저축하는 방도를 생각하지 않을 수 없었다. 만일 내보낸 격군의 식량을 왜의 사공과 금도의 양식으로 돌리면 양쪽이 편안해 할 만하기에, 그것이 필요한 급왜給倭로 옮겨 쓰이게 하면, 정말로 어떨지 모르겠다?

陰寒東北風. 留藍島. 曉行望闕禮. 庭階闊. 故一行盡參. 日氣頗爲寒. 參班人各饋以麵湯一器. 朝聞自釜山載送鴟木三部於倭船云. 必因在佐須浦時. 狀請而回下也. 我國消息. 累月阻隔之餘. 得聞此報. 擧切驚喜. 急索家信與釜山報狀. 則彼人謂以自馬島昨朝發船. 而公事書封. 先已付送於飛船便矣. 尙不來到. 想是直到於赤間關. 不然則因風亂漂泊於他浦云云. 極可泄鬱. 副使以爲雖未見書. 猶聞吾國器物之入來. 稍以爲慰. 余答之曰. 如聞家國平安四字. 則餘外消息雖不聞可也. 古人有以家書平安二字之外. 并爲不見. 而投諸澗水者. 吾意亦如此耳. 吾非侍下. 豈必係戀於家累. 仰念七耋君父. 連聞渡海時艱險之狀. 想必憂慮不置. 枕上而思念. 臨筵而辭敎. 雖我父母在世時. 憂念我行. 豈過於是. 余於此行. 到竹山得思君曲一

首. 其下句有曰. 知應臣子思君夜. 君亦思臣未解憂. 此詩亶出心曲. 而亦有所仰揣聖念之萬一者也. 且念兩海之濱危. 雖因鴟木之折傷. 吾輩亦安得免不善戒愼之責乎. 因此而重貽九重之過慮. 此亦臣等之罪也. 悚歎何言. 信行自馬島以後. 沿路站上. 輒設衾褥. 或緞或紬或木. 制樣甚怪駭. 而或及於上次官. 或及於中下官. 而到大坂城後. 關白所賜之外. 路站所設. 則皆臨發時還給者例也. 此州初及於下官. 而無識格卒輩. 認爲永給之物. 乃敢枉引前例. 以仍執之意. 齊聲白活. 事甚駭然. 捉入首倡者. 決棍而懲礪. 更以約條辭意. 申申戒飭之. 適見息波錄. 光海朝丁巳. 吳楸灘允謙朴梓李石門景稷. 爲信使也. 皆患水疾. 故以症情淺深. 備擬三望. 而相笑云矣. 今則三使已涉三大海. 而俱免水疾. 亦當以不水疾. 備擬三望. 而但水疾. 則雖能免古人不能免者. 未知他事. 果能行古人所能行者否. 若不能行古人所能行者. 則水疾之得免. 無足貴矣. 仍與三使. 對話相笑. 奉行平如敏. 呈柑子老松盆. 柑則受之. 松則不見而還之曰. 我則本無花草癖. 汝可自玩也. 幹事官紀蕃實者. 呈納咬吧柑八箇饅饂一篋. 每當信行節目講定之時. 渡海員役格卒. 自有定數. 無得加減矣. 今番出送格軍五名之糧料. 似當除減. 而譯官輩以爲格軍元數. 本自不足. 今若除減. 則巧詐彼人. 必於後行. 以此爲例. 格軍五名. 當歸永減之窠. 後弊所關. 不可除減. 且以爲彼人之送使也東萊日供. 自有定制. 毋論格倭之未充數與先歸者. 一以元數而給料. 兩國事例不可斑駁云. 其言亦似有理. 使之捧之. 而糧料區處. 不可不明白. 故採取一行物議. 則都訓導卜船將. 所任緊要. 而列於中官. 及唱. 晝夜勞苦而置於下官. 自前或給別料云. 故三使相議. 分排加料於此人等處矣. 更思之則自盤纏而給加料. 還釜山而厚賞賜可也. 至於出送格軍糧料之疊受. 事面終涉如何. 且倭通詞禁徒沙工等. 常在于六船者. 近三十人. 行船日則每船過十餘人矣. 三使臣糧米. 自初出自渡海糧. 彼人日供米. 專用於給倭. 而以此不足. 故不虞備渡海糧. 日漸耗縮. 至於此島. 副騎船所載糧米三十餘石. 盡爲水浸而棄之. 此後儲粮之道. 亦不可不念矣. 若以出送格軍粮料. 歸之於倭沙工禁徒之日粮. 則可謂兩便. 故使之移用於給倭之需. 未知果如何也.

1763년 12월 16일

아침에는 눈이 조금 내리고, 음산하고 차가웠다. 서북풍이 불었다. 아이노시마藍島에 머물렀다.

양국의 말이 서로 통하는 것은 전적으로 통역관의 입에 의지하는데, 수행하는 통역관 10여명 중에 저들의 말에 달통한 자는 매우 드물어 진실로 놀랍다. 이것은 다름이 아니라 왜학倭學을 전문으로 하는 관원의 생활이 요사이에 더욱 궁핍하고, 조정에서 권장하는 것도 근래에는 허술했기 때문이다.

수석 통역관들이 "물품의 이름을 일본어로 쓴 책은 통역원에도 있으나, 그것을 차례차례 번역해 가며 베끼기 때문에 오류가 처음부터 많았고, 또 저들의 사투리가 혹 달라진 것도 있어 옛날 책을 다 믿을 수가 없습니다. 지금 왜인을 대할 때, 그 오류를 바로잡아 완전한 책을 만들어 익힌다면, 사투리와 물품의 이름을 거의 환하게 알 수 있습니다. 이렇게 하면 저들과 대화할 때에 반드시 방해되는 바가 없을 것입니다."라고 하였다. 그래서 우리 세 사신이 상의하여 바로잡게 허락하고, 현계근玄啓根・유도홍劉道弘을 교정관校正官으로 정한 뒤에 수석 통역관에게 감독하게 하였다. 하지만 완전한 책을 만들지는 알 수가 없다.

朝微雪陰寒西北風. 留藍島. 兩國言語之相通. 全賴譯舌. 而隨行十人. 達通彼語者甚鮮. 誠可駭然. 此無他. 倭學生涯. 比益蕭條. 朝家勸懲. 近亦疏虞故耳. 首譯輩. 以爲倭語物名册子. 譯院亦有之. 而以其次次翻謄之. 故訛誤旣多. 且彼人方言. 或有變改者. 舊册難以盡憑. 趁此日對倭人時. 厘正其訛誤. 成出完書而習之. 則方言物名. 庶可洞知. 如是則與彼人酬酌之際. 必無所碍云. 故三使相議. 許其厘正. 以玄啓根劉道弘. 定爲校正官. 使首譯而董飭之. 未知可能作成書否也.

1763년 12월 17일

음산하고 추웠으며, 비와 눈이 흩뿌렸다. 동북풍이 불었다. 아이노시마藍島에 머물렀다.

바다를 건너온 후 처음으로 물동이가 얼었다는 말을 들었다. 이 지역으로 말하자면 큰 추위라고 할 만하다. 여섯 척의 배 아랫사람들 중에 옷이 매우 얇은 자 12명을 뽑아 6명에게 임명장을 주고 또 옷을 주기도 하였으며, 다른 6명도 각각 무명 24척과 솜 1근씩 주어 옷을 만들어 입게 하였으며, 또 버선이 없는 자 2명을 뽑아 각각 한 켤레씩 주었다.

왜의 이부자리와 베개를 그대로 갖겠다고 맨 먼저 말했다가 죄를 받은 자도 사람을 선발하는 가운데에 있는 것을 발견하였다. 그래서 내가 말하기를 "네가 일전에 하소연 한 것은 진실로 추위의 고통을 견디지 못한 데서 나왔다는 것을 알았지만, 왜인들이 제공하는 이부자리보다는 차라리 우리나라의 무명옷을 얻는 것이 어찌 좋지 않겠는가?"라고 하고서 옷 한 벌을 주었더니, 그 사람도 웃음을 머금고 받았다.

나쁜 마음을 부끄러워하는 것은 사람들마다 모두 있다고 할 만하다.

陰寒灑雨灑雪東北風. 留藍島. 渡海後初聞盆水之凝氷. 以此地言之. 可謂大寒矣. 六船下屬中各抄衣薄尤甚者十二名. 六名則帖給或衣袴. 六名則各給練木二十四尺與去核一斤. 使之製着之. 又抄其無襪者二名. 各給一件. 以倭衾枕因執之意. 首倡而被罪者. 見在抄中. 余謂之曰. 汝之日前白活. 固知出於不堪寒苦. 而與其倭供衾褥. 得此我國木綿之衣. 豈不好乎. 因賜一件. 其人亦含笑而受之. 羞惡之心. 可謂人皆有之也.

1763년 12월 18일

음산하고 추웠으며, 비가 뿌리고 서북풍이 불었다. 아이노시마藍島에 머물렀다.

오늘이 바로 대한大寒이다. 다른 날에 비해 뚜렷하게 다르니, 절기를 짐작하여 계산한 것을 증명할 수 있다.

일찍이 북관北關(함경도)의 육진六鎭에서 가끔 겨울이 봄날처럼 따뜻한 날이 있는 것을 보았는데, 이제 남방南方에서도 몹시 춥고 얼음이 어는 날이 있음을 본다. 대체로 북방은 춥고 남방은 따뜻한 것이지만, 북방에도 가끔은 따뜻한 때가 있고 남방에도 가끔은 추운 때가 있다. 음陰 속에 양陽이 있고 양陽 속에 음陰이 있은 뒤에야 하늘의 기운이 흐르고 절기의 차례가 순환하여 스스로 정체되는 사단이 없어지는 것이다.

지극한 이치가 여기에 있음을 더욱 알 수 있다.

陰寒灑雨西北風. 留藍島. 今日是大寒也. 比他日顯異. 節候之推算. 亦可驗矣. 曾見北關六鎭. 或有冬暖如春之日. 今見南方. 亦有嚴寒凝氷之日. 以大體言之. 則北寒南溫. 而北或有溫和之時. 南或有寒凜之時. 殆若陰中陽陽中陰. 然後天氣流行. 節序循環. 自無碍滯之端. 至理之斯寓. 尤可知矣.

1763년 12월 19일

음산하고 추웠으며, 눈이 뿌리고 서북풍이 불었다. 아이노시마藍島에 머물렀다.

일행 가운데 사사로이 저 왜인들의 집에 드나드는 자가 있어 약속해서 거듭 밝힌 적이 있었는데도, 격군 송씨宋氏가 물을 길어오기 위해 우물이 있는 집에 들어가고, 또 매일 바치는 물품을 지키는 창고지기도 잘못을 일으키는 사단이 있다고 하였다. 그래서 엄중히 곤장을 쳐서 그것을 금지시켰다.

저녁에 종사관과 더불어 관소의 각 방을 살피는데, 방과 벽이 겹치고 겹쳐져 문으로 나오는 길을 분변할 수 없었다. 거의 벌집의 구멍과도 같았다. 교묘하고도 교묘하였다.

비장들이 말하기를 "사또(정사)께서 비장들이 머무는 숙소에 나오시면 마땅히 옛날 풍습에 증서를 주는 것이 있습니다."라고 하였다. 그래서 10종을 써주어 한 번 배불리 먹을 밑천으로 삼게 하였다.

부사와 종사관도 모두 증서를 주었다.

陰寒洒雪西北風. 留藍島. 一行人之私相出入於彼人家者. 既有約束之申明者. 而格軍宋姓者. 因汲水自入有井之家. 且以日供庫子. 有作弊之端云. 故嚴棍而禁之. 夕間與從事官. 同觀館宇各房. 重房複壁. 莫辨門路. 殆若蜂房之穿穴. 巧矣巧矣. 裨將輩以爲使道既臨裨將廳. 則例有古風納帖子紙. 書給十種. 以作一飽之資. 副使從事官. 亦皆帖給之.

1763년 12월 20일

맑고, 북풍이 불었다. 아이노시마藍島에 머물렀다.

날씨가 조금 풀리고 바다 물결도 고요하여 배가 운행할 수 있었지만, 바람의 기세가 순하지 않아 또 출발할 수 없었다. 답답하였다. 아침에 쓰시마의 비선飛船이 들어왔다는 소식을 들었다. 편지가 왔을거라 생각하고 찾았는데, 부산에서 보낸 상자 하나뿐이었다. 그것을 열어 보니, 곧 동래 부사 · 부산 첨사釜山僉使가 치목鴟木을 들여보낸다는 문서와 칠원 현감漆原縣監이 보낸 등불기구를 넣은 상자와 과일뿐이었고,

편지는 없었다.

일이 매우 괴이하여 수석 통역관을 시켜 재판裁判에게 물어보았더니, "편지를 전하지 못할 이유가 없습니다. 생각건대 쓰시마에서 먼저 보낸 비선이 틀림없이 바람에 막혀서 그럴 것입니다."라고 하였다. 편지가 막힌 지 이제 두 달이 넘었는데, 다시 빈 소식이 되고 말았다. 진실로 답답하다.

晴北風. 留藍島. 日氣少解. 海波亦靜. 可以行船. 而風勢不順. 又不得發. 可悶. 朝聞馬島飛船入來. 故意謂書信之來到. 索之則只納釜山所送樻一坐. 拆見之. 乃東萊府使釜山僉使入送鴟木之報狀及漆原縣監所送燭樻果實而已. 書封則無之. 事極怪訝. 使首譯問於裁判. 則以爲書札必無不傳之理. 自馬島先送之飛船. 想必阻風而然矣. 書信之阻隔. 今過二朔. 而再致虛警. 誠可鬱也.

1763년 12월 21일

맑고 동북풍이 불었으며, 밤에는 비가 왔다. 아이노시마藍島에 머물렀다.

날이 밝을 무렵에 우리 사공들이 '파도가 고요하고 바람이 순하니 배를 운항할 수 있습니다.'라고 하였는데, 일본 사공들은 '가까운 바다는 바람이 순한 것 같지만 먼 바다는 점차 역풍이 불어 배를 운항할 수 없습니다.'라고 하였다. 여기에서는 형편상 마땅히 저들이 안내하는 길로 가야 하기에 출발하지 못하였다.

밥을 먹은 뒤에 동북풍이 정말로 크게 불어, 우리나라 사공들이 매우 부끄러워했다고 하였다. 정오쯤에 삼사는 뒷산으로 소풍을 갔다. 섬의 길이와 너비가 4~5리에 지나지 않아, 탄환처럼 작다고 할 수 있다. 사면이 매우 넓게 트이어, 북쪽으로 쓰시마가 보인다. 쓰시마 북쪽은 우리나라의 산천일 것이라고 생각되는데, 진실로 한 번 뛰면 도달할 수 있을 것 같았다. 서쪽으로 이키노시마가 보이고 또 그 서쪽에 히젠노쿠니肥前州가 있는데, 멀리서 바라보니 희미한 산 끝으로 바닷물이 하늘에 닿았다.

이곳은 중국 강남江南의 배가 와서 나가사키시마長崎島로 통한다는데, 바로 그 곳이다. 중국의 소식을 비록 믿고 의지하여 물어 볼 사람이 없었지만, 손가락이 가리키는 하늘 끝에 은은하게 눈앞으로 무수히 펼쳐 있는 것 같았다. 그래서 부사副使에게 돌아보고 말하기를 "멀리 사신으로 가는 일이 비록 괴롭지만 우리들에게 이번 사신행차가 없었더라면 제곡濟谷이나 창동倉洞의 낡은 집에서 병으로 신음했을 것인데, 어떻게 중국의 산하山河를 멀리서 바라볼 수 있었겠소? 멀리 외따로 떨어진 작은 나라에 태어나 마치 우물에 앉아 하늘을 보는 것 같았는데, 이제야 비로소 천지가 넓다는 것을 알았소."라고 하자, 부사는 '그렇습니다.'라고 하였다. 바다를 건너온 뒤로 참으로 흥미를 가질만한 형편이 못되었는데, 오늘에야 비로소 상쾌한 재미를 얻었다.

산세가 구불구불하여, 남쪽으로부터 동쪽까지 아카마가세키赤間關에 도달하기까지는 거의 5, 6백 리나 되는데, 그 사이에 다시 몇 곳의 고을과 몇 곳의 명승지가 있는지는 알지 못한다. 사방으로 주위를 둘러보니 수천 리가 훌쩍 넘는다. 일본 지방을 비록 상세하게 알지는 못하지만, 생각건대 멀리 바라보아도 막힘이 없는 것은 여기보다 나은 곳이 없을 것이다.

왜선倭船 백여 척이 아카마가세키로부터 바람을 받아 팽팽한 돛을 세우고 삽시간에 수백 리를 지나가는데, 이때 마침 저녁 햇살이 산에서 반사되고, 바닷물이 거울처럼 맑아서 또 한 경치를 더 보태었다.

화가에게 그 경치를 그리게 하였는데, 정말 이러한 진경을 그려낼

아이노시마(藍島).

1748년에 제작된 아이노시마(현재는 相島)의 조선통신사 숙소

수 있을지 모르겠다. 설령 진경을 그려낸다 하더라도, 내 마음이 시원하게 느낀 부분에 대해서는 절반도 그려내지 못할 것이라고 생각한다.

지쿠슈筑州의 태수가 보내온 만두를 같이 올라온 여러 사람에게 나누어 먹였다. 출참 봉행出站奉行이 올라와서 구경하겠다며, 여러 과일을 별도로 바치기에 받아서 나누어 주고, 그 합盒(그릇)에다 약과를 담아 돌려보냈다.

저녁이 되어 돌아왔다.

晴東北風夜雨. 留藍島. 平明我沙工等. 謂波靜風順. 可以行船. 日本沙工則以爲. 內洋雖似順風. 外洋漸有逆風. 不可行船. 到此勢當從彼人之指路. 故不得發矣. 自飯後東北風果大起. 我國沙工頗爲無聊云矣. 午間三使爲疏暢地. 登臨館後岡. 島之長廣. 不過四五里. 可謂彈丸之小矣. 四面則極爲通闊. 北望馬島. 馬島之北. 想是我國之山川. 誠若一蹴而可到也. 西望歧島. 又其西有肥前州. 而遙見殘山之外. 海水接天云. 是江南船來通長崎島. 卽此地也. 中原消息. 雖憑問之無人. 指點天末. 隱然若森羅眼前. 顧謂副使曰. 遠役雖苦. 使吾輩不有此行. 想應吟病於濟谷倉洞之弊廬矣. 其何以遙望中國之山河乎. 生於偏邦. 有若坐井而觀天. 而今方見天地之大也. 副使曰然矣. 渡海以後. 實無興況. 今日始得快闊事也. 山勢逶迤. 自南以東. 至于赤間關. 幾爲五六百里. 不知其間. 復有幾州郡幾勝地矣. 四望周圍. 洽過數千里. 日本地方. 雖未詳知. 想其遠望通暢. 未有愈於此地者也. 倭船百餘艘. 自赤間關乘風飽帆. 霎時之間. 已過數百里. 于時夕照返山. 海波如鏡. 亦添一光景也. 使畫師模之. 果能寫得此眞箇境界否. 設令畫出眞景. 至於我心豁然處. 想模畫半分不得也. 以筑州守所送饅餠. 分饋隨登諸人. 出站奉行. 以登覽別呈雜果. 受而分之. 於其盒. 盛以藥果而返之. 乘夕而歸.

1763년 12월 22일

동북풍이 크게 불고, 눈과 비가 뒤섞여 내렸다. 아이노시마藍島에 머물렀다.

대마도주가 반쯤 말린 대구 두 마리를 보내면서 말하기를 "부산의 왜관으로부터 들어온 것으로 곧 조선에서 온 새로운 것이기에 보내드립니다."라고 하였다. 노잣돈으로 싣고 온 것이 우리나라 물건이 아닌 것이 없었다. 바다를 건너온 뒤 처음으로 우리 땅에서 난 새로운 것을 얻게되니, 오히려 마음에 위로가 된다. 물건도 이와 같은데, 하물며 사람에 있어서랴?

타향에서 친구를 만나는 것이 '사희시四喜詩'[87] 안에 들어가는 것은 마땅하다.

東北風大作雨雪交下. 留藍島. 島主送半乾大口二尾. 謂以自釜山倭館入來. 而旣是朝鮮新產. 故送呈云. 盤纏所載來. 無非我國之物. 渡海後始得吾土之新產. 猶可以慰心. 物猶如此. 而況人乎. 他鄕逢故人者. 宜入於四喜詩中也.

1763년 12월 23일

종일 큰 비가 내리고 동북풍이 불었다. 아이노시마藍島에 머물렀다.

이 섬에서 필요한 물품을 받은 지 이미 20일이 지났다. 생각하건대 반드시 물품을 제공하는데 어려운 걱정이 있을 것이다. 이미 바닥 난

---

87 사희시(四喜詩): 네 가지 기쁨을 읊은 시를 말한다. 성삼문(成三門) 作.
七年大旱逢甘雨(칠년대한봉감우) 칠년 큰 가뭄 끝에 단비를 만남이요
千里他鄕逢故人(천리타향봉고인) 천리타향에서 옛 친구를 만남이요
少年金榜掛名時(소년금방괘명시) 소년 장원 급제하여 금방에 걸린 이름이요
無月洞房華燭夜(무월동방화촉야) 신혼방에 불 밝힌 신랑 · 신부의 첫날밤이다.

물품을 다른 것으로 대신 바치는 것을 이키노시마에 있을 때처럼 분부하였다. 그러자 지쿠슈 봉행 등이 말하기를 "사신이 걱정하여 마음을 써 준 것이 여기에 이르렀으니 비록 매우 감사하지만, 모든 물품은 이미 스스로 준비하였는데, 어찌 감히 빠뜨리겠습니까? 오직 두서너 가지만 대신 바치겠습니다."라고 하였다.

그들의 뽐내고 자랑하는 버릇은 히슈肥州와 비슷하였다.

終日大雨東北風. 留藍島. 此島之日供. 已過兩旬. 想必有苟艱之患. 已竭者代納者. 依在歧島時分付. 則筑州奉行等. 以爲使行之軫念至此. 雖極感謝. 凡物自已準備. 何敢闕捧. 只以數種代納之云. 其誇耀之習. 與肥州一般也.

1763년 12월 24일

흐리고 비가 오고 동북풍이 불었다. 아이노시마藍島에 머물렀다.

사흘 동안 장맛비가 한여름처럼 내려서 갈 길이 점점 지체되어, 여러 가지로 근심스럽고 답답하였다.

통역관 이언진李彦瑱이 말하기를 "예전에 들었는데, 40~50년 전에 서역西域 사람 야소동문也蘇東門이란 자가 이마두利瑪竇('마테오 리치'의 중국 이름)의 무리들과 일본에 와서 그의 학문을 일본 사람에게 펼치려고 하였습니다. 그런데 일본에서 거짓되고 망령된 것이라 하여 쫓아내고 각 고을에 방을 붙여 접하지 못하게 하였습니다. 지난번에 쓰시마에서 그 방이 여태껏 붙어 있는 것을 직접 보았습니다."라고 하였다. 그래서 내가 말하기를 "저들도 거짓되고 망령된 것이 진실로 이미 많은데도 도리어 다시 남의 거짓되고 망령된 것을 금지하니, 그 또한 스스로 돌아볼 줄 모르는 것이다."라고 하였다.

이마두가 지은 《이함理函》과 《기함氣函》등의 책이 천하에 꽉 찼는데,

그의 무리가 또 그 학문을 해외의 여러 나라에 넓히려 하니 오랑캐가 중화中華를 어지럽히는 징조를 더욱 알 수 있다.

陰雨東北風. 留藍島. 三日霖雨. 便如盛夏. 行期漸遲. 愁鬱多端. 譯官李彦瑱以爲曾聞四五十年前. 有西域人也蘇東門者. 以利瑪竇之徒到日本. 欲以其學售之於日本人. 謂以誕妄而逐之. 揭榜於各州. 俾不止接矣. 頃於馬島. 目見其榜目之尙懸者云. 余以爲彼人之誕妄. 固已多矣. 猶復禁人之誕妄. 其亦不自反矣. 瑪竇所著理函氣函等書. 遍滿天下. 而其徒又欲廣其術於海外諸國. 夷狄亂華之兆. 尤可見矣.

1763년 12월 25일

흐리고 춥고 동북풍이 불었다. 아이노시마藍島에 머물렀다.

陰寒東北風. 留藍島.

27. 낭하쿠南泊 12월 26일

맑고 서남풍이 불었다. 아침 7시쯤에 배를 띄워 밤 9시쯤에 낭하쿠南泊에 도착했다.

날이 밝을 무렵 대마도주가 사람을 보내 출발하자고 요청하여, 국서國書를 받들고 배에 올랐다. 밀물을 타고 전진하여 겨우 60~70리를 가니, 바람이 점점 약해지고 해는 이미 정오를 지나 형편상 아카마가세키赤間關에 닿기 어려웠다. 그래서 답답하게 여기고 있었는데, 부사가 비선으로 사람을 보내어 지노시마地島에 들어가자고 하였다. 지노시마地島는 기해년(1719년, 숙종45)에도 사신이 머문 곳으로, 원래 정해진 역참은 아니다.

내가 부사의 청을 허락하려 하였는데, 왜의 사공들이 말하기를 "지노시마는 배를 대기에 매우 불편하고, 또 오후에는 순풍이 불 듯하니, 전진하는 것이 좋겠습니다."라고 하였고, 또 지노시마에 들어가려 하지 않았기에 형편상 대부분 그들의 말을 따르게 하였다. 게다가 지노시마의 앞바다는 남풍은 순하나 서풍은 불리하여, 그 서풍 보다는 차라리 바람이 없는 것이 낫다고 여겼다. 그래서 드디어 바람이 없는 것을 틈타 노젓는 일을 재촉하여 전진하였다. 지노시마를 지나자마자 동남쪽으로 방향을 틀었을 때, 마침 서풍이 점점 세차게 불어 배의 운행이 매우 빨랐다. 누각에 나가 기대어 살펴보니, 저들과 우리 배 수백 척이 앞서거니 뒤서거니 하였다. 날이 저물 무렵에 아카마가세키가 멀리 바라보이는데, 대마도주가 배를 끌고 바로 낭하쿠南泊에 입항하였다.

대개 아카마가세키는 물살이 매우 세차고 여기저기 흩어진 바위들이 바다 속에 많이 솟아 있어, 만약 조수가 물러갈 때가 아니면 바로 닿기가 어렵다. 낭하쿠의 포구에 도착하니 예인선 수십 척이 마중 나와서 닻줄을 끌고 전진하였으나 물이 얕아서 해안 가까이 댈 수 없었다. 그래서 중류에 닻을 내리고 배 위에서 밤을 지내는데 배가 매우 흔들렸다.

오늘은 1백 80리를 왔다.

晴西南風. 辰時發船. 二更次南泊. 平明島主送人請行. 奉國書乘船. 乘潮而進纔過六七十里. 風頭漸微. 日已過午. 勢難得達於赤間關. 正以爲悶. 副使以飛船送伻. 欲入地島. 地島蓋是己亥使臣留泊之地. 而非原定之站也. 我欲許之. 而倭沙工輩以爲地島船泊甚不便好. 且午後似有順風. 前進爲可. 不肯入於地島. 勢將從其言矣. 且地島前洋. 則南風爲順. 西風不利. 與其有西風. 毋寧無風之爲愈. 遂因無風. 促櫓役前進. 纔過地島. 正當辰卯方之時. 西風漸漸緊吹. 舟行甚疾. 出倚柁樓而觀之. 則彼我船累百隻. 或先或後. 日暮時遠望赤間關. 而島主引船直入南泊. 蓋因赤間關水勢甚急. 亂石多出於海中. 如非潮退之時. 則難以直達故也. 到南泊浦

口. 則曳船數十. 出迎曳纜前進. 而水淺不得近岸. 下碇中流. 而經夜船上. 頗爲搖蕩. 是日行一百八十里.

28. 아카마가세키赤間關(下關)(시모노세키)1763년12월27일. ~1764년1월1일)

맑고 동풍이 불었다. 아카마가세키赤間關에 도착했다.

밥을 먹은 뒤에 조수가 물러날 때를 틈타 배를 운행하였다. 처음 포구를 나설 때에는 비록 역풍逆風 때문에 조수의 형세가 한창 급하였지만, 예인선이 많이 준비되어 있어서 몇 시간 만에 부두에 닿았다. 배에서 내려 국서를 받들고 관소에 가서 쉬었다.

포구에 도착하기 전 10여 리 지점에 고쿠라켄小倉縣이 있는데, 바다 가까이에 성을 쌓고, 성 가장자리에 무지개다리를 설치하였으며, 중간에 있는 5층 누각은 성 밖으로 길게 뻗은 숲 사이를 은은하게 비춘다. 또 민가가 가득하여 경치가 볼 만하였다. 고쿠라켄에서 더 나아가니 바다 속에 비석이 있었다. 그래서 물어보니, 임진년(1592년, 선조25)에 왜선이 이곳을 지나다가 파선되자 도요토미 히데요시가 그 사공을 죽이고 돌로 표식을 세워 후대 사람을 경계한 것이라고 한다.

언덕 위에는 이른바 '백마총白馬塚'이 있는데, 신라가 장수를 보내 왜를 쳐부수자, 왜가 화친하기를 요청하며 말을 죽여 맹세하고, 그곳에 그대로 말을 묻었다고 한다.

땅은 나가토노쿠니長門州에 속하는데, 여기서부터는 육지 안에 있는 바다가 된다. 그래서 실제로 이곳이 바다의 관문이 되기에 시모노세키下關라고도 일컬어진다. 여기서 3백 50리 떨어진 지점에 가미노세키上關가 있다고 하는데, 모두 바닷길의 요충지이다. 포구 4~5리 지점에서 관소에 이르기까지 왼편 해안에는 민가가 서로 잇닿아 있고, 전국에서 장사하는 배가 모두 모여들어 거의 우리나라의 용산龍山과 마포麻浦와 같았는데, 집들이 화려하고 화초가 숲을 이룬 것이 우리보다 훨씬 뛰어나, 충분히 '아름다운 강산'이라고 말할 만하다.

관사는 아미다지阿彌陀寺의 옆에 새로 지었는데, 널찍하고 툭 트여 아이노시마藍島보다 더욱 훌륭하였으며, 안도쿠지安德寺가 그 곁에 있다. 대개 오랜 옛날, 안토쿠천황安德天皇이 나이 여덟에 왜황倭皇을 계승하였는데, 그의 대신大臣 다이라노 기요모리平淸盛(1118-1181. 일본 헤이안시대의 무장)가 궁궐을 어지럽혔다. 그러자 대장 미나모토노 요리토모源頼朝[88]가 군사를 일으켜 교토西京를 함락하자, 다이라노 기요모리가 안토쿠천황을 데리고 서쪽으로 달아났다. 미나모토노 요리토모가 아카마가세키까지 뒤쫓아오자, 다이라노 기요모리는 안토쿠천황을 업고 바다에 빠져 죽고, 안토쿠천황의 할머니 시라카와 황후白河皇后 및 궁녀 수십 명도 함께 바다에 빠져 죽었다. 미나모토노 요리토모가 지황地皇을 다시 천황으로 세우고, 자신은 관백關白이 되었다. 후세 사람들이 절을 짓고 안토쿠천황의 형상을 흙으로 빚어 제사를 지내고 있다.

앞에 온 통신사들이 바라보면서 시를 읊은 이도 있었는데, 근래에는 나라에서 금지하는 법 때문에 문을 열지 못하게 한다고 한다. 아카마가세키의 벼룻돌은 천하에 유명하다. 이 때문에 그 바다를 이름하여 '연수포硯水浦'라고 부르기도 하고, '연지해硯池海'라고 부르기도 한다. 예전

---

88 미나모토노 요리토모(源頼朝): 1147년~1199년. 쇼군 재위기간은 1192년~1199년. 가마쿠라 막부를 창립한 독재정치가. 헤이안 시대 말기에서 가마쿠라 시대 초기의 무장으로, 가마쿠라 막부를 창립하여 제1대 세이이타이 쇼군에 올랐다. 세이와 겐지의 적자로서 교토에서 성장하다가 헤이지의 난으로 어린 나이에 간토 지방의 이즈에 유배되었다. 1180년 간토에서 군사를 일으켜 헤이시 가문을 멸망시키고 전국적인 무사 정권의 기초를 닦았다. 귀족의 품위와 무사의 기풍을 함께 갖춘 인물로 가신들을 엄격히 통제하는 독재정치를 폈다. 막부라고 하는 독자적인 무사 정권의 지배기구를 만들어 이후 무로마치 막부, 에도 막부로 이어지는 일본의 무사 정권의 시대를 열었다.

사람들의 싯구에도 불리어진 것이 많았는데, 지금 책상에 놓인 벼룻돌을 보니, 정말로 아주 좋은 물건인지는 알지 못하겠다.

일찍이 들었는데, 우리 조정에서 연경燕京(베이징)에 사신으로 갔던 한 사람이 있었다. 중국에서 비싼 값으로 아주 좋은 벼룻돌 한 개를 샀다. 귀국하여 자세히 보니, 바로 우리나라의 평안도 남포南浦에서 나는 돌이었다고 한다. 이것으로 말하자면, 천하의 벼룻돌은 아마 남포에서 나는 것보다 나은 것이 없을 것이지만, 다른 나라의 산물을 사람들이 희귀하게 여기니, 가까운 것을 버리고 먼 것을 취한다고 할 수 있겠다. 배가 정박한 곳의 바다 가운데에 부교浮橋를 설치하였는데, 높이는 뱃머리와 가지런하게 같고, 너비는 10여 보, 길이는 수십 보나 되어 곧 공중의 누각과 같았다. 재물을 낭비하는 것이 이와 같다. 여기에서부터 내양內洋(세토나이카이)까지는 부교를 연달아 설치하였는데, 예인선으로 채색한 큰 배 3~4척이 두 줄로 앞에서 끌어당기고, 또 그 앞에는 작은 배 10여 척이 끌어당겼다. 또 명령을 기다리는 배와, 채선彩船 1척이 좌우를 떠나지 않았다.

들었는데, 부산진釜山鎭의 서찰과 선물이 정말로 이곳에 와서 기다린다고 하여 찾아보았는데, 단지 부산진 첨사釜山鎭僉使의 편지만 있을 뿐, 통신사 일행들의 집안 편지는 모두 부산진 첨사가 가로막아 내보내지 않았다고 한다. 부산진 첨사는 비록 변방의 사정을 많이 걱정하기는 해야겠지만, 어찌 이렇게 박절하고 몰인정한 일을 한단 말인가?

통신사로 갔을 때, 서찰을 왕복하는 것은 예로부터 있었고, 이전의 사행일기에 갈 때마다 있었다고 실려있다. 반드시 평안하다는 소식에 불과할 뿐인데, 또 어찌 긴요하지 않다는 말이 있겠는가?

바다를 건너온 얼마 뒤에 부사의 말을 들었는데, 동래 부사가 서찰을 내보내는 것에 대해 어렵게 여길 것이라 했다. 지금 이러한 일이 생긴 것은 아마도 동래 부사와 부산진 첨사가 지나치게 의심을 품어 일찍이 없었던 일이 발생하게 된 듯하다. 5백 명이나 되는 일행들의 책망이 사방에서 일어나니, 참으로 괴이하고 한탄스럽다.

나도 변방 고을의 수령을 지낸 적이 있어 국경을 넘지 못하게 하는 금지령은 진실로 많았었지만, 이런 일은 결코 하지 않았다.

비변사備邊司의 공문서를 보니, 동짓달 7일 궁궐에 들어가 임금을 뵐 때 영의정 홍봉한洪鳳漢[89]이 통신사가 사스우라佐須浦를 건널 때 보낸 장계를 가지고 경연중에 회계回啓(임금의 물음에 신하가 답함)하였는데(회계는 아래에 있다), '통제사統制使 이은춘李殷春은 의정부에 잡아들이고, 감조관監造官은 먼저 파직한 후에 잡아들이고, 치목鴟木 3부를 들여보내야 한다.'는 뜻을 아뢰어 윤허를 받았다 한다. 또 경상 감사가 올린 장계를 옮겨 베낀 것을 보니 '감조 차사원監造差使員 거제 부사巨濟府使 이방오李邦五·율포 권관栗浦權管 우서주禹敍疇를 우선 파면하라.'고 하였다. 좌수사 심인희沈仁希·동래 부사 정만순鄭晩淳·김해 부사金海府使 심의희沈義希·좌병사左兵使 이윤덕李潤德·울산 부사蔚山府使 홍익대洪益大·창원 부사昌原府使 전광훈田光勳·부산 첨사 이응혁李應爀 등 중에 어떤 이는 사롱紗籠(비단바구니)을 보내오고, 어떤 이는 황촉黃燭(초)을 보내오기도 했다. 이는 우리가 사스우라에 있을 때 청구했기 때문이다. 하지만 우리 모두의 편지는 보내 오지 않았고, 또 어떤 이는 단자單子만 보

---

89 홍봉한(洪鳳漢): 1713년(숙종39)~1778년(정조2). 1735년(영조11) 생원이 되고, 1743년에 딸이 세자빈(惠慶宮洪氏)으로 뽑혔으며, 이듬해 정시문과에 급제하고 사관(史官)이 되었다. 다음 해 어영대장에 오르고, 이어 예조참판을 지낸 뒤 1752년 동지경연사가 되었다. 1761년에 우의정에 발탁되었으며, 그 해에 좌의정을 거쳐 판돈녕부사를 지낸 뒤 영의정에 올랐다. 사도세자의 장인이며, 정조의 외할아버지로서 영조계비 정순왕후 김씨(貞純王后金氏)의 친정 인물인 김귀주(金龜柱) 세력과 권력 다툼을 하였다. 영조대 중반 이후 김귀주 중심의 남당(南黨)에 대립했던 북당(北黨)의 중심 인물로 평가되었다.

내기도 하고, 어떤 이는 부산진 첨사의 공문서에 안부의 글만 적어 덧붙여 보낼을 뿐이었다.

부산진 첨사의 편지 가운데 "진사進士(아들 조진관)의 편지를 받아 보아 본댁이 평안하고, 종씨從氏(사촌 조준)는 증광시增廣試에 급제하였습니다."라고 하였다. 집에서 온 편지는 비록 직접 보지 못하였지만 무사함을 알 수 있었다.

경서景瑞(조준)는 문장이나 글씨 등 모든 것이 동년배들이 추앙하는 바였다. 언젠가는 한 번 급제하겠지만 나이가 40이 가깝도록 과거에 여러 번 낙방하여 주위에서 애석하게 여겼다. 그런데 이제 급제하였다 하니, 그 위로와 기쁨이 어찌 다만 당종堂從간의 사사로운 정일뿐이겠는가? 집의 아이는 나이 아직 어려 과거 급제는 너무 어려웠을 것인데, 이번 회시會試에서 낙방한 것이 어찌 복이 될 줄 알았겠는가? 이 때문에 조금도 한스럽게 여기지 않는다.

나가토노쿠니 태수長門州太守 모리 시게나리源重就(毛利重就, 1725~1789. 조슈번 제7대 번주)가 회중 생률檜重生栗을 보내왔는데, 밤의 크기가 거의 어린 아이의 주먹만 하였다.

오늘은 60리를 왔다.

晴東風. 次赤間關. 飯後因潮退行船. 初出浦口. 雖爲逆風. 潮勢方急. 曳船且多. 不數時到泊船倉. 奉國書下憩于館所. 未及浦口十餘里. 有小倉縣. 臨海築城. 設置虹橋於城邊. 中有五層樓. 隱映於城外長林之間. 人家櫛比. 景致可觀. 自小倉而進. 海中有石碑. 問是壬辰倭船過此致敗. 秀吉戮其篙工. 立石標. 以戒後人云. 岸上有所謂白馬塚. 新羅時遣將征倭. 倭人請和. 刑馬以盟. 仍埋其馬云矣. 地屬長門州. 而自此爲內洋. 實爲海門關防. 故稱爲下關. 距此三百五十里. 有上關云. 皆是水路要衝之地也. 浦口四五里之間. 以至館所. 左邊海岸. 民戶相連. 四方商船並皆都會. 殆若我國龍山麻浦. 而屋宇之奢麗. 花卉之成林過之. 足可謂好江山也. 館宇新創于阿彌陀寺之傍. 宏豁軒暢. 比藍島尤勝. 安德寺在其傍. 蓋於古昔. 有安德天

皇者年八歲. 嗣爲倭皇. 其大臣平清盛. 濁亂宮禁. 其時大將源賴朝. 擧兵陷西京. 清盛率安德西走. 賴朝追及於赤間關. 淸盛負安德投于海. 安德祖母白河皇后及宮女數十人. 并溺水. 賴朝更立地皇. 自爲關白. 後人創寺塑安德像. 至于祀之. 前後信使. 或有觀望而詠詩者. 近以其國禁制. 使不得開門云矣. 赤間關硯石. 有名於天下者. 因此而名其海. 或稱硯水浦. 或稱硯池海. 前人詩章亦多稱道者. 而今見置案之硯石. 未知其必爲極品也. 曾聞我朝. 有一燕使. 求極品硯石於中原. 重價買取一面. 及還詳見. 則乃我國藍浦石也. 以此言之. 天下硯石. 恐無逾於藍浦所產者. 而異國之產. 人輒希貴之. 可謂捨近而取遠也. 船泊處設浮橋於水中高可以齊船頭. 廣可爲十餘步. 長可爲數十步. 便同空中樓閣. 財力之浪費有如是矣. 自此內洋連設浮橋. 而曳船以施彩大船三四隻. 雙行前挽. 又其前挽以十餘隻小船. 又以待令彩船一隻. 不離於左右矣. 聞釜山鎭書札封物. 果爲來待於此處云. 故推見則只有該鎭僉使之書. 一行家書. 并爲防塞. 不許入送. 該鎭僉使雖有過慮於邊情. 豈爲此迫切沒人情之事乎. 信使時書札往復. 自古有之. 載在日記者. 逐行有之. 必不過平信而已. 又豈有不緊說話乎. 頃於渡海後. 聞副使之言. 則萊伯不無持難於書札之入送云矣. 今有此事. 想是萊伯釜鎭. 過懷疑慮. 有此曾所未有之事. 一行半千人之咎責四起. 良可怪歎. 余亦嘗宰邊邑矣. 邊禁之嚴. 自有多端. 而不必在於此事矣. 得見備局關文. 則至月初七日入侍時領議政洪鳳漢. 以信使渡佐須浦狀聞. 回啓 回啓在下 於筵中. 而統制使李殷春拿處. 監造官先罷後拿. 鴟木三部推移入送之意. 仰達蒙允. 又見嶺伯狀啓謄移. 則監造差使員巨濟府使李邦五. 栗浦權管禹叙疇. 爲先罷黜云云矣. 左水使沈仁希. 東萊府使鄭晩淳. 金海府使沈義希. 左兵使李潤德. 蔚山府使洪益大. 昌原府使田光勳. 釜山僉使李應爀. 或送紗籠. 或送黃燭. 以其在佐須浦時求請. 而并不得付書. 或送單子. 或列於釜鎭報狀之後錄耳. 釜鎭書中. 謂以承見進士書. 本宅平安. 從氏大闡增廣云. 家書雖未親見. 可知其無事矣. 景瑞文翰凡百. 儕流所推. 一第固是倘來. 而年近四十. 累屈公擧. 公議惜之. 今果大闡. 其爲慰喜. 豈但堂從間私情而已. 家兒則年尙少. 而科名太盛. 今番會圍之見屈. 安知不爲福耶. 以此少不爲恨矣. 長門州太守源重就. 送檜重生栗. 栗大幾如小兒之拳. 是日行六十里.

1763년 12월 28일

흐리고 비가 왔으며, 동북풍이 불었다. 아카마가세키赤間關에 머물렀다.

가만히 살펴보건대, 저들과 우리나라 사람들의 기색은 모두 이곳에 머물면서 설날을 지내고자 하는 바램이었다. 이는 관사가 매우 넓은데다가 바치는 공물이 풍족하기 때문이다. 그러나 우리 삼사는 이런 것에 구애될 것이 없이 내양內洋(세토나이카이)에 들어온 뒤부터 곧바로 매일 배를 출항하려고 했다. 하지만 오늘 저녁에는 비가 쏟아지고 역풍이 불어 형편상 출항할 수 없었다. 참으로 이른바 '백성이 하고자 하는 것은 하늘이 반드시 따른다.'라는 것이다. 우습고도 우습다.

陰雨東北風. 留赤間關. 竊觀彼我人氣色. 皆欲淹留此處. 挨過歲時. 以其館宇之宏豁. 支供之豐足也. 使臣則不必拘此. 自入內洋之後. 正欲逐日行船. 而今夕雨注風逆. 勢不可行船. 正所謂民之所欲. 天必從之者也. 好笑好笑.

1763년 12월 29일

아침에는 맑고 밤 늦게는 비가 내렸다. 동풍이 불었다. 아카마가세키赤間關에 머물렀다.

우리 삼사가 여러 사람이 모이는 대청大廳에 함께 모였다. 대청은 바닷가 언덕에 있는데, 시야가 확 트였다. 앞은 넓은 호수가 내려다보이고, 호수의 넓이는 10여 리나 된다. 호수 밖 앞산은 병풍처럼 둘러 있으며, 좌우로 보이는 곳은 모두 수십 리가 넘어 하나의 큰 네모진 연못을 이루었다. 경치가 매우 볼 만한 것이 많아, 뛰어난 경관으로 일본에 소문난 것은 당연하다. 그러나 나는 우리 두호豆湖의 정자보다 못하다고 생각한다. 두호는 뒤편에 아득한 봉래산蓬萊山이 있는데, 굽이굽이 나는 듯이 떨어지는 폭포가 독서당讀書堂 앞으로 합류하여 볼 만한 천석泉石이 많다. 좌청룡左靑龍과 우백호右白虎가 고르고 알맞게 안고 돌아 어딘지 모르게 성곽 안에 있는 것 같다. 안산案山(집 맞은편에 있는 산)은 10리 밖에 있는데, 팔짱을 끼고 나를 향한 것 같고, 그 안에 한 줄기 큰 강이 있어 멈추지 않고 도도하게 흐르며, 큰 강 안쪽에 또 한 줄기 백사장이 10리를 가로로 뻗쳐있고, 또 그 안에 한 줄기 작은 강이 있어 버드나무 제방 아래로 은은하게 보인다. 그 가운데 수백 무畝의 평평한 들판에서 농작물도 가꾸고 채소밭도 가꿀 수 있는데, 쌍호정雙湖亭이 날개를 편 듯 우뚝하게 중앙을 차지하고 있다. 북쪽으로 봉래산이 보이는데, 산 빛깔이 밝고 고와서 은자隱者가 한가로이 소요할 곳으로 찾을 만하여 마치 약초 캐는 선인仙人을 따르는 것 같다. 남쪽으로는 강물을 굽어봐서 가슴이 시원하고 깨끗한 모래밭의 해당화海棠花는 맑은 향기를 멀리 보내주며, 쌍학雙鶴은 달밤에 나부끼며 그네를 타는 듯하다. 온갖 꽃은 봄바람에 흐드러지게 피었다. 이때 늙은 주인 형제가 황관黃冠과 야복野服으로 누각 위에 서성거리며 더러는 거문고를 타면서 노래에 화답하니 곡조를 귀히 여김이 아니라 그 아취雅趣에 취한 것이며, 더러는 바둑을 두고 투호投壺도 하니 승부를 겨루는 것이 아니라 흥을 보내려는 것이다. 또 가끔은 괴단槐壇에 내려가 활쏘기를 구경하고, 그 기운을 펴며 채소밭에 들어가 김을 매고 뿌리를 북돋아 주기도 한다. 그리고 지팡이를 짚고 뒷산에 오르고 바라보는 시선에 의지하여 먼 생각을 일으키며, 샘의 근원을 찾아 발을 씻고 솔바람을 끌어들여 가슴을 펴기도 한다. 돌아와서 다시 누각에 올라 책상을 바르게 하고 앉아서 책 속의 성현을 대하니, 그 흐뭇한 즐거움은 다 기록할 수가 없다. 다만 이 아카마가세키는 기세는 비록 웅장하나 변방을 지키는 땅에 지나지 않아서, 그 뛰어난 경관과 아름다운 흥취로 말하면 어찌 감히 우리나라의 쌍호정雙

쌍호정(雙虎亭).

서울특별시 성동구 옥수동 195번지에 터만 남아있다. 조엄의 정자로 쌍호정(雙湖亭)으로 불리다가 증손 신정왕후(조대비)가 이 쌍호정(雙湖亭)에서 태어났는데, 태몽에 호랑이 두 마리가 나타났다하여 이후로 쌍호정(雙虎亭)으로 불렀다. 이 일대는 자연풍광이 빼어나 많은 선비들이 정자를 세우고 여가를 즐긴 곳이다.

湖亭을 감당하겠는가?

설사 진실로 아름답다하더라도 이미 우리 땅이 아닌데 앞으로 어디에 쓰겠는가? 하물며 우리 쌍호정의 여러 가지 뛰어난 경관이 모두 아카마가세키에는 없는 것이다?

이 때문에 이 제일 관방第一關防(아카마가세키)을 내 집만 못하다고 한 것이니, 이러한 생각이 망령됨에 가깝다.

사람들이 혹여 자기가 소유한 것에 개인적인 감정을 둔 것이라고 비웃겠지만 단지 이것을 기록하는 것은, 이를 통해 부사 · 종사관 및 막료들에게 다른 날에 쌍호정을 본 뒤에 평론하게 하려는 것이다. 정말로 어떨지는 알지 못하겠다.

朝晴晩雨東風. 留赤間關. 三使齊會于會所大廳. 廳在海上岸阜. 而眼界通豁. 前臨廣湖. 湖廣十餘里. 水外前山. 羅列屛障. 左右所望處. 皆過數十里. 而便成一大方塘. 景致殊多可觀. 宜其以勝景著聞於日域也. 雖然余以爲不若吾豆湖亭子也. 豆湖則後有蓬萊山之縹緲. 而曲曲飛瀑. 合流於讀書堂前. 泉石多可觀矣. 左右龍虎. 回抱均適. 隱然若城郭之內. 案山在十里之外. 拱抱而向我. 其內有一帶大江. 滔滔不捨. 大江之內. 又一帶白沙. 橫亘十里. 又其內有一帶小江. 隱見於柳堤之下. 中有平原數百畝. 可以治農治圃. 而雙湖亭. 翼然新搆. 屹然當中. 北瞻蓬萊. 山色明麗. 可尋隱者之考槃. 如追仙人之採藥. 南臨江水. 胷次豁然. 明沙海棠. 遠送淸香. 雙鶴蹁躚於月夜. 百花爛熳於春風. 于時主人翁兄弟. 黃冠野服. 徙倚樓上. 或彈琴而和歌. 不貴調而取其趣也. 或圍碁而投壺. 不較勝而爲遣興也. 又或下槐壇. 觀射而舒其氣. 入圃田鋤草而培其根. 時或携筇而登後岡. 憑眺而起遐想. 尋泉源而濯足. 引松籟而披襟. 還復登樓. 正書几坐對卷裡之聖賢. 其樂陶陶. 不可殫記. 惟此赤間關. 氣勢雖壯. 不過關防之地. 若其勝景佳趣. 安敢當吾雙湖亭也. 設令信美. 旣非吾土. 將焉用哉. 況吾雙湖亭. 諸般勝景. 皆是赤間關所無也. 以是將此第一關防. 謂不若弊廬者. 事近妄矣. 人或以私於己有笑之. 而第爲記之. 因要副從使及幕僚輩之他日來觀湖亭後評論之. 未知其果如何也.

1763년 12월 30일

맑고 따뜻했으며, 서남풍이 불었다. 아카마가세키赤間關에 머물렀다.

오늘은 섣달그믐날이다. 고향 집에 있는 사람도 오히려 이 밤을 애석하게 여기는데, 하물며 다른 나라에 있는 자 어떠하랴? 고향을 돌아볼 여러 소식들이 아득하여 집안과 나라를 걱정하는 것은 인정상 원래 그러한 것이다. 일행 중 원역과 아래로 격졸에 이르기까지 약과와 반찬거리를 설음식으로 나누어 주고, 쓰시마 태수 · 이테이안 승려 및 호행 봉행護行奉行 이하 금도禁徒 · 사공 등에게도 약과와 어물을 주었다.

쓰시마 태수는 홍어洪魚 · 경병鏡餠을, 이테이안 승려는 감자 · 곤포昆布를, 나가토노쿠니 태수長門州太守는 향이香茸 · 생밤을 바치고, 날마다 바치는 음식 이외에도 돼지 한 마리 · 찹쌀 · 팥을 바쳤다. 모두 설날을 맞이하는 별도 문안이었다. 쓰시마의 수행인에게 이미 준 것이 있었기에 나가토노쿠니의 출참 차지出站次知 등에게도 약간의 과실과 고기를 첩자帖子(증서)로 주었다.

지난 번 아이노시마에 있을 때에 치목鴟木을 싣고 온 왜인과 두 차례 관문關文(공문서)을 가지고 온 왜인 그리고 이번에 봉물封物을 받아온 자가 모인 곳에 각각 장지壯紙 1속束, 부채 두 자루, 쌀 두 말, 대구 한 마리를 첩자로 주고, 부사와 종사관의 방에서도 그와 같이 하였다.

이것은 대개 우리나라의 관문關文과 서찰을 가지고 온 자에게 별도로 상을 준 뒤에 그를 격려하고 권하는 도리이기 때문이다.

晴暖西南風. 留赤間關. 今日是除夕也. 在其家者尙惜此夜. 況身在異域者乎. 回望故鄕. 消息杳然. 係念家國. 人情固然. 一行員役下至格卒. 皆以藥果饌物. 分給歲饌. 而馬州守以酊僧及護行奉行以下禁徒沙格等處. 亦以藥果魚族給之. 馬州守呈納洪魚鏡餠. 以酊僧納柑子昆布. 長門州太守納香茸生栗. 日供之外. 又納猪一首粘米小豆. 并以歲時別問也. 馬州隨行人處. 旣有所給. 故長門州出站次知人等

處. 亦以若干果魚帖給. 嚮在藍島時. 鴟木載來倭人. 兩次關文持來倭人及今番封物領來者合三人處. 各以壯紙一束扇子二柄米二斗大口魚一尾帖給之. 副從房亦如之. 蓋以我國關文與書札持來者. 別爲施賞. 然後可爲激勸之道故耳.

1764년1월1일

맑고 서남풍이 불었다. 아카마가세키赤間關에서 머물렀다.

날이 밝을 무렵에 망하례望賀禮를 하고, 이어서 원역들의 세배를 받았다. 호행護行하는 차왜差倭와 금도禁徒·통사通事 등이 세배를 요청하여 받았다. 만 리나 떨어진 다른 나라에서 이렇게 새해를 맞으니, 서울의 대궐에 대한 그리움이 다른 때보다 배가 되었다. 멀리서 숭현문崇賢門 밖의 백관들이 조회에 나가는 모습을 생각하니, 이 몸이 문안하는 반열에 함께 있어 임금의 만수무강을 축원하는 듯 황홀하였다.

일찍이 정축년(1757년, 영조33) 설날에도 마침 함경도 6진鎭에 있게 되어 궁궐을 그리워하는 생각이 절로 간절했었다. 이에 읊조려 율시律詩 한 수를 지었는데, 지금 그 운韻자를 잊어서 차운次韻하지 못하니 탄식할 만하다. 오늘은 날씨가 맑고 화창하여 배를 운행할 만하였는데, 조수가 조금 늦게 들어왔을 뿐만 아니라, 두 나라의 상하가 모두 설날에 여행하는 괴로움을 원하지 않았기에 여러 사람들의 소원을 막을 수 없어 출발하지 못하였다. 답답하다.

우리 세 명의 사신은 종일 대청의 회의장에 있으면서 원역을 모아놓고 정오에 탕湯과 떡과 과일 등을 먹였는데, 두루 격졸格卒에까지 미쳤으며, 저녁에는 식당에서 잔치를 베풀어 밤이 깊어서야 그쳤다. 치목鴟木을 받았다는 내용으로 비변사에 보고하였는데, 치목이 들어올 때에 동래와 부산에서는 보고가 있었고, 왜관倭館의 소임을 맡은 훈도訓導와 별차別差는 처음부터 한 글자의 자필 글도 없었다. 일이 매우 해괴하여, 의논하여 죄를 주자는 나의 뜻을 비변사에 보고하는 문서 속에 밝히고, 이어서 집으로 보내는 편지를 써서 왜의 비선飛船 편에 부쳤다.

일행 원역에게 이미 상을 차려 먹였기에, 대마도주와 호행하는 차왜 등에게도 모두 음식 한 상을 차려 주었다. 일본의 역서曆書를 얻어 보았는데, 제작이 청淸나라 역서와 크게 다르니, 또한 절기가 우리나라와 다른지 알지 못하겠다.

晴西南風. 留赤間關. 平明行望賀禮. 因受員役歲謁. 護行差倭及禁徒通事等. 皆請歲謁. 故受之. 萬里殊方. 逢此新歲. 京闕之戀. 一倍他時. 遙想崇賢門外. 百僚造朝之儀. 怳若身在問安之班. 同祝呼嵩之願. 曾於丁丑元朝. 適在六鎭. 自切戀闕之忱. 吟成一律. 今忘其韻不得次. 可歎. 是日天氣淸和. 可以行船. 而非但潮水差晩. 兩國上下人. 皆以元日不欲行役. 衆願不可遏. 不得發. 可悶. 三使終日在會所大廳. 會集員役. 午饋湯餠床果. 遍及格卒. 夕設食堂. 犯夜而罷. 以鴟木領受之意. 報于備局. 而鴟木入來時. 東萊釜山則有報狀. 倭館所任訓導別差則初無手本一字. 事極可駭. 亦以論罪之意. 攙及於報備局文狀中. 因修家書. 付送倭飛船便. 行中員役. 旣皆設床以饋. 故於島主及護行差倭等處. 亦皆各給一床. 得見日本曆書. 制作與淸曆大異. 亦未知節候之與我國同異矣.

29. 무로즈미室隅(배) 1764년1월2일

맑고 서남풍이 불었다. 새벽 3시쯤에 배를 띄워 저녁 7시쯤에 무로즈미室隅에 도착하였다.

대마도주가 사람을 보내 떠나기를 요청하면서 "조수潮水가 일찍 들어올 것입니다."라고 하였다. 그래서 밤 11시쯤에 국서國書를 받들고 배에 올라, 밀물을 틈타 배를 띄웠다. 뱃머리를 돌리자마자 조수의 기세가 사납고 급하여 배가 빙빙 도는 회오리 속으로 들어가 두세 번 돌았다. 예인선을 미처 매지도 못하였는데, 왼쪽으로는 얕은 바다와 가까웠으며, 오른쪽으로는 암초가 많이 있었다. 캄캄한 밤중에 앞길을 분간하기 어려워 배 안의 사람들이 모두 당황해하며 허둥지둥하기에 급히 닻을 내려 진정시켰다.

다시 앞길을 찾아 닻을 올리고 노를 저어 겨우 포구를 나오니 예인선이 비로소 왔다. 배의 속력이 매우 빨라서 날이 밝기 전에 벌써 50~60리를 지났다. 일찍이 들었는데, '아카마가세키赤間關는 아주 험한 나루여서 꼭 밀물을 틈타 왕래한다.'고 하더니 정말 그러하였다.

오전 9시쯤부터 바람이 잔잔해지고 물이 역류하여 흐르기에 노를 재촉하여 갔는데, 오후가 되자 서풍이 매우 거세지고 물살의 형세 또한 순하여 저녁 7시쯤에 무로즈미室隅 앞바다에 당도하였다. 하지만 밤이 너무 어두워 배가 정박할 곳을 찾지 못하고 거의 해안에 부딪칠 뻔 했는데, 왜인들이 횃불을 밝혀 위험한 곳을 가르켜 주었기 때문에 조금 물러나서 바다 가운데에 닻을 내렸다. 사나운 바람과 소낙비가 갑자기 거세져 배가 제법 요동쳐서, 표류될 걱정이 없지 않았기에 장무관掌務官[90]을 차왜差倭에게 보내어 예인선을 많이 동원하게 했다. 그리고 다시 노젓는 일을 재촉하여 밤이 깊어서야 내양內洋으로 들어가 정박하였는데, 물가와의 거리는 백여 보가 훨씬 넘었고 이미 관사가 없어 배 위에서 유숙하였다. 이곳은 스오노쿠니周防州 소속이다.

오늘은 3백 리를 왔다.

晴西南風. 寅時發船. 初更次室隅. 島主送人請行. 謂以潮水當早. 故子時奉國書登船. 乘潮發船. 而纔回船頭. 潮勢悍急. 舟入洄水. 再三轉回. 而曳船未及結索. 左近淺灘. 右挾隱石. 漆夜之中. 難分前路. 舟中之人. 擧懷遑忙. 急令下碇而鎭之.

---

90 장무관(掌務官): 각 관아의 수령 밑에서 직접 사무를 주관하던 관원.

更尋前路. 擧碇而櫓役. 纔出浦口. 曳船始進. 舟行甚疾. 未天明已過五六十里. 曾聞赤間關. 極是險津. 必乘潮而往來云. 今果然矣. 自巳時風殘水逆. 督櫓而行. 至午後西風頗緊. 水勢且順. 初更量僅到室隅前洋. 而夜黑之故. 未審船泊之便否. 幾觸海岸. 因彼人之明炬指險. 乍退下碇於洋中. 狂風驟雨. 猝然大作. 舟中頗搖. 不無漂流之慮. 送掌務官于差倭處. 多定曳船. 更督櫓役. 夜深進泊於洋內. 去水邊猶過百餘步. 旣無館所. 留宿船上. 地屬周防州. 是日行三百里.

30. 가미노세키上關 1764년1월3일. ~1월4일)

맑고 서남풍이 불었다. 아침 7시쯤에 배를 띄워 오전 11시에 가미노세키上關에 도착하였다.

날이 밝을 무렵 선실에 올라 사방을 바라보니, 포구 안쪽에는 제법 민가가 있었다. 비록 부두는 없었지만 배 수백 척을 품을 만하였다. 어제 배가 정박했던 바다어귀를 돌아보니 매우 위험한 곳도 아니었는데, 캄캄한 밤이었기에 부질없는 걱정을 하였다. 늦은 밤에는 배를 띄워서는 안 된다는 사실을 다시금 깨달았다.

대마도주가 사람을 보내와 떠나기를 요청하여, 밥을 먹은 뒤 배를 띄워 한낮에 가미노세키上關에 도착했다. 가미노세키는 저들 나라의 수로水路에 있어서 목구멍이 되는 곳이다. 겨우 포구에 들어서니 4면이 산과 하천으로 둘러싸여 수려하였고 호수도 빙 둘러 있었다. 부산의 내양內洋보다는 조금 작지만, 만일 그 포구 속에 배를 숨겨두고 포구의 언덕 위에 군사를 매복한다면, 아무리 만 척의 배가 온다 하여도 형세상 뚫고 지나가지 못할 것이니, 정말 하늘이 만든 요새라고 할 만하다.

국서國書를 받들고 관소로 내려갔다. 땅은 스오노쿠니周防州 소속이나, 나가토노쿠니長門州의 속현屬縣이기에 우리들의 접대를 나가토노쿠

가미노세키(上關) 내항도.

니에서 돕는다고 하였다. 나가토노쿠니 태수가 설떡 두 상자를 보내왔는데, 떡 하나의 둘레가 쌀 서 말이나 되니 큰 떡이라고 할 만하다.

스오노쿠니周防州 태수 깃카와 쓰네나가源經永(吉川經永)가 삼중杉重을 보내왔는데, 그 상자 안쪽 위에 조화 한 송이를 꽂아 바쳤으니, 매우 기이한 것을 좋아하는 자라 하겠다.

오늘은 60리를 왔다.

晴西南風. 辰時發船. 午時次上關. 平明出柁樓. 四望觀之. 則浦內頗有人家. 雖無船倉. 亦可以藏累百艘矣. 回顧昨日洋口船泊處. 則不至甚危. 而以其昏夜之故. 枉費憂慮. 尤覺犯夜行船之不可爲也. 島主送人請行. 故飯後發船. 午抵上關. 上關是彼國水路咽喉之地. 纔入浦口. 四面回抱. 山川秀麗. 湖水周遭. 差少於釜山內洋. 而若果藏船於浦內. 伏兵於浦口岸上. 則雖有萬艘. 勢莫能衝過. 正是天作之關防也. 奉國書下館所. 地屬周防州. 而以長門州之屬縣. 故支供則長門州待之云. 長門州太守送歲餠二樻. 一餠之圓. 容米三斗. 可謂大餠矣. 周防州太守源經永. 送杉重. 而內樻之上. 揷一假花而呈. 可謂好奇之甚者也. 是日行六十里.

1764년1월4일

맑고 북풍이 불었다. 가미노세키上關에 머물렀다.

역풍이 불어 앞으로 갈 수가 없어 답답하였다. 이테이안 승려가 소면素麪과 엿을 보내왔는데, 승려들의 법규에 정월 3일 이전에는 서로 주고받지 않기 때문에 새해에 대접하는 음식이 조금 늦었다고 한다. 불교의 풍속은 정말로 가소롭다.

초저녁에 우리 세 명의 사신이 함께 관소의 높은 누각에 올랐는데, 누각 안이 몹시 좁고, 보이는 곳이 넓지 않아서 특별히 말할 만한 것이 없었다. 우리를 접대하는 봉행奉行이 과자를 보내왔기에 그 쟁반에다 약과藥果를 각각 담아 주었다.

晴北風. 留上關. 以風逆不得前進可鬱. 酊菴僧送素麵及飴餳. 以爲僧家則例於正月三日前. 不相問聞. 故歲饌差晚云. 佛俗誠可笑也. 初昏三使同登館上樓. 樓上狹窄. 所見不廣. 別無可稱者矣. 支應奉行. 呈納菓子. 於其盤各盛藥果以給之.

31. 쓰와(배)津和 1764년1월5일

맑고, 아침에는 북풍이 불다가 밤에는 서남풍이 불었다. 아침 7시쯤에 배를 띄워 오후 5시에 쓰와津和에 도착하였다.

날이 밝을 무렵에 대마도주가 떠나기를 요청하였다. 국서를 받들고 배에 올라 동쪽을 향하여 출발하였다.

포구는 너비가 백 보에 불과하지만, 진실로 요새이다. 언덕 위 높은 봉우리에 보루堡樓를 설치하였는데, 이곳은 망을 보는 곳으로 우리나라의 봉수烽燧와 같은 곳이다. 아이노시마藍島에서부터 여기까지 온 길에 본 것이 많았으나 다 기억하지 못하겠다.

역풍이 제법 거세게 불어 노를 저어 나가다가 정오쯤부터 서남풍이 점점 불어와 돛을 달고 갔다. 쓰와津和에 10여 리쯤 못 미쳐 바닷물이 빙빙 돌다가 동서로 나뉘어 흐르더니 여울의 흐름이 몹시 빨랐다. 계속 재촉하여 노를 저어 거슬러 올라갔으나 미끄러져 내려오고 말았다. 잠시 올라갔다가 잠시 물러섰다가 왼쪽으로 갔다 오른쪽으로 갔다 하는 정말 힘들고 고생스러운 상황이었는데, 예인선마저 닻줄이 끊어져서 앞으로 나가기가 더욱 어렵게 되었다. 그래서 힘들게 노 젓는 군사들을 재촉하여 힘을 다해 겨우 건넜다.

수백 보밖에 안 되는 곳을 한 두 시간이나 허비하게 되니 험한 여울이라 할 만하다. 만약에 이러한 상황을 알아서 이 좁은 길을 버리고 오른쪽의 산 밖으로 길을 잡아 갔다면, 길의 거리가 조금 멀더라도 이러한 위험은 면할 수 있었을 것이다.

해가 저물 무렵에 쓰와津和로 들어가 정박했다. 이곳은 아키노쿠니安藝州의 소속인데, 원래 정한 역참이 아니었기 때문에 비록 관사는 없었지만, 포구 주변에 태수의 찻집이 있어 간신히 몸을 부칠만하였다. 땅에 내리려고 하다가 종사관從事官과 왕래가 어려울 것 같아서 닻을 바다에 내리고 경계하며 밤을 지내기로 했다.

다섯 척의 배는 도착하였지만, 짐을 실은 배 한 척이 뒤떨어져 있어서 험한 여울 때문에 걱정이 되었다. 선실에 나가 기대서서 기다렸다.

저녁 9시가 되자 포구 밖에서 배가 들어오는데 연주등聯珠燈 세 개가 뚜렷이 10리 밖에서도 보였다. 새삼 등대가 도움이 된다는 것을 깨닫게 되었다.

오늘은 1백 10리를 왔다.

晴朝吹北風晩回西南風. 辰時發船. 申末次津和. 平明島主請行. 故奉國書乘船. 向東出浦. 浦口之廣. 不過百步. 眞是關隘處矣. 岸上高峯. 設置堡樓. 此是候望之地. 有若我國之烽燧. 自藍島以後. 多在於歷路所見處. 而不復盡記. 逆風頗緊. 櫓役而進. 自午間西南風漸吹. 懸帆而行. 未及津和十餘里. 海水縈洄. 而東西分流. 灘勢甚急. 督櫓溯上. 旋自下流. 乍進乍退. 向左向右. 正在艱辛之際. 曳船絶纜. 向前尤難. 遂飭櫓軍而大肆力. 僅得渡越. 不過數百步地. 而費了一二時. 可謂險灘矣. 早知如此. 捨此狹路. 取彼右邊山外而行. 則道里雖似稍遠. 可免此險矣. 日暮時入泊津和. 地屬安藝州. 旣非元定站上. 故雖無館所. 浦邊有太守茶屋. 可以容膝. 欲爲下陸. 而以從事官之難於往來. 下碇洋中. 戒心經夜. 五船到泊. 而一卜船落後. 故爲慮險灘. 出倚柁樓而待之. 初更末自浦外入來. 而聯珠三燈. 宛見於十里之外. 尤覺燈表之不爲無助也. 是日行一百十里.

32. 가오도加老島 1764년1월6일. ~1월8일)

흐리다가 저녁에 비가 내리고, 동북풍이 불었다. 아침 7시쯤에 배를 띄워 오후에 가오도加老島에 도착했다.

대마도주가 사람을 보내 떠나기를 요청하여, 날이 밝을 무렵에 배를 띄워 동쪽을 향하여 가는데, 날씨가 음산하여 차갑고, 바람과 물이 모두 역풍이었다. 겨우 10여 리를 나갔는데 역풍이 점점 거세지고 파도가 몹시 높아져서 배가 요동치는 것이 큰 바다를 건너오던 때와 별반 다르지 않았다. 여럿이 힘을 모아 노를 저어 오후 1시에 겨우 가오도加老島 포구에 닿았는데, 바람이 그치지 않고 비도 급하게 오려고 하여 어쩔 수 없이 배에서 내렸다. 민가에서 쉬는데 비좁아 우리 세 명의 사신이 각각 달리 처소를 정했다.

부사副使가 지나다가 들어와서 어제의 위험한 여울 그리고 오늘 역풍과 큰 파도에 무사히 지나 온 것을 서로 축하해주었다.

저녁부터 비가 내리기 시작하여 밤새도록 그치지 않아 삼복선(세 번째 짐 실은 배)이 앞 바다에 닿지 못하고 가오도의 뒤쪽 바다에 정박하였다.

대개 이 섬을 간혹 히라이마河漏島라고도 부른다. 이는 이 섬 서쪽 기슭이 평평하고 낮아서 목구멍 모양처럼 생겼기 때문이다. 넓이가 20~30보에 불과하지만 바다를 앞과 뒤로 나눈다. 민가가 그 위에 연이어 있는데 꽤나 즐비하였다.

생각건대 장사치의 배들이 모여드는 곳이라 생활이 넉넉한 듯하였다.

오늘은 30리를 왔다.

陰夕雨東北風. 辰時發船. 午後次加老島. 島主送人請行. 平明發船向東而行. 日氣陰寒. 風水俱逆. 纔進數十里. 逆風漸緊. 波濤極盛. 舟中搖蕩. 無異渡大海時.

衆力櫓役. 未初僅泊於加老島浦口. 風頭不止. 雨意且急. 不得已下陸. 憩于閭舍. 以其狹窄之故. 三使各定下處. 副使歷入相賀. 昨日險灘. 今日風濤之順經. 自夕時雨下. 達夜不霽. 三卜船未及於前洋. 來泊於島之後洋. 蓋此島或名河漏島. 其西麓平低如咽喉形. 廣不過數三十步. 分爲前後洋. 閭家羅列於其上. 頗爲櫛比. 想是商船湊泊之地. 而生涯有裕處也. 是日行三十里.

1764년1월7일

흐리다가 비가 오고, 동북풍이 불었다. 가오도加老島에 머물렀다.

종일토록 바람이 어지럽게 불고 비가 쏟아지기를 그치지 않아, 어촌에 머무르고자 하니 더욱 근심스럽고 괴로웠다. 여러 배들이 앞 바다에 정박하였는데, 파도에 매우 흔들려 차왜差倭에게 분부하여 힘을 합쳐 내양內洋쪽으로 옮겨 정박하게 하였다.

처소로 정한 민가는 어민의 작은 집에 불과한데 소철蘇鐵 · 철쭉 등의 화초가 또한 모두 있었다. 푸른 잎이 마르지 않았으며, 무 뿌리와 파 밑동이 한창 자라고 있는 것도 보였다.

하늘이 사시사철을 고르게 분배한 것은 온 천하가 같은데, 유독 일본에는 겨울철이 없다고 할 수 있으니, 참으로 괴이한 일이다.

陰雨東北風. 留加老島. 風亂雨注. 終日不止. 滯留浦村. 尤覺愁悶. 各船泊於前洋. 頗爲搖蕩. 分付差倭. 使之合力移泊於內洋. 所處閭舍. 不過浦民小屋. 而蘇鐵躑躅等花卉. 亦皆有之. 而青葉不凋. 菁根蔥白. 見方茁長. 皇天平分四時. 海內同然. 而獨於日本. 可謂無冬節. 良可怪也.

1764년 1월 8일

잠깐 흐리다가 잠깐 개었다. 아침에는 동북풍이 불고 늦게는 남풍이 불었다. 가오도加老島에 머물렀다.

대마도주가 사람을 보내 떠나기를 요청했으나, 바람의 기세가 역풍인 데다가 파도마저 잔잔하지 않았기에 허락하지 않았다. 얼마 뒤에 들었는데, 대마도주가 북을 울리면서 포구를 출발했다고 하였다.

나는 몹시 괴이하게 생각하여 수석 통역관을 시켜 물어보았더니 "전달한 말을 잘못 듣고 그렇게 했는데, 다시 정확한 보고를 듣고 이미 배를 돌렸습니다."라고 하는데, 그 뜻을 알 수가 없었다. 앞으로는 이처럼 하지 말라는 뜻으로 엄히 수석 통역관 등을 꾸짖어 대마도주에게 말을 전하게 하였다.

이곳은 아키노쿠니安藝州 소속으로, 태수太守 아사노 시게아키라源重晟(淺野重晟)가 납작하게 말린 곶감 한 상자와 도미 한 묶음을 보내왔는데, 이는 앞으로 갈 예정인 가마가리 출참鎌刈出站의 관원이기 때문이다. 우리가 비에 막혀 이곳에 머물러 있다는 말을 듣고, 사사로이 비선飛船을 보내 문안하는 것이라 한다.

부사가 와서 이야기를 나누었다.

乍陰乍晴朝東北風晩南風. 留加老島. 島主送人請行. 而風勢旣逆. 波濤不息. 故不許之矣. 俄聞島主雷鼓而出浦. 心甚怪之. 使首譯往問之. 則謂以誤聽傳言. 而更聞的報. 已爲回船云. 其意未可知也. 以後勿如是之意. 嚴責首譯等. 使之傳言於島主. 地屬安藝州. 太守源重晟送蹲柹一箱鯛魚一折. 此是前路鎌刈出站之官. 而聞吾行阻雨. 滯留於此處. 專送飛船而問候云矣. 副使來話.

33. 가마가리蒲刈 1764년1월9일

아침엔 흐리고 저녁 늦게는 맑다가 간혹 눈도 뿌리고 동북풍이 불었다. 오전 9시쯤에 배를 띄워 오후1시쯤에 가마가리蒲刈에 도착했다.

대마도주가 떠나기를 요청하여, 명령을 기다리는 채선彩船을 타고 돌아서 우리 배에 올라타니, 대마도주가 말을 전하기를 "비가 오려고 하니 잠깐 동안만 머무르십시오."라고 하였다.

조금 늦게 배를 출발시켰는데, 역풍이 점점 거세져 노를 저어 나아갔다. 그런데 갑자기 회오리바람이 불고 눈이 펑펑 쏟아져 급하게 뒤쪽의 돛을 내렸는데, 잠깐 사이에 벌써 십 여리를 지나왔다. 잠깐 동안 맑다가 잠깐 동안 눈이 내려 날씨가 범상치 않았다. 있는 힘을 다해 노를 저어 가마가리蒲刈에 들어와 정박하였다. 국서를 받들고 관사로 가는데 부두와 부교浮橋가 가미노세키上關나 시모노세키下關보다 훨씬 좋았다. 부두에서 관문까지는 5~6칸에 불과하였는데, 문 안쪽으로 백여 보 사이에는 행랑채를 연달아 지었으며, 행랑채 좌우 난간에는 붉은 색의 양탄자를 깔아 놓았다.

일찍이 들었는데, 무진년에 통신사가 왔을 때에는, 도로에도 붉은 양탄자를 깔아 아랫것들이 흙 묻은 발로 밟아 더럽히자 통신사신들이 깔지 못하도록 분부하였다고 했다. 그래서 이번에는 도로에 깔지 않았다고 한다. 관소의 건물은 다른 관소에 비하여 꼭 낫다고는 할 수 없으나, 여러 가지 시설은 지나온 여러 곳보다 나았다. 심지어 이불과 베개도 각각 두 가지씩 마련했으니, 낭비라고 할만하다.

이곳은 아키노쿠니安藝州 소속으로, 일명 가마가리鎌刈라고도 한다.

대마도주가 말하기를 "부기선副騎船의 고장난 문제를 도쿄江戶에 보고했더니 겨우 회답이 왔습니다. 마땅히 내일 친히 전하여 올리겠습니다."라고 했다. 삼사는 "내일은 배를 운행해야 하므로, 오늘 와서 전달하거나, 다른 역참에 머물 때 와서 전달하시오."라는 뜻을 답해 보냈다. 그러자 대마도주는 다시 목구멍 통증이 몹시 심하여 바람을 쐬기가 어렵다고 말하고, 이어서 박하전薄荷煎을 요구하였다. 그래서 박하전 및 용뇌고龍腦膏 · 안신환安神丸 등 세 가지 약을 싸서 보내고, 세 가지 약방문藥方文을 베껴서 주었다. 그리고 수석 통역관을 보내 문병을 하였더니, 매우 감사하다고 하였다.

오늘은 50리를 왔다.

朝陰晩晴或灑雪東北風. 巳時發船. 未時次蒲刈. 島主請行. 故乘待令彩船. 轉登我船. 則島主送言. 謂有雨意. 少頃遲留. 差晩發船. 而逆風漸緊. 櫓役以進. 忽有飄風驟雪. 急下後帆. 轉眄之頃. 已過十餘里. 乍晴乍雪. 日氣乖常. 極力櫓役. 入泊蒲刈. 奉國書下館所. 船滄浮橋尤勝於上下關. 自船滄至館門. 不過五六間. 而門內百餘步之間. 連設行閣. 行閣左右之欄干. 掛鋪紅氈. 曾聞戊辰信使時. 道路亦設紅氈. 而下屬輩泥足踏汚. 使行分付不鋪. 故今番則不鋪於行路云矣. 館宇則比他館未必勝焉. 而凡諸器具. 有裕於所經各處. 至於衾枕. 各設二件. 可謂浮費矣. 地屬安藝州. 一名鎌刈. 島主謂以副騎船致傷事. 傳報江戶. 才有回答. 當爲親傳于明日云. 三使以明日則當爲行船. 今日來傳. 或於他站留住時來傳之意答送. 則更以喉痛方極. 有難觸風云. 因求薄荷煎. 以薄荷煎及龍腦膏安神丸三種封送. 謄書三藥方文而付之. 送首譯問病. 則頗爲感謝云矣. 是日行五十里.

34. 타다노우미忠海島 1764년1월10일

아침에는 북풍이 불더니 저녁 늦게는 동북풍이 불고 눈이 내렸다. 아침 7시쯤에 배를 띄워 오후 5시에 타다노우미忠海島에 도착했다.

대마도주가 떠나기를 요청하여 배가 포구를 나가는데, 역풍逆風이 점점 불어와 노를 저어 앞으로 80여 리를 나갔다. 바다 속에 암초가 있는 곳은 반드시 왜선을 배치하여, 암초 위에 나무를 꽂거나, 더러는 배 가운데에 표시하였다. 그리고 밤에는 불을 들고 흔들어서 들어오는 배가 빙 돌아 피하게 하였다.

오후부터 눈이 날리고 바람이 어지럽게 불어 날씨가 좋지 않아 해가 지기 전에 타다노우미 앞바다에 와서 정박했다. 이곳은 비고노쿠니備後州 소속인데, 부두의 물이 얕아서 중류에 닻을 내렸지만, 밤사이 바람의 세기를 알 수가 없어서 세이넨지誓念寺로 내려가 묵었다.

부두에서 숙소에 들어가기까지는 거의 3리쯤을 가는데, 석축이 옆으로 뻗쳐 있고, 민가가 즐비하여 확연히 읍치邑治(고을을 다스리는 관아가 있는 곳)의 규모와 같았다. 포구 몇 리 거리에는 장사치 배들이 모여 정박해 있고, 또 한 모퉁이에는 물을 끌어들여 소금을 고는 가마가 줄지어 있었다. 생활을 위해 모여드는 곳임을 알 수 있다.

절은 아주 큰 편은 아니었지만 또한 꽤 정결하였다. 절의 승려들에게 약과藥果와 부채를 주었다.

오늘은 1백 리를 왔다.

朝吹北風晩東北風灑雪. 辰時發船. 申末次忠海島. 島主請行. 纔出浦口. 逆風漸吹. 櫓役前進. 行八十餘里. 洋中有隱嶼. 而隱嶼在處. 必置倭船. 植木於嶼上或船中以標之. 夜則擧火而搖之. 使來船周回而避之. 自午後雪飄風亂. 日氣不和. 未暮來泊忠海前洋. 地屬備後州. 而船滄水淺. 下碇中流. 夜間風勢有未可料. 故下宿于誓念寺. 自船滄入于宿所. 殆過三里許. 而石築橫亘. 閭家櫛比. 宛似邑治規模. 堀浦數里. 商船會泊. 引水一區. 鹽釜羅列. 可知其生理都會之處也. 寺不甚大. 而亦頗精潔. 寺僧處給藥果扇子. 是日行一百里.

35. 도모노우리鞱浦 1764년1월11일

맑고 동북풍이 불었다. 아침 7시쯤에 배를 띄워 날이 어둑어둑해질 무렵 도모노우리鞱浦에 도착하였다.

대마도주가 떠나기를 요청하여 안쪽 부두에서 채선彩船을 타고 나와 우리 배로 갈아탔는데, 비장裨將이 구경꾼 속에 있는 어린 아이를 가리키며 말하기를 "저 어린 아이가 바로 여덟 살 난 아만阿萬인데, 글씨를 잘 쓴다고 합니다."라고 하였다. 그래서 그가 쓴 것을 보니 붓을 움직이는 것이 무르익고 능란하여 매우 진취성이 있었다. 멀리서 그 아이를 바라보니, 얼굴이 빼어나고 해맑아 몹시 귀여웠는데, 외국의 기이한 아이라고 할 만하다. 지필묵紙筆墨을 주려고 비장에게 우리 배 근처로 데려오게 하였지만, 그 아이가 오지 않으려고 머뭇거리는 바람에 대마도주가 이미 배를 띄워 나도 그의 뒤를 따랐다. 때때로 저들의 표식이나 깃발에 쓴 글씨와 역참의 병풍에 쓴 글씨, 그리고 혹 단자 물건單子物件에 가늘게 쓴 것이나 문사들의 시를 쓴 두루마리에 저들이 읊은 시들을 보면, 필법이 더러는 기묘하였다. 그런데도 그들은 우리나라 사람의 글씨만 얻으면 해서楷書이건 초서草書이건 우열을 따지지 않고 모두가 기뻐서 날뛰었다.

글씨를 구하려는 자가 끊임없이 이어졌는데, 사자관寫字官(문서를 정밀하게 베껴쓰는 말단 벼슬)뿐만 아니라, 일행 중에 조금이라도 글씨를 쓸 줄 아는 사람도 또한 그 간절한 요청 때문에 견디기가 어려웠다. 배에 올라타는 순간까지도 뒤따라와 손을 모으고 몹시 애걸하여 글씨를 쓰는 자가 붓을 휘두를 겨를이 없었다. 중간에서 소개하는 쓰시마의 통역이 또한 대부분 중개하여 뇌물까지 받는다고 하니, 그들의 행동을 참으로 이해하기가 어렵다.

마상휘호도(馬上揮毫圖)
일본 1711년작(개인소장: 신기수).

어떤 사람이 말하기를 "만일 조선 사람의 글씨를 얻어 간직해 두면 많은 이득이 있다."라고 하는데, 이것은 이치에 맞지 않는 말이며, 아마도 조선은 예의의 나라라 존귀하게 여겨, 그 사람을 사랑하는 것만으로도 부족하여 그 글씨를 사랑하는 데까지 이르렀다고 볼 수 있다. 그 또한 알 수가 없다.

30리를 가니, 왼쪽이 삼원杉原 지방인데, 지세가 조금 넓고 민가도 꽤 많았다. 석회를 바른 성벽이 둘러 있고 망루가 멀리 비치는 것으로 보아 필시 부유하고 성대한 고장임에 틀림없다.

일본 종이의 품질은 간혹 삼원에서 생산된 것을 좋다고 하는데, 꼭 그렇지도 않았다.

관소 10여 리를 못 미쳐서, 우시오산海潮山에 반다이지盤臺寺라는 절이 있는데, 암석 위에 있어, 아득하고 정결한 것이 기교를 다하였다. 이곳을 지나치기도 전에 이 절의 승려가 와서 이른바 '덕담지서德談紙書'란 글을 올렸는데, 몇 구절 뿐인데도, 문리가 이루어지지 않아 정말로 가소로웠다.

또 '무진 신행시 첩자기戊辰信行時帖字記'를 올렸는데, 예전부터 통신사들이 이곳을 지날 때, 이 절의 승려가 당연히 축원祝願하는 말을 올리면 모두 음식과 물품을 주었다. 그래서 이번에도 역시 무진년의 예에 의해 백미 한 포와 약과藥果와 종이 묶음 등을 주었다.

일찍이 들었는데, 반다이지의 승려들이 오고가는 행인에게 양식을 구걸할 때, 오는 손님을 위해서는 서풍을 빌고, 가는 손님을 위해서는 동풍을 빈다고 한다. 하루 동안에 순풍과 역풍을 함께 빌면 하늘이 어떻게 그 소원을 들어주겠는가? 그 진실하지 못함이 정말로 가소로웠다.

아! 쇠락한 시대에 왼쪽으로 달려가고 오른쪽으로 붙으며, 음陰인 듯하고 양陽인 듯하여, 다만 자기 한 몸의 사리사욕을 위해 어떤 경우라도 좋은 얼굴로 남을 대하는 자들이 꼭 반다이지의 승려가 바람을 비는 것과 같은 것이니, 세상 사람들의 경계가 되지 않을 수 있겠는가?

겨우 포구 가까이 닿았지만 여기저기 흩어져 있는 암석과 암초가 많아서 그것을 멀리 피하여 지나왔다. 배가 지나가는 좌우에 민가가 즐비한데, 주위 언덕에 걸려 있는 가로등이 거의 만 개도 넘었다.

어떤 이는 4월 초파일 관등觀燈놀이 때보다 덜하지는 않을 것이라 한다. 저녁 7시쯤에 도모노우라韜浦에 도착하여 국서國書를 받들고 관소로 내려가 쉬었는데, 관소는 바로 가이간산海岸山의 후쿠젠지福禪寺였다. 이전의 통신사들 모두가 도모노우라를 통신사 행로에서 제일 명승지라고 여겨서 어떤 사람은 중국의 동정호洞庭湖에 비유하고 또 어떤 사람은 악양루岳陽樓에 비유하였다.

동정호와 악양루는 원래 보지 못하여 비록 그 우열을 평가할 수 없으나, 이곳은 3면이 바다로 둘러싸여 남쪽으로 바라보면 끝이 없고, 동쪽・서쪽은 작은 섬들이 두 손을 마주 잡고 읍揖하는 것처럼 가득하게 늘어서서 애교를 떠는 것 같다. 절은 언덕 위에 있는데 기묘한 바위가 둘려 있고 돌계단이 서로 이어졌으며, 지붕이 높이 솟아 환하게 툭 트여 있어, 대체로 좋은 강산江山에 좋은 누대樓臺이다.

신묘년(1711년)에, 종사관 남강南岡 이방언李邦彦이 '일동제일형승日東第一形勝'이란 여섯 글자를 써서 현판에 걸어두었으며, 무진년(1748년)에는 삼사 이하 여러 문사文士들이 두보杜甫의 〈악양루岳陽樓〉시를 함께 차운次韻하여 승려에게 주었다 한다. 절의 승려들이 그것을 보여 주기에 돌아오는 길에 차운하겠다고 말하고 약과와 부채만 주었다. 이 또한 무진년의 예이다.

대조루(對潮樓).

1748년 조선통신사 정사인 아버지 홍계희를 따라 온 아들 홍경해(洪景海)가 쓴 글.

일동제일형승(日東第一形勝).

1711년 조선통신사 종사관 이방언(1675년~?)이 쓴 글.

담와澹窩 홍계희洪啓禧의 둘째 아들 교리 홍경해洪景海[91]는 아저씨 항렬로, 무진년에 아버지를 수행하여 '대조루大潮樓'란 세 글자를 현판에 써서 벽에 걸었는데, 지금 그 사람은 이미 저승으로 갔지만, 이 현판을 보니 더욱 서글픈 생각이 들었다.

절에서 남쪽으로 수십 보 지점에 깎아지른 언덕이 삐쭉 솟아 있어, 용머리가 바다에 나온 듯하였다. 그 곳에 돌을 쌓아 정자를 만들고 또 작은 절을 세웠는데, 경치가 매우 기묘하여 굽이굽이 명승지라고 할 만하였다.

이 지방은 비고노쿠니備後州 소속인데, 관백이 대관代官을 보내 통신사 행로의 접대를 검사하는 곳이다. 그리고 이른바 대관이란 자는 옷 앞의 무늬가 수의어사繡衣御史와 같다고 하는데, 정말 그러한지 알지 못하겠다. 대관이 스스로 문밖에 도착하여 문안을 드리기에 수석 통역관을 시켜 접대하게 하였다. 밤에 난간에 몸을 맡겨 기대어 바라보니 바다 위에 뜬 달이 멀고도 아득하였다.

임금에 대한 그리움과 고향 생각 때문에 회포를 달래기 어려워 절구絕句 두 수를 지었는데, 한 수는 포은圃隱 선생의 운자를 차운한 것이다.

오늘은 1백 리를 왔다.

晴東北風. 辰時發船. 初昏次韜浦. 島主請行. 故自內船滄乘彩船. 轉登我船. 裨將指觀光中小兒曰. 彼是八歲童阿萬者. 而能善書云. 故見其書則運筆濃瀾. 頗有

91 홍경해(洪景海): 1725년(영조1)~1759년(영조35). 1747년 아버지 홍계희가 조선통신사 정사로 임명되자, 아버지를 따라 조선통신사 일행으로 일본을 다녀와 〈수사일록〉를 남겼다. 1751년(영조27) 정시문과에 병과로 급제하고, 설서(說書)로 있던 1753년에 학문으로 이름이 높아져 수찬(修撰)에 임용되었다. 경기어사(京畿御史)를 거쳐 영광안핵어사(靈光按覈御史)로 파견되어 대동미의 납부를 일시 정지하도록 하였다. 이어 충청도 단양·회인 안집어사(安集御史)로 파견되어 진휼에 힘썼다. 이듬해 과천삼강어사(果川三江御史)·경기암행어사(京畿暗行御史) 등을 지냈다. 정언 박지원(朴志源)의 탄핵으로 부자(父子)가 함께 화를 당하기도 하였다.

步趣. 望見厥兒. 則眉目秀朗. 極其可愛. 可謂海外奇童也. 欲給紙筆墨. 使裨將率來於我船近處. 則趑趄不來之際. 島主已發. 故我亦隨後. 時見彼人之標旗所書. 站上屛風所書. 或單子物件細書者. 文士輩詩軸唱和者. 則筆法或有奇妙. 而彼人如得我國人筆蹟. 則毋論諸草優劣. 擧皆喜踴. 求之者絡繹不絕. 不但於寫字官. 行中之稍解書字者. 亦不堪其苦請. 至於乘船. 隨後乂手拜乞. 書之者未暇揮灑. 居間紹介之馬島通詞輩. 亦多操縱而索賂云. 其意誠莫曉也. 或以謂如得朝鮮筆蹟而藏置. 則多有福利云. 此是無理之談. 其或以朝鮮禮義之邦尊貴之. 愛其人不足. 至愛其筆蹟而然耶. 亦未可知也. 行三十里. 左邊有杉原. 地勢稍廣. 人家頗盛. 粉堞周圍. 醮樓遠映. 必是富盛之地. 日本紙品. 或以杉原產爲好. 而未必然矣. 未及館所十餘里. 海潮山有盤臺寺. 寺在石角之上. 縹緲精灑. 極其奇巧. 過此時. 寺僧來獻所謂德談紙書. 語不過數句絕而文理未成. 良可笑也. 又納戊辰信行時帖字記. 自前過此時. 寺僧例納祝願之辭. 則輒皆帖給食物. 故今亦依戊辰例. 以白米一包藥果紙束給之. 曾聞盤臺僧乞粮於往來行人. 而爲來客祝西風. 爲去客祝東風. 一日之內. 並祝順逆之風. 天何以從其願乎. 其不誠實. 誠可笑也. 嗟嗟衰世. 左趨右附. 似陰似陽. 只爲一身私利. 有若四面春風者. 正是盤臺僧丐風也. 可不爲世人戒哉. 纔近浦口. 多有亂石隱嶼. 遠避而過. 船所左右. 閭村櫛比. 圍岸懸燈. 殆過萬數. 或謂無減於四月八日觀燈云. 初更到韜浦. 奉國書下憩館所. 館所卽海岸山福禪寺也. 前後信使皆以韜浦爲日本沿路之第一勝景. 或比洞庭湖. 或比岳陽樓. 洞湖岳樓. 旣不目擊. 雖不可評其優劣. 三面環海. 南望無涯. 東西小島. 森羅拱揖. 若呈媚態. 寺在岸上. 奇巖周遭. 石梯相連. 屋宇高聳. 通暢軒豁. 蓋是好江山好樓臺也. 辛卯從事官李南岡邦彥書日東第一形勝六字. 揭在板上. 戊辰三使以下諸文士. 并次杜工部岳陽樓韻. 以給寺僧. 寺僧呈覽. 故以歸路次韻之意言之. 給以藥果扇柄. 亦戊辰例也. 澹窩第二子洪校理景海叔行. 其時隨行. 書對潮樓三字. 懸板掛壁. 而今其人. 已作九原. 見此尤覺傷憐. 寺南數十步. 斷崖斗起. 如龍頭出海. 累石爲臺. 又起小寺. 景致亦甚奇妙. 可謂曲曲名勝地也. 地屬備後州. 而關白送代官於此處. 以爲檢察行路支供之地. 而所謂代官. 衣前畫繡. 有若繡衣御史云. 未知其果然否也. 代官自到門外問候. 故使首譯接待之. 夜倚欄憑眺. 海月蒼茫. 戀闕思鄕. 懷緖難抑. 吟成絕句二首. 一是圃隱先生韻也. 是日行一百里.

36. 히비日比 1764년1월12일

새벽에는 비와 눈이 오고 서북풍이 불었으며, 아침에는 흐리고 저물녘에는 맑았다. 오전 9시에 배를 띄워 오후 5시에 히비日比에 도착하였다.

저물녘에야 대마도주가 떠나기를 요청하여 국서를 받들고 배에 올랐다. 겨우 포구를 나오자 가끔씩 눈이 내렸다가 비가 내렸다 하였다. 그러나 바람이 순하여 돛을 달고 앞으로 나갔더니 오후엔 날씨가 맑게 개었다.

배가 중류에 이르렀을 때, 글씨를 써 달라고 쫓아오던 작은 왜선 한 척이 갑자기 우리 배에 가까이 오다가 우리 배 난간 밑으로 빨려들어갔다. 그런데 바람이 순하게 불어와 배가 빨리 달리는 바람에 빠져나오지 못하고 거의 뒤집힐 뻔하였다. 격군格軍들에게 노 젓는 구멍으로 버티고 빼내게 하였으나 서로 부딪혀 나오지 못했다. 우리 배의 뒤에 단 돛을 급히 내린 후에 간신히 빠져 나오게 하였으니, 매우 다행스런 일이었다.

한창 그 배가 위급한 때에 왜인 한 사람이 노 젓는 구멍을 붙잡고 우리 배로 올라왔다. 격군들이 꺼리는 일이라서 도로 내려가라고 하였지만, 그 사람은 두려움에 떨며 진정하지 못하여 돌아가려고 하지 않았다.

그래서 격군들이 강제로 보내려고 하기에, 동생 조철趙瞮이 격군들을 꾸짖고 잠시 그를 머물러 있게 하였다.

나는 그것을 보고 철에게 말하기를 "우리나라 사람이건 저 나라 사람이건 따지지 말고 급할 때에는 서로 구원하는 것이 이치에 맞는 일이다. 저 사람이 겨우 위태로운 고비를 넘겼으니, 그 배로 돌아가지 않으려는 것은 인정상 본래부터 그러한 것인데, 격군들이 구박해서 돌려보내려고 한 것은 인정이 없는 일이라고 하겠다. 이제 네가 사람의 심정을 굽어 살피어 그를 잠시 머물러 있게 하고 위급한 사람을 편안하게 하였으니, 이것은 바로 어진 마음이 나타나 실현한 것이다. 네 나이가 이미 40이 넘었는데도 아직 아들이 없어서 나는 항상 가엾게 여겼다. 지금 너의 마음 쓰는 것을 보니 반드시 후사가 있을 것이다. 내 마음에 이것을 기뻐하는 것이지, 한 때의 일로써 기뻐하는 것만은 아니다."라고 하였다.

겨우 백 리쯤 가자 왼편으로 시모쓰下津가 있었는데, 이 곳은 큰 마을로 이전의 통신사들이 머문 곳으로 보인다.

연안의 각 역참에는 예인선이 와서 기다렸다가 서로 교대하는데, 거의 우리나라에서 영접 나온 경상 대령境上待令(경계지점에서 기다려 맞이하는 일)과 같았다. 지금 시모쓰에서 수백 척의 예인선이 일시에 돛을 달고 와서 맞이하는 것을 보니, 비록 관소가 없다고 하더라도 필시 교대하는 역참임을 알겠다. 날이 저물어 히비日比에 도착했다. 이곳은 비젠노쿠니備前州 소속이다. 달빛을 타고 육지에 내려 민가에 들어가 잤는데, 꽤 맑고 깨끗하였다. 약과와 부채를 주인에게 주었다.

오늘은 1백 40리를 왔다.

晨雨雪西北風朝陰晩晴. 巳初發船. 申末次日比. 晩後島主請行. 故奉國書乘船. 纔出浦口. 或灑雪灑雨. 而其風順之故. 擧帆前進. 午後則日氣快晴. 行到中流. 乞書之倭小船. 來近我船. 忽入於騎船外欄之下. 而風利船疾. 不得拔出. 幾乎傾覆. 使格軍輩. 從櫓穴撑出. 而牴牾不出. 急下我船之後帆. 僅僅拔出. 極幸極幸. 方其危急之時. 一倭人從櫓穴攀登我船. 格軍輩稱以拘忌. 欲爲還下. 則其人餘悸未定. 不欲還去. 而格軍輩猶欲强之. 瞰弟呵叱格軍. 使之姑留. 余見之謂瞰弟曰. 毋論彼我人. 有急相救. 事理當然. 彼人纔經危境. 不欲還其船者. 人情固然. 格軍輩欲爲拘迫還送者. 可謂沒人情. 汝今曲諒人情. 使之姑留. 以安其危急之人. 此正仁心發見處. 汝年已過四十尙無子. 吾常憐之. 今見汝用心處. 必當有後. 而吾心喜之. 不獨一時之事而已. 纔過百里. 左邊有下津. 見是大村. 而前後信行之留住處也. 沿路各站. 曳船待候. 相換交遞. 殆如我國迎逢之境上待令. 今見自下津. 累百曳船. 一

時擧帆而來迎. 雖無館所. 必是交遞之站上也. 日暮到日比. 屬備前州. 乘月下陸. 入宿閭家. 頗爲精灑. 以藥果扇子帖給主人. 是日行一百四十里.

37. 우시마도牛窓 1764년1월13일

맑고 서풍이 불었다. 아침 7시쯤에 배를 띄워 오후에 우시마도牛窓에 도착했다.

대마도주가 떠나기를 요청하여 해가 뜰 무렵에 배를 탔는데, 바람이 순하여 배가 빨랐다. 수십 리를 가서 서도嶼島 앞바다에 이르니, 암초가 많아서 나무를 세워 표식을 한 것이 수십 리나 연이어 뻗어 있었다. 자세히 살피면서 배를 몰아 포구에 도착하니 예인선과 관광선觀光船이 바다 가운데에 가득하여 갑자기 육지와 같았다. 구경하는 남녀들이 뒤쪽 언덕에 늘어서서 인산인해를 이룬 듯하니, 사람의 번성함이 훌륭하다고 할만하다.

관소 역시 꽤 넓게 트였지만 새로 지은 것 같지는 않았다. 중간에 회빈관會賓館이 있는데, 앞 바다를 내려다보고 있어 더욱 환하고 시원하였다. 그래서 나의 병풍과 휘장을 옮겨 설치하고 그곳에 거처하였다.

이곳은 비젠노쿠니備前州 소속인데, 태수太守가 조지어糟漬魚 한 상자와 잡고雜糕(떡) 5층層을 보내왔다. 떡은 받고 물고기는 조지어라고 물리쳤는데, 단자單子를 고쳐 써서 바치기에 받았다.

그 단자에는 “일본 비전국주 종4위 원종정日本備前國主從四位源完政은 조선국 정사 통정대부 조공朝鮮國正使通政大夫趙公의 금범하錦帆下에 공경히 받듭니다.”라고 쓰여 있고, 또 그 아래에 물목物目을 썼다. 단자의 규격도 좀 다를 뿐만 아니라, 태수가 자칭 국주國主라고 한 것은 괴이하고 놀랄 만하였다.

일찍이 들었는데, 일본은 66주州가 모두 나라라 일컫는다고 하는데, 쓰시마 사람들은 그 섬을 '우리나라'라고 부르고, '도쿄江戸'를 일컬어 '내국內國'이라고 한다. 생각해보면, 그 땅을 세습世襲 하기에 그 주州를 자기 나라로 여기고, 다만 조공朝貢만 도쿄에 바치고, 삶과 죽음 그리고 호칭은 오직 자신들의 뜻대로 하기 때문이다.

오늘은 60리를 왔다.

晴西風. 辰時發船. 午後次牛窓. 島主請行. 故日出乘船. 風利舟迅. 行到數十里. 嶼島前洋. 多有隱嶼. 揷木立標. 連亘數十里. 詳審行船. 及到浦口. 曳船與觀光船. 彌滿洋中. 便同陸地. 玩景男女. 羅列後岸. 有若人山. 人民之繁盛. 可謂壯矣. 館所亦頗宏豁. 而似非新搆矣. 中有會賓館. 前臨海洋. 尤爲通暢. 故移設余屛帳而處之. 地屬備前州. 太守呈納糟漬魚一箱. 雜糕五層. 糕則受之. 魚則以漕漬退却. 改單以納. 故受之. 其單書以日本備前國主從四位源宗政. 敬奉朝鮮國正使通政大夫趙公錦帆下. 又其下書物目. 非但單規之稍異. 太守之自稱國主者. 可謂怪駭. 曾聞日本之六十六州. 皆自稱國. 馬州之人. 謂其島曰吾國. 稱江戸曰內國. 想以世襲之. 故自國其州. 只納朝貢於江戸. 而生殺稱號. 惟意所欲故耳. 是日行六十里.

38. 무로쓰室津 1764년1월14일. ~1월18일)

맑고 서북풍이 불었다. 아침 7시쯤에 배를 띄워 오전 11시 무렵에 무로쓰室津에 도착했다.

해가 뜰 무렵 배를 타고 동쪽을 향해 갔다. 역참을 돌아보니, 산수가 맑고 기이한 것과 누대가 탁 트인 것은 도모노우라韜浦에 미치지 못하지만, 민가의 즐비함과 시가의 번화함은 나은 듯하였다. 70리를 가니 왼쪽에 석회를 바른 성벽이 둘려 있고 민가가 꽤 많았다. 물어보니 바로 아코 성赤穗城이었다.

바람이 순하고 파도가 고요하여 돛을 비껴 달고 배를 빨리 몰아 오후에 무로쓰室津에 도착했다. 산이 둘러싸서 한 동부洞府(신선이 사는 곳)를 이루었는데, 주위가 5~6리에 좌우가 수백 보나 되어 또 하나의 배를 감추기에 좋은 곳이었다.

언덕에 의지하여 마을을 이루었는데, 지붕과 담장이 이어져 수백 호戶나 되어 보였다. 부두에 들어가 정박하니 관문館門이 거기서 5~6보에 불과했다. 국서를 받들고 관소에 들어서니 정성스럽게 지은 관사와 사치스러운 기물들이 또한 기기묘묘하였다.

이곳은 하리마노쿠니幡摩州 소속으로 태수는 사카이 타다즈미源忠知(酒井忠恭)인데, 무진년에 수집정首執政을 지낸 자이다. 그는 삼중杉重을 일행에게 보내고 소동小童에게까지도 찬과饌果를 대접하였다.

대마도주가 와서 뵙고 직접 동무東武(관동 막부)의 편지를 전달했는데, 부기선副騎船의 손상으로 말미암아 관백의 위문慰問이 있었기 때문이다. 서로 마주대할 때, 대마도주가 말하기를 "도쿄江戶에 도착한 뒤에 집정執政을 만날 것인데, 반드시 이 문제를 별도로 위문하고 사례를 표할 것입니다."라고 하였다.

오늘 밤은, 흰 달이 빛을 드날리고 바다 물결은 거울 같았다. 가슴이 맑고 상쾌하여 홍생洪生에게 운韻자를 뽑게 하고 절구 한 수를 지었다.

오늘은 1백 리를 왔다.

晴西北風. 辰時發船. 午時次室津. 日出乘船向東而行. 回看站所. 山水之淸奇. 樓臺之通豁. 不及於韜浦. 而閭里之櫛比. 市廛之繁華. 似有所勝矣. 行七十里. 左邊粉堞周遭. 人家頗盛. 問是赤穗城也. 風利波靜. 帆橫舟駛. 午後到室津. 山勢回抱. 作一洞府. 巷洄五六里. 左右數百步. 亦一藏船之勝地也. 依岸成村. 接屋連墻. 可謂累百戶. 入泊船滄. 館門不過五六步. 奉國書入館所. 館舍之精搆. 什物之侈奢. 亦涉奇巧. 地屬播摩州. 太守源忠知. 戊辰首執政也. 送杉重於一行. 至於小童. 亦有饌果之饋矣. 馬島守來見. 袖傳東武書. 以副騎船之破傷. 有關白之慰問故也.

相對時島主以謂到江戶後. 當接執政. 必以此別問致謝云云矣. 是夜皓月揚輝. 海波如鏡. 胷襟淸爽. 使洪生拈韻. 吟成一絕. 是日行一百里.

1764년1월15일

흐리다가 비가 내리고, 동북풍이 불었다. 무로쓰室津에 머물렀다.

밤에 궁궐에 나아가는 꿈을 꾸었다. 잠에서 깬 뒤에 바로 망하례望賀禮를 하였지만, 궁궐을 그리워하는 마음은 더욱더 억제하기 어려웠다.

일찍이 나는 병자년(1756년) 정월 초하루에 함경도 육진六鎭의 경원부慶源府에 있었는데, 밤에 임금님을 뵙는 꿈을 꾸고 새벽에 망하례望賀禮를 하였다. 이어서 절구 한 수를 지었는데 지금 그 운자는 잊었다. 다시 다른 운자를 뽑아 절구 한 수를 지었다. 두 곳의 거리는 6천여 리인데 마음속 생각이 꿈속에 나타난 것은, 남쪽이건 북쪽이건 멀거나 가깝거나 관계가 없으니, 참으로 기이한 일이다.

오늘은 바로 정월 대보름이다. 처음에는 동행들과 달 아래에서 놀려고 생각했었는데, 저녁 무렵부터 비가 내리고 밤에도 구름이 끼어 어두웠기 때문에 회식만 했다. 유쾌하게 놀지 못했으니, 한스런 일이다.

천 리 먼 나라의 풍속이 우리와 같지 않은데, 한양漢陽의 오늘밤 달빛은 어떠했을까?

우리나라의 다리 밟기 풍속을 돌이켜 생각해보니, 나도 모르게 슬프다.

陰雨東北風. 留室津. 夜夢赴闕中. 覺來仍行望賀禮. 戀闕之懷. 一倍難抑. 曾於丙子正月一日. 在六鎭慶源府. 夜夢入侍. 曉行望賀禮. 仍成一絕. 今忘其韻. 更拈他字. 又成一絕. 地之相距也六千餘里. 中心之發於夢寐者. 不係於南北遠近. 良可異也. 是日卽上元. 初意與同行. 乘月而遊晩後雨灑. 夜亦陰翳. 只設食堂. 不得快

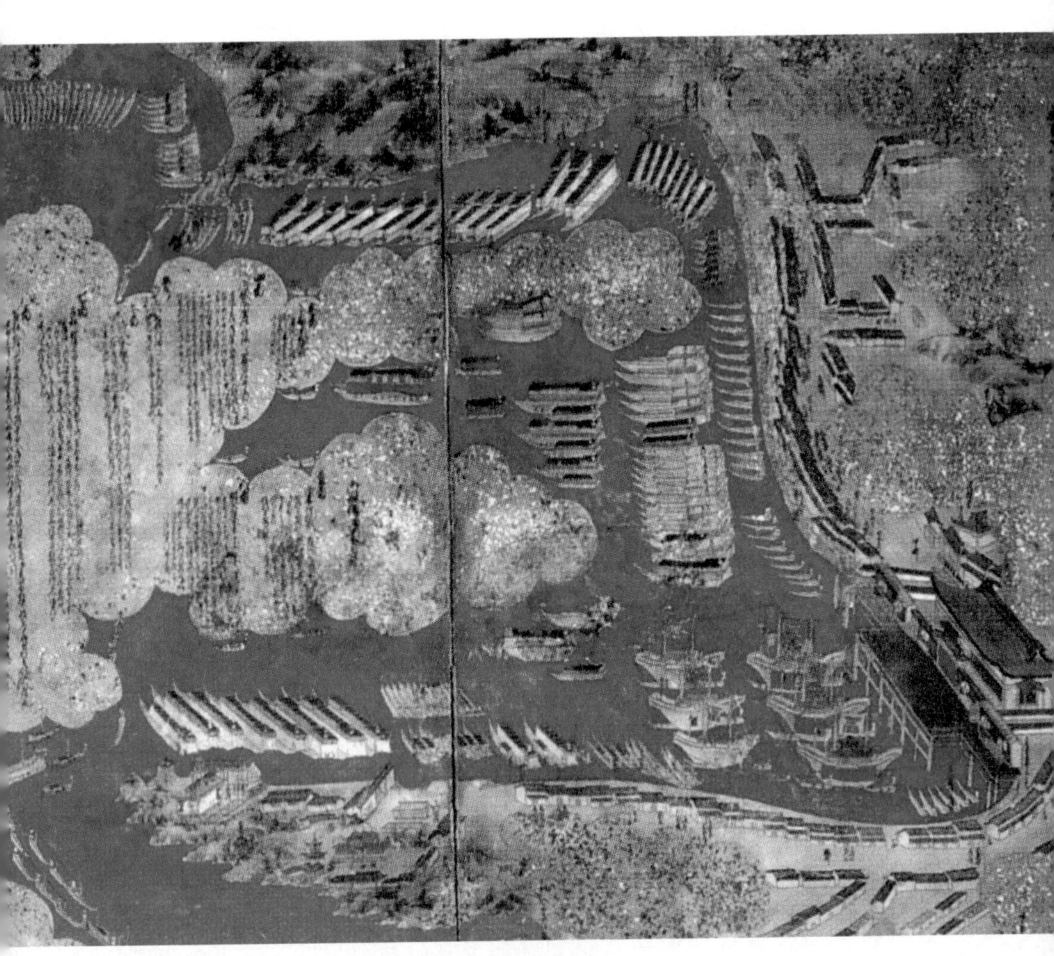

무로쓰(室津)항 어선비도병풍(室津湊御船備図屛風).

遊. 可歎. 千里不同俗矣. 漢陽今夜月色如何. 回念吾邦踏橋之風. 不覺黯黯矣.

1764년1월16일

아침에 흐리다가 저녁 무렵에 맑았고, 서풍이 불었다. 무로쓰室津에 머물렀다.

바람이 순하고 날씨가 화창하여 배를 운행할 만하였는데, 저들이 아카시明石는 바닷길이 매우 험하다고 핑계대어 출발하지 못했다. 참으로 답답한 일이다.

朝陰晩晴西風. 留室津. 風順日和. 足可行船. 而彼人謂以明石海路之絕險. 稱托不發. 良可鬱也.

1764년1월17일

맑고, 아침에 서풍이 불다가 저녁 무렵에 동풍이 불었다. 아침 7시쯤에 배를 띄웠으나 무로쓰室津로 다시 돌아와 정박하였다.

대마도주가 떠나기를 요청하여 국서를 받들고 배에 탔다. 날이 밝을 무렵에 닻을 달고 겨우 포구를 출발하여 10여 리를 갔는데, 역풍이 점점 거세게 불어 비록 노를 젓더라도 형편상 앞으로 나아갈 수 없었다. 그래서 배를 돌릴 생각으로 부사와 종사관에게 가서 말하고 대마도주에게 그 말을 전달했다.

포를 쏘고 기를 흔들면서 무로쓰로 되돌아오니 개탄스러울 뿐만 아니라 몹시 마음에 탐탁치 않았다.

배 위에 머무르려고 하였는데, 여러 의논이 모두 땅에 내리자고 하였고, 또 날씨도 어떨지 알 수가 없어 다시 관소에 들어갔다. 그곳에 배치되어 있는 물건들이 거의 귀찮은 길손을 다시 대하는 것과 다름이 없어 보여 우습고 우스웠다.

晴朝西風晩東風. 辰時發船. 還泊室津. 島主請行. 奉國書乘船. 平明擧碇. 纔出浦口十餘里. 逆風漸緊. 雖使櫓役. 勢難趲進. 以回船之意. 往復於副從使. 送言于馬島守. 放砲揮旗. 還到室津. 非徒慨歎. 亦甚無聊. 欲留船上. 而諸議皆欲爲下陸. 且未知日氣之如何. 復入館所. 其所排置之物. 殆無異於苦客之更對. 可笑可笑.

1764년 1월 18일

아침에는 바람이 없다가, 저녁 무렵에 남풍이 불었다. 무로쓰室津에 머물렀다.

오늘은 바람이 잔잔하고 날이 따뜻하여 역시 노를 저어 배를 운행할 만하였다. 하지만 쓰시마 호행의 말을 들으니 "여기에서 아카시明石까지 백여 리 사이는 수로가 몹시 험하고, 바닷가가 진흙땅으로 되어 있어 배가 바닥에 달라붙기 쉽습니다. 그래서 애초부터 부두가 없어 정박할 수 없게 되어, 반드시 오래도록 길게 부는 순풍을 얻어 곧바로 효고兵庫에 닿아야 합니다."라고 하였다.

그 말이 정말로 옳은지 알 수는 없지만, 우리는 수로의 어려움과 쉬움을 전혀 알지 못하여 형편상 마땅히 그의 지시를 따라야 한다. 비록 답답한들 어찌하겠는가?

우리 옆에 물품으로 바친 금병풍이 있어 조생趙生에게 붓을 들어 쓰게 하고 통역관에게 분부하여 그들에게 잘 되었는지를 묻게 했다.

출참봉행出站奉行이 크게 기뻐하여 펄쩍 뛰면서 희귀한 보배라고 칭찬하였는데, 쓰시마 사람들은 그들이 소개한 것이 아니기 때문에 어떠한 생각도 없지 않았다고 한다. 그들의 태도와 마음씨가 참으로 고약하였다.

朝無風晩南風. 留室津. 今日風殘日暖. 亦可以櫓役行船. 而聞馬島護行之言. 則自此去明石百餘里之間. 水路絕險. 海邊淤泥. 舟易膠貼. 故初無船滄. 不可止泊. 必得長風. 可以直抵兵庫云. 未知其果然. 而旣未詳水路之難易. 勢當從其指導. 雖悶奈何. 傍有支待之金屛. 使趙生揮灑. 出付譯官. 問其便否. 則出站奉行. 大爲欣聳. 稱以稀貴之寶. 而馬州之人. 則以其非渠紹介. 不無如何之意云. 情態可巧矣.

39. 효고兵庫 1764년1월19일

맑고 서북풍이 불었다. 해가 뜰 무렵 배를 띄워 밤 9시쯤에 효고兵庫에 도착했다.

대마도주가 떠나기를 요청하여 국서를 받들고 날이 밝을 무렵에 배를 띄웠다. 항구를 나와서 돛을 달았지만 바람 세기가 거세지 않아 노를 저어 갔다. 정동쪽 · 동북쪽을 향하여 수십 리를 갔다. 북쪽으로 언덕 위를 바라보니 지세가 평탄하였다. 층층 누각과 석회를 바른 성벽이 굽이굽이 솟았는데, 물어보니, 히메지 성姬治城(일본 성곽의 최전성기에 축조된 성으로 일본국보)이라고 하였다. 여기서부터 민가가 잇달아 있었고, 나무숲이 둘러 쳐져 있는데, 백 리나 길게 뻗어있었다.

오후에 갑자기 서풍이 불어 배의 운행이 몹시 빨라졌다. 그 험하다는 아카시明石의 나루를 순식간에 지나오니, 사람들이 모두 말하기를 "아마도 신의 도움인 듯하다."라고 하였다. 아카시는 곧 하리마노쿠니幡摩州 소속으로 성벽이 바다와 가까웠고 망루가 하늘에 솟아있었다. 구경하는 남녀들이 마치 개미떼와 벌떼가 무리를 짓는 것과 같았다. 인물의 번성함과 생활의 풍요함을 모두 알 수 있었다.

히메지 성(姫治城).

유네스코에 등재된 일본 성곽의 최전성기에 축조된 성으로 문화재로 지정되어 있다.

아카시의 앞바다가 바로 남해와 통하여 중국 상선이 여기로 왕래한다고 한다. 어떤 이가 말하기를 '수양제隋煬帝가 군사를 보내어 일본을 공격하다가 이곳에 이르러 패망했다.'라고 하였는데, 자세히 살펴볼 수가 없다. 저녁 7시쯤에 바다에 달이 바로 떠올라 금빛물결이 휘황찬란하였다. 사람들이 '아카시의 달돋이는 천하의 장관이다.'라고 하는데, 그때 나는 마침 선실에 있어서 누각에 올라가 보지 못했다. 한스러운 일이다. 밝은 달 아래에서 배를 띄우고 가니 대낮과 진배없었다.

밤 9시쯤에 효고兵庫에 들어가 정박하였다. 항구는 깊고 넓어서 일만 척의 배를 숨길 만하였다. 서로 잇닿은 등불은 달과 빛을 다투었으며, 마을들이 땅에 가득하고 사람들 무리가 산과 같이 많았다. 또한 풍성하고 넉넉한 곳이라 하겠다. 이곳은 바로 옛날 후쿠하라쿄福原京로, 기나이 셋쓰노쿠니畿內攝津州에 속했다. 관백의 영지領地여서 대리로 관리를 보내 별도로 접대를 주관한다고 한다. 배에 머무르며 때를 기다려 출발하려 했는데, 대마도주가 말하기를 "관백의 접대가 있을 예정이니, 일의 형편상 마땅히 땅에 내려 잠깐 구경을 해야 합니다."라고 하였다. 우리 삼사三使가 같이 관소에 들러 잠시 차를 주고받다가 곧 선실로 돌아왔다. 대마도주가 전하기를 "가와구치河口는 물이 얕아서 마땅히 조수가 생기는 것을 틈타 배를 띄울 수 있기에, 배의 장비 중에서 예비로 준비한 물품은 이곳에 그대로 두고, 노자와 짐은 다른 배에 옮겨 실어야만 합니다."라고 하였다. 그래서 모두 허락하고, 맡길 물건은 저들에게 주었다가 돌아올 때에 찾게 했으며, 노자 등 먼저 운반할 것은 장무관掌務官에게 왜선倭船으로 옮겨 싣고 가서 오사카 성大坂城에서 기다리게 하였다.

오늘은 1백 80리를 왔다.

晴西北風. 日出發船. 二更次兵庫. 島主請行. 奉國書. 平明發船. 出港擧帆. 風力不猛. 督櫓而行. 向寅艮方至數十里. 北望岸上. 地勢平鋪. 層樓粉堞. 曲曲聳出. 問是姬治城也. 自此人烟相續. 樹林交匝. 連亘於百里之間. 午後忽得西風. 舟行甚駛. 明石險津. 一帆而過. 人皆謂殆若神助者矣. 明石卽播摩州之所管. 雉堞臨海. 譙樓凌空. 觀光男女. 殆同蟻聚而蜂屯. 人物之繁盛. 生涯之豐裕. 擧可知矣. 明石前洋. 直通南海. 中原商船. 由此往來. 而或傳隋煬帝遣兵征倭. 到此敗沒云. 而無可考矣. 初更海月直上. 金波瑩煌. 人謂明石月出. 天下壯觀. 而適在船房. 未及登樓而見. 可恨. 乘月而行. 便同白晝. 二更入泊兵庫. 巷口深闊. 可藏萬艘. 燈燭相聯. 與月爭光. 村閭撲地. 人聚如山. 亦可謂殷富之場也. 此卽古之福原京. 地屬畿內攝津州. 爲關白藏入之地. 關白送代官別辦支供云. 欲留船上. 待時發行. 而島主以爲旣有關白之支供. 則事當下陸暫玩云. 故三使同入館所. 霎時酬酢. 仍還船房. 島主送言. 謂以河口水淺. 當趂潮生而行. 船具中預差. 除留此處. 盤纏卜物. 移運他船云. 故并許之. 留置物件. 逢授彼人. 以爲回還時推去之地. 盤纏之先運者. 使掌務官移乘倭船. 而領去以待於大坂城矣. 是日行一百八十里.

40. 오사카 성大坂城 1764년1월20일. ~1월24일)

맑고 서북풍이 불었다. 새벽 3시쯤에 효고兵庫를 떠나 저녁 9시쯤에 오사카 성大坂城에 도착하였다.

첫닭이 울 무렵 닻줄을 풀어 동쪽을 향해 돛을 올렸다. 바람과 조수가 모두 순하여 배가 화살처럼 빨랐다.

아침 7시쯤 배가 벌써 백 리 가까이 왔는데, 강과 바다가 서로 만나는 곳이라 물결의 세기가 빠르면서 급한데다가 물이 얕고 모래가 쌓여 배를 운행하기가 어려웠다. 그래서 저들이 조금 깊은 곳에 좌우로 표목을 세웠는데, 문설주와 같은 형상 이었다. 그리고 사이사이에 대나무를 꽂아 가는 길을 가리켰는데, 겨우 배 한 척만 지나갈 수 있고, 짝지어 갈 수는 없었다. 이에 의지하여 배를 나아가면서 삿대로 버티어가며 수심을 쟀다. 10여 리를 가자, 비로소 가와구치河口에 닿았다.

삼기선三騎船을 돌아보니, 모래 진흙 속에 빠졌다가 한참만에 빠져나왔으며, 오전 9시쯤에 통신사 배 6척이 일제히 한 곳에 정박했는데, 여기까지 바다로 온 것이 3천여 리였다. 처음으로 강 안쪽으로 들어온 것이 땅으로 올라가는 것 같아서, 안심되는 마음을 어이 가누랴? 이곳이 오히려 이러한데, 하물며 부산釜山에 돌아간다면 그 기쁨이 어떠하겠는가? 먼저 백금百金을 체지帖紙(영수증)에 써서 선장과 사공들에게 주고, 그들에게 다시 건너온 뒤에 받아가도록 하였다.

배를 옮겨 타는 사이에 왔다갔다 하느라 자연히 지체하게 되었다. 해가 진 뒤에야 국서를 가와고자부네金鏤船에 모셨다. 우리 세 명의 사신도 각각 가와고자부네를 탔으며 세 명의 수석 통역관과 두 명의 판사判事 또한 가와고자부네를 탔는데, 가와고자부네의 제도는 크기가 우리나라의 수상선水上船과 같았다. 안팎으로 칠을 하고 좌우에는 난간이 있으며, 황금 장식은 용과 봉황을 나타냈으며, 누각의 조각은 동물을 표현하였는데, 사람의 눈과 귀를 현란케 하고 바다의 파도를 요동치게 하니, 기이하고 교묘하게 만들었는데, 이를 이루 다 기록할 수 없다.

예전에 듣기로는, 배 한 척을 제작하는 비용이 수만금을 넘는다고 하니, 무익한 비용이라고 할만하다. 이 배는 각 주의 태수가 타는 채선彩船이라고 들었는데, 곧 어린아이의 노리개 같아서, 마침내 그 무식함을 볼 수 있겠다.

강 입구에서 오사카 성大坂城까지는 30리가 되는데, 강을 따라 돌을 쌓아 긴 둑을 만들었다. 둑 위에는 민가가 서로 잇닿았고, 누각과 정자가 여러 층으로 지어졌는데, 어디서나 모두 그러하였다. 물길을 만들고 참호塹壕를 파서 각 마을로 물을 끌어들였는데, 몇 갈래가 되는지 알지 못하겠다. 강을 가로질러 놓은 부교浮橋가 많은데, 그 밑으로 운행하는 큰 배 또한 10여 척이나 되었다. 강 언덕 좌우에는 더러 대나무로 만든 난간을 설치하기도 하고, 붉은 양탄자를 펴기도 했으며, 금병풍을 두르기도 하였다. 구경하는 남녀가 꽉 차서 몇 십만 명이나 되는지 알 수 없었는데, 조용하여 떠드는 소리가 없었다. 해가 진 뒤 등불을 늘어놓았는데 거의 붉은 꽃이 나무에 가득 핀듯한데, 몇 천 개가 되는지 알지 못하겠다.

제 7교를 지나 부두에 정박하니 밤이 벌써 9시쯤 되었다. 국서를 받들고 의전을 베풀며 땅에 내렸다. 삼사가 교자가마를 타고 세 명의 당상역관堂上譯官 · 제술관製述官 · 양의良醫 등도 탈것을 탔다. 이른바 교자轎子라는 것은 대략 우리나라의 쌍교雙轎와 비슷한데 모양은 또한 달랐다. 8인이 채를 마주 들고 갔으며, 탈것이라는 것이 아래는 넓고 위는 좁아, 채 하나로 그 위를 꿰어 두 사람이 어깨에 메고 가니, 거의 목젖과 같았다. 상상관 이하는 모두 말을 탔다. 말은 모두 각 주에서 준비하여 대기시킨 것으로, 발굽에는 징을 박지 않고 짚신을 신겼으며, 입에는 재갈을 물렸다. 좌우로 말을 몰 때에는 살이 찌고 날래어 모두가 좋은 종자였으나, 걸음을 길들이지 않았기 때문에 말 위가 불편하다고 하였다. 남쪽 왜인들은 이미 배 만드는 데에는 정밀하지만, 말을 길들이는 데까지는 익숙하지 못한 것은 당연하다.

부두에서 관소까지의 거리가 거의 5리나 되는데 마을길이 먹줄을 퉁긴 듯 반듯하고, 휘어지는 곳마다 하나같이 가지런하고 반듯하여 모양이 '정井' 자와 같았다. 곧게 뻗은 골목을 '정井'이라 하고 횡으로 뻗은 골목을 '통通'이라고 하는데, 몇 정 · 몇 통이나 되는지 알 수 없다. 사이사이마다 좌우에 이문里門(동네어귀에 세운 문)을 설치하고, 이문에는 금화장禁火將(소방관)을 배치하였는데, 머리에 쓴 것이 거의 우리나라의 군인이 쓰는 가죽벙거지와 같았으며, 몸에는 호랑이 무늬가 있는 옷을 입고 있었다. 이것이 일본의 갑옷과 투구라고 하였다. 그리고 모두가 쇠막대기를 가지고 있는데, 쇠막대기의 머리에는 고리가 달려서 땅에 부딪치면 호령하는 것처럼 소리가 난다. 앞 통신사 길에도 역시 이러하다고 하였다.

혼간지本願寺에 들어가 쉬었다. 이 절은 매우 장엄하고 화려하여 무려 수천 칸이나 되었다. 지나오며 묵었던 관소와는 비교할 바가 아니었다.

이 지방은 기나이 셋쓰노쿠니畿內攝津州에 속한 곳인데, 일찍이 도요토미 히데요시에 의해 도읍이 된 곳이라서 그가 죽은 뒤에도 관백의 영지領地가 되었다. 하나의 섬이 강과 바다를 서로 접하고, 타국의 장삿배가 모두 정박하며, 게다가 도쿄江戶를 왕래하는 요충지여서, '일본의 큰 도회지'라고 일컬을 만하였다. 호곡壺谷 남용익南龍翼의 시 가운데, "온 나라에서 제일 번화한 오사카 성일세(一國繁華大坂城)"라고 한 것이 바로 이것이다. 일본의 서쪽 경계를 '사이카이도西海道'라고 하는데, 남과 북이 두 갈래로 갈라져 바다가 그 사이로 통한다. 서쪽 아카마가세키赤間關에서부터 동쪽으로 오사카 성까지를 내양內洋이라 하고, 북쪽 갈래는 맨 처음이 곧 나가토노쿠니長門州에 속해 있는 기요스에淸末·쵸후長府 등이다. 여기에서 도쿄로 곧게 통하는 육로가 있는데, 스오周防·아키安藝·비고備後·비츄備中·비젠備前·하리마播摩 등 여러 고을을 거쳐 셋쓰노쿠니攝津州에 와서 처음으로 길이 합쳐진다고 한다. 남쪽 갈래는 맨 처음이 곧 부젠노쿠니豐前州에 속해 있는 네리內里인데, 여기서 분고노쿠니豐後州를 지나서, 다시 바다를 건너 이요伊豫·사누키讚岐를 경유하고, 또 바다를 건너 아와지淡路를 경유하고, 또 바다를 건너야 셋쓰노쿠니攝津州에 비로소 닿게 된다. 이요·사누키·아와지 등 3주는 섬 속의 두 작은 섬이다. 이것이 남과 북, 두 갈래의 육로陸路로 가는 대강인 것이다. 내양內洋의 수로水路는 대부분 북쪽 연안에 있으니, 곧 뱃길의 오른쪽이 된다. 남북에 있는 여러 섬들이 벌려져 있어 끊겼다 이어졌다 하고, 좌우의 물 너비도 넓어졌다 좁아졌다 하여 가까운 것은 백여 보, 먼 것은 1백여 리가 넘는다. 북쪽 육지의 무코우라向浦에 이르러 사이카이도西海道의 9주가 다하고 남으로 큰 바다를 통했으며, 무로쓰室津에 이르러 난카이도의 4주가 다하고 다시 남해를 통했으며, 아카시우라明石浦・효고兵庫에 이르러 남쪽 육지의 모든 섬이 비로소 다하고 다시 남해로 통했다. 바다가 아득하니 여기가 중국 선박이 왕래하는 곳임을 알겠다.

효고를 지난 뒤로 단지 오사카에 강물이 바다로 들어가는 길 하나가 있는데, 여기로 거슬러 올라가면 가와구치河口에 도착한다. 이것이 바로 남양南洋의 대강이다. 아카마가세키에서 오사카 성까지는 1천 3백 60리이다. 배를 운행함에 있어 비록 한쪽의 육지를 끼고 간다고 하지만, 산봉우리가 서로 어긋나고 바다 물결이 서로 충돌한다.

시모노세키下關의 밀물을 타고 출입하는 것이나, 가미노세키上關의 큰 바다 속에 있는 암초나, 쓰와津和의 바닷물이 휩싸여 맴도는 것이나, 미하라三原의 앞바다와 우시마도牛窓의 앞바다에 암초로 된 섬이나, 아카시明石 앞바다의 진흙과 물살이 급한 것은 모두가 험한 여울이라고 하겠다. 만일 바람과 큰 파도가 일어나서 간혹 깊은 밤에 배가 이르게 되면 진실로 위험한 곳이다.

사람들은 "내양內洋에 배를 띄우는 것이 어슴푸레하게 출렁이는 큰 바다에 띄우는 것보다 나은 것은, 육지를 바라보고 가기 때문에 마음속에 믿는 바가 있어서이다."라고 말한다. 어떤 이는 "만일 큰 바다에서 순풍을 만나면 장애가 되는 것이 없어서 도리어 험한 곳이 많은 내양보다 낫다."라고 하는데, 진실로 어느 말이 적합한지는 알 수 없다. 대체로 사람들의 마음은 자신이 경험한 바의 얕음과 깊음으로써 억지로 배가 가는데 어렵고 쉬움을 정하려고 하니, 또 어찌 그 말을 따를 필요가 있겠는가?

무릇 수로水路로 가는 경우에는 이미 한 조각의 작은 배에다가 목숨을 맡기게 되니, 모두가 지극히 위험한 곳이다. 만일 기계를 잘 정비하고 바람과 조수를 살펴간다면 순조롭게 건널 수 있겠지만, 만일 그렇지 않다면 큰 바다나 내양을 막론하고 비록 연못이나 시냇물일지라도 또한 실패할 것이다. 어찌 조금이라도 소홀히 할 수 있겠는가? '깊은 연못에 임한 듯하고 얇은 얼음을 밟는 듯하다.'라는 옛 교훈을 마음의 경계로 삼아야 할 것이다.

오늘은 1백 30리를 왔다.

晴西北風. 丑時離兵庫. 亥時次大坂城. 雞鳴解纜. 向東擧帆. 風潮俱順. 船疾如箭. 辰初已近百里. 河海相接之處. 波勢駛急. 而水淺沙壅. 難於行船. 故彼人於其稍深處. 立標木於左右. 以形門柱. 間間揷竹. 以指前路. 而僅容一船. 不可雙行. 由此而進船. 撑篙而量水. 到十餘里始抵河口. 回望三騎船. 貼於沙泥. 移時拔出. 巳時量六船齊泊一處. 海行三千餘里. 始入河內. 如登陸地. 慰幸曷勝. 此猶若此. 況當還到釜山. 其喜如何. 先以百金. 帖給船將稍工輩. 使之領受於還渡之後. 移乘之際. 自致往復稽滯. 日西後先奉國書於金鏤船. 三使臣各乘鏤船. 三首譯兩判事. 亦有鏤船. 鏤船之制. 大如我國水上船. 內外着漆. 左右設欄. 黃金粧飾. 以形龍鳳. 層閣雕刻. 以象禽獸. 眩人耳目. 動水波瀾. 奇巧之制. 不勝殫記. 前聞一船之作. 財過累萬金. 可謂無益之費矣. 此船聞是各州太守所乘彩船. 而便同小兒輩戲玩之物. 適見其無識也. 自江口到大坂城爲三十里. 而沿江築石. 因作長堤. 堤上人家相連. 層樓疊榭. 在在皆然. 導水堀塹. 引入各里. 不知其幾派. 橫江浮橋. 下行大船者. 亦當爲十餘橋矣. 江岸左右. 或設竹欄. 或鋪紅氈. 或圍金屛. 觀光男女. 塡塞彌滿. 寂無喧譁. 不知其幾十萬矣. 日暮後燈燭羅列. 殆如紅花滿樹. 又不知其幾千數矣. 過第七橋. 到泊船滄. 夜已二更矣. 奉國書陳威儀下陸. 三使乘轎子. 三堂譯製述官良醫乘乘物. 所謂轎子. 略類我國雙轎. 而制亦異矣. 八人擡扛而行. 乘物則下廣上狹. 以一扛貫其上. 兩人肩擔. 殆如懸甕者矣. 上官以下皆乘

馬. 馬是各州之來待者. 而足不着鐵. 裹以草屨. 口含鐵索. 左右牽御. 肥健嘶驤. 率皆好種. 而以其不馴步之故. 馬上不便云. 南人旣利於制船. 宜其不慣於制馬也. 自船倉距館所幾至五里. 閭里道路. 如經繩墨. 轉曲隨處. 一齊方正. 形如井字. 直曰井. 橫曰通. 不知其爲幾井幾通矣. 間設左右里門. 門置禁火將. 頭着殆如我國之皮戰笠. 身着虎紋衣. 云是彼國之甲胄. 而皆執鐵杖. 杖頭懸環. 蹴地動聲. 有若號令者然. 前路亦如此云. 入處本願寺. 屋宇壯麗. 無慮數千間. 非比所經宿館. 地屬畿內攝津州. 曾爲秀吉所都. 秀吉旣亡. 爲關白藏入之地. 一島之河海相接. 他國之商船齊泊. 且是江戶往來之要衝. 誠可謂日本大都會地. 南壺谷詩中. 一國繁華大坂城者是也. 日本西界. 謂之西海道. 而坼爲南北兩支. 海通于其間. 西自赤間關. 東至大坂城. 是謂內洋. 而北支初頭. 卽長門州所屬. 淸末長府等地. 自此直通江戶之陸路. 而歷周防安藝備後備中備前播摩等州. 始合于攝津州云矣. 南支初頭. 卽豐前州所屬內里. 而躡豐後州地. 踰海由伊豫讚歧. 又踰海由淡路. 又踰海始抵于攝津州. 伊豫讚歧與夫淡路三州. 又是島中之二小島也. 此是南北兩支. 陸路之大綱也. 內洋水路則多在北邊沿岸. 卽船路之右也. 南北諸島羅列斷續. 左右水廣. 或闊或狹. 近者爲百餘步. 遠者過百餘里. 至北陸之向浦. 西海道九州盡而南通大海. 至室津. 南海道四州盡而復通南海. 至明石浦兵庫. 而南陸之諸道始盡. 復通南海. 海天茫茫. 知是中原船舶之往來處也. 過兵庫後只有大坂. 江水入海之一條路. 泝此而到河口. 此乃南洋之梗槪也. 自赤間關至大坂城. 爲一千三百六十里矣. 行船雖傍一邊陸地. 而峰巒交錯. 海波相衝. 如下關之乘潮出入. 上關之洋中隱石. 津和之海水縈洄. 三原前洋及牛窓前洋之隱嶼. 與夫明石前洋之淤泥悍急. 俱可謂險灘. 若有風濤. 或致夜深. 則誠是危地. 人謂內洋之行船. 愈於大海之恍漾者. 以其望陸而行. 心有所恃也. 或謂如逢順風於大海. 則無可碍掣. 反有勝於內洋之多險. 誠未知何說之爲得也. 大凡人情. 以其所遭之淺深. 强定所履之難易. 又何可必從也. 凡於水行. 旣以一葉舟. 寄其性命. 皆是極危之地. 如能善器械而愼風潮. 則可得利涉. 如其不然. 毋論大海內洋. 雖淵川之水. 亦或致敗. 豈可少忽. 戒心於臨深履薄之古訓也哉. 是日行一百三十里.

1764년 1월 21일

맑음. 오사카 성大坂城에 머물렀다.

아침에 대마도주와 소코쿠지 장로芳長老가 큰 바다를 순조롭게 건너왔다고 사람을 보내 축하의 말을 전해왔다. 선장과 사공들이 나를 보고 난 후에 우리 배를 제일판교第一板橋 밖으로 옮겨 정박시켰는데, 여기서 거리가 10여 리나 되었다. 정박한 뒤부터는 4면을 울타리를 치듯 호위하여 마음대로 출입하지 못하게 한다는 말을 들었다. 그들은 몹시 답답하였겠지만 간사한 거짓을 막는 데에는 도리어 또한 무방하다. 다만 우리 행렬이 관소에 있을 때에는 문지기들이 반드시 정봉행町奉行에게 가서 아뢴 뒤에 비로소 왕래를 허락하였다.

이곳은 이미 관백의 정봉행이 관리하는 곳이라서 쓰시마 사람들도 또한 조절할 수 없다고 하였다. 수석 통역관이 와서 말하기를 "관백의 숙공연熟供宴(연회)을 관례대로 어제 시행했어야 했는데, 밤이 깊어 오늘로 늦춰 시행하기로 했습니다. 관반館伴[92]이 장차 올 것입니다."라고 하였다. 그래서 우리 세 명의 사신은 홍단령紅團領을 입고 군관軍官은 군복을 갖추고 잔치가 열리는 대청에 모여 앉았다.

대청은 조잡하게 지었지만 50~60칸은 될 법했으며, 비단 장막으로 주위를 둘렀고 3면이 툭 터져있었다. 긴 바지를 끄는 왜인들이 차례로 잔치상 10여 상을 올렸는데, 기기괴괴하여 젓가락이 갈 만한 것이 하나도 없었다. 새 깃털과 솟덩이에 모두 금박을 입혔으며, 사람과 꽃도 모두 교묘하게 꾸며서 언뜻 아이들의 노리개거리와도 같았다. 참으로 가소로운 일이다. 7미 9작七味九酌의 예를 행하는 것이 마치 쓰시마에서의 잔치와 같았다.

---

92 관반(館伴): 외국에서 사신이 왔을 때 접대를 맡은 임시 벼슬.

잔치가 끝나자, 관반 1인 · 정봉행 2인이 서로 영접하는데, 관반은 미노노쿠니 태수美濃守 후지 나가즈미藤長住(藤原長住)였다. 이곳 관반의 직책은 세습世襲이고, 나이는 30도 못 된다는 소리와, 사람됨이 몹시 용렬하다고 들었다. 정봉행 2인중 한 사람은 노도노쿠니 태수津能登守 오키쓰 타다미쓰源忠通이었으며, 또 한 사람은 이즈모노쿠니 태수出雲守 우도노 나가미치源長達(鵜殿長達)인데, 모두 관백이 뽑아 보내어 오사카 성을 지키고 있는 사람이라는 말을 들었다. 차를 권하여 마시고 헤어졌다.

쓰시마 태수와 이테이안以酊庵 승려가 가번 장로승加蕃長老僧과 함께 들어와 뵈었다. 가번 승려는 이름이 쇼센承贍이고 호가 이텐維天인데, 우리들 접대의 책임자로 도쿄江戶에서 뽑아서 보내왔다. 이테이안 승려가 모시고 왔으므로 여기서는 가번加番이라고 부르게 되니, 이테이안의 승려에게는 상좌上座이다. 우리 예조禮曹에서 가번 승려에게 별도로 포장한 선물이 있었는데, 이테이안 승려보다 배나 많았다.

옛날에는 쓰시마에 와서 기다렸다가 이테이안 승려와 같이 왔었는데, 신묘년(1719년) 통신사 때에 이르러 '중도에서 바꿔 임명한다.'는 이유로 오사카에 뒤늦게 도착한 것이 마침내 준례가 되었다.

예조의 서찰 가운데 오히려 '바닷길을 보호하여 건넜다.'라는 구절을 쓴 것은 실정과는 다르다고 할만하다.

가번은 나이가 이제 70이라서, 예를 행하는 사이에도 정신이 흐려서 칭찬할 만한 것이 없었다. 이른바 숙공연이란 것은 이미 관백이 하사한 것이라고 하여 세 명의 사신이 공복을 입고 그 잔치를 받아야 했다. 그렇기 때문에 일행 모든 관원이 마땅히 참석해야 하는데도 과반수가 핑계를 대었다. 그래서 곧 단단히 타일러 모두 가서 참여하도록 했다.

晴. 留大坂城. 朝島主及芳長老. 以順涉大海. 送伴致賀. 船將沙格等來謁. 我船移泊於第一板橋之外. 距此十餘里. 聞到泊後四面圍籬. 使不得任意出入. 渠輩雖

甚鬱鬱. 禁防奸僞之道. 還亦無妨矣. 但吾行在館所之時. 守門禁徒輩. 必爲往復於町奉行後. 始許其往來. 而旣是關白町奉行所管之處. 故馬島人等. 亦不能操節云矣. 首譯來言. 關白熟供宴. 例行於昨日. 而以夜深退行於今日矣. 館伴將來云. 故三使着紅團領. 軍官戎服. 會坐於饗所大廳. 廳是雜搆. 而可爲五六十間. 周圍錦帳. 三面通豁. 彼人曳長袴者. 次進宴饌十餘床. 而奇奇怪怪. 無一下箸者. 鳥纛炭塊并被金箔. 人物花卉皆巧假造. 便同兒輩戲弄之資. 良可笑也. 行七味九酌之禮. 如馬島之宴. 宴罷. 與館伴一人町奉行二人相接. 館伴是美濃守藤長住. 此處館伴之任. 聞是世襲之職. 而年未三十. 爲人殘劣. 町奉行二人. 一是興津能登守源忠通. 一是鵜殿出雲守源長逵. 聞皆關白差遣留守大坂者也. 勸茶而罷. 馬島守及以酊僧與加番長老僧入謁. 加番僧名承瞻號維天. 以接伴之任. 自江戶定送. 而旣有酊菴僧之陪行. 故此則謂之加番. 在於酊菴僧之上座矣. 自禮曹有別幅贈物於加番僧. 而倍於酊菴僧. 古則來待馬島. 與酊菴僧偕來矣. 至辛卯信使時. 謂以中路改差. 追到大坂. 遂以爲例. 禮曹書中. 尙用護涉海路句. 可謂失實也. 加番年今七十. 行禮之際. 老昏無可稱矣. 所謂熟供. 旣曰關白所賜. 而三使臣公服受之. 則行中諸員役. 宜皆進參. 而過半稱托. 故卽爲申飭. 皆令往赴焉.

1764년 1월 22일

맑음. 바람이 차가웠다. 오사카 성大坂城에 머물렀다.

무사히 바다를 건넜고, 앞으로 육로로 향한다는 내용을 계초啓草(임금에게 올리는 글)에 쓰고, 이어서 집으로 보내는 편지를 덧붙여서, 왜인에게 주어 비선飛船 편에 부치게 하였다.

역참의 관리가 관백이 보낸 것이라고 하면서, 일행의 모든 관원에게 이불과 요를 주었는데, 우리 세 명의 사신과 통역관에게는 비단, 상차관上次官에게는 명주, 중·하관中下官에게는 목면木綿을 주었다. 이것은 마땅히 주는 것이라 하고, 또 전례를 상고해 보아도 모두 받았기에 일행에게 나누어 주었다. 상사인 나의 방에 온 물건을 만일 우리나라 사람에게 준다면 또한 투명하지 못한 것이 되기에, 일기선一騎船의 호행 정관 다다 겐모쓰護行正官 平如敏에게 주었다.

관반館伴 미노노쿠니美濃州 태수가 삼중杉重을 보내왔다.

晴風寒. 留大坂城. 以無事渡海. 將向陸路之意. 搆成啓草. 仍付家書. 出付倭人. 定送飛船. 站官謂以關白所送. 一行上下各給衾褥. 而三使臣及堂譯以錦. 上次官以紬. 中下官以木綿. 云是例贈. 且考前例. 則擧皆受之. 故分給行中. 上房所來者. 如給我人. 則亦涉難明. 出給一騎船護行正官平如敏處. 館伴美濃州太守送杉重.

1764년 1월 23일

맑음. 오사카 성大坂城에 머물렀다.

기이노쿠니 태수紀伊州太守 도쿠가와 무네노부源宗將(1720~1765. 히타치 미토번 제 5대번주)가 소금에 절인 고래고기 30포苞와 소금에 절인 사슴고기 20포를 보내왔다. 1포는 10조條이고 1조는 한 근이 넘는 고기이다. 모두 단자만을 올리고 또한 이름도 쓰지 않았으니 괴이한 일이다. 하지만 전례라고 들었기에 받았다. 수석 통역관의 말을 들었는데, 쓰시마 사람들이 기이노쿠니의 소금에 절인 고래고기가 일미라 하여 먹고 싶다고 한다기에 2포를 태수에게 보내 주었고, 봉행 · 재판裁判 등에게도 각각 1포를 보내 주었다. 그리고 전어관傳語官 · 금도禁徒 등에게도 몇 포씩 나누어 주었더니, 태수 이하 모두가 나라의 하사품이라면서 머리를 조아리며 영광으로 여겼다고 한다.

대개 기이노쿠니紀伊州 · 오와리노쿠니尾張州 · 미토노쿠니水戶州의 세 명의 태수를 3종실宗室이라 하는데, 관백이 만약 아들이 없다면, 이 3종실 중에서 선택하여 관백으로 세웠다. 그래서 여러 태수 중에서 가장 귀중하다. 지금 관백의 할아버지 도쿠가와 요시무네吉宗 역시 기이노쿠니 태수로서 관백의 자리를 계승하였다. 이 때문에 세 주의 태수를 '국가國家'라 부르고 대우도 특별하다고 한다.

부산의 관보官報가 비선飛船 편에 왔다고 하기에 듣고서 매우 기뻐했는데, 봉함을 뜯고 보니 단지 공문만 있고 집 편지가 없어서 참으로 우울하였다.

부산의 관보 중에 "비변사의 공문에, '통신사가 바다를 건넌 후에는 일의 이치와 체면이 매우 중요하니 인편을 통한 공문 이외에는 사사로운 편지가 오가는 것을 일체 엄금하라.'고 하기에, 각 곳의 집 편지는 들여보내지 않는다."라고 하였다. 또 관보의 왼쪽에 기록하고 각각 보내온 사롱紗籠 · 청장淸醬(간장) 등의 물건은 사스우라佐須浦에 있을 때에 요청한 것이다. 자세히 비변사에서 내린 공문의 말뜻을 생각해 보니, '공문은 인편을 통하여 부치고, 인편을 통한 공문 이외에는 따로 인편을 내서 편지를 부쳐서는 아니 된다.'고 한 것인데, 부산진에서 막고 보내지 않는 것은 반드시 비변사의 공문 뜻을 상세하게 알지 못한 것으로 그렇게 한 듯하다. 그러나 형세가 이러하여 어찌할 수 없었다.

관보는 12월 24일에 작성된 것인데, 지금에야 이곳에 도착했다. 그러나 우리가 온 것에 비하면 오히려 빨리 온 것이다. 관보의 답장과 집에 부치는 편지를 써서, 어제 작성한 계초啓草를 보내는 편에 같이 출발하게 하였는데, 역시 한 달 안에 부산진에 도착할지 알지 못하겠다.

첨장로瞻長老가 만두饅頭 한 상자를 바치기에 선장에게 주어 배에 있는 격졸들에게 나누어 주도록 하였다.

晴. 留大坂城. 紀伊州太守源宗將. 送鹽鯨三十苞鹽鹿二十苞. 一苞爲十條. 而一條爲斤餘肉矣. 都單以呈. 亦不書姓名. 可怪. 而聞是前例. 故受之. 聞首譯之言. 則馬州人以紀伊鹽鯨謂之一味. 而欲爲得食云. 故送二苞於太守. 奉行裁判等處各

給一苞. 傳語官禁徒等處. 以數苞分給之. 太守以下擧皆稱以國賜. 頓有榮感之意云. 蓋紀伊州尾張州水戶州三太守. 謂之三宗室. 而關白若無子弟. 則擇於此三宗室而立之. 故於諸太守中最爲貴重. 今關白之祖吉宗. 亦以紀伊州太守. 入承關白之位. 以此三州太守. 謂之國家. 而待遇殊異云矣. 釜山官報. 因飛船便來. 故聞甚驚喜. 拆封以見. 只是公文. 更無家信. 良可鬱也. 釜鎭報狀中有曰. 備局關內信使渡海後. 事體緊重. 公幹因便外. 私書往復. 一切嚴防. 故各處家信. 不得入送云云. 且於左錄各送紗籠淸醬等物. 以其佐須浦時所求也. 細究備關辭意. 似是公幹因便則付書. 公幹因便外則不可專便付書者. 而釜鎭之防塞不送. 必因未詳關辭而然也. 雖然勢無可奈何矣. 報狀成於臘月二十四日. 而今到此處. 比之吾行. 猶爲速來矣. 回題及家間追書出付昨日啓便. 使之同發. 亦未知一朔內可還釜鎭也. 瞻長老呈納饅頭一樻. 出付船將. 使之分給於留船格卒.

1764년 1월 24일

맑음. 오사카 성大坂城에 머물렀다.

준비해 온 50여 짝의 공사公私 예단禮單을 큰 상자에 넣기도 하고 풀 방석으로 싸기도 하여, 저들에게 내어주고 별도로 금도禁徒(불법 행위를 금하는 일을 맡은 왜인)를 뽑아서 먼저 도쿄江戶로 보냈는데, 이는 바로 전례이다. 그 중에 인삼과 비단 같은 물품은 귀중한 재물이라고 할 수 있는데, 전부터 저들은 조금도 허술하게 하지 않아 걱정이 없었다. 이는 중국에 갈 때에 짐을 먼저 책문柵門에 보내면 걱정이 없는 것과 거의 같은 것이다. 이러한 일들은 우리나라의 사악한 백성들이 미칠 수 없는 것이다.

여기서부터 사람이 타거나 또 짐을 실을 말 5백 50여 필이 나와서 기다리고 있었다. 앞에서부터 말을 골라 타고 또 말을 빼앗아 짐을 싣기 위해 대단히 시끄러웠다. 때문에 구별하여 분배하고 삼방三房에 분부하여 각각 색종이에 '누구는 어느 말(某人某等馬)'이라고 두 통씩 써서 한 통은 마부에게 주고 한 통은 말을 타는 자에게 주어 서로 이를 지켜 문란하지 않게 하였으니, 정말로 효과가 있을지는 알지 못하겠다.

조선부朝鮮賦[93] 30여 장을 얻어 보았는데, 곧 명나라 사람 학사學士 동월董越이 사신으로 우리나라에 왕래하면서 지은 것으로, 일본에 흘러들어와 간행된 것이다.

오사카 성은 관소 동북쪽 10리쯤에 있는데, 성내 주위의 크기와 마을의 호수戶數에 대해서는 상세히 알 수 없다. 대체로 이 지역은 동서로 40리, 남북으로 15리였으며, 민가는 15만 호로 서쪽으로 하리마노쿠니幡摩州에 접해있고, 북쪽으로 야마시로노쿠니山城州에 접해있으며, 동남쪽으로는 바다에 접하였으니, 땅만 가지고 말을 한다면 비록 바닷가이지만, 나라 전체를 기준으로 말한다면 중앙이라고 할만하다. 이미 어업과 소금의 이익을 관장하고 또 비옥한 토지를 가졌으며, 산천이 아름답고 인물이 번성하여, 부유한 장사치들이 재물을 서로 교환한다. 이 때문에 사치스런 풍조와 남을 속이고 홀리는 습성이 다른 도보다 더욱 심하다고 한다.

도쿠가와 이에야스源家康가 관백이 되고나서 오사카가 위치한 동쪽은 지세가 가파르고 험하며, 사람들 또한 고집이 쎄어 따르지 않은 무리들이 많았다. 그래서 군장君長이 없으면 진정시키기 어려웠기 때문에,

---

93 조선부(朝鮮賦): 명나라 사신 동월(董越)이 1488년(성종19)에 사신으로 와서 사행의 경험을 바탕으로 464구로 지은 부(賦)를 말한다. 이 조선부(朝鮮賦)에는 기자의 유풍을 간직하고 유학을 숭상하는 문헌의 나라로 그렸으며, 또 조선의 놀이문화와 연회의 상차림을 상세하게 묘사하여, 조선이 사신을 얼마나 환영했는지 그리고 얼마나 정성스럽게 대접했는지도 잘 표현하였다. 곧 조선은 명과 매우 친근한 나라이자 소중화국으로서의 면모를 부각시켰다. 또한 부의 본문과 주석에는 명조와 다른 조선조의 풍습을 나타내는데 치중하여 그 나름의 고유한 문화를 지닌 또 하나의 독자적인 문명국가임을 드러냈다. 이렇게 해서 지어진 조선부(朝鮮賦)는 황화집(皇華集)에 소재한 어느 작품보다도 가장 널리 알려져 오늘에까지 이르고 있으며, 동월 자신을 지금까지도 기억하도록 만든 빼어난 작품이다.

도쿄江戶로 도읍을 옮기고 셋쓰노쿠니攝津州를 유모쿠노무라湯沐邑로 삼은 다음, 도쿄를 '동도東都'라 칭하고 오사카를 '남도南都'라 일컬었다.

정봉행町奉行에게 세금을 징수하는 것을 관장하게 하고, 이요노쿠니伊豫州 태수에게 고을의 일을 겸하여 관할하게 하고, 또 진장鎭將을 두어 성지城池를 지키게 하였다. 시사市肆(시장)의 법은, 3보步가 1간間이고, 60간이 1정町이고, 36정이 1여閭인데, 여閭에 부관部官을 두었다. 주州 안에 절이 3백여 곳이 있고 교량은 8백여 개가 있으며, 주산主山의 이름은 챠우스야마茶臼山라고 하는데, 그 말을 또한 어찌 다 믿을 수 있겠는가? 또 일본 지도 개정본改正本을 얻어서 화가 김유성金有聲에게 본뜨게 하였다. 이른바 '대지도大地圖'라고 하는 것은 번잡하여 본뜨는 것을 그만두었다.

삼기선의 선장 변박卞璞이 그림을 잘 그리기에 도훈도都訓導와 서로 바꾸어 도쿄에 따라가게 했다.

晴. 留大坂城. 磨鍊公私禮單所用五十餘隻. 或入長樻. 或裹草席. 出付彼人. 別定禁徒. 先送江戶. 此是例也. 其中如人蔘錦緞之屬. 可謂重貨. 而自前彼人少無虛疎之慮. 殆如燕行卜馱之先送柵門無慮者. 此等事我國奸民輩所不能及處也. 自此騎卜馬出待爲五百五十餘匹. 而自前擇乘奪載. 多有紛紜. 故區別分排. 分三房各於色紙某人某等馬二秩. 一給馬夫. 一給乘者. 以爲相準不紊之地. 未知果有效否也. 得見朝鮮賦三十餘張. 卽皇明人學士董越. 以天使往來我國後所撰. 而流入日本刊行. 大坂城在館所東北十里許. 而城內之周圍大小. 閭里戶數未能詳知. 而大體地方東西四十里南北十五里. 人家爲十五萬戶. 西接播摩州. 北接山城州. 東南濱海. 以陸地言之. 雖是海邊. 以一國言之. 可謂中央. 旣管漁鹽之利. 且有土地之沃. 山川明麗. 人物繁盛. 富商大賈轉換財貨. 以此侈靡之風詐幻之習. 尤甚於他道云矣. 源家康及爲關白. 謂以東方險阻. 且多倔强之徒. 若無君長. 難以鎭撫. 因徙都江戶. 以攝津州爲湯沐邑. 稱江戶曰東都. 稱大坂曰南都. 使町奉行掌其收稅. 使伊豫州太守兼管州事. 又置鎭將而守城池. 市肆之法. 三步爲一間. 六十間爲一町. 三十六町

爲一閭. 閭置部官. 州內佛宇爲三百餘. 橋梁爲八百餘. 主山之名卽茶臼山云. 而其言亦何可盡信也. 又得日本地圖改正之本. 使畫師金有聲模之. 所謂大地圖. 繁雜故置之. 三騎將卞璞. 以能畫與都訓導相換. 隨行於江戶.

41. 히라카타平方 1764년1월26일

맑고 바람이 불었다. 정오쯤에 출발하여 밤새도록 배를 운행하고, 이튿날 아침에 히라카타平方에 도착하였다.

일찍 출발하기 위해 짐을 싸 놓고 기다렸는데, 정오 무렵이 되서야 대마도주가 비로소 떠나기를 요청하여, 먼저 국서를 받들고 뒤따라 나왔다. 지나가다가 법당法堂의 대청을 보니 훤하게 툭 터져있었다. 여기까지 오면서 처음 보는 것으로 철사로 망을 치고 구리기둥으로 장식하였는데 진실로 뛰어난 건축물이었다. 곧 바로 부두로 내려가 다시 가와고자부네金鏤船를 타니, 배에 머무르고 있던 선장과 사공 그리고 격군들이 뱃머리에 와서 인사를 하는데, 보내고 머무르는 슬픈 마음이 영가대永嘉臺 아래에서 배가 떠날 때에 서로 이별하는 것과 다름이 없었다. 사람 마음이 어찌 그렇지 않겠는가!

배에 머무는 장졸은 1백 6명이고, 원역 이하 도쿄에 따라가는 사람은 모두 합쳐 3백 66명이다. 강물이 매우 얕기 때문에 가와고자부네 마다 탈 수 있는 우리나라 사람은 14~15명에 불과하였고, 나머지는 모두 작은 배에 나누어 탔다. 앞서거니 뒤서거니 하며 가는데, 내 배에 동승한 자는 자제군관子弟軍官·장무관掌務官과 겸종傔從 한 명, 통인通引 두 명이었으며, 남 제술南製述(남옥)·성 서기成書記(성대중)·양의良醫·장사 군관壯士軍官은 해선海船에 동승할 수 없다 하여 내 배에 오르는 것을 허락했다. 이 역시 같은 배를 타고자 하는 의지를 보였기 때문이다.

흐르는 물을 거슬러 올라가다가, 이어서 동북쪽을 향하여 갔다. 좌우를 바라보니, 붉고 푸른 것이 서로 비치어 가와구치河口에서 오사카성으로 들어올 때와 똑같았다. 10여 리를 가니 촌락은 듬성듬성 떨어져 있었지만, 양쪽 언덕에 꽃과 대나무가 울창하게 숲을 이루어서 번화한 경치가 눈을 기쁘게 하였는데, 아스라한 누대樓臺에서 바라보는 것과 다름이 없었다.

세 개의 큰 판교板橋를 지나 서남쪽을 바라보니, 푸른 소나무가 축축 늘어져 있고 하얀 성벽이 은은히 보였다. 물어보니 오사카의 궁성이라 하였다. 배를 끄는 군사들이 양쪽으로 언덕에 줄지어 있는데, 한 척의 배를 끄는 사람이 백여 명이 되기도 하고 또 70~80명이 되기도 하여, 배가 왼쪽 언덕으로 가까이 가면 왼쪽 언덕 위에 있는 군사가 끌어당기고, 배가 오른쪽 언덕으로 가까이 가면 또한 그와 같이 하였다. 잠시 한쪽의 군사는 쉬게되고, 배가 지나는 마을마다 끌어당기는 군사가 교체되었으니, 만일 그 원래 숫자를 전부 따지면 반드시 수천 명이 넘을 것이다. 이름이 나니와에浪華인 이 강은 비와코琵琶湖에서 갈라져 나왔는데, 흘러온 모래가 쌓여 물의 깊이가 한 길도 되지 않았다.

어떤 사람이 전하는 말에 의하면, 지난번 통신사의 배가 지나갈 때에는 모래를 퍼냈었지만, 다시 장마를 겪고 나서 메워졌다고 한다. 사공들이 비록 조금 깊은 곳을 찾아서 간다고 하지만, 오히려 걸리는 곳이 많아 동쪽에서 당기고 서쪽에서 끄니, 지나가는 것이 마치 '지之'자와 '현玄'자 모양과 같았다. 또 역풍逆風을 만났지만 20리를 더 가니 해가 이미 저물어 어둑해졌다. 지방관이 저녁밥 대신 음식을 올렸다.

삼중杉重을 우리나라 사람이 타고 있는 각 배와 누선鏤船의 사공들에게 나누어 주어 배고픔을 면하게 하였다.

머물러 묵을 역참도 없는데다가 위험한 곳도 아니었기에 노를 저어 앞으로 가게 하였다. 그런데 노의 삐걱거리는 소리와 등불의 불빛이 시끄럽고 눈부셔서 잠을 이룰 수가 없었다.

밤새도록 배를 운행하여 해가 뜰 무렵에야 겨우 부두에 도착하였다.

오늘은 50리를 왔다.

晴風. 午間發行. 達夜行船. 翌朝次平方. 欲爲早發. 裝束以待. 午間島主始請行. 先奉國書隨後而出. 歷見法堂大廳. 則通暢軒豁. 所經初見. 網以鐵絲粧以銅柱. 眞傑搆也. 仍下船倉. 復乘金鏤船. 船將沙格之留船者. 來辭船頭. 去留悁悵. 無異於永嘉臺下行船時相別. 人情烏得不然也. 留船將卒爲一百六人. 而員役以下之隨入江戶者合爲三百六十六人員矣. 江水甚淺. 金鏤船每隻容入我人不過十四五人. 餘并分乘小船. 或先或後. 而我船同乘. 子弟軍官掌務官一傔從兩通引. 而南製述成書記良醫壯士軍官則以海船之不得同乘. 許登此船. 此亦示同舟之意也. 泝流而行. 連向東北. 左右觀光. 紅綠交映. 一如自河口入坂城時也. 行十餘里. 村落時或間斷. 而兩岸花竹. 蔚然成林. 繁華悅眼. 無異於樓臺之縹緲矣. 過三大板橋. 望見西南. 蒼松落落. 白雉隱隱. 問是大坂御城也. 曳船軍環立兩岸. 一船所曳者. 或過百餘人. 或過七八十人. 而船近左岸. 則左岸上軍人引索而曳之. 船近右岸. 則亦如之. 輒休一邊之軍人. 而所經村里. 曳夫替易. 如論元數. 必過累千人矣. 江名浪華. 派自琵琶湖. 而流沙堆積. 深不盈丈. 或傳昨春爲信使行船而掘沙. 經潦而復塡云矣. 篙工雖尋稍深處而行之. 猶多掛掣. 東挽西曳. 行如之玄字. 且値逆風. 行二十里. 日已薄曛. 地方官進熟供以代夕飯. 杉重則分給我人之在各船者及鏤船櫓軍處. 亦令療飢. 旣無止宿之站. 且非殆危之地. 使之櫓役前進. 而咿軋之聲. 燈燭之光. 喧聒眩耀. 不能成睡. 達夜行船. 日出僅到船倉. 是日行五十里.

42. 요도우라淀浦 1764년1월27일

맑음. 오전 9시쯤에 배를 띄워 저녁에 요도우라淀浦에 도착하였다.

잠깐동안 히라카타平方의 관소館所에 들어갔다. 이곳은 가와치노쿠니河內州 소속이다.

아침밥을 먹은 뒤에 곧바로 배에 올라 닻줄을 끌어올리고 나아갔다. 강물이 점점 넓어지고 들판의 경치가 탁 트였으며, 토지가 비옥하고 촌락이 연속되었으니, 남도南都(오사카)와 교토西京가 서로 만나는 곳임을 짐작할 수 있었다. 멀리 요도우라를 바라보니, 푸른 호수가 사방으로 둘러쳐져 있고 흰 성벽이 물에 떠 있으며, 숲이 울창하여 누대가 은은하게 비치었다. 성 밖에 있는 수차水車(물레방아) 두 대는 모양이 물레와 같은데, 물결을 따라 스스로 돌면서 물을 떠서 통에 부어주고 다시 성 안으로 흘러들어가게 한다. 보기에 매우 괴상하기에 별파진別破陣 허규許圭 · 도훈도都訓導 변박卞璞에게 자세히 그 제도와 모양을 보게 하였다. 만일 그 제작 방법을 우리나라에 옮겨서 사용한다면, 논에 물을 대는 방법으로 편리하게 사용할 수 있겠다. 하지만 두 사람이 반드시 성공할지 그 여부는 모르겠다. 날이 저물녘에 요도우라淀浦에 도착했다. 이곳은 야마시로노쿠니山城州 소속이다. 국서를 받들고 땅에 내렸다.

여기부터 비로소 육로로 가게 되는데, 육로로 가기 시작한 뒤로는 중 · 하관下官은 준례가 모두 익힌 음식으로 대접한다고 하였다.

마쓰다이라松平 기이노쿠니 태수紀伊守가 삼중을 보내왔고, 단고노쿠니 태수丹後守 이바나 마사요시越智源正益(稻葉正益1718년~1771년, 요도번(淀藩)의 제5대 번주)가 당고糖糕 한 상자를 보내왔다.

오늘은 40리를 왔다.

晴. 巳時乘船. 夕次淀浦. 乍入平方館所. 地屬河內州. 朝飯後旋即登船. 曳纜而進. 河水稍廣. 野色愈闊. 土地肥沃. 村落連續. 可想其南都西京之相接處也. 望見淀浦. 青湖四圍. 白雉浮江. 樹林蔥蔚. 樓臺隱映. 城外有水車二座. 狀如繅車. 逐波自轉. 酌水注桶. 灌入城中. 見甚奇怪. 使別破陣許圭都訓導卞璞. 詳望其制樣. 如能移其制作於我國而用之. 則其於灌田之道. 可謂有利矣. 未知兩人可能必成否也. 日暮到淀浦. 地屬山城州. 奉國書下陸. 自此始爲陸行. 陸行之後.

수차(물레방아).

則中下官例皆熟供云. 松平紀伊守送杉重. 稻葉丹後守越智源正益. 送糖糕一簇. 是日行四十里.

43. 교토西京 1764년1월28일

맑음. 해가 돋을 무렵 출발하여 한낮에 교토西京에 도착하였다.

땅에 내린 뒤에는 전례대로 반드시 건량관乾糧官 및 일공군관日供軍官을 먼저 보내 공급받은 물로 밥을 지었는데, 대마도주가 앞에서 인도하면서 가는 도중에 쉽게 말썽을 부리기 때문에 구두로 훈계하여 보내곤 하였다. 해가 돋은 뒤에 대마도주가 떠나기를 요청하여, 국서를 받들고 의전을 갖추기를 제도와 같게 하였다. 우리 세 명의 사신은 교자가마를 타고 가는데, 하나의 교자가마에 교군이 각각 20명씩으로 서로 교대하여 쉬게 하였다.

어떤 사람의 말에 의하면, 이들은 바로 도쿄에서 품삯을 주고 사온 사람인데, 한 사람의 품삯이 백은白銀으로, 백 냥이나 된다고 한다. 상관上官·중관中官들이 타는 말을 따르는 왜인이 7명인데, 그 중에서 두 사람은 나란히 끌고, 한 사람은 곁에서 마시는 차와 담배를 권하며, 한 사람은 깃발과 등불을 들고, 한 사람은 크고 작은 우산을 준비하여 들었고, 두 사람은 쌍쌍이 달린 상자를 메고 간다. 그 상자 속에는 배고픔을 면할 물건과 말에게 먹일 음식과 말굽 그리고 우비 등 잡물이 들어 있다. 짐 실은 말에는 단지 이끄는 마부만 있고, 따로 따르는 왜인은 없었다. 일찍이 들었는데, 말탄 사람이 거짓으로 말에서 떨어지는 시늉을 하면 따르는 왜인이 크게 두려워하며 애걸한다고 하는데, 지금은 비록 그렇게 하지는 않았으나 역시 보호하는 데에 부지런하고 성실하다고 하겠다. 말 안장을 금실과 비단으로 장식한 것은 이미 말할 만한 것이 못 되지만, 말의 배에 보를 둘러서 진흙을 방비하는 것과, 말의 궁둥이에 요를 깔아 비를 피하는 것은 더욱 괴이하였다.

15리를 가서 짓소지實相寺에 잠깐 들러 홍단령紅團領으로 갈아입고, 원역은 관복, 군관은 융복戎服으로 갈아입었는데, 이는 장차 교토西京로 들어가기 때문이다. 역참의 관리가 삼중杉重 한 상자를 올렸는데 관백이 준 것이라 하였다. 우리나라 사람과 교군들에게 나누어 주고, 교군(가마를 메는 군사)들의 수고가 너무 많았기에 매번 떡과 과일을 가지고 가서 매 참站마다 도중에서 한두 차례씩 나누어 주었다. 이후에도 모두 이와 같이 하였다. 곧 바로 교토로 향했다.

교토京都로 들어가다가 여러 층으로 높게 쌓은 누각의 문을 지나는데, 둘러 있는 하얀 담장의 길이가 몇 리나 되었고, 5층 위의 집은 허공에 아스라이 솟아 있다. 물어보니 큰 절이었다. 여기서부터는 민가가 즐비하여 꾸불꾸불 돌아서 갔다. 인구가 빽빽이 많은 것과 의복의 찬란함은 오사카에 비하여 오히려 더 나은 것 같지만, 시가지와 점포의 형편은 조금 못한 것 같았다.

7~8리를 가다가 동북쪽으로 꺾어 돌아 비로소 관소에 들어가니, 이곳이 혼코쿠지本國寺이다. 땅은 야마시로노쿠니山城州 소속인데, 건물이 호화롭고 경치가 볼 만하였으며, 또 오사카 성의 혼간지本願寺와 비교할 바가 아니었다. 앞에는 5층 집이 있는데 지나는 길에 본 것과 제도와 모양이 너무 똑같아서 사람들이 간혹 하나의 탑인가 하고 의심하였지만, 실제는 둘이었다.

이 일본이라는 나라는 오로지 불도佛道만을 숭상하기 때문에 마땅히 재력을 모두 절에 소모하였다. 비장裨將 여러 사람들과 5층 다락에 올라가 바라보니, 교토의 4면 땅에 민가가 가득하였는데 '동서가 거의 30리이고 남북은 그 반은 된다.'고 한다. 저들의 이른바 왜황倭皇 도읍지라고 하는 곳은 마땅히 이와같이 번성하였다.

조선통신사행렬도(朝鮮通信使行列圖).

쓰시마 태수와 두 장로가 뵙기를 청하여 공복을 입고 대청에서 접견하였다. 이는 이곳에 도착한 뒤의 전례이다.

이요노쿠니 태수伊豫守 후지와라 마사스케藤源正右가 교토판윤西京尹(우두머리)의 자격으로 역시 뵙기를 요구하였는데, 이 역시 준례이다.

우리 통신사신들이 관복을 갖추어 입고 처마 밖에 나아가 맞아들인 다음, 재읍례再揖禮를 하였다. 교토판윤은 일각건一角巾을 쓰고 긴 옷을 입었는데 사람됨이 준걸스럽고 행동이 점잖아서 재상다운 풍도가 있다고 할 수 있다. 바다를 건너온 뒤로 저들 가운데에서 처음으로 보는 사람다운 사람이었다.

교토는 왜의 임금이 도읍한 곳이고, 또 사람들이 끝까지 관백에게 복종하지 않았기에, 교토판윤의 이 자리는 세습에 구애됨이 없이 특별히 선택하여 지키도록 하였다.

지금 들으니 '후지와라 마사스케藤源正右 역시 이전에 집정執政을 지냈었는데 이곳에 와서 지켰다.'라고 하였다. 쓰시마 태수가 우리와 저들 사이에 끼어 말을 전하는데, 무릎으로 걷거나 고개를 숙이고 엎드리며 명령을 깍듯이 받드는 것으로 볼 때, 일본 조정의 높고 귀함을 상상할 수 있었다. 대마도주가 통신사와 더불어 대등한 예로 대하다가 갑자기 말을 전달하는 관원 역할을 하자니, 부끄러운 마음도 없지는 않을 것이다. 서경판윤西京尹이 무사히 바다를 건너온 것을 위로하고 축하를 하므로, 감사하다고 답하고 차를 대접하고 자리를 끝냈다.

교토의 관반館伴 한 사람과 출참 봉행出站奉行 두 사람이 뵙기를 청하였는데, 관반은 곧 오키노쿠니 태수隱岐守 혼다 등원강本多 藤原康이고, 봉행 한 사람은 아와노쿠니 태수阿波守 고바야시 원춘경小林 源春卿이며, 또 한 사람은 지쿠젠노쿠니 태수筑前守 마쓰마에 도시히로松前 源俊廣였다. 관반은 사람됨이 마르고 용렬하여 벌벌 떨면서 말을 못하여 매우 가소로워 보였으며, 이른바 봉행이란 자 역시 용렬하여 별로 일컬을 만한 자가 못 되었다. 차를 권하여 마시고 자리를 끝냈다.

교토판윤이 건어乾魚와 다시마 한 상자를 보내오고, 관반이 소종篠粽(떡의 일종) 5백파把를 올렸다. 이른바 소종이란 바로 청백병靑白餠(송편)이며, 1파는 곧 열 개이니, 한 개 한 개를 댓잎으로 쌌는데 모양이 죽순과 같았다. 삼사가 머무는 삼방三房에 보내온 것을 이루 다 먹을 수가 없어서 쓰시마 태수와 호행들에게 나누어 보내고, 저들의 하인과 우리 하인들에까지도 주도록 하였다.

밤에 들었는데, 중관中官·하관下官에게 대접하는 음식이 서로 혼동되어 중관의 음식이 조금 가까이에 있었기 때문에 하관의 무리들이 난입하여 먼저 먹어 중관들은 식사를 거르는 지경에 이르렀다고 한다. 조사하여 찾아내고 죄를 다스려 앞으로 발생할 폐단을 막았다.

교토는 지방의 둘레가 2백여 리이다. 아카고야마愛巖山가 주산主山이 되어 동북쪽을 막고, 서남쪽으로는 들판을 펼치며, 오사카 해변에 이르기까지 별도로 가로막는 높은 봉우리가 없어, 눈앞이 광활하고 토지가 비옥하였다. 비록 실권 없는 자리일망정 오래도록 황제의 도읍지가 된 것은 진실로 이와 같은 까닭이 있었던 것이다. 그리고 도쿄江戶와 더불어 동서로 대치하고 있는 것이 거의 중국의 관중關中·낙양洛陽과 같기에 왜인들은 간혹 낙양이라고 부른다고 한다. 듣고서 정말 우스웠다.

왜황倭皇의 세대世代에 대하여는 이미 고령高靈 신숙주申叔舟의 《해동기海東記》와 호곡壺谷 남용익南龍翼의 《문견록聞見錄》에 상세히 나왔으므로 살펴보면 알 수 있을 것이다. 대개 천신天神 7대와 지신地神 5대는, 비록 칭호는 있지만 대부분 황당무계하였기 때문에 온전히 믿을 수가 없다. 인황人皇 시조始祖는 진무 천황神武天皇인데, 성은 왕王씨, 이름은 협야俠野이다. 지신地神 노자존鸕鶿尊의 아들로, 주유왕周幽王 11년에 출생하여 처음으로 천황天皇이라 칭호하였으며, 야마토노쿠니太和州에 국도國都를 정하였다. 이후부터 모두가 천황이라고 일컬었으며, 자주 도읍을 옮겼다. 여주女主 진구 황후神功后가 즉위한 것은 중국 한나라 헌제獻帝 건안建安 6년이다. 스스로 군사를 거느리고 신라와 백제를 치니, 신라와 백제가 사신을 보내서 화친을 했다. 진구 황후는 처음으로 사신을 중국 한漢 나라에 보냈다. 그 아들 오진 천황神應皇 때에 고구려가 처음으로 사신을 보내왔고 백제는 옷을 만드는 여공을 보내 의복이 여기서 비롯되었다. 경전經傳과 여러 박사博士를 보냈을 뿐만 아니라 왕자를 보내 화친을 맺었다. 이후부터 세 나라와는 간간이 사신이나 승려를 보내 교류하였다. 게이타이 천황繼體皇이 즉위한 것은 중국 양나라 무제武帝 때이다. 양梁 나라가 사마규司馬逵를 보내와서 처음으로 연호年號를 썼다. 죠메이 천황舒明皇에 이르러 중국 당나라 태종太宗 정관貞觀 4년에 사신을 당 나라에 보내고, 당 나라는 고인표高仁表를 보내왔다. 이후로 여러 번 중국과 교류하였다. 요제이 천황陽成皇에 이르러 후지와라노 모토쓰네藤源基經에게 섭정攝政하게 했는데, 곧 관백關白이라고 일컬었다. 관백의 명칭이 여기서 비롯되어 국가의 크고 작은 일이 모두 관백에게서 결정되었으니, 이른바 왜황이란 한갓 실권 없는 벼슬자리만 끌어안고 있을 뿐이다. 다카쿠라 천황高倉院에 이르러, 중국 송나라 효종孝宗 건도乾道 7년에 사신을 송나라에 보냈고, 송나라도 사신을 보내왔다. 안도쿠 천황安德院에 이르러, 시라카와 황후白河后(안도쿠 천황의 조모)의 난 때문에 관백 미나모토노 요리토모源賴朝에게 축출되어 죽었다. 고코곤 천황後光嚴院에 이르러, 사신을 중국 명나라에 보내 조공朝貢을 바쳤다. 그 아들 고엔유 천황後圓融院 때에, 고려 포은圃隱 정몽주鄭夢周가 사신으로 왔다. 이후에 여러 번 사신을 명나라에 보냈으며, 명나라도 사신을 보내왔다. 고하나조노 천황後花園院에 이르러, 대마도주 소 사다모리宗貞

盛가 조선朝鮮과 조약을 맺어 조선이 처음으로 신숙주申叔舟를 보냈다. 이후부터 우리나라가 잇따라 통신사通信使를 보냈는데, 이는 사신을 왜황에게 보내는 것이 아니라 관백과 통신하기 위한 것이었다. 왜황은 진무 천황부터 지금까지 거의 1백 20대가 되는데, 처음은 천황天皇이라 일컫고, 중간에는 지황地皇이라고 일컬었다. 그리고 처음에는 왕씨王氏로 성을 삼았고, 뒤에는 겐지 씨源氏로 성을 삼았으며, 만일 아들이 없으면 여주女主가 뒤이어 즉위한 것도 많았다. 중엽 이후로는 관백에게 정사를 맡기고 단지 황제의 자리만 지켰다. 천신天神을 빙자하여 한 달 가운데 첫 보름은 마음과 몸을 깨끗이 하여 경經을 외우고, 다음 보름은 음주와 여색에 빠졌으니, 속담에 이른바 '하는 일 없이 많은 봉급을 받는다.'라는 것은 왜황을 두고 한 말이다. 세상에 어찌 이러한 황제가 있단 말인가. 호레키 황제寶曆皇帝가 재작년에 죽고, 아들이 나이가 어려 그 딸이 지금 막 황제가 되었다고 한다. 이른바 왜황의 궁궐이 동북쪽 모퉁이에 있는데 토담으로 둘렀으며, 관백이 자기에게 소속된 장관將官에게 군사를 거느리고 가서 지키게 하였다. 그리고 관백의 별궁別宮이 서북쪽 모퉁이에 있었는데, 경윤京尹 한 사람과, 정수町守 한 사람과, 경봉행京奉行 두 사람과, 복견 봉행伏見奉行 한 사람을 시켜서 지키게 하였다. 이들은 모두가 관백이 가까이하고 신임하는 자이니, 그 의도는 반드시 왜황을 막아 지키는 데 있다. 가까운 곳에 후시미 성伏見城이 있고 성 안에는 지키는 사람이 있는데, 이곳은 도요토미 히데요시豐臣秀吉가 임진왜란 때 수은睡隱 강항姜沆을 포로로 잡아 가둔 곳이다.

예전에 들었는데, 통신사행이 지나가는 길에서 멀리 바라다 보인다고 하였는데, 지금은 볼 수가 없었다. 그리고 경내에는 덴넨지天然寺·쇼코쿠지相國寺·도후쿠지東福寺·겐닌지建仁寺·만쥬지萬壽寺 등 5대 사찰이 있다고 들었다.

오늘은 30리를 왔다.

晴. 日出發行. 午次西京. 下陸之後. 則例必先送乾粮官及日供軍官. 以爲受供熟設之地. 而島主前導之. 故易致道路之生梗. 申戒先送. 日出後島主請行. 奉國書陳威儀如圖式. 三使乘轎子而行. 一轎之軍各爲二十名. 相替休肩. 或云此乃江戶之貰人. 而一人貰價多至於白銀百餘兩矣. 上中馬從倭各爲七名. 而二名雙牽. 一名在傍而勸茶勸草. 一名擧旗持燈. 一名持大小雨傘. 二名各擔雙懸之樻筐. 樻筐之中. 貯以療飢之物. 與馬料馬履雨具雜物. 卜馬則只有牽夫. 無他從倭. 而曾聞乘馬者佯作墮馬之狀. 則從倭大懼哀乞. 今則雖不然. 亦能勤幹於扶護云矣. 馬鞍之金粧錦飾. 已是不稱. 而至於馬腹之設袱防泥. 馬臀之鋪褥避雨. 尤可怪也. 行十五里. 到實相寺暫入. 改着紅團領. 員役官服. 軍官戎服. 以其將入西京之故耳. 站官進杉重一樻. 謂以關白之贈. 分派於我人及轎軍. 而轎軍之勞役可恤. 故輒以餠果帶去. 每站路中分饋一二次. 後皆如此. 仍向西京. 入京都路過層閣之門. 一帶粉墻. 周遭數里. 五層塔閣. 縹緲半空. 問是大寺刹也. 自此閭家櫛比. 透迤轉曲而行. 人物之稠密. 服飾之燦爛. 比諸大坂. 猶似有勝. 而市廛之生涯. 似或少遜. 行七八里. 東北折旋. 始入于館所. 卽是本國寺. 地屬山城州. 而屋宇之奢麗. 景致之可觀. 又非坂城本願寺之比. 前有五層塔閣. 比歷路所見. 制樣大同. 人或疑之以一塔. 而其實則二也. 此日本專尙佛道. 宜其財力之糜費於梵宮也. 裨將各人上五層樓而觀之. 則西京四面. 閭閻撲地. 而東西幾爲三十里. 南北可爲其半云. 渠所謂倭皇所都之地. 宜其繁盛之若此也. 馬州守及兩長老請見. 以公服相接于大廳. 到此後例也. 伊豫守藤源正右. 以西京尹亦要相見例也. 使行具冠服出楹外迎入. 行再揖禮. 京尹戴一角巾曳長袴. 爲人俊邁. 動止軒然. 可謂有宰相風骨. 渡海後彼人中初見者也. 西京旣是倭皇所都. 且人心終有所不心服於關白. 故尹玆之任不拘世襲. 別擇而鎭之. 今聞正右亦以曾經執政. 來守此地云矣. 馬州守居間傳語. 膝行俯伏. 聽令惟勤. 可想衙門之尊貴也. 島主與信使抗禮之餘. 猝作傳語官之役. 不無赧然之意矣. 京尹以無事渡海慰賀. 以謝意答之. 設茶而罷. 西京館伴一人出站奉行二人請謁. 館伴卽本多隱岐守藤原康. 奉行一是小林阿波守源春卿. 一是松前筑前守源俊廣. 館伴則爲人瘦劣. 戰栗不成語. 所見極可笑. 所謂奉行庸騃無足稱者. 勸茶而罷. 西京尹送乾魚昆布各一篋. 館伴呈篠粽五百把. 所謂

篠宗. 是青白餠. 而一把. 卽十條也. 每條以竹葉裹之. 形象竹笋者矣. 三房所來. 不可勝食. 分送於馬州守及護行. 以及於彼我下人等處. 夜聞中下官熟供相混. 以其中官熟供處稍近. 故下官輩亂入先食. 以致中官之闕食. 査出而治之. 以杜前路之弊. 西京地方周回二百餘里. 愛巖山爲主鎭. 遮其東北. 西南開野. 以至大坂海邊別無高峯之遮遏者. 眼界廣闊. 土地膏沃. 雖是虛位. 久爲皇帝之國都者. 良有以也. 與江戶東西對峙. 殆若中州之關洛. 故倭人或稱以洛陽云. 聞可笑也. 倭皇世代已詳於申高靈海東記南壺谷聞見錄. 可考而知矣. 大槪天神七代地神五代雖有稱號. 多涉荒誕. 故全不可信矣. 有人皇始祖神武天皇姓王氏名俠野. 地神鸕鶿尊之子也. 生於周幽王十一年. 始號天皇. 定國都於太和州. 自此以下. 皆稱天皇. 數遷都邑. 至女主神功后. 漢獻帝建安六年也. 自將擊新羅百濟. 新羅百濟遣使來和. 后始遣使于漢. 其嗣神應皇時. 高句麗始遣使來. 百濟送裁縫女工. 衣服始此. 又送經傳諸博士. 又遣王子通和. 自是以後與三國. 間遣使价或僧人以通. 至繼體皇. 梁武帝時也. 梁遣司馬逵來. 始建年號. 至舒明皇. 唐太宗貞觀四年. 遣使于唐. 唐遣高仁表來. 以後累通于中國. 至陽成皇. 以藤源基經. 爲攝政. 仍稱關白. 關白之名始此. 國事大小皆決於關白. 而所謂倭皇. 徒擁虛器而已. 至高倉院. 宋孝宗乾道七年. 遣使入宋. 宋亦遣使來. 至安德院. 因白河后之亂. 爲關白源賴朝之所逐死. 至後光嚴院遣使朝貢於大明. 其嗣後圓融院時. 高麗鄭圃隱以使來. 以後累遣使于大明. 大明亦遣使來. 至後花園院. 對馬主宗貞盛. 與朝鮮國有約條. 朝鮮始遣申叔舟來. 自此以後. 我國連與通信. 而非遣使於倭皇. 乃通信於關白也. 倭皇神武天皇. 至今幾爲一百二十世. 而始稱天皇. 中稱地皇. 初姓王氏. 後姓源氏. 如或無子. 則女主繼立者多. 中葉以後. 委政關白. 只稱帝位. 憑藉天神. 一朔內一望則修齋誦經. 一望則荒飮酒色. 諺所謂無所事而食厚俸者. 謂之倭皇帝. 世上豈有如許皇帝乎. 寶曆皇帝再昨年已死. 而有子年幼. 其女方爲皇帝云. 所謂天皇宮在東北隅. 環以土墻. 關白以其所屬將官. 領軍而守之. 關白別宮在西北隅. 使京尹一人町守一人京奉行二人伏見奉行一人守之. 此皆關白之親信者. 而其意必在於防守倭皇也. 近地有伏見城. 城內有守. 此是秀吉壬辰亂時. 俘囚我國姜睡隱沆之處也. 曾聞歷路望見. 而今不得見矣. 境內聞有天然相國東福建仁萬壽等五大刹云矣. 是日行三十里.

44. 모리야마森山 1764년1월29일

맑음. 오쓰大津에서 점심을 먹고 모리야마森山에서 잤다.

날이 밝을 무렵에 출발하여 10리쯤 앞으로 가니, 민가가 비로소 드문드문 보였다. 작은 고개를 넘으니 길이 잘 닦여져 있었고 넓고 평탄하여 말 다섯 필匹이 나란히 갈 수 있었다. 길 양쪽에는 흙을 계단같이 쌓아 경계를 정하고, 대나무를 휘어서 땅에 꽂았는데 연결해 놓은 고리와 같았다. 그 좌우에 소나무를 심었는데 아름드리 나무가 울창하여, 한 쪽 편 길에는 맑은 그늘이 드리워져 또한 감상할 만하였다. 솔밭이 다하자 갑자기 민가가 나타났는데, 지붕 모서리가 서로 닿았으며, 서로 닿지 않은 곳마다 긴 대나무 · 노송 · 춘매春梅 · 동백冬柏 등으로 울타리와 병풍이 만들어져 있었다. 민가가 다하자 다시 솔밭이 나타났다. 한결같이 10리마다 좌우로 둑을 쌓고 그 위에 나무를 심었는데, 그것을 이정표라고 불렀다. 돈대를 셈하면서 가면 몇 십 리가 되는지 알 수 있다. 또 길가에 돌이나 나무를 세워, '여기서부터는 아무 방方 몇 정井인데, 아무 영領에 이르러 나뉜다.'고 썼으며, 더러는 패 위에다가 '몇 간間의 소제장掃除場' 이라고 써 놓았다. 비록 그 규격이 한결같지는 않지만, 대개 우리나라의 장승長丞처럼 쓰임새가 같은 것이다. 마을 간의 떨어져 있는 거리는 멀어야 7~8리에 불과하였고, 가까우면 수백 보도 떨어지지 않았는데, 좌우의 산 밑에는 동네가 드문드문하였다.

생각하건대, 일본의 법제가 대부분 민가를 길가에 배치한 듯하였다. 참상站上이나 읍치邑治 등 번화한 곳이 아니면 쇠잔한 마을의 집들은 다만 길가에 한 줄로 집을 지었고 그 뒤로는 빙 둘러 짓지 않았다. 이러한 상황으로 말한다면, 길가의 집들을 과장하려는 뜻에서 나온 것이 아니겠는가?

여기서부터 도쿄까지 천여 리 사이의 길을 닦은 법과 마을의 제도가

비와코(琵琶湖).

마루야마 오신의 〈비와코 그림〉 중 하나. 일본 시가현 중심부에 위치하며, 일본 최초로 국정공원으로 지정되었다. 일본에서 제일 큰 호수로 면적이 674㎢이다.

하나같이 정돈되고 가지런하다고 한다. 그 또한 기이하다. 큰 다리 하나를 건너고 작은 고개 하나를 넘어서 오쓰大津에 도착하여 관소에 들어가 쉬었는데, 이곳은 바로 혼쵸지本長寺로 땅은 오미노쿠니近江州 소속이다. 이곳 역시 관백의 영지領地라고 한다. 시모쓰케노쿠니 태수下野守 아오야마 타다티카源忠高(青山忠高, 1734~1816, 사사야마번 제2대 번주)가 떡과 엿 한 합을 올렸다. 점심을 먹은 뒤에 곧 출발하여 앞으로 갔다.

왼쪽으로 비와코琵琶湖가 있는데 일명 오미코近江湖라고도 한다. 길이가 4백여 리이고 넓이가 그의 반인데 일본의 호수 중에서 가장 크다. 호수를 끼고 가는데 때로는 드러나고 때로는 숨어버린다. 경치가 꽤 볼 만한 것이 많아, 동정호洞庭湖에 혹 비유하더라도 그 우열이 정말 어떠할지는 알지 못하겠다.

호수에서 며칠 만에 갈 수 있는 가까운 지역은 모두가 논에 물을 대는 편의를 입는다고 한다. 나니와에 강浪華江의 상류가 바로 이 호수라서, 만일 가와고자부네金鏤船를 타고 거슬러 올라간다면, 며칠 동안 육로로 가는 수고는 덜 수 있는데 물이 깊지 않아 배를 운행할 수 없다고 한다.

도로의 거리가 꽤 가까워서 일본의 1리가 우리나라의 10리라고는 하지만, 실상은 7~8리에 불과하였다. 10리 사이마다 반드시 길가에 화장실을 지어 대비하였으며, 한 참站과 한 참站 사이에는 또 다옥茶屋(찻집)을 설치하였는데, 민가가 아니면 간혹 길가에 새로 집을 지어 쉬는 곳을 만들고 차도 권하고 과일도 권하였다.

명령을 수행하는 자들은 번번이 모두 쉬어가기를 요청하였지만, 만약 가는 곳마다 교자에서 내리면 날짜가 부족하기에, 참站을 만나는 것이 먼 경우에만 간혹 잠깐 쉬어 가곤 하였다.

20리를 가서 잠깐 찻집에서 쉬고 바로 출발하여 앞으로 나아갔다. 저녁 7시쯤에 모리야마森山에 도착하였는데, 이곳은 일명 모리야마守山라고 한다. 역시 오미노쿠니近江州 소속이다.

도린지東林寺에 들어가서 묵었는데, 도노모노쿠니 태수主殿頭 이시카와 후사요시源摠慶(石川摠慶, 1704년~1764년. 요도번의 제3대 번주)가 고품糕品(떡) 한 상자를 보내왔다. 삼등마三等馬에게까지 분배한 후, 자기 차례를 건너뛰어 쫓아온 자가 있다고 하기에, 조사하여 곤장으로 죄를 다스렸다.

오늘은 80리를 왔다.

晴. 大津中火. 宿森山. 平明發行. 前進十里. 人家始爲斷續. 踰小嶺. 治道坦坦. 可容五馬. 兩傍築土而如階. 以定境界. 揉竹而揷地. 如置聯環. 左右植松. 蔚蔚連抱. 一路淸陰. 亦足可賞. 松林盡處. 輒有閭里. 屋角相接. 不相接處. 輒以脩竹老松春梅冬柏. 作藩作籬. 爲屛爲帳. 閭里盡處. 復出松林. 每於十里. 左右築墩. 植木其上. 謂之里塚. 數墩而行. 可知其幾十里矣. 且於路傍立石或木. 書以從是某方幾井至某領分. 或於牌上. 書幾間掃除場. 雖不一其規. 蓋如我國之長丞者然矣. 閭里間斷處. 遠不過七八里. 近不隔數百步. 而左右山底. 則村居稀闊. 想是日本法制. 多置民戶於路傍. 除非站上邑治繁華之處. 則殘村家舍只建一行. 未有後匝. 以此言之. 其亦出於誇耀路傍之意耶. 自此至江戶千餘里之間. 治道之法閭里之制. 如一整齊云. 其亦異矣. 渡一大橋踰一小峴. 到大津下憩館所. 卽本長寺也. 地屬近江州. 而此亦關白藏入之地云矣. 靑山下野守源忠高呈納餠飴一盒. 中火後卽發前進. 左有琵琶湖. 一名近江湖. 長四百餘里. 廣爲其半. 日本湖水之最大者. 傍湖而行. 或露或隱. 景致殊多可觀. 或比於洞庭湖. 而未知其優劣之果如何也. 近湖數日程. 皆蒙灌田之利. 浪華江上流卽此湖也. 如以金鏤船泝上乎此湖. 則可除數日陸行之勞. 而謂以水淺不得行舟云矣. 道路里數頗近. 日本一里爲我國十里云. 而實不過爲七八里矣. 十里之間. 必經溷室於路傍以待之. 一站之中程. 且設茶屋. 而如非閭家. 則或於路邊. 新建屋子. 以爲休憩之所. 或勸茶勸果而待令者. 輒皆請休. 如欲處處下轎. 則日力不足. 若値站遠. 則時或暫休矣. 行二十里暫憩茶屋. 旋發前進. 初更到森山. 一名守山. 亦屬近江州. 入宿于東林

寺. 石川主殿頭源摠慶呈糕品一箱. 三等馬分排之後. 聞有躐等騎來者. 査出棍治之. 是日行八十里.

45. 히코네 성彦根城 1764년1월30일

맑음. 하치만산八幡山에서 점심을 먹고 히코네 성彦根城에서 잤다.

날이 밝을 무렵에 길을 떠나서 앞으로 전진하였다. 곳곳마다 제방을 쌓았고, 호수의 물을 끌어다가 도랑을 만들어 논과 밭에 물을 댄다고 한다. 서로 경작하면서도 가뭄의 재앙은 면할 수 있을 것이다. 밭이랑은 네모지고 반듯했으며 고랑을 깊이 갈아서 김이 잘 매어져 있었는데, 길가에 소를 끌고 가는 것은 볼 수가 없었고, 동네에도 또한 외양간이 보이지 않는다고 한다.

생각건대, 집 뒤에 감춰두고 키우는 듯한데, 대개 밭을 가는 소가 아주 귀한 것 같았다. 그런데도 밭을 잘 가꾸어 놓아 매우 가지런하게 한 것은, 반드시 경작할 때에 오로지 인력을 썼기 때문이다. 하치만산의 관소에 도착하니 곧 곤타이지金臺寺였다. 이곳은 오미노쿠니近江州 소속이다. 사도노쿠니 태수佐渡守 가토 아키히로源明熙(加藤明熙, 1721~1767. 미나쿠치번 제5대 번주)가 삼중杉重을 보내왔다.

점심을 먹은 뒤에 길을 떠나 안토령安土嶺을 넘었는데, 고개 위에는 폐허가 된 옛 성터가 있었다. 다리 두 개를 건너서 마을 가운데로 10여 리를 갔다.

저녁에 히코네 성彦根城에 도착하니 이곳도 오미노쿠니 소속인데, 인물의 번성함과 시장의 풍성하고 넉넉함이 오사카大坂에 버금간다고 할 만하였다.

밤 9시쯤에 관소에 들어가니 바로 소안지宗安寺였다. 모든 기구의 화려함이 일찍이 육로 중에서는 제일이라고 들었는데, 지금 보니 그런 것 같다. 이이 가몬노쿠니 태수井伊掃部頭 나베시마 나오카즈藤直定(鍋島直員, 1726~1780. 오기번 나베시마가鍋島家 제6대 번주)가 삼중을 보내왔다.

오늘은 1백 리를 왔다.

晴. 八幡山中火. 宿彦根城. 平明離發前進. 處處堤堰. 引湖爲渠. 灌漑田畓. 互相耕稼. 可免旱魃之災. 田畝方正. 深耕易耨. 而路傍未見牽牛而過者. 閭里亦未見設廏處云. 想或藏之家後. 而蓋是耕牛絕貴處也. 然而治田極其整齊. 其必專用人力於耕鑿之時也. 到八幡山館所. 卽金臺寺. 地屬近江州. 加藤佐渡守源明熙呈杉重. 中火後發行. 踰安土嶺. 嶺上有廢城古址. 渡二橋. 由閭里中行十餘里. 夕到彦根城. 地屬近江州. 而人物之繁盛. 市肆之殷富. 可謂亞於大坂矣. 二更入館所. 卽宗安寺. 凡諸器具之奢麗. 曾聞陸路中第一. 今似然矣. 井伊掃部頭藤直定送杉重. 是日行一百里.

46. 오가키大垣 1764년2월1일. ~2일)

하루종일 흐리고 비가 내렸다. 금차今次에서 점심을 먹고 오가키大垣에서 잤다.

새벽에 망궐례望闕禮를 관소의 뜰에서 하였다. 새벽부터 비가 내려 더 체류하려고 하였는데 대마도주가 먼저 떠났다. 그래서 부득이 길을 떠나기는 했지만 저들이나 우리들이나 아랫사람들에게 민망스러웠다.

크고 작은 꼬불꼬불한 고개를 넘었는데 고개 위에 망호정望湖亭이 있었다. 이곳은 '비와코를 대對한다.'라는 노래 한 곡으로 이전의 통신사 일기에 이름난 곳이다. 마침 비바람을 만나서 두루 보지 못하니 한스럽다.

한사래빙도(韓使來聘圖). 名古屋市 興正寺 소장.
험준한 고개를 넘어가는 조선통신사 행렬.

또 절통령絕通嶺을 넘었는데, 고개가 꽤 험준하고 가파르다. 세이센醒泉에 도착하여 잠깐 미노노쿠니 태수美濃守의 찻집에서 쉬었다.

그 뜰에 맑은 샘이 있고 샘을 따라 작은 연못을 만들었는데 놀고 있는 물고기들이 다투어 먹이를 먹고, 기이한 화초가 집을 둘렀으며, 또 기이한 돌 역시 이 광경을 한층 더해주었다. 바깥문을 둘러싼 가운데 이러한 절경이 있을 것이라고는 생각하지 못했다.

교리校理 홍숙행洪淑行(홍경해)이 무진년에 이곳을 지날 때에 '기화요초奇花瑤草'·'명천이석名泉異石'이란 두 글귀를 현판에 써서 서남쪽 양쪽 문미에 달았는데, 이것을 보자 마음이 더욱 아팠다.

금차今次에서 점심을 먹었는데 다른 이름으로 이마스今須라고도 한다. 이곳은 미노노쿠니美濃州에 속하며, 이이 가몬노쿠니 태수井伊掃部頭가 삼중杉重을 올렸다.

산속으로 수십 리를 가니 처음으로 평평한 들판이 보이는데, 비를 맞으며 안개 속에 서 있는 나무들이 마치 꿈속에서 보면서 지나가는 것과 같았다.

횃불을 들고 오가키大垣에 들어가니 밤중이 넘었다. 센쇼지專昌寺에 관소를 정하였는데, 또한 미노노쿠니의 소속이며, 도다 우지히데戶田彩女 正氏英(戶田氏英)[94]가 경단 한 상자를 바쳤다.

오늘은 1백 리를 왔다.

陰雨終日. 今次中火. 宿大垣. 曉行望闕禮於館庭. 自曉雨注. 雖欲留滯. 島主

94 정씨영(正氏英): 1730년~1768년. 호전씨영(戶田氏英). 에도시대 중기의 다이묘(大名). 오가키번(大垣藩)의 제6대 번주로, 1748년 홍계희(洪啓禧) 조선통신사 일행의 관반(館伴)이 되어 오가키(大垣) 센쇼지(專昌寺) 가린인(花林院)에서 조선통신사를 접대하였다. 그리고 1763년에도 조엄 조선통신사 일행이 도쿠가와 이에하루(德川家治)의 습직을 축하하기 위해 일본을 방문하였을 때, 그 이듬해 2월 오가키와 스노마타(洲股)에서 접대하였다.

旣先發行. 故不得已前進. 爲彼我下屬可悶. 踰大小摺針嶺. 嶺上有望湖亭. 以其對琵琶湖一曲. 而有名於前後日記者也. 適遇風雨. 不得歷覽. 可歎. 又踰絕通嶺. 嶺頗峻急. 行到醒泉. 暫憩美濃守茶屋. 庭有淸泉. 因築小池. 遊魚爭食. 異卉環堂. 魂礧怪石. 亦助奇觀. 不意圜闠中. 有此玅景也. 洪校理叔行. 戊辰過此時. 書奇花瑤草名泉異石二句. 懸板于西南兩楣. 見之尤可傷也. 中火今次. 一名今須. 地屬美濃州. 井伊掃部頭呈杉重. 路從山中行數十里. 始見平郊. 雨裡煙樹. 殆若夢中看過也. 擧火入大垣. 夜將過半. 館于專昌寺. 亦屬美濃州. 戶田采女正氏英. 呈餹糕一箱. 是日行一百里.

1764년 2월 2일

맑음. 오가키大垣에서 머물렀다.

어제 비를 무릅쓰고 비에 젖으면서 밤새도록 달려왔기 때문에 사람들 모두가 피곤하고 나른하여 머물러 쉬고자 하였다. 그런데 대마도주가 말을 전하기를, “어제 비가 많이 와서 물이 불었습니다. 그래서 앞으로 갈 길에 놓인 다리가 파손되어 지금 보수하고 있으니, 이곳에 머물기 바랍니다.”했다. 이것이 이른바 우리가 ‘참으로 원하는 바’였다. 어떤 사람이 말하기를, “지방관이 접대를 간략하게 하여 쓰시마 사람들이 고의로 머물러 폐를 끼치는 것이다.”라고 하는데, 역시 알 수 없다.

대마도주와 두 장로가 와서 “관백이 부기선副騎船이 파손되었다는 보고를 듣고 특별히 사람을 보내 위문하라고 하여 전하는 것입니다.”라고 하였다. 차를 마시고 헤어졌다.

晴. 留大垣. 昨日冒雨沾濕. 犯夜馳駈. 人皆憊苶. 一行上下正欲留滯. 而島主送言. 以爲昨因雨漲. 前路之橋梁毁傷. 今方重修. 願留此處云. 正所謂固所願也. 或言馬島人因地方官接待之疎略. 故爲留滯而貽弊. 亦未可知也. 島主與兩長老來見. 以爲關白聞副騎船破傷之報. 別送慰問. 故來傳云云. 勸茶而罷.

배다리(舟橋).

본문에서 배다리(舟橋)에 관한 제도는 배를 잇대어 판자를 위에 깔고, 배 양쪽의 옆을 새끼와 철사 또는 포도덩굴로 매고, 또 닻줄을 냇물이 흐르는 위아래로 내렸으며, 다시 큰 기둥을 냇물의 양쪽에 세워 큰 줄로 배다리를 묶어 쉽게 움직이지 못하도록 하였다고 기록되어 있는데, 이 그림 또한 그와 같다.

47. 나고야名護屋 1764년2월3일

아침엔 흐렸으나 늦게는 맑았다. 스노마타洲股에서 점심을 먹고 나고야鳴護屋에서 잤다.

날이 밝을 무렵에 출발하여 관소 앞 판교를 건넜는데, 지나가는 곳의 시장상가의 번성함과 화려함 역시 히코네 성에 버금갈 만하였다.

사도가와佐渡川에 이르러 세 개의 큰 배다리를 건넜다. 그 첫째는 스노마타洲股이고, 둘째는 사카이가와境川인데 미노美濃와 오와리尾張의 경계였고, 셋째는 오코시가와起川였다. 배다리에 관한 제도는 배를 잇대어 판자를 위에 깔고, 배 양쪽 옆을 새끼와 철사 또는 포도덩굴로 매고, 또 닻줄을 냇물이 흐르는 위아래로 내렸으며, 또 큰 기둥을 냇물의 양쪽에 세워 큰 줄로 배다리를 묶어 다리가 쉽게 움직이지 못하도록 하였다.

비록 큰 물난리가 나더라도 갑자기 파손되거나 부서지지는 않을 것 같은데, 어제 다시 수리하였다는 말은 믿을 수가 없었다. 제1, 제2의 배다리는 배를 맨 것이 백 척에 불과하였는데, 제3 배다리는 거의 3백 척이 넘었으며, 두 배를 서로 이은 사이가 또한 배 한 두 척은 지나갈 만하니, 이로써 계산하면 천 걸음에 가까운 배다리라고 하겠다. 그리고 물에 부딪쳐서 포구가 떨어져 나가는 곳에는 큰 대나무로 죽부인 모양을 만들어 엮었는데, 그 둘레가 한 아름이고, 그 길이가 한 두 장도 더 되었다. 거기에 조각돌을 많이 놓아 제방을 쌓으면 1~2년을 지탱한 후에 풀이 나서 언덕이 된다고 한다. 만약 이 법을 우리나라의 서쪽지방과 남쪽지방의 제방에 사용한다면 혜택을 받을 수 있을 것이다.

스노마타의 관소에 도착하니 이곳은 오와리노쿠니尾張州 소속인데, 역참의 관리가 태수 도쿠가와 무네치카源宗睦(德川宗睦, 1733~1800. 오와리번 제9대 번주)의 뜻으로 삼중杉重을 올렸다. 태수는 곧 3종실의 하나로 직위가 집정의 윗자리에 있었는데, 그 거행하는 예절을 보니 꽤 조리가 있

제방(堤防).

에도시대의 제방을 쌓는 모습. 출처는 호즈미 가즈오(穂積和夫)가 그린 《에도의 도쿄(江戸の町)》(논형, 2018).

어 사람됨을 상상할 수 있었다.

국서國書 앞에서 말을 탄 죄를 저지른 왜인이 있다고 하니, 일이 몹시 통탄스러워 수석 통역관을 엄하게 문책하고 차왜差倭를 꾸짖으면서, '그를 찾아 조치한 뒤에 결과를 보고받고서 앞으로 가겠다.'라고 하였다. 봉행 등이 계단 아래에 서서 놀라고 두려워하면서 처벌을 기다리며 말하기를, "대마도주가 이미 먼저 떠나서 지금 빨리 달려가 보고하게 했습니다."라고 하였다. 얼마 후 대마도주가 잇따라 사람을 보내 말을 전하는데, (심부름한 사람의 말을 번역한 것은 아래에 있음) 말하기를, '이미 두 사람을 조사하여 당일 밤에 포박하여 쓰시마로 보냈습니다.'라고 하였다.

점심을 먹고 출발했는데, 이곳으로 부터 산수가 더욱 밝고 화려했다. 들판이 트여서 수백 리가 되었고 땅이 기름져서 곡식의 생산이 나라에서 최고라고 한다.

30리를 가서 이나바무라 마을稻葉村에 도착하고 찻집에서 잠깐 쉰 다음 또 수십 리를 가서 비로소 나고야鳴護屋에 닿았다. 등불을 들고 동네 안을 뚫고서 또 20여 리를 지나가서 밤 아홉 시쯤에 비로소 쇼코인性高院에 들어갔다.

관소는 크고 넓었으며, 인물의 번성함도 교토나 오사카에 맞설 만큼 서로 엇비슷하였다. 이곳은 바로 오와리노쿠니尾張州의 태수가 다스리는 고을이다. 그래서 성곽과 누대가 몹시 웅장하고 화려하여 아주 큰 고을이라고 할 만하다. 어떤 사람은 일본의 긴 창과 큰 칼이 이곳에서 많이 나온다고 하였다.

오늘은 1백 10리를 왔다.

朝陰晩晴. 洲股中火. 宿鳴護屋. 平明發行. 渡館前板橋. 歷內外城門. 閭里之櫛比. 市廛之繁華. 亦可亞於彥根城矣. 至佐渡川過三大舟橋. 一日洲股. 二日境川. 美尾兩州之界. 三日起川. 舟橋之制. 聯舟而鋪板. 兩傍結之以藁索鐵鎖與葡

葡藤. 又以碇索繫於川流上下. 又竪大柱於川之兩傍. 以大索雙結舟橋. 使不得移易. 雖有劫水. 猝難破毁. 昨日重修之言未可信也. 第一二橋結船不過百隻. 第三橋則幾過三百隻. 而二舟相連之間. 亦當容一二舟. 以此計之. 可謂近千步舟梁矣. 水激浦落之處. 輒以大竹. 編成竹夫人樣子. 圍可盈抱. 長過一二丈. 盛以片石. 以作防築. 可支一二年之後. 草生成岸. 此法若行於我國西南堤堰之處. 則可以有賴矣. 到洲股館所. 地屬尾張州. 站官以太守源宗睦意呈杉重. 太守卽三宗室之一. 而位在執政之上. 觀其擧行凡節. 頗有條理. 可想其太守之如人也. 國書前有犯馬倭人云. 故事極痛駭. 嚴責首譯. 責諭差倭. 使卽査治後. 告課前進云爾. 則奉行等立于階下. 驚惶待罪. 以爲島主已先行. 今方飛報云. 已而島主連送伻語. 伻語翻謄在下 謂已査究兩人. 當夜縛送島中云矣. 中火後發行. 自此山水尤爲明麗. 開野累百里. 土地膏沃. 生穀之道. 當爲一國之最. 行三十里. 到稻葉村. 少休茶屋. 又行數十里. 始抵鳴護屋. 明燈穿過於閭里中又二十餘里. 二更量始入性高院. 館所宏闊. 人物繁盛. 似與西京坂城相伯仲矣. 此乃尾長州太守邑治. 故城郭樓臺. 極爲壯麗. 可謂雄府也. 或云日本之長槍大劍. 多出此地矣. 是日行一百十里.

48. 오카자키岡崎 1764년2월4일

맑음. 나루미鳴海에서 점심을 먹고 오카자키岡崎에서 잤다.

오늘은 바로 아버지께서 돌아가신 날이다. 몸이 다른 나라에 있어 제사에 참여하지 못하니, 정성스런 효가 부족하기 때문이다. 추모하는 슬픈 마음을 어찌 말로 다하겠는가?

날이 밝을 무렵에 출발하여 수십 리를 갔는데, 마을이 비로소 끊겼다. 여기까지 마을이 40리나 이어져 있었다. 훌륭하다고 하겠다.

나루미에 도착하니 이곳도 역시 오와리노쿠니의 지방이다. 역참의 관리가 겨울 매화와 꽃대나무를 꽂은 작은 화통과, 앞에 왔던 통신사들이 지은 시 두루마리를 들여왔는데, 돌아오는 길에 화답하기로 하였다.

만세교(萬歲橋, 1940년대 사진).

조선시대 함경도 함흥지방의 성천강(城川江)에 세워진 다리.
낙민루(樂民樓) 아래에 있는 이 다리는 함흥지방의 명승의 하나로 조선시대 역대 임금의 만수무강을 기원하는 뜻에서 태조가 만세교라 이름지었다고 한다. 조선에서 가장 긴 다리이다.
기록에 보이는 다리의 길이는, 〈신증동국여지승람(新增東國輿地勝覽)〉 함흥부(咸興府)에, "만세교(萬歲橋)는 서문 밖 성천강(城川江)에 있으며, 다리 길이는 1백 50칸이다." 또 〈연려실기술(燃藜室記述)〉 산천편의 형승(形勝)에는, "물 위에 만세교(萬歲橋)가 있는데, 다리의 길이는 5리나 된다."라고 기록되어 있다.

점심을 먹고 바로 출발하여 앞으로 가니, 여기서부터 남해바다가 다시 보였다. 일행 중 어떤 사람은 육지로 가다가 다시 바닷물을 보니 가슴이 시원하다고 하고, 또 어떤 사람은 바다를 건너온 고역을 다시 생각하니 마음이 몹시 괴롭다고 하였는데, 두 말 모두 맞는 말이다. 여기서부터 에도에 이르기까지 바다를 끼고 가는데 혹은 보이기도 하고 혹은 보이지 않는다고 한다.

야사쿠바시矢作橋를 지나가니, 판교 양쪽에 기둥을 세우고 기둥머리를 구리로 감쌌는데, 투구의 모양과 같았다.

큰 다리는 모두 이러한 제도를 썼는데, 이 다리의 길이가 1백 50~1백 60칸이나 되었으며, 바닷물과 서로 통하여 화물선이 와서 정박하였다.

이 다리가 일본 내에서 가장 큰 다리라고 하는데, 우리나라 함흥지방의 만세교萬世橋와 비교하면 제작에 있어서는 비록 정밀하다고 하겠으나 다리의 길이는 겨우 3분의 1밖에 되지 않는다. 이로써 말한다면 다리의 길이를 천하에서 찾아봐도 만세교보다 긴 것은 없을 것이라 여겨진다.

밤 9시경에 관소에 도착하니, 대마도주와 두 장로가 미리 와 있었다. 관백이 사람을 보내 오는 도중에 위문하는 것이 준례라고 한다.

우리 세 명의 사신이 흑단령黑團領을 입고 처마 밖에 나가 맞았다. 재읍례를 하고 자리를 정하여 앉은 뒤에 대마도주는 교토의 태수가 맞이할 때와 같이 말을 전했다. 심부름 온 사람이 관백의 뜻으로 위문하기에, 감사하다는 뜻으로 답하고 차를 권한 뒤에 헤어졌다.

심부름을 온 사람은 이세노쿠니 태수伊勢守 마이다 사다야스蒔田定安로 나이가 겨우 20여 세였는데, 사람됨이 꽤 준수하고 총명하였으나 학식이 조금 부족하였다. 이곳은 미카와노쿠니三河洲 소속인데, 역참의 관리 스오노쿠니 태수周防守 마쓰다이라 야스요시源康福(松平康福, 1719~1789. 이와미石見 하마다번浜田藩 마쓰다이라가松平家 제5대 번주)가 윤기가 있는 과일 한 상자를 올렸다. 그리고 관백의 뜻으로 크고 둥근 떡 경단 한 상자를 바쳤다.

오늘은 90리를 왔다.

晴. 鳴海中火. 宿岡崎. 今日卽先考諱日也. 身在殊方. 不得參祀. 莫非誠孝淺薄之致. 追慕悲感. 何可勝言. 平明發行. 行數十里. 村閭始斷. 閭里之四十里相續. 可謂壯矣. 到鳴海. 此亦尾長州地方. 站所主人. 進冬梅花竹小桶與曾前信行詩軸. 以歸路和之答之. 中火後卽發前進. 自此復見南海. 一行人或云陸行之餘復見海水. 胷次爽然. 或言更念越海之役. 心甚苦悶. 兩言俱皆有理. 自此至江戶. 挾海而行. 或露或隱云矣. 行過矢作橋. 板橋兩傍立柱. 柱頭裹以銅鐵. 有若冑形. 大橋則多用此制. 此橋長爲一百五六十間. 海水相通. 漕船來泊. 最稱國中第一大橋. 而比之於我國咸興萬世橋. 則制作雖云精緻. 橋長僅爲三分一. 以此言之. 長橋求之天下. 恐無過於萬世橋者也. 二更到館所. 島主與兩長老來見. 謂以關白送使中路而慰問例也. 三使以黑團領出迎楹外. 行再揖禮. 坐定後. 島主傳語如接西京尹之時. 使者以關白之意勞問. 以謝意答之. 勸茶而罷. 使者伊勢守蒔田定安. 年纔二十餘. 爲人頗俊秀精明. 而差欠蘊畜矣. 地屬三河洲. 站官周防守源康福呈彩果一箱. 又以關白意納餠糕一大圓樻. 是日行九十里.

49. 요시다吉田 1764년 2월 5일

맑음. 아카사카赤坂에서 점심을 먹고 요시다吉田에서 잤다.

날이 밝을 무렵에 출발하여 후지카와藤川와 오다이라가와大平川를 지나 요시다하시吉田橋를 건넜는데, 다리의 길이가 1백 20여 칸이나 되었다.

여기서부터 무성한 숲과 키 큰 나무가 점점 골짜기 기분을 나게 했다.

마을도 드물었는데, 그 사이에는 풀로 지붕을 이은 움막이 많았으며, 백성들도 누추하고 헤진 옷을 입은 사람도 있었다.

아카사카赤坂에 도착하였는데, 이곳은 미카와노쿠니三河州 소속이다. 관소는 이요노쿠니 태수伊豫太守의 찻집이었다. 쓰시마노쿠니 태수對馬守 이나가키 쇼에이稻垣源昭英가 과자 한 조組를 받쳤다. 나는 웃으면서 역관에게 말하기를, "쓰시마의 태수 소 요시나가平義暢가 지금 호행하고 있는데 또 한 명의 쓰시마 태수가 나왔으니, 이는 한 고을에 두 명의 태수가 있는 것이다. 누가 진짜 태수이고 누가 가짜 태수인지 알지 못하겠다."하니, 당상역관들이 말하기를, "이전부터 역참의 관리들인 가짜 태수가 전례대로 많았다고 합니다. 또 일찍이 그들의 무감책자武鑑册子를 보니, 이것이 일본 벼슬제도의 종류입니다. 각 고을의 태수가 내직을 많이 겸하였고, 내직에 있는 자들 또한 각 주의 태수를 겸직한 자가 많습니다. 벼슬제도에서 벼슬의 높낮이는 비록 알 수는 없지만, 대개 내직과 외직의 높고 낮음의 차이는 없습니다."라고 하였다.

점심을 먹고 즉시 출발하였다. 서북쪽에는 산들이 첩첩한데, 이는 후지산富士山에서 갈린 작은 줄기인 듯하였으며, 동남쪽은 숲이 끝이 없었으니 바다와 서로 가까운 듯하였다.

저녁에 요시다에 도착하니, 이곳도 미카와노쿠니三河州의 소속이다. 관소는 바로 고진지悟眞寺였는데, 그윽하고 깊숙한 맛이 있었다. 이즈노쿠니 태수伊豆守 마쓰다이라 노부나오松平源信福(松平信復, 1719년~1768년. 하마마쓰번 제2대 번주)가 삼중을 올렸다.

앞에서 수행한 나졸 중에 대오를 맞추지 못한 자가 있었으므로 조사해서 곤장으로 다스리고, 하나같이 그림에 나타난 방식에 의하여 수행하도록 하였다.

오늘은 70리를 왔다.

晴. 赤坂中火. 宿吉田. 平明發行. 過藤川大平川. 渡吉田橋. 橋長爲一百二十間餘. 自此茂林喬木. 漸有峽氣. 村閭稀疎. 而間多草蓋圭竇. 人民鄙野. 始有衣裳之疲弊者矣. 到赤坂. 地屬三河州. 館所云是伊豫太守茶屋. 稻垣對馬守源昭英呈果子一組. 余笑謂譯官曰. 對馬守平義暢. 今方護行. 而又出一對馬守. 此則一邑有兩太守. 未知何者爲眞太守. 何者爲假太守. 堂譯以爲自前站官例多假銜太守者云. 且曾見其武鑑册子. 此是日本官案之類. 各州太守多兼內職. 居內職者亦多兼銜各州太守者. 官制之階梯. 雖未可知. 蓋無內外輕重之別也. 中火卽發. 西北則亂山重疊. 似是富山之支麓. 東南則林藪無際. 似是海門之相近也. 夕到吉田. 地屬三河州. 館所卽悟眞寺. 而多有幽邃之趣矣. 松平伊豆守源信福呈杉重. 前陪羅卒或有行伍之不齊. 故查出棍治. 使之一依圖式而行. 是日行七十里

50. 하마마쓰濱松 1764년2월6일

맑음. 아라이荒井에서 점심을 먹고 하마마쓰濱松에서 잤다.

날이 밝을 무렵에 출발하였다. 성을 나와 해자를 건너 몇 리를 가니, 마을은 점점 드물고 밭과 들은 메말라 있었다. 길에서 구걸하는 승려와 맹인이 있었는데, 그 중에 승려로 구걸하는 자는 합장을 하고 허리를 구부리며 입으로 아미타불을 외었다. 아미타불이라는 4자의 발음이 우리나라의 발음과 다름이 없었다. 또한 괴이한 일이다. 비록 구걸하는 승려는 아니라 하더라도 승려들이 부처를 모시는 감실을 길거리에 있는 관청에 설치하거나 혹은 언덕 위에, 바위 위에, 길가에, 바위굴에 설치한 다음에 반드시 경쇠를 치고 입으로 염불을 외면서 복을 구하고 이익을 비는 것처럼 하였다.

그 앞을 지나는 왜인은 혹 머리를 숙이고 합장을 하며 지나가거나, 혹은 몸을 공손히 하고 돈을 던지며 지나가곤 하였는데, 하루 동안에 서너 곳을 만나기도 하고 혹 수십 곳을 만나기도 하였으니, 불교가 풍속화된 것을 증명할 수 있었다.

시오미 고개潮見嶺를 지났는데, 일명 시오미자카 언덕鹽見坂이라고 한다. 이곳에 이르니 다시 바다와 통하였고, 촌락이 황폐한 것으로 보아 생계가 곤란하다는 것을 짐작할 수 있었다. 길가에 큰 소나무가 곳곳마다 무성하였다. 아라이荒井나 하마마쓰濱松 등의 명칭이 혹 여기에서 나온 것이 아닌가 싶다. 여기에서부터 멀리 후지산이 보인다고 하는데 구름과 안개가 계속 끼어 있어 시력이 미치지 못하니 한스러웠다.

한낮에 관소에 들어가니 이곳은 도토미노쿠니遠江州에 속한다. 육로로는 중간이라서 이곳에서 마땅히 말을 교체해야 했다. 그래서 잠깐 지체하였는데, 먼저 짐을 보내 바다 쪽으로 운반하게 하였다.

점심을 먹은 후 출발했다. 성문에서 백여 보를 나와 부두에 도착한 다음 교자에서 내려 배에 탔다. 상관上官 이하가 모두 걸어서 따라와 각 주 태수의 놀이 배에 나누어 탔다. 비록 가와고자부네金鏤船처럼 휘황찬란하지는 않았으나 역시 기괴하게 장식한 배라 할 만하다.

강 이름은 금절하金絕河였는데 넓이가 10여 리나 되고, 가까이 바다를 접하고 있어 일본에서 제일가는 큰 강으로 하코네 고개箱根嶺와 더불어 동도東都(도쿄)를 방어하는 중요한 요충지가 되었다. 어떤 사람들은 수백 년 전에 스스로 갈라져서 강이 되었다고 전하는데, 믿을 수 없다.

지난 병자년(1636년, 인조14)에 통신사로 참판 임광任絖[95]과 동명東溟

95 임광(任絖): 1579년(선조12)~1644년(인조22), 1624년 별시 문과에 급제하고 중앙과 지방의 주요 관직을 거쳐, 1636년 첨지중추부사로서 조선통신사의 정사가 되어 일본에 다녀왔으며 이후 좌승지 · 한성우윤이 되었다. 청나라에 볼모로 억류되었다가 돌아오게 된 소현세자(昭顯世子)를 수행하기 위하여 심양에 갔다가 1644년 그곳에서 세상을 떠났다. 좌의정에 추증되었다.

사로승구도의 금절하(金絕河).

1636년의 조선통신사 일화를 추억하기 위해 1748년 이성린이 그린 그림.
일본에서 통신사 행로 가운데 '이마기레가와(今切河)'라는 곳이 있다. 통신사행록에 금을 거절했다고 해서 금절하(金絕河) 또는 금을 던졌다 해서 투금하(投金河) 등으로 나온다.

김세렴金世濂[96]그리고 만랑漫浪 황호黃㦿[97]가 사신으로 왔다가 돌아갈 때에 날마다 제공받은 쌀 중에 남은 것을 저들에게 돌려주니, 저들은 그것을 황금으로 바꾸어서 중로까지 쫓아와서 바쳤다. 사신들은 그 금을 이 강에 던져 버렸다. 그래서 후손들은 이 강을 투금하投金河라고 부른다고 한다. 사신들의 깨끗한 지조는 백세까지도 사람들에게 우러러 사모하게 할 만하다.

노를 저으며 갔다. 포구에 들어가니 양쪽 언덕에 제방을 쌓은 것이 역시 5리는 더 되었는데 물이 얕고 모래에 막히어 배가 갈 수 없었다. 비장이 작은 배로 옮겨 탄 다음, 몇 사람만을 남겨 두고 힘을 모아 배를 끌어 당겨 돌로 쌓은 부두에 와서 정박하니, 이곳은 바로 바닷물이 서로 통하는 곳이었다.

도쿄를 왕래하는 자는 모두 이곳을 경유해야 하므로 이곳이 바로 도쿄의 목구멍이다. 그래서 수색하고 검사하는 것이 매우 엄하여 장사치들은 공문이 없으면 이곳을 지나가지 못한다고 한다.

배에서 내려 교자를 타고 갔다. 짐은 먼저 이미 옮겨졌으며, 말을 몰기 위해 기다리고 있는 자들도 더욱 비대하고 건장한 듯하였다.

저녁에 하마마쓰의 관소에 도착하였다. 이곳은 도토미노쿠니遠江州에 속한다. 관백이 은거하며 쉬는 곳으로 태수가 살고 있는 고을이다. 야마토노쿠니 태수太和守 이노우에井上源正燕가 회중檜重(회목檜木으로 만든 찬합) 한 조組를 바쳤다.

---

96 김세렴(金世濂): 1593년(선조26)~1646년(인조24). 호는 동명(東溟). 1616년(광해군8) 증광문과에 장원급제하여 예조좌랑이 되었다. 1636년(인조14) 조선통신사 부사로 일본에 갔다가 이듬해 귀국하였다. 사간(司諫)을 거쳐 황해도관찰사에 특진되고, 안변부사 · 함경도관찰사 등을 역임하였다. 『동명집(東溟集)』· 『해사록(海槎錄)』 등이 있다.

97 황호(黃㦿): 1604(선조37)~1656(효종7). 호는 만랑(漫浪). 1636년 조선통신사의 종사관으로 일본에 다녀왔고, 같은 해 장령이 되었다. 이후 동래부사를 지냈다.

오늘은 90리를 왔다.

晴. 荒井中火. 宿濱松. 平明發行出城渡濠橋. 行數里. 閭里漸疎. 田野瘠薄. 僧侶與盲人或有流丐於道者. 而其中僧尼之丐乞者. 則合掌傴僂. 口誦阿彌陀佛. 阿彌陀佛四字聲音. 則無異於我國之聲音. 其亦異矣. 雖非丐僧. 僧尼之徒. 輒設佛龕於臨路之廳軒. 或於岸上或於石上或於路傍或於巖穴. 輒必擊磬錚錚. 口呪念念. 有若求福丐利者然. 倭人之過前者. 或俯首合掌而去. 或側身擲錢而過. 一日之內或遇四五處或遇數十處. 可驗其佛道之成俗矣. 過潮見嶺. 一名鹽見坂. 到此復通海門. 而村落荒蕪. 可想生涯之蕭條. 路傍長松. 在在蔥蔚. 荒井濱松之稱. 其或以是夫. 自此遙望富士山云. 而雲霞連翳. 眼力不逮. 可歎. 午入館所. 地屬遠江州. 此爲陸路中程. 自此當爲替馬. 故小間遲滯. 先送卜物. 使之先運於海外. 中火後發行. 出城門百餘步. 到船倉. 下轎乘船. 上官以下皆步從. 分乘各州太守之彩船. 雖不如金鏤之眩耀. 亦可謂奇巧之飾也. 河名金絕. 廣可十餘里. 近接海門. 而日本國中第一大河. 與箱根嶺并爲東都關防要害之處也. 或傳累百年前自拆爲河. 難可信也. 在昔丙子信使任參判絖金東溟世濂黃漫浪㦿奉使回還時. 以日供餘米給彼人. 彼人貿黃金. 追送於中路. 使臣以其金投諸此水. 後人因稱投金河. 淸風百世. 尙令人懍然有懷仰者矣. 櫓役而行. 入浦口則兩岸築堤亦過五里許. 水淺沙壅. 舟重難行. 移載幕裨於小船. 只留數人. 衆力曳船. 來泊石築船所. 卽海水相通處也. 往來江戶者. 皆經此地. 卽東京咽喉. 故搜檢甚嚴. 商賈若無公文. 則不得過此云矣. 下陸乘轎而進. 卜物先已移運. 騎馬之待令者. 尤似肥健矣. 夕到濱松館所. 地屬遠江州. 而關白藏入之地. 太守所居之邑. 井上太和守源正燕. 呈檜重一組. 是日行九十里.

51. 가케가와懸川 1764년 2월 7일. ~2월 8일)

맑음. 미쓰케見付에서 점심을 먹고 가케가와懸川에서 잠을 잤다.

날이 밝을 무렵에 출발하여 20리를 지나왔다. 길이 깊고 나무가 빽빽하여 구석진 마을이었다. 덴류가와天流河를 건너가니, 일명 덴류가와天

龍川라고도 하였다. 강물이 매우 급하여 배를 묶어 다리를 만들었는데, 이 다리는 지나온 바와 같았으나 넓이는 오코시가와起川만 못하였다. 지나는 길에 하치만궁八幡宮을 보았다. 돌을 쌓아 축대를 만들었는데 4방이 백 보나 되고 높이가 한 길이나 되었다. 그런데 이 축대 4면에 틈이 없어 돌을 갈고 쪼은 것들이 있는 것도 같은데 힘이 들어 간 것 같지는 않아 보였다.

미쓰케見付에 도착하였다. 이곳은 도토미노쿠니遠江州에 속한다. 역참의 관리 시마노쿠니 태수志摩守 미우라 아키쓰구源明次(三浦明次, 1726~1798. 니시오번 제2대 번주가 되었으며, 1764년에 미마사카 다카다번으로 전봉轉封되었는데, 번의 이름을 가쓰야마번으로 개명하여 초대 번주가 되었다)가 회중檜重을 바쳤다.

점심을 먹고 앞으로 전진하였다. 지나가는 길가의 밭 가운데에 간혹 푸른 잎이 숲을 이뤄 땅을 한 자쯤 덮고 있기에 물어보니 차 나무였다. 따서 맛을 보니 잎은 구기자와 같은데 맛은 큰길에서 대접 받은 곱게 빻은 푸른 잎 차였다. 왜인들의 주식은 대부분 생선이기 때문에 항상 쓴 차를 마시 것도 괴이할 것이 없었다.

저녁에 가케가와懸川에 도착하였는데, 일명 가게가와掛川라고도 한다. 이곳은 도토미노쿠니遠江州에 속하는데, 바로 태수가 직접 다스리는 고을이다. 마을의 인물들이 다시 번성하여 거의 히코네彦根와 같았다. 관소에 들어가니 역참의 관리 비고노쿠니 태수備後守 오타 스케요시源資愛(太田資愛, 1739~1805. 가케가와번 오타가太田家 제2대 번주)가 삼중杉重을 바쳤다.

오늘은 90리를 왔다.

晴. 見付中火. 宿懸川. 平明發行過二十里. 路深樹密. 又成僻港. 渡天流河. 一名天龍川. 河水甚急. 結船爲梁. 一如所經. 而廣不如起川. 路過八幡宮. 築石爲

臺. 方可百步. 高可一丈. 而四面無隙. 有若磨琢者. 功力不緊矣. 到見付. 地屬遠江州. 站官志摩守源明次呈檜重. 中火前進. 所過路傍田中. 或有叢林靑葉. 被地盈尺者. 問是茶木. 摘取嘗之. 葉如枸杞. 味是沿路所供之細末靑茶也. 倭人所食. 多是魚鮮. 其常啜苦茶無怪矣. 夕到懸川. 一名掛川. 地屬遠江州. 卽太守邑治也. 閭里人物. 還復繁盛. 殆如彦根之類矣. 入館所. 站官太田備後守源資愛呈杉重. 是日行九十里.

1764년 2월 8일

맑음. 가케가와懸川에 머물렀다.

대마도주가 사람을 보내 말하기를, "앞길에 큰 하천이 있는데 물은 후지산에서 흘러 온 것입니다. 근래에 날씨가 따뜻해져서 많은 눈이 녹았고, 그 물이 많이 불어나 건너가기가 어려우니, 내일까지 기다려야 합니다."라고 하였다. 강물이 과연 어떠한지는 알지 못하겠지만, 이미 녹는 눈을 걱정할 정도이고 또 봄이 이처럼 화창하니 더욱더 범람할 것이라고 생각이 들었다. 그래서 지금 내일을 기다리자고 하는 말은 이해할 수가 없었다. 그러나 여기까지 오는 사행길에 고생을 하여 하루라도 쉬는 것이 무방한 듯하여 잠시 머무르기로 했다.

초저녁에 대마도주가 다시 사람을 보내어 말하기를, '물이 줄었으니 내일 일찍 떠나야 합니다.'라고 하여, 더욱 의아스러웠다.

晴. 留懸川. 島主送使以爲前路有大川河. 自富士山來. 近因日氣和融. 雪消水漲. 難以渡涉. 以待明日云. 未知河水之果如何. 而旣慮雪消. 則當此春和. 想益汎濫. 而今有待明日之言. 未可知也. 雖然行役之餘一日休憩亦似無妨. 姑留矣. 初昏島主更送人謂以水勢有減. 明當早發. 尤可訝也.

후지산(富士山).

일본에서 제일 높은 산으로, 해발 3,776m이다. 혼슈(本州) 중부지방 야마나시현(山梨縣)과 시즈오카현(靜岡縣)의 태평양 연안에 접해 있다. 1707년 마지막으로 폭발한 휴화산으로, 2013년 유네스코 세계문화유산으로 등재되었다.

52. 후지에다藤枝 1764년2월9일

맑음. 가나야金谷에서 점심을 먹고 후지에다藤枝에서 잤다.

날이 밝을 무렵에 출발하여 수십 리를 갔다. 석령石嶺을 올라가는데 고갯길이 매우 험준하고 가팔랐다. 간신히 올라가서 오이가와大井川를 굽어보니, 꽤나 넓은 호수가 평야에 둘러싸여 있는 것 같았다.

멀리 바라보니, 동북쪽 사이로 산이 있는데, 우뚝 솟아 서 있는 것이 은투구를 산꼭대기에 덮어놓은 것 같은 형상이었다. 물어보니 바로 후지산富士山이라고 한다. 이 산은 일본의 주진主鎭이 되는 산이다. 세상에 전하기를, '후지산富士山 · 아쓰다산熱田山 · 구마노산熊野山이라 불리는, 이 세 산이 봉래산蓬萊山 · 방장산方丈山 · 영주산瀛洲山이다.'라고 한다는데, 후지산은 스루가노쿠니駿河州 지방에 있고, 구마노산은 기이노쿠니紀伊州 지방에 있고, 아쓰다산은 미카와노쿠니三河州 지방에 있다고 한다.

그러나 삼신산三神山이란 말은 본래 황당한 말이고 또 반드시 일본 땅에 모두 있다고 어찌 알겠는가? 서불徐市[98]이 반드시 일본에 왔다는 것도 이미 믿을 수가 없는데 신선의 약초를 이 섬의 세 산에서 캤다는 말은 또 가죽이 없는 터럭이다.

요초瑤草와 기화奇花는 진실로 인간 세상에 있는 것이 아니며, 금단金丹과 연정鍊精은 도사의 망언으로부터 시작되었으며, 목숨을 연장하는 영험한 약을 구하는 데는 반드시 인삼보다 좋은 것은 없을 것이다. 우리나라는 이미 인삼이 생산되는 고장이므로 제주의 한라산과 고성의 금

---

98 서불(徐市): ?~?. 중국 진(秦)나라 낭야(琅邪) 사람으로, 서복(徐福)이라고도 한다. 진시황(秦始皇)에게 바다 속에 삼신산(三神山)과 신선이 있다고 하면서 이름이 봉래(蓬萊)와 방장(方丈), 영주(瀛州)라 했다. 진시황의 명령으로 어린 남녀 수천 명을 거느리고 불사약(不死藥)을 구하러 바다로 떠난 뒤 다시는 돌아오지 않았다. 지금 일본에 서불의 무덤이 전한다.

강산과 남원의 지리산을 세상에서 삼신산이라고 부르는데, 이 말 역시 반드시 믿을 수는 없다. 그렇지만 만일 서불에게 영험한 약을 구하고자 했다면 어찌 인삼이 많이 생산되는 조선을 버리고, 인삼이 생산되지 않는 일본으로 가게 했겠는가? 그래서 나는 일찍이 이것으로 보아 '삼신산이 일본에 있지 않고, 영험한 약이 일본에서 생산되지 않고, 서불이 일본에 도착하지 않았다.'고 한 것이다. 이후에 선비들이 하는 말을 들으니, 이곳에서 지식이 조금 있는 자들과 서로 필담을 할 때에, 서불의 사당이 있느냐고 물으니 답하기를, '구마노산에 비록 이른바 서복묘徐福廟라는 것이 있지만 이것은 망언이며, 서불이 당초 일본에 온 일이 없다.'고 한다 하니, 만일 진짜로 서불이 온 적이 있다면 일본의 거짓되고 망령된 습성으로 보아 어찌 과장해서 자랑하지 않겠는가? 여기에서 더욱 제동야인齊東野人[99]의 말은 믿을 수가 없다.

가나야金谷 역참에 도착하니 이곳은 도토미노쿠니遠江州에 속한다. 점심을 먹고 곧 출발하여 몇 리를 가서 하천변에 도착하였다. 하천 이름은 오이大井로 물이 세 갈래로 나뉘어 흐르는데 모래밭 넓이가 4~5리나 되었다. 아마도 장마철에 비가 많이 오면 반드시 합쳐져서 하나가 될 듯하다.

마침내 물이 얕아지자 물깊이가 반 길에 불과하였고, 물이 급하게 소용돌이치며 흘러서 배로 건널 수도 없고 다리를 놓지도 못하였다.

앞에 온 통신사들의 행차 때에도 인부가 건네주었다는데, 도착하기 전에 하천변에 대나무로 울타리를 치고 하천을 건네주는 군사 천여 명을 두었다가 물을 건네주는 것이 준례였다.

그들은 우리 일행이 도착하는 것을 보고 비로소 울타리를 개방하였다. 여러 사람이 떠들썩하더니 일시에 뛰어나와 각각 짊어질 도구를 가

99 제동야인(齊東野人): 중국의 제나라 동부지방에 사는 사람들은 어리석어 그 말은 믿을 것이 못 된다는 뜻으로, 의를 분별하지 못하는 시골 사람을 비유하는 말.

지고 왔는데, 국서國書를 모시는 것과 통신사신이 타는 것은 큰 가자架子(초목의 가지가 늘어지지 않도록 받쳐 세운 시렁)와 같았으며 용정자龍亭子(국서나 책 등을 운반할 때 쓰는 가마)를 가자 위에 안치하고 색칠한 무명베로 좌우 난간을 묶고 나서 수십 명이 어깨에 가자를 메었다. 그리고 삼사의 옥교屋轎 또한 그렇게 하여 차례로 건넜고, 원역 이하도 또한 목상을 타고 건너니 일행이 오래지 않아 모두 건넜다. 저녁에 후지에다藤枝에 도착하였는데 이곳은 스루가노쿠니駿河州에 속한다.

오늘은 70리를 왔다.

晴. 金谷中火. 宿藤枝. 平明發行. 行數十里. 登石嶺. 嶺路頗峻急艱辛登陟. 俯臨大井川. 殆若廣湖之周圍於平野者矣. 遙望東北間有山屹然特立. 而形如銀兜覆頂. 問之云是富士山也. 此山是日本主鎭之山. 而世傳富士熱田熊野三山. 謂以蓬萊方丈瀛洲. 而富士山在駿河州地方. 熊野山在紀伊州地方. 熱田山或言在三河州地方. 而三神山之說. 本涉荒唐. 又安知必盡在於日本地也. 徐市之必來日本. 旣未可信. 則仙藥之必採於此島三山. 又是皮不存之毛也. 瑤草奇花. 固非人間之所有. 金丹鍊精. 自是方士之妄言. 如求延壽之靈藥. 必無過於人蔘一種耳. 我國旣是產蔘之鄕. 濟州之漢挐. 高城之金剛. 南原之智異. 世稱三神山. 此言亦未必信矣. 雖然如使徐市. 欲求靈藥. 則豈必捨朝鮮多產蔘之地. 往日本不產蔘之邦乎. 吾則嘗以此謂三山不在於日本. 靈藥不產於日本. 徐市不到於日本. 此行後聞文士輩之言. 則與此處稍有知識者. 相爲筆談之際. 問徐市廟有無. 則答以熊野山. 雖有所謂徐福廟. 而此是妄言. 徐市初無到日本之事云. 如果眞有. 則以日本誕妄之習. 豈不誇張而敷演也. 於此益可驗其齊東野人之說. 不可信也. 到金谷站. 地屬遠江州. 中火卽發行數里到川邊. 川名大井. 水分三派. 沙場之遠. 殆近四五里. 如當潦水. 其必合而爲一. 適値水淺. 深不過半丈. 湍流駛急. 舟不得艤. 橋不得成. 前後信行. 輒以人夫而渡涉. 前期川邊. 以竹圍籬. 藏置越川軍千餘人. 俾卽渡水者例也. 見一行之來到. 始開圍而放出. 衆人啁啾. 一時踊躍. 各持擔具而來. 國書所安. 使臣所乘. 有若大架子者. 龍亭安于架子上. 以染木綿繫于左右欄干. 累十人肩擔架子. 三使屋轎亦如之. 以次而渡. 員役以下則亦乘木床而渡之. 一行之

人. 不多時盡涉. 夕到藤枝. 地屬駿河州. 是日行七十里.

53. 에지리江尻 1764년2월10일

맑음. 스루가노쿠니駿河州에서 점심을 먹고 에지리江尻에서 잤다.

날이 밝을 무렵에 출발하여 10여 리를 가니 큰 고개가 하나 있는데, 이름은 마이자카舞板 또는 우진宇津이라 하였다. 고갯길이 높고 험준하여 오르고 내리는 길이 거의 20리나 되었다. 일본에서 고갯길로 말한다면 하코네 고개箱根嶺에 버금간다고 하겠다.

겨우 고개 정상을 넘자 새로 지은 작은 찻집 하나가 있기에 잠시 군사들을 휴식시키고 곧이어 비탈길을 내려가는데, 언덕에 난간을 설치하여 넘어지는 위험을 방비해 두었다.

길에는 나발을 불면서 돈을 구걸하는 자가 있는데, 수염과 머리를 깎지 않았다. 머리를 깎은 여러 왜인들 가운데서 그를 보니, 귀하기도 하였지만 도리어 해괴하기도 하였다. 단지 이 사람뿐 아니라, 지나는 길에는 수염과 머리를 깎지 않은 자들이 있었는데, 혹은 학식이 뛰어난 사람이거나 무당의 무리라 하였고, 혹은 명나라와 조선 사람의 후예라고도 하였다. 또한 믿을 수가 없다. 때마침 보니 길가에 죽통을 하나 세워 놓았는데, 그 길이가 한 길이나 되었다. 그 속에서 맑은 물이 솟아나와 물통으로 들어가고 있었다. 들었는데, 대나무를 흐르는 하천 물에 세우고 빨아들이는 기운으로 물을 당기면, 물이 빠는 기운을 따라서 올라오는데, 한 번 물이 솟으면 다시는 끊어지지 않는다 하니 역시 괴이한 일이다.

앞에는 큰 하천이 있고, 하천 이름은 아베阿部라 한다. 이 하천은 후지산에서 흘러 내려온 것으로 깊이와 넓이는 비록 오이大井 강에 미치지 못하였으나, 흐르는 물이 몹시 빨라 건네주는 군사를 울타리 속에 대기

시켜놓고, 역시 오이 강을 건네주었던 때와 같게 하였다.

관소에 도착하려는 때에 스님이 대마도주의 뜻을 받들어 찰떡을 작은 그릇 하나에 담아서 길가에서 올리니 이는 준례이다. 이곳은 스루가노쿠니에서 다스리는 고을로 마을이 매우 번성하고 시장의 상가도 번창하여 히코네 성彦根城에 버금간다.

호타이지寶泰寺를 관소로 정했다. 혹은 게요인華陽院이라고 불리는데 관백의 원당願堂[100]으로 관백이 때때로 와서 분향을 한다고 한다. 이 말을 어찌 믿을 수 있겠는가?

사찰은 넓고 화창했으며, 후원에는 이름을 알 수 없는 기이한 꽃과 이름 모를 식물들이 많이 심어져 울타리를 이루었고, 또 일찍이 보지 못한 기암괴석이 네모난 연못을 둘러쌓다.

또 하나의 물건이 있는데, 모양은 소의 혀와 같고 색은 푸른 오이와 같은데 줄기도 아니고 잎도 아니며, 나무 같기도 하고 풀 같기도 하였다. 물어보니 선인장仙人掌이라고 하는데 역시 괴이하다.

지나온 객관은 넓고 넓은 곳이며, 마을안의 집들은 조금 크고, 잘 가꾼 공원과 꽃으로 아름답게 꾸민 곳은 거의가 다 사찰이고 신당神堂이었다. 일본의 이름난 경치는 모두 부처가 있는 곳에 있다고 말할만하다.

그리고 그 풍속 · 법제 · 의복 · 음식 등을 보면 하나같이 불교에서 나왔으니, 어떻게 오랑캐와 짐승이 되는 것을 면할 수 있겠는가?

이 고을은 도쿠가와 이에야스가 처음으로 도읍을 삼은 곳이어서 관백의 자리를 물려준 뒤에도 늘 이곳에 살았다. 때문에 장입지藏入地로 삼게되어, 곧 영서지방의 한 도회지가 되었다. 역참의 관리가 삼중杉重을 바쳤다.

---

100 원당(願堂): 왕실의 명복을 빌던 사찰.

세이켄지(淸見寺).

나라시대에 창건하였으며, 불교 임제종의 사찰이다. 조선통신사가 도쿄(에도)로 가는 길에 잠시 머물던 사찰로, 거오산(巨鼇山) 청견흥국선사(淸見興國禪寺)가 정식 사찰이름이다.

점심을 먹고 출발하여 해가 저물어서 에지리江尻에 도착했다. 역시 스루가노쿠니駿河州에 속한다. 역참의 관리 기이노쿠니 태수紀伊守 나베시마 나오카즈藤直員(鍋島直員, 1726~1780. 오기번 나베시마가鍋島家 제6대 번주)가 삼중을 바쳤다.

오늘은 80리를 왔다.

晴. 駿河州中火. 宿江尻. 平明發行. 行十餘里. 有一大嶺. 其名舞板. 亦曰宇津. 嶺路高峻. 登降幾二十里. 以日本嶺路言之. 亞於箱根嶺云矣. 纔踰絕頂. 有新搆一小茶屋. 暫憩休軍. 仍下崖路. 山陂設欄. 以備傾危. 路有吹螺乞錢者. 不削鬢髮. 見之於衆倭削髮之中. 可貴而還似駭俗. 非但此人. 歷路或有不削鬢髮者. 或云居士與巫覡之徒. 或稱皇明與朝鮮人之後裔. 而亦未可信也. 適見路傍立一竹筩. 其長丈餘. 清水自其中聳出. 流入水桶. 聞是立竹於川流. 吸氣而引水. 水隨引氣. 一聳之後. 更不斷流云. 其亦異矣. 前有大川. 川名阿部云. 是富士山下流. 而深廣雖不及於大井. 波勢甚急. 越川軍之圍籬藏待. 亦如渡大井時矣. 將至館所. 寺僧以島主意進呈粘餠一小器於路左. 聞是例也. 此乃駿河州邑治. 故村閭殷盛. 市廛繁華. 亞於彦根城矣. 館于寶泰寺. 或稱華陽院. 謂是關白之願堂. 而關白時來焚香云. 是言何可信也. 梵宇宏暢. 後庭多植不知名之奇花異草. 以作藩籬. 且列未曾見之蹲巖怪石. 以圍方塘. 又有一物. 狀若牛舌. 色若青瓜. 而非莖非葉. 似木似草. 問是仙人掌云. 亦可異矣. 所經客館之廣闊處. 閭里中屋宇之稍大者. 暨夫園林之修粧. 花卉之賁飾. 幾皆是佛宇神堂. 日本名區可謂盡歸於寂滅之地矣. 且見其風俗法制衣服飮食. 一是佛敎中出來. 其安得免夷狄禽獸之歸耶. 此州乃家康始都之地. 傳位後常居於此處. 因以爲藏入之地. 卽嶺西之一都會也. 站官進杉重. 中火前進. 日暮到江尻. 亦屬駿河州. 站官鍋島紀伊守藤直員呈杉重. 是日行八十里.

54. 요시하라吉原 1764년2월11일

종일 흐리고 비가 왔다. 요시하라吉原에서 잤다.

오늘 원래 정해진 역참은 미시마三島에 있는데, 갈 길이 1백 20리나 된다. 그래서 일찍 출발하려고 하였지만, 밤부터 비가 계속 내려 그치지 않고 대령하는 마필마저 지체되었다. 그래서 행차를 멈추고 싶었지만, 대마도주가 이미 출발하였기에 부득이 비를 무릅쓰고 늦게 출발하였다.

20리를 가다가 지나는 길에 세이켄지清見寺에 들렀다. 절은 고잔鼇山에 있는데, 일본 동쪽지방에서 이름이 나 있어 이전에 온 통신사 중에는 올라가서 구경했던 이가 많았다. 앞에는 큰 바다가 있으며, 눈으로 볼 수 있는 경계가 광활하였고, 뒤에는 산이 병풍처럼 둘러쳤으며 화초가 숲을 이루었다. 집들이 우뚝 솟고 폭포는 쏟아졌다. 앞뜰에 한 그루의 매화나무가 있고, 그 가지가 옆으로 퍼져 그늘이 세 칸 집을 덮었으며, 꽃이 피어서 향기가 한 동산에 풍긴다. 비록 듣던 바만은 못하나 또한 드물게 있는 것이라 할 만하다.

주지스님 슈닌主忍이란 자가 나와 아뢰었는데, 이전의 통신사들의 시를 베껴 쓴 사본을 내어 보이며 시 한 수를 요청하였다. 그래서 돌아오는 길에 써 주겠다고 답하였다. 그러나, 그들이 지어 바친 것에는 볼 만한 게 없었다.

법당法堂 문설주 양쪽에 현판들이 있는데, 하나는 병오년(1606년, 선조39)의 통신사 여우길呂祐吉[101] · 경섬慶暹[102] · 정호관丁好寬[103]이 지은 칠언절구 한 수씩이고, 또 하나는 무진년(1748년, 영조24)의 통신사 삼

101 여우길(呂祐吉): 1567년(명종22)~1632년(인조10). 1591년(선조24) 별시문과에 을과로 급제하고, 1603년 밀양부사를 거쳐 첨지중추부사를 지냈다. 임진왜란이 끝난 다음 1607년 전쟁을 마무리 짓는 조선통신사의 정사로 일본으로 건너가 포로의 쇄환 등에 공을 세웠다. 이후 연안부사가 되어 고을을 잘 다스려 여러 수령들 가운데 모범으로 뽑혔다.

102 경섬(慶暹): 1562년(명종17)~1620년(광해군12). 호는 삼휴자(三休子). 1590년(선조23)에 증광 문과에 병과로 급제하고, 1607년 홍문관 교리로 임진왜란 이후 첫 조선통신사 부사가 되어 일본에 건너가 1400여명의 포로를 데리고 돌아 왔다.

103 정호관(丁好寬): 1568년(선조1)~1618년(광해군10). 1602년(선조35) 별시문과에 을과로 급제하고, 1607년 조선통신사 서장관으로 일본에 다녀왔다.

사[104]가 병오년의 통신사들이 지은 운을 따라 지은 것이다. 또 '제불택諸佛宅'이란 3자가 쓰인 현판이 있기에 물었더니, 이는 신묘년(1643년, 인조21)의 제술관 박안기朴安期[105]의 필적이라 한다.

전부터 이 절을 논하는 사람들이 간혹 우리나라 양양襄陽의 낙산사洛山寺에 비유하곤 했는데, 이것은 남호곡南壺谷[106]의 일기를 보면 알 수 있다.

이 절의 스님이 이 말로 인하여 화가에게 낙산사의 그림을 요청하였는데, 그 화가 역시 돌아오는 길에 그려 주겠다고 허락하였다. 우리 세 명의 통신사들이 함께 모여 잠깐 쉬고 곧 출발하였는데, 길이 해안가를 따라 있어 성난 파도가 치고, 바다 공기가 사람을 엄습하였다. 길가에는 소금 굽는 가마솥이 많이 있는데, 주민들은 소금 굽는 일로 생업을 삼는다고 한다. 진흙길을 걸어서 험한 고개를 하나 넘었는데 바로 살타薩陀고개였다. 평지로 내려와서 배다리를 또 하나 건너니 바로 후지가와富士川이다. 후지가와는 넓고 깊어서 마치 홍수가 흘러가는 것 같았으니, 참으로 건너기 어려운 곳이었다. 좌우로는 제방이 쌓여져 있었다. 앞서 말한바, 죽부인 모양의 것을 셀 수 없이 펼쳐 두었고, 또 가는 대나무와 조각난 대나무를 가지고 배다리의 바깥 길가 좌우를 몇 리가 넘게 꽤나 길게 둘러쳐 놓았는데, 모래를 쌓아서 길을 만들었기 때문에 대나무를 둘러쳐서 그 좌우를 경계 지은 것이다. 대나무로 둘러쳐 놓은 곳을 건널 때에 비바람이 크게 일어나 사람과 말들이 거의 넘어질 뻔하였다. 이 길은 겨우 잘 지나 왔으나, 시간을 헤아려 보니 미시마三島에 제때에 도

104 정사 홍계희(洪啓禧) · 부사 남태기(南泰耆) · 종사관 조명채(趙命采)

105 박안기(朴安期): 1608년~미상. 호는 나산(螺山). 1643년(인조21)에 조선통신사 독축관(讀祝官)으로 일본에 가서 일본 천문학자에게 '칠정산(七政算)'을 가르쳐 주었다.

106 남호곡(南壺谷): 1628(인조6)~1692(숙종18). 본명은 남용익으로 호가 호곡(壺谷)이다. 1648년(인조26) 정시문과에 급제하고, 병조좌랑, 홍문관 수찬을 역임하고 1655년(효종6) 조선통신사의 종사관으로 일본에 다녀왔으며, 예조판서, 이조판서 등을 지냈다. 기사환국 이후 유배지에서 세상을 떠났다.

달할 수 없었다. 그래서 장무관掌務官을 대마도주에게 먼저 보내어 내일 잠깐 쉬었다가 떠날 것을 요구하였고, 날이 저물어서야 비로소 요시하라吉原에 들어왔는데, 역시 스루가노쿠니駿河州에 속한다. 일행들이 거의 모두 비에 젖어 형편상 전진하기 어려웠다.

그런데 대마도주는 내가 보낸 사람을 만나보기도 전에 먼저 떠났다고 한다. 이는 생각하지 못한 일이었으며, 저들은 낮에 역참에 들어가는 것을 밤에 역참에 들어가는 것으로 바꾸는 것이 하루 종일 머물며 지체하는 것보다 더 어렵다고 생각했기 때문이라고 한다.

비록 지대支待[107]를 갑자기 마련하기가 어렵다는 것을 걱정하여 그렇게 한 것이겠지만, 그들의 손님을 대하는 예의는 온전히 알지 못한다고 하겠다.

우리 통신사를 따르며 도움을 주는 왜인들 중에 출발하기를 요청하려는 자가 있다 하기에, 나는 '지난번 저들이, 배다리를 고친다는 핑계로 하루를 오가키大垣에서 머물고, 또 오이가와大井川를 건너기 어렵다는 것으로 하루를 지체한 것은 무슨 뜻이었던가? 지금 비가 퍼붓고 날이 저물 때에 출발하기를 요청하는 것은 매우 근거가 없는 일이며, 수석통역관이 이런 말을 들어와서 고하는 것도 역시 매우 온당치 못하다.'는 뜻으로 함께 엄하게 나무라고, 이어서 이 곳에 머물러 자겠다는 뜻을 대마도주에게 통보하게 하였다.

어두워질 무렵에 비바람이 또 불었다. 만약 전진하였더라면 많은 사람들이 반드시 병이 생겼을 것이고, 옷을 얇게 입은 하인들이 혹여 중도에서 쓰러질까 하는 걱정도 없지 않았는데, 다행히 머물러 자기로 한 것이다.

107 지대(支待): 공무로 지방에 나가는 관리의 먹을 것과 쓸 물건을 그 지방 관아에서 제공하던 일.

그런데 우리 세 명 사신의 이불만 남겨두고, 나머지는 모두 먼저 가지고 가버렸다. 그런데도 여러 사람들이 모두 '비록 이부자리는 없더라도 떠난 것보다는 낫다.'고 하니, 비바람에 고생하는 모습을 상상할 수 있겠다.

숙박을 하게 된 요시하라吉原 지방은 스루가노쿠니駿河州에 속한다. 날마다 제공되는 공물은 비록 갑자기 변통하여 준비한다고는 하지만 만약 전체를 줄이도록 허락한다면 후일의 폐단에 관계될 뿐만 아니라, 또 사신을 접대하는 절차가 어떨지 몰라 바치게 하였더니, 준례대로 준비는 하였으나 결국 두세 가지는 준비하지 못하여 다른 종류가 있다고 하기에 그것은 줄이도록 하였다.

오늘은 70리를 왔다.

陰雨終日. 宿吉原. 今日元定站實在三島. 將爲百二十里. 必欲早發. 自夜雨下不止. 且馬匹之待令遲滯. 欲爲停行. 而島主已發. 不得已冒雨晩發. 行二十里. 歷入淸見寺. 寺在鰲山. 而有名於日東. 故從前信使輒多登覽. 而前臨大海. 眼界廣闊. 後山圜屛. 花卉成林. 傑構嵬嵬. 懸瀑淙淙. 前庭有一梅樹. 枝幹旁達. 蔭覆三間. 花蘂方開. 香濕一院. 雖不及於所聞. 亦可謂稀有也. 住持僧主忍者出謁. 進前後我國人詩章謄本. 仍乞一詩. 以歸路書給答之. 而渠之製呈者無可觀矣. 法堂門楣有兩懸板. 一是丙午信使呂祐吉, 慶暹, 丁好寬七絕一首. 一是戊辰三使所次丙午韵者也. 又有諸佛宅三字懸板. 問是辛卯製述官朴安期筆也. 自前論此寺者. 或比之於我國襄陽洛山寺. 觀於南壺谷日記則可知矣. 寺僧因是語乞得洛山寺之畫本於畫師. 故亦許歸路. 三使同會少休卽發. 路由海岸. 怒濤崩騰. 海氣襲人. 路邊多有鹽釜. 而居民以煮鹽爲業云. 衝泥而行. 踰一峻嶺. 卽薩陀峴也. 轉下平地. 渡一舟橋. 卽富士川也. 川廣而深. 若値潦水. 誠難渡涉處也. 左右爲堤堰. 鋪列前所云竹夫人樣子者. 不知其數. 且以細竹片竹作圍於舟橋外路傍左右者. 殆過數里許. 以其築沙爲路. 故以竹圍限其左右也. 渡竹圍之時. 風雨大作. 人馬幾乎顚仆. 僅能趲程. 而商想日力. 必不及於三島. 故先送掌務官於島主. 要以姑待明日作行之地. 日暮始入吉原. 亦屬駿河州. 一行擧皆沾濕. 勢難前進矣. 島主則未承吾伻之前. 先已作行云. 而非但未及料量. 彼人輩以晝站之改爲夜站. 極爲持難. 有甚於終日之留滯云. 雖以支待之猝難辦出爲慮. 其於待客之禮. 可謂全不知也. 護行差倭等有欲請行者云. 故余以向日渠輩托以舟橋改鋪. 淹留一日於大垣. 又以大井川之難涉. 遲滯一日者何意. 今欲請行於雨注日暮時者. 極爲無據. 首譯之以此語入告者. 亦甚未安. 並嚴責之. 仍以留宿之意. 使通於島主. 初昏風雨又作. 若或前進. 則多人必多生病. 衣薄下隷. 或不無中路顚仆之患. 而幸而止宿. 三使則衾籠留待. 而餘並先去. 諸人皆以爲雖無寢具. 有勝於作行. 可想其風雨之苦狀也. 止宿吉原. 地屬駿河州. 而日供雖是不時辦備. 若許全減. 則非但後弊有關. 且於事體如何. 故使之捧上. 則依例準備. 而果有數三雜種未備者云. 故此則使之除減. 是日行七十里.

55. 미시마三島 1764년2월12일

맑음. 미시마三島에서 머물렀다.

아침에 대청 끝으로 나가서 북쪽 끝에 있는 후지산富士山을 우러러보았다. 하늘 한가운데에 우뚝 솟아, 높이가 몇 천 길이나 되는지 알 수 없고, 형태가 물에서 솟은 연꽃 같았다. 마땅히 부용봉芙蓉峯이라고 할 만하다.

산중턱 이상은 사시사철 항상 흰색인데, 이를 눈의 색깔이라고 말하는 자는 백두산白頭山의 녹지 않고 쌓인 눈을 그 증거로 삼고, 이를 흙의 색깔이라고 말하는 자는 금강산金剛山의 돌에 낀 이끼를 증거로 삼아서 예로부터 서로 다투었다. 나는 이렇게 생각한다. "산이 높으면 음산한 기운이 서려 흩어지지 않고, 또 사물의 이치는 더러 풀기 어려운 것이 있다. 화산이나 온천 같은 종류가 이것이다." 때마침 어지러운 바람이 산을 스쳐 지나가자 눈꽃이 풀풀 날려 잠깐 동안 가라앉았다 일어났다 하는 것이 보였다. 이제는 더욱 그것이 흰 눈이라는 증거에 의심이 없었다.

산 형태는 비록 맑은 기운은 없으나, 큰 몸집에 바위가 가득하고 중후하여, 부산富山이라고 이름 부르는 것이 마땅하며, 또한 일본에서 제일가는 주진산主鎭山이 되는 것도 마땅하다. 어떤 사람은 산 밑에서 정상까지 40~50리가 되며, 정상에 큰 연못이 있다고 하는데, 믿기 어렵다.

일찍이 들었는데, 일본 산맥은 우리나라로부터 건너왔다고 하였으며, 혹은 장기산맥長鬐山脈(경상도 동해안에 있는 산맥)으로부터 바다를 건너 쓰시마 · 이키노시마를 경유하여 들어왔다고 하고, 혹은 백두산맥이 북해를 경유하여 왔다고도 전한다. 대개 백두산맥이 남쪽으로 뻗어온 것은 조선을 만들고, 북쪽으로 뻗어간 것은 아주 멀리, 흑룡강黑龍江을 경유해 건너갔는지도 모른다. 남쪽으로 뻗어 갔거나 북쪽으로 뻗어갔거나 백두산의 지맥인 듯싶다.

지금 후지산 역시 그 정상이 희고 꼭대기에 또 연못이 있다고 한다. 이 역시 백두산의 자손이 아닌지 모르겠다. 또 일본이란 나라는 바다 가운데 위치해 있으므로 남쪽 바다는 비록 중국과 통하나 몇 천 리가 되는지 알 수 없고, 동쪽 바다는 아득히 끝이 없어 부상扶桑과 서로 접했다고 말 할만하다. 오직 사이카이도西海道의 쓰시마노쿠니對馬州만은 조선과 멀지 않고, 홋카이도北海道의 무쓰陸奧 · 데와出羽 두 고을은 우리나라의 육진六鎭(함경도 종성鍾城 · 온성穩城 · 회령會寧 · 경원慶源 · 부령富寧 · 경흥慶興)과 인접하다고도 하고, 혹은 흑룡강의 동쪽 끝과 서로 접했다고도 한다. 이것으로 말한다면, 산맥이 뻗어온 곳은 동남쪽이 아니라 필히 서북쪽일 것이다. 그러나 명백한 증거가 없으니 역시 어찌 반드시 믿을 수 있겠는가? 앞서 우리나라 사람으로 이곳을 지나간 사람은 모두 후지산에 대해 시를 남겼다. 나도 역시 칠언 율시 한 수를 읊어 여러 선비들에게 화답하도록 하였다.

밥을 먹은 뒤 출발하여 25리쯤 가다가 찻집에서 잠깐 쉬고 전진하였다. 오른쪽으로는 호수 한 면이 마을을 둘러 감싸며 바다로 흘러 들어가는데, 이 역시 후지산의 하류이다.

50리 가까이 가서 후지산으로 고개를 돌려 보니, 우리 일행은 아직도 후지산 밑을 벗어나지 못하였고 산 형세도 더욱 높았다. 이는 아침에 본 바는 혹 가까이서 보는 데 거리낌이 없어서 그런 것인가?

앞선 통신사들이 지은 시에서 금강산에 비유하곤 하였는데, 나는 일찍이 마천령摩天嶺과 마운령摩雲嶺 두 고개를 넘은 적이 있다. 그 고개들도 아주 높아서 오히려 이 후지산에 비교하고 싶지 않은데, 하물며 백옥 같은 금강산 1만2천 봉우리의 천태만상의 기이한 경치를 어찌 이 후지산에 견주어 논할 수 있겠는가? 이는 우리나라라고 개인적으로 말하는 것이 아니다.

저녁에 관소에 들어갔는데, 이 지방은 이즈노쿠니伊豆州에 속한다. 역참의 관리 좌병위독左兵衛督 마쓰다이라 노부아리藤信有(松平信有, 1731~1793. 고즈케上野 요시이번吉井藩 마쓰다이라가松平家 제3대 번주)가 삼중杉重을 보내왔다.

오늘은 50리를 왔다.

晴. 留三島. 朝出廳邊. 仰視富士山在北邊. 屹然中天. 高不知其幾千丈矣. 形如芙蓉出水. 宜其以芙蓉峰得名者也. 半腰以上. 四時長白. 謂之雪色者. 證之於白頭山之積雪不消. 謂之土色者. 證之於金剛山之苔衣石苺也. 自古互相爭難. 而余則以爲. 山高則涼氣凝結不散. 且物理或有難解者. 如火山, 溫泉之類是也. 適見亂風過山. 雪花紛飛. 乍止乍起. 到此尤可驗其白雪之無疑也. 山形雖無淸淑之氣. 大體磅礴重厚. 宜其富山爲名. 亦當爲日本第一主鎭山也. 或云自山底登絕頂當爲四五十里. 絕頂上有大澤云. 而難可信也. 曾聞日本山脈. 來自我國. 而或傳自長鬐石脈渡海. 由馬島, 歧島而入. 或傳以白頭山餘脈. 由北海而來. 蓋白頭山麓之南來者爲朝鮮. 北去者甚遠. 安知不由黑龍江而渡也. 以南以北. 似是白頭山支派矣. 今者富士山亦白其頭. 頂上又有澤云. 其或是白頭山之兒孫耶. 且此日本爲國. 處在於海中. 南海則雖通中國. 不知其幾千里矣. 東海則茫茫無涯. 可謂於扶桑相接矣. 惟西海道之馬州. 與朝鮮不遠矣. 北海道之陸奧, 出羽二州. 似與我國六鎭. 或彼地黑龍江之東邊相接矣. 以此言之. 山脈之所自來. 不在東南. 而必在於西北也. 雖然旣無明證. 亦何可必信也. 前後我國人之過此者. 輒皆有詩於富山. 余亦吟成七律一首. 使諸文士和之. 飯後發行. 行二十五里. 暫憩茶屋前進. 右有湖水一帶. 背圍村閭而入海. 此亦富士山之下流也. 行近五十里. 回顧富士山. 吾行猶不離富山山下. 山形愈高. 朝者所見. 其或泥於近見而然耶. 前後詩章. 或比於金剛山. 而余曾踰摩天, 摩雲兩嶺. 極爲高峻. 尙不欲比方於此山也. 況金剛山萬二千白玉之峰. 千萬狀奇異之景. 其何可擬論於此耶. 此非私我國之論也. 夕入館所. 地屬伊豆州. 站官松平左兵衛督藤信有送杉重. 是日行五十里.

56. 오다와라小田原 1764년2월13일

맑음. 하코네 고개箱根嶺에서 점심을 먹고 오다와라小田原에서 잤다.

해가 뜬 뒤에 출발하였다. 앞에 가는 길가에 한 절집이 보였는데, 3층 집으로 세워져 있었다. 집 위에는 또 구리로 만든 등을 설치하고, 문밖 뜰과 계단에는 돌난간을 넓게 설치하였다. 공력의 비용이 많이 들었을 것이다.

나무로 만든 다리를 지나 고개를 향해 오르는데, 비록 험악하지는 않았으나 갈수록 더욱 높았으며, 소나무 그늘이 끝나는 곳에서 전후좌우에 있는 온 산의 산기슭에는 화살 만들기에 적합한 대나무 숲이 가득해서 하코네 고개箱根嶺라고 부른다고 한다. 이 때문일 것이다.

길가 곳곳엔 불을 피워 갑작스러운 쓰임에 대비하고, 고개 중턱에는 역시 마을이 많아서 행인들이 휴식을 한다. 6~7세의 어린 아이들이 떼를 지어 광주리를 끼고 떡 사라고 외치니 산속 생활의 어려움을 알 수

하코네 고개(箱根嶺).

있겠다.

20여 리를 가다가 잠깐 찻집에서 쉬었다. 찻집은 비록 새로 지었으나 집안에는 꽃과 풀이 불에 타고 남은 것만 있어 볼 만한 게 없었다.

고갯마루에 올라 사방을 둘러보니, 우뚝우뚝한 여러 산들이 발밑에 깔려 있고 아득한 큰 바다가 눈앞에 펼쳐졌으며, 서쪽으로 특별히 하얗게 우뚝 서 있는 것은 후지산이었다. 비록 수백 리 밖에 있다 하더라도 이 40 리나 되는 고갯마루에 올라 멀리 바라보니 더욱 높아서 명산이라고 할 만하다. 이 고개는 이즈伊豆와 사가미相模 두 고을의 경계이다. 고갯마루를 겨우 넘어서자, 길을 끼고 선 삼나무들이 마치 삼을 묶어 놓은 것 같았으며, 산속에는 무슨 물건이 있는지 알지 못하겠다.

길을 따라 내려가니 산언덕이 점점 넓어지다가 또 골짜기를 이루고, 갑자기 하나의 큰 마을이 나오며 왼쪽에 큰 호수가 있다. 이 고개는 후지산의 동쪽 기슭이며, 호수 이름은 하코네자와箱根澤로 둘레가 거의 40 리나 되는데, 높은 산정상 위에 이처럼 넓은 호수가 있으리라고는 미처 생각지 못하였다. 푸른 물결이 맑디맑고 산색은 은은히 비치는데 밀려왔다가 밀려가고, 물이 늘었다 줄었다 하는데 알 수 없는 것이 있었다.

말로 전해오기를, '아홉 개의 머리를 가진 신룡神龍이 물 가운데 있어서, 사람이 혹 그 앞에 가까이 가면 갑자기 잡아먹힌다.'고 하는데, 정말로 믿을 수는 없으나 대체로 기이한 곳이다.

일본에서는 큰 호수라면 4백 리 되는 비와코琵琶湖를 일컫는다. 이 호수가 길이나 너비는 비록 비와코에 뒤진다 하더라도, 그 위치나 경치를 대강 말하면 비와코보다 더욱 기묘하다고 하겠다.

들어가 쉬는 관소 앞에 호수가 닿아 매우 그윽하였다. 역참 관리가 과일을 올렸다. 점심을 먹고 바로 출발하였다.

호숫가에 접하여 대여섯 곳에 많은 불당을 지어 불상을 설치했는데,

혹은 금으로, 혹은 구리로 만들었으며, 병풍과 장막, 또는 불기佛器를 널리 펼쳐 놓았으며, 지키는 스님 한 두 사람이 번갈아가며 구리로 만든 경쇠를 두드려 소리를 낸다. 또 길가에 돌부처를 설치하였는데, 어떤 것은 덮기도 하고 어떤 것은 밖에 앉히기도 하였다. 그 숫자가 몇이나 되는지 알 수 없다.

관백이 직접 다스리는 땅을 지나자 좌우로 관문을 설치하였다. 금도禁徒와 수직守直[108]들이 말하기를, "이는 관백의 별장으로 일본 각 주의 태수들이 모두 말에서 내려 지나가고, 무진년(1748년, 영조24) 통신사 행차 때에도 통신정사 외에 상상관上上官 이하 모두가 교자와 말에서 내렸습니다."라고 하였다.

하지만 처음부터 우리는 관백의 궁전과 다르다며 반드시 내릴 필요가 없다는 뜻으로 다투었으나 뜻을 얻지 못하였고, 또 이미 무진년의 사례가 있어서 전례에 의해서 지나갔다. 두 문 사이는 불과 수십 보였는데, 일이 매우 괴상하고 의아스러웠다. 이곳은 도쿄 제일의 관문이기 때문에 이곳을 지나는 행인은 반드시 조사를 받는다고 하는데, 그들이 이를 빙자하여 그렇게 했다면 이는 말에서 내려야 할 의미가 없는 것이다.

여기서부터는 고갯길이 더욱 험악하였다. 돌을 깔아 미끄럼을 방지했는데 아주 험악하여, 사람과 말이 조금만 발을 잘못 딛게 되면 엎어지기 쉬워, 우리나라의 함흥咸興에 있는 함관령咸關嶺 북쪽과 같았다. 사람들이 산을 올라가기는 어려워도 내려가기는 쉽다고 말하나, 오늘은 산을 내려가기가 더욱 어려웠다.

10여 리를 가자 길 왼쪽 고개 위에서 산불이 크게 났다. 갈대가 연이어 타니 연기와 불꽃이 하늘을 뒤덮었다. 바람의 방향이 비록 큰길에는

108 수직(守直) : 건물이나 물건 등을 맡아서 지키는 사람.

닿지 않았지만 큰길에서 불과 백여 보 떨어졌으니, 무섭게 타오르는 기세가 반드시 도달하고야 말 것 같았다.

그래서 앞에 가는 대열은 모두 말에서 내려 빨리 걸어가게 하고 가마를 메는 군사들을 각별히 단속하였으며, 또 뒤에 오는 부사와 종사관 및 일행에게 곧 바로 사람을 보내 빠른 걸음으로 지나오게 하였다. 일행이 다 건너온 뒤에 불의 기세가 과연 큰길에 미쳤다고 한다. 만약 혹 지체하였더라면 낭패를 면하기 어려웠을 것이다.

산에서 내려와서 비탈길을 따라 다리를 건넜다. 바다와 육지 5천 리에, 구경할 만한 계곡과 수석을 보지 못하다가, 지금 이곳에서 비로소 좌우의 계곡물이 돌에 부딪치고 수풀을 뚫으며 흐르는 것을 볼 수 있었다. 그러나 우리나라에 비교해보면 일컬을 만한 것이 없다.

날이 저물어서야 오다와라에 도착하였다. 사가미노쿠니相模州에 속한 지방이다. 하나의 흑책문黑柵門을 지나 3층으로 된 문루가 있는데, 듣기로는 이는 태수의 집이라 한다. 관소에 들어가니, 집이 정교하고 화려해 볼 만하였다.

수석 통역관의 말을 들으니, 먼저 보낸 매가 정월 초 8일 비로소 도쿄에 도착했으나 반 이상이 죽었다고 한다. 그것을 저들이 이미 받았는데 비록 예단의 숫자에는 부족하나 전부터 이런 것을 흠 잡는 일은 없었다고 한다.

이마理馬[109]가 인솔한 예단마禮單馬와 재마才馬는 2월 초이튿날 무사히 도쿄에 들어갔다고 하니, 이는 다행이다. 역참의 관리인 오오쿠라 타다오키大藏少輔 藤忠興가 삼중을 보내왔다.

오늘은 80리를 왔다.

---

109 이마(理馬): 사복시(司僕寺)의 정6품 잡직(雜職). 이번 통신사행에는 장세문(張世文)이 맡았다.

晴. 箱根嶺中火. 宿小田原. 日出後發行. 前進路傍. 見一佛宇建三層閣. 閣上又置銅燈. 門外庭階. 廣設石欄干. 功力之費甚矣. 過木橋. 向嶺而登. 雖不險惡. 漸益高峻. 松陰盡處. 左右前後滿山遍麓. 皆是叢竹之可合造箭者. 箱根嶺之稱. 其以是夫. 路傍處處火. 以備不時之需用. 嶺腰亦多閭里. 以爲行人之休息. 六七歲小兒輩成羣持筐. 作賣餠聲. 裡生涯可知其艱矣. 行二十餘里. 暫憩茶屋. 屋雖新構. 庭階花卉. 只餘灰燼之痕. 無可觀矣. 及至嶺顚. 環顧四面. 兀兀群山. 羅列脚下. 茫茫大海. 縈回眼前. 西方特立皓皓者富士山也. 雖在數百里之外. 登此四十里嶺上. 遠望而愈高. 可謂名山也. 此嶺伊豆, 相模二州之界也. 纔踰嶺頂. 挾路杉木. 又若束麻. 不知山中有何物矣. 穿路而下. 山陂稍廣. 又成洞壑. 奄有一大閭里. 左邊有大湖. 嶺是富山東麓. 湖名箱根澤. 周圍幾四十里. 而不意高峯絕頂之上. 有此廣湖也. 碧波瑩澈. 山光隱曜. 去來盈縮. 有不可知. 諺傳九頭神龍在水中. 人或邇前. 輒爲所食云. 此說固不可信. 蓋是奇異之處也. 日本大湖輒稱琵琶湖四百里. 此津之長廣. 雖讓於琶湖. 以其處地景槪而言. 則可謂愈奇於琶湖矣. 入憩館所. 前臨湖水. 頗有幽趣. 站官呈果子. 午飯卽發. 臨湖多設佛堂五六處. 輒設佛像. 或金或銅. 廣鋪屛帳佛器. 守僧一二人. 輪打銅磬作錚錚聲. 又於路邊置石佛. 或覆蓋或露坐. 不知其幾數矣. 行過一帿場. 設左右館門. 禁徒, 守直. 謂以關白別業. 日本各州太守輒皆下馬而過. 戊辰信行時. 使相外上上官以下皆下轎下馬云. 故初以與關白宮有異. 不必下馬之意. 爭之不得. 且既有戊辰事. 故依例而過之. 兩門之間. 不過數十步. 而事甚怪訝矣. 此是江戶第一關隘. 故行人過此者. 必經搜檢云. 其必藉此而爲. 此無意義之下馬也. 自此嶺路益險. 鋪石爲碇. 頗爲崎嶇. 人馬小有失足. 易致顚跌. 殆類咸興咸關嶺之北邊也. 人謂上山難下山易. 而今則下山尤難矣. 行十餘里. 路左嶺上. 山火大起. 蘆葦連燒. 烟焰漲天. 風頭雖不撞着於大路. 距大路不過百餘步. 燎原之勢必當延及. 前排皆令下馬. 急速步行. 另飭轎軍. 而且卽送伻於副從使與一行之在後者. 使之疾足過來. 一行畢度後. 火勢果及於路上云. 如或遲滯. 幾難免狼狽矣. 下山緣崖渡橋而行. 海陸五千里. 未見山溪, 泉石之可翫者. 今於此處始見. 左右山溪之激石穿林者. 而以我國言之. 無足可稱矣. 日暮到小田原. 地屬相模州. 過一黑柵門. 三層譙樓. 聞是太守家也. 入館所. 館宇精麗可觀矣. 聞首譯之言. 則先送之鷹子. 正月初八日始入江戶. 過半致死. 而此則彼人旣已逢授. 雖不足於禮單元數. 自前無執頃之事云矣. 理馬牽禮單馬與才馬. 二月初二日無事入去江戶云. 此可幸. 站官大藏少輔藤忠興送杉重. 是日行八十里.

57. 후지사와藤澤 1764년2월14일

맑음. 오이소大磯에서 점심을 먹고 후지사와藤澤에서 잤다.

날이 밝을 무렵에 출발하였다. 몇 리를 가서 멀리 바라보니, 바다 빛이 나무 숲 사이로 은은히 비치는데, 이곳 역시 바닷가의 지방이다. 사카와가와酒匂川에 도착하여 부교를 건너 낮에 오이소大磯의 관소에 닿았다. 이 땅은 사가미노쿠니相模州에 속하며 관백의 장입지藏入地이다.

역참의 관리 아와지노쿠니 태수淡路守 와키자카 야스치카藤安親(脇坂安親, 1739~1810. 하리마播磨 다쓰노번龍野藩 와키자카가脇坂家 제7대 번주)가 삼중을 바쳤다. 점심을 먹고 바로 출발하여 바뉴가와馬入川의 배다리를 건넜는데, 일명 만류천晩流川인데, 역시 후지산 북쪽에서 흘러온 것이다.

날이 저물어서야 후지사와에 들어갔다. 이 땅은 사가미노쿠니에 속하고 역시 관백의 장입지이다. 역참의 관리 니시오 다다미쓰源忠需(西尾忠需, 1716~1789. 도토미국遠江國 요코스카번橫須賀藩 3대 번주)가 삼중을 바쳤다.

길에서 옷을 벗은 왜인을 보니, 어깨, 등, 팔, 다리 사이에 칼로 피부를 도려내어 검정색으로 물들이고 스스로 살을 떼어내어 글자 형태를 새겨 완성시키고 혹은 물건 형태를 새겨 완성시키도 하였는데, 오랑캐들이 머리를 짧게 하고 문신을 새기는 것이 과연 이와 같은 것인가?

또 등에 뜸질 뜬 흔적이 가득한 자가 열에 여덟아홉 명이라 하는데, 반드시 질병으로 인한 것이 아니고, 그들에게 이렇게 하는 술법이 있어서한 것이니 거듭 거듭 괴이할 일이다.

오늘은 80리를 왔다.

晴. 大磯中火. 宿藤澤. 平明發行. 適數里. 望見海色. 隱映於林木之間. 此亦濱海之地也. 到酒匂川渡浮橋. 午抵大磯館所. 地屬相模州. 關白藏入之地. 站官脇坂淡路守藤安親呈杉重. 中火卽發. 渡馬入川舟橋. 一名晩流川. 亦富士山之北流也. 日暮入藤澤. 地屬相模州. 亦關白藏入之地. 站官西尾兼正源忠需呈杉重. 路見倭人脫衣者. 肩背臂脚之間. 刀割皮膚. 染墨自黥. 或成字形. 或成物形. 荊蠻之斷髮文身. 果如此否. 且滿背灸痕者十常八九云. 非必因疾病. 其應有方術而然. 重可怪也. 是日行八十里.

58. 시나가와品川 1764년2월15일

아침엔 흐리고 늦게는 비가 왔다. 가나가와神奈川에서 점심을 먹고 시나가와品川에서 잤다.

새벽에 망궐례를 하고 날이 밝을 무렵에 떠났다. 작은 고개 하나를 넘었는데, 이름은 후카야深谷이며, 이는 무사시武藏와 사가미相模 두 고을의 경계이다. 가나가와神奈川에 이르니, 일명 가나야金谷로 땅은 무사시노쿠니武藏州에 속하고 역시 관백의 장입지였다.

들판과 바다가 서로 접해있어 바다와 육지의 혜택을 겸하였고, 마을이 즐비하여 점점 번화한 모습이 보았다. 도쿄가 멀지 않았음을 알 수 있었다.

낮에 관소에서 쉬는데, 역참의 관리 미조구치 슈젠노쿠니 태수溝口主膳正 미조구치 나오야스源直養(溝口直養, 1736~1797. 에치고국越後國 시바타번 제8대 번주)가 삼중을 바쳤다. 점심을 먹고 바로 출발하여 수십 리를 지나 로쿠고가와六鄕江에 닿았는데, 강폭은 불과 백여 보였으나 하나의 큰 하천으로 바다로 들어가는 곳이다.

들었는데, 관백의 대령선待令船이 강가에 머물러 뜻밖의 일에 대비한다고 하였다. 채선彩船을 타고 금절하金絶河에서와 같은 방법으로 건넜

엔노교자(役行者).

본문에, 높이는 서너 길쯤 되고 둘레는 두세 아름쯤 되며, 손에는 구리로 만든 지팡이를 잡았고, 머리에는 구리로 만든 삿갓을 썼는데 매우 기괴한 것이다라고 설명이 되어 있다.

다. 도로와 마을이 끊임없이 이어졌고, 집들이 크고 사치스러웠으며 인물도 번성하였다. 바닷물은 동남쪽으로 드넓게 퍼져 있고 배의 돛대는 앞 바다에 나열되어 있으니, 어업도시라는 것을 알겠다.

길가의 신궁神宮과 사찰에는 볼 만한 것이 많았다. 석단 위에 나앉은 동불이 하나 있는데, 높이는 서너 길쯤 되고 둘레는 두세 아름쯤 되며, 손에는 구리로 만든 지팡이를 잡았고, 머리에는 구리로 만든 삿갓을 썼는데 매우 기괴한 것이라 할 만하였다. 가랑비가 자욱이 내려 원역과 하인 모두가 우산을 펼쳐 들고 가니 또 하나의 광경을 보탰다.

저물어서야 시나가와品川에 닿았는데 땅은 무사시노쿠니武藏州에 속한다. 도카이지東海寺 겐쇼인玄性院에 관소를 정하였으며, 집이 크고 화려한데다, 화초가 매우 무성하였다. 바깥문 안쪽으로부터는 게이후쿠지景福寺 · 쵸온가쿠潮音閣 등 10여 채의 사찰이 있고, 사이사이에 울타리를 둘러쳤으며, 일행을 나눠 거처하게 하였다.

종합하여 말한다면, 주위가 4~5리나 되어, 큰 사찰이라고 할 만하다. 역참의 관리 분고노쿠니 태수豐後守 이토 스케요시伊東 藤佑福(伊東祐福, 1741~1781. 오비번(飫肥藩) 이토가(伊東家) 제9대 번주)가 삼중을 바쳤다.

오늘은 90리를 왔다.

朝陰晚雨. 神奈川中火. 宿品川. 曉行望闕禮. 平明發行. 踰一小峴. 名日深谷. 此是武藏, 相模兩州之地界也. 到神奈川. 一名金谷. 地屬武藏州. 亦關白藏入之地. 野海相接. 旣兼水陸之利. 閭里櫛比. 漸有繁華之象. 可想其江戶之不遠也. 午憩館所. 站官溝口主膳正源直養呈杉重. 中火卽發. 過數十里. 抵六卿江. 江廣不過百餘步. 卽一大川入于海口者也. 聞關白待令船. 留置江邊. 以備不虞云. 乘彩船渡涉. 如金絕河. 道路閭里. 連續不絕. 第宅穹侈. 人物繁盛. 海水茫蕩於東南. 帆檣羅列於前洋. 知是漁商都會之處也. 路傍之神宮, 梵宇. 率多可觀者. 而有一銅佛露坐石壇上. 高可三四丈. 圍可二三抱. 手杖銅鐵杖. 頭戴銅蓑笠. 亦可謂奇怪之甚者也. 細雨濛濛. 員役, 皁隸. 擧皆張傘而行. 亦添一光景也. 暮抵品川. 地屬武藏州. 館于東海寺玄性院. 院宇宏麗. 花卉頗盛. 自外門之內. 有景福寺, 潮音閣等十餘寺刹. 間設圍籬. 分處一行. 總而言之. 周回可爲四五里. 可謂大刹也. 站官伊東豐後守藤佑福呈杉重. 是日行九十里.

59. 도쿄江戶 1764년2월16일. ~3월10일)

흐리고 비가 왔다. 오후에 도쿄江戶에 들어가 짓소지實相寺를 관소로 정하였다.

밥을 먹은 뒤 삼사三使는 홍단령紅團領을 입고, 원역은 시복時服,[110] 군관은 융복戎服[111]으로 갈아입고 비를 무릅쓰고 길을 떠났다. 쓰시마 통사通詞가 앞에서 길을 인도하며 갔다. 각 마을의 금도禁徒들이 철환장鐵環杖을 잡고 일대에 열을 지어 서서 차례로 교대하였고, 길은 바닷가를 경유하였다.

좌우에 있는 민가들은 모두 지붕위에 높은 누각이 있었고, 간혹 구리 기둥과 구리 기와로 세워 진 집도 있었다. 주택의 거대함과 인구의 번성함은 오사카나 교토에 비할 바가 아니며, 남쪽으로는 큰 바다에 접하였고, 해안에 돌을 쌓은 제방이 연이어 몇 십 리가 되는데 또한 타다노우미忠海島의 석축과는 비교가 되지 않는다.

그 가운데에 배 수백 척을 열을 지어 놓았기에 물어보았더니, 이는 항시 머물면서 변고에 대비한 전투용 배라고 하였다. 20여 리를 가다가 외성의 동문으로 들어갔는데, 성에는 거북 무늬 형상으로 쌓은 옹성이 있고, 그 성 위에는 화초를 심었다.

길가 민가들은 안팎을 가리는 장막을 철거하고 처마 계단 위에는 대

---

110 시복(時服): 공무를 볼 때에 관원들이 입는 옷으로 단령에 흉배가 없고 붉은 색이다.
111 융복(戎服): 군복의 한 가지로 철릭과 주립이 있으며, 철릭은 길이가 길고 허리에 주름을 잡았으며 주립은 호박 · 마노 · 수정 등으로 장식하였다.

나무를 엮어 난간을 만들었으며, 대청으로부터 위아래에는 대나무와 난초로 경계를 삼고 남녀들이 그 곳에 가득 줄지어 앉아 있었으며, 채색된 장막과 꽃방석이 사람의 눈을 현란하게 했다. 망루 위에서 장막으로 가리고 앉은 사람들도 장막 밖으로 은은히 비치었다.

또 사거리에는 좌우 어귀를 대나무 사립문으로 가리고 사립문 밖으로 얼굴만 내밀었으며, 다리를 건널 때에는 부두의 위아래에 구경꾼들을 실은 작은 배들이 머리와 꼬리가 서로 잇대어서 물이 보이지 않을 정도였다.

오늘 구경하는 사람들이 몇 십만 명이나 되는지 알 수 없지만, 그들은 모두 말을 하지 않고 떠들거나 날뛰는 상황이 없었다. 이 또한 이상하였다.

옥상에는 조그마한 방을 만들어 물통을 설치하고, 길가 좌우에는 나무 울타리로 나무통을 설치하였다. 또 각 마을에는 전망대를 설치하였는데, 높이가 10여 장丈이나 되었다. 곳곳에 바닷물을 끌어 들여 도랑을 만들고, 마을 가운데서 교차시켜 수많은 시내를 이루게 했는데, 이는 모두 불을 끄는 데 쓴다고 하였다. 세 개의 나무다리를 건너서 하나의 대문을 지나는데 금박 글씨로 긴류산金龍山이라는 명패를 내걸고 앞에 마치 문지기처럼 동상을 세워 놓은 것이 있었다. 이게 바로 간노지觀音寺인데 도쿄의 사찰 중에서 가장 오래된 것이라 한다.

이마理馬 장세문張世文과 소통사小通事(잡다한 통역을 맡는 직책) 및 말을 끄는 하인들이 길가에 나와 절을 하며 맞이하니 매우 위로되고 기뻤다.

오후에 머무를 곳에 닿았는데, 머무르는 곳은 짓소지實相寺로 이전 통신사들이 거주하며 접대받던 곳이다.

교자가마에서 내려 대청에 오르니, 관반館伴 두 사람이 대청 끝으로

조선통신사내조도(朝鮮通信使來朝圖).

조선통신사가 아사쿠사의 히가시 혼간지 절로 향하는 광경.

나와 맞이하는데, 한 사람은 도토미노쿠니 태수遠江守 가토 야스타케藤泰武(加藤泰武, 1745~1768. 이요국伊豫國 오즈번 제7대 번주)이고 다른 한사람은 노도노쿠니 태수能登守 모리 마사미쓰大江匡滿(毛利匡滿, 1748~1769. 나가토국長門國 후츄번 모리가毛利家 제9대 번주)이었다. 서로 마주보고 읍례를 거듭 하고 나서, 이어 건물의 복도를 따라 여섯 일곱 차례나 돌고 백여 보를 굽이굽이 걸어서 비로소 처소로 들어갔다. 부사와 종사관이 차례로 들어와서 국서國書를 봉안하고, 일행이 모두 바다와 육로의 먼 길을 무사히 도달하게 된 것을 서로 축하하니, 이는 모두 우리 임금의 신령이 함께 하였기 때문이다.

도쿄 땅에서 높은 곳에 올라가 두루 살펴보지는 못해 알기는 어렵지만, 대개 들으니 후지산의 산맥이 뻗어 와서, 크고 넓은 평야를 열고 이어 동쪽에 도읍지의 형태를 이루었다. 북후룡北後龍[112]은 훼손되어 잘려나간 작은 산에 불과하고, 우백호右白虎는 바다로 이어져 시나가와品川의 오른편에 있고, 좌청룡左青龍은 바다로 들어가 도쿄 왼편에 있으며, 망망대해가 그 동남쪽을 빙 둘렀다고 한다. 즐비한 민가는 몇 십만 호가 되는지 알 수 없지만 전해들은 바에 의하면, 남북으로 수십 리이고, 동서로는 백여 리라 한다. 산하山河의 이익이 사방으로 몰려들고 인물의 번성함이 온 나라에서 최고가 되는데, 관백關白이 오래 도읍한 곳이라서 마땅히 부강하게 되었고, 지리로 논하더라도 또한 반드시 그리한 까닭이 있는 것이다.

관소는 매우 크고 넓어서 오사카와 교토에 있는 혼간지本願寺에 뒤지지 않는다. 4백 명에 가까운 일행 상하가 모두 다 같이 하나의 사찰 안에 머물렀는데도 크고 넓어서 남은 자리가 있었다. 거처하는 대청 앞 동

---

112 북후룡(北後龍): 묏자리나 집터 또는 도읍터의 뒤쪽으로 바로 내려온 주된 산줄기.

남쪽에는 작은 연못이 있는데, 물은 맑지 않으나 물고기는 간혹 노닐며 이리저리 뛰었다.

연못 남쪽에는 짧은 다리를 가로로 설치하여 오고가는 길로 통하고, 연못 동쪽에는 물 가운데 기둥을 세우고 그 위에 판자를 깔고 또 그 위에는 모래흙을 깔아 동쪽 뜰을 만들었으며, 뜰 동쪽에는 작은 언덕을 쌓아서 아름다운 꽃을 많이 심었는데 매화는 이미 만발하였다.

부사와 종사관이 거처하는 장소는 수십 보 떨어져 있는데, 비록 남쪽을 향하였지만, 뜰과 계단이 매우 좁았다.

대마도주와 두 장로가 함께 바깥 대청으로 와서 문안하며 축하하고, 관반은 날마다 문안하는데 들으니, 이는 준례라 한다.

오늘은 30리를 왔다.

陰雨. 午後入江戶. 館所于實相寺. 飯後. 三使着紅團領. 員役時服. 軍官戎服. 冒雨發程. 馬島通詞前導而行. 各里禁徒持鐵環杖. 一帶擺列. 次次交替. 路由海邊. 左右閭閻. 俱是層樓, 高閣. 而或有銅柱銅瓦. 第宅之穹崇. 生齒之繁殖. 又非大坂, 西京之比也. 南臨大海. 海岸築石爲堤. 連亘幾十里. 又非忠海島石築之比也. 中列船累百隻. 問是恒留待變之戰船云. 行二十餘里. 由外城東門而出. 城有甕城而築以龜紋. 城上植以花草矣. 路傍閭家撤去內外之隔障. 簷階之上. 編竹爲欄. 自廳之上下. 限以竹欄. 男女彌滿列坐. 彩帳花氈. 眩人眼目. 層樓上隔簾而坐者. 隱映於外. 且於十字街則左右巷口. 遮以竹扉. 扉外只露面目. 渡橋時則港口上下. 載人之小船. 首尾相接. 水爲之不見. 今日觀光者. 蓋不知其幾十萬矣. 而寂無喧聒奔走之狀. 其亦異矣. 屋上輒設小架屋. 以置水桶. 路邊左右. 設木圍而置木桶. 又於各里. 輒置瞭望臺. 高十餘丈矣. 處處引海水爲溝渠. 交錯閭里中. 便成千溪百川. 盡是禁火之需用云矣. 渡三板橋. 過一大門. 以金字牓以金龍山. 前立塑像. 有若守門者然. 此是觀音寺. 而江戶寺刹中最久者云. 理馬張世文. 與小通事及牽夫迎謁道傍. 甚可慰喜. 午後抵館所. 館所卽實相寺. 而前後信使所住處也. 下轎升廳. 則館伴二人出迎于廳邊. 一是遠江守藤泰武. 一是能登守大江匡滿也. 相對行再揖禮. 仍從閣道六七轉. 曲行百餘步. 始入下處. 副, 從使鱗次而入. 奉安國書. 一行皆以水陸遠路. 無事得達相賀之. 此莫非王靈之攸曁也. 江戶地形. 旣未能登高周覽. 雖難的知. 蓋聞以富士山餘脈逶迤而來. 大開平原廣野. 仍成東都形局. 而後龍不過殘山斷麓. 白虎濱海而在品川之右. 靑龍入海而在江戶之左. 茫茫大海. 環其東南. 撲地閭閻. 不知其幾十萬戶. 而傳聞南北數十里. 東西百餘里矣. 山河之利. 四方輻湊. 人物之盛. 一國爲最. 非但以關白久都之處. 宜乎富强. 論以地理. 亦必有所以然者矣. 館所制度極宏闊. 不讓於坂城. 西京之本願寺. 一行上下近四百人. 并留一寺之內. 而恢恢有餘矣. 所處廳前東南有小池. 水未淸漣. 魚或游躍. 池之南. 橫設短橋. 以通往來. 池之東. 立柱水中. 鋪板于其上. 上鋪沙土. 以作東庭. 庭之東. 築成小丘. 多植嘉卉. 梅花已爛熳矣. 副使, 從事所居處則間以數十步. 雖爲向南. 庭階甚狹矣. 島主及兩長老並來外廳. 問候而致賀. 館伴則逐日問候. 聞是例也. 是日行三十里.

1764년2월17일

아침에는 맑고 늦게는 흐리다가 밤에는 비가 왔다. 도쿄에 머물렀다.

수석 통역관이 와서 쓰시마 태수의 말을 전하기를, "세 분의 사신께서 이미 나라에서 술을 금지하여 거절하였기 때문에 도쿄의 여러 곳에서 향연을 베푸는 각 역참에 공문서를 보내 술 접대를 일체 중지시켰습니다. 관백이 베푸는 잔치 때에는 저번에 공문서에 대한 답변 중에 도쿄에 들어 온 후에 다시 의논하겠다는 뜻이었는데, 여기에 들어 와서 들었는데, 여러 권력자들의 의논은 관백이 술을 하사하면 술잔을 드는 것이 바로 향연의 예절이므로 폐지할 수 없다고 합니다. 그 말은 따르지 않을 수 없으므로, 다시 사신의 글을 얻어 집정들에게 전했으면 합니다."라고 하였다.

내가, "이전에 쓰시마에 있을 때 이미 술을 사양한다는 글을 보였는데, 어째서 다시 사신의 글을 기다리는가? 우리나라에서 술을 금지하는 것은 지극히 엄하므로 조선의 신하로서 감히 입에 가까이 대지 못할 뿐만 아니라, 또한 감히 술잔을 들지도 못한다. 이는 의리에 관계된 것이니, 관백이 만약 술을 권하더라도 결코 받지 않겠다. 이와 같이 하면 대마도주는 반드시 평화롭지 못함을 피하기 어려울 것이니, 차라리 잘 주선하여 처음부터 갈등이 없게 하는 것만 못하다. 나는 이미 정해 놓은 계획이 있으니, 다시 글을 쓸 필요가 없다."고 하였더니, 수석 통역관이 이러한 말을 글로 써서 보냈다. 쓰시마의 봉행들이 이 말을 듣고, 마땅히 힘을 다하여 주선하겠다고 하였다 한다. 수석 통역관이 와서 도쿄에서 거행할 일에 대한 일정표를 들여 놓으며 이는 권력자가 정한 것이라고 하였다.

임금의 명령을 전하는 날은 27일이고, 말을 타고 위에서 재주(마상재)를 보여주는 날은 다음달 1일이고, 대마도주의 집에서 개인 연회를 베푸는 날은 5일이고, 활 쏘는 기예를 보여주는 날은 6일이고, 회답하는 공문서를 받는 날은 7일이고, 귀국하러 출발하는 날은 11일이라고 하였다.

그 사이의 많은 다른 날들은 대부분 관백이 싫어하는 날이라고 하기 때문에 이를 핑계로 일정을 미룬 날이 거의 한 달이나 되었다. 일정표를 보는 것이 매우 민망스럽고 답답하였다.

날짜를 배정한 목록 가운데에, 21일부터 다음달 6일까지는 관백의 어머니 제삿날이어서 불교에서의 수행하는 일과 몸가짐을 깨끗이 하는 일이 서로 겹치기 때문에 모든 공적이고, 사적인 일을 일체 폐지한다고 하였다.

그러나 3년 동안 상복을 입는 복제服制는 행하지 않고서 6일간의 제사기간 동안에 조심하고 삼가는 몸가짐이 이미 경중을 가리는 분수를 잃었으며, 또 어머니의 제사를 지내려고 먼저 절에서 불공을 드리는 것은 더욱 오랑캐의 풍속이다. 그러나 이미 관백이 죽은 사람의 명복을 빌고자 불공을 드리는 날이라고 하니, 사신으로서 날짜를 임의로 늘이거나 단축할 수는 없다.

임금의 명을 전하는 일이 지체하게 되어 실로 매우 송구스럽고 민망하였지만, 형편으로 보아 어쩔 수 없었다.

다만 이전 사신 중에 별다른 일이 없으면서 이와 같이 오래 머문 사신은 없었고, 또 왕명을 받들고 국경에서 나온 지 이미 8개월에 가까워져, 복명하려고 생각하니 하루하루가 급하였다. 그래서 배정된 날짜를 반드시 고쳐서 빨리 귀국할 수 있도록 해달라는 뜻을, 쓰시마 태수에게 통보하여 그로 하여금 권력자에게 전달하도록 하였다. 그가 잘 전달하여 다시 날짜를 정할 수 있게 될지는 알 수 없다.

오사카에 있을 때에, 먼저 보낸 공적이고, 사적인 물품은 봉함한 표식이 훼손되지 않고 물건 하나도 유실됨이 없이 도착하여 기다린다고 하였다. 왜인들은 비록 믿을 수 없으나 이 같은 일에는 그들의 규율이 엄한 것을 알 수 있었다. 관반 두 사람이 각각 삼나무로 만든 하나의 궤를 세 명의 사신에게 일제히 바쳤다.

朝晴晩陰夜雨. 留江戸. 首譯來傳馬州守之言曰. 三使臣旣以 國禁辭酒. 故書契江戸諸處宴享各站. 供酒. 一併停止. 而至於關白宴享時. 則頃日書契回答中. 有入江戸後更議之意矣. 來此後聞之. 則執政諸人之議. 以爲關白賜酒則擧杯以稱. 此是宴享之禮節. 有不可廢却云. 以其言有難變通. 更得使行之文字. 轉通於執政云云. 余以爲曩在馬島時. 旣有却酒之書. 更何待使行之書乎. 我 國酒禁至嚴. 爲朝鮮臣子者. 非惟不敢近口. 亦不敢以手執酒杯而擧之. 此則義理所關. 關白若以酒勸之. 決當不爲領受. 如是之際. 島主必難免生梗. 無寧善爲周旋. 俾得以初無葛藤矣. 吾則已有定計. 不必更書. 首譯以此辭意書送. 則馬州奉行等聞此言. 謂當竭力周旋云矣. 首譯來納江戸擧行排日件記. 而云是執政所定者也. 傳命

在二十七日. 馬上試才在來月初一日. 島主家私宴在初五日. 射藝在初六日. 回答書契在初七日. 回程在十一日. 而中間許多日子. 多謂關白之忌. 故遷延推托. 幾至一朔之久. 見甚悶鬱. 排日記中. 自二十一日至六日. 謂以關白母忌. 而法事, 齋戒相値. 諸般公事. 一並廢却云. 旣不行三年之制. 六日致齋於忌祭者. 已失輕重之分. 且將祀母忌. 而先行法事於佛宇者. 尤是蠻夷之風也. 雖然旣云關白齋日. 則非使行所可盈縮者. 傳 命之遲滯. 固極悚悶. 而勢末由奈何. 但前後信使如無別般事. 則未有若此之久留者. 且奉 命出疆. 已近八朔. 復 命之義. 一日爲急. 必改排日. 從速回程之意. 通於馬州守. 使之轉及執政. 而未知其可能進定否也. 公私卜物之在坂城時先送者. 一皆來待. 而封標宛然. 一物不遺云. 倭人雖不可信. 此等處可見其紀律之難矣. 館伴兩人. 各以杉重一樻. 都呈三使.

1764년 2월 18일

아침에 비가 오다가 늦게는 갰다. 도쿄에 머물렀다.

사신 행차가 도쿄에 들어온 뒤에 관백의 뜻으로 바로 향연을 베풀었다. 이는 이른바 하마연下馬宴[113]이며 규례이다.

우리 세 명 사신은 공복으로 갈아입고 원역들이 따랐으며, 군관들은 융복 차림으로 대청에 나가 앉았는데, 바로 본사의 법당으로 매우 높고 넓어, 지나온 사찰의 법당 중에서 가장 컸다.

대청 안 중앙에는 새로 겹집을 설치하였는데, 사신 행차가 떠난 뒤에 철거한다고 한다. 안에는 '입구口' 자 모양이고 전후좌우로 밖과 통하였다. 새로 지은 겹집은 본 대청의 5~6분의 1에 불과한데도 오히려 50칸에 가까우니, 이로 말한다면 법당이 얼마나 크고 넓은지 알 수가 있다.

대청 안에 2층이 있는데 우리 세 명의 사신이 위층에서 서쪽을 향하

113 하마연(下馬宴): 외국 사신에게 베풀던 연회의 하나로 도착한 당일에 베풀었음.

여 앉았더니, 오메쓰케大目付 이세노쿠니 태수伊勢守 오오이 미쓰히데大井源滿英와 관반사館伴使[114] 가토 야스타케藤泰武, 모리 마사미쓰大江匡滿, 지대 봉행支待奉行 아키노쿠니 태수安藝守 원정항源政沆, 용괘用掛 이즈미노쿠니 태수和泉守 마쓰다이라 노리쓰케源乘佑(松平乘佑, 1715~1769)가 잇따라 들어와 각각 읍례를 거듭하는 배례拜禮를 하였다. 다섯 사람은 모두 풍절건風折巾을[115] 쓰고 검은 무늬의 옷을 입었다. 가토 야스타케는 20세 남짓하고 모리 마사미쓰大江匡滿는 20세가 못 되어 보이는데, 두 사람은 제법 총명하여 그들이 일찍 뽑힌 것은 마땅하나, 나머지 세 사람은 별로 말할 만한 것이 없는 자들이다. 인삼차를 한 잔씩 마시고 끝마쳤다.

비로소 향연에 나갔는데 관반 및 봉행들은 아래 대청으로 나가 앉아서 들여오는 음식을 보고 검사하였다.

이른바 음식 물품과 찬의 품목 그리고 꽃무늬 밥상은 오사카의 향연에 비하여 조금 나았다. 비록 가짓수가 수십 그릇이 넘었지만 젓가락을 댈 만한 것은 없었다.

잔치상을 거둔 뒤에 돌아와 처소에 들었다가 오후에 다시 대청으로 나갔다. 집정 두 사람이 비로소 뵙기를 청하는데, 이는 관백이 위문하는 규례이다. 쓰시마 태수가 문밖으로 나가서 맞아들이고 앞에서 인도하며 오기에, 우리 세 명의 사신은 공복을 입고 기둥 밖으로 나가서 맞이하였다.

대청으로 올라와 거듭 읍례를 하고 자리에 앉은 다음 집정이 관백의 말을 전하면서 하는 말이, '삼사는 먼 길을 오느라 얼마나 수고하셨소? 국왕은 기후 안녕하시오.'라 하였다. 이 말을 수석 통역관이 대신

---

114 관반사(館伴使): 외국 사신을 접대하기 위해 임시로 임명한 관리.

115 풍절건(風折巾): 벼슬이 낮은 자가 씀.

전하기에, 우리 세 명의 사신은 자리에서 내려앉아 이 말을 듣고 일어섰다가 다시 앉았다. 집정이 인삼차를 권한 후에 대마도주에게 "회답을 듣기를 원합니다."라고 말을 전하기에, 우리 세 명의 사신이 자리에서 내려앉으며 말하기를, "우리나라의 국왕 전하께서는 기후 만안하십니다. 이번에 우리 통신사들이 올 때에 바다와 육지의 각처에서 접대가 지나쳤고, 또 부사의 배가 파손되었을 때에 바다 위에서 특별히 위로를 받았으며, 오사카 성에 별도로 위문해 준 것과 오카자키岡崎에 사람을 보내어 준 데 대하여 모두 감사함을 이루 말할 수 없습니다. 이런 뜻으로 관백 대군께 전해주기를 바랍니다."라고 하였더니, 수석 통역관이 대마도주에게 전하고, 대마도주가 이 말을 집정에게 보고한 다음 두 번이나 읍례를 하고 끝냈는데, 보내는 의식도 맞이할 때의 의식과 같았다.

집정 중에서 한 사람은 고즈케上野 다테바야시번館林 성주城主 우콘쇼겐右近將監 마쓰다이라 다케치카源武元(松平武元, 1713~1779. 에도시대 중기의 로주老中, 무쓰陸奥 다나구라번棚倉藩의 번주)이고, 또 한 사람은 고즈케 다카사키上野高崎 성주城主 우경 대부右京大夫 마쓰다이라 데루타카源輝高(松平輝高, 1725~1781. 다카사키번高崎藩 오코우치 마쓰다이라가大河內松平家 제4대 번주)이다. 두 사람은 머리에 일각건一角巾을 쓰고 몸에 검정색 무늬의 옷을 입었는데, 우리나라의 단령團領과 약간 비슷했으나 아래쪽은 널리 보이지 않게 막혀있다.

손에는 나무로 만든 홀笏[116]을 잡고 있는데, 부드러운 나무로 두꺼운 종이와 같이 만들어 부채 모양처럼 접었으며, 꺾이지도 훼손되지도 않았으니, 나무를 편리하게 이용하는 것이 기묘하다고 할 만하다. 서로 접

116 홀(笏): 관복과 함께 쓰이는 것으로 손에 드는 도구. 옥이나 상아, 나무 등으로 만드는데 임금을 알현할 때에 손에 드는 물건.

견하는 사례를 글로 써서 말을 전하거나 예를 보일 때에는 자주 펴서 보고, 보고 나서는 다시 품안에 꽂았다. 《예기禮記》에 이른바 '생각한 것과 대답할 것과 명령하신 것을 글로 쓴다.'는 뜻과 홀을 꺼내고 홀을 꽂는 절차에 또한 우연히 합치된다고 하겠다. 단지 이 사람들뿐만 아니라, 공적인 모임을 가진다면 벼슬을 하는 사람들은 다 이 제도를 쓴다고 한다. 두 집정의 나이는 모두 마흔쯤 되는데, 기골이 깨끗하고 준수하며 행동이 정중하여 용모는 모두 교토의 판윤과 같았고, 서로 삼형제라고 말한다 하더라도 누구라도 구별하기 어려울 것이다. 서경 판윤 후지와라 마사스케藤原正右는 생김새가 수려하고 재주와 지혜가 뛰어난 가운데 매우 자연스러웠으며, 마쓰다이라 다케치카源武元는 인위적인 태도가 없지 않으며, 원휘고源輝高는 조금 유약하고 나태한 기운이 있으니, 이것으로 마땅히 그들에게 맏형伯, 중형仲, 막내季를 정할 것이며, 모두 재상의 기질이 있다고 할 수 있다.

통역관에게 탐문하였더니, 모두 가까운 친척은 아닌데, 용모가 서로 같고 직위도 서로 비슷하여 이 또한 매우 신기하다고 하였다.

대마도주 또한 일각건을 쓰고 검정색 무늬의 옷을 입고 우리와 그들 사이에서 말을 전하기를 교토와 오카자키岡崎에서와 같게 하는데, 지금은 맨발로 다녔다. 들었는데, 이것이 존귀한 사람을 대우하는 예절이라고 하는데 보기에 몹시 해괴하였다.

대마도주가 집정들을 문밖에서 전송하고 두 장로와 같이 들어와 뵙고 전과 같이 예를 표시하였다. 처음에, 빨리 귀국해야겠다는 생각으로 집정과 대면할 때에 말하려고 하였지만, 쓰시마 태수 및 봉행들이, "집정을 처음으로 만날 때에는 예禮만을 행해야 하고, 반드시 나아가고 물러나는 시기를 사사로이 앞세우지 말아야 할 것이며, 저들은 마땅히 스스로 주선할 것입니다."라고 하였다. 대마도주만을 상대할 때에 단지 이런 사유를 언급하였더니, 마땅히 주장하겠다고 하였다.

대마도주가 이곳에 와서 상대할 때에는 기뻐하는 뜻이 그의 말과 안색으로 나타났다. 비록 다른 나라 사람이라 할지라도 바다와 육지의 5천 리길을 이미 우리와 고생을 같이 하였고, 또 우리가 그를 대하기를 과연 진실한 믿음으로 하였으니, 어찌 그렇게 하지 않겠는가?

쓰시마 봉행 고천대취古川大炊 후루카와 오이平如恒[117]는 도쿄에 파견되어 있는 사람인데 또한 들어와 뵙기에, 다다 겐모쓰平如敏를 대하던 준례의 방법으로 대하였다.

朝雨晩晴. 留江戸. 使行入江戸後. 以關白意卽設宴享. 此所謂下馬宴而例也. 三使具公服. 員役隨之. 軍官戎服出坐於大廳. 卽本寺之法堂也. 極爲高廣. 所經寺刹法堂中最大者也. 一廳內當中而新設袷家. 使行歸後當爲還撤云. 而內如口字形. 外通左右前後. 而新造袷家. 不過爲本大廳五六分之一. 而猶近五十間. 以此言之. 法堂之廣大可知矣. 廳內有二層. 三使於上層. 向西而坐. 大目付大井伊勢守源滿英. 館伴使藤泰武, 大江匡滿. 支待奉行安藝守源政沆, 用掛和泉守源乘佑. 繼以入見. 各行再揖禮. 五人皆戴風折巾. 着黑紋衣. 藤泰武年可二十餘. 大江匡滿未滿二十. 兩人頗爲疎明. 宜其早發. 而餘外三人. 別無可稱者矣. 蔘茶一巡而罷. 始進宴享. 館伴及奉行等出坐下廳. 看檢進饌. 所謂宴需, 饌品, 花床. 比坂城宴享差勝. 而雖過數十器. 誠無下箸之處矣. 撤床後. 還入下處. 午後更出大廳. 則執政兩人. 始爲請見. 此乃關白勞問之例也. 馬島守出迎於門外. 前導而來. 三使以公服出迎楹外. 至上廳行再揖禮. 坐定後. 執政使傳關白言曰. 三使遠來. 得無勞苦乎. 國王氣運安寧乎云云. 首譯替傳. 三使下席而聽之. 起而更坐. 勸蔘茶訖. 執政使島主傳言. 願聞回答. 三使下席曰. 我國國王殿下氣候萬安. 今番使行之來. 海陸各處接待有踰. 且以副騎船破傷. 別蒙勞慰於海上. 大坂城之別問. 岡崎之送使. 俱不勝感謝. 以此意傳告于關白大君前爲望云云. 首譯傳于島主. 島主以此回報執政訖. 再

117 후루카와 오이平如恒: 쓰시마번 번주의 가신. 조엄통신사 일행의 접대를 담당하여 막부로부터 은30매와 관복 3벌을 하사받음.

揖而罷. 送之如迎儀. 執政一人上野館林城主松平右近將監源武元. 一人上野高崎城主松平右京大夫源輝高也. 兩人頭戴一角巾. 身着黑紋衣. 略似我國團領. 而下則周遮. 手持木笏. 以軟木製如厚紙. 貼如扇樣而不折不傷. 用木之便利. 可謂奇巧矣. 書相接事例. 數數展看於傳語行禮之際. 見訖還揷于懷中. 禮所謂書思對命之義. 出笏揞笏之節. 亦可謂暗合也. 非但此人. 如値公會. 則有官爵者. 皆用此制矣. 兩執政年皆四十餘. 而氣骨淸秀. 擧止鎭重. 容貌俱似西京尹. 若謂之三兄弟. 則人必難卞矣. 西京尹藤原正右則秀麗俊邁之中. 頗有天然之意. 源武元則不無作爲之態. 源輝高則小有柔懶之氣. 以此當定其伯, 仲, 季. 而俱可謂有宰相風儀也. 使譯官探問之. 則俱非近族. 而儀形之相肖. 職任之相埒. 亦甚異也. 馬島主亦以一角巾黑紋衣. 居間傳語. 如西京, 岡崎之時. 而今番則跣足以行. 聞是待尊之禮. 而所見可駭也. 島主送執政于門外. 與兩長老入見. 行禮如前. 初欲以從速回程之意. 面言於執政相對之時. 則馬島守及奉行輩. 謂以初見執政. 行禮而已. 不必以行期進退. 先爲私懇. 渠輩當自下周旋云云. 只於相對島主時. 言及此由. 則以爲第當周章云矣. 島主來此相對時. 欣幸之意. 顯於辭色. 雖是異國之人. 水陸五千里. 旣同苦矣. 且吾之所以待之者. 果以誠信矣. 安得不然也. 馬島奉行古川大炊平如恒. 留在江戶者也. 亦入謁. 待之如平如敏之例.

1764년 2월 19일

맑고 바람이 차가웠다. 도쿄에 머물렀다.

사자관寫字官 홍성원洪聖源이 여섯 살 난 아이의 글씨를 가지고 왔다. 그 글씨의 획을 보았더니, 능숙하게 배치한 솜씨가 타다노우미忠海島의 아만阿萬과 서로 겨룰 만한데 나이가 오히려 두 살 적었다. 더욱 일찍 깨달았기 때문이다. 들었는데, 그 아이의 '성은 앵정櫻井, 이름은 구십구九十九, 호는 위관偉丱으로 6백 리 밖에 산다고 한다. 통신사 일행에게 자랑하려고 작년 겨울에 미리 와서 기다리고 있다가, 그의 아버지가 데리고 와서 종이 끝을 붙잡고 아이에게 글씨를 쓰게 하여 우리 일행에게 돌려 보였다.'고 한다. 애석하도다! 이런 재주를 확충시키면 무엇을 못해서 그 아버지 된 자가 진중하게 가르치지 않고 한갓 가볍고 화려함만을 취하여 기묘한 재주를 자랑하려고 마치 장사치 처럼 하니, 이는 진실로 식견과 생각이 없는 것이다.

그 이름을 보더라도 여섯 살 난 아이가 별호를 갖는 것 또한 너무 빠른 일이다. 그들의 경박함을 알 수 있는데, 결코 좋은 일은 아니다. 처음에는 불러서 만나보려 했으나 다시 생각하니, 더 이상 장황하게 할 필요가 없기 때문에 그만두었다.

저녁에, 오사카 성에 머물고 있는 선장들의 아뢰는 글이 들어왔는데, 바로 초 10일 발송한 것이었다. 삼사가 머무르는 방의 수석통역관 통인通引 김한중金漢仲[118]이 본래 병이 있어 배안에 머무르게 하고 왔는데, 그 병이 점점 심해져서 끝내 죽었다 한다.

듣고 나니 몹시 참혹하고 가여웠다. 그는 동래東萊 초량草梁에 사는 어린아이인데, 만 리나 되는 길을 따라왔다가 살아서 돌아가지 못하게 되었다. 또 바다를 건너온 이후로 이미 유진원兪進源의 죽음을 보고 또 이 소식을 들으니, 더욱 놀랍고 통탄하다.

배안에 머무르는 사람은 백여 명이 넘었다. 그래서 생각 밖의 변고가 생길까 걱정되어 무명·의복·솜·종이를 준비해 두고 앞서 이미 선장에게 약속하였던 것인데, 이제 들으니, 염습殮襲할 때에 이것을 가져다 사용하였고, 관과 곽槨은 배에 남아 있던 금도禁徒와 통사通詞가 당연히 대령한다고 하였다.

대마도주가 삼중을 보내왔는데 이곳에 온 뒤의 규례이다. 각처로 갈

---

118 김한중(金漢仲): 조선통신사행의 소동 역할로 일본에 가서 풍토병에 걸려 일행과 함께 상륙하지 못하고, 배 안에 머물다 가까운 절로 옮겨져 치료받았으나 끝내 숨지고 말았다. 당시 22세였으며, 현재 오사카 치쿠린지(竹林寺)에 위패가 모셔져 있다.

김한중의 묘석.

오사카시 덴노지구 지쿠린지(竹林寺)에 소재.

공적이거나 사적인 예단을 통역관과 장무관에게 다시 베껴 기록하여 살펴보도록 하고 무진년(1748년, 영조24)에 빼거나 더하였던 것을 참조하게 하였더니 서로 좌지우지하는 폐단이 없지 않았다. 그래서 짐작하여 그대로 두기도 하고 빼기도 하였으며, 예물은 사람 수를 계산하여 저들에게 주었더니, 저들은 봉해서 싸갈 모든 기구를 가지고 와서 주기만을 기다린다고 하였다.

晴風寒. 留江戶. 寫字官洪聖源. 持六歲兒書字而來. 觀其筆畫. 排置濃爛. 可與忠海島阿萬相抗. 而猶減二歲. 尤是早達矣. 聞其兒姓櫻井名九十九. 自號偉卯. 居在六百里之外. 爲眩耀於信行. 昨冬預到待候. 其父奉來. 而自執紙尾. 使兒寫字. 遍及一行云. 惜哉. 以其才擴充之. 有何不爲. 而爲其父者不教厚質. 徒取輕華. 簸揚妙才. 殆同衒鬻. 是固無識慮. 而觀其定名. 且六歲兒之別號. 亦涉太早. 可知其輕薄而非吉祥矣. 初欲招見. 更思之. 不必鋪張. 故止之. 夕間. 大坂留船將等告目入來. 卽初十日所發也. 三房首譯通引金漢仲. 以本病留船而來. 轉轉層加. 竟至不起云. 聞甚慘憐. 此乃東萊草梁之小童. 而萬里從行. 不得生還. 且渡海以後. 既見俞進源之奄忽. 又聞此報. 尤切驚歎. 留船人洽過百數. 故慮有不虞之變. 製置木綿衣服與去核紙地. 先已約束於船將矣. 今聞取用於斂襲之際. 而棺槨則留船禁徒, 通詞當爲待令云矣. 馬島主送杉重. 來此後例也. 各處所去公私禮單. 使首譯及掌務官. 更考謄錄. 參互戊辰加減. 則不無相左之端. 故斟酌存減. 而禮物照數計給於彼人. 則彼人持封裹諸具. 來待擧行云矣.

1764년 2월 20일

맑음. 도쿄에 머물렀다.

대마도주가 마상재를 사사로이 그의 집에서 연습하기를 요청하였는데, 이는 규례이다.

통역관 세 사람이 삼사의 비장 각 한 사람씩을 거느리고 갔다가 돌아와서 말하기를, "구경하기 위해 모인 각 주의 태수들이 많았고 마상재 장소를 대마도주의 집 가운데에 설치하였습니다."라고 하였다. 그의 집이 얼마나 크고 넓은지 알 수 있었다.

대마도주가 사사로이 잔치를 베풀던 날에 요청한 것은, 반드시 통신사 일행들이 자기 집을 두루 구경해 주기를 바란 것이라고 한다. 그의 자랑하는 버릇이 어리석다고 하겠다.

저녁에 숙소 남쪽 10리쯤 떨어진 민가에서 불이 나 불빛이 하늘에 닿았다. 그래서 불을 끄는 장수들이 불이 번지는 것을 대비하기 위해 숙소 안으로 들어와서 기다리고 있는데, 마침내 서풍이 불어 걱정을 놓을 수 있었다.

대마도주가 색색의 비단 5필과 곶감 한 상자를 삼사에게 각각 올리기에, 곶감은 받고 색색의 비단은 받을 명분이 없다고 하여, 서로 의논한 끝에 받지 않기로 하였다. 그러나 저들의 버릇은 주는 것을 물리치면 도리어 화를 품는다고 한다. 또 통역관의 말을 들으니, 대마도주가 믿음으로 대해 준 것에 감격하여 규례 이외의 예물을 한 번 더 올려서 감사의 뜻을 펴고자 한 것이라고 한다. 지금 만약 그가 보내온 사람에게 되돌려 보낸다면 감정을 사기 쉬우므로 수석 통역관에게 답례하는 사람을 보내어 좋은 말로 이해시키고 그 색색의 비단을 돌려주게 하였더니, 대마도주가 부득이 받으면서 매우 부끄러워하더라고 하였다.

晴. 留江戶. 島主請以馬才私習於其家. 卽例也. 譯官三人三房裨將各一員領去. 及還以爲各州太守爲玩景會集者多. 而試馬之場. 設於島主家中云. 可知其第宅之宏闊矣. 島主請於私宴日. 必得使行之遍翫家舍云. 其誇耀之習. 可謂癡矣. 自夕間館南十里許. 閭閻失火. 火光接天. 火禁將等爲備延及. 來待於館內. 而西風方吹. 可無慮矣. 馬島主各以色絹五疋, 乾柹一箱送呈三使. 柹則受之. 絹則旣是無名義不可受. 相議却之. 而彼人之例習. 有所與而却之. 則反爲懷怒. 且聞譯官之言. 則島主感激誠信之待. 必欲一呈例外之贐物. 以伸情懷云. 今若因其來使而還送. 則易致憾意. 故使首譯. 委往答怦. 以善辭解之而還其絹. 島主不得已領之. 頗爲無聊云矣.

1764년 2월 21일

맑음. 도쿄에 머물렀다.

날이 밝을 무렵에 잠에서 겨우 깨었는데, 몸이 갑자기 요동치고 잠자리 이불과 군막이 모두 일시에 흔들렸다. 이것이 지진이라는 것을 알았다. 그래서 비록 마음이 놀라지는 않았지만 매우 해괴하다고 느꼈다.

일찍이 들었는데, 일본에는 지진이 자주 일어나고 또 땅이 꺼지는 곳도 많다고 하는데, 바다 가운데 위치하여 육지와 다르기 때문에 그러한가? 뒤늦게 들으니, 밤에도 역시 지진이 있었다고 한다.

晴. 留江戶. 平明睡纔覺. 而身忽挑動. 寢褥軍幕. 並皆一時搖蕩. 知是地震. 故雖不心驚. 甚覺怪駭. 曾聞日本地震頻數. 且多地陷之處云. 以其處於海中. 與陸地有異而然耶. 追聞夜間亦爲地震云矣.

1764년 2월 22일

맑음. 도쿄에 머물렀다.

제술관과 서기의 말을 들으니, 태학太學의 스승 하야시 노부유키林信言(하야시 호코쿠林鳳谷, 1721~1774. 에도시대 유학자)가 그의 아들 비서감秘書監 하야시 노부요시信愛(하야시 류탄林龍潭, 1744~1771. 에도시대 유학자)와 같이 와서 만나보고 필담을 하였는데, 글과 글씨는 볼 만한 게 없더라고 하였다.

태학두라는 것은 글을 맡은 직으로 역시 모두 세습을 하니, 어찌 이와 같이 않겠는가? 하야시 호코쿠信言의 고조 할아버지는 하야시 도순林道

春(노부가쓰信勝, 1583~1657. 에도시대 유학자)이며 호는 라잔羅山이다. 그가 처음으로 태학두가 되었었는데, 을미년(1655년, 효종6)에 종사관 호곡壺谷 남용익南龍翼과 오고간 서찰을 보니, 매우 문리가 있었다. 그 후 대대로 이 임무를 맡았으나 모두 하야시 도순에는 미치지 못한다고 한다.

晴. 留江戶. 聞製述書記之言. 則太學頭林信言. 與其子秘書監信愛來見. 筆談而文筆無可觀云. 太學頭是文職. 而亦皆世襲. 則安得不如此也. 信言之高祖林道春號羅山者. 始爲太學頭. 與乙未從事南壺谷往復書札. 頗有文理. 其後世掌是任. 而皆不如道春云矣.

1764년 2월 23일

흐리고 비가 왔다. 도쿄에 머물렀다.

수석 통역관이 전하기를, "대마도주의 심부름꾼이 말하기를, '술잔을 드는 한 가지 일은 지금 과연 변통하여 술을 따르지 않고 단지 빈잔만 들게 하였습니다. 이 일은 관백 앞에서의 큰 예절인데다가, 이미 완성된 나라의 전례典禮의 절차節次를 적은 책을 변경하려는 것이기 때문에 몹시 힘들었다.'고 하면서, 공로를 자랑하는 기색이 없지 않았습니다."라고 하였고, 수석 통역관 역시, "이는 극히 어려운 일인데 주선을 잘하여 불화의 단서가 생기지 않아 실로 다행입니다."하기에, 내가 웃으면서, "그 술잔을 받지 않은 것은 나의 손에 달려 있다. 만약 불미스러운 일이 생기면 대마도주 또한 책임을 지게 될 터인데, 이 일이 어찌 유독 통신사신에게만 다행이겠는가?"라고 말하였다.

陰雨. 留江戶. 首譯傳島主之伻. 謂以稱盃一節. 今果變通. 不爲酌酒. 只以空盃稱之. 而此是關白前大禮也. 已成之儀註. 將欲變改. 故極爲用力爲之. 不無德色之意云. 首譯亦以爲此是極難之事. 而善爲周章. 可無生梗之端. 實爲多幸云. 余

笑曰. 其所不受. 在吾之手. 如至生梗. 島主亦當被責. 是何獨爲使行之幸也.

1764년 2월 24일

아침에는 흐리고 늦게는 맑았다. 도쿄에 머물렀다.

수석 통역관이 와서 말하기를, "재작년(1762년, 영조38) 통신사의 행차에 대한 절차를 구성할 때부터 집정執政과 종실宗室에 관한 일을 가지고 서로 고집을 부리며 결정짓지 못하였습니다. 그래서 경연자리에서 아뢰어 공식적인 예물 단자를 갖추어 왔는데, 바다를 건넌 뒤부터는 계속 저들과 논쟁하였으며, 지금은 왕명을 전할 날이 임박하였습니다. 무진년(1748년)에는 이미 태대군太大君(퇴임한 관백)과 약군若君(승계할 관백)이 있었습니다. 그래서 원래 정해진 집정 네 사람 이외에도 비록 두 사람을 추가 했었지만, 이번에는 이미 태대군이 없고 또 약군도 봉封하지 않았는데, 무슨 까닭으로 집정 두 사람을 추가하였겠습니까? 또 일의 이치를 가지고 다투는 것을 그치지 않았으니, 저들이 비로소 이치에 맞지 않음을 스스로 알고는 이에, '집정 한 사람은 죄로 인해 교체되고 다시 대신할 사람을 뽑지 않았으니 이는 마땅히 줄여야 하지만, 다섯 명의 집정은 현재에도 그 직을 유지하고 있으니, 빼놓을 수 없다.' 하기에, 수석 통역관이 또 허락하지 않았습니다. 그러자 쓰시마 봉행들이 '관백의 아들을 모시는 한 사람이 틀림없이 있는데, 지금 만약 뺀다면 다른 집정도 반드시 홀로 예단을 받지 않을 것이다.'고 하였습니다. 그래서 무진년에 했던 다지마 태수但馬守 아키모토 스케토모藤凉朝(秋元凉朝, 1717~1775. 무사시武藏 가와고에번川越藩 아키모토가秋元家 제4대 번주)의 예에 의거하여 공식적인 예물은 주지 않고 사적인 예물만을 주고자 하는 뜻을 서로 의논하여 결정하였으며, 종실 한 사람은 분명 관백의 친동생으로 무진년에는 세 살쯤 된 아이였으나 지금은 장성하였다 하니, 이는 일의 이치에 있어서 주지 않을 수 없습니다."라고 하였다.

지금 무진년에 예단을 나눠 준 기록을 살펴보았더니, 예단을 줄인 사람은 집정 한 사람, 가까운 신하 한 사람, 집사執事 세 사람이고, 예단을 늘린 사람으로는 대마도주의 가까운 친척 두 사람이었다.

각처로 보낼 예물을 전례에 비추어 목록을 기록하는데, 사적인 예물의 원래 부족한 수는 인삼 2근 반, 표피 7~8장, 흑마포 20여 필, 어피 60여 장이었다. 생각건대, 반드시 용도가 점차 늘어나 부족하게 될 것 같았다. 당당한 한 나라의 부유한 재정으로 여러 해를 두고 경영하여 왔는데, 얻기 쉬운 이 같은 피皮와 포布도 오히려 대신 지급해야 할 처지라서 구차하고 비루함을 면치 못하겠다.

이는 진실로 앞에 온 사람들이 돌아간 뒤에 마치 관청의 돼지가 배가 아픈 것을 보듯 하고, 뒤에 올 사람을 깨우쳐 주지 않았고, 기록해 놓은 것 또한 상세하지 못하기 때문이다.

인삼은 이미 노자로 받은 바가 있었기 때문에 이걸 가지고 수효를 충당하였는데, 공적이거나 사적인 예단이나 노자의 쓰임을 막론하고 호조에서 온 인삼에는 사이사이에 꿀에 담근 것이 많았다. 이는 인삼의 무게를 늘리려고 한 것이다. 내가 동래부사로 있을 때에 잡혀온 밀매상의 인삼을 많이 보았는데, 이와 같이 꿀에 담근 것은 있지 않았다. 5~6년 동안에 인심이 이익을 추구하는데 더욱 교묘해져서 이런 버릇이 점차 왜관에까지 번지어 자라게 되었다 하니, 매우 해괴하고 싫었다.

이곳에 온 뒤에 훌륭한 의원의 말을 들었더니, 일본의 의원이 '조선 인삼에는 꿀에 담근 것이 많이 있는데, 이는 반드시 용도에 맞게 사용하는 방법일 것이니 그 방법을 좀 가르쳐 주기 원한다.'라고 하였다 한다. 훌륭한 의원이 비록 '이는 용도에 맞게 사용하는 방법이 아니다.'라고 대답해 주었다고는 하나, 약으로 이용하는 것에 있어서는 귀천을 막론하고 남을 속여 재물을 취한다는 것은 이치로 보아 해서는 안 되는 일이다. 하물며 이는 두 나라 사이에 교류하며 오고가는 예물인데 또한 어찌 차마 꿀에 담가서 중량을 무겁게 하겠는가? 이는 진실로 이웃 나라에 들리게 할 수 없는 일이다.

일찍이 수십 년 전에 중국에서 사신이 와서 청심환淸心丸 몇 첩을 요청하였는데, 어떤 한 호조 낭청戶曹郎廳이 판서에게 여쭙기를, "인삼을 넣은 우황청심환은 귀한 것이고, 빨리 제조하기 또한 어려운 일이니, 호조에 있는 오래된 잡다한 환약을 모아서 금박을 환약에 발라 주면 됩니다."라고 하였다 한다. 즉시 판서가 좋은 계책이라고 허락하자, 나의 돌아가신 아버지께서 듣고서 이들을 꾸짖기를, "어찌 차마 의약을 가지고 타국 사람을 속인단 말이냐? 마음가짐이 이와 같으니 그들에게는 반드시 재앙이 있을 것이다."라고 하셨는데, 그 뒤에 과연 그 판서는 자손들이 보잘것없이 되고, 그 낭청은 벼슬에서 쫓겨나 죽었다. 하늘의 도리가 밝음을 볼 수 있다. 이제 이 꿀에 담근 인삼으로 남을 속이는 자도 어찌 이와 다르겠는가?

통역관에게 예단으로 쓸 것 중에서 꿀에 담근 것을 하나하나 추려내어, 한 근은 집정 한 사람의 몫을 깎는 수량으로 정하였고, 이어서 호조에 납입해서 이것을 증거로 하여 그들을 꾸짖을 수 있는 계기로 삼게 하고, 그 나머지 두어 냥은 노자 중에서 바꾸어 사용하게 하였다. 그런데 우리나라 호조에서 쓰는 저울인 천칭天秤[119]은 일본의 약칭藥秤에 비하여 근마다 4전錢이 모자랐다.

---

119 천칭(天秤): 천평칭(天平秤)의 약칭으로, 저울의 하나이다. 가운데의 줏대에 걸친 가로장 양쪽 끝에 저울판을 달고, 한쪽에는 달 물건을, 다른 쪽에는 추를 놓아서 평평하게 하여 물건의 무게를 잰다.

또 인삼은 때에 따라 가볍기도 하고 무겁기도 한데, 지금 줄어든 인삼이 한 근 남짓이나 되었다. 이것 또한 노자로 사용하도록 마련해서 보내고 그 외의 부족한 물품은 대부분 다른 물건으로 대신하여 지급하였다. 표범의 가죽은 저들이 일본에는 없다 하여 오직 나중에 주기를 원하기 때문에, 부득이 경상도 감영에 글을 부쳐, 그것을 구하여 부산진으로 보내 쓰시마에 전달되도록 요청하였다. 내가 쓰시마에 도착하기 전에 들어올지는 알 수 없다.

무진년에는 사적인 예단을 지급할 대상자 중에 집사 봉행執事奉行이 세 사람, 집사가 여섯 사람인데, 집사 봉행에게는 각각 인삼 한 근씩을 주고, 집사에게는 다른 물품을 주었었다. 지금은 집사 세 사람이 줄었건만 저들은 나머지 여섯 사람이 있어 무진년에는 모두 인삼 한 근씩을 지급하였다고 말하는데, 《사상기槎上記》[120]에는 '집사 봉행 세 사람에게만 주었다.'고 기록되어 있다.

수석 통역관들이 왜관에 있을 때부터 피차 각기 베껴 쓴 기록에 의거하여 서로 다투어 지금까지 결정하지 못했다고 한다. 이 일은 생각하건대 아마도 쓰시마주의 옛 태수에 관한 일인 듯한데, 통신사신으로서는 이미 《사상기槎上記》에 기록된 바가 있으니 결코 더는 지급할 수는 없는 것이다. 이 때문에 전후로 수석 통역관에게 엄중히 분부하였지만, 지금 무진년의 예에 따라 단지 세 사람에게만 지급하였다고 하는데, 그 사이의 연유는 오히려 알 수 없었다. 수석 통역관이 시를 쓰는 종이 한 꾸러미를 가지고 와서 말하기를, "쓰시마주의 옛 태수가 사또(정사)의 필적을 얻어서 보물로 간직하겠다며 일부러 이곳에 사람을 보내 왔습니다."하였다.

---

120 《사상기(槎上記)》: 1748년(영조24)에 조선통신사 부사로 일본에 다녀온 남태기(南泰耆)가 쓴 기록.

내 생각에는 '이는 반드시 쓰시마에 있을 때 심부름을 온 사람 때문이다. 이는 동래에 있을 때 공문서가 왕복하던 일을 제기하려고 한 것이다. 그래서 마음에 특별히 느낀 바가 있어서 나의 필적을 요구하는 것이다.'라고 여기고, 귀국길에 쓰시마에 도착한 다음에 당연히 처리하겠다고 말하고 우선 수석 통역관에게 만나서 되돌려주게 하였다.

朝陰晩晴. 留江戶. 首譯來言. 自再昨年信行節目講定時. 以執政, 宗室事相持不決. 至於 筵稟. 而備來公禮單矣. 自渡海以後. 連與彼人爭難. 今則傳 命迫期. 而戊辰則旣有太大君, 若君. 元定執政四人外. 雖加二人. 今番則旣無太大君. 又不封若君. 何故而加定執政二員乎. 且以事理爭之不已. 則彼人始乃自知理屈. 乃以執政一人. 纔因罪遞. 更不出代. 此則當減. 而五執政則見方帶職. 不可拔之云. 首譯又爲不許. 馬島奉行等以爲. 一人則方守關白之子. 丁寧有之. 今若拔之. 他執政必不獨受禮單云. 故以只依戊辰秋元但馬守藤涼朝之例. 不給公禮單. 只贈私禮單之意. 相議停當. 而至於宗室一員. 明是關白之親弟. 而戊辰年數三歲兒. 今果長成云. 此則其在事理. 不可不給之云矣. 今乃憑考於戊辰禮單分給件記. 則所減者執政一人, 近侍一人, 執事三人. 所加者馬島主近族二人矣. 各處禮物照例書單. 而私禮單元數不足. 人蔘二斤半, 豹皮七八張, 黑麻布二十餘疋, 魚皮六十餘張矣. 想必用道漸廣. 以致不足. 而以堂堂一國之富. 積年經營而備來. 此等皮, 布易得之物. 猶未免代給. 以示苟艱之意. 實由於前後之人. 歸後視如官猪腹痛. 不爲提醒於後來者. 謄錄亦不詳悉故耳. 人蔘則旣有盤纏所受. 故以此充數. 而毋論公私禮單. 盤纏所用. 地部所來人蔘. 間多蜜汁浸漬者. 爲其斤重也. 余在萊府時. 多見被執人蔘. 而未有若此蜜漬者. 五六年來人心益巧於射利. 此習漸長於倭館云. 聞甚駭惡矣. 來此後聞良醫之言. 則倭醫以爲朝鮮人蔘多有蜜漬. 必是製用之法. 願示其方云. 良醫雖以不製用答之. 藥用毋論貴賤. 欺人而取貨. 已非事理之所可爲. 況此兩國交幣之需. 又豈忍以蜜漬而取重也哉. 此誠使不可聞於隣國者也. 曾於數十年前. 勅使來請淸心丸數劑. 則有一戶曹郎稟于判堂曰. 蔘黃旣貴. 速製且難. 鳩聚曹中久陳雜丸藥. 和丸金箔而給之云爾. 則其判堂稱好而許之. 先考聞而責之曰. 豈忍以醫藥. 欺瞞遠人乎. 持心如此. 其必有災矣. 伊後其判堂則子孫零替. 其郎廳則禁錮終身. 可見天道之昭昭矣. 今此蜜蔘之欺人者. 何以異是哉. 使譯官於禮單所用中蜜漬者. 一一拔出. 一斤則以執政一員除減之數. 將納地部. 而以爲執契致責之地. 其餘數兩則於盤纏中換用之. 我國地部之天秤. 比日本藥稱. 每斤輒縮四錢矣. 且人蔘隨時輕重. 故今番則縮蔘爲一斤餘矣. 此亦自盤纏劃送之. 餘外物種之不足者. 率皆以他物推移代給. 而至於豹皮則彼人以其無於島中. 惟願追給. 故不得已付書於嶺營. 要其覓送釜鎭. 轉入馬島之地. 未知可能趂余到馬島前入來否也. 戊辰私禮單中. 執事奉行三人, 執事六人. 而執事奉行則各有人蔘一斤. 執事則只是他物矣. 今番則執事三人. 雖爲減除. 彼人則以爲餘存六人. 戊辰年盡給蔘一斤云. 而槎上記則於執事奉行三人只有之矣. 首譯輩自在倭館. 彼此各憑謄錄而相爭. 迄今不決云. 此事想如馬州舊太守事. 而使行則旣有槎上記所錄. 決不可加給. 以此前後嚴加分付於首譯矣. 到今依戊辰例. 只給三人云而其間委折. 尙未可知也. 首譯持詩牋一裝軸來告曰. 馬州舊太守欲得使道手蹟. 以爲寶藏之地. 委送此處云. 余以爲此必因在馬島送伻也. 提起在東萊時書契往復之事. 故於其心. 別有所感. 求我手筆耳. 還到馬島後當有處之. 姑令首譯逢授之.

1764년 2월 25일

맑음. 도쿄에 머물렀다.

정오쯤에 태학두太學頭 하야시 호코쿠林信言 부자가 뵙기를 청하였는데, 이는 규례이다. 우리 삼사가 난삼襴衫[121]에 와룡관臥龍冠[122]을 착용하고 윗방 안팎의 칸막이를 활짝 열어 놓고, 통역관에게 맞아들이게 하였다.

들었는데, 무진년에 하야시 호코쿠 부자가 앞서거니 뒤서거니 어깨를

121 난삼(襴衫): 조선시대에 유생 · 진사 · 생원 등이 입던 옷으로, 머리에는 복두를 쓰고 허리에는 띠를 두르고 가죽신을 신었다.

122 와룡관(臥龍冠): 가운데가 높고 세로로 골이 진 말총으로 만든 관.

나란히 하고 발자취를 같이하여 동시에 예를 행하였다 한다. 이는 윤리의 예로써 살펴보건대 아주 문란하다고 하겠다. 그래서 먼저 이들의 예를 바로 잡으려고 수석 통역관에게 명령하여 간사관幹事官에게 말을 전하고 이를 규정하게 하였더니, 아사오카 이치가쿠紀蕃實가 "통신사신의 분부는 예에 있어서는 당연하오나, 이곳 풍속이 본래 그렇습니다. 태학두가 만약 이 말을 들으면 반드시 크게 부끄러워할 것입니다. 규정하기 곤란함이 있습니다."하였다.

이것이 이미 그 나라의 풍습이라면 한 번 지나가는 손님으로서 바꿀 수 없는 것이니 강요할 필요가 없다. 그래서 곧 들어오게 하여 서로 읍례를 두 번하고 앉았다.

하야시 호코쿠는 나이 금년 44세로 사람됨이 비록 순박하고 참된 듯하였으나, 매우 현실적이고 속됨에 가까웠다. 그의 아들 하야시 노부요시는 나이가 20여 세쯤인데 약간 정성스럽고 자상하였다. 그들 부자는 다 풍절건風折巾을 쓰고 검정색 무늬의 옷을 입었다.

서로 필담을 나누었는데(필담은 아래에 있음) 몇 마디 말에 불과하였다. 먼저 명함을 바쳤는데, 곧 그의 나이와 직업 및 가족관계이고, 그 다음에는 집안 대대로 내려오는 아름다운 덕 및 사신을 맞을 때에 서로 접견하는 일을 진술하였고, 세 번째는 무진년에 온 통신사 사신의 안부를 묻고 또 칠언 율시 한 수를 바쳤다. 하야시 노부요시 또한 먼저 명함을 바치고 이어 사신 길의 노고를 묻고 또 칠언 율시 세 수를 바쳤다.

나는 물음에 따라 대답하고 시와 글 쓰는 것은 일이 끝난 다음에 화답해 보내겠다고 대답하였다. 인삼차를 마시고 잠깐 있다가 물러가기를 요청하기에 서로 읍례를 하고 헤어졌다. 처음 생각에는, 그들이 이미 문서나 문장을 담당하는 벼슬을 맡았으므로 반드시 다른 왜인보다는 나을 것이라 생각했는데, 지금 그 사람을 보니 그리 다를 게 없었다. 또한 오래 앉아 있지 못하고 곧 바로 돌아간 것은 아마도 그 어리석음이 드러날까 걱정했기 때문일 것이니 더욱 가소롭다.

들었는데, 관백에게 보낼 예단을 봉해서 싼 뒤에는 사신들이 마땅히 모두 한 번 살펴본다고 한다. 그래서 저녁 7시쯤에 우리 삼사가 공복으로 갖추어 입고 대청에 나가서 돌아보는데 더욱 그 감개함을 참아낼 수 없었다.

대마도주가 담배상자 1상자와 벼룻집 1갑을 보내면서, "작년 겨울에 주신 약을 먹고 병이 곧 나았으므로 마음이 감격하여 반드시 사례하려 했던 것입니다."하였다. 그러나 약으로 사람에게 은혜를 베풀었다면 마땅히 보답을 받지 말아야 할 것인데, 두루 사례하지 않고 단지 나에게만 보냈겠는가? 주고받는 의리를 가지고 논한다면 마땅히 물리쳐야 하겠지만, 다시 깊이 생각해 보니 지난번 색색의 비단을 되돌려 보냈을 때에도 저들은 크게 무안했을 것이다. 오랑캐를 대하는 도리에 있어서는 또한 당초의 의견만을 고집하여, 감격해서 사례하는 호의까지 도리어 의심하고 거칠게 대해서 감정을 품는 상태가 되게 해서는 온당치 않을 것이다.

이제 만일 이것을 받아 자신이 쓰지 않고, 또 후일에 다른 물품을 가지고 그 답례를 후하게 한다면 화합을 잃을 걱정이 없을 것이고, 또한 재물을 취했다는 혐의도 면할 것이다. 그래서 그것을 바치게 허락한 다음, 즉석에서 담배는 연천連川 관리 이매李梅에게 주고, 벼루는 내갑과 외갑이 있기 때문에 제술관 남옥南玉과 서기 성대중成大中에게 나누어 주었는데, 과연 잘 처리한 것인지 알지 못하겠다.

晴. 留江戶. 午間. 太學頭林信言父子請見. 例也. 三使着鷺衫臥龍冠. 洞開上房內外隔障. 使譯官引入之. 聞於戊辰年. 信言父子比肩聯武. 同時行禮云. 揆以倫序. 極爲紊亂. 故欲爲先正其禮而見之. 令首譯傳言於幹事官. 使之規正. 則紀蕃實以爲使臣分付. 於禮當然. 而此處風俗. 本自如是. 太學頭若聞此言. 必爲大

慚愧. 渠則有難規正云云. 旣是其國風習. 則有非一時過客可以變革者. 不必强之. 使卽入來. 相行再揖禮而坐. 信言年今四十四. 爲人雖似淳實. 頗近庸俗. 其子信愛. 年方二十餘. 稍爲精詳. 而父子俱戴風折巾. 着黑紋衣. 相與筆談. 筆談在下而不過. 先呈名銜. 卽其年職與世係. 次陳世德及聘使時相接之事. 三問戊辰三使安否. 且呈七律一首. 信愛亦先呈名銜. 繼問行李之勞億. 亦呈七律三首. 余則隨問隨答. 而詩章則以竣事後和送之意答之. 勸蔘茶少頃而請退. 相揖而罷. 初意其旣掌文任. 必有勝於凡倭矣. 今見其人. 無甚異同. 且不敢久坐而卽歸者. 似慮其露拙之故耳. 尤可笑也. 聞關白禮單封裹後. 使臣例皆一見云. 故初更量. 三使具公服. 出大廳而環視之. 尤不勝其感慨矣. 馬島主送煙草樻一坐, 硯匣一部. 以爲前冬得蒙惠藥. 病勢卽差. 中心感激. 必欲致謝云云矣. 以藥惠人. 不宜受報. 而況不爲遍問. 只送於余. 論以授受之義. 正宜却之. 而更加深思. 則向日色絹之還退也. 彼必大爲無聊. 其在接蠻夷之道. 亦不當膠守初見. 致使鳴謝之好意. 反歸疑疎而含憾. 今若受之而不自用. 異日以他物厚其回禮. 則可無失和之慮. 亦免取貨之嫌. 故許捧之. 卽地以煙樻給李漣川梅. 硯匣則有內外匣. 故分與南製述玉, 成書記大中. 未知處置果如何也.

1764년 2월 26일

흐리다가 비가 왔다. 도쿄에 머물렀다.

대마도주 및 두 장로가 예에 따라 와서 뵙고, 내일 관백의 궁에서 열리는 잔치에 참석하여 모든 일을 하나같이 의례의 절차를 기록한 대로 하라고 신신당부를 하였다. 이 또한 규례이다.

이 의례의 기록은 하나같이 무진년의 전례를 따르며, 술잔을 드는 한 가지 덕목에 이르러서는 빈 병으로 술을 따르는 시늉을 하고, 빈 잔으로 들도록 개정하였다고 한다.

오후에 우리 세 명의 사신은 공복으로 차려 입고, 수석 통역관과 사자관寫字官은 모대帽帶를 갖추게 한 다음, 국서를 대청 가운데에서 받들어

내어놓고 다시 국서 내용을 살핀 뒤에 용무늬 보자기로 상자의 안팎을 싸서 다시 옛 장소에 봉안하였다.

일찍이 전해 들은 바로는, 명을 전달할 때에 일행 상하가 어지럽고 혼잡한 폐단이 많았다고 한다. 그래서 원역들에게는 순서를 배정하여 가지런하게 하고, 중급·하급관리로서 들어가 알현할 자에게는 별도로 타일러 경계를 시키고, 혹은 비장에게 이들을 교습하여 문란한 행동을 해서 비웃음을 사는 일이 없도록 하였는데, 과연 효과가 있을지 여부는 알 수 없다.

乍陰乍雨. 留江戶. 島主及兩長老來見如禮. 以明日關白宮赴宴之際. 凡事一如儀註而爲之之意. 申申懇囑. 此亦例也. 儀註則一從戊辰前例. 而至於稱酒一節. 改之以空罐作注形. 以空盃稱之云矣. 午後三使公服. 首譯及寫字官亦帽帶. 奉出國書于廳中. 更加查對後. 以龍紋袱裹於櫝內櫝外. 而還奉舊所. 曾聞傳 命時. 一行上下多有紛挐之弊云. 故員役則排定序次. 以爲整齊之地. 中下官之入謁者. 另加申飭. 或使裨將教習之. 俾無紊亂取笑之事. 未知果有效否也.

1764년 2월 27일

아침에는 비가 오고 늦게는 흐렸다. 도쿄에 머물면서 관백에게 임금의 명을 전하였다.

밥을 먹은 뒤에 대마도주가 사람을 보내어 관백의 궁에 가기를 청하기에, 우리 삼사는 금관金冠 조복朝服 차림으로 우리나라의 가마를 탔으며, 군관은 융복戎服, 원역은 모두 단령團領을 착용하고 따랐다. 그리고 김서기金書記(김인겸) 한 사람만 따르지 않았다.

국서國書를 받들고, 군대의 의전을 배열하고서 비를 무릅쓰고 남쪽을 향해 갔다. 큰 해자의 다리를 건너 다시 전날에 나왔던 동쪽 성문으로 들어갔는데, 이는 도쿄의 외성문이다. 시나가와品川에서 들어올 때

국서봉안 행차도.

에 중성 · 외성의 사이를 경유하여 이 동문으로 나왔으니, 머무르는 관소는 사실 외성 밖에 있는 것이다.

중성을 두루 에워 쌓았는지는 비록 알 수 없으나, 외성은 반드시 사면을 두루 에워 쌓은 것은 아니었다. 저들의 성 쌓는 법은 궁성 · 내성 및 관방처關防處(국경을 지키는 곳) 외에 중성 · 외성 · 읍성과 같은 것은 흔히 마을 가운데 여러 층의 천수각을 세우거나 여러 겹의 대궐문을 건립하였는데, 이것을 성문이라고 한다.

대개 그 마을은 집들을 인접시키고 지붕마루를 연결하여 끊어진 곳이 없었고, '정井'자를 그어 마을을 나누고 경계를 어지럽히지 않았으니, 자연 성곽의 형상과 같았다. 다만 옹성甕城을 세워서 안에서는 한계를 정할 수 있으나 밖에서는 성인지 마을인지 분별하기가 어려웠다.

많은 마을을 지나고 두세 개의 널다리를 건넜는데, 다리 아래에는 작은 배들이 마치 고기비늘처럼 모였고, 구경하는 사람들이 고슴도치 털처럼 진을 쳤다.

또 해자의 다리를 건너 중성의 두 번째 관문으로 들어서니, 이곳부터는 집들이 웅장하고 색을 칠한 담장이 쭉 둘러쳐졌으며, 길을 끼고 있는 긴 행랑은 벽돌로 쌓고 석회를 발랐는데, 하나하나가 붉은 칠을 한 문으로 잘 지은 집들이었다. 들었는데, 민가는 아니고 모두 관백의 관청 및 종실과 재상의 집이라고 하였다.

관소에서 10여 리쯤 떨어진 궁성 밖에 도착했다. 이곳에 이르러 군관과 원역들이 모두 말에서 내려 칼집과 활통, 그리고 칼을 풀고, 중관 이상 및 하관 중에 악공과 급창及唱들만 모두 따라 들어오고, 하관과 군대의식을 거행하는 군사는 모두 뒤떨어져 있었으며, 단지 인장을 짊어진 사람과 햇볕을 가리는 큰 양산을 잡은 사람만이 따라 들어왔다.

해자의 다리를 건너 궁성문에 들어서니, 나졸들이 우리들 앞에서 문마다 길을 만드는 소리를 내다가 가마가 내리는 곳에 이르러서야 비로소 그쳤다. 궁성문으로부터 제3문 밖에 이르러 또 해자의 다리를 건너 들어가는데, 이곳은 궁성의 내성이다. 제4문의 밖에 이르자 수석 통역관이 비로소 탈것에서 내리고, 제5문에 이르러서는 사신들이 비로소 가마에서 내렸는데, 안쪽에서부터 말하면 여기가 제3문 밖이 된다. 가마에서 내려서 문으로 들어가자, 수석 통역관이 앞서 국서를 받들어 소반에 받쳐 들고서 앞서가고, 통신사신이 그 뒤를 따랐다. 두 관반과 대마도주 그리고 두 장로 및 메쓰케目付 원만영源滿英이 문 안쪽에서 나와서 맞이하여 서로 읍하고 앞에서 인도하며 나아갔다.

또 두개의 문으로 들어가서 복도의 판자 계단에 도착하니, 곧 건물의 출입문인 현관인데 또 식대式臺라고도 한다. 이곳으로부터 관백이 거처하는 집안에 이르기까지는 모두 서로 연결되어 있었다. 사사 봉행寺社奉行 이즈미노쿠니 태수和泉守 마쓰다이라 노리쓰케源乘佑(松平乘佑)·대취두大炊頭 도이 사시사토源利里(土井利里)·이가노쿠니 태수伊賀守 마쓰다이라 타다요리源忠順(松忠順)·히다노쿠니 태수飛驒守 사카이 타다카源忠香(酒井忠香)와 오메쓰케大目付 개정태화태수 원충웅箇井太和守源忠雄·지쿠고노쿠니 태수筑後守 이케다 마사토모源政倫(池田政倫)·데와노쿠니 태수出羽守 이나가키 마사타케源正武(稻垣正武)가 판자 계단으로 나와 맞이하였다. 또 서로 읍하고 나서 우리를 인도하여 앞으로 백여 보를 가다가 외헐청外歇廳으로 들어가 국서를 벽장 감실 위에 봉안하였는데, 쓰시마주 태수가 서로 읍하고 물러갔다.

원역과 아랫사람들에게 모두 처소에 있으면서 임의로 들어가고 나가지 못하게 하였다. 이는 관백의 거처가 매우 가까워 그렇게 하였다.

잠시 후에 쓰시마주 태수가 또 우리를 인도하였다. 여러 건물 안으로

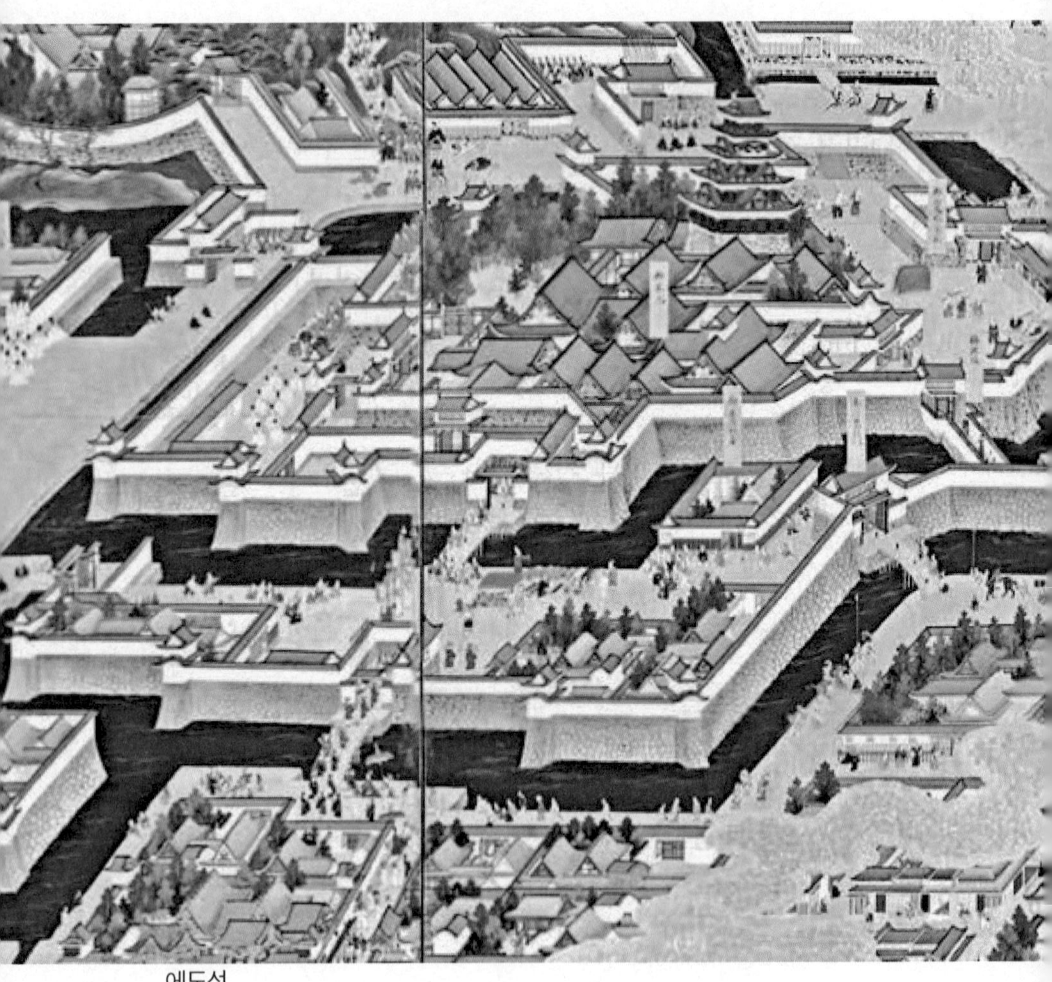

에도성.

굽이굽이 걸어 백여 보를 지나 내헐청內歇廳[123]에 이르렀는데, 바로 이른 바 송지간松之間이다. 관백이 거처하는 본채이며 단지 하나의 장벽으로 막힌 곳이었다. 인신印信은 그대로 외헐청에 남겨두고 다만 세 사람의 수석 통역관과 통인通引 각 한 사람씩만 따라왔다.

국서는 대청 서쪽에 봉안하고 우리 삼사는 대청 가운데서 서쪽을 향하여 줄지어 앉았으며, 대마도주와 두 관반은 대청 끝에 앉았고, 각 주의 태수 및 백관들은 모두 우리 사신들의 왼쪽에 앉았으며, 뒤에 앉은 사람은 거의 수백 명이 넘었다. 모두 일각건을 쓰고 어떤 이는 흑포黑袍를 입고, 어떤 이는 홍포紅袍를 입었는데, 벼슬이 높은 자는 흑포를, 벼슬이 낮은 자는 홍포를 입는다고 하였다.

대마도주가 먼저 들어가서 국서를 봉안할 곳과 우리 사신들이 예를 행할 곳을 보자고 요청하여 따라 들어가 보았다. 관백의 본채 대청은 3층으로 되어 있는데, 층 하나는 반척半尺을 넘지 못하였고, 넓이도 3칸을 넘지 못하였으며, 3층을 다 합친 길이는 7~8칸이 될 듯하였다.

위층은 관백이 앉아있는 곳이어서 칸막이를 하였으며, 사신이 예를 행할 때는 먼저 가운데층에서 행하고, 그 다음으로는 아래층에서 행한다고 하였다.

잠깐 보고 나왔더니, 수석 통역관 이하 원역들도 또한 먼저 예를 행할 곳을 보고나서, 수석 통역관은 기둥 안쪽 아래층으로 들어가고, 원역과 군관은 모두 기둥 밖에 깔아놓은 판자 위에, 차관次官 및 소동小童은 포판 밖에 퇴청退廳으로 들어갔으며, 중관中官과 나졸羅卒 등은 뜰 아래에 있었다.

우리나라에서 가져온 선물과 예물은 큰 상에 펼쳐서 집안의 대청 위

123 내헐청(內歇廳): 빈객(賓客)이 머물러 쉬도록 집의 안채에 마련한 대청(大廳)

에 두었고, 말은 뜰아래에 세웠다. 그 나열되어 있는 모습을 눈으로 보니 부끄러움과 분노가 배가 되었다.

얼마가 지난 후 집정 두 사람이 와서 예를 행하기를 요청하였는데, 한 사람은 앞서 관소에 왔던 마쓰다이라 다케치카源武元란 자이고, 다른 한 사람은 다지마 태수但馬守 아키모토 스케토모藤凉朝(秋元凉朝)였다.

대마도주와 수석 통역관이 차례로 말을 전하였는데, 수석 통역관에게 국서를 받들어 기둥 밖에 나가 대마도주에게 전달하게 하였더니, 대마도주가 받들고 집 안에 이르자 관백을 가까이서 모시는 신하가 받아서 관백 앞에 두었다. 우리 삼사가 차례로 몸을 굽혀 걸어 나아가 집 안에 있는 가운데 층에 이르니, 관백은 위층에 앉아 있었다. 우리 삼사가 배례拜禮를 네 번 하였다. 이 배례를 네 번 하는 것이 어느 때에 시작되었는지는 알 수 없지만, 진실로 한심하였다.

예를 마치고 다시 헐청歇廳으로 나오자, 세 명의 수석 통역관 이하가 함께 모두 차례대로 예를 행하였는데, 그들에게 여러 차례 주의를 주었기 때문에 무척이나 질서 정연하였다.

우리 사신들의 사적인 예물단자를 수석 통역관으로 하여금 대마도주에게 전달하도록 하였더니, 대마도주는 이를 받들어 집 안에 들여놓고 나왔다. 우리 사신들은 또 대마도주를 따라 들어가 집 안의 아래층에 이르러 앞서서 한 것처럼 예를 행하고 다시 쉬는 곳으로 나왔다.

집정 두 사람이 또 관백의 말씀이라며 시연례始宴禮를 요청하기에, 우리 세 명의 사신은 이 말을 듣고 자리를 옮겨, 대마도주를 따라 들어가 집 안의 아래층 동쪽에 앉았다. 검은 옷을 입은 관리가 소반을 관백 앞에 들이고 붉은 옷을 입은 관리가 또한 소반을 받들어 우리 세 명의 사신 앞에 놓았다. 소반에는 그릇 세 개가 있는데, 그 안에는 소량의 과일과 밤에 불과하였다.

검은 옷 입은 자가 먼저 은병과 잔을 관백에게 올리자, 대마도주가 나에게 눈짓을 하였다. 내가 중간층으로 올라가니, 한 사람은 잔을 나에게 들이고 다른 한 사람은 빈 병을 가지고 왼쪽으로 한걸음 남짓 떨어진 거리에서 단지 따르는 시늉을 하였다. 나는 빈 잔을 들기만 하고 역시 마시는 시늉은 하지 않았다. 잔을 든 뒤에 자리로 내려와 앉으니, 부사, 종사관이 차례로 다가가 예에 따라 시행하였다.

또 배례拜禮를 행하고 내헐청으로 물러나니, 집정 두 사람이 또 관백의 뜻이라며 말하기를, "본래 잔치를 같이 해야 마땅하나 통신사신들이 수고스러울까 걱정되어, 종실에게 잔치를 대신 베풀도록 하여 사신들의 마음을 편하게 하려고 합니다."하였다.

우리 세 명의 사신이 다시 대마도주를 따라 집 안의 아래층으로 들어가서 사귀례辭歸禮(돌아가기를 하직하는 예)를 하였다. 다시 외헐청으로 나와 휴식한 뒤에 내헐소內歇所로 들어가니, 대마도주가 인도하여 우리는 칸막이 아래에 앉아 있다가 잠시 후에 집 안의 아래층 동쪽 칸막이 아래로 인도되어 들어갔다.

조금 전에 예를 행할 때에는 가운데 층과 오른쪽을 모두 황색 발로 가렸었다. 발 안에서 훔쳐보는 자가 있는 것 같았으나 꼭 그러한지는 알 수 없었다.

종실 두 사람과 서로 읍하고 앉았는데, 한 사람은 바로 기이노쿠니紀伊州 태수太守 중납언中納言 도쿠가와 무네노부源宗將(德川宗將)이고, 다른 한 사람은 바로 미토노쿠니水戶州 태수太守 도쿠가와 무네모토源宗翰(德川宗翰)의 아들인 도쿠가와 하루모리治保(德川治保, 1751~1805. 히타치常陸 미토번 제6대 번주)였다. 도쿠가와 무네노부는 나이 20여 세쯤 되는데, 용모나 사람됨은 별로 말할 만한 것이 없고, 도쿠가와 하루모리는 나이 13~14세쯤 되는데 눈썹과 눈은 수려하고 행동거지가 정밀하고 자상하여 보통 아이와는 달랐다.

각건角巾을 쓰고 홍포를 입은 자가 잔치상을 올렸다. 상에는 조화꽃을 펼쳐놓아 관소에서의 잔치와 하나같이 같게 했는데, 조화꽃 여섯 상을 별도로 꾸며 집 가운데에 둔 것은 무슨 뜻인지 알 수 없었다. 규례대로 예를 행한 다음 서로 읍하고 내헐소로 와서 앉으니, 집정 두 사람이 또 와서 위문하였다. 우리 사신들은 잔치에 감사하다는 뜻으로 답하고 대마도주를 따라 물러가니, 집정 네 사람이 대청 끝에서 전송하였는데, 첫째는 집정 좌위문위左衛門尉 직책의 사카이 타다요리酒井源忠寄, 둘째는 마쓰다이라 다케치카源武元, 셋째는 아키모토 스케토모藤凉朝, 넷째는 원휘고源輝高였다.

사카이 타다요리酒井 源忠寄의 나이는 60에 가깝고 용모는 비록 늙었으나 매우 정기가 있었고 또 그 사람됨이 같은 위치에 있는 사람들 중에서 존경을 받았다. 아키모토 스케토모는 나이 40 가까이 되었는데, 용모가 매우 준수하였다. 이 네 사람의 집정을 보건대, 다 사람답다고 할 만하였다. 비록 오랑캐의 나라이지만 그 재상이 되는 자는 보통 사람과 다름이 있었다.

재읍례를 행하고 나가니, 대마도주 · 관반館伴 · 사봉社奉 · 목부目付 · 대관代官 등이 앞에서 인도하기를 올 때의 의식처럼 하였다.

두 장로는 감히 잔치의 반열에 참여하지 못하고 중간쯤에서 뛰어나와 소란한 가운데에서 예를 행하여 매우 절박하지 못하였으니, 또 웃을 만하다.

제3문을 나와서 가마를 타고 양산을 펼쳤으며, 궁궐문을 나와 우리 삼사의 행차 앞에 군대의 물품을 나누어 배열하고 나서 날이 저물어서야 돌아왔다. 부사에게 돌아보고 말하였는데, "우리들의 이번 행차는 국서를 우러러 받드는 일이었는데, 일곱 달을 받들고 보호하던 끝에 급하게 임금의 명을 전하고 돌아가게 되니, 사신으로서의 일은 비록 마쳤다 하지만, 마음이 서운하여 마치 무엇을 잃어버린 듯하오."하였더니, 부사가, "참으로 그렇습니다."라고 하였다. 관백이 거처하는 본채에서 우리 임금의 명을 전할 때에 관백은 풍절건風折巾을 쓰고 맑고 깨끗한 흰 옷을 입었었는데, 흰 옷은 이미 남의 임금 노릇하는 자의 옷 색깔이 아니며, 또한 옷 가선에 장식이 없어 스님이 입는 가사 모양과 매우 같았다. 혹시 이는 불교를 숭상하기 때문에 그런 것이 아닐까?

관백이 앉은 곳에는 다담茶啖(일본식 돗자리)을 겹으로 깔았고 또 비단 자리를 깔았으며 뒤에는 소나무를 그린 큰 병풍을 세워 놓았다. 삼면은 모두 병풍으로 가리고 단지 앞면만 병풍을 열어 놓았는데, 때마침 음산한 날씨 때문에 어두운 방안과 같았다.

그래서 비록 자세히 살펴 볼 수는 없었지만, 그의 용모는 대개 이마는 넓고 턱은 좁아서 경박한 형상이 뚜렷이 드러났으며, 나이는 30에 원숙함이 없었다. 마침내 바라보니 의식에 맞지 않음이 있었다. 그렇지만 능히 이 지위를 보전할 수 있는 것은 그 자리가 세습인 까닭에 뿌리가 이미 깊어 갑자기 동요하기 어렵기 때문에 그러할 것이다.

앉은 자리 곁에는 가까이 모시는 신하가 네다섯 정도에 불과하고, 가운데 층 좌우에는 검정색 옷을 입은 사람 각 세 명이 모시고 있었는데, 이들이 바로 여섯 명의 집사인 듯싶었다. 아래층 오른쪽에는 일각건一角巾에 붉은 비단 옷을 입은 사람 50~60명이 줄지어 있었는데, 이들은 반드시 심부름하는 관리들일 것이다. 이 밖에 다른 의식을 행하기 위해 나열된 사람은 없었다.

뜰은 반 무畝에 불과한 땅으로 역시 네모지지 못하였고, 궁궐 건물은 매우 크고 넓어 몇 천 칸이나 되는지 알 수 없었다. 궁궐의 정전 위에는 모두 구리 기와로 이었고 처마 끝의 물받이는 모두 푸른색 구리로

조선통신사환대도 병풍(朝鮮通信使歡待圖屛風).

만든 홈통을 달았다. 이와 같이 사치가 극에 달하였는데, 다만 낮고 좁고 으슥하고 어둡고 넓어서 밝고 부귀한 느낌이 없었다. 도리어 괴상한 일이었다.

어떤 이는 말하기를, "저 사람들은 성질이 악독하여 조그마한 원한도 반드시 보복한다. 그래서 궁실을 지을 때 자객을 걱정하여, 겹겹이 칸막이를 쳐서 어둡게 하고 밝게 하지 않도록 한다."라고 하였다.

그들의 궁성 안팎을 살펴보니, 돌로 견고하게 쌓고 참호를 둘러 팠는데, 바로 이는 옛날의 법도이다.

아울러 중성 · 외성 및 참호를 헤아려 보니 성이 네 겹이고 참호 역시 네 겹이어서 비록 험준한 산기슭을 의지하지 않았지만 평지로서의 좋은 성과 해자라고 할 만하다.

왜국에서 대신大臣을 관백關白이라 일컫는 것은, 생각건대 반드시 〈곽광전霍光傳〉《한서漢書》에 '장군으로 관계되어 아뢴다.'는 뜻을 취했을 것이다. 이는 왜나라 임금 양성陽城 때에 대신 후지와라 모토쓰네藤原基經로부터 시작되었는데, 중국으로 말하면 곧 당나라 희종僖宗황제때이다.

이로부터 나라의 사무를 관백이 모두 주관하였다. 후지와라 모토쓰네 이후 30여 대 만에 다이라노 기요모리平淸盛[124]란 자가 있어 간무천황桓武倭皇[125]의 후예로 후지와라(藤原)씨를 대신하여 대신大臣이 되었는데, 시라카와 황후白河皇后의 난 때문에 미나모토노 요리토모源賴朝에게 살해

124 다이라노 기요모리(平淸盛): 1118년~1181년. 겐지(源氏)를 대신하여 정권을 잡고 딸과 외손녀를 왕에게 출가시켜 전횡을 일삼은 12세기 무장.

125 간무천황(桓武倭皇): 737년~806년. 헤이안 시대의 제50대 일본 천황이다. 어머니가 백제계 도왜인으로 일본으로 건너간 사람이다. 794년에 수도를 교토로 옮겨 헤이안 시대를 열었다. 그는 헤이안의 도성 조영과 동북 지방의 에미시를 평정하는 데 힘을 기울였다. 또한 부 조직과 기능을 적극적으로 개선했고, 현실주의적 입장에서 율령제를 재편하여 전제적 친정 체제를 시도했다.

당하였고, 미나모토노 요리토모 또한 세이와 천황淸和倭皇[126]의 후예로서 스스로 관백의 후예가 되더니, 또 정이대장군征夷大將軍이라 일컫고 가마쿠라鎌倉을 주관하였는데, 바로 지금의 도쿄이다.

그는 헤이 씨를 공격하여 멸망시키고 나라를 점령하여 정치를 마음대로 하였다.

그 후 어떤 때는 집정執政이라고 칭하고, 또 어떤 때는 국왕國王이라고도 칭하였는데, 20여 대에 이르러서 오다 노부나가平信長[127]에게 폐위廢位되었다. 오다 노부나가는 바로 다이라노 기요모리의 서파庶派이다. 겐지씨源氏를 대신하여 집정이 되었는데, 그의 부하 아케치 미쓰히데明智[128]에게 살해되고 아케치 미쓰히데는 다시 도요토미 히데요시平秀吉[129]에게 죽음을 당하였다. 도요토미 히데요시란 자는 비슈尾州 사람인데, 그가 태어난 바는 알 수 없다. 처음엔 노예였는데, 근국近國을 거쳐 오다 노부나가 밑에서 벼슬을 하면서 자주 전쟁에서 공을 세웠다. 아케치 미쓰히데明智를 죽인 뒤부터 그의 군대가 크게 강해져 드디어 일본 60주를 통합하였다. 성을 도요토미豐臣라 고치고 스스로 관백의 직에 올라 일본왕이라 주제넘게 칭하였다. 흉악하고 포악함이 날로 심하여 매년 전쟁을 하였으니, 우리나라 사람들만 홀로 그의 육신을 씹어 먹고자 하였던 것이 아니라, 일본 사람 역시 모두 그가 언제 죽을까하는 원한을 품었

---

126 세이와 천황(淸和倭皇): 850년~881년. 일본의 제56대 천황이다. 겐지(源氏) 계통의 조상이다.

127 오다 노부나가(平信長): 1534년~1582년. 본명은 직전신장(織田信長), 일본 무로마치 바쿠후를 단절시키고 전국통일의 초석을 다진 다이묘.

128 아케치 미쓰히데(明智光秀): 1528년~1582년. 일본 전국시대 무장으로 혼노지 변을 일으켜 오다 노부나가를 죽였다. 일본 역사상 가장 유명한 '배신자'로 낙인된 사람.

129 도요토미 히데요시(平秀吉): 1536년~1598년. 오다 노부나가 휘하에서 점차 두각을 나타내어 중용되던 중 오다 노부나가가 죽자 원수를 갚음과 동시에 일본통일을 이룩했다. 일본의 무장이자 정치가로 일본 통일을 이룩했으며 임진왜란을 일으킨 장본인이다.

었다. 당시에 일본 관동지방에 도쿠가와 이에야스源家康[130]란 자가 있었는데, 바로 미나모토노 요리토모의 후예로서 사람됨이 침착하고 말이 적었으며, 용모가 풍성하고 훌륭한데다 날래고 용맹하여 싸움을 잘하였다. 그래서 감히 그와 칼끝을 겨룰 자가 없었다. 도요토미 히데요시가 그를 공격하여 이기지 못하자, 드디어 그와 강화를 맺고 그 아들 도요토미 히데요리秀賴(1593년~1615년)를 도쿠가와 이에야스의 딸에게 장가들였다.

도요토미 히데요시가 죽자 도쿠가와 이에야스가 꾀를 내어 그의 딸을 빼내고 군사를 일으켜 도요토미 히데요리平秀賴를 공격하여 죽였다. 이로써 헤이 씨를 멸망시키고 다시 관백이 되었다. 이는 진실로 다시 겐지 씨의 옛날 직책을 회복한 것이다.

이로부터 정이대장군을 세습하여 혹은 종1위從一位가 되기도 하고, 혹은 정1위正一位가 되기도 하였다. 그 뒤로 세습을 이어 아홉 사람에게 서로 이어주었는데, 지금의 관백 도쿠가와 이에하루家治[131]는 도쿠가와 이에야스의 6대손이 된다.

간혹 국왕이라고도 일컫다가 도쿠가와 요시무네吉宗[132]부터 일본대군日本大君으로 고쳐 불렀다. 이는 바로 임금도 아니고 신하도 아닌 이름을 부르는 것이 바르지 못했기 때문이다. 우리나라가 부득이 교류를 한

---

130 도쿠가와 이에야스(源家康): 1543년~1616년. 덕천가강(德川家康), 에도막부의 초대 쇼군.

131 도쿠가와 이에하루(德川家治). 1737년~1786년. 일본 에도 막부의 제10대 쇼군. 재위는 1760년~1786년이다. 도쿠가와 이에시게의 맏아들로 일찍이 영특한 재능을 보여왔다. 할아버지 도쿠가와 요시무네가 이에시게를 후계자로 정한 것도 바로 이 때문이다. 1760년 이에시게로부터 쇼군직을 물려받았다. 조선 통신사를 에도에서 영접(1764년)한 마지막 쇼군이다.

132 도쿠가와 요시무네(吉宗): 1684년~1751년. 일본의 에도 막부(江戶幕府) 제8대 쇼군. 1716년 장군이 되고 아라이 하쿠세키(新井白石)의 문치주의(文治主義)를 배척, 무단 정치를 하고 무예의 장려 · 식산 흥업 등에 진력하여 도쿠가와(德川) 중흥(中興)의 영주(英主)로 불린다.

다면 일본국왕과 동등한 교류를 해야 옳다. 임금도 신하도 아닌 관백과 그 예의를 동등이 한다는 것은 더욱 수치스럽고 화나는 일이다.

들었는데, 관백이 다시 즉위한 뒤에 반드시 우리나라에 통신사를 요청하는 것은 대개 남의 힘을 빌려 군중의 마음을 진압하려는 것이라 한다. 더욱 한심하다.

또 들었는데, 옛날에는 관백이 오히려 임금(일본천황)에게 가끔 조정에 나가 알현하였는데, 백여 년이 지난 뒤부터 이 예 또한 폐지하고 행하지 않는다고 한다. 그래서 조금이라도 알고 깨달은 사람은 답답하고 우울한 뜻이 없지 않았고, 간혹 비웃는 말도 있었다.

만약 진실한 영웅이 그 사이에 나온다면 쟁탈하는 일이 없지 않을 것이다. 또 들었는데, 관백의 심복을 66주의 절반이 넘게 배치하여 그 규모가 치밀하였다. 또 백성에게 토지세 외에 다른 징수가 없었고 용역하는 일이 있으면, 곧 대가를 지급하였기 때문에 백성들이 원망하거나 배반하려는 뜻이 없다고 한다.

또 궁벽한 바다의 섬에 위치한 나라여서 임금의 분별이 처음부터 밝지 못하고, 누추하고 천한 풍속의 유래가 이미 오래되어 풍습을 변화시키는 일은 하루아침에 하기 어렵고, 명분을 바르게 하는 일도 반드시 밝은 지식이 있는 자를 기다려야 한다. 이것으로써 말한다면 반드시 옛것을 변혁할 수 있을지는 알지 못하겠다.

朝雨晩陰. 留江戶. 傳命于關白. 飯後. 島主送使者請行于關白宮. 三使着金冠朝服. 乘我國肩輿. 軍官戎服. 員役皆着團領. 而獨金書記一人不隨焉. 奉 國書排軍儀. 冒雨向南而行. 渡一大濠橋. 復入前日出來東城之門. 此是江戶外城門也. 自品川入來之時. 路由於中城, 外城之間. 而出此東城門. 館所實在外城外也. 中城之周圍與否. 雖未的知. 外城則必無四面之周圍也. 彼人築城之法. 宮城, 內城及關防處外. 如中城, 外城, 邑治之城. 多於閭里中起層樓建重闕. 謂之城門. 蓋其閭里接屋連甍. 無所間斷. 劃井分里. 不紊境界. 自然如城郭之狀. 只建甕城以內則可定限界. 自外則難卞城閭矣. 過許多里門. 歷數三板橋而進. 橋下小船. 集如魚鱗. 觀光人物. 屯若蛸毛. 又渡濠橋入中城重關. 自此第宅宏傑. 粉墻周遭. 挾路長廊. 築甎含灰. 箇箇是朱門甲第也. 聞非閭家. 率皆關白官府及宗室, 宰相之家云矣. 到宮城外. 距館所十餘里矣. 至此軍官, 員役. 皆下馬解韜鞬, 環刀. 中官以上及下官中樂工及唱等. 皆隨入. 下官與軍儀. 並落留. 只印信, 日傘隨入焉. 渡濠橋入宮城門. 羅卒在前. 逐門作喝導聲. 至下轎處始止. 自宮城門至第三門外. 又渡濠橋而入. 此爲宮城內城也. 至第四門外. 首譯始下乘物. 至第五門外. 使臣始下轎子. 自內言之. 爲第三門外也. 下轎入門. 首譯先已奉出 國書. 承之以盤. 在前而行. 使臣隨後. 兩館伴, 島主, 兩長老及目付源滿英. 出迎於門內. 相揖前導而進. 又入二門. 至閣道板階. 卽所謂玄關. 又名式臺. 自此至關白堂內皆相連矣. 寺社奉行松平和泉守源乘佑, 土井大炊頭源利里, 松平伊賀守源忠順, 酒井飛驒守源忠香, 大目付箇井太和守源忠雄, 池田筑後守源政倫, 稻垣出羽守源正武出迎於板階. 又與之相揖. 導我而前行百餘步. 入于外歇廳. 奉安 國書于壁龕上. 馬州守相揖而退. 員役, 下屬皆有處所. 而使不得任意出入. 以其關白堂內至近而然也. 少頃. 馬州守又引導. 由閣中轉曲而行. 過百餘步. 至內歇廳. 卽所謂松之間. 關白正堂. 只隔一障處也. 印信則仍留外歇廳. 只三首譯通引各一人隨之. 奉 國書于堂西. 三使列坐于堂中西向. 島主及兩館伴坐於廳邊. 各州太守及百官皆會坐於使臣之左邊. 及後坐者. 殆過數百人. 皆戴一角巾. 或着黑袍. 或着紅袍. 官尊者以黑. 官卑者以紅云矣. 島主請先入見 國書奉安處及使臣行禮處所. 故隨入以見. 則關白正堂廳有三層. 層不踰半尺. 廣不過三間. 並三層而長可爲七八間矣. 上層則關白所坐處. 故遮障之. 使臣行禮則先行於中層. 後行於下層云矣. 暫見而出. 則自首譯以下員役. 亦皆先見行禮處所. 而首譯則入楹內下層. 員役, 軍官. 皆於楹外鋪板之上. 次官及小童. 皆於鋪板外退廳. 而中官, 羅卒等. 在於庭下矣. 我國贈物, 禮幣. 列於大床. 置於堂內廳上. 馬匹立於庭下. 目見其羅列之狀. 羞憤一倍矣. 移時. 執政兩人. 來請行禮. 一是源武元前來館所者也. 一是秋元但馬守藤涼朝也. 島主首譯以次傳言. 使首譯奉 國書. 出楹外傳于島主. 島主奉至堂內. 近侍受置于關白之前. 三使以次折旋而進至堂內中層. 關白坐於上層. 三使行四拜禮. 四拜禮未知始於何時. 而誠可寒心也. 還出歇廳. 三首譯以下並皆以次而行禮. 以其累度申飭之故. 頗爲整齊矣. 以使臣私禮單子. 使首譯傳於島主. 島主奉入堂內而出. 使臣又隨島主而入. 至堂內下層. 行禮如前. 還出歇所. 執政二人. 又以關白言. 請始宴禮. 三使移坐聽之. 隨島主而入. 坐于堂內下層東邊. 黑衣官進素盤于關白前. 紅衣官亦奉素盤置三使之前. 盤有三器. 不過果栗少許. 黑衣者先以銀罐, 土盃. 進於關白. 島主目余. 余上中層. 一人進土盃於余. 一人執空罐在左邊一步之許. 只作注形. 余則以空盃稱之. 而亦不作飮形. 稱後下坐于座. 副使, 從事以次而進. 如禮而行. 又行拜禮而退于內歇廳. 則執政二人. 又以關白意來言曰. 固宜同宴. 而爲慮使臣之勞. 使宗室代行設宴. 以便使臣之心云云. 三使復隨島主而入堂內下層. 行辭歸禮. 還出外歇廳休息後. 復入內歇所. 則島主引坐于障下. 少頃. 導入於堂內下層東障下. 俄者行禮時. 中層及右邊. 并以細簾遮之. 簾內似有窺見者. 而未知其必然也. 與宗室二人相揖而坐. 一是紀伊州太守中納言源宗將. 一是水戶州太守源宗翰之子治保也. 宗將年可二十餘. 而容貌爲人. 別無可言者. 治保則年可十三四. 而眉目英慧. 擧止精詳. 頗異凡兒矣. 戴角巾衣紅袍者供進宴床. 床排假花. 一如館所宴. 而假花六床別造者. 置於堂中. 未知其意之何居也. 行禮如例. 相揖而出坐內歇所. 則執政二人. 又來慰問. 使臣以致謝宴享之意答之. 隨島主而退出. 則執政四人. 送至于廳邊. 首執政酒井左衛門尉源忠寄. 其二源武元. 其三藤涼朝. 其四源輝高也. 源忠寄則年近六十. 容貌雖老. 頗有精氣. 且其爲人. 見重於班行. 藤涼朝則年近四十. 容貌頗俊秀. 觀其四執政. 皆可謂如人. 雖是蠻夷之國. 爲其宰相者. 與凡人有異矣. 行再揖禮而出. 島主, 館伴, 社奉, 目付, 代官等. 前導如來儀. 兩長老不敢參宴班. 中間橫出. 必行禮於紛擾之中. 甚不緊. 又可笑也. 出第三門. 乘轎張傘. 出宮門. 分列軍物於三行之前. 日暮而還. 顧謂副使曰. 吾輩今行. 依仰 國書. 七朔陪護之餘. 遽爾傳 命而歸. 使事雖竣. 心懷悵然. 如有所失. 副使曰誠然矣. 傳 命正堂也. 關白戴風折巾衣純白袍. 純白之衣. 已非君人者之服色. 且無緣飾. 殆同袈裟之樣. 無或是崇佛而然耶. 關白所坐處. 重鋪茶啖. 又鋪繡席. 後列畫松大屛. 三面盡爲屛遮. 只開前面中障子. 而適値天陰之日. 殆如漆室中矣. 雖未能仔細照見. 其容貌蓋是顙廣頤狹. 顯露飄輕之象. 年可三十. 未有圓熟之意. 實有望不似之儀矣. 然而能保此位者. 以其世襲之故. 根基已深. 猝難動搖而然也. 坐傍近侍者不過四五人. 中層左右各侍黑袍者三人. 似是六執事也. 下層右邊羅列一角巾紅錦袍者五六十人. 必是使喚之官. 而此外無他儀仗之羅列者. 庭除不過半畝地. 而亦不方正. 宮室制度極其宏闊. 不知其幾千間. 而正堂之上. 皆覆以銅片瓦. 簷端之霤. 必承以綠銅筧. 其可謂奢侈之極. 而但低狹幽陰. 無高明廣大之意. 還爲可怪. 或言彼人性毒. 睚眦之怨. 必有報復. 故作宮室之際. 爲慮刺客. 重重隔障. 自致陰翳不明云矣. 觀其宮城內外. 則築石堅固. 壕塹圜圍. 正是古法. 并計中城. 外城與壕塹. 則城是四重. 壕亦四重. 雖無據險之山坂. 可謂平地之好城池也. 倭國大臣之稱以關白者. 想必取之於霍光傳關白將軍之義. 而始自倭皇陽成時大臣藤原基經. 而以中國言之. 卽唐僖宗時也. 自此一國事務. 關白悉主之. 基經以後三十餘世. 有平淸盛者. 以桓武倭皇之後. 代藤原氏而爲大臣. 因白河皇后之難. 見殺於源賴朝. 賴朝亦以淸和倭皇之裔. 自爲關白之後. 又稱征夷大將軍. 主鎌倉. 卽今江戶也. 攻滅平氏. 據國專政. 其後或稱執政. 或稱國王. 至二十餘世. 爲平信長所廢. 信長卽平淸盛之庶派也. 代源氏爲執政. 爲其下明智所害. 明智旋爲平秀吉所誅. 秀吉者尾州人. 不知其所生. 初爲奴隸. 經歷近國. 旣仕信長. 累有戰功. 自誅明智. 兵勢大强. 遂統合六十州. 改姓豊臣. 自補關白職. 僭稱日本王. 兇暴日深. 年年戰爭. 不獨東人欲食其肉. 抑亦日域人民. 擧懷曷喪之怨. 時關東有源家康. 卽賴朝之支裔. 爲人沈深寡言. 狀貌豊偉. 勇悍善戰. 莫敢爭鋒. 秀吉攻之不克. 遂與連和. 以其子秀賴. 妻家康之女. 秀吉死. 家康以計出其女. 擧兵攻秀賴而殺之. 因滅平氏. 復爲關白. 其實復源氏舊物. 自此世襲征夷大將軍. 或爲從一位. 或爲正一位. 伊後承襲相傳九人. 今關白家治. 寔爲家康之六代孫也. 間稱國王. 自吉宗改稱日本大君. 此正非君非臣. 名號不正者也. 我國旣不得已交接. 則與倭皇抗禮可也. 與匪君匪臣之關白. 抗其禮義者. 尤可羞憤. 聞關白改立後. 必請我國之信使者. 蓋欲藉重而鎭群心云. 尤可寒心也. 且聞在昔則關白猶或朝覲於倭皇. 百餘年來. 此禮亦廢却不行. 故稍有知覺者. 不無怫鬱之意. 或有非笑之言. 若或有眞箇英雄之出於其間者. 則或不無爭奪之事. 而第聞其排置規模. 極其緻密. 六十六州過半是關白腹心之類. 且生民則田稅外無他所徵. 如有使役. 輒給雇價. 故民無怨苦離叛之意. 且僻處海島. 君長之分. 自初不明. 陋汙之俗. 其來已久. 風習之變. 難期一朝. 名分之正. 必待明

識. 以此言之. 未知其必有所變故也.

1764년 2월 28일

흐림. 도쿄에 머물렀다.

정오 무렵에 쓰시마 태수 및 두 장로가 와서 뵈었다. 대마도주가 필담을 받쳤는데, (필담은 아래에 있음) 대개 이는 임금의 명을 무사히 전하고 예법의 절차에 따라 거행되었다는 것에 대한 치하였다. 인삼차를 한 순배하고 헤어졌다.

陰. 留江戶. 午間. 馬島守及兩長老來見. 島主呈筆談. 筆談在下 蓋是傳命無事. 禮度有節之致賀也. 蔘茶一巡而罷.

1764년 2월 29일

흐림. 도쿄에 머물렀다.

임금의 명을 무사히 전했다는 것과 죽은 통인通引(김한중)을 먼저 보낸다는 것으로 장계(계본啓本은 아래에 있음) 1도度를 각각 고쳤다. 그리고 동래부로 보낼 공문서와 집으로 부칠 편지를 같이 동봉하여, 쓰시마 봉행에게 주고 별도로 빨리 가는 배를 정하게 하여 신속히 보내게 했는데, 언제 도달할지는 알 수 없다.

국서에 대한 회답서의 초본을 얻어 보았는데, 이는 태학두太學頭 하야시 호코쿠林信言가 지은 것이다. 다른 것은 비록 규례대로 하였으나, 임금의 안부를 묻는 곳에 이르러서는 '사는 형편이 편하다 하오니 기쁘고 위로됨이 매우 깊습니다.(興居佳勝 欣慰殊深)' 하고, 또 그 아래에 '이는 새로운 경사를 칭송합니다.(斯稱新慶)' 하였고, 또 그 아래에는 '친목을 닦는 정성입니다.(修睦之誠)' 하였다. 안부를 묻는 구절은 경솔한 듯하고, '칭경稱慶' 두 글자는 크게 망발한 것이며, '수목지성修睦之誠'의 '성誠' 자는 치우치게 사용한 의심이 있다. 이걸 보고 나도 모르게 놀랍고 한심하였다.

저들은 문자를 오로지 신중하게 헤아리는 것이 없어 무식한 소치에서 나왔을 것이나, 통신사신의 도리로는 결코 이것을 받아갈 수 없었다. 그래서 곧 태학두에게 글을 보내어 따지고 싶었지만, 초본은 이미 아랫사람으로부터 베껴서 가져온 것이고, 또 저들의 사정과 태도는 나 스스로도 헤아리기 어려움이 있다.

그래서 먼저 간사관幹事官 아사오카 이치가쿠紀蕃實에게 대마도주에게 가서 전하게 하고 대마도주가 태학두에게 통고해서 고쳐서 다시 짓게 하였는데, 이는 대개 아사오카 이치가쿠는 문자를 조금은 풀이할 수 있고 또 하야시 호코쿠와 평소에 교분이 있었기 때문이다.

만약 우리의 생각과 같이 고쳐지지 않으면 비록 서계가 온 뒤라도 결코 받을 수 없다. 이 같은 이유로 떠날 기일이 지체되는 것은 논할 수 없으니 참으로 걱정스럽고 민망하였다.

陰. 留江戶. 以傳 命無事之意. 通引物故者之先爲出送. 各修狀 啓 啓本在下 一度. 且以萊府行關同封. 兼付家書. 出給馬島奉行. 別定飛船. 使之從速付送. 未知何日可能得達也. 得見 國書回答書草本. 此是太學頭林信言所撰也. 他餘雖如例. 至問 上候處曰. 興居佳勝. 欣慰殊深. 又其下曰. 斯稱新慶. 又其下曰. 修睦之誠. 問候句語. 似涉輕忽. 稱慶二字大爲妄發之. 誠之誠字. 有嫌偏用. 見之不覺駭□而寒心也. 彼人輩於文字. 專無稱量. 或出於無識之致. 而在使臣道理. 決不可以此受去. 卽欲送書于太學頭卞破. 而草本旣是自下謄出者. 且彼人情態. 自有難測. 故先使幹事官紀蕃實. 往傳島主. 使之轉通于太學頭. 以爲改撰之地. 蓋蕃實稍解文字. 且與信言有素云故耳. 如不得如意改出. 則雖書契來後. 決當不受. 如是之際. 行期遲滯. 有未可論. 良可憂憫.

1764년 3월 1일

맑음. 도쿄에 머물렀다.

새벽에 망하례望賀禮를 관소 뜰에서 하였다. 아침 전에 아사오카 이치가쿠가 와서 말하기를, "어젯밤에 태학두를 보았습니다. '초본이 이미 관백에게 보내져서 이제는 고칠 수 없다.'고 합니다." 하므로, 내가 수석 통역관에게 이르기를, "이는 반드시 저들이 마음대로 한 짓일 것이니, 결코 믿을 수 없다. 만약 고쳐 짓지 않는다면 초 5일 대마도주 집에서 베푸는 잔치에도 갈 수 없을 뿐만 아니라, 회답서가 도착하는 날 바로 물리치고 받지 않을 것이다. 이와 같이 되면 우리 통신사신 일행의 지체는 마음으로 달게 받을 것이며, 또 어찌 대마도주에게 불행한 일이 생기지 않겠는가? 이것을 빨리 고쳐 가져오라는 뜻으로 통역관들을 엄하게 질책하라."고 하였다.

관백이 마상재馬上才[133]를 구경하자고 요청하는 것은 규례이다. 삼사를 보좌하는 병사와 세 명의 수석 통역관들에게 이끌고 가게 하였고, 통인通引과 아랫사람들 약 30명을 따르게 하였다. 날이 저물어서야 비로소 돌아왔다.

들었는데, 마상재는 두 사람이 다 잘했지만 박성우朴聖遇가 더욱 잘하여 왜인들이 칭찬과 탄식을 마지않았다 한다. 그리고 말을 타는 장소는 관백의 궁 안에 있었는데, 관백이 비록 나와서 앉아 있지는 않았지만, 누각 높은 곳에서 비단으로 만든 발을 앞으로 드리우고 수를 놓은 옷이 은은하게 비치었으며, 따르는 병사들이 허리를 굽히고 종종걸음으로 지나다니기에 관백이 그 안에 있었다는 것을 짐작할 수 있었다고 한다. 각 주의 태수들은 대청마루에 모두 모여서 손을 가리켜가며 구경하

133 마상재(馬上才): 달리는 말 위에서 여러가지 재주를 부리는 기예.

였는데 떠드는 일이 없었다 한다.

사신을 접대하는 사람 두 명이 곶감 1협篋과 홍어紅魚 1절折을 각각 가져왔다.

晴. 留江戶. 曉行望 賀禮于館庭. 朝前紀蕃實來言. 昨夜往見太學頭. 則以爲草本已經關白. 今無變通云云. 余謂首譯曰. 此必是彼人操縱之習也. 決不可信. 如不改撰. 非但初五日島主家私宴不可往赴. 回答書來到之日. 卽當却而不受. 夫如是則使行之留滯. 固所甘心. 亦豈無生梗於島主也. 斯速改納之意. 嚴飭于首譯等處. 關白請觀馬上才例也. 使三房兵裨及三首譯領率而去. 通引, 下屬等近三十人隨之. 日暮始還. 聞馬才兩人俱善. 而朴聖遇尤最. 倭人稱歎不已云矣. 馬場在於關白宮內. 而關白雖不出坐. 層樓高處. 前垂細簾. 繡衣隱映. 而下卒趨蹌而過. 想是關白所在也. 各州太守都會於一堂. 指點觀光. 寂無喧譁云矣. 館伴二人. 各送乾柹一篋, 紅魚一折.

1764년 3월 2일

맑음. 도쿄에 머물렀다.

밥을 먹은 뒤에 태학두가 제술관製述官을 보려고 왔기에, 수석 통역관에게 필담으로 물어보게 하였는데, "우리들의 이번 행차는 오로지 국서를 전달하고 회답서를 받기 위한 것인데 몰래 듣기로는, 회답서 가운데 글자의 구절이 간혹 무진년 것과 현저하게 차이가 있다 하니, 서로 공경하는 도리로 볼 때 과연 어떠합니까? 사신의 정사가 된 사람의 입장으로 보면 결코 받기 어렵다고 생각하오."하게 하였더니, 하야시 호코쿠가 '이미 지시한 바를 다 짐작하였고, 전례와도 별로 다른 바 없다.'고 말하였다. 수석 통역관이 다시 글자의 구절 사이의 차이 난 곳을 써서 보이며 고쳐 짓도록 하였더니, 하야시 호코쿠가 '사사로이 대답하기 곤란하니 뒷날 다시 통보하겠다.'는 뜻으로 답하였다고 한다. 그의 뜻은 고칠 생각이 있는 것 같았다. 역시 믿을 수 없다.

晴. 留江戶. 飯後. 太學頭爲見製述官而來. 使首譯以筆談問之曰. 僕等今行. 專爲傳 國書受返翰. 而竊聞回答書中句字. 或與戊辰. 顯有差殊. 其於相敬之道. 果如何也. 使相之意以爲決難領受云爾. 則信言以旣悉所示. 與前例別無所異云云. 首譯更以字句間差異處書示. 使之改撰. 則信言以難私答. 後日更報之意答之云云. 其意似有所變改. 而亦未可信也.

1764년 3월 3일

아침엔 맑고 저녁에는 흐렸다. 도쿄에 머물렀다.

오늘은 답청일踏靑日[134]이다. 언덕의 버드나무는 짙은 누런빛이고, 동산의 꽃은 전부 붉으며 산새는 숲속에서 두셋씩 짝지어 서로를 부른다. 생각에 고향의 봄 색깔도 화려하게 무르익었을 것이라서, 고향을 그리는 마음이 더욱 간절하였다.

삼사가 힘을 합쳐 반찬과 과일을 준비하여 일행을 집합시키고 음악을 벌여서 위로하였다. 쓰시마 태수가 별도로 삼중을 보내고 쓰시마의 봉행들이 조화꽃을 올리고 사신을 접대하는 관리 두 사람이 또한 삼중을 바쳤다. 다 삼짇날이기 때문이다. 듣건대, 이 나라의 풍속 또한 3월 3일을 큰 명절로 여기고 잔치와 오락과 서로 찾아보는 일이 설날과 다름이 없다고 한다.

밤에 태학두 하야시 호코쿠가 또 와서 수석 통역관을 보고, "어제 사사로이 대답하기 어렵다 한 것은 집사執事 셋쓰노쿠니 태수攝津守 마쓰다이라 타다쓰네源忠恒(松平源忠恒)가 오로지 그 일을 관여하기 때문에 저

134 답청일(踏靑日): 삼짇날의 별칭(別稱). 들에 나가 파랗게 난 풀을 밟는 풍습(風習)이 있음.

희들은 먼저 셋쓰노쿠니 태수에게 보고하고 올리게 되는데, 지금 셋쓰노쿠니 태수가 올리지 않았기 때문에 새로 고친 글자를 얻어서 보이니, 빨리 삼관사三官使 합하閤下에게 아뢰기를 원합니다."하였다.

이어서 소매 속에서 고쳐서 쓴 회답서의 초본을 꺼내었는데, 다 고치지 못한 곳이 있었다. 그래서 수석 통역관이 통신사신의 말이라 하면서 모두 고치게 하였는데, '흥거가승興居佳勝'은 '기거안녕起居安寧'으로, '흔위欣慰' 두 글자는 '가경嘉慶'으로, '칭경稱慶'은 '서환敍歡'으로, '지성之誠'의 '성誠' 자는 '의誼' 자로 고쳤다. 이제 무진년의 회답서보다 못할 것이 없었다.

우리 삼사 사신 일행은 모두 눈에 거슬리는 곳을 고치게 된 것이 큰 다행이라고 하였으나, 나는 "매우 슬픈 일이오. 우리 성스러운 임금의 정중한 글을 받들고 왔다는 것이 이미 슬프고 분한 일이오. 비록 극히 존경하는 답서를 얻는다 해도 오히려 기쁠 것이 없거늘, 하물며 이처럼 고친 답서 또한 평범한 어구에 불과한 것인데, 도리어 다행하다고 하는 것이 어찌 애통하고 슬픈 일이 아니겠는가?"하였더니, 부사와 종사관이 "그 말씀이 참으로 옳습니다."라고 하였다.

朝晴晩陰. 留江戶. 今日是踏青日也. 堤柳深黃. 園花盡紅. 山鳥林間. 三兩相喚. 故園春色. 想應爛熳. 思鄕之懷. 此時尤切. 三房合力設饌果. 會集一行. 張樂而慰之. 馬島守別送杉重. 馬州奉行輩呈納假花. 兩館伴亦呈杉重. 俱以節日故耳. 聞此國之俗. 亦以三月三日爲大名日. 宴娛尋訪. 無異正朝云. 夜. 太學頭林信言. 又來見首譯. 以爲昨日難私答者. 以執事松平攝津守源忠恒. 專預其事. 僕等先稟攝津守而呈上. 今攝津守未呈上. 故得改字以相示也. 願速達三官使閤下云云. 仍袖出改本. 而猶有未盡改處. 故首譯依使言. 使之盡改之. 興居佳勝. 改以起居安寧. 欣慰二字. 改以嘉慶. 稱慶. 改以敍歡. 之誠之誠字. 改以誼字. 今則可以無損於戊辰之書矣. 三使一行. 皆以得改碍眼處. 謂之大幸. 而余則以爲切悲矣. 奉我 聖君鄭重之書而來者. 已是悲憤之事. 雖得其極尊敬之答書. 猶不足爲喜. 況此所改之本. 亦不

過平平句語. 反爲多幸者. 豈不哀痛切悲處乎. 副使, 從事日. 此言誠然矣.

1764년3월4일

맑음. 도쿄江戶에 머물렀다.

어제부터 예조의 서계와 별지 및 우리 통신사신의 사적인 예단을 집정과 종실 이하 각처에 나누어 보냈는데, 집정과 종실의 집에는 반드시 세 명의 통역관을 함께 보냈다. 그들이 돌아와서 말하기를, "집의 사치스러움과 지키는 관원이 거의 관백의 궁과 다를 게 없었습니다."라고 하였다. 그 세습하는 구조를 상상할 수 있겠다. 또 저들은 재화만 많으면 귀천 · 상하를 막론하고 모두 자기 집에 그 사치를 극도로 부렸으니, 생각건대 분에 넘쳐 지나치는 것을 금지하는 제도가 없어서 그러할 것이다.

晴. 留江戶. 自昨日分送禮曹書契別幅及使臣私禮單于執政, 宗室以下各處. 而執政, 宗室之家. 則必備三譯而去. 來言第宅之奢麗. 守直之官員. 幾無異於關白宮云云. 可想其世襲之排置也. 且彼人之多財貨者. 則無論貴賤上下. 皆於第宅. 窮其奢侈. 想是無僭踰之禁制而然也.

1764년3월5일

아침엔 흐리고 늦게는 맑았다. 도쿄江戶에 머물렀다. 쓰시마 태수의 잔치 자리에 갔다.

쓰시마 태수가 아침에 심부름꾼 다와라 사몬俵左門을 보내어 그의 집에서 베푸는 개인적인 연회에 참석하기를 요청하였다. 듣건대, 다와라 사몬은 대마도주의 친동생인데, 다와라俵씨 집에서 길렀다. 그래서 그

성을 따른 것이라 한다. 오랑캐의 풍속은 진실로 괴이하다.

우리 세 명의 통신사신은 모두 홍단령을 갖추어 입고, 원역과 군관의 군대의식을 쓰시마 후츄에서의 잔치에 갈 때처럼 똑같이 앞에 배열하고 서쪽으로 갔다.

극문戟門(높은 관리의 집에 창을 세워놓은 문)과 채색을 한 누각은 길을 끼고 서로 이어져 있고, 꽃담장과 참호는 집집마다 다 같았다. 뒷문에는 다리를 놓았는데 양쪽으로 나누어 꺾이게 만들었고, 그 가운데에 돌쩌귀를 달아서, 펴면 다리가 되어 왕래할 수 있고 오므리면 밑에 마름쇠처럼 뾰족한 못이 꽂혀서 감히 발을 댈 수 없게 되어 있다. 물어 보았더니, 이는 각 주의 태수의 집이라고 하였다.

6~7리를 가서 대마도주의 집에 이르렀는데, 문 안에는 행각行閣[135]을 세워 대청과 연결시켰다.

두 봉행이 가마에서 내리는 곳으로 와서 영접하기에 한 번 읍례로 답례를 하고, 대청에 올라가서 조금 쉬고 있는데, 대마도주가 두 장로와 같이 와서 맞이하였다. 구비 돌아 60~70보를 걸어 정청正廳에 도착하고 서로 읍례를 하였다. 원역 이하는 먼 허공을 바라보며 두 번 절하였는데, 마치 쓰시마 후츄에서의 연회 때처럼 하였다.

대마도주가 우리를 인도하여 30~40보를 걸어서 대청 뒤쪽으로 돌아 들어가니, 대청은 30~40칸 정도로 넓었다. 주인과 손님이 동서로 갈라져 의자에 앉으니 잔치상이 이미 차려져 있었다. 잔치에 드는 물건과 꽃상, 그리고 아홉 잔을 마시고 일곱 가지 맛을 보는 예식은 하나같이 쓰시마 후츄에서의 공적인 잔치처럼 하였다. 잔치가 끝나자 우리 세 명의 사신이 내헐청內歇廳으로 물러가 쉬었는데, 대청 감실에는 금계金鷄와

---

135 행각(行閣): 집 본체 옆에 지은 행랑.

향로 그리고 구리로 만든 사자상과 그림과 글씨를 설치해 놓았다. 아마 그 살림살이의 물건들을 자랑하려는 것이다.

태수의 일족 이즈미노쿠니和泉守 태수 등고풍藤高豐, 중무대보中務大輔 아리마 요리유키源賴僮(有馬賴僮), 가즈사노쿠니上總의 부태수 아리마 요리타카源賴貴(有馬賴貴), 대선량大膳亮 마쓰다이라 타다스에源忠昆(松平忠昆)가 뵙기를 요청하였다. 역시 규례이다. 공복 차림으로 잠깐 정청에 나가 서로 읍례를 하고 자리에 앉았다. 쓰시마주의 봉행이 수석 통역관을 통해 말을 전하여 고하였는데, 안부를 묻는 규례에 불과하였다. 인삼차 한 순배를 마시고 헤어졌다.

세 사람은 모두 쓰시마 태수의 성姓이 다른 족속이라고 들었는데, 사람됨은 별로 논할 만한 것이 없었다. 잠깐 헐청에서 휴식을 취하고, 와룡관臥龍冠에 난삼鸞衫으로 갈아입고 정청에 앉았다. 앞뜰에 판각板閣 5~6칸을 새로 짓고 상가床架, 상렴緗簾, 금장錦帳, 홍전紅氈 등을 설치하였으며, 이어서 여러 가지 놀이 수십 건을 보여주었다. 어떤 이는 선반 위에서 놀이를 하고, 어떤 이는 마술을 부리는 기괴한 것이 천태만상이었다. 모두 우스웠다. 전부 기재할 만한 것이 못 되어 생략하고 기록하지 않는다.

날이 저물자, 대마도주가 또 별당으로 인도하여 개인적인 잔치를 후츄에 있을 때처럼 하였는데, 음식이 조금 먹을 만하여 간혹 젓가락을 댔더니, 대마도주가 특별히 사의를 표하였다.

대마도주가 지속적으로 그의 집을 구경하기를 요청하였는데, 이번에 또 간곡히 부탁하였다. 그래서 두루 보았더니, 집 서쪽에 있는 두어 칸의 모정茅亭이 약간 볼 만하고, 주택의 배치는 쓰시마의 후츄에 있는 태수의 집과 흡사하였으나 이중대문이 없을 뿐이었다. 대체적으로 관백의 궁 규모를 모방하였는데, 칸수는 비록 모자라지만 역시 천 칸에 가까워 웅장한 구조라 할 만하다.

헤어져 돌아올 때에 대마도주와 두 장로가 처음에 맞이하던 곳까지 배웅해 주었다. 등불을 밝히고 관소로 돌아오니 이미 밤 9시였다.

朝陰晩晴. 留江戶. 赴馬州守宴席. 馬州守朝送使者俵左門. 請行私宴於其家. 左門聞是島主之同腹弟. 而以俵家收養之. 故冒姓云. 蠻夷之風. 誠可怪也. 三使俱紅團領. 員役, 軍官軍儀前排. 一如馬島府中赴宴時. 向西而行. 戟門畫樓. 挾路相連. 粉墻濠塹. 比屋皆然. 後門置橋而分作兩折. 懸樞其中. 舒之則成橋往來. 捲之則底揷尖釘如菱鐵者. 使不敢接足. 問是各州太守之家云矣. 行六七里到島主家. 門內斯設行閣. 接于大廳. 兩奉行迎拜於下轎所. 答以一揖. 上廳到歇所少憩. 島主與兩長老出迎. 轉曲行六七十步. 至正廳. 行相揖禮. 員役以下望空再拜. 如府中宴時. 島主引導行三四十步. 轉入後大廳. 廳廣可謂三四十間矣. 主客分東西. 就坐交椅上. 宴床已排設矣. 宴需, 花床, 九酌七味之禮. 一如府中公宴. 宴罷. 三使退休于內歇廳. 廳龕設金鷄, 香爐, 銅鑄獅子, 書畫. 蓋欲誇耀其什物也. 太守一族和泉守藤高豊, 中務大輔源頼僮, 上總介源頼貴, 松平大膳亮源忠昆. 請謁亦例也. 以公服暫出正廳. 行相揖禮坐定. 馬州奉行傳言于首譯而來告. 不過問候之例. 蔘茶一巡而罷. 三人聞皆馬州守異姓之族. 而爲人別無可論者矣. 暫憩歇廳. 改着臥龍冠鸞衫. 更坐正廳. 則前庭新造板閣五六間. 列置床架, 細簾, 錦帳, 紅氈之屬. 仍呈雜戲數十件. 或以棚戲. 或試幻術. 奇奇怪怪. 千態萬狀. 都是可笑. 皆不足記. 并闕而不錄. 日暮. 島主又延入後堂. 設私宴. 亦如府中時. 而飮食稍可. 時或下箸. 島主別致謝意矣. 島主連請翫觀其家舍. 今又懇囑. 故遍覽之. 則屋西數間茅亭. 稍可暫觀. 第宅排置. 恰似太守府中之家. 而無二重大門. 大體依樣關白宮規模. 間數雖損. 亦不下近千間. 可謂傑構也. 罷歸時. 島主長老送至於初迎處. 明燈還館. 夜已二更矣.

1764년3월6일

맑음. 도쿄江戶에 머물렀다.

관백이 활쏘는 기예를 관람하자고 요청하는 것은 규례이다. 기해년(1719년, 숙종45)과 무진년(1748년, 영조24)에는 연속으로 여덟 사람을 정해 보냈었다. 그래서 영장營將 김상옥金相玉 · 영장 유달원柳達源 · 도사都事 임흘任屹 · 장사 군관壯士軍官 조신曹信과 임춘흥林春興, 마상재馬上才 정도행鄭道行과 박성우朴聖遇를 뽑아서 보냈다. 이름 있는 무인 중에는 마침 아픈 사람이 많았다. 그래서 부방반인副房伴人 전 만호萬戶 김응석金應錫으로 숫자를 채워 보냈는데, 그들은 날이 저물어서야 비로소 돌아왔다.

들어보니, 활터는 거의 2백 보에 가까웠고 과녁은 매우 작았는데, 마침 역풍이 불고 말들이 가는 길은 경사져 말을 달리며 활을 쏘는 일이 몹시 어려웠다. 그런데 조 비장曹裨將은 과녁을 다섯 번, 짐승을 네 번 맞히고, 김 비장金裨將 · 임 비장林裨將은 과녁을 세 번, 짐승을 다섯 번 맞히고, 박성우는 짐승을 다섯 번, 과녁을 세 번 맞히고, 임 비장任裨將은 과녁을 세 번, 짐승을 네 번 맞히고, 유달원은 과녁과 짐승을 각 세 번 맞히고, 김응석과 정도행은 각각 짐승을 세 번 맞혔으나 과녁은 하나도 맞히지 못하였다고 한다.

짐승을 다 맞힌 사람이 네 명이나 되었다. 영광스러운 일이라 할 만하여 모두 무명베 다섯 필을 상으로 주었다.

김응석은 오중팔분五中八分의 실력으로 과거에 급제하고 삼중사분三中四分의 실력으로 변방의 장수 자리를 얻은 사람인데, 지금 과녁을 한 번도 맞히지 못하였으니, 활 쏘는 일은 헤아리기 어렵다 하였는데 진실로 그러하다. 그는 대단히 겸연쩍게 여기고 죽고 싶다면서 갑자기 한바탕 웃음꽃을 꾸미기에, 나는 좋은 말로 위로하였지만 역시 한탄할 일이다.

지난번에는 간혹 육량전六兩箭을 시험한 일이 있었다. 그래서 장사 군관들이 활과 화살을 가지고 갔는데, 저들이 그 장대함을 보고 사람 사는 집이 부서질까 봐 걱정하여 그만두기를 간곡히 요청하였다. 그런데 한 건장한 왜인이 허세로 용력을 과시하며 큰 활을 당기기를 요청하였다.

그는 바로 그들 중에서 장사라 일컫는 자라고 들었다.

조 비장이 시험 삼아 쉬운 듯이 가볍게 한 번 당겨 보이고는 그 왜인에게 당기게 하였더니, 그 왜인은 이를 악물고 팔뚝을 뽐내며 힘을 다해 당기었으나 결코 활시위를 벌리지 못하였다. 그러자 활을 팽개치고 달아나면서 혀를 빼물고 낯을 붉히며, 머리를 흔들고 손을 휘저었다고 한다. 아무리 힘이 있더라도 이미 쏘는 법을 알지 못하는데, 어떻게 당길 수 있었겠는가!

각 주 태수들의 회동은 마상재를 하던 때와 같았고, 관백은 어디에서 구경하는지 알 수 없었다고 하였다. 쓰시마주 봉행들로서 활터에 같이 들어간 자나 좌우에서 구경하는 사람들 모두가 말을 타고 활쏘기를 잘한다고 말하며 탄식만 할 뿐이었다. 또한 무료함을 면할 만하였다.

쓰시마 태수가 어제 잔치 상에 조화꽃으로 설치했던 해바라기 · 난초 · 생강의 화분 세 개를 보내왔기에, 네 명의 글을 잘 짓는 사람에게 시를 짓게 하여 그 등급을 평가해 주었는데, 김 서기金書記(김인겸)는 해바라기 화분을, 원 서기(원중거)元書記는 난초 화분을, 남 제술관南製述官(남옥)은 생강 화분을 차지했다. 나 또한 세 화분에 대하여 각각 한 구절씩 짧은 칭찬의 글을 썼다. 성 서기成書記(성대중)는 때마침 실망한 일로 참석하지 못하여 향우向隅의 탄식[136]이 있는 것 같았다. 그래서 그에게 연꽃 화분을 주고 또한 한 구절로 칭찬의 글을 지어서 주었다. 족히 심심풀이의 놀이는 될 만하였다.

晴. 留江戶. 關白請觀射藝例也. 己亥, 戊辰. 連以八人定送. 故金營將相玉. 柳營將達源. 任都事屹. 壯士軍官曺信, 林春興. 馬上才鄭道行, 朴聖遇定送. 而名

136 향우(向隅)의 탄식: 한 사람이 걱정하면 여러 사람이 즐겁지 못하다는 뜻. 《한시외전(韓詩外傳)》.

武適多病. 故以副房伴人前萬戶金應錫. 充數以送矣. 日暮始還. 聞射場幾近二百步. 帿布甚小. 適値逆風. 馬路傾仄. 馳射極難. 而曺裨帿五中蒭四中. 金裨與林裨帿三中蒭五中. 朴聖遇蒭五中帿三中. 任裨帿三中蒭四中. 柳裨帿, 蒭各三中. 金應錫, 鄭道行各蒭三中. 而帿則皆不得中云. 蒭射沒技之有四人. 可謂生光. 皆以木五疋施賞之. 金應錫則以五中八分登科. 三中四分得邊將者. 而今乃帿布書不一. 巡射之難料誠然矣. 渠則大爲無聊. 直欲自裁云. 便成一場戲劇. 余以好言慰之. 而亦可恨也. 在前則或試六兩. 故壯士軍官持去弓矢矣. 彼人輩見其壯大. 恐有人家之觸傷. 懇請止之. 而有一壯健之倭人. 虛張勇力. 請彎大弓. 聞是其中之壯士稱號者也. 曺裨試爲一挽. 眎其容易. 使其倭人而挽之. 其倭切齒揚臂. 盡力挽之. 猶不得開弦. 捨弓退走. 吐舌赬顏搖頭揮手云. 雖有勇力. 旣不識射法. 何能挽之也. 各州太守之聚會. 如馬才時. 關白則未知在何處而觀光云矣. 馬州奉行輩之同入射場者. 左右觀者. 皆以善騎射. 稱歎不已云. 亦可謂免無聊也. 馬州守送昨日宴床假花置葵蘭薑三盆. 使四文士賦詩. 評其等而與之. 金書記得葵. 元書記得蘭. 南製述得薑. 余亦於三花盆. 各書一句小贊矣. 成書記適失意不參. 似有向隅之歎. 更給蓮花盆. 亦成一句贊而與之. 足可爲消寂之遊戲也.

1764년 3월 7일

아침에 비가 오고 늦게 갰다. 관백의 회답서를 받고 도쿄江戶에 머물렀다.

집정이 회답서를 가지고 온다고 들었다. 밥을 먹은 뒤에 우리 세 명의 사신은 공복으로 갈아입고 원역들 역시 규례와 같이 하고 대청 끝으로 나가 섰다. 대마도주는 먼저 와서 기다리다가 문밖으로 나가 두 사람의 집정을 맞아들였다. 오메쓰케大目付의 한 사람은 서계書契가 담긴 상자를 가지고 먼저 정청에 올라 감실 위에 두었고, 집정 마쓰다이라 다케치카源武元와 아키모토 스케토모藤涼朝가 뒤를 따라왔다. 서로 한 번 읍례를 하고 대청위로 올라가 맞이한 다음 다시 읍례를 규례대로 진행하고 앉았다.

집정이 쓰시마 태수에게 관백의 말을 전하게 하였는데, "관소에 머물면서 평안하다 하오니 매우 위로가 되고 기쁩니다. 이 답서를 보내니 반드시 국왕에게 전해 드리시오."하기에, 우리 세 명의 사신이 자리를 옮겨서 들었다. 인삼차를 권하여 마시자, 집정이 대마도주를 시켜서, "회답을 듣기를 원합니다."하므로, 우리 세 명의 사신은 자리에서 내려와 답하여 말하였는데, "이처럼 위문을 받으니 감사함을 이루다 말할 수 없습니다. 회답서는 삼가 마땅히 우리 임금께 전해 드리겠습니다."하였다.

쓰시마의 봉행이 통신사신의 회례단자回禮單子를 대마도주에게 전하고, 대마도주는 수석 통역관에게 전해주었고, 수석 통역관은 우리 세 사람의 사신에게 각각 나누어서 올리기에, 우리들은 자리에서 내려와 받고 손을 들어 인사했다.

봉행이 또 무릎을 꿇고 단자單子를 우리 세 명의 수석 통역관 및 상판사上判事와 제술관에게 전하니, 각 사람마다 모두 무릎을 꿇고 예에 맞게 받고 물러갔으며, 여러 상관과 차관 그리고 중관과 하관들이 받아야 하는 것을 원역 한 사람이 대신 받아서 전해 주었는데, 이 또한 규례이다.

우리 세 명의 사신이 자리에서 내려와 수석 통역관을 시켜 대마도주에게 전하게 하고, 그가 다시 집정에게 전하게 하였는데, "여러 번 위문을 받고, 또 거느린 각 사람까지 후한 은혜를 받게 되었으니, 어떻게 감사함을 말해야 할지 모르겠습니다. 이런 뜻을 관백에게 아뢰어 주시오."하였더니, 집정은 마땅히 그와 같이 하겠다고 답하고 이어서 곧 돌아가 아뢰겠다고 하자, 우리들은 맞이할 때의 의례와 같이 하여 그들을 보냈다.

회답서(답서 등본은 아래에 있음)를 열어 보았더니, 지난 날에 고쳐 쓴 본과 똑 같았고 서식書式과 구어句語는 무진년의 답서와 다를 바가 없어, 다시는 눈에 거슬리는 대목은 없었다.

다른 쪽지에 기록한 물품(물품 기록은 아래에 있음)은 그림이 그려진 병풍과 채색된 비단 그리고 그림이 그려진 탁자와 금으로 장식한 말안장 등에 불과하여, 아주 요긴하게 쓸 물품으로는 부족하였다.

서계는 색이 칠해진 종이로 싸서 은상자에 담고, 또 비단으로 은상자 겉을 싸서 옻칠한 나무상자에 넣고 색이 칠해진 줄로 묶었다.

회례물건回禮物件은 대청마루 위에 진열되었는데, 혹시 불경스러운 일이 있을까 걱정이 되어 일일이 점검한 뒤에 역관에게 회답서를 지난번에 국서를 봉안하던 곳에 넣어 두게 하였다. 깨닫지 못하여 한심한 생각이 들었다.

들었는데, 공적인 예물은 저들이 부산으로 운반하고 사신의 사적인 예물은 오사카 성으로 수송한다고 한다.

朝雨晩晴. 受關白回答書. 留江戶. 聞執政持回答書而來. 飯後. 三使具公服. 員役亦如之. 出立于大廳邊. 島主先已來待. 出迎二執政于門外以入. 大目付一人. 持書契櫃先上正廳. 置于龕上. 執政源武元, 藤涼朝. 隨後而來. 相與一揖. 迎至堂上. 行再揖禮如例而坐. 執政使馬島守傳關白之言曰. 留館平安. 深以慰喜. 此去答書. 須傳納於 國王前云云. 三使離席而聽. 勸蔘茶訖. 執政使島主願聞回答. 三使下席致答辭曰. 荷此慰問. 不勝感謝. 回答書謹當傳納于吾 君矣. 馬島奉行. 以使臣回禮單子. 傳于島主. 島主傳與首譯. 首譯分呈于三使. 三使下席而受. 擧手而稱之. 奉行又以單子跪傳三首譯及上判事製述官. 各人皆跪受稱禮而退. 諸上次官及中下官所受者. 員役一人. 替受傳給. 此亦例也. 三使下席. 使首譯傳於島主. 遞傳執政曰. 累荷慰問. 且蒙厚惠. 以及所率各人. 不任感謝. 此意達于關白前云云. 執政答以當如是矣. 仍卽告歸. 送之如迎儀. 開見回答書. 答書謄本在下 則一如向日改本. 書式, 句語. 與戊辰無異. 更無碍眼之處. 別幅列書物種. 物錄在

下 不過彩屛, 色緞, 畫床, 金鞍等物. 不足爲緊用矣. 書契裹以彩紙. 盛之銀櫃. 又裹以錦. 櫃外盛以髹漆木櫃. 結以彩繩矣. 回禮物件. 陳列於堂上. 或慮有不敬之事. 一一點視後. 使譯官奉回答書. 入置於前日 國書所奉處. 不覺寒心也. 聞公禮物則彼人運納於釜山. 使臣私禮物則輸及於坂城云矣.

1764년3월8일

맑음. 도쿄江戶에 머물렀다.

지난 2월 25일에 대마도주가 담배상자와 벼룻집을 보냈을 때에 그것을 받으면서 생각한 바 있었다. 답례품은 본래 후하게 보내려고 했다. 그래서 장지壯紙 10속束, 색지色紙 10속, 후백지厚白紙 10속, 간지簡紙 2백 폭幅, 붓 1지枝, 먹 30홀笏, 부채 50병柄을 보냈다.

태학두 하야시 호코쿠가 수석 통역관을 찾아와 "통신사신이 올 때마다 역에서 말을 제공하면서 분란을 일으키는 일이 없지는 않았었다. 그래서 이번에는 쓰시마 태수에게 모두 맡기고, 쓰시마에서 많은 돈을 내어 그 비용으로 충당하게 하고 번거롭거나 지나친 일이 없기를 바랬다. 이것은 우리나라(일본)가 사신을 대우하는 지극한 마음이었는데, 그대들은 오는 사이에 편한한 점과 불편한 점이 어떠하였는가?"라고 물었다 한다.

대개 통신사가 육로로 갈 때에는 3등급의 마필을 모두 각 주에서 차출하였었는데, 이번에는 쓰시마 사람이 품삯을 많이 받으려고 스스로 이 일을 맡아 책임지고 마필을 마계도가馬契都家[137]처럼 그렇게 하고 도쿄에 청탁을 도모하였다. 때문에 이와같이 하야시 호코쿠가 수석 통역관에게 질문한 것이다.

---

137 마계도가(馬契都家): 마계(馬契)는 말을 빌려주는 일로 업을 삼는 계. 도가(都家)는 동업자들이 모여서 상의(商議)하는 집이니, 즉 마계의 일을 처리하는 도가.

그런데 수석 통역관들은 미처 어떻게 할 사이 없이 갑자기 말하기 곤란해서, 분명하게 논하기 어렵다고 대답했다고 한다.

나는 이 말을 듣고, "육로의 마필을 만약 쓰시마 사람에게 담당하게 한다면 반드시 부족할까 걱정이 많을 뿐더러 또 폐단이 될 것인데, 어찌하여 실제 이런 사정으로 이를 막지 않았는가?"하였다. 그리고 수석 통역관들이 상황에 따라 말을 잘 하지 못한 것을 나무라고, 그들에게 자세히 탐문하게 하였다.

수석 통역관들이 쓰시마주의 봉행들에게 물었더니, "인부와 마필이 각 주 또는 쓰시마주로부터 차출될지 여부는 막부의 일시 처분에 달려 있으며, 애당초 태학두가 직분을 넘어 당상 통역관들에게 마음대로 물을 수 있는 것이 아닙니다."라고 하였다.

상급의 말이나 중급의 말로 말하자면, "비록 쓰시마주에서 담당하고 싶어했지만 어디에서 얻어서 가져오겠습니까? 짐을 싣는 말에 대해서도 과연 이런 의논이 있었습니다만, 아직 결단을 내리지 못했습니다."라고 하였다 한다.

생각하건대 이 일은 쓰시마 사람들이 면밀히 살펴서 태학두에게 청탁을 보냈을 것인데, 지금은 도리어 간섭할 일이 아니라고 책망하니, 오랑캐의 마음은 진실로 이랬다저랬다 해서 헤아리기 어렵다고 할 만하다.

晴. 留江戶. 頃日. 島主之送烟樻, 硯匣也. 受之有意矣. 回禮物本欲厚往. 故以壯紙十束, 色紙十束, 厚白紙十束, 簡紙二百幅, 筆三十枝, 墨三十笏, 扇子五十柄送之. 林太學頭信言. 來見首譯. 以爲聘使時供驛馬遞. 不無紛擾. 故今則專委對馬守. 大發府庫金. 充其費用. 以冀無煩濫者. 是本邦待聘使之至意. 諸君道途之間. 便不便如何云云. 蓋信使陸行時. 三等馬匹. 俱出於各州. 而今番則馬島人. 必欲厚受雇價. 自當責立. 有如馬契都家者然. 圖囑於江戶. 而有此林信言質問於首譯也. 首譯輩倉卒難於爲辭. 對之以有難的論云云. 余聞之以爲陸路馬匹. 若使馬州人擔當. 則必多不足之患. 又當爲弊. 何不以實情防塞之乎. 仍責首譯等之臨機而不善辭. 使之詳探矣. 首譯等問於馬州奉行輩. 則以爲人馬之出自各州或馬州與否. 此在江戶之一時處分. 初非太學頭所可越職而委問於堂譯者也. 上, 中馬則雖欲自馬州擔當. 何處得來. 至於卜馬則果有此議. 而姑未決斷云云. 此事想是馬州人用意經營. 委送太學頭者. 而今反以不干責之. 蠻情誠可謂閃忽難測也.

1764년3월9일

맑음. 도쿄江戶에 머물렀다.

관백이 부기선副騎船이 파손되었다고 특별히 흰 비단 1백 단段과 해삼 2상자를 보내어 위문하였다. 이는 대개 무진년에도 부기선이 불에 탄 일 때문에 특별히 위문한 바가 있었기 때문이다. 그래서 이번에도 쉽게 준례를 성립시킨 것이다. 그런데 여러 가지 비단을 받는 것은 통신사행 일정에 어떻게 미칠지 몰라 수석 통역관을 대마도주에게 보내어 받기가 곤란하다고 다시 관백에게 전하게 하였는데, 대마도주가, "관백이 보낸 것은 물리칠 수 없으며, 또 무진년에도 역시 이런 전례가 있었으니, 전달하기 어렵습니다." 하였다.

그래서 부득이하게 받은 다음, 우리 세 명의 통신사신이 상의하여 하나같이 무진년의 규례에 따라 호조에 수납시키자고 하였다.

태학두 하야시 호코쿠는 다시 별시 한 절구를 지어 보내고, 하야시 노부요시는 증정한 예단의 물건에 따라 시를 읊고 또 서문 한 편을 지어 올렸기에, 남 제술관과 성 서기에게 화답시를 대신 짓게 해서 그 부자에게 각각 칠언 율시와 칠언 절구 한 수씩을 부쳤다. 미토노쿠니 태수水戶太守 도쿠가와 무네모토源宗翰(德川宗翰)도 각기 세 명의 통신사신에게 서문을 바쳤다. 역시 규례이다. 제술관에게 짧은 표문을 대신 짓게 하여 그에게 부쳤다.

오후에 관백이 사신을 접대하는 관리에게 익힌 음식을 베풀게 하였다. 이는 즉 상마연上馬宴[138]이다. 세 명의 사신이 평복 차림으로 대청에 나가 받았다. 익힌 음식을 베푸는 것은 국빈을 대접하는 잔치와는 약간 차이가 있는 것인데, 일행의 상하 모두에게 베풀었다고 한다.

집정의 회답서계와 각처의 공적인 것과 사적인 답례 예물이 잇따라 한꺼번에 들어왔기에, 수석 통역관과 장무관에게 자세히 기록하여 일이 생기면 변통하여 처리할 수 있도록 기다리게 하였다. 마상재의 말은 실차實差[139]와 예차預差[140]와 함께 세 필씩이다. 이는 군대에서 이미 값을 주고 사온 것인데, 기해년·무진년에 번번이 대마도주에게 준 일이 있었기 때문에 이번에도 역시 전례에 의하여 보내 주었다.

晴. 留江戶. 關白以副騎船之破傷. 別送白縉一百段, 海鼠二樻而問之. 蓋於戊辰. 因副騎船燒火事. 有所別問. 故今番便成遵例. 而至於綵緞之受. 事涉如何. 故送首譯於島主. 以難於領受之意. 使之轉達于關白. 則島主以爲關白所送. 不可退却. 且於戊辰. 亦有此例. 有難轉達云云. 故不得已受之. 三使相議. 一依戊辰例. 輸納於戶曹計耳. 太學頭林信言. 更送別詩一絕. 信愛則以禮單所贈者. 逐物咏詩. 又以序文一篇呈之. 使南製述, 成書記代製和詩. 而於其父子. 各付七律, 七絕各一首. 水戶太守源宗翰. 各呈序文於三使. 亦例也. 使製述官代構短表而付之. 午後關白使館伴設熟供. 此卽上馬宴也. 三使平服出大廳而受之. 熟供與宴享稍間. 而皆及於一行上下云矣. 執政回答書契各處公私回禮物. 鱗次並來. 使首譯, 掌務官詳錄之. 以待區處. 馬才馬. 實, 預差并三匹也. 此自軍門已爲給價而買來者. 己亥, 戊辰. 輒給島主. 故今亦依例而送之耳.

138 상마연(上馬宴): 외국 사신이 왔다가 일을 끝내고 떠나기 직전에 베풀던 연회.
139 실차(實差): 나라에 중대한 일이 있을 때에, 임시로 두는 차비관의 정임자.
140 예차(預差): 어떤 일이 생길 때에 일정한 사람에게 미리 해야 할 임무를 맡은 사람.

1764년 3월 10일

흐리고 비가 왔다. 도쿄江戶에 머물렀다.

귀국할 날이 하룻밤으로 다가오니, 우리 일행 모두가 기쁘고 위로가 되었다. 일행들에게 단단히 타일러 경계시키고 돌아갈 행장을 정돈하게 하고 관소에 머물렀다. 날마다 공급받고 남은 쌀 4표俵는 통역관에게 주고, 또 4표도 금도禁徒에게, 그리고 5표는 가마를 메는 군사에게 주었다.

삼사의 방을 통틀어 각종 쓰고 남은 것을 전부 계산하면 합계가 백미 71표, 간장 97수두手斗, 감장 5백 71수두, 식초 1백 53수두, 소금 4백 4수두, 석탄 3백 10표, 땔나무 1천 6백 50단丹이 된다. 1표는 우리나라의 12두斗 혹은 9두에 해당하고 1수두는 우리나라의 3승升에 해당한다. 대부분 두 관반사館伴使에게 보냈다. 이 또한 규례이다.

전부터 사신들이 회례은자回禮銀子를 대마도주에게 제급除給[141]하여 동래부의 공목公木[142]을 대납하던 것이 이미 규례가 되었다. 그래서 은자 8천 냥을 공목 2백 동同 대신으로 방급防給[143]하고, 곧 공목 담당인 왜인의 수표를 받아 수석 통역관에게 주어 동래부에서 정확하게 살펴보게 하였다.

우리들의 통신사행의 일은 국서를 받들어 전하는 일에 불과하였고, 별다른 일은 없었다. 그런데 근래 왜인의 사정은 점점 교묘하게 속여 모든 일에 말썽이 났으며, 이전의 통신사들 중에는 한도 끝도 없는 불행한 일을 겪은 자가 흔히 있었다. 그러나 이번에는 예에 따라 접대를 받

141 제급(除給): 금전이나 물건 등의 일부분을 공제하고 주는 것.

142 공목(公木): 일본 사신이 가지고 온 개인적인 상품에 공식적인 무역을 허가하여 그 대가로 주던 무명포를 말함.

143 방급(防給): 중간에서 대신하여 지급하는 것.

았고 일을 잘 마치고 귀국하게 되었는데, 이는 진실로 사람의 힘으로 하는 것이 아니라, 우리 임금의 혼령이 멀리 있는 이곳까지 미친것에 힘입은 것이다.

陰雨. 留江戶. 回程隔宵. 上下欣慰. 申飭一行. 整頓歸裝. 以留館時. 日供餘米四俵. 給傳語官. 四俵給禁徒. 五俵給轎軍. 通三房并計各種用餘. 則合爲白米七十一俵, 艮醬九十七手斗, 甘醬五百七十一手斗, 醋一百五十三手斗, 鹽四百四手斗, 炭三百十俵, 柴一千六百五十丹. 一俵. 我國十二斗或九斗. 一手斗. 我國三升也. 都送于兩館伴使. 此亦例也. 自前使行以回禮銀子. 除給馬島主. 以防萊府公木者. 已成規例. 故以銀子八千兩. 防給公木二百同之代. 卽受公木次知倭人手標. 付之首譯. 俾準於萊府之地. 吾輩使事不過奉傳國書. 別無他幹. 而近來倭情. 漸益巧詐. 凡事易致生梗. 前後信使飽經無限困厄者. 比比有之. 今番則接待如禮. 能得竣事而歸. 固非人力. 實賴王靈之遠暨也.

귀국길

한양을 향하여

히가시 혼간지(東本願寺).

도쿄도 아사쿠사에 소재한 사찰로 조선통신사 일행이 도쿄(에도)에 머무르는 동안 묵었던 숙소.

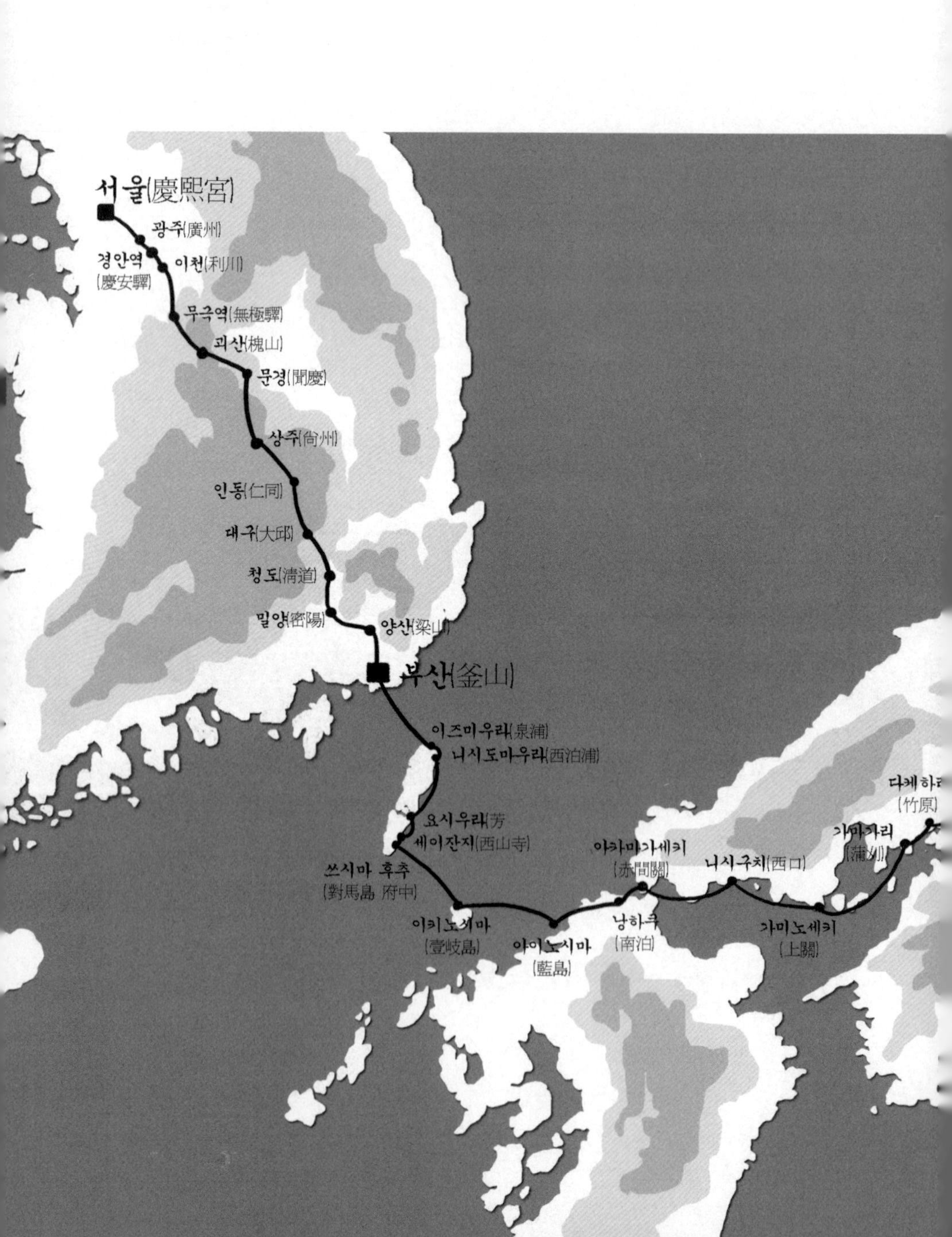
서울(慶熙宮)
광주(廣州)
경안역
(慶安驛)
이천(利川)
무극역(無極驛)
괴산(槐山)
문경(聞慶)
상주(尙州)
인동(仁同)
대구(大邱)
청도(淸道)
밀양(密陽)
양산(梁山)
부산(釜山)
이즈미우라(泉浦)
니시도마우라(西泊浦)
요시우라(芳
세이잔지(西山寺)
쓰시마 후추
(對馬島 府中)
이키노시마
(壹岐島)
아이노시마
(藍島)
낭하쿠
(南泊)
아카마가세키
(赤間關)
니시구치(西口)
가미노세키
(上關)
가마가리
(蒲刈)
다케하
(竹原)

도쿄(江戸)
시나가와(品川)
후지사와(藤澤)
오다와라(小田原)
요시하라(吉原)
미시마(三島)
에지리(江尻)
후지에다(藤枝)
가케가와(懸川)
하마마쓰(濱松)
요시다(吉田)
오카자키(岡崎)
나고야(名護屋)
오가키(大垣)
비와코(琵琶湖)
히코네조(彦根城)
모리야마(森山)
니시하라(西原)
가와구치(河口)
히라카타(平方)
효고(兵庫)
오사카(大坂城)
무로쓰(室津)
우시마도(牛窓)
노우라
浦)

1. 시나가와品川 1764년3월11일

아침에는 비가 오고 저녁에는 흐렸다. 도쿄에서 통신사행을 끝내고 귀국하는 길에 시나가와品川에서 잤다.

아침 일찍 대마도주가 직접 외청으로 왔는데, 통신사행이 떠나려고 분주하였기 때문에 미처 뵙기를 요청하지 못하고, 단지 통역관을 만나 먼저 일을 잘 끝낸 뒤에 돌아가게 된 것을 하례하였고, 이어서 귀국하는 길을 인도하겠다는 뜻을 알려왔는데, 이것 또한 규례이다.

회답서계는 마땅히 당하 역관이 가지고 먼저 출발하게 하였는데, 《사상기槎上記》에, "앞에 배열排列된 군의軍儀는 올 때의 규례를 따른다."고 하였으므로, 장사壯士와 군관軍官 이하가 따라가야 하지만 배열을 나누고 보니, 군관 중에서 사고가 난자가 많아 앞 배열이 부족하여 별파진別破陣 이하에게 따라가게 하였다. 오전 9시에 우리 세 명의 사신이 사행을 끝낸 후 문을 차례로 나가니, 관반 가토 야스타케藤泰武와 모리 마사미쓰大江匡滿가 마루 밖에서 읍하여 전별하였고, 도쿄에 머무는 쓰시마주 봉행 후루카와 오이平如恒가 와서 전별하였다.

30일을 체류하면서 이미 국사를 마치고 관문을 나서니, 만 리의 머나먼 길이 이 발걸음에서 시작된다. 정신이 상쾌하여 마치 새장에 갇혔던 새가 날개를 펴고 날아가는 듯하다. 일행 모두가 기뻐서 뛰었으며, 병을 앓던 사람까지도 억지로 일어나 모두 몹시 앓던 병이 다 나은듯하였다.

오후 3시에 시나가와에 도착했는데, 관사는 또렷이 사행 가던 길에 잤던 곳과 같았다. 지금, 사행 갈 때에 국서를 봉안하던 곳에, 사행 갈 때 머물던 그 전날에 붙인 표지를 떼어 내고 '어반한봉안처御返翰奉安處'

라고 고쳐 썼다. 지나오는 길에 본 것은 사행 갈 때에 이미 기록하였으므로, 다시 기록할 필요는 없고 다만 오늘 일만 기록할 뿐이다. 오는 도중에 오언 율시 한 수를 지어 북곡北谷 홍치중洪致中[1]이 시나가와에서 읊은 시에 차운하였다. 또 칠언 율시 두 수를 지었는데, 한 수는 왕명을 전하는 일을 읊었고, 한 수는 돌아오는 일정에 대하여 읊었다. 그리고 부사・종사관 및 모든 문인들에게 화답하게 하였다.

오늘은 30리를 왔다.

朝雨晩陰. 自江戶回程. 宿品川. 朝前. 島主委來外廳. 以臨行紛擾. 未及請見. 只要首譯先賀竣事後回程. 繼通前導之意. 此亦例也. 回答書契. 例使堂下譯官. 陪行先發. 而槎上記亦云. 前排軍儀依用來時例. 壯士軍官以下陪行. 而分番則軍官多故. 前排不足. 使別破陣以下陪去. 巳時三使回程. 以次而出. 館伴藤泰武, 大江匡滿. 揖別軒外. 留江戶馬州奉行平如恒亦來辭. 三旬滯留之餘. 旣竣王事. 回出館門. 萬里長程. 始於脚下. 神思快闊. 殆如籠禽之奮翼. 一行上下莫不欣躍. 吟病者亦能强作. 皆若沈疴之去體矣. 晡時到品川. 館舍怳如昨宿處也. 來時國書奉安所. 今則去其前日貼紙. 改書以御返翰奉安處矣. 歷路所見. 去時旣錄. 歸路不必疊床. 只記當日事耳. 路中得五律一首. 次洪北谷品川韻. 又得七律二首. 一咏傳命事. 一咏回程事也. 要副, 從使及諸文士和之. 是日行三十里.

2. 후지사와藤澤 1764년3월12일

아침에 비가 오고 늦게는 흐렸다. 가나가와神奈川에서 점심을 먹고, 후지사와藤澤에서 잤다.

대마도주가 늦게 출발하였기 때문에 아침 7시경에 떠나 다시 로쿠고

1 홍치중(洪致中): 1667년(현종8)~1732년(영조8). 호는 북곡(北谷), 1719년 조선통신사 정사로 일본에 다녀와 부제학과 이조참판이 되었으며, 이후 우의정, 좌의정, 영의정을 지냈다.

가와六卿江를 건너 가나가와에 도착하였다. 이곳에서 점심을 먹고 전진하였다. 비는 비록 그쳤지만 날씨가 음산하고 습하였으며, 길은 미끄러운 진흙길이라 가마꾼들이 천천히 걸어 저녁 7시쯤에 겨우 관소에 들어왔다.

오늘은 90리를 왔다.

朝雨晚陰. 神奈川中火. 宿藤澤. 因島主晚發. 辰初作行. 還渡六卿江. 到神奈川中火前進. 而雨勢雖止. 日氣陰濕. 路泥且滑. 轎夫徐行. 初更僅入館所. 是日行九十里.

3. 오다와라小田原 1764년3월13일

아침에 맑다가 오후에는 흐리고 밤에는 비가 왔다. 오이소大磯에서 점심을 먹고 오다와라小田原에서 잤다.

아침에 출발하여 낮에 오이소에서 쉬었으며 저녁에 오다와라에 닿았다.

오늘은 80리를 왔다.

朝晴晚陰夜雨. 大磯中火. 宿小田原. 朝發午憩大磯. 暮抵小田原. 是日行八十里.

4. 미시마三島 1764년3월14일 . ~3월16일)

흐리고 비가 오다가 저녁에는 개고 맑았다. 하코네 고개箱根嶺에서 점심을 먹고 미시마三島에서 잤다.

비를 무릅쓰고 출발하여 진흙길을 걸어 전진하였다. 고개는 높고 길이 험하여 아랫사람 중에 간혹 넘어져 엎어지는 자가 있었다. 20여 리를 가다가 쌍유 폭포雙乳瀑布를 구경하기 위하여 마을 여관에서 잠깐 쉬었다. 폭포는 집 뒤에 있는데, 멀리 산의 물을 끌어들인 것이었다. 단壇을 3층으로 쌓고 층을 따라 돌을 포개어 삼층 폭포를 이루었다. 쌍유라고 말하는 것은 어떤 근거가 있는지 알지 못하겠다.

한 폭포는 높이가 한 길 남짓 정도인데 때마침 비가 더해져서 폭포의 폭이 흰 베 한 폭과 같았고, 물이 돌에 부딪쳐 물결이 뒤집히니 마치 눈을 뿜어내는 듯하였다. 제3층에 이르러서는 몇 굽이를 돌아 평평하게 흘러내려 술잔을 띄울 만하였다. 또 그 정원에는 화초를 많이 심어 숲이 되었고 기괴한 돌을 늘어놓았는데, 마을 안에 이 같은 절경이 있을 줄은 생각하지 못했다.

험한 길을 오르고 또 올라 겨우 관소에 도착했다. 사행 갈 때 원역들이 말에서 내리던 곳에 이르렀는데, 상관 · 차관 및 소동小童 · 겸종傔從들은 말에서 내리지 않았고 나졸중의 하급관리만이 전례에 따라 말에서 내렸다.

대개 무진년에 상관 · 차관은 말에서 내리지 않았었다. 그래서 이번 사행길에도 역시 당연히 말에서 내리지 않아야 할 것인데, 무진년에 사행 갈 때의 규례를 잘못 인용하여 말에서 내렸다 하니, 몹시 괴이하고 탄식할 만하다. 이 때문에 통역관에게 지난 번 사행 갈 때에 저들을 꾸짖도록 하였기 때문에, 오늘 상관 · 차관이 말에서 내리지 않게 된 것이다.

고개 위의 예전의 관소에서 점심을 먹고 간신히 고개를 넘어 초저녁에 미시마에 도착하였는데, 사람과 말이 지치고 피곤하여 몹시 걷기 어려운 상태였다.

오늘은 90리를 왔다.

陰雨夕晴. 箱根嶺中火. 宿三島. 冒雨作行. 衝泥前進. 嶺峻路險. 下屬或有顚跌者. 行二十餘里. 爲觀雙乳瀑. 少憩閭舍. 瀑布在家後. 而遠引山水以入者也. 築壇

三層. 隨層鱗石. 懸成三瀑. 兩乳之稱未知其何據也. 一瀑高可丈餘. 而適値雨添. 廣如白布一幅. 激石翻波. 殆如噴雪. 至第三層. 平流數曲而下. 足可爲流觴矣. 且其園林多植花卉. 布列怪石. 不意閭里中有此勝槪也. 登登險路. 幾及館所. 至去時員役下馬處. 上次官及小童, 傔從輩則不爲下馬. 羅卒中下官依前下馬. 蓋於戊辰上次官旣不下馬. 則今番去時. 亦當不下馬. 而誤引戊辰去時之例而下馬. 極可怪歎. 以此使首譯. 前期責諭於彼人. 今日則上, 次官不爲下馬. 中火於嶺上舊館. 艱辛踰嶺. 初昏到三島. 人困馬疲. 間關甚矣. 是日行九十里.

1764년 3월 15일

흐리고 비가 뿌렸다. 미시마三島에 머물렀다.

새벽에 관소의 뜰에서 망하례를 하였는데, 종사관은 수종手瘇 때문에 같이 하지 못하였다. 대마도주가 사람을 보내어, "후지가와富士川의 배다리가 빗물이 불어나 훼손되고 부서져, 지금 보수하고 있으니 결코 떠나기 어렵습니다."라고 하였다.

최근에 4~5일 동안 비가 계속 내려 큰 냇물이 넘쳐 범람하였다는 것은 진실로 이상한 것이 아니지만, 지난 달 오가키 역참에서 머무를 때 배다리 일로 핑계를 대었던 것으로 보면, 지금의 말도 역시 믿을 수 없다.

그러나 형세가 부득이하여 가는 길을 멈추게 되니 답답하다.

통역관 현태심玄泰心이 갑자기 괴질에 걸려 미친 소리와 망언을 하고 울기도 하고 웃기도 하며, 스스로 칼을 빼어 배를 가르려는 지경에 이르렀다.

그의 형인 통역관 태익泰翼이 간신히 칼을 빼앗았으나, 잠깐 정신이 나갔다 들어왔다 하면서 증상이 이상하고 고약하였다. 그래서 문밖으로 내보내 모든 의원들에게 약물을 의논하여 사용하게 하였다.

들었는데, 그는 일찍이 미친병이 세 차례나 발병하였으나, 다행히 조금 낫게 되었다고 한다. 그런데 이런 오래 된 병을 품고 60이나 된 나이에 이처럼 만 리를 여행한 것이 진실로 무식한 걸음이었지만, 이미 통역을 맡았으니 어찌 그렇게 되지 않았겠는가? 도리어 가엾고 답답하다.

陰雨灑. 留三島. 曉行望賀禮於館庭. 從事官以手瘇不得同參. 島主送伻以爲富士川舟橋. 因雨漲毁傷. 今方改鋪. 決難作行云. 近者四五日雨勢終不快止. 大川之漲溢. 固無足怪. 而以前月大垣站留住時. 托於舟梁事言之. 則今者之言亦未可信也. 雖然勢不得已停行. 可鬱. 譯官玄泰心猝發怪疾. 狂言妄說. 或哭或笑. 至於自拔其刀. 欲爲刳腹之境. 其兄首譯泰翼. 僅奪其刀. 而乍昏乍明. 症情怪惡. 出送門外. 使諸醫. 議用藥物. 聞渠曾發狂疾三次. 幸得差愈. 而抱此宿症. 六十之年. 作此萬里之行. 固涉無識. 而旣係譯舌. 其安得不然也. 還可憐悶.

1764년 3월 16일

비가 하루 종일 내렸다. 미시마三島에 머물렀다.

비 때문에 종일토록 지체하니, 몹시 걱정되고 우울하였다. 저녁에 대마도주가 사람을 보내어, "내일 요시하라吉原를 향하여 출발하여 후지가와富士川의 다리가 완성 되었는지 안 되었는지를 기다려봅시다."하였다.

봉행하는 사람들이 사사로이 통역관에게 말하기를, "요시하라는 단지 낮에 지나가는 역참이라 혹여 여러 날을 체류하여 머무른다면 체류에 필요한 공납물을 바치는 것이 쉽지는 않을 것이오."하였다 하니, 그 뜻은 공납의 부담을 덜어주기를 바라는 데 있는 듯하였다. 그러나 '봉행의 명분과 체면이 있는 것이니, 봉납하는 일을 줄여 줄 수는 없다. 그러니 수효대로 준비하여 대령하라.'는 뜻으로 분부하게 하였다.

雨注終日. 留三島. 滯雨終日. 頗覺愁鬱. 夕間島主送伻. 以爲明日發向吉原. 以待富川橋梁之成否云. 奉行輩私謂首譯曰. 吉原只是晝站. 如或多日滯留. 則支供易致苟艱云. 其意似在於希望除減. 故以事體所在. 不可闕捧. 第以準數待令之意. 使之分付.

5. 요시하라吉原 1764년3월17일. ~3월19일)

맑음. 요시하라吉原에서 잤다.

오늘은 바로 내 생일이다. 나를 낳아 키운 부모님의 은혜劬勞[2]를 생각하니 슬픈 감정을 이기지 못하겠다. 서울에 있을 때는 이날을 맞이하면 반드시 동생 인서寅瑞와 모였는데, 지금 내가 멀리 외국에 와 있으니 서로 깊게 생각하는 정은 동생이나 형이나 같을 것이다.

아침을 먹은 뒤에 출발하여 20여 리를 가다가 찻집에서 잠깐 쉬었다. 뜰 앞의 매화나무가 사행 갈 때에는 꽃이 피어 맑은 향기가 멀리까지 풍겼는데, 돌아올 때에는 열매가 열려 갈증 난 목을 축일 만하였다.

또 한 떨기의 기이한 화초가 있는데 흰 꽃이 활짝 폈다. 꽃은 장미 같았고 잎은 박하와 같았다. 꽃을 따서 보니 한 송이가 수십 갈래로 퍼지려 하고, 꽃을 쪼갰더니 수십 개의 꽃씨가 흩어졌다. 그 이름을 저들에게 물었더니 '소천만리小天萬里'라고 대답하였다. 이는 반드시 세간에서 말하는 것인데, 《초보草譜》에 과연 본명이 실려 있는지는 알 수 없다. 단지 이 꽃뿐만 아니라, 갈 때와 올 때의 관소 및 길가에서 본 화초 중에 일찍이 보지도 못하고 이름도 알지 못하는 것이 몇 백 종이나 되는지 알 수가 없었다. 또 기괴한 새나 날짐승들도 많았지만 이것들은 알지 못하겠으니,

---

2 구로(劬勞): 나를 낳아 기른 고생한 부모의 은혜를 이르는 말. 《시경》〈육아(蓼莪)〉에 "슬프고 슬프도다, 부모여! 나를 낳으시느라 수고하셨도다.[哀哀父母 生我劬勞]"에서 온 말.

'새와 짐승과 풀과 나무의 이름을 많이 안다.'는 말이 진실로 부끄럽다.

일본은 남해의 섬 가운데 위치하기 때문에, 날씨가 온화하여 사계절 중에 봄이 제일 길다. 일을 벌이기를 좋아하는 사람들이 대부분 화초를 숭상하여 하나의 풀 하나의 나무가 조금이라도 볼 만한 것이 있으면, 심어 재배하지 않는 것이 없었다. 혹 이 화초들을 잡아매기도 하고, 당기기도 하여 여러 형태로 기교를 부려서 거의 그 본성을 온전하게 한 것이 없었다. 쓸데없는 곳에 힘을 써 낭비한다고 할 만하다. 정오에 요시하라에 들어가니, 대마도주가 사람을 보내어, "후지가와의 다리가 거의 반쯤 고쳐져서 개통되었는데, 또 어제의 비 때문에 모두 파손되었습니다. 잠시 3일정도 이곳에 머물러 공사가 끝나기를 기다려야 합니다."하였다.

내가, "혹시 작은 배를 이용하든가 혹은 들것을 이용하든가 하여 건너가는 것이 옳다."라고 하였더니 저들은, "이 하천은 물살이 급하고 깊으며 냇가 사이에 모래가 많아서 배나 들것 모두 사용할 수 없습니다." 라고 하였다.

이미 그 물길 흐름의 허와 실을 알지 못하니, 그들에게 맡겨 둘 뿐이다.

晴. 宿吉原. 今日卽余生日也. 追念劬勞之恩. 不勝悲感. 在京時. 如逢此日. 必與寅弟相會. 今我遠來殊方. 孔懷之情. 弟兄想一般也. 飯後發行. 行二十餘里. 暫憩茶屋. 庭前梅樹. 去時開花. 淸香遠襲. 歸日成實. 渴喉可潤. 又有一叢異卉. 爛開白花. 花如薔薇. 葉似薄荷. 摘花而見. 一棣將至數十歧. 劈破之則散作數十花瓣. 問其名於彼人. 謂以小天萬里. 此必是俗音. 而未知草譜果載本名否. 非但此花. 前後客館及路傍所見花卉中. 未曾見不識名者. 不知其幾百種. 且多怪鳥幽禽. 而莫能知之. 誠愧於多識乎鳥獸草木之名矣. 日本以其處於南海島中. 日氣溫和. 四時長春. 好事者多尙花草. 一草一木之稍有可觀者. 莫不培植而或結或引. 奇巧百狀. 殆無全其本性者. 其可謂浪用力於無用之處也. 午入吉原. 島主送伻謂以富川橋梁. 幾半改鋪. 又因昨日之雨. 盡爲毁破. 姑留數三日於此處. 以待完役. 余以爲或以小船

或以擔架. 而渡涉爲可云爾. 則彼人等謂此川. 灘急而深. 間多沙石. 以舟以架. 俱不可用云. 旣未詳其水勢虛實. 其將任之而已矣.

1764년3월18일

맑음. 요시하라吉原에 머물렀다.

통역관의 말을 들으면, 우리 일행이 사행을 마치고 돌아오는 길에 관백이 자신을 대신할 관리를 정하고, 지금 따라오면서 특별히 각 지방에서 사신을 모시는 것을 소홀함이 없도록 경계시키도록 하겠다고 하였는데, 지금 들으니, 돌아가는 길에 음식을 베푸는 데 장막을 병풍처럼 치고 대접하는 것은 비록 사행 갈 때와 같았다. 그리고 이른바 음식물목을 적은 삼중단자도 지나가는 곳에 따라 있었다. 또 음식을 담은 층층이 쌓아 올린 그릇을 합盒[3]으로 바꾸었으나, 가득 담은 음식은 더욱 먹을 만한 것이 없었다. 그리고 기타 의식을 행하는 것도 간혹 이전보다 못한 것이 있다고 말한다. 그들의 물태나 인정을 상상할 만한데, 혹시 우리의 일행을 의심스럽게 보고 있는 것일까?

역참의 관리들은 거의 모두 사행 갈 때에 이미 이름을 기록한 자들이어서 거듭 기록하지는 않겠다.

앞에 다녀간 선배의 일기에는 더러, "돌아올 때의 접대가 갈 때보다 낫다."고 하였는데, 이는 오직 옛날 왜인들의 인정일 뿐이고, 지금은 너무나 약삭빠르지 않은가? 나는 믿을 수 없다.

통역관 현태심의 병세가 예사롭지 않아, 수행할 수 없었다. 그래서 그의 형에게 먼저 이 역참에 가게 하였는데, 현태심이 비록 지난날처럼 소

3 합(盒): 음식을 담는 놋그릇의 하나로, 높지 않고 둥글넓적하며 뚜껑이 있다.

리치고 요란스럽지는 않았지만, 혼미할 때도 있었고 정신을 차릴 때도 있어서, 빨리 완전한 사람이 되기는 어려우니, 가엾다.

晴. 留吉原. 聞首譯之言. 則吾行回程也. 關白定送代官. 見方隨來. 別爲申飭於各州云. 而今聞回路支供. 屛帳排鋪. 雖依去時. 所謂杉重單子. 隨處有之. 而變層爲盒. 所盛尤非可食者. 其他擧行. 或有不如前日者云. 可想其物態, 俗情. 而亦毋或我人疑阻之見耶. 站官則幾皆去時已錄名者. 故并不疊錄焉. 前輩日記或以爲歸時接待. 勝於去時云. 此則猶屬古昔倭情. 不至太巧耶. 余未可信也. 譯官玄泰心. 病勢殊常. 不可隨行. 使其兄先站來此. 雖無嚻日之叫攘. 或昏或明. 猝難作完人. 可矜.

1764년 3월 19일

맑음. 요시하라吉原에 머물렀다.

머물고 있는 관사의 숙소가 북쪽으로 후지산을 마주보고 있어 마치 산 정상에 있는 듯하였다. 우러러보니, 산 중턱 위로 쌓인 눈은 날마다 녹아서 흙 색깔이 띄엄띄엄 보였지만, 산 상층부에 두껍게 쌓인 것은 사행 갈 때와 같았다. 한여름이 되서야 모두 녹는다고 한다. 더욱 그 높고 험준함을 알 수 있겠다.

밥을 먹은 뒤에 종사관의 방에 모여서 네 명의 문사와 홍생洪生을 불러 도쿄에서 '왕명을 전하는 일에 대한 운韻', '돌아오는 여정에 대한 운', '세이켄지淸見寺에 대한 운'을 각각 쓰게 했는데, 사람마다 각각 여덟 장張씩 썼다. 시축詩軸을 만들어 나누었는데, 지금 이후 다른 때에 펴본다면 틀림없이 얼굴을 마주보듯이 기뻐할 것이다.

대마도주가 사람을 보내어, "앞 냇가의 배다리가 내일이면 완성될 것이니 조금 늦게 출발합시다."라고 하였다.

晴. 留吉原. 所處館宇. 北對富山. 如在頂上. 仰見山腰以上之雪. 日來頗消. 土色間見. 而上層積厚者. 猶如去時. 直到盛夏. 始盡消融云. 益可驗其高峻也. 飯後. 會從事房. 招四文士及洪生. 各書江戶傳命韻, 回程韻, 淸見寺韻. 人各八張. 成軸而分之. 他時披覽. 怳如對面也. 島主送言以爲前川舟橋. 明日當成. 差晚發程云矣.

6. 에지리江尻 1764년3월20일

맑음. 세이켄지淸見寺에서 점심을 먹고 에지리江尻에서 잤다.

밥을 먹은 뒤에 출발하여 20리를 가서 배다리에 도착했는데, 냇물이 사납고 급하여 배를 걸거나 맞추는 일은 이미 어려웠다. 결국 배를 연결해서 다리를 놓았는데 힘을 많이 썼다. 이틀 동안 체류한 것은 이 때문이다. 또 10여 리를 가는데 대마도주가 앞장 섰으며 반드시 모여서 가지는 않았다.

잠깐 찻집에 들어갔는데, 찻집은 바닷가 언덕 위에 있었다. 바다는 바로 내해인데 백 리 정도가 산으로 둘러쳐져 있었으며, 해면은 거울 면처럼 평평하였다.

문미門楣[4]에 작은 판액이 있는데 임해정臨海亭이라고 쓰여 있다. 이는 저들의 글씨인데, 필법이 매우 졸렬하고 내용도 무의미하였다. 서중화徐中和에게 경호정鏡湖亭이라고 세 글자를 크게 써서 벽 위에 붙이게 하였다.

앞으로 나아가 세이켄지淸見寺에 들어갔다. 매화는 비록 떨어졌지만 연약한 푸른 잎은 그늘을 만들었고, 괴이한 화초는 새로운 잎이 많이 돋았으며, 폭포는 비온 뒤에 더 거세게 쏟아져 물줄기가 날렸다. 절은 더

---

4 문미(門楣): 문이나 창문 위에 가로로 댄 나무. 그 윗부분 벽의 무게를 받쳐 준다.

남호곡 시에 차운하다

조엄 作

해 뜨는 동쪽에 세이켄지란 절이 있어 / 日東淸見寺(일동청견사)

문을 여니 만 리의 파도와 마주보게 되네 / 門對萬里波(문대만리파)

스님이 자리에 앉자 흰 구름 피어오르고 / 僧定白雲出(승정백운출)

높은 누각으로 새가 날아 지나가네 / 樓高飛鳥過(누고비조과)

낙산사도 그림 처럼 좋지만 / 洛山同畫可(낙산동화가)

한국에서 온 사신들은 시를 많이 붙였다네 / 韓使寄詩多(한사기시다)

바깥의 풍광을 말하고 싶지만 / 欲說風光外(욕설풍광외)

언어가 달라 어떻게 말하겠는가? / 殊音奈爾何(수음내이하)

남용익: 1628년(인조6)~1692년(숙종18). 호는 호곡(壺谷).
1655년(효종6) 제6차 조선통신사의 종사관으로 일본에 다녀왔다. 남호곡이 이 절(세이켄지)을 강원도 양양의 낙산사(洛山寺)에다 비유하여, 이 절의 스님들이 낙산사 그림을 그려 보내달라고 하기에 이 시의 경련(頸聯)에서 언급하였다.

욱 깊숙하고 경치는 매우 그윽하였다. 녹음방초綠陰芳草[5]가 꽃 피는 시절보다 좋다고 말하는 것이 참으로 헛말이 아니었다. 삼면이 바다로 둘러싸인 것은 비록 넓게 트인 도모노우라韜浦의 바다 보다는 못하지만, 봄이 긴 사계절은 실로 도모노우라에는 없으니, 만약 일본의 절경을 논한다면 도모노우라와 서로 우열을 가리기가 어려울 만하다고 하겠다.

주지스님 슈닌主忍이 또 칠언 절구 한 수를 바치고 우리 삼사에게 화답을 구걸하자, 모두 붓을 빨리 들어 응하고, 또 남호곡南壺谷 시의 '다多' 자에 차운한 시를 남겼다. 또 낙산사洛山寺 그림을 그려 주어 앞에 온 통신사에게 간절히 요구하던 뜻에 부응해 주었다. 그리고 나서 종이 · 붓 · 먹 및 호두 등을 주었으며, 먼저 사람을 보내 꽃을 달여 수행하는 모든 사람에게 나누어 맛보게 하였다.

이 절의 경치는 족히 하룻밤을 잘 만한 인연이 있었으나, 역참이 아니기 때문에 횃불을 들고 전진하여 저녁 7시쯤에 에지리江尻에 들어왔다. 스님이 감사를 표명하기 위해 뒤따라 와서 다시 시 한 수를 드렸다.

오늘은 70리를 왔다.

晴. 淸見寺中火. 宿江尻. 食後發行. 行二十里. 到舟橋. 川流悍急. 旣難揭厲. 連舟成梁. 果多費力. 兩日留滯. 勢所使然矣. 又行十餘里. 島主在前. 不必攢去. 暫入茶屋. 屋在海邊岸上. 海是內洋. 百里環山. 平如鏡面. 門楣有小板. 書以臨海亭. 此乃彼人之書. 而筆法旣拙. 義意無味. 使徐中和大書鏡湖亭三字. 付之壁上. 前進入淸見寺. 梅花雖落. 嫩綠成陰. 異卉多抽新葉. 飛瀑益添雨後. 寺愈深邃. 景多窈窕. 綠陰芳草勝花時者. 誠非虛語也. 環海三面. 雖讓韜浦之通豁. 長春四時. 實是韜浦之所無. 如論日東形勝. 可謂與韜浦相伯仲矣. 住持僧主忍. 又呈七絕一首. 而乞和於三使. 皆以走筆酬之. 又以次南壺谷多字韻者留之. 且以洛山寺畫本. 以副前

---

5 녹음방초(綠陰芳草): 나무가 푸르게 우거진 그늘과 꽃다운 풀이라는 뜻으로, 여름의 아름다운 경치를 말함.

懇. 因給紙筆墨及胡桃等物. 先送人煮花. 分嘗隨行諸人. 此寺景致. 足留一宿之緣. 而以其非站所. 故擧火前進. 初更入江尻. 山僧爲致謝意. 隨後而來. 復呈一詩矣. 是日行七十里.

7. 후지에다藤枝 1764년3월21일. ~3월24일)

흐리고 비가 왔다. 스루가노쿠니駿河州에서 점심을 먹고 후지에다藤枝에서 잤다.

조금 늦게 출발하여 아베가와阿部川를 건너 다시 스루가노쿠니駿河州에 들어가 점심을 먹었다. 곧바로 출발하여 무판령舞板嶺을 넘어 오후 3시에 후지에다藤枝 관소에 도착했다. 사행가던 길에 건넌 오이가와大井川의 물이 깊어 건널 수 없다고 들었다. 하루 지체하여 머무르는 것은 비록 매우 민망스런 일이지만, 어제의 배다리를 보고 생각해 보면 저들의 말 또한 근거가 없는 것은 아닐것이다.

오늘은 80리를 왔다.

陰灑雨. 駿河州中火. 宿藤枝. 差晩發行. 還渡阿部川. 入駿河州中火. 卽發踰舞板嶺. 日晡到藤枝館所. 聞前路大井川水深渡不得云. 一日留滯. 雖甚可悶. 以昨日舟橋見之. 彼人之言. 亦不爲無所據矣. 是日行八十里.

1764년3월22일

맑음. 후지에다藤枝에서 머물렀다.

일전에 요시하라吉原에 머무르고 있을 때에 대접받아야 할 찬 가운데 간혹 받지 못한 것이 있었다고 들었다. 따라서 이곳은 원래 정해진 숙박지가 아니어서 찬을 줄이도록 허락하였다. 그러나 전에는 사신들이 스스로 공급받는 양을 줄이려고 했지만, 저들은 매우 수치로 여기고 반드시 정해진 기준에 맞게 모두 바치려고 하였는데, 지금은 도리어 희망하는 뜻대로 한다고 하니, 사람 마음이 옛날과 같지 않아서 그러한가? 아니면 돌아가는 길이라서 그러한가?

晴. 留藤枝. 聞日前吉原留住時. 支供饌物或有未收者云. 故此則與元定宿站有異. 許令除減. 而在前則自使行雖欲減給. 渠輩頗爲羞恥. 必欲準納. 今則反有希望之意云. 人心不古而然耶. 或以歸路而然耶.

1764년 3월 23일

맑음. 후지에다藤枝에 머물렀다.

앞 하천의 물길이 이미 건널 수 있을 것이라고 짐작이 되는데, 한결같이 핑계만 대고 갈 길을 인도하지 않는다. 혹 쓰시마 사람이 일부러 지체하는 것이라고 의심이 되지만, 그들의 간사한 정황을 찾지도 못하고 또 그들을 믿기도 어렵다.

晴. 留藤枝. 前川水勢想已可渡. 而一向稱托. 不爲前導. 或疑馬島人之故爲遲留. 而未得奸情. 難可準信也.

1764년 3월 24일

맑음. 후지에다藤枝에 머물렀다.

저녁에 부사와 함께 정원에서 한가로이 거닐었는데, 녹음이 벌써 창공을 가렸다. 작년 가을에 출발하여 금년 여름에 도착한 것인데, 객지에서의 세월은 빨리 달리는 말 같다고 할 만하다. 서울의 대궐을 사모하는 마음은 더욱 참아내기 어렵도다.

晴. 留藤枝. 夕與副使散步中庭. 綠陰已蔽空矣. 昨秋發行. 今夏將至. 客裡光陰. 可謂如駛. 京闕之戀. 尤難自抑也.

8. 가케가와懸川 1764년3월25일

아침에는 비가 오고 늦게 갰다. 가나야金谷에서 점심을 먹고 가케가와懸川에서 잤다.

대마도주가 오늘 비로소 출발하기를 요청하여 날이 밝을 무렵에 길을 떠났다. 20여 리를 가다가 오이 강에 도착하여 갈 때와 같이 어깨로 지는 가마로 건넜는데, 깊은 곳은 배꼽까지 물이 닿았고, 얕은 곳은 엉덩이까지 닿았다. 그저께도 충분히 건널 만하였는데, 여러 날을 끈 것은 반드시 숨기는 무엇인가가 있을 것이다? 통탄스럽다. 가나야에서 점심을 먹고 석령石嶺을 넘어 오후 3시 무렵에 가케가와懸川의 관소에 들어갔다.

오늘은 70리를 왔다.

朝雨晩晴. 金谷中火. 宿懸川. 島主今始請行. 平明發程. 行二十餘里. 到大井川. 肩輿以渡如去時. 深處上臍. 淺處至臀. 雖再昨日足可渡涉. 而遷延多日者. 其必有隱情矣. 可痛. 中火金谷. 踰石嶺. 晡時入懸川館所. 是日行七十里.

9. 하마마쓰濱松 1764년3월26일

맑음. 미쓰케見付에서 점심을 먹고 하마마쓰濱松에서 잤다.

날이 밝을 무렵에 출발하여 낮에 미쓰케에서 쉬었고 덴류가와天龍川를 건너 저녁에 하마마쓰에 도착했다. 지나가는 길의 연변에는 보리가 모두 이삭이 나와서 사이사이로 황금빛이니, 충분히 죽을 쑬 만하였다. 남쪽 지방의 절기가 비록 빠르다고는 하나 3월에 보리가 익는 것은 참 이상하다. 또 나무 사이에서 매미 소리가 시끄럽게 들리니, 가을벌레가 봄철에 나타난 것은 더욱 해괴하다.

오늘은 90리를 왔다.

晴. 見付中火. 宿濱松. 平明發行. 午憩見付. 渡天龍川. 夕到濱松. 所經沿路. 麥盡發穗. 間有黃色. 足以饘粥. 南方時序. 雖云太早. 三月麥熟. 此已乖常. 且聞樹間蟬聲聒耳. 秋蟲之見於春節者. 尤甚怪駭也. 是日行九十里.

10. 요시다吉田 1764년3월27일

맑음. 아라이荒井에서 점심을 먹고, 요시다吉田에서 잤다.

날이 밝을 무렵에 출발하여, 20여 리를 가서 금절하金絶河에 도착했다. 사행 갈 때처럼 건넜다. 병자년의 조선통신사 동명東溟 김세렴金世濂이 고시古詩 여덟 구를 남겼는데, 이것은 황금을 강에 던졌다는 이야기이다.[6] 나는 부사 및 여러 문인들과 각각 배 가운데에서 그의 운韻에 맞추어 시를 지었는데, 이는 시를 잘 지어서가 아니라, 오로지 우리의 뜻을 보이기 위한 것이다.

말에서 내려 가마를 타고 성문城門으로 들어가려고 하는데, 왜인들이 길을 막아서더니 앞에 나란히 서 있는 비장들에게 말을 타고 들어가지 못하게 하였다. 저들은 비록 사행 갈 때에 걸어서 성문을 나갔던 것을

---

6 投金時記事(투금(投金)할 당시의 기사(記事)이다): 병자년(1636년)에 조선통신사로 간 황호 · 김세렴 등은 일공(日供)으로 받은 쌀 · 찬거리 등의 남은 것에 대해 일본에서 황금(黃金)으로 환산해 준 1백 70정(錠) 즉 당시 우리나라의 은자(銀子)로 계산하면 1천 수백 냥(兩)이라는 막대한 황금을 불의(不義)한 것이라고 보고 금절하(金絶河)에 던져 버렸다는 기사. 《黃漫浪 東槎錄 丁丑 正月 十日》.

예로 삼았는데, 이는 그렇지 않은 것이 있다. 사행 갈 때로 말하자면 인부와 말들을 이미 점심을 먹일 역참으로 내 보냈기 때문에 부득이 걸어서 성문을 나갔지만, 지금으로 말하자면 타는 말들이 함께 이미 언덕 위에 대령하였고 상관 이하가 차례대로 이미 말을 탔는데, 반드시 말에서 내리도록 하려는 것은 매우 의미 없는 일이다. 그래서 가마를 문 밖에 멈추고 역관을 시켜서 봉행하는 자들을 꾸짖어 타이른 다음 함께 말을 타고 들어가게 하였다.

아라이荒井에서 점심을 먹고 곧바로 길을 떠나 오후 3시에 요시다吉田에 도착했다.

오늘은 90리를 왔다.

晴. 荒井中火. 宿吉田. 平明發行. 行二十餘里. 還到金絕河. 渡如來時. 丙子信使金東溟世濂. 有古詩八句. 此是投金時記事也. 余與副使及諸文士. 各於舟中. 步次其韻. 非曰能詩. 聊以示志. 下陸乘轎. 將入城門之際. 倭人遮路. 前排裨將. 使不得騎馬而入. 渠雖以去時步行出門爲例. 此有不然者. 去時則人馬已爲放送於中火站. 故雖不得已步出. 今則騎馬并已待令於岸上. 上官以下業已乘之. 而必欲下之者. 事甚無義. 故停轎門外. 使譯官責諭奉行輩. 并令騎馬而入. 中火荒井. 旋卽登程. 晡時到吉田. 是日行九十里.

11. 오카자키岡崎 1764년3월28일

맑음. 아카사카赤坂에서 점심을 먹고 오카자키岡崎에서 잤다.

날이 밝을 무렵에 출발하여 야시쿠바시矢作橋를 다시 건너 아카사카에서 점심을 먹고 저녁에 오카자키에 도착했다.

오늘은 70리를 왔다.

晴. 赤坂中火. 宿岡崎. 平明發行. 還渡矢作橋. 中火赤坂. 夕到岡崎. 是日行七十里.

12. 나고야鳴古屋 1764년3월29일

맑고 바람이 불다가 날이 저물어 비가 왔다. 나루미鳴海에서 점심을 먹고 나고야鳴古屋에서 잤다.

날이 밝을 무렵에 출발하여 정오쯤 나루미에 닿았다. 갈 때에 꽃을 바치던 주인이 시를 써 달라고 부탁하여 빠르게 초서로 써 주었다. 바람을 무릅쓰고 전진하여 저녁에 나고야에 도착했다.

오늘은 90리를 왔다.

晴風暮雨. 鳴海中火. 宿鳴古屋. 平明發行. 午抵鳴海. 去時呈花主人索詩. 故走草. 冒風前進. 夕到鳴護屋. 是日行九十里.

13. 오가키大垣 1764년3월30일

비바람이 불었다. 스노마타洲股에서 점심을 먹고 오가키大垣에서 잤다.

날이 밝을 무렵에 출발하여 비를 무릅쓰고 산을 넘고 물을 건넜다. 40리를 가다가 찻집에서 잠깐 쉬고 스노마타에 가서 점심을 먹었다. 세 척의 배다리로 다시 건넜는데, 물살이 매우 거셌다. 횃불을 들고 오가키에 닿았다.

오늘은 1백 10리를 왔다.

風雨. 洲股中火. 宿大垣. 平明發行. 冒雨跋涉. 行四十里. 小憩茶屋. 中火洲股. 還渡三舟橋. 水勢頗盛矣. 擧火抵大垣. 是日行一百十里.

14. 히코네 성彦根城 1764년4월1일

아침에 흐렸다가 저녁에는 맑았다. 이마스今須에서 점심을 먹고 히코네 성彦根城에서 잤다.

새벽에 망하례望賀禮를 하였다. 궁궐을 하직한 지 지금 아홉 달이고, 소식이 막힌 지가 반년이 넘었다. 궁궐을 그리는 마음을 어찌 조금이라도 잊을 수 있겠는가!

두시杜詩(두보의 시)의 '매번 북두에 의탁하여, 서울을 바란다.(每依北斗望京華)'를, 정사, 부사, 종사관과 네 명의 선비가 운을 나누어, 각각 오언 고시 넷 구를 지었다. 나는 또 함께 일곱 자를 부賦로 지었다. 나의 '매每'자 운韻의 마지막 구가 있는데 말하자면,

"마치 숭현문을 모신 듯 / 如陪崇賢門

왕의 말씀 오히려 귓전에 있네 / 王言尙耳在"라는 것이다.

이는 특별히 작년 가을 궁궐을 하직할 때에 경연經筵에서 누누이 하교가 계셨기 때문만이 아니다.

일찍이 병자년(1756년, 영조32) 봄에 임금의 명을 받들어 암행어사로 나갈 때에 임금이 하교하시기를 '어사의 마음가짐은 항상 궁궐에 들어가 임금을 뵈는 사람처럼 그렇게 하라.'고 하셨는데, 이 임금의 말씀을 듣고 삼가 두려움을 감당하지 못하였다. 그 뒤로 남쪽과 북쪽으로 명을 받들었으며, 내직이나 외관에 있을 때에도, 비록 스스로 속이는 일이 없었다고는 감히 하나하나 말할 수는 없지만, 사악한 마음이 싹터 움직일 때마다 임금의 그 말씀을 생각하면, 마치 하늘의 해가 나의 머리 위를 비추는 듯하여, 깜짝 마음을 깨우치는 것이 있곤 했다. 이는 실로 평생토록 내가 힘쓰고자 하는 바이다. 이 역시 오늘 지은 시 가운데에도 영향을 미친 것인데, 나의 평소의 학문 공부가 모자라고 또 스승과 친구의 도움도 없었으니, 바른 길을 어기는 사악한 악마로 추락하여 본래의

마음을 저버리지 않을 줄을 어찌 알겠는가? 생각이 여기에까지 미치니 송구한 마음 더욱 절실하다.

일찍 출발하여 이마스今須에서 점심을 먹고, 40여 리를 가서 스리하리 고개摺針嶺까지 올라가 망호루望湖樓에 올라갔다.

이 누각은 길 옆 언덕 위에 있는데, 비록 굉장히 크고 뛰어난 것은 아니지만 위치한 곳이 높아서 보이는 경계가 탁 트였다. 앞에는 비와코琵琶湖가 있는데, 호수가 넓고 광활하기가 백여 리나 되지만 모두 눈 안에 들어온다.

호수의 색은 투명하고 맑으며 산색도 수려하고, 저녁놀이 비스듬히 비치면 고깃배가 돌아온다.

왼쪽 산기슭의 고운 모래는 평평히 내려 깔려 물속으로 들어가고, 일대의 자욱한 숲은 수십 리에 뻗어 있어, '두 물줄기가 백로주를 가운데로 나뉘었네二水中分白鷺洲[7]'라는 것과 거의 같다.

호수 가운데에 작은 섬이 있는데, 이름이 지쿠부竹生라고 불린다. 외롭기가 마치 네모난 연못 가운데에 연꽃 한 송이가 솟은 듯하였다. 중국 동정호洞庭湖에 군산君山이 있는데, 과연 이와 같은지 알 수 없다.

일본 동쪽의 명승지는 전에 이미 여러번 기록하였는데, 만약 그 첫째를 말한다면 도모노우라韜浦와 세이켄지淸見寺가 그 자웅을 다툴만하지만, 이 망호望湖 또한 그 다음은 될 것이다. 단지 이 누각의 왼쪽 언덕 밑의 수천 무畝의 좋은 밭은 역시 도모노우라와 세이켄지에는 없는 것이다.

---

7 이백의 시. 〈등금릉봉황대(登金陵鳳凰臺)〉
鳳凰臺上鳳凰遊 鳳去臺空江自流
吳宮花草埋幽徑 晉代衣冠成古丘
三山半落靑天外 二水中分白鷺洲
總爲浮雲能蔽日 長安不見使人愁

지난번 사행 갈 때엔 비가 오는데도 지나가면서 보았는데, 이번에는 올라가서 보고 삼사가 하나같이 칭찬하였다. 오래도록 앉아 후련하게 감회를 펼치느라 이미 해가 졌는데도 알지 못했다. 각각 칠언 절구 한 수씩을 지어 선비들에게 화답하게 하였다. 주인이 글씨를 얻으려고 곱게 꾸민 병풍을 가지고 왔다. 그래서 서투르고 보잘 것 없음을 생각하지 않고 글을 써 주었다. 등불을 들고 산을 내려와 저녁 7시경에 히코네성의 관소에 도착했다.

오늘은 1백 리를 왔다.

朝陰晩晴. 今須中火. 宿彦根城. 曉行望賀禮. 辭陛今至九朔. 阻信已愈半年. 戀闕之忱. 曷敢少弭. 以杜詩每依北斗望京華. 三使與四文士分韻. 各成五古四句. 余則并賦七字. 而余之每字韻末句有曰. 如陪崇賢門. 王言尙耳在者. 不特以昨秋辭陛時縷縷筵教也. 曾於丙子春奉命繡衣也. 上教以御史持心. 其宜常若入侍者然. 聞此聖教. 不勝警惕. 伊後南北奉命. 內外居官之時. 雖未敢曰一一毋自欺. 如當邪心萌動之際. 若思此教. 則有如天日之照我頭上. 蹶然警心者有之. 此實吾平生欲爲自勉者也. 以此亦及於今日詩中. 而但余素乏學術之工. 又無師友之益. 安知不爲墜落於邪魔外道. 以負素心也哉. 念之至此. 尤切悚懼. 早發中火于今須. 行四十餘里. 登摺針嶺. 上望湖樓. 樓在路傍岸上. 雖未宏傑. 處地高峻. 眼界通豁. 前臨琵琶湖. 湖之長廣百餘里. 皆在目中. 湖光瑩澈. 山色秀麗. 夕照斜映. 漁舟初返. 左麓微砂. 平抵入水. 一帶煙樹. 橫亘數十里. 殆若二水中分白鷺洲者也. 湖中有小島. 名曰竹生. 隱如方塘中出一蓮花. 洞庭之有君山. 未知果如是否. 日東名勝. 前已屢記. 而若言其第一. 則韜浦淸見. 可與爭雄. 而望湖又當爲其次矣. 但此樓左岸下累千畝良田. 亦是韜淸寺之所無也. 去時雨來歷見. 今來登臨. 三使一辭稱賞. 久坐暢懷. 不知西日之已暮. 各賦七絕一首. 使文士和之. 主人爲得筆蹟. 粧進一屏. 故忘拙而書給之. 擧火下山. 初更到彦根館所. 是日行一百里.

15. 모리야마森山 1764년4월2일

맑음. 하치만산八幡山에서 점심을 먹고, 모리야마森山에서 잤다.

날이 밝을 무렵에 출발하여 30리를 갔다. 잠깐 찻집茶屋에서 쉬고, 하치만산에서 점심을 먹었다. 길가에서 다듬이 찧는 소리가 들렸다. 허규許圭에게 뒤에 떨어져 잘 살펴보았다가 돌아와서 만드는 것이 무엇인지 전하라고 하였다. 대개 물레방아水車는 톱니바퀴가 서로 맞물려서 돈다. 물레방아의 앞 가로대前杠에는 3개의 방아와 2개의 공이를 메달아 확을 달았고, 뒤 가로대後杠에는 맷돌을 달았다. 물의 세기를 보면서 더하고 뺄 수 있으며, 사람의 힘을 허비하지 않고 오직 수력 한가지만으로 6~7곳에서 곡식을 찧거나 가니 좋은 기계라 할 만하다.

허규는, "그 제도를 자세히 살펴보고 이미 그 모형을 그렸는데, 수백금만 얻는다면 만들어낼 수 있습니다."라고 하였다. 저녁에 모리야마에 도착했다.

오늘은 1백리를 왔다.

晴. 八幡山中火. 宿森山. 平明發行. 行三十里. 小憩茶屋. 中火八幡山. 路邊聞有擣砧. 使許圭落後看審. 歸傳製樣. 蓋於水車. 交以牙輪. 鱗次轉環. 前杠懸三碓確兩杵臼. 後杠懸磨石. 而觀其水勢. 可以加減. 不費人功. 藉一水之力. 而舂磨六七處. 可謂好器械也. 許圭以爲詳見製度. 亦已模畫. 如得數百金. 可以造得云矣. 夕到森山. 是日行一百里.

16. 니시하라(교토)西原 1764년4월3일

맑음. 오쓰大津에서 점심을 먹고 니시하라(교토)西原에서 잤다.

날이 밝을 무렵에 출발하여 30리를 가서 찻집에서 조금 쉬었다. 그리고 오쓰에서 점심을 먹었다. 저녁에 니시하라(교토)西京에 도착하고, 혼코쿠지本國寺에 숙소를 정하였다. 통역관이 먼저 도착하여 교토의 판윤에게 공 · 사적인 예단을 전달하고 또 전례대로 그의 답례품을 받았다.

오쓰 역참에서 6~7리 채 못 미쳐 제제성膳所城이 있는데, 태수가 거처하는 곳이라고 들었다. 서문 안 길 옆에는 레이쇼인靈照院이 있다. 그곳에서 잠깐 쉬려고 했지만 그렇게 하지 못했다. 들었는데, 후배 비장 몇 사람이 들어가 살펴보니, 누각이 호수에 접해 있어 물이 건물 아래에까지 들어와 있었으며, 호수는 넓고 산색이 수려하여, 망호정望湖亭의 먼 조망보다 좋았다 한다. 그래서 서 비장이 임호정臨湖亭이란 세 글자를 써서 그곳 주지스님에게 주고 돌아왔는데, 주지스님이 찬탄하기를 그치지 않았다고 한다.

내가 그 말을 듣고 말하였는데, "호수의 물색과 산색은 지나는 길에서 나도 이미 보았다. 비와코琵琶湖의 진면목이 실제로 이곳에 있다고 할 수 있지만, 단지 누각에 올라가 구경하지 못하여 망호정과 그 우열을 정하기가 어렵다. 강산은 반드시 사람에 의해서 그 이름을 얻기 마련인데, 레이쇼인靈照院이 이름을 떨칠 시기는 아직 후대 사람을 기다려야 할 것인가 보다?"라고 말했다. 가마를 매는 꾼들이 내일 돌아간다고 들었다. 그래서 각각 부채 1병, 베 5척, 약과 등의 물품을 나누어 주었다.

오늘은 80리를 왔다.

晴. 大津中火. 宿西原. 平明發行. 行三十里. 小憩茶屋. 中火大津. 夕到西京. 館于本國寺. 首譯先到. 傳公私禮單于西京尹. 受回禮如例. 未及大津站六七里. 有膳所城. 聞是太守之居也. 西門內路傍有靈照院. 初欲小憩而未果矣. 聞後陪裨將數人. 歷入見之. 則樓閣臨湖. 水浸軒下. 湖水平廣. 山光明麗. 有勝於望湖亭之遠望. 故徐裨書給臨湖亭三字於住僧而歸. 稱歎不已. 余聞之曰. 湖光山色. 吾於歷路. 亦

已見之. 琵琶湖眞面目. 誠可謂盡在此處. 而但未得登樓而觀之. 難定其優劣於望湖亭矣. 江山亦必因人而成其名. 無或是靈照院擅名之期. 留待後人耶. 聞轎軍輩明將辭去. 各以扇子一柄白木五尺藥果等物分給之. 是日行八十里.

17. 히라카타平方(배) 1764년4월4일

맑음. 점심은 요도우라淀浦에서 저녁은 히라카타平方에서 먹고 밤새도록 배를 탔다.

오늘 일찍 출발했더라면, 오사카 성大坂城에 닿을 수 있었는데, 대마도주가 지체하는 바람에 아침식사 후에 출발하여 요도우라淀浦에 닿았다. 관소에 머물지 않고 다시 가와고자부네金鏤船 배에 올랐다. 지난번 갈 때 보다 강물이 조금 불었고 물결 또한 잔잔하였다. 오후 1시에 배가 출발하였다.

수천 리를 육지로 오다가 다시 잔잔한 물결의 배를 타니 너무나 상쾌하였다. 오후 3시에 히라카타의 앞 강에 도착했다. 아랫사람들이 밥을 먹으러 관소에 들어갔고, 또 도처에서 말을 탄 사람들이 지체하여 날이 어두워서야 30리를 전진하였는데, 비를 만나 강 가운데에 닻을 내리고 머물렀다.

오늘은 1백리를 왔다.

晴. 淀浦中火. 夕飯平方. 達夜行船. 今日早發則可抵坂城. 而因島主之逗遛. 飯後發行到淀浦. 不由館所. 復乘金鏤船. 江水比去時稍生. 且是順流. 午末發船. 累千里陸行之餘. 還乘穩流之船. 甚覺爽然. 晡時到平方前洋. 非但下屬輩之就食館所. 馬人到處遲滯. 昏後前進三十餘里. 遇雨碇留江中. 是日行百里.

18. 오사카 성大坂城 1764년4월5일. ~5월5일)

음산한 비가 계속해서 하루 종일 내렸다. 다시 오사카 성大坂城으로 돌아왔다.

아침에 10여 리를 가서 배가 정박하는 곳에 도착하고 숙소에 들어갔다. 오사카에 남아 있던 선장과 사공들이 함께 와서 안부를 물으니 윗람이나 아랫사람이나 모두 위로를 받고 기뻐했다. 만약 부산에 도착하여 우리나라 사람들을 만난다면 그 기쁨을 과연 무엇으로 말할 수 있겠는가?

내가 들었는데, 배에 남아 있던 격졸 한 명이 병을 앓던 끝에 미쳐서, 칼로 사람을 찌르고 다시 자기 목을 찔러 물에 투신하였는데, 몇 번을 죽었다가 다시 살아나니 남은 증세가 아직 나아지지 않았다고 한다. 괴이한 일이다.

적당한 치목鴟木이 많지 않아 봉행에게 분부하여 삼기선三騎船으로 하여금 각각 한 건씩 만들도록 하였다. 돌아와서 가시목椵榯木으로 새로 만들어 제법 튼튼하다고 들었다. 다행이다.

쓰시마 태수가 장로長老·관반館伴·정봉행町奉行과 더불어 외청으로 와서 안부를 물었다. 사행을 갈 때나 올 때에 중로의 역참 관리들이 모두 스스로 외청으로 와서 문안하였는데, 그 중에는 혹 진짜 태수가 없지는 않았다고 말하지만, 이전부터 서로 예로써 만나본 적이 없었기 때문에 단지 아랫사람을 통해서만 답을 했을 뿐이다.

陰雨終日. 還到大坂城. 平朝行十餘里. 到泊船所. 入館所. 船將沙格輩咸來問候. 上下俱皆慰喜. 如到釜山. 得見我國諸人. 其欣聳. 尤何可言也. 聞留船格卒一名. 病餘發狂. 以刀刺人. 還復自刎而投水. 幾死還生. 餘症未已云. 可怪. 鴟木多不適意. 故分付奉行. 使於三騎船. 各造一件. 歸聞以椵榯木新造. 而頗爲堅緻云. 可幸.

馬島守與長老館伴町奉行. 咸來外廳問候. 去來時中路站官. 皆自來外廳問安. 其中或不無眞箇太守云. 而自前無相接之禮. 故只答伻而已.

1764년 4월 6일

아침에는 흐리고 늦게 개었다. 오사카 성大坂城에 머물렀다.

도쿄에 있을 때에 말을 제공하는 일은 쓰시마 사람이 담당하는 일이라고 하였는데, 지금 돌아오는 길에서 보니, 각 마필은 분명히 각 주에서 바쳤다. 쓰시마주 사람이 담당하는 것이 전적으로 음식물을 제공하는 것만 있는지 알지 못하겠다?

사람이 타는 말과 짐을 싣는 말이 비록 갈 때보다 줄지는 않았지만, 앞으로는 부족함이 있을 것 같았다.

朝陰晩晴. 留大坂城. 在江戸時. 以供驛馬. 馬州人擔當事. 有所云云矣. 歸路見之. 則各項馬匹. 明是各州之所進排. 而馬人擔當者. 未知專在於供饋之需耶. 騎馬運卜. 雖不減於去時. 前頭則或不無苟艱之弊矣.

1764년 4월 7일

날씨가 음산하고 추웠다. 괴한이 도훈도都訓導 최천종崔天宗을 살해하였다. 오사카 성大坂城에 머물렀다.

꼭두새벽에 갑자기 들었는데, 도훈도 최천종崔天宗이 왜인에게 칼을 맞고 거의 사경에 이르렀다고 한다. 벌떡 일어나 즉시 군관 · 의관 등에게 급히 가서 보도록 하고, 이어서 사람을 시켜 그 이유을 물어 보았는데, 사람들이 돌아와서 고하기를, "최천종이 피를 흘려 흥건하고 숨이 거의 끊어질 듯한데도 오히려 손으로 목을 만지면서 칼에 찔렸던 상황을 재현하며 말하기를, '닭이 운 뒤에 문을 열고 고과告課[8]를 끝내고 돌아와 침소에서 새벽잠을 곧 바로 곤하게 자는데, 가슴이 갑자기 답답해서 깜짝 놀라 깨어 보니, 어떤 사람이 가슴을 움켜잡고 앉아서 칼로 목을 찔렀습니다. 그래서 급하게 큰 소리를 지르면서 재빨리 칼을 뽑고 벌떡 일어나 잡으려 하였으나, 괴한은 재빨리 도망갔습니다. 옆 방의 불빛이 비춰 보니 왜인이 분명하였는데, 나는 기진맥진하여 땅바닥에 엎어져 연달아 소리만 질렀습니다. 그래서 옆 방 사람들이 비로소 알게되었습니다.'라고 하였습니다. 또 그가 말하기를, '나는 이번 사행 길에 어떤 왜인과도 싸우거나 원한을 맺을 까닭이 없는데, 왜인이 나를 찔러 죽이려 하였습니다. 진실로 그 까닭을 모르겠습니다. 내가 만약 나랏일로 죽거나 사신의 직무를 위하여 죽는다면 죽어도 한이 될 것이 없겠지만, 지금 세상 사람이 다 알도록 왜인에게 칼에 찔려 죽게 되었습니다. 죽는 것이 매우 원통하오.'라 하였습니다."하였다.

그들에게 급히 약을 부쳐 보내고 이어서 약을 다리게 하였지만, 점점 기진맥진해져서 해가 뜬 뒤에 마침내 운명 하였으니, 진실로 놀랍고도 참혹함이 특별히 죽은 자만을 위하는 것이 아니었다.

최천종이 죽기 전에 정신이 흐트러지지 않았고, 그의 말도 왜인에게 해를 입었음을 분명히 말하였다. 또 방안에 남아 있는 범행에 쓰인 흉기는 자루가 짧은 창이었고, 창포검菖蒲劍과 같은 것이다. 거기에 새겨진 것과 장식된 것이 모두 왜인의 물건이었다. 또 흉악범이 달아날 때 잘못하여 격군 강우문姜右文의 발을 밟아, 강우문이 '도적이 나간다.'라고 크게 소리 질렀기 때문에 우리쪽 사람들이 놀라 깨어서 그를 본 사람들

---

8 고과(告課): 아랫사람이 상사에게 신고하는 일.

이 10여 명뿐만이 아니었다. 즉 흉악범이 왜인이라는 것은 의심할 여지가 없었다. 삼사와 일행들이 서로 모여 놀랍고 분통해 함은 이루 다 말할 수 없었다.

나는 보잘 것 없는 사람으로 부끄럽게도 윗사람이 되어 밤낮으로 마음을 쓰면서 고심하지 않은 것이 없었는데, 위엄이 왜를 복종시키기에 부족하고 믿음이 사람을 감동시키기에 부족하여, 통신사가 있어 온 이래로 일찍이 없었던 변괴를 만나 부끄럽기도 하고 분하기도 하여, 남을 원망할 겨를이 없었다.

그러나 통역관들 또한 죄를 논하지 않을 수 없으므로 통역관 3인을 잡아들여 평소의 소홀함을 엄히 꾸짖고, 또 '인명이 중하니 즉시 주범을 색출하여 법에 의해 상명償命[9]하라.'는 뜻으로써 호행 차왜들에게 엄하게 따질 것을 다짐받았다.

곧바로 사건의 개요를 글로 썼는데,(글은 아래에 나옴) 칼 맞은 사실과 흉기에 쓰인 글자와 표식을 대강 논하여 통역관을 시켜 차왜에게 보냈으나, 차왜들은 각 곳에 공문을 보낸다는 핑계를 대고 때를 넘겨 지체하였기 때문에 여러 번 독촉하였다. 그리고 밤이 된 뒤에야 쓰시마주 봉행馬州奉行 다다 겐모쓰平如敏, 재판裁判 히라타 쇼자에몬平如任 · 귤여림橘如林, 오사카 관리인大坂用人 다키후쿠 다이코쿠瀧福太谷新, 오메쓰케大目付 하마다 시치로濱田七郎 · 호리 사다유堀佐大夫(에도시대 중기의 오메쓰케大目付), 규닌給人 야기 기요시八木清 등이 와서, 군관과 세 명의 통역관 및 원역들과 함께 입회하여 검시한 뒤에야 그들 역시 칼을 맞아 죽은 것이 확실하다고 하였다.

최천종은 내가 경상도 관찰사로 있을 때에 신임하던 장교이다. 사람됨

9 상명(償命): 목숨은 목숨으로 변상하는 것.

이 순실하고 맡은 일에 부지런하며 군무에 밝았다.

예전에 중국배가 남해에 표류해 정박했을 때에 그에게 그 사정을 알아보게 하였더니, 응대하고 거행하는 것이 매우 치밀하고 상세하였다. 이로써 그의 재주가 부릴 만하다는 것을 더욱 신임하였다. 나의 이번 사행에 그가 영남지방 끝까지 문안을 왔기에 사행 길의 집사로 정했던 것이다. 일본에 온 뒤로 그는 나졸들을 잘 거느려서 위아래가 모두 칭찬하였다. 그런데 그가 죽자 사람들은 놀라고 슬퍼하지 않는 이가 없으며, 비록 저 음흉하고 교활한 왜인들까지도 모두 상방의 도훈도는 선량하고 순하다고 말하였다.

이역 땅에 와서 칼을 맞아 죽었으니, 사람 마음의 놀랍고 비참함이 이루 말할 수 없었다. 죽음을 맞으며 한 착한 말은 더욱 사람을 눈물겹게 하였다.

또 들었는데, 약을 다릴 때에 곁에 있던 사람이 혹 '술을 타서 마시면 기氣가 돌 수 있다.'고 말하자, 그는 '술은 우리나라에서 금지하는 물건입니다. 비록 죽는다 해도 마실 수 없다.'고 하였다. 이것은 진실로 글을 읽은 선비라도 실행하기 어려운 것인데, 생각할수록 더욱 더 슬픔을 더해주었다.

비장裨將 이매李梅에게 초상을 치를 기구를 준비하도록 하였다. 역관 최수인崔壽仁과 통인通引 백태릉白兌隆, 급창及唱 취몽翠夢은 다 같이 대구 사람들이다. 그들에게 시신 거두는 일을 보게 하고, 또 옷이랑 이불이랑 각 물품은 일본산품을 한 가지도 쓰지 말고, 노자 돈 남은 것과 원역들의 부조로 일의 진행에 따라 쓰게 하였으며, 고향에서 온 서기 김광호金光虎에게 장례 치르는 모든 절차를 상세하게 기록하여 그의 집에 전하도록 하였다.

陰寒. 盜殺都訓導崔天宗. 留大坂城. 曉頭忽聞都訓導崔天宗. 被刃於倭人. 將至死境云. 蹶然驚起. 卽使軍官及醫員等. 急往見之. 連使人問其委折. 則諸人回告曰. 天宗流血淋漓. 氣息奄奄. 猶能以手按喉. 具言其被刺之狀. 以爲雞鳴後開門告課. 歸臥寢所. 曉睡方濃之際. 胷膈忽然沓沓. 驚覺見之. 有人據胷而坐. 以刃刺喉. 故疾聲大呼. 忙拔其刃. 急起欲捉. 則賊人蒼黃走出. 隣房之火光照處. 明是倭人. 而氣盡顚仆. 連爲發聲. 則隣房諸人始知之矣. 且言我於今行. 與倭人元無爭詰結怨之端. 倭人之刺我欲殺者. 實未知其故. 吾若爲 國事而死. 爲使道而死. 則死無所恨. 而今乃公然被刺於倭人而死. 死極冤枉云云. 使之急付貼藥. 連灌藥餌. 而漸漸氣盡. 日出後竟至殞命. 誠萬萬驚慘. 非特爲死者而已. 天宗未死之前. 精神不爽. 言語了了. 明言倭人之所害. 且其房內. 有行兇器械短柄鎗刃. 有若菖蒲劒者. 所刻所粧. 俱是倭人之物也. 且行兇人之逃走也. 誤踏格軍姜右文之足. 右文大呼賊出. 我人之驚覺見之者. 不啻十數人. 則行兇者之爲倭人. 萬萬無疑. 三使與一行相會. 驚愕憤痛. 有不勝言. 余以無似. 猥忝上价. 夙宵用心. 非不自苦. 而威不足以慴倭. 信不足以感人. 遭此有信使以來所無之變怪. 慚愧憤惋. 不暇尤人. 而首譯輩亦不可不論罪. 故三首譯并爲拿入. 切責其常時之見輕. 且捧其侤音. 以人命至重. 卽卽查出元犯依法償命之意. 嚴辭責諭於護行差倭等處. 卽構文字. 文字在下 略論被刃事實. 兇器字標. 使首譯出給差倭處. 則差倭輩諉以關由各處. 移時稽滯. 故累加督促. 入夜後. 馬州奉行平如敏. 裁判平如任橘如林. 大坂用人瀧福太谷新. 大目付濱田七郞堀佐大夫給人八木淸等. 與軍官三首譯員役等. 眼同檢驗後. 彼人輩亦以爲被刃致死的實云矣. 天宗是余按嶺營時. 信任將校也. 爲人純實. 而任事勤幹. 曉解軍務. 唐船之漂泊南海也. 使之問情. 則應接擧行. 極其周詳. 以此尤信其才之可使矣. 及余此行. 來候於嶺底. 故定以行中執事. 而渡海以後. 善禦羅卒. 上下稱之. 及其死也. 人莫不驚愕嗟惜. 雖彼凶狡之異類. 亦皆曰. 上房都訓導良順矣. 率來異域. 逢刃而死. 人情驚慘. 已不勝言. 而臨死善言. 尤令人感涕. 且聞灌藥之時. 在傍之人. 或言和酒以用. 則可以行氣云. 而渠以爲此是我國禁物. 雖死不可飮也. 此誠讀書士子所難能者. 益加嗟惜也. 使李裨梅. 措備其喪具. 而崔譯壽仁通引白兌隆及唱翠夢. 俱是大丘人也. 使之看檢收屍等事. 而衣衾各物. 不付倭產一種. 以盤纏所在及員役所助. 推移以用之. 使鄕書記金光

虎. 詳錄治喪凡節. 歸傳於其家.

1764년 4월 8일

날씨가 음산하고 추웠다. 오사카 성大坂城에 머물렀다.

어제 오사카 성 목부目付, 쓰시마주 재판裁判 등이 검시한 뒤에 말하기를, "마땅히 재검할 것이니 잠시 기다려야 합니다."라고 하였다.

최천종이 칼에 맞아 죽은 것은 의심할 여지가 없어 저들의 재검을 반드시 기다릴 필요가 없었지만, 지금 만약 염습斂襲을 한다면 교활한 왜인들이 틀림없이 재검을 하지 않아 격식이 성립되지 않는다는 말로 트집을 잡을 것이다. 그러나 하루만에 염습을 하지 않는 것이 비록 비참하고 슬픈 일이기는 하나, 재판을 성립시키려면 드러내지 않고 꼭 참아야만 할 형편이었다. 이어서 역관들을 타일러서 재검을 재촉하도록 하였으나, 차왜들이 "공사公事가 오사카의 판윤에게 들어갔으니 오래지 않아 올 것입니다."라고 하였다. 하루 종일 재촉하였으나 온다고 말하면서 오지 않았다. 이 핑계 저 핑계를 대며 미루려는 의도가 분명하였다. 하늘 아래에 드러난 공공연한 살인인데, 놀라 움직이지도 않고 즉시 죄인을 조사하지도 않으니, 아무리 무식한 오랑캐라고 말하지만 어찌 이와 같이 흉악하고 교활할 수 있단 말인가?

범행한 주범이 비록 누구인지 알지 못하지만, 사건의 사정으로 말하면 우리 사행에 간여하지 않은 각 고을의 왜인은 결코 사람을 죽일 리가 없을 것이다. 생각건대 쓰시마주의 사람을 벗어나지 않을 것이다. 그런데 최천종이 그들과 원한을 맺은 적이 없다고 하였는데, 까닭 없이 찔러 죽이는 경우는 없었을 것이다. 변괴가 있은 이래로 삼사가 모여서 이리저리 생각해 보았으나 그 이유를 헤아릴 수 없어, 참으로 괴이할 뿐이었다.

쓰시마 태수가 우리 통신사신을 보호하고 인도하는 것을 전담하였기 때문에, 대소사를 막론하고 마땅히 그 책임이 대마도주에게 있으므로, 어제의 죄인을 찾아 조사하고 법을 정해 목숨으로 죄를 갚고, 조약을 준수하고 우호를 유지하라는 뜻으로 교섭문서를 만들어, (원본은 아래에 있음) 오늘 아침에 수석 통역관 최학령崔鶴齡에게 대마도주를 찾아가서 전하게 하였다.

이어서 아랫사람을 보내 독촉하였더니, 그 답에, "뜻밖의 변을 당하여 놀라움을 감당할 수 없습니다. 쓰시마 사람은 당연히 조사하겠지만, 오사카 사람은 그들의 지방관이 있어서 그의 조사를 기다린 다음 회답하겠습니다."라고 하였다.

쓰시마 태수가 만약 이 일을 들었다면 평상시 성격상 마땅히 마음을 전부 움직여 즉시 위로하는 말을 보냈을 것인데, 어제 낮에 단지 모레 출발하기 전에 심부름꾼을 보내겠다는 말만 하고, 변괴사건에 대해서는 한마디 언급도 없었다. 이것이 진실로 의아스럽다.

또 아랫사람들을 단속하지 못하여 일어난 많은 사건에 대해서는 전에 이미 여러 번 보았을 것인데, 지금의 이번 변고는 혹시 아랫사람들이 대마도주에게 즉시 알리지 않아서 일까? 아니면, 알고 있으면서도 알지 못하는 척 하면서 일부러 정기적으로 아랫사람을 보냄으로써 시험해 보려는 계산일까?

대개 일본은 높은 자리에 있는 자는 권세를 잡지 못하고 권력이 아래로 옮겨지니, 왜황倭皇은 실권이 없는 지위로 모든 정사는 관백이 주관하고, 태수는 세습하며, 행정을 받들어 혼자 진행한다. 이로써 밑에 있는 자가 그 위에 있는 자의 총명을 가리어 막을 수 있으니, 이른바 갓과 신발이 뒤바뀐 나라라고 할 수 있다.

밤에 잠을 자려고 눈을 막 감을 무렵 갑자기 창 밖에서 응답하는 소리가 났는데, 바로 최천종의 소리라는 것을 알 수 있었다. 놀라서 깨니, 비통한 눈물을 금할 수 없었다.

陰寒. 留大坂城. 昨日坂城目付馬州裁判等. 檢屍後謂當再檢. 姑令等待云. 天宗之被刃致死. 旣萬萬無疑. 則不必待渠輩再檢. 而今若斂襲. 則狡黠倭情. 必以不再檢爲不成格之說執頉. 故一日不斂雖慘惻. 方欲成獄. 勢將隱忍矣. 連飭譯舌. 使促其再檢. 則差倭輩以爲公事入於坂城尹. 非久當來云. 而終日催促. 謂來不來. 顯有推托緩忽之意. 天日之下. 公然殺人. 不爲驚動. 不卽推覈. 雖曰蠻夷無識. 豈有若此之凶狡乎. 行凶元犯. 雖未知爲誰. 以事勢言之. 不干於吾行之各州倭. 則必無下手之理. 意者不出於馬州人. 而第念天宗. 旣無結怨於渠輩云. 則無端刺殺. 必無其理矣. 變怪以來. 三使相會. 左右思量. 誠莫測其端倪. 咄咄怪怪矣. 馬州太守專管護行. 則毋論大小事. 固宜責之於島主. 故昨日以查得罪人. 定法償命. 遵約條存交好之意. 構成書契. 書本在下今朝使首譯崔鶴齡. 往傳於島主. 因送伻督之. 則答以意外事變. 不任驚駭. 馬州人則我當查之. 坂城人則自有地方官. 待其查究. 當有回答云云矣. 馬州守如聞此事. 則在常情. 固當十分動心. 卽地慰伻. 而昨午只以再明發行. 前期送伻爲言. 而變怪一節. 初不攙及. 此誠萬萬可訝處也. 且不能檢束下輩. 以致放縱之多端者. 固已屢見於前後矣. 今者此變. 無或下輩不卽告之於島主耶. 抑知之而佯若不知. 故送行期之伻. 以爲嘗試之計耶. 大凡日本在上位者. 不得執權. 權柄下移. 倭皇閏位而關白主之. 太守世襲而奉行專之. 以此在下者. 輒皆壅蔽其上. 可謂冠屨倒置之國也. 夜明燈欲寢. 合眼之際. 忽有窓外應對聲. 知是崔天宗之聲矣. 驚覺不勝悲涕也.

1764년 4월 9일

맑다가 음산하였다. 오사카 성大坂城에 머물렀다.

이른바 재검은 아직도 시행하지 않았다. 조사의 절차에 대해서는 조금도 움직이지 않고, 이 핑계 저 핑계로 늦추기만 하였다. 세 명의 수석 통역들을 다시 잡아들여서 저들에게 따지고 타이르는 것을 잘하지 못했다는 이유로 엄히 곤장을 쳐서 재촉하였다. 날이 저문 뒤에 오사카 성 정부의 아관衙官 용인用人(다이묘 밑에서 서무,출납을 맡은 사람) 다키후쿠 다이코쿠福谷新와 오메쓰케大目付 하마다 시치로濱田七郎 그리고 규닌給人(무사가문) 야기 기요시八木淸 등 세 사람이 비장 · 원역들과 함께 재검을 하는데, 이른바 재검을 하는 방법이 단지 칼에 찔려 상처 난 자리만 볼 뿐 극히 소홀하게 하였다. 아관들은 재검을 마친 뒤에 외청에 나와 앉아 상처의 칼자국을 그리고 당일 숙직했던 왜인의 이름을 기록하고 가 버렸다. 우리 쪽 사람과 쓰시마 사람은 엄하게 금지시켜 가까이 오지 못하게 하였다. 그들이 어떤 말을 주고 받았는지 자세히는 알 수 없지만, 대략적으로 조사하겠다는 뜻이 있다는 것을 들었다. 재검을 마친 뒤에 즉시 염습하였는데, 최천종의 얼굴이 흡사 살아 있는 듯하고 또 냄새도 나지 않아 여름철에 3일이나 지난 시체와 같지 않았다. 이것도 이상한 일이지만, 요즘 3일 동안은 날씨가 음산하고 쌀쌀하여 마치 가을이나 겨울의 슬프고 비참한 때처럼 원통한 기운이 엉켜 있었다. 하늘의 무심하지 않음을 볼 수 있어 더욱 비통하였다.

최천종의 변괴가 있은 이래로 우리 일행 윗사람이나 아랫사람 모두가 분노하여, 당장 범인을 찾아 갈기갈기 찢어서, 죽은 이의 억울함을 펴주고 싶었지만, 주인과 손님으로서 다른 형편이 있고 또 방해와 걸림돌이 많아서 우리는 마땅히 변괴를 대하는 도리를 다하여 사건의 조사를 재촉할 수밖에 없었다. 하지만 교활한 왜인들은 사소한 일도 오히려 미루는 자들인데, 하물며 전에 없던 이 변고도 저들이 끝내 받아들겠는가? 날마다 날마다 지연되니 일마다 일마다 절통하였다.

내가, "쓰시마 사람은 배은망덕하다고 할 수 있다. 하늘의 이치가 있어, 반드시 그들의 종묘와 사직을 뒤엎을 것이다."라고 하니, 종사관이, "뱀처럼 악독한 족속을 하늘이 용납하니 이 또한 하늘의 이치입니다."라고 하였는데, 나는 그 바른 이치를 말했고 종사관은 그 변한 이치를 말한 것이다. 둘 다 근거는 있다고 할 수 있다. 부사가 말하기를, "분함을 이기지 못하여 등에 종기가 나려고 합니다."라고 하였다.

일이 실로 변괴라 매우 분하고 원통하지만, 우리들이 이것 때문에 기어이 등에 종기가 나서 죽는다면 지나친 것이 아닐까? 꾹 참고 오래 버티면 저절로 보복할 길이 있을 것이다.

삼사의 말은 진실로 모두 절박한 뜻에서 나왔으니, 이런 뜻도 없다면 사람의 마음이라 할 수 있겠는가? 그러나 무릇 변괴를 당해서 억울한 뜻을 가지고 일을 가볍게 처리하다 보면 간혹 오류를 저질러 탄식이 있을 수 있다. 이 또한 염두에 두지 않으면 안 될 일이다.

일행 모두가 헛되이 의심과 겁을 내어 마치 바늘방석에 앉은 듯하였다. 혹 놀라서 병이 난 자도 있어 빨리 배에 타자고 요청한 자가 많았다. 그 행동이 듣기에 놀랍고 말씨가 두려움에 떨기에, 나는 그들의 나약함을 꾸짖어 마음을 편안하게 하도록 하였다.

모든 일에 내가 급하면 저들이 느리고 내가 느리면 저들이 급한 것이 왜인들의 원래의 태도였다. 만약, 즉시 범인을 잡아 법으로 처단하지 않는다면 비록 달을 넘기고 해가 지나더라도 우리 통신사행은 결코 배에 오를 수 없다는 뜻을 우리 일행과 저들에게 알리어 오래 버틸 계획을 세웠다.

서기 성대중成大中이 말하기를, "억지로 수치심을 참고 견디면 일을 이룰 수 있습니다."라고 하였다. 내가 바로 "그 말이 진짜로 내 마음과 똑같으며 오늘 가장 필요한 방법이다."라고 말했다.

도훈도都訓導가 없으면 안 되기 때문에 고향사람인 서기書記 김광호金光虎의 등급을 올려 차출하였다. 또 통인通引 박태수朴泰秀는 내가 동래 부사로 있을 때에 사환使喚이었다. 매우 영리하고 문장에도 뛰어나 비록 아전에서 일을 하지만 상투를 내려서 데리고 왔는데, 이제 다시 상투를 올려서 김광호의 자리를 대신하게 하였다.

或晴或陰寒. 留大坂城. 所謂再檢. 尙不擧行. 行査之節. 姑無動靜. 以此以彼. 俱極稽緩. 三首譯等更爲拿入. 以不善責諭. 嚴加決棍. 使之催促. 日暮後大坂城衙官用人福谷新. 大目付濱田七郎. 給人八木清等三人. 更與裨將員役等. 再檢爲驗. 所謂檢驗之法. 只見破傷當處而已. 極其疏忽矣. 衙官輩檢驗後出坐外廳. 圖畫行兇鎗刃. 記錄伊日入直倭人姓名而去. 嚴禁我人及馬人使不得近前. 故未詳其酬酢之如何. 而槪聞有行査之意云矣. 檢畢後卽爲斂襲. 則天宗面貌如生. 亦無臭氣. 不似夏月三日之屍體. 此已可怪. 而邇來三日. 日氣陰寒. 便若秋冬慘憺之時. 寃氣鬱結. 可見天道之不爲無心. 尤可慘痛也. 自有天宗變怪以來. 一行上下莫不憤憤. 雖欲卽地窮査. 片裂賊人. 以伸死者之寃. 而旣有主客之勢. 且多掣碍之端. 只當盡在我處變之道. 催促其行査. 而狡黠倭情. 小事猶能推諉. 況此無前之變故. 終自歸於渠徒中者耶. 日日延拖. 事事絕痛. 余曰. 馬島人可謂背恩忘德. 天理有在. 其必覆宗絕祀矣. 從事官以爲蛇蝎之屬. 天亦容之. 此亦天理云. 吾則言其正理. 從事則言其變理. 俱可謂有據矣. 副使則曰. 不勝憤惋. 疽欲發背云. 此事固是變怪. 亦極憤惋. 而吾輩因此而必至於疽發背死. 則毋或過乎. 强忍久住. 自當有報復之道. 三使之言. 固皆切憤之意. 無此意則非人情也. 雖然凡當變怪. 若或以切憤之意. 經加處事之際. 則恐有誤謬之歎. 此亦不可不念處也. 行中諸人. 枉生疑惻. 如坐針氈上. 或有驚悸生病者. 多有從速乘船之請. 擧措有駭聽聞. 辭說或涉危懔. 余皆責之以懦弱. 使之安意焉. 凡事我急則彼緩. 我緩則彼急. 此倭人例態也. 卽以賊人如不得捕捉正法. 則雖閱月經歲. 使行必無乘船之理. 以此意布諭於彼我人等處. 以爲持久之計. 成書記大中. 以爲强戾忍垢. 可以成事云. 余曰. 此言沕合余心. 正爲今日第一要道云耳. 都訓導不可無. 故以鄕書記金光虎陞差之. 通引朴泰秀. 是余按萊府時使喚者. 極伶俐能文翰. 故雖服吏役. 下髻而率來. 今者還其髻而代光虎焉.

1764년 4월 10일

아침에 맑고 저녁에 비가 왔다. 오사카 성大坂城에 머물렀다.

얼핏 듣기로는, 초 7일에 보낸 글은 말을 빨리 달려 즉시 도쿄와 오사카의 관리에게 알렸는데, 오사카 성 관리는 곧 4품 대부 히다노쿠니 태수飛驒守 아베 마사치카阿部正允이라고 하였다. 또 초 8일 쓰시마주의 태수에게 준 글은 오늘 5통으로 베껴서 하나는 도쿄로 보내고 하나는 오사카 최고 벼슬에게 보냈으며, 하나는 오사카의 정봉행町奉行에게 보내고, 하나는 쓰시마의 전 태수에게 보냈으며, 하나는 대마도주의 처소에 남겨 두었는데, 글을 베껴 써 줄 사람이 없어 우리 쪽 사람에게 1통을 써 주기를 요청했다고 한다. 이것으로 보면 반드시 도쿄에 공문으로 보고했다는 것에 대해서는 의심이 없을 듯하다.

변고가 일어난 처음에 쓰시마 사람들은 '자살한 것이다.'라고 떠들어 댔으며, 혹은 '일본사람의 소행이 아니다.'라고 지껄였다.

차왜들이 겉으로는 위로하고 민망하다는 말을 하였지만, 속으로는 대충 마무리 하려는 생각을 품었었는데, 통역관들이 곤장을 맞고 또 오사카의 아관衙官이 재검을 시행한 뒤로는 쓰시마 사람들이 놀라고 당황한 기색이 없지 않았다. 또 오사카에서 통신사의 숙소 등 각처에 염탐꾼을 많이 보냈다는 말을 듣고는 놀라서 범인을 찾을 기색을 하더라고 하였다. 그 말에 따라 비록 믿을 수는 없지만 사태로 보아 이번 일은 진실로 통신사가 있어온 이래 처음 생긴 변괴인 만큼, 만약 그것이 쓰시마 사람의 소행이라면 대마도주의 잘못을 따져 책임지게 할 것이고, 만약 오사카 사람의 소행이라면 오사카 판윤이 또한 죄를 입을 것이다. 이쪽이든 저쪽이든 마땅히 그 책임을 지기 마련이다. 생각해보면, 오사카 사람은 우리 통신사행과 본래 원한의 감정이 없었지만, 쓰시마 사람은 우리와 사소한 말썽이 없었던 것도 아니었다. 이것이 쓰시마 사람을 의심할 만한 첫 번째 이유이다. 우리 숙소를 지키는 일은 오사카 사람도 비록 참가하고 있기는 하지만, 쓰시마 사람이 대다수인데다가 오사카 사람은 바깥쪽을 지키는 일을 맡았을 뿐이고, 쓰시마 사람은 숙소의 방과 대청마루 사이를 아무 때나 출입할 수 있었다. 이것이 의심할 만한 두 번째 이유이며, 변괴사건 이후에 오사카 사람들은 놀라서 조사하려는 생각이 두드러지게 있었으나, 쓰시마 사람은 일마다 질질 끌고 놀라는 기색도 없었다. 이것이 의심할 만한 세 번째 이유이다. 이 밖에도 의심할 만한 단서는 말로 다 할 수 없는 것은 아니지만, 분명 쓰시마 사람의 소행인 듯하였다.

재판의 판결이 비록 천만 뜻밖이라도 이 일만은 다른 판결이 없을 것 같았다. 가령 생각해보면, 국경에서의 분쟁이 두 여자의 뽕나무를 다투는 것[10]에서도 있었는데, 지금의 이 변고를 어찌 뽕나무를 다투는 것에 비교할 수 있겠는가?

그러나 만약 이로 인하여 두 나라 사이에 틈이 생긴다면, 이는 크게 옳지 않은 일이다. 어떤 사람은 직접 쓰시마 사람을 찍어 논하였지만, 이는 사태를 자세히 알지 못한 의론이다. 내 생각으로는 쓰시마 사람을 잘 타일러 쓰시마 사람에게 범인을 찾아내도록 하는 것이 가장 좋은 계책이요, 다음 계책으로는 오사카 사람에게 조사하도록 하는 것이 마땅하다고 여겼다. 이 일이 있은 뒤로부터 밤낮으로 생각하지 않은 적이 없고, 다른 사람과 차를 마실 때에도 감히 마음을 느슨하게 하지도 않았다. 만약 옛사람에게 이 일을 맡긴다면, 반드시 생각할 수 없는 귀신같은 지혜를 냈을 것이다. 나처럼 마음으로 걱정만 하는 일에 힘을 허비

---

10 중국 춘추시대에 초(楚)나라의 변방 처녀와 오(吳)나라의 변방 처녀가 국경에 있는 뽕나무가 서로 자기 것이라고 싸우다가 결국 두 나라의 싸움으로 커졌다는 고사. 《史記 吳太伯世家》

하지는 않았을 것이다.

우리 일행 가운데에는 관棺을 만들 나무 판을 가진 자가 없었다. 어떤 사람은 유둔지油芚紙(기름종이)에 시체를 싸 가자고 하였지만, 험한 3천 리 뱃길에 상할 우려도 있고 또 오로지 저들에게 맡겨서 운송해야 하니, 어떤 일이 생길지 헤아릴 수 없어서 관을 짜는 나무판은 부득이 먼저 일본산 소나무를 썼다가 귀국한 뒤에 변통하여 다시 관을 바꾸도록 할 계획이었다.

朝晴暮雨. 留大坂城. 仄聞初七日所構文字. 卽爲馳報於江戶及大坂城尹. 城尹聞是四品大夫阿部飛驒守藤正允. 初八日與馬州守書. 則今日謄書五本. 一送江戶. 一送坂城尹. 一送坂城町奉行. 一送馬島舊太守. 一留島主所. 而書役無人. 乞書一本於我人云. 以此言之. 其必關報於江戶. 似無疑矣. 變出之初. 馬人輩唱言曰自裁. 或曰非日本人所爲. 差倭輩則外示慰悶之言. 而內懷彌縫之意. 及至首譯等決棍. 坂城衙官之再檢後. 則馬人輩或不無驚遑之色. 且聞自坂城多發廉探於館中各處. 似驚動究覈之氣色云. 其言雖未可準信. 以事勢言之. 此誠有信使以來所無之變怪. 若是馬人之所爲. 則馬島主宜致論責. 如或坂城人所爲. 則坂城尹亦宜有罪. 以此以彼. 宜有當其責者. 第念坂城人於我行本無怨憾. 馬州人則自不無些小辭說. 此其可疑者一也. 館中守直. 雖參坂人. 而馬人居多. 坂人則外班把守. 馬人則無常往來於下處房廳之間. 此其可疑者二也. 變怪以後. 坂城人則顯有驚動查究之意. 而馬人則每事延拖. 未有驚慘之色. 此其可疑者三也. 此外亦不無可言之疑端. 明若是馬人之所爲. 獄情雖或有出萬萬意外者. 至於此事. 則似無他歧矣. 第念邊釁之生. 或有二女之爭桑. 今此事變. 奚啻爭桑. 雖然若或因此而啓釁邊疆. 則大不可大不可矣. 或有直擧馬人之議. 而此未詳事勢之言也. 吾意則善諭馬人. 使馬人摘發賊人爲上策. 其次則使坂城人查得爲當矣. 自有此事. 夙宵之間. 未或不思. 酬酢之際. 未敢弛心. 若使古人當此事. 則必有所神鬼莫測之智. 不若余徒費心慮也. 行中旣無棺板持來者. 或欲以油芚裹去. 而三千海路蕩洋之地. 慮有所傷. 且專委彼人而領去. 則事亦難測. 故棺板則不得已姑用倭松. 而方欲變通於返柩之後. 使之改棺計耳.

1764년 4월 11일

맑다가 흐렸다. 오사카 성大坂城에 머물렀다.

대마도주의 답변서를 여러 차례 독촉하니, 온다고 말하고는 오지는 않고 오히려 지금 또 연기를 하였다. 얼마나 잘 꾸며서 답변서를 쓸려고 그러는지 알 수 없다. 생각건대, 반드시 그 답서에는 적합한 말이 없을 것이고, 후일에 차례차례 헤아려서 살펴보겠다는 내용임에 틀림없을 것이다.

변괴가 난 뒤에 여러 방면으로 목적한 바대로 처리하는 방법을 모르는 것도 아니며, 또한 그날로 즉시 재판을 성립시킬 마음이 어찌 없었겠는가? 그러나 이미 우리 스스로 조사할 수도 없으며 그 일의 형편 또한 제한 받는 것이 많고 보니, 생각이 없는 것도 아니었지만 역시 아무에게나 말할 수도 없었다. 알지 못하는 자는 혹시 답답함을 알릴 생각도 있었겠지만, 타국에서의 사정이 다른 것도 있고 우리와 저들의 형세가 다르니, 필요하다면 오래도록 버티고 움직이지 않을 작정이었다. 무식한 중관이나 하관 무리는 그저 분통만 할 줄 알아서 쓰시마 사람을 욕하는 자가 많지만, 일 처리하는데 있어 도움이 되지 않을 뿐만 아니라 트집거리가 생길 우려마저 있어 나는 일체 금지시켰다.

밥을 먹은 뒤에 관을 짜는 재목이 와 있었다. 비로소 입관하는데, 비장 · 원역 중 일이 없는 자는 모두 와서 참관하였다. 관을 묶은 뒤에 삼사와 함께 일행 이하 중관 · 하관에 이르기까지 모두 모여 곡을 하였는데, 친척인 것처럼 목 놓아 울며 슬퍼하였으니, 사람의 정이 어찌 그러하지 않겠는가?

나는 제문을 짓고(제문은 아래에 나옴) 노자 돈으로 제사에 필요한 음식을 차려 위로하였는데, 비참한 회포가 특별히 상사와 부하의 의리에서 나오는 것만은 아니었다.

관은 소동小童 한중漢仲(김한중)의 관을 보관하는 곳에 두었다가 보냈는데, 상여를 메는 사람은 모두 우리 쪽 사람을 썼다. 중관·하관 백여 사람이 어떤 이는 메고 어떤 이는 그냥 따르며 목 놓아 곡하면서 정문으로 나가려고 하니, 문을 지키는 군사들이 가로막고 허락하지 않았다. 우리 사람들이 밀치고 뛰어나가자 저들은 크게 악을 쓰며 이미 나간 관을 다시 쪽문으로 들여와서 하급관리들이 머무는 관청에 두었다고 한다. 그들의 버릇이 비록 원통하지만, 우리 쪽의 처사 또한 잘못되었으므로 나는 거느리고 나간 역관·도훈도 등을 꾸짖고 앞을 다투어 뛰어나간 자를 대충 다스려 다시 쪽문으로 나가도록 하였으나, 저들은 '오사카의 봉행奉行에게 물어 본 뒤에 거행한다.'고 하였다. 더욱 원통하다.

或晴或陰. 留大坂城. 馬島主回答書契. 累度督促. 則謂來不來. 尙今遷延. 未知有何粧撰而然也. 想其答書. 必無適莫之言. 而見此後自可有次第商量者矣. 變怪之後. 非不知多方經紀之道. 亦豈無卽日成獄之心. 而旣不可以自按查事. 且其事勢. 多有扞格. 雖不無心思者. 亦不可人人說道. 不知者或有泄鬱之意. 而他國之事情有異. 彼我之形勢各殊. 要當以持久勿搖爲主矣. 無識中下官輩. 徒知憤痛. 多有罵辱馬人者. 旣無益於做事. 且有慮於生梗. 故一切嚴禁之. 飯後棺材來待. 始爲斂入. 而裨將員役之無故者. 并爲參見. 卽爲結棺後. 三使與一行下至中下官. 並皆會哭. 莫不失聲流涕. 如悲親戚. 人情烏得不然也. 余操祭文. 祭文在下 以盤纏所在. 設祭需而慰之. 悲慘之懷. 不特將幕之義而已. 喪柩欲爲同置於小童漢仲柩所停之處. 使之出送. 而擔夫皆用我人. 則中下官百餘人. 或擔或隨. 放聲號哭. 欲出正大門. 守門禁徒. 防塞不許. 則我人等. 擠排突出. 彼人等大爲揚惡. 以旣出之柩. 還入挾門. 置於下官廳云. 彼人之習. 雖可痛矣. 我人之事. 亦爲非矣. 故誚責其領去譯官都訓導等. 略治其爭先突出者. 使之復出挾門. 則彼人輩謂以經稟於坂城奉行後擧行云. 尤可痛矣.

1764년 4월 12일

맑음. 오사카 성大坂城에 머물렀다.

통역자들이 간혹 말하기를, "조사의 기미가 이러이러합니다."라고 하였다.

그 말을 믿기는 어려웠지만 날짜가 점차 지연되고 있어 갑갑한 마음을 형용하기 어려웠다. 어떤 사람이 말하기를, "도쿄에 보고한 것에 대한 회답이 온 뒤에 죄인의 수사와 체포가 있을 것이다."라고 하였다.

비록 타국의 재판을 다루는 격식이 어떠한지는 알지 못한다. 그렇지만 살인죄를 처단하는 것은 아무리 임금의 명령을 기다려야 한다지만, 죄인을 체포하는 일이 얼마나 시급한 일인데 관백의 명령을 꼭 거쳐야만 한단 말인가? 일이 거짓에 가까워서 더욱 의심을 품게 하였다.

晴. 留大坂城. 譯舌輩或言查事有幾微. 若此若此云云. 其言旣難準信. 日子漸至遷延. 悶鬱難狀. 或言報江戶回題來後. 當有罪人之盤問捕捉云. 雖未知他國查獄格式之如何. 而殺獄處斷. 雖待國君之令. 罪人捕捉. 何等時急. 而必由於關白之命乎. 事近飾詐. 尤令人疑惑也.

1764년 4월 13

맑고 밤에 비가 왔다. 오사카 성大坂城에 머물렀다.

아침식사 전에 최천종의 관을 내보냈다. 통역관이 돌아와 말하기를, "중관과 하관 백여 사람이 길에서 곡을 하며 갔는데, 왜인들 중엔 그것이 무슨 소리인지 알지 못하고 웃는 자도 있었습니다."라고 하였다. 측은지심惻隱之心이 없다고 말할만하다.

도쿄에 있을 때에 올린 장계狀啓 2통과 한중漢仲(김한중)의 관을 아직도 내보내지 않았다고 한다. 당일 동시에 발송하지 않으려고 그런 것이 아니라, 사건의 조사에 아직 일의 실마리를 잡지 못하고 있는데 최천종의 피살 장계를 먼저 부친다면, 조정이 반드시 여러 모로 놀라고 염려하겠기에 우선 머물러 두었다가 출장이 끝난 뒤를 기다려서 부치고자 하였다. 그때가 과연 언제가 될지 모르겠다.

대마도주가 답변서를 한결같이 지연시키더니 저녁에야 통역관이 비로소 그 초본을 얻어 와서 보여 주었는데, 공식적인 말 외에 '지금 있는 곳이 관아여서 관할하는 사람이 따로 있으니, 나의 명령을 쉽게 내리기는 어려우며, 우리 쓰시마주의 원역에 한하여 의심된 자가 있다면, 즉시 조사하겠습니다.'라고 하였다. 그래서 오사카의 지방관에게 이를 미룰 생각이 있는 것 같았으며, 그가 거느린 부하 중에 만약 의심스러운 사람이 있다고 말하는 것은, 최천종의 측근을 말하는 것이다. 그 하는 말이 매우 음흉하였다. 이 글은 아사오카 이치가쿠紀蕃實가 지은 것이라고 들었다.

그 초본 가운데, 처음엔 '어찌 외부의 손님이 새벽 3시쯤에 함부로 들어가겠는가'라고 말한 구절이 있었는데, 지금 그 구절에 표식을 붙였다. 또 쓰시마의 원역을 조사하겠다는 말이 없었다. 이것은 곧 이 사건을 자중지란自中之亂으로 돌리고, 쓰시마 사람의 소행이라는 것을 덮으려는 의도가 두드러졌다. 밝은 태양 아래에 어찌 감히 이런 음흉하고 간사한 계략을 썼단 말인가!

통역관이 일의 이치를 들어 그 부당함을 따지고 설득하여 이 보고서를 고치도록 한 것이다. 이제 보니 이 본은 초본에 비하여 기가 꺾여 사과하는 뜻이 없지 않은데, 이는 통역관의 말 때문에 그런 것이 아니라, 또한 까닭이 있어서 그러 한 것이다.

변괴 후에, 쓰시마 사람은 범행이 자기들 무리에서 나온 것인 줄 분명히 알았다. 그래서 겉으로는 드러내지 않고 허황된 말로 가리고 덮으려고 하였다.

어제 쓰시마 태수가 오사카의 판윤을 찾아가 뵙고 미봉할 계책을 쓰려고 하자, 오사카 판윤이 꾸짖었고, 두 장로長老 및 공의公議가 모두 비난하였으며, 또 오사카 판윤의 염탐꾼이 정보를 얻어 사건의 기밀이 차츰 드러나자, 쓰시마 사람들은 비로소 자기들의 간사한 계책이 이루어질 수 없음을 알았다. 그래서 곧 답신의 초본을 고쳤던 것인데도, 오히려 측근으로 간주된다는 뜻이 없지 않았다. 그 태도의 간교함과 재빠름이 진실로 원통하다.

풍문에, 전어관傳語官(통역관) 중의 한 사람이 공공연히 도주하여 극히 의심스럽다고 하였다.

晴夜雨. 留大坂城. 朝前出送天宗喪柩矣. 譯官回言曰. 中下官百餘人. 號哭道路而去. 彼人或有不知其何聲而笑之云. 可謂無惻隱之心也. 在江戶時. 狀 啓二度及漢仲柩. 尙不出送云. 非不欲卽日同此發送. 而查事旣未成頭緖. 而先封天宗被刃事狀 啓. 則 朝家必致驚慮多端. 姑欲留置. 以待出場後封 啓. 未知果在何日也. 島主之回答書契. 一向延拖. 夕間首譯始得其草本而來示. 例語之外. 謂以今在官地管轄有人. 則難以私令徑行. 至於弊州員役. 若有影響可疑. 隨卽查究云云. 似有推諉於坂城地方官之意. 至其所率. 則若有可疑云云者. 可以左右看矣. 其所遣辭. 極爲陰譎. 聞是紀蕃實之所撰也. 其草本中. 初有豈客外人寅夜攔入云云之句. 而今乃付標. 且無馬州員役查究之言. 其意顯欲歸之於自中之亂. 而掩覆其馬州人之所爲也. 白日之下. 安敢爲此凶譎之計乎. 首譯以事理責諭其不然. 使之改本. 則今示此本比初本. 不無推謝之意. 此非爲首譯之言而然也. 蓋亦有由而然矣. 變怪之後. 馬人則明知其出於渠徒. 故不欲現露. 游辭掩覆矣. 聞於昨日馬州守往見坂城尹. 欲爲彌縫之計. 坂城尹責之. 兩長老及公議齊發非之. 且坂城之廉探得實. 事機漸露. 馬人將不得售其奸計. 故始乃改其回書草本. 而猶不無左右看之意. 其情態之閃忽. 誠可痛也. 仄聞傳語官中一人. 公然逃走. 極甚可疑云矣.

1764년 4월 14일

비가 오다가 개었다. 오사카 성大坂城에 머물렀다.

얼핏 풍문을 들으니, 요즈음 들어 쓰시마 사람들이 매우 놀라 당황해하고 조급한 기색이 있다고 한다. 그 흉계가 탄로 났음을 알 수 있다.

정오 무렵에 오사카의 정봉행町奉行이 사람을 보내어 문안하였다. 그래서 나는 범인을 잡아 조사하여 법에 의거 목숨은 목숨으로 갚게 함으로써 교류의 좋은 뜻이 보존되게 하라는 뜻으로 답하였다.

쓰시마 태수의 회답 문서가(문서는 아래에 있음) 비로소 전달되어 왔는데, 어제 본 개본改本과 똑같았다. 대마도주도 재차 서계를 주기로 허락하였고 두 장로도 글을 주기로 허락하였는데(두 글은 아래에 있음) 이미 글은 다 지었고 곧 바르게 써서 보낸다고 하였으며, 또 서로 만나기를 요청할 계획이라 하였다.

들었는데, 용의자를 조사하여 심문하는 것은 잠시 보류하고 오후부터 정봉행 두 사람이 대청에서 조사하여 대질하는 자리를 크게 연다고 한다. 그들은 곧, 지난 정월 이곳을 지날 때에 만난 적이 있는 노토노쿠니 태수能登守 오키쓰 타다미쓰源忠通 · 이즈모노쿠니 태수出雲守 원장규源長逵라 한다. 사람을 보내어 엿보게 하였더니, 대청의 위아래를 오사카 사람들이 꽉 메웠고 넓은 뜰 사방은 새끼줄로 둘러 쳐져 있고 지키는 사람들을 줄을 세웠다고 한다.

쓰시마주의 재판 · 봉행 및 5일 전어관傳語官 2~3명 외에 당일 입직과 대려온 쓰시마 사람들을 모두 잡아들여 그들의 칼 · 문서 · 약주머니 등의 물건을 빼앗고 모두 한쪽 창고에 압수하여 놓아둔 뒤에, 차례차례로 불러 상세하게 신문하였는데, 죄 있는 자는 실토하는 것이 오히려 형장에서 맞아 먼저 죽는 것보다는 낫겠더라고 하였다.

또 따져 신문할 때에 우리 쪽 사람과 쓰시마 사람은 엄하게 금지하였기 때문에 전부 엿들을 수 없었는데, 그들로부터 탐문하니 범인은 바로 일전에 도망친 전어관 스즈키 덴조鈴木傳藏로 일본말로 연조連助(덴조)라는 사람이다. 어제 들었는데, 어떤 사람이 스스로 조선인을 찔러 죽였기 때문에 도망간다라는 뜻으로 전어관청傳語官廳에 투서한 뒤에 도망갔으며, 세이후쿠지淸福寺에서 자고 갔다고 하였다. 과연 지금 보니 스즈키 덴조의 소행이었다. 일찍이 이 도적과 최천종은 서로 원한을 맺었다고는 듣지 못했다. 그래서 처음에는 의심하지 않았는데, 지금 들으니, 변고가 있기 전날 최천종과 사소한 말다툼을 하였다고 한다. 우리 모두가 미처 알지 못했던 것이다. 설령 사소한 말다툼이 있었다고 하더라도 어찌 죽이려고 한 지경에까지 이르렀겠는가? 또 살인을 하고 도망가는 자가 반드시 자취를 감추기에도 겨를이 없을 것인데, 또 어떻게 스스로 투서를 하고 갈 수 있겠는가? 이 모두가 의심스러웠다.

그러나 왜인의 버릇이 눈을 흘길만한 사소한 원망에도 사람을 찌르거나 사람을 죽이는 자가 있으며, 자수하거나 자결하는 것을 흔쾌하게 여긴다고 한다. 이 사건 또한 그렇지 않다고 어찌 보증하겠는가? 저녁에 정봉행이 통역관에게 죄인을 조사하겠다는 뜻으로 심부름을 할 사람을 보낼 것을 요구하였다. 그래서 반드시 엄히 조사하라는 뜻으로 답하였다.

정봉행이 재판을 연 이후부터 쓰시마주의 차왜 등이 머리를 모아 놀라고 당황해하면서 기가 죽어 상심해 있었다. 드디어 쓰시마 태수의 뜻을 전하러 와서 고하기를, "변괴가 있자마자 엄한 조사를 계속한 결과, 스즈키 덴조의 소행임이 밝혀졌습니다. 지금 그 단서가 이미 드러났고 또 염탐하였으니 오래지 않아 잡힐 것입니다라고 하였다."한다. 진실로 그의 속을 꿰뚫어 보듯이 환희 알 수 있었다.

엄중한 말로 강도 높게 꾸짖어 그 간사함을 폭로해야 하지만, 왜를 다루는 방법이 이와 같으면 안 되겠기에 우선 예삿말로 답하였고 또 빨리 잡기를 독촉하였다.

정봉행 두 사람이 밤을 새워 조사하여, 실정을 알고 있는 3인을 결박하였는데, 한 사람은 의우위문儀右衛門으로 스즈키 덴조의 부하이고, 또 시우위문市右衛門으로 스즈키 덴조의 주인승主人僧이다. 나머지 한 사람은 행태幸太라는 사람으로 그날 저녁 화물을 팔려고 온 수상한 자였다. 진범을 아직 잡지 못했기 때문에 먼저 의심가는 이들을 문초한다고 하였다.

마음속으로 생각건대, 오사카의 판윤이 범인을 기필코 잡고자 하는 것은, 비단 우리 통신사행의 분을 풀기 위해서만은 아닐것이다. 대개 지방관이 죄의 책임을 면하려면 반드시 범인을 잡아야 하기 때문이니, 이것은 믿을 만하였다.

或雨或晴. 留大坂城. 仄聞昨今以來. 馬人輩頗有驚遑悶燥之色. 知其陰事之綻露也. 午間坂城町奉行來候送伻. 故以查得賊人. 依法償命. 以保交好之意答之. 馬州守回答書契. 書契在下 始爲來傳. 而一如昨日所見之改本矣. 島主許再貽書契及兩長老許貽書. 兩書在下 業已構出. 正書欲送. 又請相會計矣. 聞有查坐之擧姑置之. 自午後町奉行二人. 大開查坐于大廳. 卽正月過此時相接之能登守源忠通出雲守源長逵也. 使人覘之. 坂城人彌滿於廳上廳下. 廣庭四面. 圍以藁索. 羅立禁徒輩. 馬州裁判奉行及五日傳語官二三人外. 伊日入直及待令之馬人等. 一倂拿入. 奪其佩劍文書藥囊等物. 盡爲拘留於一邊虛間. 逐箇捉入. 詳細盤問. 而有罪者之吐實. 反有愈於刑杖徑斃之慮云矣. 盤問時嚴禁我人與馬人皆不得竊聽. 而從他探問. 則元犯賊人. 乃是日前逃亡傳語官鈴木傳藏倭音連助者. 而昨聞有人自以刺殺朝鮮人而逃走之意. 投書於傳語官廳中而逃亡. 經宿於淸福寺云矣. 今果傳藏之所爲也. 曾未聞此賊與天宗有所結怨. 故初不致疑. 今聞與天宗有些言詰於變出前日云. 而我人皆未覺之. 設有些小言詰. 豈至於欲殺之境乎. 且殺人而逃走者. 必欲掩跡之不暇. 又何可自爲投書而去乎. 此俱可疑也. 雖然倭人之習. 睚眦之怨. 或有刺人殺人者. 以自首自裁爲快. 則此亦安保其不然也. 夕間町奉行要首譯. 以罪人將查之意送伻.

故以必爲嚴査之意答之. 自町奉行開坐以後. 馬州差倭等. 聚首驚遑. 喪膽落魄. 始以馬州太守意來告日. 自有事變. 連爲嚴探. 則傳藏者所爲也. 今則端緖旣露. 且已譏詗. 非久當捕捉云云. 誠可謂如見其肺肝也. 固宜嚴辭峻責. 以露其奸狀. 而御倭之道不當如是. 故姑以例語答之. 且督其推捉矣. 町奉行二人. 達夜査究. 結縛知情者三人. 所謂儀右衛門. 傳藏隨率也. 市右衛門. 傳藏主人僧也. 幸太. 其夕托賣貨物. 殊常往來者也. 元犯旣未捉得. 故先問此等可疑者云矣. 竊想坂城尹之必欲査得元犯者. 非但爲使行雪憤之地. 蓋爲地方官之免於罪責. 則其必期於捕捉而後已. 此則可恃耳.

1764년 4월 15일

맑음. 오사카 성大坂城에 머물렀다.

새벽에 망궐례를 하였다. 마친 뒤에 곤하게 잠이 들어 대궐에 들어가 임금을 뵙는 꿈을 꾸었는데 몹시 편안하였다. 꿈에서 깨어 나니 서운하여 섭섭한 마음이 두 배나 되었다.

범인이 아직도 잡히지 않았다고 들었는데, 정말 답답하다. 얼핏 소문에, 일본은 동네마다 모두 금도禁徒를 두었으며 도망자가 생기면 그 동네 문을 닫고 수색하기 때문에 잡히지 않을 수 없다고 한다. 또 각 나루터마다 모두 책임을 맡은 관리가 있어 도망갈 곳이 없다고 한다. 일의 형편으로 말한다면 그럴 듯하였다.

晴. 留大坂城. 曉行望 闕禮. 罷後困睡. 夢中入 侍. 頗爲丁寧. 覺後悵然. 下懷一倍. 聞賊人尙未捕捉. 極可泄鬱. 仄聞日本里井皆置禁徒. 如有逃亡者. 則閉其里門而搜索. 蔑有不捕者. 又於各津頭. 皆有主管者. 無處可逃云. 以事勢言之. 似或然矣.

1764년 4월 16일

맑음. 오사카 성大坂城에 머물렀다.

오사카의 정봉행이 연일 외청으로 와서 조사를 했는데, 오늘은 쓰시마의 재판에게 우리 사신단 일행이 통역관과 함께 와서 조사하는 것을 보라고 요구하게 하였다고 한다.

그러나 사태를 자세히 따져보니, 조사하는 자리에 우리들을 동참시키는 것이 그 일을 하는데 있어 아무런 보탬이 될 수 없고 도리어 해가 되기 십상이었다. 또 오사카 태수가 기필코 끝까지 조사해내겠다고 말하는 것을 들었는데, 어찌 우리 한 두 사람이 동참하는 것을 기다리겠는가? 그래서 곧 재판에 방해된다는 이유를 들어 허락하지 않았고, 명백히 사실을 가려 올바른 법에 따라 살인죄로 벌을 주라는 뜻으로 답하여 보냈다.

오늘부터 조사하는 자리에서 비로소 형벌을 쓰기 시작하였는데, 형벌은 목 뒤에 돌을 매달고 두 팔을 묶고 결박한 두 무릎 사이에 나무를 끼워서 누르는데 마치 주뢰형周牢刑[11]과 비슷하였으며, 또 어떤 것은 냉수를 먹여 목까지 차게 한 뒤 둥근 나무로 가슴과 배를 문질러 일곱 개의 구멍으로 물이 나오게 하는 형벌도 있었다. 또 매로 등을 치거나, 또 칼날 같은 마목馬木[12]위에 걸터 앉히고 두 발에 돌을 달아 드리우는 것도 있으며, 이 밖에 이름 짓기 어려운 형벌에다 도구도 없는 것이 없었다. 그래서 죄를 범한 자는 거의 실토하지 않는 이가 없다고 한다. 잔혹한 형벌이라 할 수 있다. 사형수를 처형하는 법에는 3가지가 있는데, 첫째는 여러 창으로 아무 곳이나 마구 찔러서 죽이는 것이요, 그 다음은

---

11 주뢰형(周牢刑): 죄인의 두 다리를 한데 묶고 다리 사이에 두 개의 주릿대를 끼워 비트는 형벌.

12 마목(馬木): 가마나 상여 따위를 올려놓을 때 괴는 네 발 달린 나무 받침틀.

목을 베어 높은 곳에 매다는 것이며, 그 다음은 자결하는 것이라고 한다. 얼핏 풍문에, 오늘 신문하는 자리에서는 일전에 잡아 구금한 3인이 차례차례로 형벌을 당하였으며, 죄를 다스리는 실상이 점점 더 널리 퍼져 의심이 가는 자를 많이 잡아들인다고 한다. 그 수사의 엄밀함을 상상할 수 있겠다.

이테이안以酊菴의 장로 게이간 류호龍芳(桂岩龍芳)가 기한이 다 되어 교체되어 가고 대신하여 무진년의 이테이안의 스님인 호가 교쿠레이玉嶺라는 슈에이守瑛가 다시 임용되어 왔다. 일전에 외청으로 문안을 왔었는데, 어수선하여 접견하지 못했다.

오늘 다시 명함과 편지를 보내어 오고 또 담배 · 담뱃갑 · 부채 등의 물건을 보내왔지만, 나는 죄인이 올바르게 법을 집행하기 전에는 접견할 수 없다고 답을 보냈다.

晴. 留大坂城. 坂城町奉行連日行查於外廳. 而今日則使馬州裁判送言於行中. 要與首譯來見查事. 而細究事勢. 使我人同參覈坐. 無益於做事. 反易有害. 且聞坂城尹必欲窮查云. 顧何待一二我人之同參乎. 乃以有妨事面不許之. 仍以明白覈實. 正法償命之意答伻之. 今日查坐. 始爲用刑. 而用刑之法. 或懸石於項北. 結兩臂. 結縛兩膝之間. 挾木壓之. 有若周牢之刑. 又或飮以冷水. 滿腹至項. 以圓木磨擣其胷腹. 則水出七竅矣. 又笞背之. 又或跨坐於形如刀鍔之馬木上. 兩足懸石垂之. 其外難名之刑. 無不備具. 故凡有罪犯者. 鮮不吐實云. 可謂殘酷之刑也. 至於死囚正刑之法有三. 第一則衆鎗亂刺而殺之. 其次梟首. 其次使之自裁云矣. 仄聞今日查坐. 日前囚禁者三人. 鱗次用刑. 而獄情漸益蔓延. 可疑者多入逮捕云. 可想其按查之嚴密也. 以酊菴長老龍芳. 以瓜遞歸. 其代則戊辰酊菴僧守瑛號玉嶺者. 再任差來. 日前來候外廳. 而擾未接見. 今日書送名刺及片翰. 仍呈煙草煙匣扇子等物. 故以罪人未正法前. 不得接見答之.

1764년 4월 17일

아침에는 맑고 저녁에는 비가 왔다. 오사카 성大坂城에 머물렀다.

스즈키 덴조가 잡힌 뒤에야 죄를 주는 재판이 이루어질 듯한데, 체포령이 내려진 지 여러 날인데 아직도 잡지 못하여, 정말 답답하였다. 혹 전하는 말에 의하면, 관백의 명령으로 2천 명의 군사와 6백 척의 배로 사방으로 추격한다고 하는데, 비록 믿을 수는 없지만 과연 그러하다면 반드시 범인 스즈키 덴조를 잡는 것은 걱정이 없을 것이다.

朝晴暮雨. 留大坂城. 傳藏被捉之後. 可得成獄. 而發捕累日. 尙未捕捉. 正以爲悶. 或傳因關白之令. 發二千軍兵六百船隻. 四方追逐云. 雖未可信. 若果然也. 其必捉得無慮矣.

1764년 4월 18일

아침에는 맑고 저녁에는 비가 왔다. 오사카 성大坂城에 머물렀다.

오후에 들었는데, 범인 스즈키 덴조가 셋쓰노쿠니攝津州 경내인 이케다 마을池田鄕 40리 지점에서 잡혀 구속되었다. 그래서 정봉행이 곧장 감옥으로 가서 밤이 깊도록 심문하였다고 하였는데, 그 죄인이 진술한 내용을 듣지 못해 답답하였다.

저녁때 부산에서 소식이 도착했다. 단지 각처의 공문만 보내왔을 뿐이었고, 3월 6일에 보낸 것이었다. 그때까지 임금의 체후가 편안하셨음을 우러러 알게 되니 경사롭기 그지없다. 집 편지는 전해 오지 않았고 다만 각 집안이 두루 평안하다고만 하여 나를 답답하게 할 뿐이다. 당초엔 비변사에서 공문을 부치는 편에 혹 사적인 편지를 부치는 것이 허락되리라 여겼는데, 지금 보니 비변사에서 공문을 작성하는 담당자가 빼 버린 것은 반드시 글 중간의 내용 때문에 비변사에서 방해된다고 막았기 때문이다. 어떻게 하겠는가? 비변사의 공문을 보니, 2월 22일 임금께서 통신사의 소식을 알고자 내가 비변사에 보고한 문서를 취하여 보시고, 좌수영左水營에 명령을 내려 훈별訓別[13]들을 곤장을 쳐서 무거운 죄로 처벌하라 하셨는데, 이는 치목鵄木을 들여보낼 때에는 보고하지 않았고, 아카마가세키赤間關에 있을 때에 내가 비변사에 보고한 일 때문이었다.

2월 말에 임금께서 이미 사신의 소식을 물으셨다고 한다. 기다리시는 임금의 마음을 우러러 헤아릴 수 있겠다.

정월 20일 후 오사카 성에 있을 때, 배에서 내린 상황을 올린 장계가, 3월 4일에야 비로소 부산진에 도착하여 곧바로 열흘 사이에 임금께 보고가 되었을 것이다. 그 이후로 40일이 지났으니 정월 20일 이후의 소식은 3개월이 다 찼다. 지금 임금께서 심려하고 기다리는 마음이 전날보다 배가 될 것이다. 목말라 갈증이 나는 민망한 신하가 된 마음을 이루 말할 수 없다. 떨치고 날아서 가고 싶지만 그렇지 못할 형편이니 또한 어찌하겠는가?

아이노시마藍島에 있을 때 '배를 만드는 차원差員[14]을 가볍게 처벌해서는 안 된다.'는 뜻으로 다시 장계를 올렸는데, 정월 29일에 대신이 비로소 임금의 물음에 대답하였다, '차원差員은 중죄로 의금부로 잡아들이고 별차원別差員은 전부를 잡아다 신문하여 엄하게 처리하십시오.'라고 임금께 아뢰니, 임금께서 '범죄에 대해 진술을 받은 후에 아뢰라.'고 말씀하셨다. 순영巡營과 통영統營 모두가 배를 만드는 관리자 등을 조사하여 동래부東萊府에 잡아 가두고 기다리겠다는 뜻으로 회답한 사실이 있었다.

---

13 훈별(訓別): 훈도(訓導)와 별차(別差)를 함께 이르는 말. 곧 왜학 훈도(倭學訓導)와 특별히 파견한 당상 역관(堂上譯官)을 이른다.

14 차원(差員): 중요한 임무를 맡겨 관찰사 등이 파견하던 임시 관원.

동래 부사가 꿀을 보내오고 좌수사는 간장을 보냈으며, 부산진에서는 소금 · 청어 · 미역 · 젓 등의 반찬을 보내왔는데, 동래의 공문에는 '부사송府使宋'이라 씌었고, 좌수사는 '황黃'이라 씌여 있었다. 송문재宋文載와 황채黃寀일 것 같지만 확실히 알 수는 없다. 경상 감사는 서명이 이미 달라 교체 된 것이 확실한데 역시 알 수 없으니 답답하다. 지난 겨울에 임금께 올린 장계에 대한 회답은 모두 내려왔다.

朝晴暮雨. 留大坂城. 午後聞賊人傳藏被捉於攝津州境內池田鄕四十里地. 捉來囚禁. 故町奉行直到獄所. 夜深開坐云. 而未即聞其所供. 可鬱. 夕間釜山便信來到. 而只送各處文簿. 三月初六日出也. 仰認伊時 聖候之萬安. 慶幸曷已. 又不傳家書. 只報各宅一向平安云. 殊令人泄鬱. 初擬備關中公幹便. 則或許其付書. 今見沒謄備關者. 必因中間辭說. 而自廟堂防塞之. 奈何. 得見備局關文. 則二月二十二日自上欲知通信使聲息. 取覽報備局之狀. 訓別輩令左水營從重決棍. 此因鴟木入送也. 不爲手本. 故在赤間關時報備局之事也. 仲春之末. 自 上已詢聲息. 企待之 聖心. 可以仰揣. 正月念後在大坂城時. 下陸之狀 啓. 三月初四日始到釜鎭. 登徹當在旬間. 伊後已過四十日. 而並正月念後消息. 則洽滿三朔. 此時 聖心之憂慮苦待. 必有倍於前日. 下情渴悶. 有不可言. 雖欲奮飛而去. 其勢不可得. 亦復奈何. 在藍島時. 以造船差員不可薄勘之意. 更爲狀 聞矣. 正月二十九日大臣始爲回 啓. 差員并更拿處. 別差員一體拿問嚴處之意覆 奏. 自 上以捧供後持奏事下敎矣. 巡營統營皆以造船監色等之査實囚待於萊府之意. 有所回移. 萊伯送淸蜜. 左水使送艮醬. 釜鎭送鹽靑魚甘藿卵醢等饌物. 而萊報書以府使宋. 左水使書以黃. 似是宋文載黃寀而不得的知嶺伯則着署旣異. 亦必遞易. 而未能知. 可鬱. 前冬狀聞書目則並皆下來.

1764년4월19일

밤부터 비가 내려 종일토록 쏟아졌다. 오사카 성大坂城에 머물렀다.

얼핏 들었는데, 오늘 스즈키 덴조를 심문하였는데, 형벌을 가하기 전에 최천종을 찔러 죽인 것을 사실 대로 말했다고 한다.

그 이유를 들으니, 최천종이 거울 하나를 잃고 그가 훔쳐갔다고 의심하면서 말채찍으로 그를 때렸다고 한다. 그래서 그는 화를 이기지 못하고 찔러 죽였다고 하였다. 누구와도 공모를 하지 않았고, 그 혼자서 저지른 것이며 도망쳐 나오다가 잘못하여 조선인의 발을 밟아, 많은 사람들이 놀라 소리를 질렀다고 한다. 그래서 급하게 도망치느라 사기그릇에 발을 다쳐서 멀리 달아나지 못하고 잡혔다고 하였다. 스즈키 덴조를 따르는 감옥에 갇힌 죄수들은 전날 진술에서 틀림없이 공모가 있었다고 하였다. 그래서 정봉행이 이것을 가지고 그의 무리들에게 따져 신문하였는데 단서를 얻지 못하였다고 한다.

自夜雨注終日. 留大坂城. 仄聞今日查坐傳藏. 不待用刑. 以刺殺崔天宗. 已爲直招. 而聞其委折. 則天宗失一面鏡. 致疑於渠之偷去. 以馬鞭打之. 故不勝憤毒. 果爲刺殺. 不謀於人. 渠自獨辨. 而出來時誤踏朝鮮人足. 至有多人之驚呼. 故急逃之際. 足傷沙器. 未及遠走而被捉云云. 其從人被囚者. 則日前之供. 以爲必有同謀云云. 故町奉行以此盤問其同黨. 而未得其情云矣.

1764년 4월 20일

맑음. 오사카 성大坂城에 머물렀다.

아침식사 전에 대마도주가 사람을 보내어 말하기를, "최천종 피살 사건을 막부에 보고하였는데, 그 회답이 이제 겨우 도착하여, 식사 후에 마땅히 전하겠소."라고 하였다. 또 아사오카 이치가쿠와 이테이안 두 장로가 외청으로 와서 역시 말하기를, "전에 우서羽書[15]를 막부에 급히 보고하였는데 이제 그 회답이 왔으므로, 대마도주가 오기 전에 먼저 뵙고

15 우서(羽書): 급히 전하는 문서로, 옛날 중국에서 급한 소식을 전할 때에 깃털을 꽂아서 보냈던 것에서 유래 함.

자 합니다."라고 하였다. 그 의도는 대마도주보다 먼저 와서 우리 일행에게 알려주려는 것으로 생색을 내고자 하는 것 같았다.

대개 이테이안의 스님은 쓰시마에서 거의 감군監軍과 비슷하여, 쓰시마 사람들은 본래 그를 싫어하고 고통스럽게 여겨서 시기하고 혐오스러워 했다. 또 이번 사행의 호행길에서도 서로 비교하여 단점을 잡는 일이 있었고, 최천종 사건이 있고 난 후엔 두 장로는 쓰시마 사람을 적발하여, 이 사건으로 분을 풀려는 뜻을 나타냈었다.

그래서 쓰시마 사람들은 '승려가 참여하여 조사할 일이 아니다.'라고 생각하였기 때문에 그들 서로가 미워하며 원수 사이가 되었다고 한다. 승려가 마음과 힘을 다하여 떨쳐 일으키는 것이 비록 공정하지 못하더라도 엄하게 조사하려는 우리 일행의 의지와 일치한다. 그러나 쓰시마 사람을 끝내 버릴 수 없다면, 우리가 승려를 돕는 기색을 보여 그들이 예상밖에 성질이 나서 사납고 독살스러움을 옮기도록 하는 것은 진실로 마땅하지 않을 일이다. 또 지금은 조사가 한창이어서 체포된 자가 점차 많아지고 있는데, 이때 우리는 오직 조용하게 기다려야 한다. 그들끼리 서로 시기하는 것은 우리가 관여할 바가 아니라서 삼사가 서로 의논하기를, "대마도주가 오기 전에 먼저 두 장로를 접견하는 것은 이전의 예에서도 어긋나니 대마도주와 함께 일시에 접견하는 것이 옳을 것이오."라고 하였더니, 두 장로가 다시 청하기를, "대마도주가 접견 후 일어나간 뒤에 조용히 아뢰겠습니다."라고 하였다. 그래서 다시 말하기를, "말할 것이 공적인 것이면 마땅히 공적으로 말할 것이지 하필 대마도주가 가기를 기다린단 말이오? 만약 하고 싶은 말이 있거든 서로 접견할 때 말하시오."라고 하였다. 두 장로는 답답한 기색이 있었지만, 쓰시마 봉행과 재판들은 최천종 사건 전후로 두 장로가 오고 간 것을 듣고, "통신사행의 처분이 지당하고 지당하다."고 말하면서 감사한 기색이 없지는 않았다고 한다.

아침식사 뒤에 삼사가 학창의鶴氅衣를 입고 바깥 대청으로 나가니 두 장로가 먼저 기둥 밖에 서서 읍례를 하려고 하였다. 나는 통역관에게 말하기를, "마땅히 대마도주가 들어오기를 기다려서 동시에 예를 행해야지 혼자 읍례를 할 수는 없다."하였고, 잠시 대청 끝에 서서 기다리고 있는 대마도주가 들어오자마자, 전례와 같이 서로 읍하였다.

자리를 잡아 앉은 뒤에 대마도주가 봉행에게 동무東武[16]의 회보回報(번역 등사본은 아래에 나옴)를 보여주게 하였고 또 하인에게 말을 받아쓰게 하여 통역관에게 전하여 알려왔는데, 대개, "관백이 즉시 엄하게 조사하려고 오메쓰케御目付 자리에 마가리부치 가쓰지로曲淵勝次郎란 자를 따로 정하였으며, 이제 급히 내려올 것이다. 그리고 죄인 또한 이미 잡혔으니, 우선 기다렸다가 목부目付가 오면 마땅히 처결이 있을 것이다."라고 하였다.

나는 막부에서 별도로 조사관을 정한 것에 대해 너무 감사하다는 뜻으로 답을 하였다.

두 장로도 또한 편지를 올렸는데(편지는 아래에 나옴), 그 내용은 대개 '막부가 오사카 성의 판윤에게 엄하게 심문하라는 명령을 하였고 며칠 내로 이곳에 도착한 다음 감찰을 하여 이 일을 조사하고 규명하고나서, 다시 분명하게 고하여 답답한 마음을 위로하겠습니다.'라는 뜻이었다.

또 편지에 '마땅히 사람들에게 널리 알릴 일이 있으면 글로 써서 보이라.'는 것이었는데 자세하게 글의 힘을 보니, 관백의 위로 편지가 있는 것 같았다. 또 '써서 보이라.'는 것은 하고 싶은 말을 몰래 알아내려고 한데서 나온 듯하였다.

16 동무(東武): 일본의 관동지방에 설치한 막부(幕府).

나는, "막부의 위로 문안편지에 감사함을 감당하지 못합니다. 조사가 지금 한창이니 오직 죄인을 분명히 밝히고 형벌을 상쾌하게 시행하여 바른 형벌을 내려주기를 기대할 따름이오. 이 밖에 따로 하고 싶은 말은 없는데, 이미 '써서 보이라'는 글을 받았으니 마땅한 답변을 찾아서 답하겠소."라고 하였다.

가만히 대마도주의 기색을 살피보니 불평스러운 기색이 뚜렷하였다. 일의 진행사항을 생각해보니, 우리 통신사행에게 유감을 두는 것이 아니고 틀림없이 두 장로에게 화를 내는 것이 분명하였다.

오랑캐로 오랑캐를 공격하는 것이 중국에서 가장 좋은 계책이라고 여기는데, 이곳 오사카 성 사람이 쓰시마 사람을 공격하는 것과 다르지 않다. 같이 통신사를 보호하는 입장에서 이런 좋지 않은 구경거리가 있다는 것은 진실로 우리에게도 이로울 것이 없다.

변괴가 발생한 후 처음 대마도주를 접했을 때에, 대마도주의 도리는 마땅히 부끄러워 무안해 하고 기가 꺾여 사죄하기에 시간이 없어야 했는데, 그는 쪽지에 글을 적어 사람을 보낸 것 외에 본 사건에 대해서 한 마디의 언급도 없었다. 그의 어리석고 무식함을 알 수 있겠다.

저들은 비록 이와 같다 하더라도, 나는 마땅히 한마디로 그들을 위로해야 했기에 통역관에게 사람을 보내 대마도주에게 말하게 하였는데, "바다와 육지를 동행하였으나 다행히 지금까지 서로 실수가 없었는데 갑자기 흉악한 자가 있어 이러한 변괴를 일으켰습니다. 죄 있는 자는 마땅히 신속하게 법을 집행해야 하지만, 죄 없는 자가 비록 아랫사람이라도 의심을 하는 것은 마땅하지 않습니다. 하물며 대마도주는 만 리를 도와 동행하여 이미 익히 잘 알고 있습니다. 나는 전과 같이 믿고 있으니 대마도주도 역시 털끝만큼도 의심해서는 안 됩니다. 또 지금부터는 우리와 당신네의 아랫사람들을 각자 따로 엄하게 단속하여 병폐의 실마리가 생기지 않도록 해야 하겠습니다."라고 하였다.

통역관이 이것을 봉행 다다 겐모쓰平如敏에게 전하고 다다 겐모쓰는 대마도주에게 전하였다. 말이 매우 장황하였는데, 대마도주는 불과 한두 마디 말로 답을 해와 마음속으로 의아해했다.

통역관이 나에게 전해 온 답서에, "주신 지시는 삼가 따르겠습니다. 죄 있는 자는 마땅히 바르게 법을 집행해야 하겠지만, 죄 없는 자가 함부로 잡히어 체포된 자가 매우 많다고 하는데, 다행스럽게도 정봉행에게 글을 보내어 죄 없는 자를 풀어 주어야 한다고 말씀하였습니다."라고 하였다. 이는 실로 동문서답이었다.

나는 곧바로 통역관을 질책하며 말하기를, "조사가 느리거나 엄하게 하는 것과 범죄의 유무는 내가 주장할 바가 아니며, 오직 여러 조사관에게 달려있다. 또 일의 크고 작음을 막론하고 우리 사행은 마땅히 대마도주를 책망할 뿐이거늘, 어찌하여 재판을 늦추라는 말을 도리어 우리들에게 요구하는가?"라고 하였고, 일이 매우 부당하다는 뜻으로 다시 사람을 보냈더니, 대마도주도 역시 그렇게 여겼다.

아마도 그의 뜻은 우리 사행의 권위와 힘을 빌려 쓰시마 사람의 재판을 늦추게 해 보려는 계책이었던 같다. 그러나 나는 이미 허락하지 않았으니 염려할 바는 없을 듯하였다. 인삼차를 마시고 헤어졌다.

종사관이, "우리 통신사행이 비록 허락하지 않았지만 저들은 반드시 이를 빙자하여 말을 만들고 물의를 일으켜 조사관들에게 유포하고 전달할 것입니다."라고 하였다. 나는, "비록 이와 같다 하더라도 오사카 성의 판윤이 잘 생각하여 판단한다면, 역시 반드시 믿지 않을 것이고, 또 설령 우리들이 참말로 재판을 늦추라는 말을 했더라도 헤아려 생각하는 것이 조금이라도 있는 자라면, 역시 반드시 부지런히 힘쓸 의도에서 나온 말이라는 것으로 생각할 것이다."라고 하였다. 부사는, "이는 크게 지혜가 있는 자가 아니면 알아차리기 어렵다."라고 하였는데, 저녁때에 그 말이 전파되어 장로와 승려들이 우리들에게 물어오기를, "통신사행이 과연 대마도주의 말로 인하여 '단지 한 사람만 법을 집행하라.'고 말하였습니까?" 하였다. 우리는 "그렇지 않습니다. 그것은 중간에서 일으킨 떠도는 말이오."라고 답하였다. "쓰시마 사람들이 왕복한 것을 빙자하여 거짓으로 말을 만들 것이다."라고 말한 종사관의 말이 과연 여기에서 증명되었다.

이것으로써 막하의 비장과 문사들이 일제히 와서 고하기를, "사또(정사)께서 말하지 않은 일인데 이렇게 와전되었으니, 수석 통역관에게 죄가 없다고 할 수 없습니다."하기에, 나는 "이것은 과연 교활한 왜놈들이 왕복한 것을 빙자하여 재판을 늦추고자 하려는 의도일 것이다."라고 여겼다. 통역관이 어찌 내가 말한 바가 없는 '한 사람만을 법으로 집행하라.'는 말로 사람을 보내왔다는 말을 지어냈겠는가? 이는 그대들이 지나치게 의심한 것이다. 비록 대마도주가 사람을 보내는 것은 당연한 것이다.

통역관이 만약 '조사관에게 말을 보내 우리 통신사행이 간섭할 수 있는 바가 아니다.'고 말하여, 그들이 보낸 뜻을 물리치고 받아들이지 않았더라면, 교활한 왜인이라 하더라도 역시 직접 통신사행의 뜻을 감히 말하지 못하여 이런 뜻이 전파되지는 않았을 것이다. 통역관을 잡아 들여 '즉시 물리치지 않았다.'는 이유로 엄하게 나무라라."고 하였다.

대개 이런 변괴가 있은 이래로 쓰시마 사람 외에 저들 사람 중에 조그마한 지각이라도 있는 자들은 일제히 분개하여 말하기를, "통신사 수행원을 찔러 죽인 것은 진실로 일본의 크나큰 수치이다. 더구나 통신사는 관백 대군의 경사를 위해서 왔는데, 이 통신사의 수행원에게 흉악을 저지른 것은 매우 잘못된 일이다."라고 하였다. 또 쓰시마 사람들은 양국에 인심을 잃은 자가 많았다.

오사카 성 사람들이 이 쓰시마 사람의 범죄를 통쾌하게 다스리기를 원한 까닭은, 오로지 그가 우리나라의 죄인일 뿐만 아니라 곧 일본의 죄인이기 때문이다. 또 일의 이치로써 말한다면, 전연澶淵의 전투에서 구준寇準[17]이 주장한 말에 따라 백년의 근심이 없게 보존한 것이 바로 이와 같으며, 형세로써 말한다면, 일을 급하게 처리하거나 늦게 처리하거나 하는 것은 내가 주관할 수 있는 바가 아니요, 오직 저 나라의 법을 운용하는 경중을 보아야 마땅하다. 생각해 보면, 쓰시마 사람들은 수십 년 이래로 더욱 교활해져서 동래의 왜관에서 물건을 매매할 때에 온갖 간사한 꾀를 내어 여러 역관들의 생계를 빼앗았었다. 통신사를 호행하면서 온갖 일을 빙자하여 각 고을에서 물고기를 빼앗는 일도 허다하였다. 그 원망과 독기가 이미 양국에 깊었고 그 죄악이 하늘에 가득하였다. 만약 하늘의 도가 있다면, 어찌 스스로 그 재앙을 받지 않을 수 있겠는가? 최천종이 당한 참변이 마침 그들 쓰시마 사람에게 재앙을 부르는 마지막 노름 돈이 되었으니 더욱 불쌍하다.

晴. 留大坂城. 朝前島主送伻. 謂以崔天宗被刺事. 轉報江戶. 回答今才還到. 食後當爲來傳云矣. 加番以町兩長老委來外廳. 亦以爲頃以羽書馳報江戶. 今有回答. 欲爲先謁於島主未來之前云. 其意似欲先島主而來通於我行. 以示德色也. 蓋町菴僧則於馬島. 殆若監軍. 故馬人輩本自厭苦之. 已成猜嫌. 且於今行. 不無相較之端. 及至事變之後. 兩長老則顯有摘發馬人. 因事雪憤之意. 馬人則疑之以不干僧人參涉査事. 彼此媢嫉. 便成仇讎云. 僧人之發憤. 雖未公正. 亦係爲我行嚴査之意也.

---

17 전연(澶淵)의 전투에서 구준(寇準)이 주장한 말에 따라 백년의 근심을 없앨 수 있었던 것 : 송나라가 거란의 침입을 받았을 때 구준은 여러 의견을 물리치고 진종황제에게 직접 정벌을 권하여 전연에 군대를 주둔시켜 거란과 화의동맹을 맺었다는 고사.《宋史 寇準列傳》.

雖然馬人旣不可終棄. 則固不宜自我而顯示右僧之色. 以移其橫加之悍毒也. 且今查事方張. 逮捕漸多. 此時我邊則惟當靜而俟之. 渠輩中自相猜克者. 非我所關. 故三使相議. 以島主未來之前. 先接兩長老. 有違前例. 與島主一時相接爲可云爾. 則兩長老又請島主起去後. 從容告達云. 故更以所言公則當公言之. 何必待島主之去乎. 如有所欲言者. 相接時言及云爾. 則兩長老不無泄鬱之意. 而馬州奉行裁判輩. 聞此前後往復於長老者. 亦以爲使行處分至當至當云. 而不無感謝之色云矣. 飯後三使以鶴氅衣出外大廳. 則兩長老先立楹外. 欲行揖禮. 余謂譯官曰. 當待島主之入來. 同時行禮. 不可獨揖. 乍立廳邊. 待島主入來. 相揖如例. 坐定後島主使奉行. 送示東武回報. 翻謄在下 又書伻語. 翻謄在下 使首譯傳告. 蓋以關白使卽嚴查. 而別定御目付曲淵勝次郎者. 今當馳來. 罪人亦已捕捉. 姑待目付來. 當有處決云云. 余以江戶之別定查官. 不勝感謝之意答之. 兩長老亦呈片翰. 片翰在下 概以東武使本城尹嚴覈之命. 監察使不日到此. 查究此事. 更告明旨. 慰勞鬱悶云云. 又於片紙. 書以有當告諭之事. 書以示之. 細見文勢. 似有關白勞問. 且其書示云云. 似出於密探所欲言之事也. 余以東武勞問. 不任感謝. 查事方張. 惟期明覈罪人. 快施正刑而已. 此外無他所欲言者. 而旣承書示之言. 從當有答云矣. 竊觀島主氣色. 顯有不平之意. 想其事勢. 有非致憾於使行. 其必慍怒於兩長老者. 不能掩矣. 以蠻夷攻蠻夷. 自是中國之上策. 而此則與坂人之攻馬人有異. 同是護行而有此不好景色. 固非爲我人之利矣. 變怪出後. 初接島主. 在島主之道. 其宜羞愧慚赧. 僕僕摧謝之不暇. 而小紙伻語之外. 更無一言之及於本事. 可見其庸駭無知識也. 彼雖如此. 我宜以一言慰之. 故使首譯送伻曰. 水陸同行. 幸無相失. 忽有凶賊. 致此變怪. 有罪者宜速正法. 無罪者雖下屬. 不當致疑. 況島主則萬里護行. 已爲熟知. 余方如前相信. 島主亦不宜一毫疑阻. 且自今以後彼此下屬. 各自另加嚴飭. 俾無生梗之端爲可云云. 則首譯傳于奉行平如敏. 如敏往傳島主. 語頗張皇. 而島主則不過一二言有答. 心竊訝之. 及首譯替傳于余. 以爲所示謹依. 而有罪者固當正法. 無罪者之橫罹. 逮捕甚多. 幸須送言於町奉行. 以解無罪者云云. 此誠問東而答西也. 余乃叱責首譯曰. 查事之緩峻. 罪犯之有無. 非我所主. 惟在於諸查官. 且無論大小事. 使行則只當責望於島主而已. 何可以緩獄之說. 反要使行乎. 事甚不當之意. 還爲送伻. 島主亦以爲然矣. 蓋其意欲爲藉重於使行. 以爲緩獄於馬人之計. 而. 吾旣不許. 似可無

慮. 行蔘茶而罷. 從事官以爲使行雖不許. 彼必藉此而成言. 以作物議. 而流傳於查官輩云. 余以爲雖或如此. 坂城尹如有料量. 亦必不信. 假令吾輩眞有緩獄之言. 稍有計慮者. 亦必料其黽勉之言云爾. 則副使以爲此則非大有智者. 難以料得云云矣. 夕間流言果播. 長老緇徒問於我人曰. 自使行因島主之言. 只使一人正法云. 然否. 我人答之以中間浮言云云. 於是乎馬人之憑藉往復. 假托爲說者. 果有驗於從事官之言矣. 以此幕裨文士輩齊來以告曰. 使道所不言之事. 有此訛傳. 首譯不可無罪云. 余以爲此果狡倭托於往復. 欲緩査獄之意. 首譯豈以吾所不言之一人正法等說. 做作伻言乎. 此則君輩過疑之也. 雖然當其島主之送伻也. 首譯若能以送言査官. 非使行所可參涉者. 斥退其伻言而不捧. 則狡倭亦不敢直謂使行之言. 而有此傳播也. 拿入首譯. 以不卽斥退嚴飭之. 蓋此變怪以來. 馬州人外. 彼人之稍有知覺者. 則莫不齊憤曰. 信使所率之刺殺. 此誠日本之大羞恥. 又況信使. 爲關白大君慶事而來. 則有此行兇於從人者. 極爲拘忌. 且馬島人積失人心於兩國者多矣. 坂人輩. 得此馬人之罪犯. 咸欲快治. 非獨爲我國之罪人. 乃爲日本之罪人故也. 且以事理言之. 則澶淵之戰. 如從寇準之言. 可保百年無憂者. 正如此矣. 以形勢言之. 其緩其急. 非我所可主之. 惟當觀彼國之用法輕重矣. 第念馬人輩. 數十年來. 益復狡詐. 萊館買賣. 奸僞百出. 盡奪衆譯之生涯矣. 信使護行. 憑藉多端. 益肆各州之侵漁矣. 怨毒旣深於兩國. 罪惡積厚於明天. 如有天道. 安得無殃禍之自及矣. 天宗賦命凶慘. 適爲馬人招殃之孤注. 尤可憐矣.

1764년 4월 21일

맑음. 오사카 성大坂城에 머물렀다.

들었는데, 정원 외의 전어관傳語官들은 오사카 성으로부터 양식을 공급받지 못하고, 재판의 신문에 들어간 자들은 곤란과 불행을 자주 겪는다고 하였다. 이는 거리낌 없이 함부로 날뛴 결과이며, 스스로 지은 죄는 도망치기 어려운 것이다. 이번에 수행원으로 따라온 쓰시마 사람은 2천 명이 넘어 기해년·무진년에 비하여 오히려 수가 많다고 한다. 이것은 바로 '사람의 수가 많으면 득실이 생기지 않을 수 없다.'라는 것이다.

晴. 留大坂城. 聞額外傳語官輩. 自坂城不給料米. 入於盤問者. 則頻經困厄云. 此其跳踉無忌憚之餘. 實是自作孼難逃也. 今番馬人之隨來者. 洽過二千餘人. 比己亥戊辰. 猶爲數多云. 此正多人不能無生得失者也.

1764년4월22일

맑음. 오사카 성大坂城에 머물렀다.

아침식사 전에 두 장로가 단독으로 뵙기를 요청하였다. 말하려고 하는 바가 무엇인지는 알지 못하겠으나 그저께 이후로 쓰시마 사람들이 두 장로에게 크게 원한을 품었는데, 우리 통신사행에게 의심을 두는 의도가 없지는 않았다. 그들의 버릇은 비록 매우 분통하지만 헛된 명분을 탐하다가 해를 입는 일은 역시 조심해야 하겠기에 또 '마침 병이 있어 접견할 수 없으니 병이 조금 낫거든 대마도주와 함께 봅시다.'라는 뜻으로 답하였다.

晴. 留大坂城. 朝前兩長老又請獨謁. 所欲告者未知何事. 而再昨以後. 馬人輩大生慍憾於兩僧. 不無致疑於使行之意. 其習雖極可痛冒虛名而受實害. 亦所當戒. 故又以適有身病. 不得相接. 少待病差. 與島主同見之意答之.

1764년4월23일

맑음. 오사카 성大坂城에 머물렀다.

두 장로가 또 뵙기를 요청하였다. 그래서 단독으로 접견한 전례가 없다고 허락하지 않았다. 저녁에 대마도주가 사람을 보내어 "오사카 성 판윤이 말을 전하여 이를 전달하려고 왔는데, 두 장로가 우리 통신사행과 접견하도록 하고자 하여 이에 사람을 보내어 알립니다."라고 하였다.

두 장로가 단독 접견을 못하게 되자 오사카 성 판윤에게 부탁해서, 대마도주가 방해한다는 의심을 가지게 하였기 때문에 대마도주가 부득이 이와같이 사람을 보내 뜻을 전해 온 것인데, 그 의도는 기필코 단독 접견을 허락하지 않도록 하고자 한 것이다.

삼사가 상의한 뒤, "두 장로가 여러 번 접견하기를 청하였으나, 쓰시마주 태수와 동시에 접견하는 것이 통신사가 있어온 이래로 행해져 온 전례입니다. 지금 어찌 전례를 버리고 새로운 규정을 만들겠소? 두 장로가 만약 말할 것이 있어 태수와 함께 온다면 마땅히 병을 무릅쓰고서라도 나가서 맞이할 것 입니다. 혹 그렇지 않다면 편지로 서로 문의하는 것도 안 될 것이 없으니, 이러한 뜻으로 두 장로에게 전달하는 것이 옳을 따름입니다."라 하였다.

대마도주의 사람이 통역관에게 부탁해서 이 말을 베껴 갔는데, 그 뜻은 아마 두 장로에게 보여 줄 계획이었을 것이다.

오메쓰케御目付가 아직까지 오지 않았다. 어떤 이는 말하기를, 물에 막혔다고 하고, 또 어떤 이는 날마다 조금씩 일정한 거리로 온다고도 한다. 만약 그렇다면, 관백의 명령이 재판을 늦추려고 하는 것을 미루어 알 수 있었고, 쓰시마 사람들의 간사함 또한 걱정이 되었다.

晴. 留大坂城. 兩長老又欲請謁. 故以獨接之無前例不許之. 夕間島主送伻以爲. 自坂城尹送言. 欲令兩長老相接於使行. 玆以伻告云. 兩長老旣不得獨接. 故往囑於坂城尹. 致疑島主之阻搪. 故島主不得已有此送伻. 而其意則必不欲許其獨接也. 三使相議. 以兩長老屢請相接. 而與對州太守同時接見. 自是有信使以來應行之前例也. 今何可捨前例而創新規乎. 兩長老如有可言之事. 與太守同枉. 則當强病出迎. 又或不然. 則以書牘相問. 未爲不可. 以此意傳通於兩長老爲可云爾. 則島主使者要首譯謄書伻言而去. 其意蓋欲自明於兩長老計也. 御目付尙今不來. 或云阻水或云

排日而行. 若然則關白之令緩. 可以推知. 馬人之售奸. 亦可慮矣.

1764년4월24일

맑음. 오사카 성大坂城에 머물렀다.

오후에 대마도주가 사람을 보내어 말하기를, "사실을 자세하게 들으니, 도쿄로부터 두 장로에게 분부한 바가 있었다고 합니다. 즉 통신사행이 대마도주와 서로 신뢰를 잃을까봐 걱정하여 이에 물어보라고 시행한 것인데, 통신사행께서 끝내 단독 접견을 허락하지 않는다면, 태수가 막부로부터 의심받는 것이 풀릴 길이 없습니다. 간절히 바라건대, 즉시 접견을 허락하십시오. 물어 본 것에 대한 답은 오직 통신사행에게만 있으나, 통신사행께서 단독 접견을 허락하지 않은 것은 진실로 전례를 따른 것이라 역시 마땅한 줄로 압니다. 태수는 같이 가서 예를 행한 뒤에 먼저 물러나올 것이니, 잠시 두 장로를 그대로 앉아 있게 허락하셔서 각자의 개인적인 접견을 펼치십시오."라고 하였다.

삼사가 상의하여, "막부에서 묻고자 하는 바가 참으로 있다면 장로가 일단 그 일을 맡아 처리하는 것은 일의 이치상 당연하다 하겠다. 그러나 단독 접견 요청은 전례에 어긋날 뿐 아니라, 대마도주가 의심하여 감정을 품게 될까봐 걱정된다. 지금 일의 형편이 이렇게 된 것을 들은 뒤에야 의심이 풀릴 수 있을 것 같으니, 사람을 보내 뜻을 전하여 허락한다. 이번 변괴는 실로 흉악한 아랫사람이 저질러 놓은 죄 때문인데, 어찌 이것으로 대마도주를 의심하겠는가? 비록 평상시에 엄하게 단속하지 못했고 변괴가 일어난 뒤에도 즉시 적발하지 못한 것을 어찌 이것을 장로에게 말하겠는가? 어떤 사람은 별도로 호행이 있다고 말들을 한다. 그러나 그 이롭고 해로운 바를 보지 못했다면 한갓 약한 모습을 보이는데 그칠 뿐이다. 다만 쓰시마 태수에게 통신사행을 호행토록 하는 것이 이것이 백년이나 된 오래된 전례인데, 어찌 바른 예를 버리고 별도의 예를 취하겠는가? 최천종이 변괴를 당한 후 우리 일행이 만약 두려워 겁을 먹고 범인을 잡아 죽일 생각을 하지 않고서 허겁지겁 돌아가서 저들에게 멸시를 당한다면 뒷일을 걱정하는 것이 없지는 않겠지만, 지금 이미 오래 머물면서 반드시 죄인이 벌을 받기를 기다리고 있고 또 얼핏 듣기에, 조사가 거의 이루어져서 잡힌 자가 많다고 한다. 생각건대, 쓰시마주의 태수도 반드시 마음을 다하여 단속할 것이니, 우리 생각엔 결코 뒷일은 걱정이 없을 것이다. 어찌 별도의 호행을 쓸 필요가 있겠는가?" 하였다. 부사와 종사관이 모두 그렇게 여기서 장로에게 답할 내용을 곰곰히 생각하였다.

쓰시마주 태수가, '같이 갔다가 먼저 물러나겠다.'는 뜻으로 장로에게 회답하였지만, 장로는 같이 오는 것을 싫어하여 오지 않겠다고 말하였다고 한다. 아마도 감정이 있어서 그런 듯하였다. 그러나 비록 두 장로의 감정은 결코 뿌리가 깊은 오래된 것이 아니므로, 쓰시마 사람들이 보복하려는 것과는 다른 것 같았다.

晴. 留大坂城. 午後島主送伻以爲. 細聞事實. 則自江戶有所分付於兩長老. 或慮使行之與島上有所相失. 有此探問之擧. 自使行終不許其獨接. 則太守之見疑於江戶. 無以自解. 懇乞卽許相接. 探問之際. 其所答辭. 惟在使行之處分. 而使行之不許獨接者. 實遵前例. 亦知至當. 太守謹欲同往. 而行禮後卽當先退. 暫許兩長老之仍坐. 各伸事例云云. 三使相議. 以謂果有江戶之所欲問者. 長老之一欲傳致. 事理當然. 特其獨接之請. 有違前例. 且慮島主之致疑含憾而然也. 今聞事勢見此. 然後似可以釋疑. 故依其送伻而許之矣. 今番變怪. 實由兇毒下輩之作孼. 豈必以此致疑於島主乎. 雖未能嚴束於常時. 亦不卽摘發於變後. 豈可以此說道於長老乎. 或有別護行云云. 而其所利害. 旣未的見. 則徒爲示弱之歸. 只使馬島守護行信使. 是乃百年舊例. 何可捨正例而取別格乎. 天宗變怪之後. 吾行若或恐㥘. 不思償命之道. 遑忙

卽歸. 見侮於彼人. 則不無後慮. 而今旣久留. 必竢罪人之正法. 仄聞査獄幾成. 逮係者多. 對州守想必加意檢飭. 吾意則必無後慮. 又安用別護行爲哉. 副從使皆以爲然. 方欲商量答長老之辭意矣. 馬州守以同進先退之意. 回答於長老. 則長老猶嫌其同進而不來云. 似有憾意而然也. 雖然兩長老之憾. 必無根柢. 似有異於馬人之報毒也.

1764년4월25일

맑음. 오사카 성大坂城에 머물렀다.

대마도주가 사람을 보내어 말하기를, "두 장로의 일을 오사카 성 판윤에게 보고하였더니, 역시 '통신사행이 고집하는 바가 당연하다. 두 장로에게 요청해서 접견할 필요가 없으며 편지로 하는 것이 옳다.'고 하였는데, 오히려 장로를 무진년의 예를 근거로 삼아 접견을 허락하는 것이 무방합니다."라고 하였다. 이른바 무진년의 예란, 그때 태수가 먼저 이르렀고 장로가 뒤쫓아 도착하여 한가롭게 마음껏 시를 읊조리다가 끝냈다는 것인데, 이는 단독 접견을 하는 근거의 예가 되지 못하다고 사람을 보내 답하였다.

목부目付가 지금까지도 오지 않고 지체되니 매우 의심스러웠다. 어떤 이가 말하기를, '목부는 이미 막부의 지시를 받았으며 오는 즉시 범인을 처단한다.'고 하였다. 만약 그렇다면 빨리 떠날 수 있겠다.

晴. 留大坂城. 島主送伻以爲兩長老事. 報于坂城尹. 則亦以爲使行所執當然. 兩長老不必請見. 以書牘爲之爲可云. 而長老猶以戊辰之例爲據. 許接無妨云云. 所謂戊辰之例. 其時太守先至. 長老追到. 閒漫吟咏而罷. 此非獨接可據之例也. 以此答其伻焉. 目付尙今遲延. 極可怪訝. 或言目付已受東武之旨. 來卽處斷云. 若然則可以速出場矣.

1764년 4월 26일

맑음. 오사카 성大坂城에 머물렀다.

정오 무렵에 두 장로가 과연 공문서를 보내왔는데(문서는 아래에 나옴) 단독 접견을 허락하지 않은 것에 대해 대략 화가 났다는 뜻을 보였으며, '대군(쇼군)이 오사카 성 판윤에게 명령하여 조사를 독촉하신 것은 진실로 우리 통신사행의 답답함을 풀어주기 위한 것이다. 만약 마음속에 쌓아 둔 뜻이 있거든 반드시 글을 써서 보여라.'라고 하였다. 그리고 그 하단에 3건을 나열하였는데, 하나는 오사카 성 판윤이 엄하게 조사하고 있으니, 부지런히 애쓰고 있는 것을 살펴 달라고 요청하는 것이요, 하나는 지난번에 쓰시마주 태수를 대했을 때 죄인을 올바른 법으로 집행하라고 말한 것은 잘못 전달 된 것이요, 하나는 최천종이 애초 다툰 일이 없었는데, 공초에 나온 바는 이와 반대라는 것이었다.

삼사가 서로 의논하여 곧 답서를 만들었는데(답서는 아래에 나옴), 막부와 오사카 성 판윤의 뜻에 감사를 보이고, 이어서 주고받은 말이 잘못 전달 된 일과 말다툼의 유무에 관한 단서에 대한 논의이며, 끝으로 우리 통신사행의 소망은 단지 조사를 분명히 하고 형벌을 서둘러 집행해야 한다고 하였다.

장로의 글에는 대마도주를 비방하는 뜻이 두드러지게 나타났으며, 마음속에 쌓아 둔 것을 글로 써 보이라는 말이 여러 번 있었다.

그러나 대마도주를 오랫동안 버릴 수도 없어, 설령 마음속에 쌓인 말이 있더라도 우리가 먼저 발설할 수는 없으며, 비록 의심스러운 것이 없는 것은 아니지만, 전부 명확한 것도 아니다. 어떻게 발설할 수 있겠는가?

두 승려인 장로의 글이 우리를 위한 뜻이라는 것을 모르는 바는 아니었지만, 형편상 실상을 전부 다 알리지는 못하였다. 통역관에게 답서를 전달하게 하고 또 위로를 받아 감사하다는 뜻으로 사람을 보냈더니, 두 장로 역시 화를 내는 기색이 없었다고 하였다. 쓰시마주의 차왜差倭들이 장로의 공문서가 있었다는 말을 듣고 매우 의구심을 품었는데, 답서의 내용을 듣고 도리어 감사하다고 하였다. 진실로 조금이라도 사람된 도리가 있다면 어찌 그렇지 않겠는가? 그러나 교활한 왜인들이 금방 기뻐하고 금방 화내는 것이 본래 변화가 심하다. 진실로 믿을 수가 없다. 나의 본뜻은, 죄 있는 자는 엄히 조사하여 법을 집행해야 하지만, 대마도주만은 의심하거나 화를 품지 않도록 하는 데 있었다. 이것은 그들이 우리 일행의 앞길을 보호하고 대접하는 것 때문만은 아니다. 교린交隣의 모든 일이 전부 쓰시마 태수로부터 이루어지는데, 그와 원망을 맺고 한을 품게 하는 것은 나라의 변방을 위한 길고 먼 생각은 아니기 때문이다. 이번에 전에 없던 변괴를 갑자기 당하여 오사카 성 판윤은 반드시 엄하게 조사하기 위해 쓰시마 사람들을 많이 잡아들이게 되어, 대마도주는 이미 부끄럽게 되었다. 그래서 또한 틀림없이, 통신사행이 다른 곳을 좇아서 재판을 엄하게 만든다고 의심하고 있는데, 하필 장로의 사건이 이때에 발생했으니 형편으로 보아 주인과 손님사이에 앞으로 틈이 생기게 되었다. 그래서 최근의 나의 남모르는 걱정은 진실로 이상한 일이 생기지 않을까하는 데 있었다.

이런 이유로, 장로의 단독 접견을 끝내 허락하지 않았던 것이며, 또 장로의 문서에 대한 답변도 각별히 신중하게 생각한 것도 또한 이 때문이었다.

그러나 두 장로의 뜻 또한 저버릴 수가 없어서, 이와 같은 경우에 이리저리 두루 마음 쓰기란 정말로 괴로운 일이었다.

晴. 留大坂城. 午間兩長老果爲書契 書契在下 以不許獨接. 略示慍意. 盛言大君之命城尹督查. 實爲使行解悶也. 若有蘊蓄. 必當書示云云. 其下端條例三件. 一是

城尹嚴査. 請察其勤念也. 一是頃對對守時. 罪人正法云云. 訛傳者也. 一是天宗初無爭詰之端. 而供出反此云云也. 三使相議. 卽構答書. 答書在下 先示致謝於東武及城尹之意. 繼論酬酢訛傳之事. 爭詰有無之端. 尾之以弊行所望. 只在於明加究覈. 亟斷常刑之意. 長老原書顯有誹斥島主之意. 屢有蘊蓄書示之言. 而島主旣不可永捨. 設有蘊蓄者. 有不可自我先發. 雖不無致疑之端者. 旣不十分明的. 則又何可發說乎. 兩僧人之書問. 非不知爲我之意. 而勢末由盡情矣. 使譯官往傳答書. 亦以勤意可感之意送伻. 則兩長老亦無慍意云矣. 馬州差倭輩聞長老之有書契. 頗懷疑懼. 及聞答書辭意. 還爲感謝云云. 苟有一分人心. 安得不然也. 然狡倭之乍喜乍怒. 本自無常. 固不可信矣. 余之本意. 有罪者嚴査抵法. 而於島主. 俾不至於阻疑含慍. 此非徒爲我行. 前路之儐護也. 交隣凡事. 皆從馬島守而爲之. 則與之結怨懷恨. 有非爲邊境長遠之慮故耳. 今番忽遭此無前變怪. 而本城尹必欲嚴査. 馬州人多入逮捕. 島主固已無聊. 亦必致疑於使行之從他途嚴獄. 而長老之事適出於此時. 觀其光景. 將至阻隔於主客之間. 故余之近日隱憂. 實在於別件生梗. 以此終不許長老之獨接. 且於書契回答也. 懃有商量者此也. 然而兩長老之意. 亦不可孤之. 如是之際. 左右彌綸之用心. 正亦苦矣.

1764년 4월 27일

맑음. 오사카 성大坂城에 머물렀다.

얼핏 소문에, 오메쓰케御目付가 내일 들어오기 때문에 정봉행町奉行이 연일 재판을 열어 밤이 되서야 끝난다고 하였다. 재판 내용은 엄한 비밀이라 그 상세한 내용은 알 수 없고 들리는 말도 하나같이 않아, 그 재판 문안을 본 뒤라야 알 수 있는 형편이었다.

晴. 留大坂城. 仄聞御目付明將入來. 故町奉行連日開坐. 輒多犯夜而罷. 獄情嚴秘. 未得其詳. 而傳聞之言不一. 勢將見其文案而後可驗也.

1764년 4월 28일

맑음. 오사카 성大坂城에 머물렀다.

아침에 들으니, 오메쓰케御目付 마가리부치 가쓰지로曲淵勝次郎, 가치메쓰케徒士目付 청수우팔清水又八과 산강행칠랑山岡幸七郎, 고비토메쓰케小人目付 등 모두 아홉 명이 도쿄로부터 들어왔다고 하는데, 사실은 일전에 이미 교토나 오사카 성에 도착하여 기다리다가 조사가 끝난 뒤에야 비로소 나타난 것이라고도 하였다.

오후에 오메쓰케 등이 정봉행 및 두 장로와 함께 참석하여 죄인 20여 명을 신문하였는데, 죄인의 신음 소리가 바깥에까지 들렸으며, 밤이 되서야 끝났다고 하였다. 아마도 그들이 이미 막부의 명령을 받들고 스스로 죄인을 심리해 처단하겠지만, 죄인 누구누구를 어떻게 등급을 나누어 법을 적용할 지는 즉시 알 길 없었다. 답답하다.

조사를 행한 이래 여러 사람이 벌을 받는다는 논의가 있었는데, 오늘부터 갑자기 한 사람만 법이 집행된다는 논의가 있었다고 한다. 혹시 오메쓰케가 재판을 늦추려는 뜻이 있는지 모르겠다. 재판이 시작된 지 이미 오래되었고 반드시 쓰시마 사람들의 간계와 주선이 있었을 것이다. 매우 의심되고 실로 통탄할 일이다.

우리 통신사행이 지금까지 지체되었기 때문에 필시 본국에서 기다리게 될 것이다. 더구나 이번의 변괴를 만약 동래부의 왜관이 먼저 유포한다면 비단 인심이 놀라 동요할 뿐 아니라, 임금의 염려가 심하실 것인데 어떻게 해야 하겠는가? 만약 먼저 사람을 뽑아 급히 보낸다면 위아래사람들의 걱정을 풀 수 있을 것이다.

그래서 통신사 일기를 살펴보았더니, 지난 만력 병오년(1606년, 선조39)의 통신사 행차 때 아카마가세키에서 선래군을 보냈고, 정사년(1617년, 광해군9) 통신사 행차 때와 천계 갑자년(1624년, 인조2) 통신사 행차 때에는 모두 오사카 성에서 선래군을 보냈는데, 그 뒤로는 쓰시마에 도착한 후에 보냈다.

이번 통신사 행차는 전에 없던 변괴를 당했으니 예전의 예를 따르는 것이 마땅하겠기에, 통역관을 시켜 이런 뜻을 차왜 등에게 분부하여 배를 정비하고 재판이 끝나기를 기다리게 하라고 하였다. 차왜 등이, "이치에 맞으니 그렇게 하겠다 하고, 대마도주에게 보고하겠습니다."라고 하였다.

선래 군관先來軍官에는 강령 현감康翎縣監 이해문李海文과 장흥 부사長興府使 유진항柳鎭恒을, 역관에는 차상 통사次上通事 최수인崔壽仁을 차출하여 떠날 준비를 하게 하였다.

晴. 留大坂城. 朝聞御目付曲淵勝次郎徒士目付清水又八山岡幸七郎小人目付等合九人. 自江戶始爲入來云. 而其實則日前已到西京或坂城. 坐待查獄畢究而後. 方爲露出云矣. 午後御目付等與町奉行及兩長老同爲參坐. 盤問諸罪人二十餘人. 痛楚之聲. 多聞於外. 犯夜而罷. 似是已奉東武之令. 自爲勘斷. 而罪人某某之分等用法. 未卽聞知. 可鬱. 行查以來. 有多人置辟之論矣. 自今日忽有一人正法之議. 無或是御目付有緩獄之意耶. 查獄已久. 亦必有馬人輩生奸而周旋. 甚可疑也. 良可痛也. 吾行之尙今遲滯. 必致本國之企待. 況今事變. 若自萊府倭館. 先爲流傳. 則非但人心之驚擾. 九重之過慮. 當如何哉. 先來如果急送. 則可以釋疑於上下矣. 取考日記. 則曾在萬曆丙午信行也. 自赤間關發送先來. 丁巳信行及天啓甲子信行時. 皆自大坂城發送先來. 自其後到馬島後發送矣. 今番則旣遭無前之變怪. 事當以舊例爲從. 故使首譯以此意分付於差倭等處. 使之整待船隻. 以俟查獄出場. 則差倭輩以爲事理固然. 當爲轉告於島主云矣. 先來軍官以李康翎海文柳長興鎭恒. 譯官則次上通事崔壽仁定出. 使之治行.

1764년 4월 29일

흐림. 오사카 성大坂城에 머물렀다.

아침에 정봉행町奉行이 외청으로 와서 통역관에게 말을 전하게 하였는데, "스즈키 덴조傳藏에게 오늘 형을 집행하니, 세 사람의 통역관과 군관은 마땅히 참관해야 합니다."라고 하였으며, 대마도주 역시 사람을 보내 말을 전하기를, "스즈키 덴조에게 오늘 형을 집행하므로 이에 높여 보고합니다."라고 하였고, 즉시 세 명의 비장과 세 명의 통역관에게 함께 가서 형 집행을 참관하게 하였다.

식사 후에 이테이안의 두 장로와 아사오카 이치가쿠가 와서 말하기를, "우리나라의 법은 형을 집행하는 광경을 국민에게 보이는 것도 있고, 또 보여서는 안 되는 것도 있는데, 이번에 스즈키 덴조傳藏에게 형을 집행하는 것은 보여 줄 수 없는 법인데, 만약 군이 요청하신다면 마땅히 윗사람에게 보고는 하겠지만, 그러다 허락을 얻지 못하면 공연히 날짜만 허비할 뿐입니다."라고 하여, 그 뜻이 우리들에게 보여주고 싶지 않다는 것을 나타낸 것이다. 과연 그렇게 한다면 그 진위를 장차 어떻게 분별하겠는가?

간교한 처사가 매우 절통하여 즉시 사람을 보내어 답서하기를, "귀국에서 형을 집행하는데 있어 마땅히 사람들에게 보여 주어야 할 것이 있고, 마땅히 보여서는 안 될 것이 있다고 하지만, 범인 스즈키 덴조는 양국의 죄인이니, 더욱 양국 사람들에게 모두 형을 집행하는 모습을 보게 하여야 마땅하며, 일의 이치에도 지극히 합당합니다. 또 조약을 들어 말하더라도 서로 죽여야 할 죄인은 반드시 동래의 왜관 문밖에서 형을 집행해야 한다고 한 것은 대개 양국의 사람들에게 밝혀 보이려는 뜻이 있기 때문입니다. 만약 이를 따르지 않는다면, 장차 우리나라에 돌아가서 무슨 말로 보고하겠습니까? 바라건대, 다시는 어렵다고 고집하지 말고, 즉시 정봉행이 말한 바대로 형을 집행하는 여러 관리들에게 돌아가 고하여, 빨리 우리들의 참관을 허락하게 하십시오. 그렇게 하여 오로지 약조한 사례를 펼치고 또 오로지 법을 집행하는 것을 명백히 보여주십시오."라고 하였더니, 두 장로는 매우 어렵다고 고집하다가 끝내 형을 집행하는 관리와 상의해 보겠다고 하였다. 그 하는 바를 보니 자기들 마음대로 하려는 뜻이 농후하여 참으로 놀라울 뿐이었다.

통역관을 연달아 보내어 독촉하였더니, 두 장로는 형을 집행하는 여러 관리들과 의논을 하고나서 저녁이 되어 말하기를, "'조선인 참관'이란 하나의 조항은 이미 막부에 보고하지 않았습니다. 막부로부터 만약 조선인 참관의 허락을 논한다면 오메쓰케御目付에서 스스로 죽을 지경에 이를 것이며, 지금 만약 통신사행께서 '보기를 요청한다.'는 글을 써서 그 감사함을 목부에게 보낸다면 목부는 중죄를 면할 수 있을 뿐 아니라, 조선인 또한 당연히 참관을 허락받을 것입니다."라고 하였다. 그 말이 참으로 우스우며, 또한 의심 가는 것이 배속에 가득 찼다고 할 만하다.

지금 만약 이를 허락하지 않는다면 목부는 더욱 의심을 품어 ㄱ려정하지 않을 것이다. 그래서 통역관에게 일이 끝난 뒤에 마땅히 따라 하겠다는 말로 답하였다. 이어 형 집행을 독촉하였더니, "여러 형관들이 이미 뜻을 정했으므로 목부의 봉행이 직접 면담하러 오사카 성 판윤에게 가고 아직 돌아오지 않았습니다. 비록 참관을 허락받는다고 하더라도 오늘은 이미 밤이 되었고, 내일은 마침 일본국의 제삿날이라서 형을 집행할 수 없어 내일이 지난 뒤에 집행할 것 입니다."라고 하였다.

목부의 봉행이 이미 '오늘 형을 집행한다.'는 뜻을 와서 고한 뒤인데 두 장로가 느닷없이 괴상한 논리를 끌어내어 한바탕 마귀 같은 장난을 치려고 한다. 이미 자백한 죄인에게 여러 날 동안 머리를 달고 살아있게 하였으니, 참으로 원통하고 분하다.

부득이 다시 통역관을 보내어 독촉하였더니, 두 장로는 도리어, “힘쓰고 있습니다.”라고 하여, 마치 그의 폐와 간을 보는 것 같았다.

두 장로가 지난번에 단독 접견을 허락하지 않은 것 때문에 화를 내는 것 같았다. 또한 쓰시마 사람들이 교묘하게 이용하고 자기들에게 화합하여 어울리지 않는 것을 어찌 알겠는가?

陰. 留大坂城. 朝者町奉行委來外廳. 使首譯送伻曰. 傳藏今日當行刑. 三首譯及軍官當爲參見云云矣. 島主亦送伻以爲. 傳藏今當正刑. 委此仰報云云. 卽使三兵裨三首譯等. 同往監刑矣. 飯後以町加番兩長老來言. 我國用法. 有使刑狀示國民者. 又有不當示者. 而今於傳藏. 當不可示之法. 若强請則當啓聞. 而不得則徒費多日而已云云. 其意不欲使我人見之也. 果然則其眞僞將何以卞之. 事涉巧詐. 極爲切痛. 卽爲書伻以答曰. 貴國用刑. 雖有當示人者不當示人者. 至於傳藏. 此關兩國之罪人. 尤當使兩國人. 咸見其用刑之狀. 此於事理. 至爲合當. 且以約條言之. 彼此罪人之當殺者. 必於東萊和館門外擧行者. 蓋欲明示兩國人之意也. 今此罪人之行刑也. 若不依此. 則將以何辭歸報於弊邦乎. 望須勿復持難. 卽依町奉行所言. 往復于諸刑官. 速許我人之參見. 一以伸約條事例. 一以示明白正法之擧云爾. 則兩長老始極持難. 終以相議於刑官云. 而觀其所爲. 顯有操縱之意. 良可痛駭. 使首譯連爲督促之. 則兩僧與諸刑官相會議之. 夕後以朝鮮人參見一節. 旣不稟於東武. 自東武若或論其許示. 則御目付將至自裁之境. 今若自使行有所請見之文字於渠. 而歸謝於目付. 則目付可免重罪. 而朝鮮人亦當同許其監刑云. 其言誠可笑. 亦可謂滿腹狐疑也. 今若不許. 則目付尤當持疑不決. 故使首譯以事畢後從當有言之意答之. 仍促其行刑. 則謂以諸刑官已爲定議. 故目付奉行. 躬往面議於坂城尹. 姑未回來. 而雖得許示. 今已犯夜. 明日則是日本國忌. 不得用刑. 過此後當爲擧行云云. 目付奉行旣以今日行刑之意來告之後. 兩僧突出怪論. 一場魔戲. 使已承款之罪人. 戴頭多日. 良可痛憤. 不得已又送譯官伻督之. 兩僧則反以爲用力云云. 如見其肺肝矣. 兩長老非但以向日之不許獨見. 似有慍意. 亦安知馬人. 不爲用巧而和附耶.

1764년 4월 30일

맑음. 오사카 성大坂城에 머물렀다.

아침식사 전에 선장 등이 와서 고하기를, "나주 격군格軍 이광하李光河가 지난봄에 미친병이 생겨 스스로 목을 찌른 뒤로 병증이 있다가 없다가 하더니 최근에 다시 재발하였습니다. 상처에 독이 생겨 밤부터 정신을 잃고 지금은 사경을 헤메고 있습니다."고 하였다.

급히 약을 들여 보내게 하였는데, 이미 죽었다고 하였다. 이를 듣고 정말로 슬펐다. 무명 저고리, 바지, 종이버선, 솜 등의 물품을 주도록 문서를 보내고 염을 후하게 하도록 하였다.

식사 후에 대마도주가 사람을 보내어 말하기를, "선래군을 보내는 문제를 오사카 성 판윤에게 물었더니 '비록 전례가 있다고는 하지만, 최근의 규례와는 다르다. 지금 전례를 회복하고자 한다면 일로 보아 막부에 보고한 뒤에 하는 것이 마땅하다.'라고 하였다. 태수 역시 임의대로 허락할 수 없습니다."라고 하였다.

즉시 수석 통역관 이명윤李命尹을 시켜 대마도주에게 말을 전하였는데, "만약 이번 변괴가 없었다면 하필 최근의 규례를 버리고 전례대로 하겠습니까? 지금 이 변괴를 혹시 왜관에서 먼저 우리나라에 유포한다면 어찌 의아스럽게 여기지 않겠습니까? 선래군을 반드시 보내고자 하는 것은 양국의 의심을 풀기 위한 길이며 단지 유독 이 곳만을 위한 것이 아닙니다. 모름지기 오사카 성 판윤과 다시 상의한 뒤에 배를 대기시키라는 뜻을 누누이 언급하십시오. 또 스즈키 덴조傳藏에게 형벌을 집행할 때 우리나라 사람을 참여시켜 형 집행을 보게 하는 것이 이치에 맞는 일입니다"라고 하였다.

대마도주가 답하기를, "전해 온 말씀이 모두 합당합니다. 다시 오사카 성 판윤에게 의논드리겠습니다."라고 하였다.

저들의 습관이 비록 사소한 일이라도 반드시 시킨 후에 하니, 참으로 통분하다. 두 장로가 와서 말하기를, "'스즈키 덴조에게 형을 집행할 때 조선인이 참관한다.'는 구절을 오사카 성 판윤이 허락하였습니다."하였다. 생색을 내려는 뜻이 두드러졌다. 또 말하기를, "내일은 바로 초하루인데, 일본인은 덕담 때문에 형의 집행을 싫어합니다."라고 하였다. 이른바 덕담이란 말이 매우 괴이하였다. 저녁 무렵에 배가 정박해 있는 곳을 왕래하던 우리 사람들이 강변 언덕 위에 풀을 제거하고 장소를 만드는 것을 보았다. 이것이 바로 죄인에게 형을 집행하는 곳이라고 들었다.

晴. 留大坂城. 朝前船將等來告. 羅州格軍李光河. 春間發狂自刎之後. 病情忽有忽無. 近日復發. 鎗處發毒. 自夜昏窒. 今至死境云. 使之急灌藥物矣. 已而不起云. 聞甚慘然. 帖給白木衣袴襪紙去核等物. 使之厚斂之. 食後島主送伻以爲. 先來發送事. 稟于坂城尹. 則答以雖有古例. 與近規有異. 今欲復舊例. 則事當經稟於東武而後爲之云. 太守亦不得任意許之云云. 卽使首譯李命尹往伻於島主. 以如無今番事. 何必捨近規而取舊例乎. 今此變怪. 或自和館先爲流傳於我國. 則豈不疑訝乎. 先來之必欲自此發送. 蓋爲兩國釋疑之道. 非但獨爲之地. 須更相議於城尹後. 捉船以待之意. 屢屢言及. 且以傳藏行刑時. 我國之人同參監刑. 事理當然云爾. 則島主答以伻敎俱當. 更爲奉議於城尹云云. 彼人之習. 雖些少事. 亦必操縱而後爲之. 良可痛也. 兩長老來言. 傳藏行刑時. 朝鮮人之參見一節. 城尹許之云. 而顯有德色之意. 且曰明日卽朔日. 日本人以德談拘忌於行刑. 所謂德談之說. 極可怪也. 夕間我人之往來於船所者. 見於江邊岸上. 除草治場. 聞是罪人行刑之地云矣.

1764년 5월 1일

아침에 비가 오다가 늦게 갰다. 오사카 성大坂城에 머물렀다.

새벽에 망궐례를 하였다. 대궐을 떠나온 지 벌써 열 달이고, 임금을 그리워하는 마음을 비길 데가 없었다.

식사 뒤에 정봉행 두 사람이 외청으로 와서 수석 통역관에게 사람을 보내 말하였는데, "스즈키 덴조에게 형을 집행할 때 귀 국이 동참한다는 것을 오사카 성 판윤이 이미 허락하였으니, 내일 아침 스즈키 덴조의 형 집행 문안을 받을 때에 세 명의 수석 통역관이 참관하고, 형을 집행할 때는 비장裨將 몇 사람이 또한 동참하십시오."라고 하였다.

朝雨晩晴. 留大坂城. 曉行望 闕禮. 離違 京闕. 今已十朔. 望斗之懷. 曷可勝喻. 飯後町奉行兩人委來外廳. 要首譯送伻以爲. 傳藏行刑時. 貴國同參事. 坂城尹旣許之. 明朝受傳藏斷案時. 三首譯參見. 行刑時則裨將略而人. 亦爲同參云云矣.

1764년 5월 2일

맑음. 범인 스즈키 덴조傳藏의 목을 베었다. 그대로 오사카 성大坂城에 머물렀다.

날이 밝을 무렵에 막부의 오메쓰케 · 정봉행 두 사람과 호행 장로 두 사람이 함께 바깥 대청에 모여 세 명의 수석 통역관이 동참하기를 요구하였다. 최학령崔鶴齡 · 이명윤李命尹 · 현태익玄泰翼에게 가서 보게 하였다. 그랬더니, 죄인 스즈키 덴조에게 살인하고 도주했으니 극형에 처한다는 말을 소리 높여 분부하고, 이것으로써 결심 판결했다고 한다. 중죄인인데 어찌 이러한 판결이 있다는 말인가? 이내 삼사의 병방군관兵房軍官[18]인 김상옥金相玉 · 유진항柳鎭恒 · 임흘任屹에게 각기 도훈도都訓導 및 영기令旗[19] 한 쌍, 나졸 한 쌍, 소동통사小童通事 등을 거느리고 함께

---

18 병방군관(兵房軍官): 지방 관아에 속한 육방(六房) 가운데 병전(兵典)에 관한 일을 맡아보던 군관.

19 영기(令旗): 군중에서 군령을 전하는 데 쓰던 깃발로, 사방 2자 가량의 푸른 헝겊에 붉은색의 영(令)자를 썼음.

가서 형 집행을 보게 하였다.

시간이 지나자 군관 · 수석통역관 등이 돌아와 고하기를, "죄인 스즈키 덴조를 강변의 언덕 위에서 목을 베어 높은 곳에 매달았습니다. 형을 집행하는 곳은 좌우에 대나무로 울타리를 두른 뒤 죄인을 꿇어앉히고 칼로 벤 뒤에 그 머리를 씻어 언덕 위에 두고 두 나라 사람들에게 보였습니다. 조사관 노도노쿠니 태수能登太守는 역근등삼力近藤三 · 안도 시게사쿠安東茂作와 함께, 이즈모노쿠니 태수出雲守는 마사노죠力勝之丞 · 단노죠團之丞등 4명과 함께 가서 형 집행을 보았으며, 저들과 우리의 관람자들은 각각 배를 타고 참관하였는데, 형을 집행하는 곳과의 거리가 불과 10여 보였습니다."라고 하였다.

범인 스즈키 덴조는 호행 쓰시마주의 통사通詞였기 때문에 관람한 우리 사람은 누구나 그 얼굴을 알아보고 죽이는 광경을 기쁘게 보았으니, 이는 당연한 인정이라 하겠다. 쓰시마주의 통사배들은 편안이 보면서 태연하게 웃고 떠들었다고 한다. 이는 단지 스즈키 덴조 하나 때문에 고초를 당한 자가 많았고, 왜인의 습관이 비록 절친의 죽음에도 아무렇지도 않게 여긴다고 하는데, 그와 같은 종류라고 하더라도 어찌 다르겠는가?

일본의 법에 각 주에서 죽을죄를 지은 자는 그 고을 태수에게 맡겨 형을 집행하도록 되어 있는데, 이번 스즈키 덴조는 그렇게 하지 못하고 다른 지역에서 목을 베어 장대에 매달고, 여러 날 동안 시체를 거두지 못하게 했을 뿐만 아니라, 그 형을 집행한 장소와 절차도 모두 다 매우 나쁘고 천박했다. 이는 대개 쓰시마주에 수모를 주기 위해서라고 하는데, 쓰시마 사람들이 아무렇지 않게 보았다는 것은 그들이 더욱 흉독한 종자라는 것을 잘 보여 준 것이다.

사건이 일어난 처음에 변괴의 형세로 미루어 보아 그것이 쓰시마 사람의 소행이라는 것을 분명히 알았다. 범인은 이미 형체가 사라졌고, 쓰시마 사람 역시 가리고 덮기를 일삼았지만, 우리 일행은 반드시 보복해야 한다고 마음먹었다. 단지 도망간 죄인을 찾아내는 것은 바람을 잡는 것처럼 어렵고 타국에서 재판을 펴자면 몇 달을 허비했을 것인데, 다행히도 우리나라의 위엄이 멀리까지 미치어 죄인을 잡아 형법을 바르게 한 것이 한 달 내에 이루어졌다. 오히려 빨리 이루어졌다고 할 만하다. 그 다행함이 어찌 죽은 이를 위해 원통함을 씻어 주는 것 뿐이겠는가? 일행의 윗사람이나 아랫사람이나 이를 축하하지 않는 이가 없었다. 그러나 내 생각엔 끝내 석연치 못한 점이 있었다.

법조문을 살펴보면, 서로 싸우다가 살인하는 것과 몰래 죽인 것은 같지 않으며, 사신의 수행원을 찔러 죽인 것은 더욱 보통 사람을 찔러 죽인 것과는 다르다.

생각건대, 반드시 그 계략을 만든 자와 사정을 아는 자가 있을 것이라서 일부러 이러한 뜻으로 글을 지어 여러 조사관에게 보내려고 하는데, 호행하는 승려 두 사람의 말이, "이같이 한다면 여러 조사관이 모두 죄를 입게 되어 앞으로 감옥에 있는 죄수들을 조사할 수 없게 됩니다. 이는 해로움은 있되 이로움은 없을 것입니다. 만약 조사한 공초를 본다면 상세히 알 수 있을 것입니다."라고 하였다. 왜인의 성질이 지극히 사납고 독하여 진범을 사형시킨 뒤라서 그들을 어기어 심하게 할 수 없었다.

그래서 단지 '여러 죄수의 공초를 베껴 보내라.'는 글을 지었고, (글은 아래에 나옴) 또 '진범은 이미 처형되었고 우리에게 집행을 참관하도록 허락하였기 때문에 막부와 오메쓰케大目付에게 감사를 드린다.'는 글을 지어(글은 아래에 나옴) 수석 통역관 최봉령崔鳳齡을 시켜 두 호행하는 승려에게 전하게 하였다. 또 '나머지 죄수를 엄하게 처리하라.'는 뜻을 전하러 여러 번 사람을 보냈다. 오늘부터 비로소 선래장계先來狀啓와 판결문 별단別單의 초본을 만들기 시작했다.(장계와 별단은 아래에 있음).

晴. 斬賊人傳藏. 仍留大坂城. 平明江戶大目付町奉行兩人護行兩長老. 並爲來會於外大廳. 要與三首譯同參. 故使崔鶴齡李命尹玄泰翼等往見之. 則拿入罪人傳藏. 以殺人逃走. 施以極刑之意. 高聲分付. 而以此爲之結案. 重獄罪囚. 豈有如許之結案乎. 仍使三行兵房軍官金相玉柳鎭恒任屹. 各率都訓導及令旗一雙羅卒一雙小童通事等. 同往監刑矣. 移時軍官首譯等回告曰. 罪人傳藏. 梟首於江邊岸上. 而行刑處左右竹圍. 跪坐罪人. 劍斬而後. 洗其頭置岸上. 以示兩國之人云矣. 查官能登守與力近藤三安東茂作出雲守與力勝之丞團之丞等四人. 往監行刑. 彼我人之監刑者. 各乘船隻而觀之. 距行刑處所不過十餘步云. 傳藏以護行馬州通詞之故. 監刑我人. 莫不知其面. 而快覩其顯戮之狀. 此則人情當然. 至於馬州通詞輩. 見之晏如. 言笑自若. 非但以因一傳藏. 厚罹困厄者多. 倭人之習. 雖切已之喪. 處之恬然. 況爲其同類乎. 日本之法. 各州人犯死罪者. 附其太守. 使之用刑. 而今傳藏則不然. 梟首他境竿頭累日. 使不得收屍. 且其行刑處所. 用刑節次. 俱極賤惡者. 蓋爲貽羞馬州之地云. 而馬州人之視若尋常者. 尤可見其兇毒之種子也. 當其變出之初也. 推之事勢. 明知其馬州人之所爲矣. 賊人旣無形影. 馬人亦事掩覆. 而我行則必欲報復而後已. 第其譏詗在逃之賊人. 殆如捕風. 得伸他國之獄情. 恐費積月. 幸賴 國威之遠暨. 罪人斯得. 明正典刑. 在於一朔之內. 猶可謂速成. 其爲喜幸. 奚啻爲死者. 償命洒冤而已. 一行上下莫不相賀. 余意則終有所未釋然者. 考之律文. 鬪毆殺與賊殺人不同. 使价隨率之刺殺. 尤與尋常賊殺有異. 想必有造謀者知情者. 故以此意構書. 欲送於諸查官. 則兩護僧以爲如是. 則諸查官盡當被罪. 餘囚之在獄者. 將不得行查. 於事有害無益. 如觀獄案. 可以詳示云云矣. 倭性至爲悍毒. 元犯正刑之後. 有不可拂而激之. 故第以諸囚文案謄送之意. 先爲作書. 書本在下 又以元犯旣已正法. 我人亦許監刑. 故以致謝於江戶及大目付之意作書. 書本在下 使上通事崔鳳齡傳于兩護僧. 又以餘囚嚴處之意. 屢屢送伻. 自今日始構先來狀 啓及獄案別單草. 狀啓別單在下.

1764년 5월 3일

맑음. 오사카 성大坂城에 머물렀다.

두 호행하는 승려가 판결문안의 초본을 먼저 우리 수석 통역관에게 보내 왔기에 보았더니 스즈키 덴조의 진술은 전날에 들던 바와 대략 같았으나, 그 나머지 스즈키 덴조의 하인 및 그 형 등이 진술한 것은 모두 공범이 아니라고 꾸며대었다.

그 판결문안을 보건대 전혀 중요한 재판의 격식을 이루지 못하였다. 남의 나라 재판의 방식을 규정할 수는 없지만, 이것은 얼마나 중요한 재판인데, 주범 한 사람 외에 어찌 이 범죄에 연관되어 그 실정을 아는 자가 없단 말인가? 곧 수석 통역관에게 이러한 뜻을 두 호행 승려에게 알리고 또, "지난번 장로의 편지에 이미 '사건의 발생을 따져 조사하면 반드시 널리 퍼지게 되어 논의 한 법이 스스로 차등이 있을 것이다.'라고 하였는데, 지금 조사하는 자리에 동참하여 그들 잔당에게 형법을 적용하지 않는다는 것은 앞뒤가 맞지 않으며, 또한 사리에도 맞지 않습니다. 여러 조사관에게 글을 보내 다시 물어보고자 합니다."하였더니, 호행하는 승려들이 "마땅히 여러 조사관과 의논하여 보고하겠습니다."라고 하였다. 일본의 풍속은 승려를 귀하게 여기어, 승려를 위해 벼슬자리를 두기까지 한다. 쓰시마의 이테이안以酊庵 승려로 말할 것 같으면, 그는 교린문서交隣文書를 작성할 때에도 반드시 참견하는 것이 이미 관례가 되어 있다. 이번 두 승려는 막부의 명을 받아 조사하는 일에 동참하였는데, 쓰시마 태수는 통신사를 접대하는 책임자이면서도 감히 거기에는 참여하지 못했다. 생각건대 틀림없이 사건이 쓰시마 사람에게서 나왔고, 사신을 접대하고 보호하는 책임을 다하지 못했다는 잘못으로 그 직을 잃어 그러한 듯하였다. 그래서 재판에 관해서는 자세하게 알 수 없을 듯했으며, 비록 안다 하더라도 반드시 우리에게 알리지는 않았을 것이다. 또 번번이 두 장로에게 맡기어 오늘의 형편에 이르게 되었으니 두 장로와 왕복하면서 알아내는 길밖에 다른 방법이 없겠다.

晴. 留大坂城. 兩護僧先以獄案草本. 送示於首譯. 見之則傳藏直招. 概同於前日所聞. 餘外傳藏下人及其兄等所供. 皆以不同情粧撰之矣. 觀其獄案. 專不成重獄體格. 他國之獄式. 有不可糾正矣. 此何等重獄. 而正犯一人之外. 豈無干連知情者乎. 卽使首譯以此意通於兩護僧. 且以爲頃日長老之書. 旣謂之覈發則必生蔓延. 其所論法. 自有差等云矣. 到今同參查坐. 而不爲勘律於餘黨者. 前後矛盾. 不成事理. 更欲書問於諸查官云爾. 則護僧以爲當議於諸查官而仰報云矣. 日本之俗. 以僧爲貴. 至爲僧設官. 雖以馬州以酊僧言之. 必爲參涉於交隣文書者. 已成例習. 今番兩僧則以江戶之令. 同參於查事. 而馬州守則以儐使之任. 不敢與焉. 想必以事出於馬州. 職失於護行有所咎責之論而然矣. 凡係獄情. 想不得詳知. 雖知之亦必不報於吾行. 且輒推讓於兩長老. 到今事勢. 與兩長老往復探情之外. 無他道矣.

1764년 5월 4일

맑음. 오사카 성大坂城에 머물렀다.

두 장로의 답변문서와 판결문(서계와 옥안은 아래에 나옴)이 왔다. 답변문서 중에, "죄인 스즈키 덴조의 종형 이하는 조사과정의 날짜가 다 차서 각각 차등을 두어 풀어 줍니다."란 말이 있었다. 그래서 쪽지에 글을 써서 물어보았더니, 답하기를, 감옥에 갇힌 날의 기한이 다 되어 석방할 사람은 석방하고 쫓아낼 사람은 귀양을 보낸다고 하였다. 다시 쪽지에 글을 써서 물어 보았더니, "감옥에 구금한 기한과 석방할 자는 누구누구이며 귀양을 보내 쫓아 낼 자는 누구누구 인가를 자세히 기록하여 보여 달라."고 하였더니, 또 즉시 "처단 후에 자세히 기록하여 보낼 계획입니다."라고 답하였다.

최근에 연이어 '나머지 죄수를 심리하여 처단하라.'는 뜻으로 여러 번 모든 조사관에게 보냈으며 또 '여러 죄수들을 심리하여 처단하는 것을 알지 못하고는 우리가 배를 출항할 날짜를 정할 수 없다.'는 뜻으로 저들에게 말했다.

내가 생각건대, 여러 조사관들은 반드시 조사하여 정한 바가 있기 때문에 두 장로가 기록을 보낼 때에, 재판의 체제와 나라의 기강을 들어 말한다면, 마땅히 죽여야 할 사람은 반드시 한 사람이 아닐 것이라고 말했어야 한다. 그러나 여러 조사관들은, "범인이 이미 혼자 살인을 했지 처음부터 공모한 자는 없다고 말했으며, 모든 죄수들을 여러 번 고문하였는데도 끝내 공모하였다고 승복하는 자가 없어 엄한 형법으로 다스릴 수는 없습니다."라고 하였다. 우리는 이미 공모한 자가 누구라고 분명하게 말한 것도 없고, 조사에 답한 여러 진술이 어떠했는지도 자세히 알지 못한다. 앞으로 한 사람만 형벌을 집행하고, 나머지는 귀양 보내 쫓아내는 것으로 이 재판을 끝낼 것 같은 형세였다.

일전에 전해 듣기로는 '여러 죄수 중에는 죽을 죄에 해당하는 자가 많다.'고 하였으므로, '조금이라도 긴밀하게 연관된 자는 마땅히 같은 형법을 적용해야 한다.'고 생각하였는데, 오메쓰케大目付가 들어온 뒤부터 갑자기 '스즈키 덴조에게만 법을 집행한다.'는 의논이 전해져서 수석 통역관에게 쪽지를 써서 두 장로에게 물어보았는데, "스즈키 덴조의 하인이 처음에 구두로 진술하기를, '어찌 함께 의논한 자가 없었겠습니까?' 라고 하였다 한다. 이 점이 의심이 가는 단서이며, 그의 친척이라는 사람도 역시 같은 정황이라서 이들 두 사람은 스즈키 덴조에게 적용한 형법을 면하기 어려울 것입니다."라고 하였다.

내가 듣기로는 일본의 법도가 지극히 엄정하다고 하는데, 지금 만약 법에 의해 처벌을 선고해 준다면, 귀국하여 우리 조정에 보고할 때 할 말이 있을 것이라고 하였더니, 두 장로가 쪽지에 글을 써서 답서하기를,

"죄의 경중은 자연히 죄인이 진술할 바에 달려있으며, 자세하고 정확하게 알기 전에는 정봉행과 목부가 보고할 길이 없으며, 혹여 막부에 보고하더라도 또한 결단을 내릴 도리가 없습니다. 스즈키 덴조의 살인은 본래 공모한 자가 없으며 지금 감옥에 갇혀 있는 자도 스즈키 덴조의 일로 인해 잡혀 있지만 모두 관련된 것이 아닙니다. 또 별도로 조사할 단서가 있으나 이는 통신사행이 배를 출발한 뒤에 그 죄를 자세히 밝혀, 중한 자는 죽이고 가벼운 자는 쫓아낼 것입니다."라고 하였다.

만약 별도로 조사할 단서가 있다면 하필 통신사행이 거처하는 곳에서 조사를 해야 했을까? 이 스즈키 덴조의 남은 무리들을 죽여야 마땅하지만 막부의 논의와 조사관의 마음에 '조선인 1명이 찔려 죽었으니 단지 일본인 1명이 목숨으로 갚는다는 법을 보여 줄 뿐이며, 죽여야 할 남은 무리들은 우리 통신사행이 출국할 것을 기다려 형벌을 집행한다.'고 하지 않겠는가? 이는 지나친 생각을 미리 한 것 같지만 왜의 실정이 이러한 것이 많았다. 만일 이와 같다면 그들의 간교함을 더욱 볼 수 있을 것이다.

그렇지 않다면, 혹 쓰시마 사람들이 통신사행을 사칭하여 각 고을에 침입하고 재물을 빼앗기 때문에 많은 사람들이 무리를 지어 원망하여, 죄악이 쌓인 여러 정황을 조사할 때 모두 드러내려고 하는 것일까?

얼핏 듣기로는, 조사관들의 의견이 같지 않다고 하는데, 오사카 성 판윤인 노도노쿠니 태수能登守는 엄하게 조사하려고 했고, 오메쓰케大目付 이즈모노쿠니 태수出雲守는 매우 느슨하게 하려고 했다고 한다. 두 장로는 쓰시마와 이미 원수 사이가 되었기 때문에 기회를 보아 원한을 나타내려는 뜻이 없지는 않을 것이다. 그런데 처음에 엄하게 하려다가 나중에는 늦추려고 하였으니, 그 이유를 알기 어렵다.

떠날 날짜를 초 6일로 정했으므로 수석 통역관으로 하여금 쓰시마 태수에게 사람을 보내게 하였더니, "마땅히 오사카 성 판윤에게 보고한 뒤에 답하겠습니다."라고 하였다. 저녁에 비로소 "오사카 성 판윤이 귀환을 허락하셨으니, 마땅히 호행하겠습니다."라고 하였다.

나머지 죄수가 판결받지 않았기 때문에 오히려 스스로 그의 진퇴를 주장하기 어려워서였을까?

우리들은 지금 죄수의 판결을 기다리고 있는 중이라서 저들을 접대할 때에 의리상 평상시의 예로 할 수 없었다. 그래서 입국할 때, 돌아가는 길에 시를 지어 주겠다고 허락한 약속을 할 수 없게 되었다.

그러나 글씨를 얻겠다는 오사카 성 관리의 요청에 대해 여러 번 허락했기에 지금 부득이 써서 주었더니 관리가 크게 만족해하였다.

문사들이 저들과 더불어 시를 지어 부르기로 한 것을 또한 의리상 사양하여 물리쳤더니, 며칠 동안 양식을 가지고 와서 기다리던 자들이 모두가 그 원망을 쓰시마에 돌렸다. 그래서 쓰시마 사람들은 가는 곳마다 그 죄가 아닌 것이 없었다. 오사카 성에 판윤을 둔 것은, 생각하건대 바다와 땅이 만나는 곳이기 때문에 별도로 유수留守 1인을 둔 듯하니, 흡사 우리나라가 서경(평양)에 판윤을 두는 것과 같다.

벼슬이 높고 책임이 무겁기 때문에 세습이 아니고 언제나 가려서 둔다고 하는데, 지금 등정윤藤正允의 앞뒤 일처리를 보니, 비록 그 사람은 보지 못했으나 그가 그 직에 적합하다는 것은 생각할 수 있었다.

당초 변괴가 일어난 후에 비록 조사를 즉시 행하지는 않았지만 염탐하는 정책은 이미 그 조사하는 길을 넓혔다. 그러나 가장 의심스런 일과 쓰시마 사람들의 폐단을 즉시 속속들이 알지는 못했다.

죄인을 체포하는 일은 반드시 막부의 명령을 기다리는 것이 전례인데, 오사카 성 판윤은 '통신사행의 일이 급하니, 명령을 기다리지 않은 죄는 내가 책임지겠다.'라고 말하고, 즉시 각처에 명하여 체포를 약속했으며, 또 스즈키 덴조를 죽여 통신사행의 귀로를 열어 주었다. 그리고 우리들에게 형 집행을 관람하는 것을 허락하여 함께 죄인을 죽이려는 뜻을 보였다.

선래 군관을 보내는 것을 허락한 것과 날마다 바치는 공물의 부족함이 없는 것과 관아를 지키는 관리들의 부지런하고 성실함 등은 모든 일에서 명령을 기다리는 것이 모두 지식인의 처사가 아닌 것이 없었다. 사람을 가려서 직을 맡겼다는 것을 생각할 수 있겠다.

일찍이 서로 만나본 적이 없었다. 그래서 비록 보자고 요청하지는 못하였지만, 정봉행에게 감사하다는 뜻을 전달하는 것만 할 뿐이었다.

노도노쿠니 태수能登守 오키쓰 타다미치源忠通은 사행갈 때에 접견했는데 매우 걸출한 기상이 있었다. 지금 들으니 조사를 엄격하게 한다고 하였다. 역시 공평한 마음이 있는 자라고 할 수 있다.

晴. 留大坂城. 兩長老回答書契及獄案 書契獄案在下 來到. 書契中有曰. 罪人傳藏從兄以下. 當待科程日滿. 放逐有差云. 故以小紙書問其意辭. 則答以囚禁日限. 放者放之. 逐者竄逐也云云. 故更以小紙書問曰. 囚禁日限. 被放之者爲某某. 竄逐者爲某某. 并爲詳錄以示云. 則又答以處斷後詳錄以送爲計云云. 蓋於近日連以餘囚勘斷之意. 累度送言於諸查官. 且以未知諸囚之勘斷則行期不可猝定之意. 言於彼人輩矣. 諸查官想必有所勘定. 故兩長老錄送之也. 以獄體國綱言之. 則當死者必非一人. 而諸查官以爲. 傳藏旣云獨當殺人. 而初無同議者. 諸囚累加栲掠. 終無以造謀承款者. 不可施以重律云. 而自我旣無以明言其造議者之爲誰. 且未詳其查庭諸招之如何. 則勢將以一人正法. 餘囚竄逐. 了當此獄矣. 日前傳聞諸囚中多有抵死之罪. 故意其干連之稍緊者. 當用同情之律矣. 自大目付入來之後. 忽有只施法於傳藏之議. 故使首譯書小紙探問於兩長老日. 傳藏下人. 最初口達日. 豈無同議者云. 此乃疑端. 彼之親戚者. 亦在同情. 則此兩人. 難免傳藏之律. 俺聞之日本法度. 至極嚴正云. 今若依法決給. 俺歸告我 朝廷. 庶可有辭云爾. 則兩長老書答於小紙日. 罪之輕重. 自在於罪人所告. 未詳正之前. 町奉行目付皆無稟伺之道. 雖或稟伺東

武. 亦無卽斷之理. 傳藏殺人. 本無造議者. 卽今繫獄者. 雖因傳藏事而捉囚. 皆非交涉. 且有別究之端. 此則使行發船之後. 詳正其罪. 重者斬. 輕者竄之云云. 若是別究之端. 則何必行査於使行館中乎. 若是傳藏之餘黨當死者. 則江戶之論査官之心. 其無曰朝鮮人一名被刺而死. 只當示以日本人一名償命之法而已. 餘黨當死者. 待使行出去. 當爲施刑云爾乎. 此似逆料過望. 而倭情或多如許者. 萬一如此則尤見其巧黠也. 不然則毋或以馬人輩假托使行. 侵漁各州. 怨毒朋興. 罪惡積累之狀. 盡露於行査之時耶. 仄聞査官之見. 亦各不同. 大坂城尹能登守. 則欲嚴査事. 大目付出雲守則頗欲緩之. 兩長老則與馬州已成仇隙. 故不無乘機逞憾之意. 始欲峻之. 終以緩焉. 難詳其委折矣. 行期定以初六日. 使首譯傳伻於馬島守. 則答以當稟定於坂城尹而後仰報云矣. 夕間始以坂城尹許其還歸. 當爲護行云. 以其餘囚未勘. 尙難自主其進退故耶. 吾輩方在待勘中. 酬接彼人之際. 義不可以常例. 故去時之許其回路和詩者. 將不得施之. 至於大坂館伴之請得筆蹟. 屢行信使之所許也. 今番則亦不得書給之. 館伴大爲落莫. 至於文士輩與彼人唱和. 亦以義辭却之. 累日程裹粮來待者. 擧皆歸怨於馬州. 馬州人可謂無往而非其罪也. 大坂城之置尹. 想以水陸都會之故. 別設留守者一人. 殆如西京之置尹也. 官尊而責重. 故不爲世襲. 輒皆擇人云矣. 今見藤正允之前後處事. 雖未見其人. 可想其可合此任也. 當初變出之後. 雖不卽爲行査. 廉探之政. 已廣其路. 而行中致疑之事. 馬人作弊之端. 卽未洞知. 罪人發捕之事. 必待江戶之令. 例也. 而坂尹謂以使行事急. 不待命令之罪. 我自當之. 卽爲知委各處. 期於捕捉. 且先斬傳藏. 以開使行回去之路. 又許我人之監刑. 以示共誅之義. 至於先來之許送. 日供之不苟. 館直之勤幹. 凡事之待令. 俱莫非有知識之事. 可想其擇人而任之也. 曾無相接之例. 故雖不請見. 轉致謝意於町奉行. 以爲傳及之地耳. 能登守源忠通. 去時接見則頗有俊氣. 今聞欲嚴査事云. 亦可謂有公心者也.

1764년 5월 5일

맑음. 오사카 성大坂城에 머물렀다.

오늘은 단오절이다. 멀리 고국을 바라보니 고향을 그리워하는 마음이 매우 절실하다. 주범이 이미 처형되었기 때문에 다시 몇 줄의 제문을 짓고(제문은 아래에 있음) 떡과 과일을 대강 준비하여 김광호에게 최천종의 관 앞에서 제사를 올리게 하였다. 그리고 최천종 · 김한중 · 이광하 세 사람의 관을 일본 배에 실어 부산으로 보내고, 이어서 영남 관찰사에게도 문서를 보냈으며, 비변사에도 보고를 하여 영구를 운반할 우마를 제공해 줄 것을 요청하였고, 지방관인 대구 · 나주 · 동래에 공문을 보내 불쌍하게 여기어 후하게 장례를 치러 줄 것을 요청하였다.

5백 명이나 되는 사람이 통신사행으로 다른 나라에 가서 한 사람이라도 죽는다면 진실로 슬픈 일인데, 죽은 사람이 유진원俞鎭源 등 네 사람이나 되다니? 병으로 죽은 것도 오히려 참혹한데 여기 최천종의 천만뜻밖의 변괴라니? 시체를 실은 배의 격군들에게 쌀을 지급하고, 부산진까지 잘 호송하여 운반하도록 하였고, 이어서 또한 선래선은 조금 뒤에 출발하도록 명하였다.

쓰시마 태수가 사람을 보내 말하기를, "통신사행이 오사카 성을 지나갈 때는 대마도주의 집에 들르는 것이 전례이니, 내일 왕림하시기를 요청드립니다."라고 하기에 삼사는, "지금 조사의 처벌을 기다리는 중이라서 의리상 한가롭게 나가고 들어갈 수 없소."라고 답하였다.

차왜들이, "불행한 죽음이 있은 뒤에 막부로부터 명령을 받은 사람인 두 장로가 단독 접견을 요청한 것은 통신사행과 대마도주 사이에 불화가 있는지 여부를 탐지하기 위함이었습니다. 내일 만약 통신사행께서, 지나는 길에 왕림하는 전례를 폐지하신다면 도쿄와 오사카 성 사람들은 반드시 통신사행과 대마도주 사이에 틈이 생겼다고 말 할 것이며, 만약 그렇게 되면 대마도주가 진실로 지위를 보전하기 어려울까 걱정이 됩니다. 대마도주의 안위는 곧 통신사행의 행차 여부에 달려 있습니다." 라고 말하면서, 애타고 초조해 하였다.

여러 가지로 사정을 말하면서 애걸하는 형편을 자세히 생각해보면,

중대한 형편이 아닌 것도 아니며 또 지나는 길에 잠깐 들르는 것은 유람과는 다르다고 생각되었다. 대마도주는 연이어 사람을 보내 애걸을 그치지 않았다. 이번의 변괴 뒤로 대마도주의 처사는 말이 되지 않지만, 이미 실제 상황이라 비로소 억지로 허락하였다.

어제 들으니, 쓰시마주 호행인 봉행奉行 다다 겐모쓰平如敏·재판裁判 히라타 쇼자에몬平如任·간사관幹事官 아사오카 이치가쿠紀蕃實 등이 막부의 구류명령으로 오사카 성에 머물러 있다고 하였다. 세 명의 차왜를 구류한 취지가 어디에 있는지 알 수 없으나, 생각하건대 혹시 호행을 잘못하여 이런 변괴가 일어났다는 죄인 듯하였다. 어떤 사람은 아사오카 이치가쿠가 호행 도중에 음흉한 일들을 벌여 전부 발각되었기 때문이라고도 하였다.

이 아사오카 이치가쿠는 문자를 조금 알지만 성질 또한 음흉하여 쓰시마의 문자를 전부 잡고 있으며, 이번 길에서 그는 사행을 빙자하여 통신사행 길 연도의 여러 곳에서 함부로 거둬들인 더럽고 천한 탐욕이 하나가 아니고 너무나 많았다. 때문에 저들과 우리들을 막론하고 모두 죽일 놈이라고 하였다.

다다 겐모쓰는 날래고 간사하며, 히라타 쇼자에몬은 어리석고 무식하다. 이러한 그들이 이미 호행 차왜가 되어 전에 없는 이러한 변괴를 당하였으니, 진실로 나라가 있다면 어찌 죄가 없을 수 있겠는가?

정오 무렵에 세 명의 차왜가 와서 고하기를, "오사카 성에서 출발을 허락하지 않아 내일 호행할 수 없습니다."라고 하였다.

쓰시마 태수가 또 이 일로 사람을 보내어 고하였으므로, 내가 수석 통역관에게 말하기를, "호행하는 차왜가 마땅히 바뀔 것이다."라고 하였다. 수석 통역관의 대답이 "대마도주가 '호행이 부족하여 봉행만이라도 보내 달라.'는 뜻으로 오사카 성 판윤에게 간절하게 요청하여 기다리고 있다고 들은 듯합니다."하였다.

저녁식사 뒤에 대마도주가 또, "봉행 등 세 사람이 이미 막부의 명에 의해 구류되었으므로, 히라타 쇼겐平誠泰(平田將監, 쓰시마번 번주의 가신)으로 다다 겐모쓰平如敏를 대신하고, 다와라 군자에몬俵郡左衛門과 사이토 간자에몬藤番卿(齊藤官左衛門)으로 히라타 쇼자에몬平如任을 대신하고, 이와사키 기자에몬巖崎喜左衛門 다이라노 료토쿠平令德로 아사오카 이치가쿠紀蕃實를 대신하여, 그들에게 전례에 따라 호행하도록 하겠습니다." 라고 하였다.

차왜가 구류되었다고 우리들은 들은 지가 이미 여러 날인데, 저들은 오늘에야 비로소 알고서, 오히려 그 일이 막부의 명령인 것은 알지 못하고 오사카 성 판윤에게 부탁하여 시간만 낭비하였으니, 이 일로 미루어 보건대, 오사카 성에서 쓰시마 사람들은 힘이 없다는 것을 알 수 있겠다.

통신사행의 출발 날짜가 정해진 이후를 기다렸다가, 비로소 차왜가 구류되었다는 사실을 대마도주에게 분부를 한 오사카 성 판윤의 일 처리가 매우 신중하고 치밀하다고 할 수 있겠다. 살인 사건이 발생한 초기에는 쓰시마 사람들이 오히려 의기양양해 하더니, 조사가 실시되자 통사 및 금도의 무리 중 조사 기관에서 심문을 받은 사람이 이미 백여 명이 넘었으며, 전후로 한 사람씩 여러 날을 법에 따라 죄를 가려서 구속된 사람 역시 20여 명이나 되었다. 고문을 당하여 신음하는 소리를 우리들 역시 많이 보고 들었으니, 쓰시마 사람들의 고통이 심했다고 할 만하다. 이와 같은 때에 써서 낭비한 재물 또한 반드시 적지 않았을 것이다. 통신사행이 지나가는 뱃길에서 거둬들인 재물로도 아마 충당할 수 없었을 것이다. 또 이보다 앞서 쓰시마 사람들에 대해 말하기를 양국의 적이라고 하였는데, 하물며 지금 그들이 행한 음흉한 일들이 모두가 탄로가 났다.

이른바 나머지 죄수는 어떻게 판결이 날지 알 수 없는 이때에 또 세 명의 차왜가 구류되었다. 이는 곧 고을을 다스리는 사람이 그 고을에 속한 하급관리를 대신 다스리는 것이니, 쓰시마 태수의 책임이 없다고 믿을 수도 없다.

쓰시마 태수는 여러 번 보았는데, 비록 불량한 사람은 아니었지만 나이가 어리고 경력이 적으며 어리석고 지식이 없었다. 모든 일에 스스로 주장하지 못하고 일단 아랫사람들에게 물어서 듣는 사람이다. 이번 변괴를 당한 뒤에도 어찌 할 바를 모르고 날마다 술만 많이 마셨다고 하였다. 또 어떤 사람은 쓰시마 태수는 호행이기 때문에 우선 죄를 진 채로 공무를 하지만, 통신사행이 돌아간 뒤에는 엄중한 책임과 벌을 받을 것이라고 하는데, 그 말을 어찌 믿을 수 있겠는가? 또 그는 용모가 풍만하여 오히려 그 녹봉을 보전할 수 있거니와 하물며 세습직이 아닌가?

최근 이래로 쓰시마 사람들은 기운이 더욱 꺾이고 더욱 낙담하여 예전과 다른듯하다고 하지만, 단지 교활한 그 버릇만은 갑자기 바꾸기 어려울 것이니 후일의 행동이 어떠한가를 관망할 뿐이다.

晴. 留大坂城. 今日是端陽節也. 遙瞻故國. 倍切松楸之感. 元犯賊人. 旣已定刑. 故更構數行祭文. 祭文在下 略備餠果. 使金光虎往奠於崔天宗之柩前. 仍以崔天宗金漢仲李光河三柩. 同載於倭船. 使之出送釜山. 而移文嶺營. 論報備局. 請其駕牛之題給. 行關於地方官大邱羅州東萊. 使之顧恤厚埋. 半千人異域之行. 一人死亡. 固爲慘然. 況此俞鎭源等四人乎. 疾病之死. 猶可慘酷. 矧玆崔天宗之萬萬變怪乎. 帖給米石於載屍船格處. 使之善護出運於釜山鎭. 而亦令稍後於先來船矣. 馬州守送伻以爲. 信行之歷臨於坂城島主家者. 古例也. 乞於明日俯臨云云. 三使以爲. 方在待勘中. 義不可閒漫出入答之. 則差倭輩以爲不幸有死變之後. 江戶之使兩長老

請其獨接者. 欲探使行與島主失和與否也. 明日使道若廢歷臨之古例. 則江戶與坂城之人. 其必曰使行與島主有隙云爾. 若然則島主實有難保之慮. 島主安危. 正係於使道之行次與否云. 而忙忙燥燥. 哀乞萬端細想其事勢. 不無藉重之實情. 且念歷路暫見. 與遊覽有異矣. 島主連爲送伻. 懇乞不已. 今番事變之後. 島主處事. 雖無可言. 旣是實狀. 故始爲勉許之. 昨聞馬州護行奉行平如敏裁判平如任. 幹事官紀蕃實. 自江戶拘執. 因留於大坂城云. 三差倭之拘留. 雖未知旨意之何在. 想或以不謹護行. 致有此事變之罪耳. 或言蕃實路中陰事盡發云. 此人稍解文字. 性又陰譎之故. 全掌馬州之文字. 今行也. 憑藉使行. 徵索沿路. 貪饕鄙瑣之事. 不一而足. 毋論彼我人. 皆曰可殺者也. 平如敏則輕詐. 平如任則庸騃無知識矣. 渠等旣是護行差倭. 則當此無前之事變. 苟有國則安得無罪罰乎. 午間三差倭始爲來告. 以爲自坂城不許出送. 故未得護行於明日云矣. 馬島守又以此事送伻以告. 余謂首譯曰. 護行差倭當有代差云爾. 則首譯以爲. 似聞島主以護行乏人. 奉行則許送之意. 送懇於坂城尹而待之云矣. 夕後島主又以爲奉行等三人. 旣自江戶拘留. 故以平誠泰代平如敏. 俵郡左衛門藤番卿代平如任. 巖崎喜左衛門平令德. 代紀蕃實. 使之依例護行云矣. 差倭拘留之事. 吾行得聞已有日矣. 渠輩則今日始知. 而猶不知江戶之令. 浪費請囑於坂城尹. 以此推之. 馬人之無力於坂城可知. 而坂城尹之必待使行行期定出之後. 始以差倭拘留之事. 分付馬州者. 可謂愼密矣. 事變初出之時. 馬人猶敢揚揚. 及其行查通詞禁徒輩之盤詰查庭者. 旣過百餘人. 而一人多日推卞. 前後囚繫亦過二十餘人. 栲掠之狀痛楚之聲. 我人亦多見聞者. 馬州人之困厄. 可謂多矣. 如是之際. 浮費亦必不小. 徵索於船路之物. 想不可當也. 且前此馬州人. 猶謂兩國之賊. 況於今番陰事盡露. 所謂餘囚亦未知何以決梢. 此際三差倭又爲拘留. 則便是邑宰之代治其記官矣. 馬島守之無責罰. 未可信矣. 馬州守則累見其人. 雖非不良者. 年少未經事. 庸騃無知識. 凡事未能自主. 一聽於下屬. 遭此變怪之後. 罔知攸爲. 日飮無何云矣. 或云馬州守以護行之故. 姑爲戴罪行公. 而使行還渡之後. 當被重勘云. 其言何可信也. 且其容貌豐滿. 猶可以保其祿. 況其世襲之職乎. 近日以來. 馬人輩氣益喪而膽益墜. 似與前日有異云. 而但其狡黠之習. 猝難變革. 當觀他日擧行等事之如何耳.

19. 가와구치(배)河口 1764년5월6일. ~5월7일)

아침에 비가 오고, 늦게 갰다. 오사카 성을 떠나 가와구치河口의 배 위에서 잤다.

두 장로가 비록 죄인으로 귀양을 보낼 자의 기록을 보내준다고 말하였지만, 오사카 성을 떠난 뒤라 그 사실의 진위를 다른 곳에서는 알 길이 없었다. 그래서 떠나기 전에 연달아 여러 조사관과 상의하여 죄를 심문하고 차등을 두어 처단한 기록을 보내달라고 말하였다. 식사 후에 비로소 별도의 기록을 보내왔는데, 기록에는 쓰시마의 가신 2명과 통사 9명은 조사가 다 끝나면 석방할 자들이고, 스님 유키祐譽와 하인 의우위문儀右衛門과 일문자옥충一文字屋虫 등 3명도 조사가 다 끝나면 쫓아 낼 자였다.

이른바 가신家臣과 통사通詞는 모두 대마도주를 수행하는 왜인으로 범인 스즈키 덴조傳藏와 방을 함께 쓰고, 스즈키 덴조의 투서를 숨기고, 관리에게 즉시 알리지 않은 죄로 매질을 당하고 나서 감옥에 갇힌 사람들이다. 여러 가지 심문을 하면서 조사관들이 그들을 동정하지 않는다고 말하지만, 그들은 앞으로 기한이 되면 풀려날 사람들이다.

유키祐譽는 스즈키 덴조의 종형이고, 시요시에市儀衛는 스즈키 덴조의 하인이며, 문옥충文屋虫은 스즈키 덴조의 주인으로, 이 세 사람이 진술하는 말은 이미 재판서류에 자세히 기술되어 있었다. 이들은 기한을 다 채운 뒤에 먼 곳으로 쫓아낼 자들인데, 일본의 귀양법에 '무거운 죄를 저지른 자는 무인도로 귀양을 가서 죽을 때까지 풀려나지 못한다.'고 말하지만, 그 말 역시 어찌 믿을 수 있겠는가?

재판문의 별지는 수정하여 봉함하였는데, 쫓아 낼 자의 이름을 기록한 별지를 이미 얻었으므로, 다시 수정하여 임금에게 올리는 문서 두 통과 같이 동봉했다. 한 통은 선래장문先來狀聞이고, 한 통은 김한중 · 최천종 · 이광하의 시체를 보낸다는 장문이다.

김한중 사건의 장문은 도쿄에 있을 때에 봉하여 보냈는데, 그들이 말하기를, "통신사 사행을 마치고 돌아갈 때에는, 내보내지 않는 것이 전례입니다."라 하여 앞에 있었던 장문 그대로 쓰지 않고 지금 것과 합쳐서 개정하였다.

오후에 출발하려는데 관반사館伴使인 미노노쿠니 태수美濃守 후지 나가즈미藤長住(藤原長住), 정봉행町奉行인 노도노쿠니 태수能登守 오키스 타다미쓰源忠通, 이즈모노쿠니 태수出雲守 원장규源長逵가 모두 바깥의 대청으로 와서, 통역관을 통해 이별하는 말을 전달해 왔다.

그래서 그들에게 봉행 등의 죄를 조사한 것에 대해 감사하다는 말과 나머지 무리들을 엄하게 처리해달라는 뜻으로 답하였다.

대개 이번의 범죄에 대해 조사하고 판결한 사정은 밖으로 드러난 사실로 볼 때 석연치 못한 점이 있었다.

최천종이 스즈키 덴조와 서로 욕하며 싸우는 상황을 우리 쪽에서 목격했다는 사람도 없으며, 최천종이 저들과 원한을 맺을 일이 처음부터 없었다고 말하였기 때문에 이 점도 의심스럽다.

그렇지만 최천종이 만약 그와 크게 싸웠다면 동행한 사람이 마땅히 들었거나 보았을 것인데, 객관이 넓고 따라다니며 경호하는 왜인들의 출입도 본래 일정하지 않아, 삽시간에 사소한 말로 다투었다면 각 방의 동행인들도 반드시 모두 다 듣고 알지는 못했을 것이다.

또 스스로 투서한 것이 의심스럽지만, 왜인의 버릇이 사소한 원망에도 칼로 사람을 찌르고 자수하거나 자결하는 자가 흔히 있다고 하는데, 이번에 스즈키 덴조가 도주한 뒤에, 저 왜인의 무리들이 사람을 죽이고도 자수하지 않는 자는 더욱 죽여야 한다고 말하였다. 이로써 말하자면 그들의 풍습을 알 만하였다.

또 들었는데, 스즈키 덴조가 붙잡힌 뒤에 스스로 말하기를, '최천종을 찔러 죽이고 황급히 도망가다가 실수로 남의 발을 밟았고 또 사기그릇을 밟아 발을 다쳐 멀리 도망가지 못하여 잡혔다.'고 하였다.

그가 감찰청을 드나들 때 절룩거리는 것을 우리 쪽 사람이 목격하였으며, 스즈키 덴조가 말한 바 "실수로 남의 발을 밟았다"는 것은 격군 강우문姜右文이 최초로 진술한 바와 일치한다. 이로써 미루어 보건대 최천종을 찔러 죽인 것은 스즈키 덴조의 소행이 틀림없었다.

교린交隣외교를 할 때에, 국경 밖으로 나간 사신이 자신의 뜻을 말할 때에는 오로지 통역관의 혀에 의지하게 된다. 그래서 당초에 역관을 설치하는 것이 지극히 필요하고 중요하다고 여겼는데, 지금 변고가 생긴 이후에는 더욱 역관을 선택한 것이 마땅하다고 믿었다.

수석 통역관 최학령崔鶴齡과 이명윤李命尹은 비록 예전의 이름 있는 통역관처럼 지식과 생각이 많거나 왜어를 잘 하지는 못하지만, 그 사람됨이 매우 철저하고 신중하였다.

일찍이 내가 동래 부사로 있을 때에 최학령은 지난 일 때문에 나에게 잘못을 하였는데, 이번 행차에 나는 그를 뽑아서 잘못을 모두 용서하고 일을 맡겼으며, 이명윤은 스스로 나에게 은혜를 받았다고 말하는 자이다.

이번 사건이 있은 뒤 나는 두 사람에게 다음과 같이, "만약 적을 조사하여 잡지 못한다면 나의 수석 통역관의 죄가 어떠한 지경에까지 이르게 될지 알지 못하겠다? 너희들 또한 나라로부터 은혜를 받은 것이 많은데, 지금 그 해답을 도모하지 않는다면 어느 때에 하겠는가?"라고 말하였더니, 두 수석 통역관이 모두 말하기를, "국가에서 역관을 두는 것은 바로 이런 때 쓰려고 한 것인데, 죄인을 만약 죽이지 못한다면 소인 등은 나라의 법을 달게 받겠습니다. 또한 소인 등은 사또(정사)의 신임을 받고 있으며, 사또께서 소인 등을 쓰신 것 또한 이런 때를 위하신 것인데, 어찌 죽음을 두려워하여 소홀히 하겠습니까? 마땅히 마음을 다해 힘써 도모하겠습니다."라고 하였다.

그래서 나 역시 전적으로 그들에게 위임하였는데, 두 역관은 밤낮으로 게을리하지 않고 여러 방면으로 꾀를 써서 결국 범죄에 대한 조사를 성공시켰다. 이것이 이른바 '지성으로 하면 얻지 못할 것이 없다.'라는 것이다.

최학령은 역관의 최고 자리에 있기 때문에 관계한 일이 우수하였고, 그의 아우 봉령鳳齡은 매우 부지런하고 성실하여 이번 일에 공로가 많았다. 둘 모두에게 공을 헤아려 상이 있어야 마땅하겠지만, 마침 죄를 조사한 결과를 기다리는 중이라 어찌 그 공로를 논하겠는가?

연천漣川 사또 이매李梅는 돌아가신 판서 이집李鏶의 서손자이다. 어릴 때부터 나와 서로 친한 사이였는데, 그는 지혜와 생각이 깊고 일을 잘하여 모든 일에 합당할 것이라는 것을 알았었다.

그래서 일찍이 내가 동래부사와 영남 관찰사로 있을 때에 5년 동안 나의 막하에 두고 한결같이 신임하여 크고 작은 공무를 자문하였다.

시기하고 질투하는 자가 많았지만 그는 원망을 자신이 맡고 나랏일을 받들기를 회피한 바가 없었으며, 품은 생각은 반드시 말하여 자연스레 서로 존중하는 사이가 되었다. 그래서 나는 쓰이지 못할 곳이 없음을 더욱 믿었고, 그의 처지 때문에 구애를 받아 크게 뜻을 펴지 못함을 매우 안타까워했는데, 이번 사행길에 수행하게 하였더니 첫 마디에 응하였다. 나이 60이 지난 사람이 바다를 건너 만릿길 가는 것을 조금도 어렵다 아니하였으니, 장막將幕의 의리를 깊이 안다고 할 만하며, 임금의 명을 배반하여 임무에 나가기를 피하는 자들과 비교하면 과연 어찌 같을 수 있겠는가?

이번 사행길의 계책을 짜는 일을 전적으로 이 사람에게 의지한 것은 특별히 동래부에서 오랫동안 막하에 있었기 때문만은 아니고, 왜의 실정을 학습하여 잘 알았기 때문이다. 따라서 일을 능숙하게 잘 처리하는 것이 이와 같았다.

내가 감히 사람을 잘 안다고 말할 수는 없지만, '의심이 있으면 맡기지 말고, 맡겼으면 의심하지 말라.(疑之勿任 任之勿疑)'는 여덟 글자의 《서전書傳》의 교훈을 늘 마음에 새겨 두고 있다.

무릇 사람에게 일을 맡길 때에는 정성과 믿음으로써 힘쓰고, 말이 옳으면 즉시 따랐고, 그 말이 잘못 된 데가 있으면 바로 그 잘못을 말하고, 말한 뒤에는 곧 잊어버려서 한 번도 마음에 쌓아둔 적이 없었다. 그러나 어찌 감히 자신할 수 있겠는가?

오후에 우리 삼사는 숙소의 문을 나가 나니와에 강浪華江의 구름다리를 건너 대마도주 소 요시나가平義昌의 집에 들어가 보았는데, 집이 매우 평평하여 도쿄에 있는 집의 반도 미치지 못하였다. 잠시 대청에서 쉬고 있는데 대마도주와 장로가 나와 대청 밖에서 영접하였다. 서로 읍揖하고 집 안채로 들어가 두 번 읍례를 전례와 같이 하였다.

대마도주가, '마침 방문해 주시어 매우 감사합니다.'라고 말하므로, 전례의 예로 말하여 답하였다.

또, 돌아갈 때에는 "서로 아랫사람들을 특별히 엄하게 타일러 불미스러운 일이 발생하지 않도록 합시다."라고 말하였더니, 대마도주가 "삼가하여 마땅히 경계하는 것과 같이 하겠습니다."라고 대답하였다.

가번 장로스님加番長老僧 쇼센承瞻이, "이번에 뒤로 멀어지게 되면 다시 보게 될 기약이 없어, 매우 서운할 것입니다."라고 말하자, 내가 위로하여 답하기를, "종전의 통신사들은 반드시 장로의 시에 화답하였는데, 이번에는 우리 쪽 사정 때문에 시를 주고받을 수 없어 송별에 답할 수가 없습니다."라고 말하였더니, 장로 스님이 크게 서운해 하며 거의 눈물을 흘리며 슬퍼하였다.

이테이안 스님以酊菴僧 슈에이守瑛가 의례적으로 송별하여 나도 의례적인 말로 답하였고, 또 '뜻밖의 일이 생겨 두 장로에게 많은 심려를 끼쳤습니다.'라고 말한 뒤 차 한 순배를 돌리고 헤어졌다.

다시 구름다리를 건너와 가와고자부네金鏤船를 타고 잔잔한 물결을 따라 내려왔다. 밤 11시에 채선彩船으로 옮겨 타고 가와구치河口 밖으로 나와서 다시 우리나라 배에 올라탔다. 널려 있는 모든 것들이 눈에 익은 것들이어서 집에 돌아온 것과 같았다. 오랫동안 오사카 성에서 지체한 나머지라 더욱 후련하였다.

가번 장로 스님의 제자들이 배 밖으로 와서 송별의 말을 전하므로, 내가 위로하는 말로 답하였다.

선래 군관 이해문李海文·유진항柳鎭恒이 인사하러 배 안으로 왔기에 장계 2통과 별단別單 1통을 동봉한 상자와 삼사의 집으로 부치는 편지를 주면서, 3천 리 뱃길을 조심하여 건너라고 주의를 주었더니, 군관 등이 "오직 통신행차가 무사하시기를 바랍니다."하였다. 떠나고 머물고 하는 때에, 윗사람이나 아랫사람의 인정이 절로 슬퍼져 즉시 떠나지 못하였다.

내가, "남의 신하된 도리는 나랏일을 피하지 않는다. 그대들이 먼저 떠나는 것도 나랏일이며, 그대를 먼저 보내는 것도 또한 나랏일이다. 위아래가 이 뜻을 안다면 어찌 구구하게 작별하는 것을 슬피 여기겠는가?"라고 말하였더니, 모두 "그렇습니다." 말하고 이내 떠났다.

오늘은 30리를 왔다.

朝雨晩晴. 發大坂城. 宿河口船上. 兩長老雖有放逐者錄送之言. 而離發坂城之後. 事情眞僞. 他無憑探之路. 故連以未發行前. 相議諸查官. 錄送其勘斷之差等云矣. 飯後始送別錄 別錄在下 馬州家臣二人通詞九人. 科程日滿放. 僧祐譽下人儀右衛門一文字屋虫等三人. 科程日滿逐. 所謂家臣通詞皆是馬州隨行倭. 而或以傳

藏之同房. 或以傳藏之投書掩匿. 或以不卽告官之罪. 或施拷掠. 或爲囚繫. 或爲拘留者. 而多般究問. 謂非同情. 將欲待限而放送者也. 祐譽. 傳藏之從兄也. 市儀衛. 傳藏之下人也. 文屋虫. 傳藏之接主人也. 三人供辭. 已詳於獄案. 此則待日滿將施竄逐者. 而或云日本竄逐之法. 重者投諸無人島. 終身不放. 其言亦何可信也. 獄案別單. 修正封裹矣. 旣得此放逐者之指名別錄. 故更爲修正. 并與狀聞二度而同封. 一度先來狀聞也. 一度金漢仲崔天宗李光河屍體出送狀聞. 而漢仲事狀. 在江戶時封發矣. 彼人謂以前例在信行回還之時. 尙不出送. 故不用前本. 合以改之. 午後將發之時. 館伴使美濃守藤長住町奉行能登守源忠通出雲守源長逵咸來外廳. 使首譯送伻告別. 故答之. 而於奉行等. 以査獄謝語. 餘黨嚴處之意致之. 蓋此獄情. 以外面觀之. 實有所未釋然者. 天宗之與傳藏言詰鞭打之狀. 我人未有目覩者. 天宗自言與彼人初無結怨之事云爾. 則此乃可疑矣. 雖然天宗若與彼人大段鬪鬩. 則同行之人. 固當聞見. 而客館旣廣護行倭人之出入. 本自無常. 則霎時間些少言詰之事. 各房同行. 未必盡爲聞知. 且自爲投書. 亦涉可疑. 而倭人之習. 睚眦之怨. 以劍刺人. 或自首或自裁者. 比比有之. 今番傳藏逃走之後. 彼人輩多以殺人而不爲自首者. 尤爲可殺云. 以此言之. 則其風習可知矣. 且聞傳藏被捉之後. 自謂刺殺天宗. 蒼黃逃出之際. 誤踏人足. 又踏沙器. 以致傷足. 不能遠逃被捉云. 而出入査庭之際. 其所蹣跚. 我人之所目覩. 則傳藏所謂誤踏人足者. 暗合於格軍姜右文之最初所告. 以此推之. 刺殺天宗. 其必傳藏之所爲矣. 交隣之際. 出疆之行. 居間辭意. 專憑譯舌. 當初設置. 至爲緊關. 到今事變之後. 尤信其不可不擇也. 首譯崔鶴齡李命尹. 雖不如古昔名譯之多識慮善倭語. 蓋其爲人則俱頗緊束矣. 曾按萊府時. 鶴齡則以已往事見過於余. 及差是行. 余果蕩滌而任之. 命尹則自以謂受恩於余者也. 今番事變之後. 余謂兩人曰. 賊人如不査捕而正法. 則首譯之罪. 當至何境. 爾等亦受國恩者多. 不於此時圖報而何. 兩譯皆曰. 國家之置譯官. 正爲此時之用. 罪人如不得償命. 則小人等甘就邦憲. 且小人等皆爲受知於使道. 使道任使小人等. 亦在此時. 何可畏死而緩忽乎. 謹當盡心力而圖之云云. 故余亦專委而任之. 兩譯晝夜不怠. 多方用計. 果得成其査獄. 是謂至誠做去. 無物不得也. 鶴齡以其都首譯之故. 所關爲優. 且其弟鳳齡. 頗爲勤幹. 且多效勞於今番事. 並宜有論償之典. 而余方待勘. 何可論人之功勞乎. 李漣川梅. 卽故判書鏶之庶孫也. 自少相親熟知其多智慮解事務.

可合百執事. 故曾於萊府嶺營. 五年置幕. 一意信任. 大小官事. 率多咨訪. 猜娼者多. 而任怨奉公. 無所回避. 有懷必陳. 自附知遇. 余於是乎益信其無處不可用. 尤惜其蹋地未大展矣. 今行也. 使之隨行. 則一言應之. 年過六十者. 不少難於萬里越海之行. 其可謂深知將幕之義. 比諸背君命而避往役者. 果如何哉. 今番之事. 夾贊謀畫. 專賴此裨. 不特以久在萊幕. 習知倭情而然也. 隨事能了. 有如是矣. 余非敢曰知人. 但疑之勿任任之勿疑八字書訓. 尋常佩服. 凡於任人之際. 勉以誠信. 知其言是卽從. 其言有所非處. 卽言其非. 言後便忘. 未嘗蘊蓄之. 而亦何敢自信也. 午後三使出館門. 渡浪華江虹橋. 歷見島主平義暢之家. 家甚平平. 半不及於江戶之家. 暫休歇廳. 島主長老出迎於廳外. 相揖而入于正堂. 行兩揖禮如例. 島主以此時歷臨. 極知感謝爲言. 以例語答之. 又以回還時. 彼此下屬. 另加嚴飭. 俾無生梗之意言之. 島主答以謹當如戒矣. 加番長老僧承瞻. 以自此落後. 更無瞻望之期. 不勝悵缺爲言. 余以慰語答之. 且以從前信使必和長老之詩. 而今番則在我處義. 不可與人酬唱詩律. 故不得和送之意言之. 則長老僧大爲缺然. 幾乎落淚矣. 酊菴僧守瑛送例伻. 故以例語答之. 且以因意外事變. 多致兩長老相念之意言之. 淸茶一巡而罷. 還渡虹橋. 乘金鏤船順流而下. 三更移乘彩船. 出河口外. 還乘我國船. 凡諸排鋪皆是慣眼者. 殆如還家. 久滯坂城之餘. 尤覺疏暢也. 加番長老僧徒弟來船外傳送別之伻. 以慰語答之. 先來軍官李海文柳鎭恒. 來辭船中. 授以狀啓二度別單一度同封樻子及三使家書. 以三千海路. 愼心利涉之意戒之. 軍官等以爲惟望行次之無恙. 去留之際. 上下人情. 自爾怊悵. 未卽辭去. 余曰人臣之義. 不避王事. 君等之先去者王事也. 送君而先行者亦王事也. 將幕知得此義. 則夫何難於區區作別也. 咸曰然矣. 仍辭往. 是日行三十里.

1764년 5월 7일

맑음. 아침에 동북풍이 불었고, 저물녘에 서남풍이 불었다. 가와구치河口의 배 안에서 잤다.

대마도주가 지체하고 오지 않아 물어보았더니, "갑자기 출발을 정한 까닭에 떠날 준비를 모두 갖추지 못했습니다. 오사카 성에 구류되어 있는 아랫사람들을 모두 모으고, 선래선과 최천종의 영구를 실은 배의 배 값을 지급하지 못하여 빚을 내어 미봉으로 막느라 자연스레 지체되고 있습니다. 오늘은 결코 배를 출발시키기 어렵고 내일이면 반드시 떠날 수 있을 것 입니다."라고 하였다. 그 말을 믿을 수는 없었지만 잠시 머물러야 할 형편이었다. 그래서 통역관을 봉행 히라타 쇼겐平誠泰이 있는 곳으로 보내어 여러 가지로 책망하였더니, 히라타 쇼겐의 말이, "그대로 머물렀다가 내일 떠나야 합니다. 두 척 배의 값은 겨우 지급하였지만, 역풍이 부니 내일 아침에 떠나야 합니다."라고 하였다. 통역관이 "올 때와 돌아갈 때는 다릅니다. 더구나 돌아갈 때의 마음은 하루가 급하니 만약 바람이 유리하게 불어 준다면 쉬어야 할 역참을 그냥 지나칩시다."라고 말하자, 히라타 쇼겐은 "그렇게 하기는 참으로 어렵습니다."라고 하였다.

晴朝東北風暮西南風. 留河口船上. 島主遷延不來. 故問之則謂以猝定行期. 凡具未備. 下屬之拘留坂城者. 今並聚會. 先來船及天宗載去船船價. 亦未備給. 出債彌縫之. 故自致遲滯. 今日決難行船. 明日則必當前進云. 其言雖未可信. 勢將姑留矣. 送首譯於奉行平誠泰處. 多般責諭. 則誠泰所言. 亦如所聞. 仍爲停明日當發行之期. 至於兩船船價. 才已備給. 風勢方逆. 明朝當發云. 首譯謂以歸時與來時有異. 且歸國之心. 一日爲急. 如得風利. 不計越站云爾. 則誠泰以爲此則果難云矣.

20. 효고兵庫 1764년5월8일. ~5월11일)

맑음. 아침에는 동북풍이, 저녁에는 서남풍이 불었다. 선래선先來船을 먼저 보내고 밤에 효고兵庫에 도착했다.

동틀 무렵에 선래선은 바람을 타고 앞으로 나아갔다. 해가 뜬 뒤에야 대마도주가 비로소 출발하여 우리 배도 차례로 줄지어 가와구치를 나왔다. 내가 탄 일기선一騎船은 가와구치의 물이 얕은 곳에 빠졌다가 한참 뒤에 빠져 나왔다. 노를 저어 배마다 7리, 8리, 10리를 나아갔는데, 오후 1시부터 역풍이 크게 불어 파도가 매우 거칠게 몰아쳤다. 예인선의 힘이 약해져 앞으로 나가지 못하여 중류에 닻을 내리니, 배 위가 몹시 흔들려 마치 큰 바다를 건널 때와 다를 바가 없었다. 배 안 사람들이 매우 걱정을 하면서 어떤 사람은 배를 돌려 닻을 달고 다시 오사카 성으로 돌아 가자고 말하였지만, 가와구치는 물이 얕아서 날이 저문 후에는 정박하기가 어렵고, 또 어떤 사람은 산언덕 쪽으로 배를 옮기자고 말하지만, 모래 수렁에 빠지기 쉽다. 그리고 암초가 있을지 몰라 부득이 바다 한가운데에 그대로 머무를 수밖에 없었다. 어두워지자 풍랑이 더욱 심해져서 괴로웠는데 송등선送登船의 금도禁徒와 선두船頭라는 두 왜인이 언덕 위 마을에서 작은 배 십 수 척을 모아 와서 오사카 성의 예인선과 함께 힘을 합쳐 끌어당기고 또 힘껏 노를 저어 효고의 부두에 닿아 정박하였다. 이미 밤 11시경이었다. 부사가 탄 배는 일찍 출발했기 때문에 오후 1시에 이곳에 도착했고, 종사관이 탄 배는 해질 무렵에 도착했다고 한다. 사행길을 돕는 관리가 먼저 이곳에 도착하고도 효고兵庫의 예인선이 가장 늦게 출발했기 때문에, 통역관을 시켜 엄히 문책하고 예인선을 구해 온 두 왜인에게는 각각 무명과 쌀을 상으로 나누어 주었다.

길을 앞서 가면서 살피는 군관의 배는 해가 저물기 전에 이곳에 도착하여, 우리 배가 바다 한가운데에서 머물고 있다는 말을 듣고 기다리다가, 우리가 도착하여 정박하자마자 순풍이 불어 배를 출발시켰다고 한다. 사행 갈 때에 이곳에 두었던 치목鴟木과 풍석風席[20] 등의 물건을 다시 배에 실었다.

---

20 풍석風席: 돛을 만드는 데 쓰는 돗자리.

조선통신사 선단도병풍.

오늘은 100리를 왔다.

晴朝東北風暮西南風. 發送先來船. 夜到兵庫. 開東時先來船乘風前進. 日出後島主始發行. 故我船鱗次出河口. 一騎船膠接於河口水淺處. 移時拔出. 櫓役而進. 行七八十里. 自未時逆風大吹. 波濤頗盛. 而曳船力弱不能挽進. 下碇中流. 船上搖蕩. 無異渡大海時. 舟中人頗憂悶. 或欲回船揚帆. 還向坂城. 而河口水淺. 昏後難泊. 或欲移舟岸邊. 而易貼沙泥. 又不知石嶼有無. 不得已仍留中洋. 向暮風浪尤緊. 可苦. 送登船之禁徒船頭兩倭人於岸上村閭. 收聚小船十數隻而來. 與坂城曳船. 並力而挽之. 兼飭櫓役. 到泊船倉. 夜已三更矣. 副船以早發之故. 未時到泊. 從船日暮到泊云矣. 護行正官前期先到. 而兵庫曳船最晚出送. 故使首譯嚴加責諭之. 曳船請來之兩倭人等. 各以木疋米俵賞給之. 先來軍官船隻. 未暮到此. 聞我船逗遛洋中而等待之. 及余來泊. 適得順風. 發船前進云矣. 去時所留鴟木風席等物. 還爲添載. 是日行一百里.

1764년 5월 9일

흐리고 비가 뿌렸다. 아침에는 동풍이 식사 후에는 서남풍이 불었다. 효고兵庫에 머물렀다.

밤중부터 동풍이 갑자기 불어 배가 항해하기에 적합했으나 저들은, "풍랑이 앞으로 크게 일어날 것입니다. 배가 갈 수 없을 뿐더러, 배를 댈 곳도 적당하지 못하니 서둘러 배에서 내린 뒤에 근처의 다른 부두에 배를 숨기어 풍랑을 피해야 합니다."라고 하였다. 그러나 우리 선장과 사공들은 모두가, "순풍을 얻기가 어렵고 또 바람이 변하거나 비가 뿌릴 걱정이 없습니다."라고 말하면서 항해하기를 요청하였다. 양쪽 말이 서로 상반되어 견해를 밝히기가 어려워 배를 출발시키지 못하고 양쪽 의견이 같아지기를 기다렸다.

아침식사 때부터 첫 바람이 과연 변하기 시작했고 비도 또한 가늘게 뿌리더니 정오 무렵에 바람이 약해지고 물결이 고요해져서, 양국 사공의 말이 모두 맞는 것도 있고 맞지 않는 것도 있었다.

그러나 장사치의 배들은 앞으로 나아간 배들이 많았다. 이것으로 보아 우리 일행은 모두 쓰시마주 사람들이 고의로 머물렀다고 의심하였다. 그러나 단독으로 떠날 수도 없었고 또 살펴 조심하는 것이 마땅하여, 설령 지체한다 한들 어찌하겠는가? 삼사가 서로 의논하여 오후에 잠시 관소에 들렀다가 곧 배에 올라탔다. 저녁에 점차 풍랑이 일어나 배 안이 불안하여 부득이 관소로 다시 돌아왔다. 저들과 우리들 모두에게 단단히 타일러 배들을 함께 묶도록 했다. 밤중이 되자 과연 풍랑이 크게 일어나 묶인 닻줄이 많이 끊어지고 일기선과 삼기선의 키가 거의 위아래로 흔드는 것처럼 흔들려 언덕 위에 걸리려고 하였다. 뱃사람들이 크게 두려워해서 즉시 군관과 역관을 급히 보내 그들과 힘을 합쳐 구하도록 하였다. 뒤쪽 닻을 더 많이 내리고 있는 힘을 다해서 버티었는데, 새벽이 오자 풍랑이 조금 자자져 훼손되어 부서지는 것을 겨우 면하였다. 매우 다행이었다. 그런데 부기선副騎船과 두 짐배는 언덕으로부터 조금 떨어져 있었기 때문에 절박한 위험이 덜하였다고 한다. 닻줄로 기선을 묶을 때에 힘써 공을 세운 왜인 등에게 쌀과 물품을 차등 있게 지급하였다.

陰洒雨朝東風食後西南風. 留兵庫. 自夜半東風緊吹. 可合行船. 而彼人則以爲風浪將大作. 非但不可以行船. 船泊處不便. 趁速下陸. 後藏船於近處他船倉. 以避風濤云. 我船將沙工輩則皆以爲難得之順風. 且無變風注雨之慮. 皆請行船. 兩言相反. 明見難的. 則勢不得發船. 以待兩議之循同矣. 自飯時風頭果變. 雨亦微洒. 而午間則風微浪靜. 兩國沙工之言. 俱皆有中有不中矣. 然商賈船則多爲前進. 以此行中人皆疑馬人之故留. 而旣不可以獨行. 且宜存其審愼. 雖或遲滯. 亦復奈何. 三使相議. 午後暫下館所. 旋卽登船. 夕間風浪漸作. 舟中不安. 不得已還入館所. 申飭

彼我人. 使之同繫各船. 夜半風浪果大作. 繫纜多絕. 一騎船三騎船. 殆如箕簸. 將掛於岸上. 舟人大恐. 卽使軍官譯官. 急往與彼人合力救之. 多垂後碇. 盡力撑柱. 曉來風波少靜. 僅免傷毁. 極可幸也. 副騎船與兩卜船去岸稍間. 故濱危亦歇云. 騎船繫纜時. 效勞倭人等處. 帖給米物差等.

1764년 5월 10일

비가 잠시 오다 개었다. 아침에 동풍이 불다가 식사 뒤에 서남풍이 불었다. 효고兵庫에 머물렀다.

아침식사 전에 선장과 사공 등이 모두 말하기를, "부두에 오래 머물기에 불편하고 마침 순풍이 불어 배를 띄울 만합니다."라고 하였다.

출발할 생각을 대마도주에게 전했더니 대마도주는, "일본의 뱃머리로는 크게 불가하니 결코 배를 출발시킬 수 없습니다."라고 하였다. 또 하늘을 보니 비가 올 기운이 오히려 많았다. 바람은 비록 서쪽을 향하여 불고 구름이 막 동쪽으로 움직이니 조금 뒤에 심한 서풍이 불 것은 당연하였다. 그래서 보니 지금 일행의 높고 낮음을 막론하고 귀국하고자 하는 마음은 화살처럼 곧았다. 해를 넘긴 나그네가 되었으니 사람 마음이 어찌 이와 같지 않겠는가?

바닷길 여행의 괴로움은 진실로 가볍게 움직여서 요행을 바랄 수 없으며 또한 우리를 보호하는 저들을 버리고 먼저 혼자 갈 수도 없었다. 나는 차라리 지나치게 신중하는 잘못을 저지를지언정 결코 가볍게 움직여서는 안 된다고 뜻을 세웠다. 그래서 닥치는 일마다 마음을 쓰게되니 진실로 괴로웠다.

乍雨乍晴朝東風飯後西南風. 留兵庫. 朝前船將沙工等. 皆以爲船倉不便於久留. 方有順風. 可以行船云. 故以發行之意. 送言于島主. 則島主答以日本船頭則大爲不

可. 決不可發船云. 且見天氣. 雨意尙多. 風雖向西. 雲方東去. 俄而西風緊吹. 無可論矣. 目今一行上下歸心如矢. 經年作客. 人情安得不如是也. 雖然海路行役. 固不宜輕動. 而望其僥倖. 亦不可捨護行. 而先自獨去. 吾意則寧任過愼之責. 決不欲輕動. 觸處用心. 實自苦矣.

1764년 5월 11일

아침에 맑다가 늦게 흐리고, 서남풍이 불었다. 효고兵庫에 머물렀다.

아카시明石는 남쪽이 큰 바다로 통하며 예로부터 험한 나루로 불리는 곳이다. 무로쓰實津에 도착하기 전에는 역시 배를 댈 곳이 없었다.

반드시 하루종일 동북풍이 불어야 배가 갈 수 있는데, 근래에는 하루에도 바람이 여러 차례 변하고, 3일동안 다시 장맛비가 되어 사람들을 근심 걱정하게 하고 우울하게 만들었다.

단오가 이미 지났으나 우리나라의 새 부채를 얻을 길이 없어, 옛 부채 한 자루씩을 원역에서부터 어린 아이에 이르기까지 골고루 나눠 주었다.

어두워진 뒤에 왜인이 바람과 파도가 있을 것이니, 배를 수백 보 가까운 곳으로 옮겨야한다고 하였다. 얼마 전 밤에 이미 곤경을 겪었기 때문에 배를 옮기도록 하였는데, 밤이 왔는데도 별로 풍파가 없었다. 이번에는 그들이 잘못 헤아린 것이다.

朝晴晩陰西南風. 留兵庫. 明石南通大海. 古稱險津. 室津以前. 亦無船泊處. 必得終日東北風. 可以行船. 而近者一日之內. 風頭屢變. 三日以來. 便成霖霪. 令人愁鬱. 端陽已過. 我國新扇. 無由得之. 以舊扇各一柄. 分給行中員役下至小童處. 昏後倭人謂以當有風波. 移舟近處數百步地云. 頃夜旣已經困. 故使並移舟矣. 夜來別無風波. 此則彼人誤料者矣.

21. 효고(배)兵庫 1764년5월12일. ~5월13일)

잠깐 흐리고 잠깐 맑았다. 서남풍이 불었다. 배가 큰 바다 쪽으로 출발했다가 다시 효고兵庫로 돌아와 정박하고 배 위에서 잤다.

늦은 아침에 배를 출발시켜 10여 리를 가다가 심한 역풍을 만났다. 대마도주가 배를 돌리자 각 선박들도 부득이 따라서 돌렸다. 마치 사행 갈 때에 다시 무로쓰室津로 돌아와 정박했던 것처럼 아카시明石는 험한 바다여서 신중하지 않을 수 없었다.

일행들의 기색을 몰래 보니 돌아갈 생각은 물 같았고 답답한 마음은 불 같았다. 해를 넘기며 나라를 떠나 있으니 고국을 그리는 사람의 정이 어찌 그러하지 않겠는가. 그러나 나의 마음은 나와 같이 동행한 5백 명이 3천리 바닷길에 아무 일 없이 안전해야겠다는 생각 때문에 날짜가 지체되는 것은 돌아볼 겨를이 없었고, 오직 몸가짐을 정중히 하여 무사하기를 바랄 뿐이다.

乍陰乍晴西南風. 行船洋口. 還泊兵庫. 留船上. 晩朝發船. 行十餘里. 因逆風緊吹. 島主回船. 各船不得已隨回. 殆如去時之還泊室津. 蓋以明石險海. 不可不審愼故也. 竊觀行中氣色. 歸思如水. 鬱症如火. 經年去國. 懷土人情. 安得不如此. 雖然吾心則必欲使半千同行之人. 三千涉海萬全無疑之故. 日子之遲滯. 有未暇顧. 惟當持重爲鎭安之道也.

1764년5월13일

흐리고 서풍이 불었다. 효고兵庫의 배 위에서 머물렀다.

역풍이 심하여 배가 나아갈 수 없었다. 노櫓의 구멍으로 낚시를 하여 작은 물고기 수백 마리를 잡아 회를 쳐서 10여 사람이 나누어 먹었다. 역시 구경거리라 할 만하지 않은가?

陰西風. 留兵庫船上. 逆風頗緊. 不得行船. 從櫓穴垂釣. 釣得小魚數百箇細膾之. 會十餘人分味. 亦可謂景致耶.

22. 무로쓰室津 1764년5월14일

아침에 비가 뿌리더니 늦게 또 비가 오고 동풍이 불었다. 밤 1시쯤에 배가 출발하여 오후에 무로쓰實津에 도착했다.

지난 밤부터 순풍이 불 기미가 있었다. 비록 비가 올 기운도 있었지만, 여름의 동풍은 비를 동반하지 않고는 얻기 힘들다, 그래서 출발하였다. 바람도 파도도 모두 순하였다. 날이 밝을 무렵에 아카시明石의 험한 나루터를 무사히 지나고 난 후에, 빗발은 때로 세찼지만 바람은 조금 줄어들었다.

정오 무렵에 무로쓰에 들어가 정박했는데, 날씨로 봐서는 우시마도牛窓까지 충분히 갈 수 있었으므로 대마도주에게 가자고 말하였더니, 배기계와 격군이 비에 젖었다고 핑계를 대면서 앞으로 나가지 않는다. 겉으로 드러난 것을 생각하면 딱히 이상할 것도 없지만, 그 실정을 알아보면 반드시 까닭이 있을 것이다. 선래 군관의 편지를 보니, 아카시를 겨우 지나자마자 갑자기 비바람을 만나 오후에 무로쓰에 도착했으며, 그곳을 겨우 출발하자 바람과 파도 때문에 다시 되돌아 와 정박하고, 그날 밤을 지내고 다시 전진하였다고 하였다. 이로 미루어 보건대, 우리가 9일과 10일 이틀간 지체했던 것은 형편상 당연하였다.

오늘은 1백 80리를 왔다.

朝洒雨晩或注東風. 丑時發船. 午後到室津. 自前夜有風順之幾. 雖有雨意. 且夏月東風. 非挾雨則難得. 故發行矣. 風潮俱順. 平明穩過明石險津之後. 雨勢時緊. 而風力少減. 午間入泊室津. 日勢足可以前進牛窓. 故往復於島主. 則托以船械與

格軍之沾濕. 不爲前進. 想其外面. 無足怪矣. 究其實情. 其必有由矣. 得見先來軍官書則纔過明石. 猝遇風雨. 午後到室津. 纔發因風波回泊. 經夜後前進云. 以此推之. 吾行之初九初十兩日遲滯. 勢固然矣. 是日行一百八十里.

23. 우시마도(배)牛窓 1764년5월15일

맑고 서풍이 불었다. 밤 7시경에 우시마도牛窓에 도착하여 배 위에서 머물렀다.

지난 정월 보름날 무로쓰室津에서 밤에 대궐에 들어가는 꿈을 꾸고 새벽에 망궐례를 했었는데, 오늘 다시 무로쓰에 도착하여 꿈에 아버지를 뵙고 새벽에 망궐례를 하니, 마치 우연한 일이겠지만 정말로 이상한 일이다. 날이 밝을 무렵에 출발하여 60~70리를 가니 바람과 조수가 모두 역풍이라 앞으로 더 나아갈 수가 없었다. 오시마大島의 안쪽 바다에 닻을 내렸다가 해가 저문 뒤 바람과 조수가 순풍을 타서 달빛에 돛을 날리고 밤 7시경에 우시마도牛窓에 도착하여 정박하였다.

오늘은 1백리를 왔다.

晴西風. 初更到牛窓. 留船上. 上元日在室津. 夜夢赴闕. 曉行望賀禮. 今日還到室津. 夢拜先考. 曉行望闕禮. 事適偶然. 良亦異矣. 平明發船. 行六七十里. 風潮俱逆. 末由前進. 下碇於大島內洋. 日暮時因潮順風利. 乘月揚帆. 初更到泊牛窓. 是日行一百里.

24. 도모노우라(배)韜浦 1764년5월16일

맑음. 아침에는 동풍이 불고 저녁에는 서풍이 불었다. 밤 11시쯤에 도모노우라韜浦에 도착하여, 배 위에서 머물렀다.

날이 밝을 무렵에 출항하여, 50여 리를 가서 급한 물살을 만났다. 힘

상야등(常夜燈).
도모노우라鞆浦 바닷가에 밤새도록 켜놓은 등으로 등대역할을 한다.

을 모아 노를 저었으나 앞으로 한 치를 나아가면 뒤로 한 자를 물러났다. 이렇게 두어 식경食頃을 허비하고 겨우 수십 보를 나아갈 수 있었다. 여울을 오르는 어려움이 과연 이러하였다. 밤 11시쯤에 도모노우라에 도착하여 정박할 것이라 생각했는데. 도착하고 보니 벌써 밤이 깊었다. 부득이 다시 대조루對潮樓에 올라갔는데, 바다색과 달빛이 완연히 사행 갈 때와 같았다.

오늘은 2백리를 왔다.

晴朝東風晩西風. 三更到鞱浦. 留船上. 平明發船. 行五十餘里. 有急灘. 衆力櫓役. 寸進尺退. 費了數食頃. 僅過數十步地. 上灘之難. 果如是矣. 三更量到泊鞱浦. 夜已深矣. 不得更上對潮樓. 而海色月光. 完如去時矣. 是日行二百里.

25. 다케하라(배)竹原 1764년5월17일

맑음. 아침에 동풍이 불고, 늦게는 서풍이 불었다. 다케하라竹原 앞바다에 나아가 배 위에서 머물렀다.

해가 뜬 뒤에 배가 출발했다. 이번에는 반다이지盤臺寺로는 가지 않았다. 사행갈 때에는 그 왼쪽으로 갔었는데, 그때 기어이 우리들을 반다이지 앞의 굽은 길로 데려 간 것은 생각하건대 자랑하려는 의도였을 것이다. 70리를 가니 급격한 여울이 있었는데 많은 배들이 각각 뒤로 떠밀려났다.

우리 배는 여럿이 힘을 합쳐 노를 저었는데, 마침 작은 예인선 한 척이 미처 피하지 못하고 앞에서 뒤집히고 말았다. 그래서 사람들이 모든 힘을 다해 악착같이 하였다.

내가 돌아보니, 노를 젓는 왜인 4명이 삼나무 널빤지를 붙잡고 매달려 배 밑으로 굴러서 올라앉으려고 했는데, 마치 오리새끼가 잠깐 잠겼다 떴다 하는 것과 같았다.

곧 다른 왜선이 막아서며 가까이 접근하여 밧줄로 그들을 끌어 옮겨 태워 인명이 상하지 않았다. 매우 다행이다. 날이 저물지 않았는데 대마도주가 전진하지 않고 다케하라竹原 앞바다에 정박하자, 우리 배가 쫓아가서 배를 정박한 까닭을 물어보니, "앞으로 조수가 거칠게 될 것입니다. 순해지기를 기다린다면 날이 저물 것이고 또 날이 저물면 앞 여울의 험한 곳을 통과하기 어려워, 부득이 여기서 밤을 지내야합니다."라고 하였다.

안쪽바다內洋(세토나이카이)의 항해가 순탄한 듯하지만 험하였고 거친 조수 때문에 많은 섬들을 거치지 않을 수 없었다. 이 때문에 많은 날을 허비하게 되니 답답하였다.

닻을 중류에서 내리고 밤을 지내는데, 부산 첨사와 동래 부사의 보장報狀[21]이 오고, 좌수사가 간장 1병과 포脯 1첩을, 동래 부사가 간장 1병, 포 1첩, 곤쟁이젓 1항아리를 각각 보내어 왔다.

부산진 첨사의 보장문서 끝 부분에, "각 댁은 한결같이 편안합니다."라고 썼는데, 가족의 편지를 보지 못하니 답답하다.

예전에 호곡壺谷 남용익南龍翼의 일기를 보았는데, 종사관으로 이곳에 왔을 때 집안 소식을 받았다고 하였으며, 이후로도 가족의 편지가 아무 때에나 들어왔었다고 하였다.

그러나 이번만은 사사로운 편지는 절대 금지하였으니, 비록 변방의 정세를 중히 여기는 뜻에서 나온 것이겠지만, 요즈음 변방을 엄밀하게 살피는 것이 과연 옛날보다 나은지 알지 못하겠다.

쓰시마주의 옛 태수 소 요시시게平義番가 최천종이 변괴를 당했다는

21 보장(報狀): 어떤 사실을 상사에게 바치는 공문.

소식을 듣고 오랫동안 중로에 체류하면서, 사람을 보내 문안하니 사람의 일을 안다고 할 만하다.

오늘은 1백 20리를 왔다.

晴朝東風晩西風. 次竹原前洋. 留船上. 日出後發船. 不由盤臺寺. 去時路從其左邊而行. 去時之必由盤臺寺前曲路者. 想出誇耀之意也. 行七十餘里有急灘. 各船多有流退者. 我船則衆力櫓役. 而小曳船一隻. 未及回避. 在前傾覆. 極其齷齪. 旋見之則格倭四人. 盡爲攀附杉板. 轉登船底而坐. 有若鳧雛. 乍沈還浮者也. 他倭船遏近引繩而移載. 人命無傷. 極可喜幸. 日未暮. 島主不爲前進. 泊於竹原前洋. 我船追至. 問其泊舟之由. 謂以潮水方逆. 待水順則日暮. 日暮則難過於前灘嶮處. 不得已經夜云. 內洋之行. 似若順便. 而逆潮險嶼. 不可不避. 以此費了多日. 可悶. 下碇中流經夜. 釜山僉使東萊府使報狀入來. 左水使送艮醬一瓶脯一貼. 東萊府使送艮醬一瓶脯一貼甘同醢一缸. 釜鎭報末書以各宅一向平安云. 而不得見家書. 可鬱. 曾見南壺谷日記. 則以從事來此時得見邸報云. 伊後家書則無常入來. 而至於今番. 絕其私書. 雖出重邊情之意. 未知近來邊情之嚴密. 果有愈於古昔耶. 未可知也. 馬州舊太守平義蕃. 聞使行遭天宗變怪. 久滯中路之奇. 專送使者而伻問之. 可謂有人事也. 是日行一百二十里.

26. 가마가리蒲刈 1764년5월18일

하루종일 비가 뿌리고 동풍이 크게 불었다. 새벽 3시에 배가 출발하여 아침 5시에 가마가리蒲刈에 도착했다.

꼭두새벽에 비가 올 낌새가 있었지만, 바람이 거칠게 불어와 항해하기에 이로웠다. 그래서 배를 출발시켰다. 배의 속도가 화살처럼 빨랐으나, 비바람이 점차 심해져 간신히 가마가리의 포구에 들어왔다. 파도가 매우 세찼지만 부두시설이 매우 좋았다. 그렇기 때문에 배안으로 튀는 물결이 비록 효고兵庫에 정박했을 때 보다는 못하였지만, 객관이 가까이 있어서 삼사가 전부 배에서 내려 격군을 독려하고, 밧줄 8~9장으로 배를 매어놓고 밤을 지새웠다.

오늘은 80리를 왔다.

雨注終日東風大作. 丑末發船. 卯初到蒲刈. 曉頭雖有雨意. 風勢甚利. 故行船. 舟行如箭. 風雨漸漸緊作. 艱入蒲刈浦口. 則波濤極盛. 而船倉頗好. 故舟中波揚. 雖不如兵庫時. 客館旣近. 三使並皆下陸. 申飭船格. 係纜八九張而經夜. 是日行八十里.

27. 가미노세키上關 1764년5월19일

맑음. 아침에는 동풍이 불고, 저녁에는 서풍이 불었다. 해 뜬 뒤에 배가 출발하여 밤 11시에 가미노세키上關에 도착했다.

어제 파도가 너무 세찼기 때문에 오늘은 감히 배를 출발시킬 엄두를 내지 못하였다. 한밤중이 지나면서 바람이 그치고 물결이 고요해져서 조금 늦게 배가 출발하였다. 80리를 가자 바람과 바닷물이 모두 반대로 바뀌어 잠깐 동안 쓰와津和의 앞바다에 정박했다가 다시 앞으로 나아갔다. 사행 갈 때에는 험한 여울을 돌아서 가려고 했었지만, 이미 정오를 지났고 대마도주가 먼저 떠났기 때문에 부득이 그 좁은 뱃길을 따라 간신히 노를 저어 통과했었다. 지금 돌아올 때 보다는 조금 나았다.

가미노세키上關의 항구에 도착하니 바닷물 높이가 일정치 않았다. 그래서 시간을 끌면서 힘을 다 허비하고 겨우 들어가 정박하였다. 선래 군관이 16일 이곳에 배를 정박했다고 들었다. 비록 그들의 글은 보지 못했지만 관소의 벽 위에 '모년모월모일에 선래 군관이 이곳을 지나다.'라고 쓴 것을 보니, 그들이 이곳을 무사히 지나갔음을 알 수 있었다. 사행 갈 때에 맡겨 놓았던 선박의 기계와 여러 물건들을 다시 실었다.

오늘은 2백리를 왔다.

晴朝東風晩西風. 日出後發船. 三更到上關. 昨日波濤極盛. 故今日則未敢生意於發船矣. 夜半以後. 風止浪靜. 差晩發船. 行八十里. 因風水俱逆. 暫泊于津和前洋. 更爲行船. 去時險灘. 雖欲周廻而行. 日力過午. 島主先行. 故不得已從其狹路而去. 艱辛櫓過. 而差勝於來時也. 到上關港口. 因潮水方逆. 移時費力. 僅得入泊. 聞先來軍官十六日泊船於此處. 雖不得見書. 館所壁上. 書以某年月日. 先來軍官過此云. 可知其順過此處矣. 去時卸下之船械雜物. 還爲捧載. 是日行二百十里.

28. 니시구치(배)西口 1764년5월20일

맑고, 아침에는 동풍이 불고, 밤에는 남풍이 불었다. 아침 5시에 배가 출발하여 저녁 7시에 니시구치西口의 앞바다에 도착하고 배 위에서 잤다.

아침에 순풍을 탔으나 서서히 바람이 약해졌다. 반나절을 힘들게 노를 저어 니시구치의 포구에 들어 와 정박했다. 원래 정해져 있는 경유지도 아니며, 또 부두도 없었으므로 밧줄을 매어 정박하고 바다 한가운데에서 밤을 새웠다.

오늘은 1백 80리를 왔다.

晴朝東風晩南風. 卯初發船. 初更到泊西口前洋. 留船上. 朝乘順風. 晩因風殘. 半日櫓役. 入泊于西口浦. 旣非原定之站. 且無船倉. 係纜中洋而經夜. 行一百八十里.

29. 아카마가세키(배)赤間關 1764년5월21일. ~5월23일)

맑고, 동풍이 불었다. 아침 5시에 배가 출발하여 오전 11시에 아카마가세키赤間關에 도착하고 배 위에서 잤다.

바람의 형세가 매우 좋아 배의 속도가 빨랐다. 오전 11시전에 부두에 들어가 정박하였다. 만약 곧 바로 배가 출발하여 전진한다면 아이노시마藍島에 도달할 수 있을 거라고 말들을 하지만, 시모노세키下關(아카마가세키) 좌우의 항구는 조수를 타지 않는다면 배가 나가기가 어려운 곳이다. 그래서 겨우 부두에 정박했다. 조수의 방향이 시간이 지남에 따라 반대로 바뀌어 전진하지 못하게 되자 사람들 모두가 애석하게 여겼다. 나는, "연이어 8일을 출항하여 1천 3백여 리를 왔다. 만약 효고兵庫에서 지체한 것을 생각한다면 이는 오히려 다행인데, 어찌 한 나절의 지체를 가지고 애석하다고 할 수 있겠는가?"라고 여겼다. 우리 삼사는 관소의 큰 마루에 모여서 회의를 한 뒤에 다시 배 안의 방으로 돌아 왔다.

사행 갈 때 부산에서 보내온 치목을 이곳에 놓아두었기 때문에 다시 거두어 보태 실었다. 모기장 1백 11건은 관백이 하사하여 받은 것으로 무진년의 예에 따라 오는 도중에 나누어 지급하였고, 일찍이 노자 돈으로 마련하였던 햇빛을 가리는 큰 차일막은 쓸 곳이 없어서 나누어 홑바지와 적삼을 만든 뒤 노를 젓는 병사 중에 여름옷이 없는 자 20여 명을 뽑아 나누어 주었는데, 겨울옷을 지급하는 예와 같이 하였다.

오늘은 1백 70리를 왔다.

晴東風. 寅末發船. 午初到赤間關. 留船上. 風勢極利. 舟行甚疾. 未午入泊船倉. 如卽發船前進. 可達藍島云. 而下關左右之港口. 如不乘潮. 難以行船矣. 纔泊船倉. 潮勢方逆. 不得前進. 人皆謂惜. 余以爲連八日行船. 行一千三百餘里. 若思留滯兵庫之時. 則此爲多幸. 何可以半日之遲留爲惜也. 三使上館所大廳會話後. 還下

船房. 去時自釜山入送鴟木. 留置此處. 故還推添載. 蚊帳一百十一件. 謂以關白所賜來納. 故依戊辰例. 分給行中. 而曾以盤纏所捧大遮日無用處. 故分作單衫單袴矣. 抄出格軍中無夏褐者二十餘人分給之. 如冬衣之例. 是日行一百七十里.

1764년 5월 22일

맑고, 아침에는 동풍이 불고, 밤에는 서남풍이 불었다. 아카마가세키赤間關의 배 위에서 잤다.

오늘 일찍 출발했다면 아이노시마藍島에 닿았을 것 같았지만, 쓰시마 사람이 아침에는 물이 거슬린다고 핑계를 대고, 저녁에는 바람이 거슬린다고 말하면서 지체하고 출발하지 않았다. 아마도 아카마가세키는 작은 도쿄로 불리면서 뱃길 중에서 제일 번화한 곳이기 때문일 것이다.

晴朝東風晩西南風. 留赤間關船上. 今日早發則似抵藍島. 而馬人朝托水逆. 晩稱風逆. 逗遛不發. 蓋以赤間關. 素稱小江戶. 繁華殷盛. 水路之最也.

1764년 5월 23일

흐림. 아카마가세키赤間關의 배 위에서 잤다.

귀국길에 아키安藝·스오周防 두 고을의 태수가 여러 색의 종이를 보내왔는데, 이는 전에도 있었던 예이다. 아울러 대마도주가 바친 가죽상자와 작은 칼 등의 물품 및 매일 바치는 공물로 내온 가물치와 잉어 등 각종 왜국의 물물 중에서 남은 것은 모두 부역자들과 아랫사람들에게 나누어 주었다.

陰. 留赤間關船上. 歸路安藝周防兩州太守. 送各色紙地. 例也. 並與島主所呈皮

匣小刀等物及日供所出鰹鰤各種倭物所餘者. 盡爲分給於員役下屬等處.

30. 낭하쿠(배)南泊 1764년5월24일. ~5월25일)

비가 뿌리고, 아침에는 동풍이 불고, 늦게는 서풍이 불었다. 날이 밝을 무렵에 배가 출발하여 낭하쿠南泊 앞바다로 나아가 배 위에서 잤다.

날이 밝을 무렵에 배가 출발하여 조수를 타고 앞으로 나아갔는데, 빗발이 더욱 거세지고 바다안개도 자욱하였다. 대마도주가 이끌면서 낭하쿠에 들어가자 각각의 배가 따라서 들어왔다. 잠깐 동안 비가 그치자 대마도주에게 사람을 보내 앞으로 나가자고 했더니, "이 바람의 힘을 타면 40~50리는 나아갈 수 있지만, 틀림없이 변덕스러운 바람을 만날 것이며 또 정박할 곳도 없을 것입니다. 결코 배를 출항하기 어렵습니다." 라고 하였다. 대개 이곳으로부터 섬까지는 동북풍이 아니면 배가 출발할 수 없다는 말이니, 진실로 답답하다.

雨洒朝東風晩西風. 平明發船. 次南泊前洋. 留船上. 平明發船. 乘潮而進. 雨勢最緊. 海霧頗暗. 島主引入南泊. 各船隨到. 少間雨意乍歇. 故送伻島主. 欲爲前進. 以爲趁此風力. 可進四五十里. 必當變風. 且無船泊處. 決難行船云. 蓋自此地至島. 苟非東北風. 有不可發船云. 良可悶也.

1764년5월25일

비가 뿌리고, 서풍이 불었다. 낭하쿠南泊의 배 위에서 잤다.

날이 밝을 무렵, 날씨는 맑고 바람도 잠잠하였다. 노를 저어 전진하려는 마음을 먹고 10여 리를 나아가니 역풍이 매우 심했다. 어찌 할 지 번민하던 바로 그 때에 대마도주가 배를 돌리자 각각의 배들도 다시 낭하쿠의 포구로 돌아와 정박했다. 행선 도중에 배를 돌린 것이 무릇 3차례나 되었다. 매우 애석하다.

洒雨西風. 留南泊船上. 平明日淸風殘. 故意爲櫓役前進. 行船十餘里. 逆風緊吹. 正以爲悶之際. 島主回船. 故各船還泊南泊浦口. 海行旣發旋回者凡三次矣. 甚可惜也.

31. 아이노시마(배)藍島 1764년5월26일

아침에 흐리다가 늦게 맑았다. 동북풍이 불었다. 오전 9시에 배가 출발하여 날이 질 무렵에 아이노시마藍島에 도착하고 배 위에서 잤다.

호행 정관 다다 겐모쓰平如敏가 체포당한 뒤 히라타 쇼겐平誠泰을 호행 정관으로 뽑은 것은, 태수의 배에 함께 탔기 때문이라고 들었다.

지난 가을에 부산으로 와서 우리를 영접한 호행 정관 등여경藤如卿이 최근에 쓰시마로부터 위임받아 우리 배의 호행을 맡게 되었다. 뱃머리로 나가서 오기를 기다렸다가 통역관을 시켜 그에게 모든 일에 최선을 다하도록 하였다.

선래선은 20일과 21일에 연이어 아이노시마와 이키노시마를 건너 쓰시마 후츄(이즈하라)에 도착했다고 한다. 귀신같이 빠르다고 할 만하다.

지난밤부터 계속하여 서남풍이 불고, 또 비가 올 기미가 있어 배가 출항할 가망이 없었다.

오전 9시에 구름이 지나가자 저들이 바쁘게 가기를 요청하여, 사공에게 보게 하였더니, "한 뭉치의 구름이 동북쪽에서 생겼습니다. 반드시 저것을 믿고 배를 띄우고자 한 것입니다."라고 하였다.

포구를 나와 10여 리를 갔는데, 순풍이 차츰 불면서 하늘이 맑아지고 파도가 잠잠해져서 극히 평온하게 행선하였다. 겨우 아이노시마의 포구에 들어가자 해가 저물고 바람이 그쳤다. 오늘의 바람 예측은 매우 기묘하였다.

지쿠슈筑州의 태수가 작년에 예인선을 잘못 대기시켰기 때문에 이번에는 스스로 많은 비용을 들여 마음을 다하여 거행하려고 하였다. 대기시킨 예인선의 깃발과 장막을 새롭게 하였으며, 부사가 탄 배까지도 정해진 예인선보다 많이 준비하였다.

또 따로 사공 수십 명을 선택하여 그들에게 거행하게 하였다고 들었다. 어제 지쿠슈의 사공은 배가 나가는 것이 불가하다고 말하였고, 쓰시마의 사공은 배를 출발시킬 것을 강하게 주장했었는데, 결국 되돌아 정박하게 되었다. 그래서 오늘 배를 출발시킨 것은 오로지 지쿠슈 사공의 말이며 반드시 바람을 잘 예측할 거라고 믿었기 때문이다.

오늘은 1백 80리를 왔다.

朝陰晩晴東北風. 巳時發船. 日暮到藍島. 留船上. 護行正官平如敏被拘之後. 以平誠泰差出者. 聞是兼行於太守船矣. 前秋來迎釜山之護行正官藤如卿. 即者自馬島委來. 以我船護行擧行. 故來候船頭. 使首譯申飭凡事. 先來船念日念一日連渡藍島歧島. 到馬島府中云. 可謂神速也. 夜來連吹西南風. 且有雨意. 無望於行船. 巳時彼人忙急撤苫請行. 使沙工見之. 則以爲一道雲自東北起. 必恃此而放船. 出浦口行十餘里. 順風漸吹. 天晴波息. 行船極穩. 纔入藍島浦口. 日暮風止. 今日占風. 頗爲奇妙. 聞之則筑州守因昨年曳船之失待. 自多浮費. 今番則盡心擧行. 而所待曳船之旗帳一新. 至於副騎船. 加定曳船. 且另擇沙工數十人. 使之擧行矣. 昨日筑州沙工. 謂不可行船. 馬州沙工强爭發船. 至於還泊. 故今日之發船. 專信筑州沙工之言. 其必善候風者矣. 是日行一百八十里.

32. 아이노시마藍島 1764년5월27일

비가 오고, 서풍이 불었다. 아이노시마藍島에서 잤다.

비가 올 것 같기도 하고 안 올 것 같기도 하였으며, 바람이 잠깐잠깐 동풍이 되기도 하고 서풍이 되기도 하였다. 이미 배가 출항하기 불가하여 삼사는 땅으로 내려와 모여서 이야기하다가 관소에서 머물다 잤다.

雨西風. 留藍島. 雨意或緊或歇. 風頭乍東乍西. 旣不可以行船. 故三使下陸會話. 留宿於館所.

33. 이키노시마(배)壹岐島 1764년5월28일. ~6월2일)

맑고, 동북풍이 불었다. 날이 밝을 무렵에 배가 출발하였다. 저물녘에 이키노시마壹岐島에 닿았다. 배 위에서 머물렀다.

날이 밝을 무렵에 배에 올라 포구를 나오니 바람의 기세가 점점 심하였다. 오전 11시가 못 되어 가시마鹿島를 지났다.

가시마는 아이노시마와 이키노시마의 두 섬 가운데에 있다. 오른쪽 큰 바다에 큰 섬 하나가 있는데, 아이노시마 · 이키노시마 · 쓰시마의 세 섬의 거리가 모두 4백 80리라고 말하는 것을 들었다.

쓰시마의 산 형세는 완연히 서북쪽 사이에 있고, 아이노시마와 이키노시마 사이에 비교한다면 서로 거리가 비슷한 정도인데, 이쪽 가시마와 쓰시마 사이는 3백 50리라고 말하고 저쪽 아이노시마와 이키노시마는 4백 80리라고 말하지만 믿을 수가 없었다.

포구에서 수십 리를 못 미쳐서 멀리 쓰시마의 북쪽 산기슭 바깥쪽을 바라보니 한 덩어리 산 형상이 바다 위에 떠올라 하늘 끝에 어렴풋하게 보였다. 배 안의 사람들은 모두 그 지점을 가리켜 "조선의 산이다"라고 말하면서 모두 기뻐 날뛰었다.

나 역시 밖으로 나와 선루에 기대어 그것을 바라보며 방위를 생각해 보니, 울산과 경주 사이인 듯하였다. 나라를 떠나 해를 넘기고 내 나라 산천을 보니 안심되고 반가운 마음 어찌 말로 다 하겠는가?

낭하쿠南泊에서 지노시마地島까지가 경유방庚酉方, 지노시마에서 아이노시마까지가 정미방丁未方, 아이노시마에서 이키노시마까지가 유방酉方, 이키노시마에서 쓰시마까지가 건술방乾戌方, 쓰시마에서 사스우라佐須浦까지가 계축방癸丑方, 사스우라에서 부산까지가 해방亥方이다. 이것이 먼 바다 해로의 방위이다. 낭하쿠에서 부산까지 두루 돌아서 오는 총 바닷길은 1천 8백리나 된다.

만약 낭하쿠에서 곧장 해임방亥壬方으로 향한다면 부산까지의 거리가 반드시 천여 리에 불과한데, 쓰시마 · 이키노시마 · 아이노시마의 세 섬 때문에 거리가 매우 멀어졌다.

신라의 신하 박제상朴堤上[22]이 신라왕의 동생 미사흔未斯欣[23]을 몰래 신라로 보낼 때 그는 반드시 쓰시마 · 이키노시마를 거치지 않고 곧장 신라에 닿았을 것이다. 또 신라와 고구려의 역사를 보면 왜인의 침략이 영동지방의 연해에 많이 있었는데, 역시 반드시 이 길을 이용했을 것이다. 게다가 침략해 온 왜인 전부가 반드시 쓰시마와 이키노시마의 사람은 아닐 것이다.

저물녘 포구에 닿았다. 지난 사행 갈 때에는 매우 위험하던 곳을 이번에는 편안하게 건넜다.

---

22 박제상(朴堤上): 363년~419년. 신라 눌지왕(訥祇王) 때의 충신으로, 이름이 모말(毛末) 혹은 모마리질지(毛麻利叱智)로 기록되어 있다. 고구려와 일본에 건너가 볼모로 잡혀 있던 왕의 동생들을 고국으로 탈출시켰으나 왜국의 군에 잡혀 유배되었다가 살해당하였다.

23 미사흔(未斯欣): ? ~433년(신라 눌지왕17년), 신라 내물왕의 아들로 402년(실성왕1) 신라가 일본과 강화를 맺고, 일본에 볼모로 갔다. 418년(눌지왕2) 박제상의 꾀로 도망쳐 왔다. 박제상의 둘째 딸과 결혼했고, 그의 딸은 자비왕의 왕비가 되었다.

대개 바람과 조수가 모두 순하면 험한 여울도 평온한 물결이 되고 바람과 물결이 모두 거슬리면 평온한 물결도 험한 파도가 되기 때문이다.

부두에 닻을 내리고 각각의 배가 큰 바다를 편하게 한 번에 건넜음을 서로 축하하였다. 이 이후로 두 개의 큰 바다도 이렇게 편하게 건넌다면 얼마나 다행이겠는가!

오늘은 3백 50리를 왔다.

晴東北風. 平明發船. 日暮次壹岐島. 留船上. 平明乘船出浦口. 風勢漸漸緊吹. 未午過鹿島. 鹿島處於藍歧兩島之中矣. 右邊大洋有一大島. 聞距藍島歧島馬島三島. 皆爲四百八十里云矣. 馬島山形. 完在於西北間. 而比藍歧之間. 程途相似. 而此謂之三百五十里. 彼謂之四百八十里者. 未可信也. 未及浦口數十里. 遙望馬島北麓之外. 一拳山形. 浮出海上. 依微天末. 舟中之人. 擧皆指點曰. 朝鮮山也. 莫不欣喜踊躍. 余亦出倚柁樓而望之. 想其方位. 似是蔚山慶州之間也. 去國經年. 得見我國山川. 慰喜人情. 如何盡言. 自南泊至地島. 爲庚酉方. 自地島至藍島. 爲丁未方. 自藍島至歧島. 爲酉方. 自歧島至馬島. 爲乾戌方. 自馬島至佐須浦. 爲癸丑方. 自佐須浦至釜山. 爲亥方. 此外洋海路之方位也. 自南泊至釜山. 率皆周廻水路. 故爲一千八百里矣. 若自南泊直向亥壬方. 則距釜山. 必不過千餘里矣. 以其迂廻馬歧藍三島之故. 道里甚遠. 新羅臣朴堤上之潛送羅王弟未斯欣也. 其必不由馬歧. 直抵朝鮮也. 且觀羅麗之史. 倭人來侵. 多在於嶺東沿海. 亦必由此路. 而況其來寇之倭人. 未必盡是馬歧之人乎. 日暮到浦口. 去時極危險之處. 穩便以渡. 蓋其風潮俱順. 則險灘爲平波. 風潮俱逆. 則平波爲險灘也. 到泊船倉. 各船相賀. 利涉一大海. 此後兩大海. 果皆若是利涉. 則何幸何幸. 是日行三百五十里.

1764년 5월 29일

아침에는 비가 오고 북풍이 불었으며, 늦게는 개고 서풍이 불었다. 이키노시마壹岐島의 배 위에서 머물렀다.

오후에 종사관과 함께 잠시 관소로 내려와 이야기를 나누고, 돌아오는 길에 같이 부기선副騎船에 올라 부사의 감기를 문병한 뒤 밤에 배 위로 돌아왔다.

기해년(1719년, 숙종45) 통신사 때, 아이노시마에서 쓰시마의 도주와 차왜 등이 쌀을 빌려주기를 애걸하였기 때문에, 남은 쌀 백 섬을 빌려주고 돌아오는 길에 그것을 탕감해 준 일이 있었으며, 무진년(1748년, 영조24)에도 이를 전례로 삼아 빌려주기를 요청하여 역시 지급하였었다.

이번에도 이를 빙자하여 말을 하기에 도쿄에 있을 때 주려고 하였는데, 사람들의 말이 있을까 걱정되어 다른 역참에서 받기를 원하였다.

지난번 오사카 성에 있을 때, 쌀이 매우 많이 남아서 지급하려고 하였더니 대마도주의 말이, "무진년에는 모시고 가면서 접대하는 일을 맡은 오쿠라大藏가 중간에서 사사로이 쓴 것이기 때문에 진실로 알지 못하였지만, 이번엔 의리상 받기 어렵습니다."라고 하였다.

태수와 차왜 등이 이미 다 원하지 않아서 반드시 줄 필요는 없었으나, 아랫사람들은 매우 궁핍하다고 말을 하였다. 그래서 삼사의 방에서 남은 쌀을 내어 합하여 61석을 나누어 수행한 전어관傳語官·금도禁徒·하지역下知役 등에게 주었다.

이곳에 도착한 뒤엔 호행護行·봉행奉行·재판裁判·간사관幹事官·오일차지두五日次知頭 및 통사왜通事倭 등에게 삼사의 방에서 날마다 쓰고 남은 쌀을 합한 39석을 나누어 주었다. 이들 모두는 지난번 오사카 성에서 나누어 줄 때에 참여하지 못한 자들이다.

이곳에 도착해서 추가로 지급한 것은 지난 무진년과 기해년에 1백 석을 나누어 준 수량을 기준으로 한 것이다.

朝雨北風晩晴西風. 留壹岐島船上. 午後與從事官. 暫下館所敍話. 歸路同登副騎船. 問副使之微感. 夜還船上. 己亥信使時在藍島也. 因馬州島主及差倭等之乞貸. 以餘米百俵許貸之. 及其歸路蕩減. 則戊辰以此援例而乞得. 亦依此給之. 今番藉此爲言. 故在江戶時. 欲爲帖給. 則憚於人言. 願受於他站矣. 頃在坂城時. 餘米太多. 故又爲題給. 則島主謂以戊辰是護行奉行大藏. 中間私用者. 實不知之. 今番義難領受云云. 其意亦出於畏憚人言也. 太守差倭等. 旣皆不願. 不必給之. 下屬輩頗有窘乏之意云. 故三房合出餘米六十一俵. 分給於隨行傳語官禁徒下知役等處矣. 到此後護行奉行裁判幹事官五日次知頭及通事倭等處. 三房合出日供餘米三十九俵. 而分給之. 此皆頃日坂城帖給時未參者也. 到此追給. 以準於戊辰己亥百俵之數.

1764년 6월 1일

맑고, 서풍이 불었다. 이키노시마壹岐島의 배 위에서 머물렀다.

새벽에 망궐례를 각 배 위에서 거행하였는데, 부사는 병 때문에 하지 못하였다.

晴西風. 留壹岐島船上. 曉行望闕禮於各船上. 而副使則以病不得設行.

1764년 6월 2일

비가 쏟아지고 서풍이 불었다. 이키노시마壹岐島의 배 위에서 머물렀다.

온종일 바람이 불고 비가 왔다. 밤중이 되자 사나운 비바람이 갑자기 몰아쳐 배 안이 몹시 흔들렸다. 닻줄을 더 매고 밤을 샜다.

雨注西風. 留壹岐島船上. 風雨終日. 至夜半獰風驟雨猝至. 舟中頗搖蕩. 加結碇纜而經夜.

34. 이키노시마壹岐島 1764년6월3일. ~6월6일)

비가 쏟아지고 서남풍이 불었다. 이키노시마壹岐島에서 머물렀다.

오랫동안 배 안에 갇혀 있어 배 냄새 맡기가 괴로웠고, 사방이 물로 둘러싸여 습기가 더욱 심하였다. 부득이 땅으로 내려왔는데, 부사와 종사관은 마침 감기에 걸려 같이 관소에 들지 못해 한스러웠다.

雨注西南風. 留壹岐島. 久滯舟中. 船臭難聞. 四面環水. 濕氣尤劇. 不得已下陸. 而副從使適有感氣. 不得同下館所. 可歎.

1764년6월4일

비가 뿌리고 서남풍이 불었다. 이키노시마壹岐島에서 잤다.

선래 군관이 지난달 28일에 과연 바다를 건넜다면 어제 저녁 아니면 오늘 아침에는 서울에 들어갔을 것이다.

그랬다면 임금의 걱정이 조금은 풀렸을 것이고, 또한 일행들의 각 집에서도 매우 반가워하는 마음을 가졌을 것이다. 계속해서 부는 역풍으로 인해 떠날 기일이 지연되고, 돌아가는 길에 공적이거나 사적인 모든 일을 기다리게 하니, 답답하다.

雨洒西南風. 留壹岐島. 先來軍官. 前月二十八日果若渡海則昨暮今朝想應入京. 九重之憂念. 庶可少解. 各家驚喜之心. 亦可遠認. 但連因風逆. 行期又遲. 還貽公

私之企待. 可憫.

1764년6월5일

맑고 서북풍이 불었다. 저녁에 비가 오고 남풍이 불었다. 이키노시마壹岐島에서 잤다.

날씨는 개고 바다는 평안했으나 바람이 역풍이라 출발할 수 없어 답답하였다. 사행 갈 때에는 아이노시마와 이키노시마 두 섬에서 오래도록 지체하였는데, 돌아가는 길에는 아이노시마에서 단 하루만 머물고, 이키노시마에서 여러 날을 지체하게 되었다.

이 가난한 고을의 형편을 생각하니 반드시 대접이 형편없을 것이라서 사행 갈 때의 예에 의하여 다른 물건으로 대신하는 것과 준비하지 못한 것을 탕감하도록 허락하였다. 역참의 관리는 매우 고마워하였으나, 사행 갈 때와 같은 과장된 말은 없었다. 귀국하는 길은 다르게 여겨서 그런것인가?

晴西北風暮雨南風. 留壹岐島. 天晴海晏. 而風逆不得發船. 可悶. 去時久滯藍岐兩島. 歸路藍島則只留一日. 岐島則又滯多日. 想其殘邑形勢. 必多窘逑於支應等節. 故依去時例. 使許其代捧及未備者減除. 則站官頗爲致謝. 而無去時誇張之言. 以其歸路有異而然耶.

1764년6월6일

잠깐 맑았다가 잠깐 흐렸다 하였다, 아침에 동풍이 불고 늦게는 남풍이 불었다. 이키노시마壹岐島에서 머물렀다.

부사와 종사관과 더불어 배에서 내려 육지에서 대화를 하니, 매우 울적한 회포가 위로되었다.

乍晴乍陰朝東風晩南風. 留壹岐島. 與副使從事官下陸會話. 頗慰愁鬱之懷.

35. 이키노시마(배)壹岐島 1764년6월7일. ~ 6월8일)

아침에 흐리고, 늦게 비가 왔다. 서남풍이 불었다. 이키노시마壹岐島의 배 위에서 잤다.

관소 뒤의 높은 언덕이 무너져 내릴까봐 걱정이 되어 우리 삼사는 돌아와 배에 올랐다.

과연 식사 후에 언덕 위에 틈이 생긴 곳이 무너져 내려 관소 앞 몇 칸 거리에 있는 상관청上官廳의 한쪽 구석을 덮쳤다. 만약 그대로 머물렀더라면 반드시 식사를 다하지도 못하고 깜짝 놀랐을 것이다.

장맛비가 열흘 동안 계속 내려 습기가 온통 사방에서 스며들고 배 냄새가 역겨워 비위가 안정되기 어려웠는데, 뜻밖의 걱정 때문에 역시 관소에도 있을 수 없게 되었다.

이번 통신사행 길의 지체는 이전의 통신사행에서는 없었던 일이고, 험난하고 괴로운 것 역시 두루 겪었다고 말할 만하다.

朝陰晩雨西南風. 留壹岐島船上. 館後峻坂有沙汰之慮. 三使還爲乘船. 果於飯後岸上罅隙處崩頹而下. 堆壓館所前數三間地上官廳一隅. 如或仍留. 則必不免吃了一驚矣. 淫霖幾至一旬. 濕氣盡透四面. 船臭厭聞. 胃氣難定. 而因意外之慮. 亦不得處於館所. 今行遲滯. 已是信使之所無. 險阻艱難. 亦可謂備嘗之矣.

1764년6월8일

아침에 개고 늦게 비가 왔으며, 밤에는 큰 번개가 치고 비가 쏟아졌다. 서남풍이 불었다. 이키노시마壹岐島의 배 위에서 잤다.

바다와 육지의 각 역참을 지날 때, 명산과 대천 가운데에 좋은 경치가 있는 곳을 변박卞璞에게 그리게 하였는데, 그 초본이 완성되지 못한 것이 많았다. 그래서 그에게 내 앞에서 자세히 수정하게 하였다. 이 또한 심심함을 달래는 하나의 방법이라 할 만하다.

밤이 되자 큰 천둥번개가 치고 비가 계속 내렸다. 뱃사람들은 모두 큰 비가 온 뒤에 천둥번개가 치는 것은 날이 맑게 개일 징조라고 말하지만, 어찌 반드시 그러하겠는가?

朝晴晩雨夜大雷雨注西南風. 留壹岐島船上. 所經水陸各站. 名山大川中有勝景處. 曾使卞璞模畫之. 草本多未成者. 故使之在前. 詳加釐正. 亦可謂消寂之一端矣. 夜大雷雨數時. 舟人咸以爲潦後雷電. 此是快霽之兆云. 而亦何可必也.

36. 이키노시마壹岐島 1764년6월9일. ~ 6월12일)

흐리고 비가 내리고, 서남풍이 불었다. 이키노시마壹岐島의 민가에서 잤다.

장맛비가 개지 않아 배 안이 찌는 듯이 덥고 답답하여 매우 혼미하였다. 관소는 산사태가 난 곳과 매우 가까워 다시 들어갈 수 없었는데, 산 아래 민가 중에 꽤 넓은 집을 차왜의 무리들이 정리하고서 땅으로 내려오기를 청하였다. 그래서 종사관과 상의하여 같이 들어갔는데 시계가 탁 트인 것이 오히려 관소보다 나았다. 부사는 마침 재계하는 날이어서 함께 배에서 내리지 못하였다. 서운할 만하다.

陰雨西南風. 留壹岐島閭舍. 潦雨不霽. 船中蒸鬱. 甚可悶也. 館所則沙汰處至近. 更不可入. 山下閭家中稍闊者. 差倭輩整待. 而復請下陸. 故與從事官相議入處. 眼界之通闊. 反有勝於館舍矣. 副使以齋日不爲同下. 可悵.

1764년 6월 10일

아침에는 흐리고 늦게 비가 뿌렸으며, 서남풍이 불었다. 이키노시마壹岐島에서 잤다.

날이 밝을 무렵 대마도주가 말을 전해 왔는데, "바람의 기세로 보아 배가 갈 만하니, 바로 배에 오른 뒤에 다시 보고하겠습니다."라고 하였다.

우리 배의 선장과 사공 등 모두가 언덕에 올라가 바라보니 바람이 순하지 않고 파도마저 험하여 결코 배가 갈 수 없다고 말들을 하였다.

나는 장마에 오랫동안 지체하여 마음이 조급해지고 가슴이 답답해졌다고 여겼다. 내가 만약 배를 타면 그들은 반드시 갈 수도 있고, 가서는 안 될 때에 배가 가게 되는 것이다. 진실로 나부터 자중해야겠다고 마음먹고 대마도주에게 답하였다.

다시 그의 회답을 알아보게 하였더니, 심부름하는 사람이 뒤따라 와서 말하기를, "바닷바람의 기세가 과연 순하지 못하여 배가 갈 수 없습니다."라고 하였다.

쓰시마의 작은 배 1~2척이 먼저 나갔다가 바람 때문에 가시마鹿島 근방에서 표류하였는데, 그 배가 정박한 곳을 알지 못한다고 들었다.

오늘의 바람 예측은 쓰시마 사람이 크게 오판하였다.

朝陰晩洒雨西南風. 留壹岐島. 平明島主送言. 以爲風勢似可行船. 即爲乘船後. 以待更報云云. 我國船將沙工等. 皆以爲登岸而望. 風勢不順. 波濤且險. 決不可行船云云. 余以爲久滯霖雨. 人情躁悶矣. 吾若乘船. 其必行船於可行不可行之際. 固宜自我持重. 答伻於島主. 而使更探於回報. 則使者踵至. 以爲海中風氣. 果爲不順. 不可行船云矣. 聞馬島小船一二隻. 先爲出去. 因風轉漂於鹿島之境. 未知其所泊云. 今日占風. 馬人大誤矣.

1764년6월11일

아침에는 맑고, 늦게는 흐렸으며, 서남풍이 불었다. 이키노시마壹岐島에서 잤다.

오랜 장마 끝에 비로소 맑은 하늘을 보게 되니, 기분이 되살아나게 한다. 초저녁에 달빛이 매우 밝았다. 종사관과 함께 마주 앉아 한가로이 대화를 나누니 회포가 매우 위로되었다.

朝晴晩陰西南風. 留壹岐島. 長霖之餘. 始見晴天. 令人氣蘇. 初昏月色開明. 與從事官對坐閒話. 頗覺慰懷.

1764년6월12일

새벽에는 비가 오고, 아침에는 안개가 끼었으며, 늦게는 흐리고 서남풍이 불었다. 이키노시마壹岐島에서 잤다.

선래 군관이 이달 1~2일 사이에 사스우라佐須浦에서 곧장 부산 해협을 건넜다고 전해 들었는데, 보고가 없어 답답하였다.

曉雨朝霞晩陰西南風. 留壹岐島. 傳聞先來軍官. 今月初一二日間. 自佐須浦直渡釜海云. 而未得的報. 可鬱.

37. 쓰시마 후추對馬島 府中(이즈하라) 1764년6월13일

아침에는 맑고 낮에는 비가 뿌렸으며, 늦게는 안개가 짙고 동남풍이 불었다. 아침 7시에 배가 출발하여 밤 11시에 쓰시마의 후추府中(이즈하라)에 들어왔다.

해가 뜬 뒤에 대마도주가 사람을 보내와 떠나기를 요청하였다. 우리나라의 선장과 사공 등은 누구는 갈 수 있다 하고, 누구는 어렵다고 하

쓰시마 후츄(이즈하라)의 조선통신사 배 선착장.

였다.

바람이 불지 않을까봐 함께 걱정하고, 다시 바람을 점쳐 답하도록 하였다. 대마도주가 또, "오후 늦게부터 바람이 거세질 것이니, 반드시 걱정할 것이 없을 것입니다."라고 말하였다.

두 세 번 말이 왔다 갔다 하고서야 비로소 배에 올랐다. 대마도주가 즉시 출발하였다. 각각의 배가 그 뒤를 따라 겨우 포구를 나왔는데, 동풍이 불었고 바람의 기세가 심하지 않았지만, 파도가 매우 심하였다.

노를 저어 백여 리를 가자, 바람이 약해지고 비가 뿌렸다. 그러자 더러는 이키노시마로 돌아가 정박하자는 논의도 있었지만, 선장과 사공이, "바람도 비록 세게 불지 않을 것이며, 비 또한 심하지 않을 것입니다. 만약 다시 되돌아간다면 바람이 도리어 역풍이 되어 앞으로 나가기가 어렵습니다."라고 말하였다. 종사관이 사람을 보내 배를 되돌리는 것을 논의하려고 즉시 장무관掌務官을 대마도주에게 보내어 질문하게 하였다.

대마도주와 뱃머리에 앉은 사람 등등은 오히려, "순풍이 점차 불어올 것이요, 또 물마루를 통과하였으니 조금도 걱정할 것이 없습니다."라고 하였다.

장무관이 먼저 종사관의 배에 전하니 종사관도 앞으로 나갈 기세라고 말하였다. 내 생각도 의심과 걱정이 없지 않았지만, 부슬비가 이미 개었고 노 젓기를 부지런히 하고 있으니, 비록 깊은 밤이라도 달빛으로 갈 수 있다고 여겼다. 3백여 리를 간 뒤 오후 5시부터 자욱한 안개가 바다를 덮어 10보 밖을 분별하기 어려웠다. 그래서 저들과 우리의 배가 각각 서로 잃어버렸다.

또 바람이 남쪽으로부터 변하여 뱃길이 차차 빨라졌으나, 앞길이 희미하여 걱정이 간절하였다.

포를 쏘아 각 배의 방향을 탐색하였더니, 부기선은 전방 5리쯤에서 응답하고 삼기선三騎船은 좌측 수십 보에서 응답하였는데 얼마 후 또 서로를 잃어버렸다. 쓰시마 주선主船이 우리 배의 포성을 듣고 점차 우리 곁으로 가까이 와서 앞서거니 뒤서거니 하자, 선장과 사공에게 쓰시마 주선을 자세히 살펴서 반드시 함께 전진하도록 하였다.

이어서 윤도輪圖(나침판)를 살펴서 검증하였는데, 쓰시마의 후추는 본래 이키노시마의 건해방乾亥方에 있는데, 뱃머리가 오후 3시 전에 불어온 동풍 때에는 임자방壬子方을 향했고, 오후 3시에 불어온 남풍 때에는 유술방酉戌方을 향하였다. 이는 바람의 아래를 쫓아 바람을 따라서 내려온 것으로 배를 운행하는 법이 모두 그런 것이다. 단지 안개에 막힌 뒤에 뱃머리가 지나치게 서쪽을 향하다가 때로는 경신방에 이르기도 하였다.

이는 돌아가는 길임이 확실하였는데 배에 탄 왜의 사공들은, "물의 흐름이 왔다갔다 하여 부득이 그렇게 하지 않을 수 없었습니다."고 하였다.

나는 선장에게 말했다. "대마도주는 반드시 자기의 집을 알아서 찾아갈 것이다. 이들과 함께 전진한다면 다른 걱정이 없음을 보증한다."고 하였다. 연속으로 포를 쏘았지만 서로 응답하지 못하는 배가 많았다.

밤이 점차 깊어져 안개 때문에 길이 막히고 지나치게 서쪽 방향으로 치우치지 않았을까 걱정하였으나, 우리는 이미 쓰시마의 서남쪽 도쿠산을 지나고 있었다. 이곳을 지나면 거제巨濟와 고성固城 등으로 향해야 하고, 그렇지 않으면 제주도와 유구국琉球國[24]으로 향하기 때문에 모두

---

24 유구국(琉球國): 1429년~1879년, 현재 일본 오키나와 현 일대에 위치하였던 독립왕국으로, 100여 년간 삼국으로 분할되어 있던 것을 1429년에 중산국(中山國)이 통일하여 건국하였다. 중국이나 일본, 동남아시아 등과의 중계 무역으로 번성하였으며, 1609년에 일본 사쓰마 번의 침공을 받은 이후, 여러 차례 일본의 침략을 받아 1879년에 일본에 강제로 병합되어 멸망하였고, 일본 오키나와 현으로 바뀌었다.

고려문.

가네이시죠(金石城) 성안에 있던 대마도주의 거처인 사지키바라(棧原)의 정문으로, 원래 이름은 영은문이었으나, 조선통신사가 이 문을 통해 들어오면서 고려문이라고 불렀다.

걱정하였다.

다만 우리 배는 이미 대마도주의 배와 동행하고 있었지만, 뒤에 있는 각각의 배들은 그 방향을 알지 못해 은근히 걱정이 되었다.

뱃머리가 갑자기 북방을 가리키므로 처음에는 순류의 흐름을 따라 점점 동북쪽 사이로 향하는 것인가 의심했으나, 도리어 나중에는 요시우라芳浦 경계로 표류하는 것인가 의심되었다.

통사에게 대마도주의 배에 가서 물어보게 하였다. 대마도주의 말이, "후츄에서 지로선指路船[25] 3척이 와서 1척은 쓰시마 주선을 인도하고 1척은 일기선을, 또 1척은 부기선을 각각 인도하고 있다. 지금 바로 후츄로 곧장 향하고 있지만, 처음에는 서쪽으로 향했었다. 이제 비로소 동쪽으로 향하는 것은 곧 바로 후츄로 향하는 것이다."라고 하였다. 그 말은 믿을 만하였다.

거의 산 밑에 근접하자 한 줄기 검은 기운이 배 왼편에 나타났다. 어떤 사람은 구름의 기운이라 말하고, 또 어떤 사람은 산의 형태라고 말한다. 무엇인지 알지 못하여 결정하지 못하고 반응을 보기 위해 각 배에서 포를 쏘았더니 포성이 되돌아 왔다. 그래서 산이 가까이 있다는 것을 알고 주변을 돌아 피해 나아갔다. 안개가 조금 걷히자 달빛이 희미하였다. 밤 11시쯤 부두에 도착해 보니 부기선이 먼저 들어와 정박하고 있었다.

1, 2, 3복선卜船(짐을 실어 나르는 배)은 뒤따라 왔으나, 삼기선三騎船이 오지 않아 매우 걱정되었다. 연이어 불화살을 쏘았지만 바다에서는 아무런 반응이 없었다. 즉시 통사에게 작은 배를 타고 포구를 나가 찾게 하고, 또 통역관을 차왜에게 보내어 예인선을 많이 동원하여 찾도록 하였다. 차왜

---

25 지로선(指路船): 뱃길을 인도하는 배.

의 말이, "재판裁判이 방금 예인선을 거느리고 나갔습니다."라고 하였다.

또 역관 · 군관 등에게 배를 타고 가서 찾게 하였다. 가고 다시 또 가는 사이에 이미 날이 새고 있었다. 소식이 아직 없었으니 이때의 초조하고 민망함을 어찌 감당할 수 있었겠는가?

오늘은 4백 80리를 왔다.

朝晴午洒雨晩大霧東南風. 辰時發船. 三更到對馬府中. 日出後島主送使請行. 我國船將沙工等. 或謂可行. 或爲持難. 而俱以風微爲慮. 故以更爲占風之意答伻. 則島主復以晩當緊吹. 必無憂慮爲言. 再三往復後. 始爲乘船. 則島主卽以發去矣. 各船隨行. 而纔出浦口. 雖有東風. 風勢不猛. 波濤頗緊. 櫓役行百餘里. 風弱雨洒. 或有還泊岐島之議. 船將沙工. 則以爲風雖未猛. 雨必不緊. 若欲還入. 風反爲逆. 還有難於前進云矣. 從事官送人議欲回船. 卽使掌務官送伻於島主而質問. 則島主船頭等. 猶以爲順風漸當緊吹. 且過水宗. 少無他慮云. 掌務官先傳於從事官船. 則從事官亦以爲勢當前進云矣. 吾意亦不無疑慮. 而微雨既霽. 櫓役方勤. 雖致夜深. 謂借月光矣. 行三百餘里之後. 自申末大霧蔽海. 難卞十步之外. 彼我船隻. 各自相失矣. 風變自南. 舟行差疾. 而前路微昧. 正切憂悶. 放砲以探各船之所向. 則副騎船在前五里許而應之. 三騎船在左數十步而應之. 俄又相失. 島主船聞我船砲聲. 漸近在傍. 或先或後. 故使船將沙工. 審察島主船. 必與之同進. 連按輪圖而驗之. 則馬島府中. 本在岐島之乾亥方. 而船頭則申前東風時. 向壬子方. 申後南風時. 向酉戌方. 此其從風之底. 順風而下. 制船之法. 例皆然矣. 但霧塞之後. 舟頭過爲向西. 或至於庚申方. 此則決知其迂路. 而在船倭沙工輩. 則以爲水勢縱橫. 不得不然云. 余謂船將曰. 島主必當知其家而尋去. 同此前進. 則保無他慮云矣. 連爲放砲. 則各船多不相應. 夜漸向深. 霧氣不通. 或慮其過爲西向. 已過馬島西南支之獨山矣. 若過此則當向巨濟固城等地. 不然則濟州與琉球國. 俱爲可慮. 但吾船則既同島主船. 而各船之在後者. 莫知所向. 不無隱憂矣. 船頭忽指北方. 初疑水勢之順流. 漸向于東北間. 反疑漂流於芳浦地境. 使通事往問於島主船. 則以爲自府中指路船三隻出來. 一引島主船. 一引一騎船. 一引副騎船. 今方直向府中. 初則果從西向. 今乃東向者. 正是直到府中云云. 其言可信. 幾近山底. 有黑氣一道. 在於船左. 或謂之雲

氣. 或謂之山形. 疑訝未定之際. 爲應各船放砲. 則砲聲搏應. 知是山近. 周避而行. 霧氣時或少收. 月光間有熹微. 三更量到船倉. 則副騎船先已入泊. 一二三卜船. 隨後而來. 三騎船不來. 故心甚憂慮. 連放火箭. 則洋中無應火之事. 卽使通事乘小船. 出浦口往尋之. 又使譯官往言於差倭處. 使之多定曳船而探之. 則差倭以爲裁判才已領率曳船出去云. 故又使譯官軍官等. 乘船往探. 而往復定送之際. 日已向曙. 消息未的. 此時焦悶之心. 當復如何. 是日行四百八十里.

38. 세이잔지西山寺 1764년6월14일. ~6월18일)

아침에 맑다가 비가 뿌리고 서남풍이 불었다. 배에서 내려와 세이잔지西山寺에서 머물렀다.

삼기선이 간 곳을 연이어 탐문하였다. 어떤 이는 왼쪽으로 표류하였다고 하고 또 어떤 이는 오른쪽으로 표류하였다고 한다. 찾아 나갔던 통사들도 어떤 이는 10여 리를 가고 또 어떤 이는 수십 리를 갔으나 모두 형체를 보지 못하고 돌아왔다. 또 다시 군관과 역관 등에게 식량을 많이 싣고 좌우로 나누어 가서 섬 전체를 두루 돌아 보고 끝까지 찾으라고 하였지만, 걱정과 근심이 매우 많았고, 온갖 의심이 일어났다.

아침 7시쯤 어떤 이가 바다 서쪽에서 배가 떠내려 오고 있다고 전하였다. 놀랍고 기뻐서 나가서 바라보았더니 쌍돛대가 멀리 보이는데 삼기선이 분명하였다. 우두커니 서서 정박할 때까지 기다렸다가 즉시 가서 종사관을 보니, 기쁘고 행복한 마음 어찌 말로 다할 수 있을까?

대개 들으니, 배가 서지西支의 도쿠산獨山 안쪽을 건널 때 파도가 매우 심하여 이곳이 산 근처라고 의심하였다고 한다. 잠시 물러나 닻을 내리고 바다 가운데서 밤을 지새우는데, 배가 극도로 흔들려 위험을 겪다가 날이 새기를 기다린 다음 바로 배를 돌려서 왔다고 한다. 여기서부터 북쪽으로 30리 떨어진 곳이라고 하였다. 또 그곳이 바로 우리 배가 포를 쏘아 반응을 보았던 곳이라는 것도 알았다. 부기선 역시 어제 밤에 그곳에 도착하여 거의 산 아래에 부딪힐 뻔했지만, 간신히 배를 돌렸다고 하였다. 어두운 안개가 아니었다면 반드시 이런 걱정은 없었을 것이다.

또 계산해 보니 근 60~70리를 우회하였다. 안개 속에서 배를 운행하는 것은 과연 바다에서 크게 꺼리는 일이라 하겠다.

어제 떠나기를 요청한 것은 쓰시마 사람들의 식량이 모두 바닥났기 때문이었다. 바람이 약하게 부는 날 4백 80리를 노를 저어 갔다는 것은 전무후무한 일이다. 비록 깊은 밤이 되어서야 다행히 역풍이 없이 바다를 건널 수 있었다. 이것은 진실로 요행이었다. 더욱더 이 곳 바다를 항행하는 자를 위해서 경계해야 할 곳이다.

이키노시마의 예인선이 너무나 성실하게 수고하였다. 그래서 9표俵의 쌀을 기복선騎卜船의 예군曳軍(예인선을 이끄는 군인)에게 주어 돌아갈 때의 식량으로 삼게 하였으며, 부사와 종사관도 또한 각각 그들에게 돌아갈 때의 식량을 지급하였다. 식사 뒤에 삼사는 함께 배에서 내려 세이잔지西山寺에서 머물렀는데, 모든 수행이 사행 갈 때와 같지 않다고 말을 한다. 교활한 왜의 태도가 전부터 이와 같다고 하였다. 애석하다.

들었는데, 우리나라의 표류민이 이곳에 머물러 산다고 말하기에 불러 보았더니 장정 4명, 여인 3명, 어린아이 3명이었다. 자세히 물어보았더니, "제주 사람으로 고기를 잡기 위해 가족을 태우고 지노시마地島에 가 있었는데 3개월 보름이 지난 뒤에 바람이 불어 치목이 부러지고 노도 잃어버려 여러 잡스런 물건들을 모두 바다에 던졌습니다. 바람이 부는 대로 10여 일을 떠돌아다니다가 후에 식량과 물이 모두 떨어졌습니다. 빗물을 옷에 적시어 그것을 짜서 마셨지만 밥을 먹지 못한 것이 5일이 되어 거의 죽을 지경에 이르렀는데, 다행히 쓰시마의 후츄 근처에 정박하였습니다. 표류한 기간은 16일입니다."라고 하였다.

해를 넘긴 외국 땅에서 평소에 모르는 우리나라 사람을 보게 되니, 내 마음이 오히려 위로받고 기뻤다. 하물며 표류민 뿐이겠는가?

표류민들이 말하기를, "죽을 고비를 수없이 넘기고서 어르신을 만나니, 부모를 만난 것과 같습니다."라고 하였다. 남녀 중에 어떤 이는 놀라고 기뻐서 눈물을 흘렸는데, 사람의 정이 어찌 그렇지 않겠는가?

삼사가 각각 약과와 식량을 내어 나눠 먹였으며, 여인 중에 출산이 임박한 자가 있다고 하여 우리나라의 간장과 미역을 주면서 '조선 백성을 낳은 뒤 조선의 음식을 먹도록 하라.'고 하였더니, 그 여인이 눈물을 흘리면서 받았고, 대여섯 살과 십여 살 먹은 어린아이가 모두 기쁜 얼굴로 들어와 절을 하니 도리어 이상한 일이었다.

또 들었는데, 그 표류민들이 저 왜인들에게 강진康津에 사는 백성이라고 속여서 말했다고 한다. 대개 제주사람과 유구국琉球國은 일찍이 원한을 산 일이 있었다. 그래서 보복을 당할까 염려되어 제주 표류민들은 모두가 일본인에게 속여 말한다고 한다. 그러나 이곳은 유구국이 아니기 때문에 어찌 걱정할 것이 있겠는가?

1758년(戊寅年, 영조34)에 내가 동래 부사로 있을 때에 제주의 감귤 진상선이 쓰시마에 표류하였는데, 쓰시마에서 이전의 예에 의하여 호송하여 왔다.

우리나라 표류민이 쓰시마에 정박하게 되면 연례 입송사年例入送使 편에 보내오게 되어있는데, 이것이 이른바 순부선順付船[26]이다. 또 만약 일본의 다른 지방에 표류하여 정박하게 되면, 쓰시마로 옮겨 지고 쓰시마에서 별도로 차왜를 정했다. 이것이 이른바 표차왜별송사漂差倭別送

26 순부선(順付船): 일을 끝내고 왕래하는 배편에 사람이나 물건을 보내는 배.

使 이다.

1년 동안에 표차왜가 많으면 5~6차례나 도착하였다. 바닷가 백성들의 표류가 많은 듯하다.

부산진에서 보낸 공문이 들어왔는데, 지난달 25일에 완성한 문서였다. 또 관찰사 감영의 이문移文 2통도 함께 왔는데, 그 하나는 표범의 가죽을 들여보내라고 요청을 하는 것이었고, 또 하나는 지응支應과 배참排站이었다. 부산진에서 보고한 공문 중에 단지 "각각의 집이 편안하다."고만 언급 했을 뿐, 집에서 온 편지는 볼 수 없었다. 걱정되고 답답함이 어떠하겠는가? 호행 정관 평여경平如卿이 교체되어 스기무라 우네메杉村采女 평번우平蕃祐로 대체되었다. 평여경은 바로 지난해 부산에 나와 있던 정관正官 등여경藤如卿이다. 그는 지난번 우리가 낭하쿠南泊에 도착하여 호행 정관의 임무를 수행한 뒤 갑자기 단자單子에 평여경平如卿이라고 썼으며, 그의 아들 번경蕃卿은 지금 재판裁判으로 수행 중이다. 혹은 등가藤哥로 불리고 또 혹은 평가平哥로 일컬어진다. 아무리 오랑캐의 무식자이지만 어찌 이런 법이 있단 말인가?

일본에서 가장 큰 성씨는 곧 다이라平·미나모토源·후지藤·다치바나橘 네 성인데, 이들은 모두 하사받은 성이라 한다. 혹 성씨를 바꾸는데 어려움이 없어서인가? 놀랍고도 놀랍도다.

朝晴洒雨西南風. 下陸留西山寺. 三騎船去處連爲探問. 或言左漂. 或言右漂. 出送通事輩. 則或往十餘里. 或往數十里. 並不見形影而來. 又使軍官譯舌輩. 多載粮饌. 分送左右. 使之周廻一島. 期於推尋. 而憂慮多端. 狐疑百出之際. 辰時量或傳自西邊洋中有船浮來云. 驚喜出望. 則雙帆遠照. 明是三騎船也. 竚立以待. 趁其到泊. 卽爲往見從事官. 喜幸之心. 曷可勝言. 概聞船渡西支獨山之內. 因波濤極盛. 疑是山近. 乍退下碇于洋中經夜. 而船極搖蕩. 果經危險. 待明回船而來. 距北三十里地云. 知是我船放砲搏應處也. 副騎船昨夜亦到此處. 幾觸山下. 僅僅回船云. 若非霧暗. 必無此慮. 且計迂路幾近六七十里. 霧中行船. 果是舟中之大忌. 昨日之請

行. 必因馬人粮盡而然矣. 風微之日. 櫓役行四百八十里者. 前後所無. 雖致夜深. 幸無風逆. 得而涉海. 此誠僥倖. 尤當爲海行島曳船. 極爲懃勤. 故帖給九俵米於騎卜船曳軍. 俾作回粮. 副三房亦各量給回粮. 飯後三使並爲下陸. 館于西山寺. 凡諸擧行. 反不如去時云. 狡倭之態. 例自如此. 可痛. 聞我國漂民. 來此留在云. 故招見之則壯丁四人女人三人童穉五口. 詳聞其委折則以濟州人爲漁採. 載其家屬往地島. 三月望後漂風. 折一失櫓. 盡投雜物. 從風周回十餘日後. 粮水俱盡. 得雨沾衣. 取汁而飮. 不得食者五日. 幾至死境. 幸泊於府中近處. 漂流首尾爲十六日云. 經年異域. 得見素昧之我國人. 我心猶多慰喜. 況漂民輩乎. 漂民等以爲萬死之餘. 得逢上典主. 如見父母. 男女或有流涕驚喜之. 人情烏得不然. 三房各出藥果饌物等. 使之分食. 女人中有臨產者云. 故帖給我國醬藿. 使之生朝鮮民後. 喫朝鮮之物云爾. 則厥女流淚而受之. 五六歲十餘歲童穉輩. 並皆納拜有喜色. 還可異矣. 聞漂民輩以康津居民. 詭言於彼人云. 蓋以濟州人與琉球國. 曾有結怨之事. 故或慮報復. 濟州漂民. 輒皆詭言於日本云. 而旣非琉球國. 則何慮之有也. 曾於戊寅按萊府時. 濟州柑子進上船隻. 漂到馬島. 而馬島亦依例護送矣. 我國漂民. 如泊於馬島. 則付送於年例入送使便. 此所謂順付船也. 若或漂泊於日本他州. 轉自馬島而出來. 則別定差倭. 此所謂漂差倭別送使也. 一年之內. 漂差倭多至五六次. 海民之漂到者似多矣. 釜山關文封入來. 前月二十五日成帖也. 巡營移文二度同來. 一是求請豹皮入送也. 一是支應排站也. 釜鎭報狀中. 只言各宅平安. 又不得見家書. 愁鬱奈何. 護行正官平如卿見遞. 代以杉村采女平蕃祐矣. 平如卿卽是昨年釜山出來正官藤如卿也. 頃到南泊. 以護行正官擧行之後. 忽書平如卿於單子中. 而其子蕃卿. 方以裁判隨行矣. 或稱藤哥或稱平哥. 雖是蠻夷無識者. 豈有如許之道乎. 日本之大姓. 是平源藤橘四姓. 而皆是賜姓云. 毋或無難於改易姓氏耶. 可駭可駭.

1764년 6월 15일

맑고, 서남풍이 불고 낮에는 비가 뿌렸다. 세이잔지西山寺에서 잤다.

새벽에 망하례를 하였다. 점차 고국이 가까워지니 대궐을 향한 그리운 마음이 더욱 간절하였다. 정오 무렵에 대마도주와 이테이안以酊菴 장로가 와서 뵈었는데, 이는 후추府中로 돌아온 뒤의 규정이며, 맞이하여 읍하는 의식은 전례대로 하였다. 수석 통역관에게 잔치를 멈추라는 말을 대마도주에게 보내게 하였다. 대개 이곳으로 돌아오면 때로는 공적이거나, 사적인 잔치가 있었지만, 우리들은 최천종 사건의 범인에 대한 심문의 판결을 기다리고 있는 중이라 의리상 잔치에 참여할 수 없었다. 오사카 성에 있을 때에도 이런 뜻으로 차왜 무리들에게 분부했고, 또 대마도주의 집을 들렀을 때에도 마땅히 오고가는 일이 있어야 한다고 심부름꾼에게 답하여 내 뜻을 보여주었다.

오는 길에 들으니, 저들은 또, 사신의 의義는 마땅히 이와 같으나 이러한 공적인 잔치는 이미 관백이 베푸는 것이라서 대마도주의 사사로운 잔치와는 달라, 결코 그만 둘 수 없다고 하였다. 연달아 수석 통역관을 보내 일의 이치를 따져 꾸짖었는데, 오늘 이미 대마도주와 마주 대하게 되어 먼저 이 말부터 하고 재차 왕복하였다. 대마도주는, "갑자기 그만 두기가 곤란하니 돌아온 뒤에 모두 헤아려서 보고하겠습니다."라고 말하였다.

또 낮은 벼슬아치의 시체선屍體船을 내보내는 일을 단단히 타일러 경계하라는 것과 우리나라 표류민을 즉시 내보내라는 뜻을 언급하였더니, 그는, "시체선은 배의 장비들을 보수하여 엊그제 비로소 이키노시마에 도착했습니다. 멀지 않아 이곳에 도착할 것이며, 아울러 표류민의 배도 즉시 내보내겠습니다."라고 답하였다. 음식상은 차리지 않고 단지 인삼차만 권하고 헤어졌다.

저녁식사 뒤에 봉행·재판 등이 외청으로 와서 보기를 청하였다. 수석 통역관이 말하기를, "이 잔치는 비단 관백이 베풀 뿐 아니라, 사행길에서 귀국할 때에는 잔치를 베풀지 않은 때가 없었습니다. 또 이번 일이 벌어진 것은 쓰시마 사람이 한 것이니, 만약 잔치를 베풀지 않는다면, 이는 쓰시마에 태수가 없다는 것입니다. 그렇게 되면 쓰시마의 태수는 도쿄의 막부에게 더욱 의심받을 것이며, 우리들에게는 죽음만이 있을 뿐입니다. 쓰시마의 봉행 등은 관소 밖에서 머문 채 밤을 새워 버티었는데, 그 거동이 매우 경망스럽고 조급하였습니다."라고 하였다.

수석 통역관은 이 말을 귀국하는 도중에 들어와서 알리려고 하다가 혹 이것 때문에 지체될까 봐 걱정되어 꽤 고민하였다고 한다.

나는 웃으며 수석 통역관에게 말하기를, "저들이 무식하다고는 하나 사신이 의義로써 처신하는 행동이 당연하다는 것을 이미 알고 있으며, 또 우리가 끝내 잔치에 가지 않는다는 것도 틀림없이 헤아릴 것이다. 그런데도 이와 같이 하는 것은 다른 것이 아니다. 대마도주의 집에 가 보고자 하는 것은 의혹을 깨기 위해서 인데, 오사카 성에 있을 때 대마도주의 본가를 방문한 예와 같이 해 주기를 바랄 뿐이다. 잔치 자리에 가고 안 가고는 우리에게 달렸지 저들에게 있는 것이 아니다. 저들이 어찌하겠는가? 우선 기다려 보면 저절로 요청이 있을 것이다."라고 했다.

대구 통인通引 백태륭白泰隆, 동래 통인 김대진金大振 · 정중교鄭重僑, 김해 통인 배상태裵尙泰 등 네 사람이 갓을 쓰기를 원하여 허락하였다.

晴西南風午洒雨. 留西山寺. 曉行望 賀禮. 漸近故國. 益切戀 闕之忱. 午間島主與酊菴長老來見. 還到府中後例也. 迎揖如例. 使首譯以宴享權定事. 送伻於島主. 蓋還到此處. 時有公私宴享. 而吾輩既在待勘中. 則義不可以參赴宴席. 故自在坂城時. 以此意分付於差倭輩. 亦於島主家歷見時. 以當有往復事. 示意於答伻矣. 來路聞之. 則彼人輩亦以爲使道處義. 似當如此. 而公宴既是關白所設. 與島主私宴有異. 決不可停之云云. 故連使首譯. 以事理責諭之. 今日既對島主. 故先發此言. 再次往復. 則島主以爲猝難停當. 歸後當商量仰報云矣. 又以中下官之屍體船. 申飭出送事. 我國漂民亦卽出送之意言及. 則答以屍體船因修補船具. 再昨始到壹岐島. 非

久來此. 竝與漂民船當卽出送云云矣. 不設饌床. 只勸蔘茶而罷. 夕後奉行裁判等來外廳請見. 首譯以爲宴享. 非但關白所設. 信行還到時. 未有不設宴享之時. 且今番事變. 出於馬州人. 如不設宴享. 則是馬州無太守也. 馬州太守尤當見疑於江戶. 吾輩有死而已. 馬州奉行等. 仍留館外. 達夜相持. 擧措頗爲輕躁云云. 首譯以此入告行中. 或慮因此遲滯. 頗爲苦悶. 余笑謂首譯曰. 渠輩雖無識. 使臣處義之當然. 亦已知之. 又必揣其終不赴宴. 而故爲如此者. 此無他. 其欲往見島主家. 以破疑惑. 如坂城時歷見島主本家例耳. 宴席之赴不赴. 在我不在彼. 渠將何爲. 姑待之則自有所請云矣. 大邱通引白泰隆. 東萊通引金大振鄭重僑. 金海通引裴尙泰等四人. 願爲加冠. 故許之.

1764년 6월 16일

맑고 남풍이 불었다. 세이잔지西山寺에서 잤다.

대마도주가 봉행에게 말을 전하기를, "잔치를 할 수 없다면 잠깐만이라도 왕림해 주십시오. 차만 대접하고 마치겠습니다."라고 하였다. 삼사가 상의하였는데, "이를 만약 허락하지 않는다면 돌아가는 기간이 지체될 것이다. 또 돌아가는 길에 주인의 본가를 잠깐 보는 것은 잔치에 참석하는 것과는 크게 다르다."라고 하여, 즉시 허락하고 수석 통역관을 시켜 답을 보냈는데, 매우 감사하다고 하였다.

쓰시마로 돌아온 뒤 전례에 따라 행차하는 도중에 지급하는 것을 대마도주 이하 각 차비差備[27]들에게 나누어 주었다. 이키노시마에 머물 때 바치는 물건의 단자에 글을 이미 썼기 때문에, 즉시 지급하도록 한 것이다.

전 태수와 세이잔지의 승려는 우리들의 행차를 비록 수행은 하지 안했지만, 다른 사람과는 달라서 전례에 비추어 지급하였다.

관백이 원역들에게 준 은의 양이 9천 8백 4냥이요, 사신에게 사례로

27 차비(差備): 특별한 사무를 맡기려고 임시로 벼슬을 임명하던 일.

준 은의 양이 1만 3천 1백 12냥이었다. 대신 지급한 공목公木외에 남은 것의 합이 1만 4천 9백 16냥이었다. 원역에서부터 격졸에 이르기까지 지난 무진년 · 기해년 양년의 두 전례에 따라 일일이 나누어 주었다.

설면雪綿 · 색초色綃 및 잡물을 종류에 따라 건건이 나누어 주었는데, 이 또한 돌아오는 길에 이미 건별로 기록을 완성했기 때문이다.(건별 기록은 아래에 있다) 오늘 비로소 물건을 내어 나누어 주도록 했다.

사신 세 명의 노잣돈으로 쓰이는 인삼이 본래는 15근이었는데, 예단의 원래 수가 부족하여 보충을 하는 등 비용을 제하고 나니 실제로는 7근만 남았다. 그래서 또한 이것을 나누어 원역 이하에서 격졸에 이르기까지 나누어 주려고 하였는데, 서울 사람이면 본래의 물품에 맞게 주려고 했으며, 시골 사람이면 그 값에 맞게 계산해 주려고 하였다. 대개 동래지방에 가까운 사람은 일각삼一角蔘[28]을 잘못 사용하여 쉽게 사고를 치기 때문이다.

이미 나누어 줄 물건 기록은 작성하였는데, 이곳보다 앞선 곳에서 나누어 준다면 금법을 범하기 쉽겠기에 한데 합쳐 싸 두었다가, 부산에 도착한 뒤에 내주기로 하였으며 또 '공문을 기다려 쓰겠다.'는 뜻으로 동래부에 말할 계획이었다.

晴南風. 留西山寺. 島主使奉行送伻. 以爲宴享旣不得設行. 則暫賜枉臨. 只設茶而罷云云. 三使相議. 以爲此如不許. 則行期必致遲滯. 且歸路之暫見主人於本家者. 與赴宴大異. 卽爲許之. 使首譯往答之. 則頗以爲謝云矣. 還到馬島後. 例以行中所贈給於島主以下各差備. 而留住歧島時. 已爲封物書單. 故使卽出給. 而前太守及西山僧. 雖非從行. 與他有異. 照例而給之. 關白所贈員役之銀子爲九千八百四兩. 使臣回禮單銀子爲一萬三千一百十二兩中. 防給公木之外. 以所餘合計一萬四千九百十六兩矣. 自員役下至格卒等處. 參互戊己兩例. 一一分派. 至於雪綿色

28 일각삼(一角蔘): 뿌리가 한 가닥인 삼으로 품질이 좋지 않다.

綃及雜物種. 亦件件分派. 並於在路. 已成件記. 件記在下 今日始爲出給. 使之分派之. 三使臣盤纏蔘本爲十五斤. 而禮單元數不足. 稱兩補縮等用下除之. 實餘爲七斤. 故亦爲計分於員役以下下至格卒. 而京人則欲以本色上下. 鄕人則欲爲折價上下. 蓋萊州近地人誤用一角蔘. 易致生事故耳. 件記已成. 而先於此處分給. 則易於犯禁. 故封裹合置. 以待還到釜山後出給. 亦以待公文出用之意. 言於萊府計耳.

1764년 6월 17일

맑고 남풍이 불었다. 세이잔지西山寺에서 잤다.

쓰시마로 돌아온 뒤에 선래편先來便에 장계를 봉하여 보냈다. 선래선은 비록 이미 떠났으나 우리 일행이 중로에서 지체하여 이곳에 도착하였기 때문에 후츄府中에 도착해서는 잔치는 베풀지 않았다. 바람을 기다려 곧 떠나겠다는 뜻을 장계를 써서(계초는 아래에 보임) 빨리 가는 배편에 발송하고 더불어 집으로 가는 편지도 부쳤다.

晴南風. 留西山寺. 還到馬島後先來便封 啓例也. 先來雖已發送. 吾行中路遲滯. 旣到此處. 故以還到府中. 不設宴享. 候風前進之意. 修狀 啓. 啓草在下 出送飛船便. 兼付家書.

1764년 6월 18일

맑고 남풍이 불었다. 세이잔지西山寺에 머물렀다.

오후에 삼사가 학창의鶴氅衣를 입고 위엄을 보이며 대마도주의 집으로 갔다. 헐청歇廳에서 잠시 쉬다가 홍단령紅團領으로 갈아입고 서로 접견하였는데, 잔치가 아니라서 원역들의 예의는 제외하고 다만 편히 앉아서 차 한 잔씩 나누면서 이별의 정을 나누었다.

그 자리에서 나는 "하급관리의 시체를 실은 배를 빨리 보내라는 뜻으로 다시 언급하고 또 양국의 교린에 귀한 것은 성誠과 신信이라는 여덟 글자를 작별에 임하여 드립니다."라고 하였더니, 대마도주는, "하급관리의 시체선은 멀지 않아 보낼 것이며, 작별을 맞아 가르쳐 주신 말씀은 감당하지 못할 정도로 감사할 따름입니다."라고 하였다.

대마도주가 전하는 말을 쓴 작은 종이를 통역관이 가지고 와서 고하였는데, 그 종이는 보지 않고 먼저 그 내용의 대략 들었는데, 즉, '피집삼품신칙사被執蔘品申飭事'와 '고부차왜출장사告訃差倭出場事'라는 두 가지였다. 삼사가 상의하여 답하기를, "사신으로서 해야 할 일 외에는 진실로 하지 않았는데, 이번 사행길에는 이미 전에 없던 변을 만나 장차 본국에서 그 재판의 결과를 기다릴 것입니다. 이러한 일 등을 조정에 보고할 수 없게 되었으니, 대마도주의 말은 일의 근본을 알지 못한다고 할 수 있습니다."라고 하였다. 그리고나서 통역관에게 그 작은 종이를 봉행에게 돌려주게 하였다.

대개 피집삼被執蔘[29]의 품질이 점차 거칠어지고 못나서 여러 역관들을 타일러 경계하는 것이 무방할 듯하였다.

그러나 우리나라의 인삼 값이 전에 비해 배로 뛰었으니 저들은 마땅히 값을 올려야 하는데도, 여러 방면으로 조종하고 질질 끌며 지급을 줄이고 있으니, 이러한 형편에 오로지 우리나라의 장사치와 통역관들만 나무랄 수는 없는 일이었다.

또 고부 차왜告訃差倭로 말하면, 이것은 규정 밖의 일이라 더욱 논의할 바가 아니었다. 마땅히 즉시 사례를 명확히 살펴 엄한 말로 책망할 일이지만, 그 옳고 그름을 막론하고 최천종 재판의 결과를 기다리는 처지라서 진실로 사신의 할 일 외에 간섭하는 것이 부당하다고 여겼다. 그래서

29 피집삼(被執蔘): 동래왜관에서 무역할 때 쓰던 인삼.

단지 일의 근본을 헤아리지 못하였다는 뜻으로 그가 전한 말에 답하여 그 종이를 되돌려 주었다.

잠시 동안 대화를 하고 나와서 헐청歇廳에서 쉬다가 다시 학창의를 입고 관소로 돌아왔다. 대마도주 이하 각처에서 보내 온 서계書契를 모두 거두어 받고, 앞뒤로 받은 공적인 예단품목은 끄집어내어 대마도주에게 맡겼다가 그들에게 부산으로 가지고 와서 바치게 하였는데, 이것이 전에도 있었던 예이다. 개인적으로 받은 예단과 여러 가지 물품은 원역과 사공들에게 일일이 나누어 주었다.

제주의 표류민을 다시 불러 보고 삼방의 정사, 부사, 종사관이 각각 백미 한 섬씩을 내어 주었다. 그들이 따라오겠다고 하기에 수석 통역관으로 하여금 차왜들에게 분부하였더니 '문서가 아직 작성되지 않아 며칠 내로 보낼 것이며, 사스우라佐須浦에서의 예에 따라 그들을 수색하여 검사한 뒤에 보내겠다.'고 하였다. 이 일이 변방 국경에 관계된 일이라서 서둘러 빨리 처리하게 하였다.

이 섬 안에 먹을 수 있는 풀뿌리가 있는데 이름을 감저甘藷 또는 효자마孝子麻라 부른다. 일본식 발음으로 고귀위마古貴爲麻라 한다. 그 생김새가 산약山藥과 같고 혹은 무 뿌리와도 같으며 오이나 토란과도 같아 그 모양이 일정하지 않다. 그 잎은 산약 잎과 비슷하지만 조금 크고 두꺼우며 약간의 붉은색을 띤다. 덩굴 역시 산약 덩굴보다 크며, 그 맛이 산약에 비해 조금 더 단단하고 진실로 뚜렷한 기운이 있으며, 반쯤 구운 밤 맛과도 같다. 생것으로 먹을 수도 있고 구워서 먹을 수도 있으며 역시 삶아서도 먹을 수 있다. 곡식과 섞어서 죽을 쑬 수도 있고, 잘라서 정과正果[30]로도 만들 수 있다. 혹은 떡을 만들거나, 혹은 밥에 섞을

---

30 정과(正果): 온갖 과실 · 새앙 · 연근 · 인삼 등을 꿀이나 설탕물에 조려서 만든 과자.

수도 있어 하지 못하는 것이 없으니 흉년을 구할 수 있는 좋은 재료라 할 만하다. 이 고구마는 중국 남경南京으로부터 일본으로 들어와 일본의 육지와 여러 섬에 많이 있다고 들었는데, 그 중에서도 쓰시마에 더욱 많다고 말하였다.

그 심는 법은 봄에 양지 바른 곳에 심은 후에, 덩굴이 땅위로 조금 올라오고 그 덩굴의 한 두 마디를 잘라 땅에 붙여 흙을 덮어 주게 되면, 그 묻힌 곳을 따라 전부 알이 달리게 된다. 알의 크기는 그 토질의 품질이 맞고 안맞고에 따른다. 잎이 떨어지고 가을이 깊어진 후에, 그 뿌리를 캐서 구덩이를 조금 깊게 파고, 고구마를 한 층으로 펴서 두르고 흙을 여러 겹으로 덮고, 다시 고구마를 한 층으로 펴고 또 흙을 덮어 단단히 다진다. 이렇게 하기를 5~6층으로 한 뒤에 짚을 두텁게 쌓아 그 땅위를 덮고 비바람을 피하면 썩지 않는다. 또 봄이 되면 다시 위와 같이 심는다고 한다.

지난해 처음 사스우라左須奈浦에 도착했을 때, 고구마를 보고 두 말 정도를 구해서 부산진에 보내 종자로 삼게 하였는데, 지금 돌아가는 길에 또 이것을 구하여 앞으로 동래東萊의 아전들에게 줄 예정이다.

일행 중에서 많은 사람들 역시 그것을 얻은 자가 있었다. 이것들을 과연 모두 살려서 우리나라에 널리 퍼뜨리기를 문익점文益漸[31]이 목화를 퍼뜨린 것과 같이 한다면, 어찌 우리 백성들에게 큰 도움이 되지 않겠는가?

또 동래에 심은 것이 만약 덩굴을 잘 뻗는다면, 제주도 및 다른 섬에 옮겨 심는 것이 마땅할 듯하다.

---

31 문익점(文益漸): 1329년~1398년. 진주목의 강성현 사람으로, 고려 공민왕 때 과거에 급제한 후 거듭 승진하여 정언이 되었고, 원나라에 사신으로 갔다가 목화 종자를 들여왔다. 이후 공양왕때 이성계의 정책에 반대하다가 조준의 탄핵으로 물러났다.

고구마 이동경로

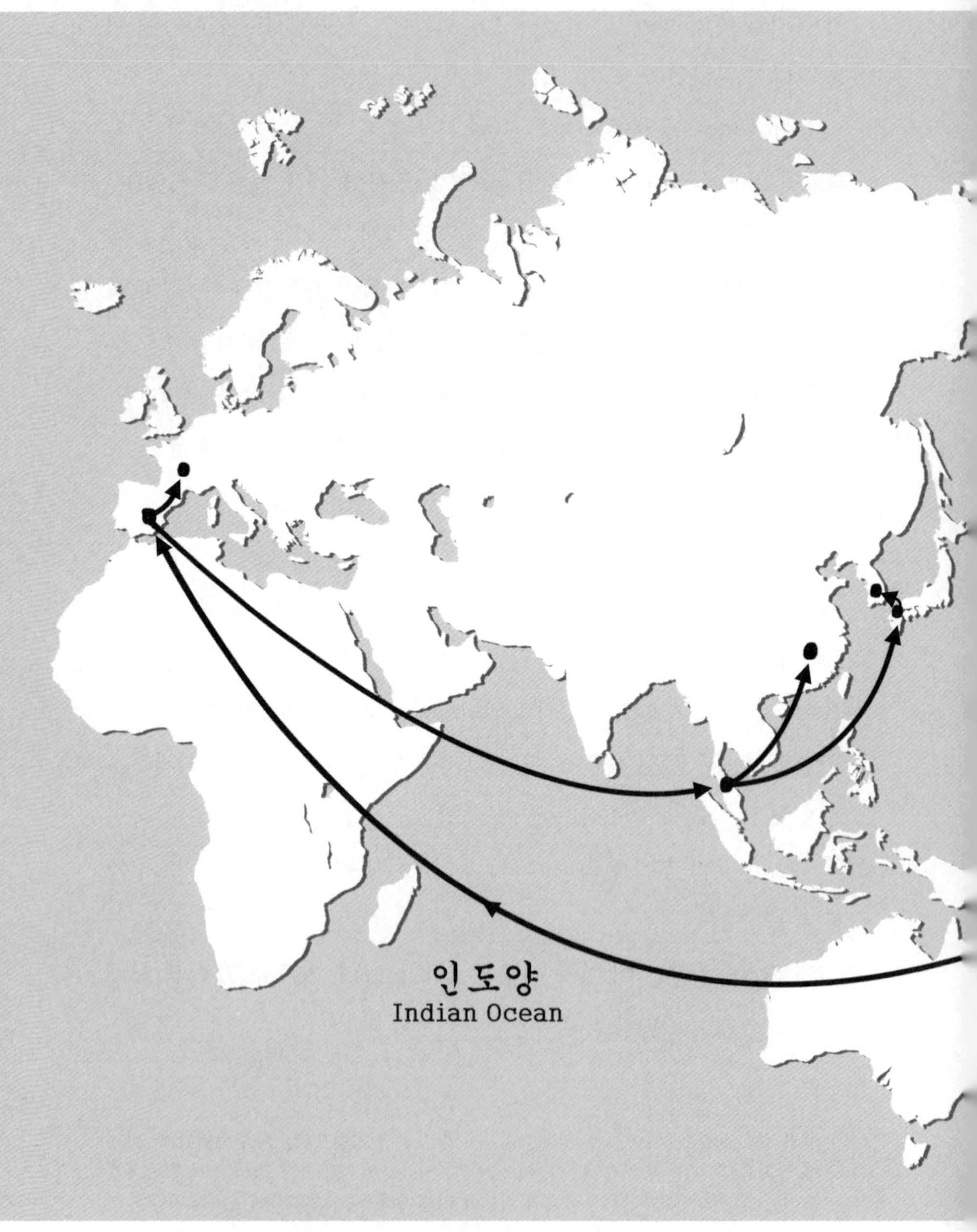

북극해
rctic Ocean
평양
fic Ocean
대서양
Atlantic Ocean
남극해
Southern Ocean

들었는데, 제주의 토속이 쓰시마와 비슷한 것이 많다고 한다. 고구마가 과연 잘 번성한다면, 제주도민이 해마다 먹을 것을 달라고 요청하는 것과 나창羅倉(전라도에 있는 창고)에서 배를 띄워 곡식을 운반하는 일은 거의 없어질 것이다. 다만 토질이 맞는지 아직 확실치 않고, 토산이 모두 다르니 과연 그 번식이 뜻대로 될런지? 또한 반드시 그렇게 되기를 바라지 않겠는가?

일본이 처음에는 문자를 숭상하지 않다가 오진 천황應神天皇[32]에 이르러서 백제가 경전과 여러 박사를 보내 주었고, 리쥬 천황履中天皇[33]에 이르러서 국사國史를 두었으며 게이타이 천황經體天皇[34]에 이르러서는 백제가 또 오경박사를 보냈다. 긴메이 천황欽明天皇[35]에 이르러서 백제가 불상과 불경을 보내주었다. 일본의 불교가 여기에서 시작되었다.

백제 사람 왕인王仁[36]과 아직기阿直妓[37]는 어느 때에 들어왔는지 알 수 없으나 일본에서 처음으로 글을 가르쳤으며, 이후 임진왜란 때 우리 조선사람 수은睡隱 강항姜沆[38]이 4년 동안 포로로 잡혀 있었는데, 그때

---

32 오진 천황(應神天皇): 201년~310년. 일본의 제15대 천황으로 신공황후(神功皇后)의 아들이다. 천황(天皇)이란 칭호를 최초로 사용했다고 전해진다.

33 리쥬 천황(履中天皇): 336년~405년. 일본의 제17대 천황.

34 게이타이 천황(經體天皇): 465년~531년. 일본의 제26대 천황.

35 긴메이 천황(欽明天皇): 509년~571년. 일본의 제29대 천황.

36 왕인(王仁): ? ~ ?. 백제 근구수왕 때 일본에서 학자와 서적을 요청하자 왕의 손자 진손왕(辰孫王)과 함께 《논어(論語)》 10권과 《천자문(千字文)》 1권을 가지고 건너가 오진 천황의 태자에게 글을 가르쳐 일본에 한학(漢學)을 일으키게 했다.

37 아직기(阿直妓): ? ~ ?, 백제 근초고왕 때 왕명으로 일본에 건너가 일본 천황에게 말 2필을 선사한 후, 말 기르는 일을 맡아 보았다. 이후 그가 경서에 능통한 것을 알고 태자의 스승으로 삼았다.

38 강항(姜沆): 1567년~1618년. 조선 중기의 문신, 의병장이다. 호는 수은(睡隱)이고, 임진왜란 때 의병장으로 활약하였으며, 정유재란 때 일본에 포로로 끌려가 성리학을 전하였고 귀화를 종용하자 1600년에 탈출하여 고국으로 돌아왔다. 이후 대구향교 교수, 순천향교 교수 등을 지낸 뒤 학문연구와 후학 양성에 전념하였다.

후지와라 세이카舜首座(藤原惺窩)[39]란 승려가 따라 다니면서 서로 교유하여 비로소 일본에 학문을 열었다. 후지와라 세이카舜首座의 속세의 이름은 후지와라 렌부藤斂夫이며 호는 성와惺窩로, 제자는 송창산宋昌山이다. 송창산의 제자에 기노시타 쥰안木貞幹(木下貞幹)[40]란 사람이 있는데, 호를 쥰안順菴이라고 한다. 그는 많은 가르침을 남겼다. 그의 제자 무로 규소鳩巢(室鳩巢)[41]란 사람은 이학理學에 이름이 났다.

호가 하쿠세키白石인 겐요源璵(아라이 하쿠세키新井白石)와 호가 호슈芳

39 후지와라 세이카(藤原惺窩)): 1561년~1619년. 후지와라 세이카(藤原惺窩)는 유학자가 되면서 지은 호이며, 세이카(惺窩)는 강항이 그를 위해 쓴 〈성재기(惺齋記〉와 〈시상와기是尙窩記〉에서 각각 한 자씩을 따와서 지은 것이다. 어려서 승려가 되어 교토의 쇼코쿠지(相國寺)에 들어가 공부했다. 1590년 조선통신사로 정사 황윤길, 부사 김성일과 시문을 주고받았으며, 특히 서장관 허성과 접촉하면서 조선유학에 대하여 감명을 받았다. 그리고 정유재란 때 포로로 잡혀온 강항과 교유하면서 일본 주자학을 발전시켰다.

40 기노시타 쥰안(木下順菴): 1621년~1699년. 에도시대 전기의 유학자. 조선에서는 목하순암(木下順菴), 목순암(木順菴), 목정간(木貞幹)이라 하였다. 호는 준안(順庵) 빈진사이(敏愼齋) 바라도(薔薇洞)로, 교토 출신이다. 1682년 막부에 등용되어 쇼군 도쿠가와 쓰나요시(德川綱吉)의 시강(侍講)이 되었고, 제자들을 개성과 재능에 따라 교육하였다. 문하생으로 아라이 하쿠세키(新井白石), 무로 규소(室鳩巢), 아메노모리 호슈(雨森芳洲), 기온 난카이(祇園南海) 등이 있다. 학문적으로는 주자학의 입장이었지만, 십삼경주소(十三經注疏)의 중요성을 언급하였고, 왕양명(王陽明)의 문(文)을 존중하는 등, 후지와라 세이카(藤原惺窩) 이후의 학풍을 이어 주자학만을 고집하지는 않았다. 1682년 조선통신사 윤지완(尹趾完)일행이 도쿠가와 쓰나요시(德川綱吉)의 습직(襲職)을 축하하기 위해 일본을 방문하였을 때, 여러 문사들과 함께 제술관 성완(成琬) 등 조선문인을 찾아가 필담을 나누고 시문을 주고받았다. 저서로 『금리문집(錦里文集)』 등이 있다.

41 무로 규소(室鳩巢): 1658년~1734년. 교토에서 기노시타 준안(木下順庵)에게 주자학을 배웠으며, 아라이 하쿠세키(新井白石)와 비견되는 기노시타(木下) 문하의 준재(俊才)로 불렸다. 1711년 아라이 하쿠세키의 추천으로 막부(幕府) 유관(儒官)이 되었으며, 그의 개혁을 도왔다. 후에 쇼군인 도쿠가와 요시무네(德川吉宗)의 시강(侍講)이 되었다. 1711년에 조태억(趙泰億) 조선통신사 일행이 도쿠가와 이에노부(德川家宣)의 습직(襲職)을 축하하기 위해 일본에 건너가 에도 혼간지(本願寺)에 머물고 있을 때, 제술관 이현 등과 만나 교유하였다. 저서로 『적수의인록(赤穗義人錄)』『헌가록(獻可錄)』『준태잡화(駿台雜話)』 등이 있다.

후지와라 세이카(舜首座).

洲인 아메노모리 호슈雨森東[42]는 모두 글을 잘하였으나, 스승 기노시타 쥰안貞幹이 머리도 깎지 않고 화장火葬도 하지 않는 중국의 제도를 따라 하려다 오히려 쫓겨나서 죽자, 아라이 하쿠세키도 스승의 학설을 따랐고 또 나라의 풍속을 바꾸려다가 역시 바꾸지 못하고 죽었다.

또 송창산宋昌山의 제자에 하야시 도순林道春의 일파가 있었는데, 하야시 도순의 호는 라잔羅山이다. 처음으로 태학두太學頭가 되었다. 태학두는 곧 일본에서 문한文翰을 장악하는 직책이다. 하야시 도순의 아들 서恕는 호가 가호후鵝峯이다. 손자 노부아쓰信篤는 호가 세이우整宇이다. 노부아쓰信篤의 아들은 노부미쓰信充이며, 노부미쓰의 아들은 노부토키信言로 지금까지도 태학두를 세습하고 있는데, 그 문장을 보면 족히 일컬을 만한 것이 없다. 노부아쓰信篤는 아라이 하쿠세키 그리고 아메노모리 호슈와 함께 서로 대립하였는데, 하야시 도순의 무리가 더욱 번창하였다. 아메노모리 호슈의 무리로서 쓰시마에 있는 자는 마쓰노신益之進과 아사오카 이치가쿠紀蕃實인데 아사오카 이치가쿠는 편지 글이나 겨우 통하는 정도에 불과하였다. 이른바 그들의 학술이란 무릇 모두 이단異端에 가깝다. 이토 진사이伊藤維貞(1627년~1705년. 유학자 겸 사상가)는 호를 진사이仁齋라고 부르는 사람인데, 《동자문童子問》이란 책을 저술하여 정程 · 주朱[43]를 비웃고 헐뜯었다. 근래에 호를 소라이徂徠 또는 겐엔蘐園이라 한 부쓰모케이 시게노리物雙栢 茂卿(1666년~1728년. 유학자 겸 사상가)란 자가 있는데, 비록 스승으로 본받아 이을 만한 것은 없지만, 그 문장은 모든 사람보다 뛰어났다. 또 《논어징論語徵》을 저술하여 맹자 이하

42 아메노모리 호슈(雨森芳洲): 1668년~1755년. 우삼동(雨森東)은 아메노모리 호슈의 조선식 별칭이다. 에도 중기의 유학자로, 주자학 계통의 기노시타 쥰안에게 사사받았으며, 이후 스승의 추천으로 1689년부터 쓰시마 번의 유학자로 근무하였다.

43 정 · 주(程 · 朱): 정호(程顥), 정이(程頤)형제와 주희(朱熹)를 일컬음.

를 다 비웃고 헐뜯었으며, 주자주朱子註를 가짜 주註라 하였다. 이 두 사람 오규 소라이와 이토 진사이의 말은 사람들에게 깊이 들어 있고 그 유파流派도 길다.

생각하건대, 호를 서하西河라고 하는 청나라 사람 모기령毛奇齡[44]이 주자를 공격하고 배척하여 스스로 《육경원사六經原辭》를 지은 것과 같을 것이다.

그러니 이것으로 말을 한다면, 양명陽明의 학술이 천하에 넘쳐나는데 주자의 학은 유독 조선에서만 행해진다. 온갖 음陰이 찢기고 다한 나머지, 한 줄기 양陽을 붙드는 책임이 오로지 우리나라의 여러 선비들에게 있다고 하지 않겠는가!

일본의 학술은 어두운 긴 밤중이라고 해야 옳으며, 일본의 문장은 앞을 못 보는 장님이라고 해도 된다. 그 중에서 골라서 말하자면 후지와라 세이카舜首座의 파가 가장 올바른 학문이라 하겠다.

일찍이 호를 순안春菴이라 한 다케다 순안竹誠直(竹田春菴, 1661~1745. 주자학을 숭상한 에도시대 유학자로 본명이 사다나오定直이다.)이란 자가 있어 《사서소림四書疏林》을 저술하였다. 상당히 정·주程·朱를 종주宗主로 삼았다. 오사카 사람으로 호를 괄낭括囊이라 한 루스 도모노부留守友信란 자 또한 이토 진사이와 오규 소라이의 학문을 배척하였다.

이번 사행길에서 문사文士에 대해 보고 들은 것으로 말한다면 별로 일컬을 만한 학술은 없었고, 대략 문자에 조금 뛰어난 자가 있었다.

---

44 모기령(毛奇齡): 1623년~1716년. 중국 명말청초 때 저장성 소산(蕭山) 사람. 호는 초청(初晴) 또는 추청(秋晴)이다. 학자들은 서하선생(西河先生)이라 불렀다. 1679년 박학홍사과(博學鴻詞科)에 응시하였으며, 한림원검토(翰林院檢討)에 임명되어 명사(明史) 편찬에 참여하였다. 양명학 영향을 받았으나 고증학(考證學)을 좋아하여, 경학(經學)·역사·지리 등에 관한 많은 저술을 남겼다. 주자(朱子)를 비판한 『사서개착(四書改錯)』, 염약거(閻若璩)의 『고문상서소증(古文尚書疏證)』을 반박한 『고문상서원사(古文尚書寃詞)』 등이 있다. 『서하합집(西河合集)』 400여 권이 있다.

도쿄江戶에는 호를 순다이春臺라 하는 다사이 쥰太宰純이 있는데, 그는 곧 오규 소라이의 가장 뛰어난 제자이다. 《시론詩論》과 《문론文論》을 저술하였는데, 기백은 스승에 미치지 못하지만 논의論議는 제법 그보다 낫다.

오카이 겐슈岡孝先(岡井嵰州, 1702년~1765년. 유학자로 에도에서 제술관 박경행(朴敬行) 등과 교유) 역시 오규 소라이의 파요, 기무라 데이칸木貞貫(1716년~1766년, 유학자로 에도에서 제술관 남옥과 교유)과 시부이 다이시쓰澁井平(澁井太室, 1720년~1788년. 유학자로 주자학을 중심으로 교육에 힘을 쏟아 뛰어난 공적을 남겼다)는 하야시 도순林道春의 문도인데 깊게 볼 만한 것은 없었다. 시바노리쓰잔柴邦彦(柴野栗山, 1736년~1807년. 유학자)이란 자는 나이가 어리지만 글의 기운이 매우 강건하였으나 그 사람됨이 편벽하였다. 오카 메이린岡明倫(하야시 호코쿠林信言의 문인) 역시 어리면서도 숙성하였다.

오와리노쿠니尾張州에는 호를 군잔君山이라 하는 마쓰다이라 군잔源雲(松平君山, 1697년~1783년, 유학자 지리학자)이 있었는데, 그 제자로 호가 소슈滄洲인 아카마쓰源正卿와, 호가 신센新川인 오카다 신센岡田宜生(岡田新川. 1737년~1799년. 조엄통신사 일행과 교류한 시인)은 모두 시문을 잘하였으며 아름다운 삶이 더욱 뛰어났다.

교토西京에는 오카다 핫쿠岡百駒(岡田白駒, 1692년~1767년. 에도시대 유학자로 어학에 능통하였다)와 하리마 세이켄淸絢(播磨淸絢, 에도시대 유학자로 제술관과 남옥과 교유하였다) 그리고 아쿠타가와 단큐芥煥(芥川丹丘. 1710년~1785년. 역학과 불교에 능통한 시인)가 있는데, 이들을 교토의 삼걸三傑로 지칭한다. 모두 이름이 실상보다 지나치다. 호가 로도魯堂인 나바시소那波師曾(那波魯堂, 1727년~1789년, 유학자, 조선통신사를 수행)는 쓴 책이 크게 기이하지는 못하지만, 듣고서 알아보는 사람이 가장 많았다.

오사카大坂에는, 호가 도난斗南인 호소이 한사이合離(細合半齋, 1727년

~1803년, 서예가, 유학자로 제술관 남옥이 그의 재주를 높이 평가함)와 호가 도쿠쇼안獨嘯菴인 구부봉求富鳳이란 자가 특히 우수하였으며, 호가 겐가도蒹葭堂인 기무라 겐카도木弘恭(木村蒹葭堂)이란 자는 시문은 족히 잘한다고 말하지는 못하겠지만, 기이한 글을 많이 가지고 있었다. 비젠노쿠니備前州에는 호가 시메이四明인 이노우에 시메이井潛(井上四明, 1730년~1819년. 시문에 능한 유학자로 제술관 남옥과 교유)와 호가 세이가이西涯인 곤도 아쓰시近藤篤(1723년~1807년, 유학자)란 자가 있었는데, 이노우에 시메이井潛가 더욱 총명하였다.

나가토노쿠니長門州에는 호가 가쿠다이鶴臺인 다키 가쿠다이瀧長愷(1709년~1773년, 유학자이고 아카마가세키(赤間關)에서 제술관 남옥(南玉) 등과 교유하였다. 의학 등에도 정통)와 호가 다이로쿠大麓인 구사바 다이로쿠草安世(草場大麓, 1740년~1803년. 서예가로 가미노세키에서 조선통신사신을 대접하며 교유) 두 사람이 글로 이름이 났는데, 호소이 한사이細合半齋가 더 노련하고 익숙하였다.

지쿠젠노쿠니筑前州에는 가메이 난메이龜井魯(龜井南溟, 1743년~1814년. 유학자로 시문에 능했고, 구문학龜門學의 시조)가 있는데 나이가 어리고 재주가 기묘하여 성공이 기대된다고 한다. 대개 나가사키시마長岐島에 배가 개통된 이후 중국의 서적이 많이 흘러 들어왔다. 그 중 뜻이 있는 자는 점차 문장에 나가게 되어 무진년(1748년, 영조24)에는 글을 지어 주고받는 것이 매우 성대했다고 한다. 이후로 이 무리들이 과연 문장으로 도를 배워서 점차 학문의 경계에 들어간다면, 비록 섬 오랑캐이지만 중국에 진출할 수 있을 것인데, 어찌 오랑캐라 하여 끝내 그들을 버릴 수 있겠는가? 다만 천 년 동안 더러움에 물든 풍속만은 큰 역량 큰 안목이 아니면 갑자기 변경하기 어려울 것이다. 구차스럽고 변변치 못한 시어詩語로 앞날의 징조를 잡을 수 없다는 것이 두렵다.

일본이라고 하는 나라는 우리나라의 남쪽과 동쪽에 있으며 사면이 바다로 둘러 있고 동서가 8백리, 남북이 4천리이다. 일찍이 어떤 일기日記를 보았는데, 인人자 모양이라고 하였다. 지도를 보면 남쪽의 기이紀伊와 동북의 무쓰陸奧가 양획陽畫 인人 자의 왼쪽 획의 양 끝이 되고(當爲陽畫之頭尾) 남쪽의 야마토太和와 서북의 쓰시마가 음획陰畫 인人 자의 오른쪽 획이 될(當爲陰畫之頭尾) 것이다. 8도 66주로 나누어져 기나이畿內道가 나라의 중심이며, 야마시로山城, 야마토太和, 가와치河內, 이즈미和泉, 셋쓰攝津 5주가 이에 속한다.

도카이도東海道는 나라의 동쪽에 위치하며 이가伊賀, 이세伊勢, 시마노志摩, 오와리尾張, 미카와參河, 도토미遠江, 스루가駿河, 가이甲斐, 이즈伊豆, 사가미相模, 무사시武藏, 아와安房, 가즈사上總, 시모우사下總, 히타치常陸 15주가 속한다.

도산도東山道는 동북의 육지에 위치하며, 오미近江, 미노美濃, 히다飛驒, 시나노信濃, 고즈케上野, 시모즈케下野, 무쓰陸奧, 데와出羽 8주가 속한다.

호쿠리쿠도北陸道는 나라의 북쪽에 위치하며 와카사若狹, 에치젠越前, 가가加賀, 노도能登, 에츄越中, 에치고越後, 사도佐渡 7주가 속한다.

산인도山陰道는 나라의 북쪽에 위치하며, 단고丹波, 단바丹後, 다지마但馬, 이나바因幡, 오우키伯耆(다른 본에는 백기伯耆로 되었음), 이즈모出雲, 이와미石見, 오키隱岐 8주가 속한다.

산요도山陽道는 나라의 서쪽에 위치하며, 하리마播摩, 미마사카美作, 비젠備前, 비츄備中, 비고備後, 아키安藝, 스오周防, 나가토長門 8주가 속한다.

난카이도南海道는 나라의 남쪽에 위치하며, 기이紀伊, 아와지淡路, 아와阿波, 사누키讚岐, 이요伊藝, 도사土佐 6주가 속한다.

사이카이도西海道는 나라의 서쪽에 위치하며, 지쿠젠筑前, 지쿠고筑後, 부젠豐前, 분고豐後, 히젠肥前, 비고肥後, 휴가日向, 오스미大遇, 사쓰마薩摩 9주가 속한다.

이키壹岐 · 쓰시마對馬 2주는 8도 66주 안에 있지 않다. 66주는 모두 나라를 자칭해서 각 진鎭이 이에 속해 있어 이른바 8도는 단지 구획으로 나누었을 뿐, 우리나라의 지방 수령 같은 그런 것과는 같지 않다. 또 66주는 각각 거느린 군郡이 총 6백 28군이고, 또 각각 녹봉을 총 2천 3백만여 석을 두었다.

무쓰陸奧에 속한 군은 54, 녹봉은 1백 80만여 석으로, 지방의 녹봉이 나라에서 최고이지만, 동북쪽에 위치하여 항상 춥다. 토지가 비록 넓지만 오히려 개척되지 않은 곳이 많아 거의 우리나라의 함경도 지방과 같다고 한다.

무사시武藏에 속한 군은 21, 녹봉은 80여만 석이다. 야마토 · 가와치 · 이세 · 시모우사 · 미노는 모두 속군이 15~16씩 되며, 히타치常陸 · 오미近江 · 데와出羽는 녹봉이 모두 7~8십만 석 정도이다. 그 다음으로 지방의 크고 작음에 따라 속군의 녹봉이 각기 많고 적음이 있다. 쓰시마 · 이키 · 시마노志摩 3주는 각기 2읍邑의 속군을 두었고 녹봉 역시 1~2만 석을 넘지 않는다.

대개 들으니, 일본의 토지세는 매우 높고 과중하지만 세금 외에 요역徭役은 없으며, 태수가 받은 것은 그 소속된 곳에 미친다고 한다. 우리나라 각 읍의 물자와 힘으로 말하면, 비록 쓰시마 · 이키노시마 같은 보잘 것 없는 읍이라도 역시 우리의 아주 큰 고을이나 큰 읍에 맞먹는다.

바다의 뱃길은 앞에서 이미 대략 논했으며, 도쿄에 도달하는 육지의 큰 길은 두 길이 있다. 이키노시마 · 쓰시마 해안길은 곧 통신사가 왕래하는 땅이다.

이마스今須 역참으로부터 오가키大垣에 못 미쳐서 길이 나뉘어져 미노美濃 · 시나노信濃 · 고즈케上野 등의 고을을 거쳐 도쿄에 들어간다. 이 길이 가장 적합한 길로 해안 길과 비교하면 반드시 2~3일의 노정은 단축할 수 있다. 그런데 저들이 하필 길을 우회하여 먼 길을 간 것은 그 까닭을 모르겠다. 혹 촌락의 번성함이 뱃길로 가는 것보다 좋아서 이를 자랑하고 싶은 것은 아니었는지?

전국의 지방을 총 합쳐 논하면 물이 많고 땅이 적다. 그 토지의 산출을 생각하면 반드시 우리나라의 삼남지방인 경상, 전라, 충청을 넘지 못할 것인데, 지나는 길에서 본 것으로 계산한다면 백성의 수가 거의 수백만이 넘으니 진실로 많다고 할 만하다. 얼핏 듣기로는 5~6백 리나 혹은 천 리 밖에서 사는 백성들이 관광을 하기 위하여 도시락을 싸 가지고 온다고 한다. 이것으로 말을 한다면, 전국 백성의 과반이 모두 우리가 지나오면서 본 길에 모인 것이다. 우리나라의 백성이 비록 옛날만은 못하지만, 영남의 한 도로 말한다면 1백 50여만의 인구이니 8도를 모두 합하여 계산하면 그 수가 결코 일본의 백성 수보다 많을 것이다. 우리나라의 토지와 백성의 무리를 가지고 위강魏絳의 계책[45]을 쓴다면, 단지 바다와 육지의 자연적 한계 때문에 우리나라의 병사를 쓰기 어려울 뿐 아니라, 여러 대 동안 역대 임금의 시대에 변방을 편안케 하고 백성을 쉬게 하는 훌륭한 뜻을 저들이 어찌 감히 그 뜻을 공경스럽게 받들지 않겠는가?

晴南風. 留西山寺. 午後三使以鶴氅衣陳威儀. 往島主家. 少憩歇廳. 以紅團領相接. 而旣異宴享. 故員役禮數則除之. 只平坐一進茶. 而各敍別意之餘. 余以中下官

45 위강(魏絳)의 계책: 편안할 때 위험을 생각하라(居安思危).

屍體船. 從速出送之意. 更爲言及. 又以兩國交隣. 貴在誠信以此八字. 臨別贈言云爾. 則島主對以中下官屍體. 非久當爲出送. 而臨別贈言之教. 不任感謝云矣. 島主書伻語於小紙. 使首譯來告. 故不見其紙. 先聞其槪. 則以被執蔘品申飭事. 告訃差倭出場事二件也. 三使相議. 卽爲答伻日. 使事之外. 使臣固不爲之. 況今行旣遭無前之事變. 將爲待勘於本國. 不可以此等事. 仰稟於 朝廷. 島主伻言未識事體之意答之. 且令首譯. 還其小紙於奉行處. 蓋被執蔘品. 漸益麤劣. 申飭衆譯. 似無妨矣. 但我國之蔘價. 比前倍踊. 則彼人固宜增價. 而百般操縱. 延拖減給. 此其事勢. 有不可全責我國之商譯. 至於告訃差倭. 此係規外. 尤非可論者. 卽當明辨事例. 嚴辭責之. 而毋論是非. 待勘之蹤. 固不當參涉於使事之外. 故只以不量事體之意. 答其伻言. 退還小紙焉. 霎時接話. 出休歇廳. 更着鶴氅衣還館所. 島主以下各處書契. 並爲收捧. 前後公禮單物種. 則出付馬人. 使之來納於釜山. 例也. 私禮回禮雜物種. 又爲一一分派於員役沙工等處. 濟州漂民等. 更爲招見. 三房各出白米一石以給之. 渠輩則欲爲隨行. 故使首譯分付差倭輩. 則謂以文書姑未成出. 數日內當爲發送. 而例於佐須浦搜檢以送云. 旣係邊情. 使之從速治送之. 島中有草根可食者. 名日甘藷. 或謂孝子麻. 倭音古貴爲麻. 其形或如山藥. 或如菁根. 如瓜如芋. 不一其狀. 其葉如山藥之葉. 而稍大而厚. 微有赤色. 其蔓亦大於山藥之蔓. 其味比山藥而稍堅. 實有眞氣. 或似半煨之栗味. 生可食也. 炙可食也. 烹亦可食也. 和穀而作糜粥可也. 拌淸而爲正果可也. 或作餠或和飯. 而無不可. 可謂救荒之好材料也. 此物聞自南京流入日本. 日本陸地諸島間多有之. 而馬島尤盛云. 其種法. 春和後種之於向陽之處. 待其草蔓之出土稍長. 取其蔓間一二節. 貼地掩土. 則隨其所掩處. 輒皆抱卵. 卵之大小. 必隨土品之當否矣. 葉脫秋高之後. 採取其根. 坑坎稍深. 鋪藷一匝. 實土數寸. 復鋪甘藷. 又實堅土. 如是者五六層後. 多積藁草. 厚築蓋土. 俾避風雨. 得免腐傷. 待春出種如法云矣. 昨年初到佐須奈浦. 見甘藷求得數斗. 出送釜山鎭. 使之取種. 今於回路. 又此求得. 將授於萊州校吏輩. 行中諸人. 亦有得去者. 此物果能皆生. 廣布於我國. 與文綿之爲. 則豈不大助於東民耶. 萊州所種. 若能蔓延. 移栽於濟州及他島. 似爲宜矣. 聞濟州土俗. 或似馬島者多. 甘藷如果蔓盛. 則濟民之逐歲仰哺. 羅倉之泛舟運穀. 庶可除矣. 但地宜未詳. 土產皆異. 蕃殖之如意. 亦何可必也. 日本初不尙文字. 至應神天皇. 百濟送經傳諸博士. 至履

中皇. 置國史. 至經體皇. 百濟又送五經博士. 至欽明皇. 百濟送佛像佛經. 佛敎始此. 百濟人王仁阿直妓. 未知何時入來. 而始教書籍於日本. 伊後壬辰亂時. 我朝人姜睡隱沆. 被拘四年. 其時有僧舜首座者. 相與從遊. 始開文敎. 舜首座俗名藤歛夫號惺窩. 其弟子宋昌山. 昌山弟子有木貞幹號順菴者. 多有教訓. 其弟子鳩巢者. 以理學名. 源璵號白石. 雨森東號芳洲者. 皆能文. 而貞幹不剃髮不火葬. 欲從華制. 見放而死. 源璵遵其師說. 又欲變國俗. 亦廢死. 宋昌山又有弟子林道春一派. 道春號羅山. 始爲太學頭. 太學頭. 卽日本掌文翰之職. 道春之子恕號鵝峯. 孫信篤號整宇. 信篤子信充. 信充子信言. 至今世襲太學頭. 而觀其文翰. 無足稱者矣. 信篤與源璵雨森東分門相角. 而林之徒尤盛. 森東之徒在馬島者. 益之進紀蕃實. 蕃實不過僅通書辭矣. 所謂學術則大抵皆近異端. 有伊藤維貞號仁齋者. 著童子問. 毁侮程朱. 近有物雙栢字茂卿號徂徠一號園者. 雖無師承之可言. 其文章則超越諸子. 著論語徵. 自孟子以下皆侮而詆之. 以朱註爲僞註. 兩人言入人深而流派遠. 想若淸國毛奇齡號西河者. 攻斥朱子. 自著六經原辭. 然以此言之. 陽明之術. 汎濫天下. 而朱子之學. 獨行於朝鮮. 群陰剝盡之餘. 一脈扶陽之責. 豈不專在於吾東多士耶. 日本學術則謂之長夜可也. 文章則謂之瞽矇可也. 就其中而言之. 舜首座之派. 最稱正學. 曾有竹誠直號春菴者. 著四書疏林. 頗知宗主洛閩. 大坂人留守友信號括囊者. 亦能排藤物之學. 以今行所聞見於文士者言之. 則別無學術之可稱. 略有文字之稍勝者. 江戶則太宰純號春臺者. 卽物雙栢之高弟. 有所著詩論文論. 光焰則不及其師. 而論議則頗勝之. 岡孝先亦雙栢之派. 木貞貫澁井平. 乃林氏之徒. 而無甚可觀. 柴邦彦者. 年少而文氣頗健. 但其爲人頗僻. 岡明倫亦年少夙成. 尾張州則有源雲號君山. 其弟子源正卿號滄洲. 岡田宜生號新川者. 皆能詩文. 而宜生尤勝. 西京則有岡白駒淸絢芥煥. 稱西京三傑. 而皆名過其實. 那波師曾號魯堂者. 述作雖不甚奇. 最多聞識. 大坂則有合離號斗南. 求富鳳號獨嘯菴者獨優. 木弘恭號蒹葭堂者. 詩文雖無足稱. 多蓄奇書. 備前州則有井潛號四明. 近藤篤號西涯者. 而潛尤贍敏. 長門州則有瀧長愷號鶴臺. 草安世號大麓. 並有文名. 而瀧頗老成. 筑前州則有龜井魯. 年少才妙. 可期有成云矣. 蓋聞長崎島通船之後. 中國文籍. 多有流入者. 其中有志者. 漸趨文翰. 比戊辰酬唱頗勝云. 此後此輩果能因文而學道. 漸入于學問境界. 則雖是島夷. 可以進於中國. 豈可以卉服而終棄之哉. 但千年染汙

之俗. 非大力量大眼目. 則猝難變革. 恐不可以區區詩語. 把作先示之兆也. 日本爲國. 在於我國南之東. 而四面環海. 東西八百里. 南北四千里. 曾見日記. 謂以人字形. 以地圖觀之. 則南之紀伊東北之陸奧. 當爲陽畫之頭尾. 南之太和西北之對馬. 當爲陰畫之頭尾. 而分爲八道六十六州. 畿內道在一國之中. 而山城太和河內和泉攝津五州屬焉. 東海道在一國之東. 而伊賀伊勢志摩尾張参河遠江駿河甲斐伊豆相模武藏安房上總下總常陸十五州屬焉. 東山道在東北陸地. 而近江美濃飛驒信濃上野下野陸奧出羽八州屬焉. 北陸道在一國之北. 而若狹越前加賀能登越中越後佐渡七州屬焉. 山陰道在國中之北. 而丹波丹後但馬因幡伯著出雲石見隱岐八州屬焉. 山陽道在國之西. 而播摩美作備前備中備後安藝周防長門八州屬焉. 南海道在國中之南. 而紀伊淡路阿波讚岐伊藝土佐六州屬焉. 西海道在國中之西. 而筑前筑後豊前豊後肥前肥後日向大隅薩摩九州屬焉. 壹岐對馬兩州則不在八道六十六州之內矣. 六十六州皆自稱國. 各鎭所屬. 而所謂八道. 只是分劃. 未有若我國方伯者然矣. 且六十六州各有屬郡. 摠爲六百二十八郡. 各有祿俸. 摠爲二千三百萬餘石矣. 陸奧屬郡五十四. 祿俸一百八十萬餘石. 地方祿俸. 最於一國. 而處於東北. 陰寒常凝. 土地雖廣. 尙多未闢. 殆如我國之北關云矣. 武藏屬郡二十一. 祿俸八十餘萬石. 太和河內伊勢下總美濃屬郡. 皆爲十五六. 常陸近江出羽祿俸. 皆過七八十萬石. 其次則隨其地方大小. 屬郡祿俸. 各有多寡. 而對馬壹岐志摩三州屬郡. 皆爲二邑祿俸. 亦不過一二萬石矣. 蓋聞日本田稅. 則極爲高重. 而稅外更無徭役. 太守所捧者. 派及所屬云. 而以我國各邑物力言之. 則雖如馬島壹岐之殘邑. 亦可爲雄府大邑也. 海洋程道. 則曾已略論. 而陸行大路之達于江戶者有二. 歧馬濱海之路. 是信使往來之地也. 自今須站未及大垣. 而分路歷美濃信濃上野等州. 入于江戶. 此乃當中之路. 比濱海之途. 必減數三日程. 而彼人之必以迂路遵行者. 未知其故. 無或村落之繁盛. 海路爲勝. 欲爲誇耀而然耶. 一國之地方. 摠而論之. 水爲多而陸爲少. 想其土地所出. 必不過我國之三南. 計其歷路之所見. 人民則殆過數百萬. 固可謂多矣. 仄聞五六百里或千里外. 居民爲此觀光. 多有裹粮而來者云. 以此言之. 一國人民過半. 皆聚於歷路所見之中矣. 我國人民雖不如古時. 以嶺南一道言之. 尙爲一百五十餘萬口. 摠八道而計之. 則厥數必有優於日本之人民矣. 以我國土地人民之衆. 猶用魏絳之策. 非但以天限海陸. 難施千群之武夫. 列聖朝安邊息民之盛

意. 安敢不式克欽承也哉.

39. 요시우라(배)芳浦 1764년6월19일

맑고 남풍이 불었다. 오후 1시에 쓰시마 후츄(이즈하라)를 떠나 초저녁에 요시우라芳浦 앞바다에 도착하여 배 위에서 잤다.

쓰시마의 차왜 무리들이 필히 날짜를 끌려고 잇따라 와서 출발을 하루 이틀 미루기를 소원하였고, 대마도주 또한 이것 때문에 사람을 보냈지만, 모두 허락하지 않고 당일 날이 밝을 무렵에 배에 올라탔다. 차왜 이하가 미처 행장을 꾸리지 못해서 즉시 와서 대기하지 못한다고 말하였다. 그래서 오후에야 썰물을 이용하여 뱃머리를 돌리고 행초령行初令[46]을 내렸더니, 쓰시마 사람들이 분주히 달려와서 모였고, 대마도주와 장로 역시 배 위에서 작별하려고 배를 타고 바다 어귀를 나왔다. 각 배들이 차례로 5~6리를 항해하자 삼사와 대마도주 그리고 장로가 각각 배 위에 서서 서로 읍례를 하여 작별하기를 처음에 사행 갈 때와 같이 하였다. 쓰시마 후츄를 벗어나 돛을 올리고 나아가니 각 배들 역시 상쾌하였다. 수십 리를 항해하였는데 바람이 잦아들자 노를 저어서 요시우라芳浦에 날이 저물어서야 들어왔다.

요시우라에는 선두항船頭項이 있는데 배 한 척을 수용할 만큼 크고 넓었다. 양쪽 언덕의 나뭇가지가 정박한 배 난간에 뻗어 있어 급히 우회하였으며, 물결도 아주 급하였다. 그래서 좌우를 상앗대로 버티면서 간신히 포구 안쪽 바다로 들어갔는데, 사면을 돌고 돌아 되돌아오니 굽이굽이 배를 숨길 만한 곳이 어느 곳인지 알지 못하겠다. 하늘이 만든 험

46 행초령(行初令): 행군을 알리는 명령.

한 곳이라 할 만하였다. 더구나 아름다운 풀과 이상한 나무들이 가깝고 먼 산에 두루 가득하니 아마도 쓰시마노쿠니 중에서 가장 뛰어난 경치라 생각된다. 부두는 5리 안쪽에 있는데 그곳은 더욱 깊숙하다고 말하는 소리를 들었다. 경치가 더욱 볼 만한 것이 마땅히 있겠지만, 날이 저물어 앞으로 나아가기가 어려웠다. 중류에 닻을 내리고 배 위에서 밤을 보냈다. 차왜 무리들이 뒤따라 도착하여 배 밖에서 안부를 물었다. 그래서 수석 통역관에게 모든 일을 타일러 경계시키도록 하였다.

오늘은 70리를 왔다.

晴南風. 未時離馬州. 初昏到芳浦內洋. 留船上. 馬州差倭輩必欲延拖日字. 連乞退行一二日. 而島主亦以此送伻並皆不許之. 當日平明乘船. 則差倭以下. 稱以未及治行. 不卽來待. 故午後因潮退回船頭. 行初吹令. 則於是馬人紛走來會. 島主長老亦以船上揖別. 乘船出洋口. 各船以次而行五六里. 三使與島主長老各立船上作別. 行相揖禮如來時例. 旣離馬州. 乘帆而進. 亦各快闊. 行數十里. 風微櫓役. 日暮入芳浦. 浦有船頭項廣可容一船. 兩岸樹枝來泊船欄. 又甚迂回. 而水勢且急. 左右撑篙. 僅僅入內洋. 則四面回抱. 曲曲可以藏船. 不知其幾所. 可謂天作之險阻也. 況其嘉卉異木. 遍滿內外山. 想是馬州中第一勝景處也. 船倉則聞在於山內五里許. 而轉益深邃云. 景槪尤當有觀. 而日已昏暗. 有難於前進. 下碇中流. 經夜船上. 差倭輩始爲追到問候船外. 故使首譯申飭凡事. 是日行七十里.

40. 니시도마리우라(배)西泊浦 1764년6월20일

맑고 남풍이 불었다. 날이 밝을 무렵에 출발하여 오후 5시에 니시도마리우라西泊浦에 정박했다. 배 위에서 잤다.

날이 밝을 무렵에 바다 어귀를 나와 노를 저어 나아가는데 니시도마리우라에 거의 도착할 무렵, 부사가 사람을 보내 계속 전진하자고 하였다. 나는 도요사키豐崎는 험한 곳이라 반드시 물때를 기다렸다가 가야 하며, 지금 앞으로 물이 거슬릴 것이고 또 날이 저물 것이니, 니시도마리우라에 들어가서 정박하자고 답하여 보낸 뒤에 부두에 들어갔다. 사행 갈 때의 경치가 어제와 같았으며 겨울과 여름의 구별이 없어 기이하였다.

어제 저녁에 쓰시마의 전 태수 소 요시시게平義蕃의 아들 반쥬蕃壽가 우지에 효고氏江兵庫라는 사람에게 일본산 물품 4~5종을 삼사(정사, 부사, 종사관) 앞으로 예물단자를 써서 지니고 뒤따르게 해서 중로에 도착했다.

우리 통신사행은 그에게 줄 것이 없었고, 회례回禮[47]와는 다른 것이 있어 물리쳐 받지 않아야 마땅하지만, 또 생각해보니 이것은 그의 아버지가 호의로써 보낸 것이라 다른 나라 사람의 호의를 부끄럽게 할 수는 없었다. 그래서 부사·종사관과 의논하여 명주·종이·과일·먹 등 6종류를 한 단자로 만들어 답례하였다.

반쥬는 나이가 16~17세로 매우 얼굴이 아름답다고 들었다. 지난번 이곳에 와서 후츄府中(이즈하라)에 있을 때에 길가의 주문朱門[48]에 어린아이 셋이 아름다운 옷을 입고 구경하고 있었는데 용모가 모두 단정하고 빼어났다. 내가 물어보았는데 모두 반쥬의 동생이라고 하였다.

소 요시시게平義蕃는 사람됨이 매우 꺼려한다고 하였는데, 지금 그의 네 아들은 모두 사람답다고 하니 쓰시마노쿠니의 권력이 앞으로 이들에게 돌아갈 것인가?

전 태수는 이번 사태 이후에 크게 놀라 호행차왜 무리들을 엄하게 꾸짖었다고 한다. 또 이러이러한 여러 말들이 있는데, 비록 그 말이 무엇인지 정확히 알 수는 없지만, 과연 우리들이 들은 대로라면 그 역시 사

---

47 회례(回禮): 사례의 뜻을 나타내는 예.

48 주문(朱門): 지위가 높은 벼슬아치의 집을 비유해서 이르는 말.

람의 도리를 안다고 할 만하다.

전 태수가 요구한 서첩은 써 줄 형편이 못 되었다. 최천종 사건의 결과를 기다리는 중이라 이런 한가로운 일에 응할 수 없어 서첩은 돌려주겠다는 뜻을 통역관에게 전하게 하였는데, 전 태수가 매우 개탄하였다고 하였다.

오늘은 1백 70리를 왔다.

晴南風. 平明發船. 酉時次西泊浦. 留船上. 平明出洋口. 櫓役以進. 幾到西泊. 副使送伻. 欲爲前進. 而豐崎險處. 必待潮而行. 今將水逆. 且又日暮. 故以入泊西泊之意答送. 進入船倉. 去時物色. 依如昨日. 無別於冬夏. 可怪也. 昨暮馬州舊太守平義蕃之子蕃壽稱以氏江兵庫者. 以四五種倭産. 三使前各書禮物單子. 追到中路矣. 使行無所給. 則與回禮有異. 似宜退却. 而想是其父. 以好意委送之. 異國人好意. 有不可孤. 故議於副從事. 以紬紙果墨等六種. 都單回答之. 聞蕃壽年方十六七. 爲人頗佳云. 而頃往府中時. 路邊朱門. 有童穉三人. 美服觀光者. 容貌俱皆端妙. 問之則皆是蕃壽之弟也. 曾聞平義蕃爲人頗難. 今其四子皆如人. 馬州之權力. 其將歸於此曹耶. 舊太守於今番事變之後. 大爲驚駭. 嚴責護行差倭輩. 或有云云之說. 雖不可的知. 果如所聞則其亦可謂知人事矣. 舊太守所求書帖. 將不可書給. 故以方在待勘中. 不得酬應於閑漫事. 書帖還送之意. 使首譯傳言. 則舊太守頗爲慨歎云云矣. 是日行一百七十里.

41. 이즈미우라(배)泉浦 1764년6월21일

맑고 동풍이 불었다. 날이 밝을 무렵에 출발하여 이즈미우라泉浦에 닿아 배 위에서 잤다.

사행 갈 때에는 처음에 니시도마리우라에서 곧장 부산으로 건너가려고 했다. 어제는 선장과 사공들에게 뒤쪽 언덕에 올라가 멀리 바라보도록 하였는데, "도요사키豐崎는 바위너설이 매우 길게 둘러 쳐져 있으니,

안전한 길은 도요사키를 넘어 오우라大浦 또는 사스우라佐須浦에 도착해서 바람을 기다렸다가 출발하는 것이 좋겠습니다."라고 말을 하였으며, 지토선地土船[49]과 사토선沙土船도 그렇게 여겼다. 아침에 바람이 매우 잔잔하여 도요사키를 향하여 출발하였지만, 파도가 몹시 세게 치고 게다가 역류를 만나 넘어 가기가 어려웠다. 앞에서 안내하던 차왜선이 도요사키에 가까이 가기 전에 배를 돌려 이즈미우라泉浦로 향하였다. 우리 배도 따라가서 닻을 내리고 물결이 순해지기를 기다렸다.

오전 9시부터 바람이 점점 줄고 파도가 조금 잔잔해져 바다를 건널 만하였다. 그러나 차왜들은 물결이 거슬린다고 핑계를 대고 배를 출발시키지 않았다. 왜인의 짐이 저녁때쯤 도달하면 옮겨 싣게 되어 있다고 말하는 것을 들었다. 생각건대 그 짐을 기다리는 것 같았다. 실로 놀랍도다.

만약 도요사키만 지나가게 되면 호행선을 기다리지 않아도, 우리 배들만으로도 항행할 수 있는데, 도요사키의 암석 사이는 여러 호행선의 힘이 아니면 뚫고 지나가기 어려워 할 수 없이 머물러 있어야 했다.

멀리 부산 · 동래 · 기장 등지를 바라보니 산의 형태가 눈앞에 완연하였다. 사람들 모두가 한번 껑충 뛰어 건널 수 있는 마음인데, 지금 오늘도 순풍이 불지 않아 매우 안타깝고 슬프다. 그러나 너무 위험한 곳이라 더욱 신중해야 하며, 여러 사람들이 조급해하니 더욱 진정시켜야 했다. 마음을 쓰는 괴로움이란 무슨 일이든 다 이러하다.

오늘은 40리를 왔다.

晴東風. 平明發船. 次泉浦. 留船上. 去時初意欲自西泊浦. 直渡釜海矣. 昨日使船將沙工輩. 登後岡遙望之. 則豐崎石角之周回甚長. 其在萬全之道. 不如踰越豐

49 지토선(地土船): 지방의 백성이 가지고 있는 배.

崎. 到大浦或佐須浦. 待風發船云云. 地土沙土亦以爲然. 朝來風勢甚微. 故前向豐崎. 波濤極盛. 且値逆流. 有難越去. 差倭船在前幾近豐崎. 回舟向泉浦. 我船隨至. 下碇暫留. 以待水順之時矣. 自巳時風勢漸緊. 波濤稍息. 似可以渡海. 而差倭輩則謂以水逆. 稱托不發. 而聞倭人卜物. 向夕追到移載云. 想是等待渠卜也. 良可痛駭. 若踰豐崎. 則不待護船. 自可行船. 而豐崎石間. 非護行諸船之力. 則有難鑽過. 不得已淹留. 而望見釜山東萊機張等地. 山形完在於目前. 人皆有一躍可渡之心. 此時失一日順風. 甚可痛駭也. 然極是險處. 尤當致愼. 衆人躁急. 尤當鎭安. 用心之苦. 無事不然矣. 是日行四十里.

42. 부산釜山 1764년6월22일. ~6월24일)

맑고 남풍이 불었다. 날이 밝을 무렵에 출발하여 밤 9시에 부산釜山에 도착했다.

날이 밝을 무렵에 배가 출발하여 밀물을 타고 도요사키豐崎의 바위너설을 넘었는데, 그 위태로운 바가 사행 갈 때에 비하면 좀 나았다. 봄이나 여름에 항해하는 것이 과연 추운 겨울보다 나았다.

우리와 저들의 사공들이 모두, “오늘은 바람이 반드시 순조로울 것입니다.”라고 하였다. 그래서 밤에 부사와 종사관과 더불어 오가며 상의하였다.

배가 겨우 도요사키豐崎를 지나자마자 곧 포를 쏘고 깃발을 나부끼며 곧장 부산으로 향하였다. 각각의 배들도 포를 쏘며 뒤를 따랐으나 왜선은 사스우라로 향한 채 배를 돌리지 않았다.

이에 대해 사람을 시켜 물어 보았더니, “참관站官의 말이 참站을 건너 지나칠 때 사스우라에 들어와서 방향을 바꾸라고 하였습니다.”라고 말하였다. 그렇지만 다시, “이제 막 순풍이 부는데 어찌해서 바다를 건너지 않느냐? 즉시 와서 호행하라.”고 잇따라 독촉하였더니, 비로소 여러 왜선이 우리를 쫓아왔다. 수석 통역관의 말을 들으니, 차왜 무리가 어제 곧장 건너겠다고 마음먹고 이미 서로 논의하였는데, 오히려 질질 끌면서 가지 않으려는 모습은 곧 사스우라 참관에게 체면치레를 하려는 뜻이라고 하였다. 그 습성이 참으로 교묘하다.

아침 7시부터 바람이 남쪽에서 불어오더니 점점 세게 불었다. 깃발과 뿔피리는 북쪽을 향하였고, 배의 속도는 날아가는 것과 같았다. 배 위는 안정되고 편안하였으며 사람들 마음은 모두 상쾌하였다. 6척의 배는 서로 바라보면서 항해하였다. 오전에 벌써 부산으로 가는 항해의 반이 지났다. 오후부터 1~2분간 서풍이 섞여 불었고, 단지 파도만 있었을 뿐인데 오히려 배의 속도는 빨랐다. 절영도絕影島(부산 영도구)를 50~60리 앞에서 바라보니, 빠른 조수가 옆으로 옆으로 흘렀다.

혹시 남천南川과 좌수영左水營 사이로 표류하지 않을까 걱정이 되어 마음을 써가며 배를 몰아 겨우 표류를 면하였다. 부기선과 종일토록 나란히 항해하였고, 삼복선三卜船은 앞서거니 뒤서거니 하였다.

삼기선과 일복선一卜船은 수십 리 밖으로 떨어져서 따랐고, 부복선副卜船은 왜선 때문에 처음으로 앞에 있었다. 부산의 예인선이 오륙도 밖까지 나와서 맞이하여 처음으로 우리나라 사람을 만나게 되니 그 기쁨을 무엇으로 말할 수 있을까?

부산진釜山鎭의 장교가 공장公狀[50]을 바치길래 내가 나라가 평안하냐고 물었더니, "나라는 평안하지만 가뭄 때문에 흉년이 될 것 같습니다."라고 말하였다. 한편으론 다행이고 한편으론 답답하였다.

날이 저물어 갈 무렵에 오륙도 앞바다로 들어가자 부산 첨사 이응혁李應爀과 개운開雲·두모豆毛의 만호가 배를 타고 와서 뱃머리에서 맞이

---

50 공장(公狀): 수령이나 찰방이 관찰사 또는 수군절도사를 공식적으로 만날 때 보이던 관직명을 적어 내는 편지.

하였다.

이응혁에게 배에 오르라고 하였더니, 우리 일행을 맞이하러 부산진에 와서 기다리던 통진通津 김취행金就行, 동지同知 원희규元熙揆, 첨지僉知 이세춘李世春과 동시에 들어와서 뵈었다. 살아서 고국에 돌아와 여러 막하들을 만나니 놀랍고 기쁜 것이 평생에 처음 있는 일이다.

먼저 이 첨사에게 임금의 안부를 물었더니, 옥체가 강녕하시다고 하였다. 기쁜 마음 한이 없었다. 또 집안 식구 및 형제 · 종친들이 모두 무사하다고 하였다. 아홉 달이나 소식이 막혔던 나머지 안심되어 행복한 마음 또한 절실하였다. 그러나 사내 종 부기富己가 심부름을 와서 기다린 지 이미 석 달이 되었지만, 서울에서 보낸 편지를 배에 전하지 않았고, 동지 원희규와 첨지 이세춘 두 막하의 기색 또한 수상하였다. 그래서 마음속으로 매우 의심하였는데, 조금 후에 들으니, 사천泗川에 살던 서숙庶叔이 지난해 11월 28일에 감기로 돌아가셨다고 하였다. 놀랍기도 하고 슬픔기도 함을 어찌 다 말할 수 있겠는가?

즉시 종제從弟 철瞮에게 부고를 알려야 마땅한 일이지만, 임금의 명을 받들고 외국에 나갔던 신하가 겨우 바다를 건너 돌아와 배에서 미처 내리지도 않고, 배 위에서 먼저 초상을 알리어 목 놓아 운다면, 틀림없이 사람들을 크게 놀라게 할 것이다. 그래서 슬픔을 참고 부두에 도착하기만을 기다렸다.

부기선과 이복선 · 삼복선이 차례로 와서 닿았는데, 삼기선과 일복선이 들어오지 않았다. 포구에서 이미 예인선 여럿을 보냈고, 또 초탐장哨探將(경계를 서거나 염탐을 하는 장수)을 보내었는데, 조금 후에 와서 말하기를, "두 배는 조수에 밀려 좌수영 앞바다로 선회하였습니다. 여러 곳의 예인선들이 힘을 합쳐 끌어당기고 바로잡아서 지금 오륙도 앞바다로 향하고 있습니다."라고 하였다.

부사가 사람을 보내 말하기를, "두 배가 무사하다는 것을 지금 알았습니다. 만약 그 배가 들어와 정박하기를 기다리고자 한다면 반드시 날이 샐 것이며, 또 뱃머리에서 음식을 미리 준비하여 기다리고 있는 각 읍의 제공자들과 뵙기를 바라는 수령들이 매우 많을 것입니다. 먼저 배에서 내리는 것도 무방할 것입니다."라고 하였다. 내 뜻 또한 그러하여 곧 부사와 함께 배에서 내렸다. 가마를 탔을 때, 부사가 나의 손을 잡고 말하기를, "지금에야 면하게 되었소."라고 하였다.

내가 "언젠가는 부산으로 돌아올 것이고, 오게 되어 있기 마련인데 다만 사람이 알지 못했을 뿐이지요. 살아서 고국에 돌아온 것은 임금의 보살핌에 힘입은 바가 컸기 때문이니, 이번 이후로는 강과 바다 그리고 비록 작은 냇물까지도 가리지 않고 더욱 조심해야 하며, 우리는 이것으로 서로 힘을 쓰는 것이 좋을 듯합니다."라고 말하였더니, 부사도 그렇다고 말했다.

뱃머리에 와서 기다리는 부역자들의 가족들이나 문안하러 온 동래의 아전들, 해안가를 가득 메운 구경 온 남녀들, 누구 하나 기뻐하지 않는 이가 없었으며 환영하는 소리가 우레와 같았다. 가깝고 먼 관계를 막론하고, 인정상 어찌 그렇지 않겠는가.

부산진에 종제 철瞮이 이미 와서 숙소를 정리하고 기다리고 있었으므로, 수행원들은 객사에 들어갔지만, 나는 홀로 객사 앞을 지나쳐 곧장 숙소로 들어왔다. 종제 철은 아랫사람으로 수행하기 위해 따라 왔는데 내가 가마에서 내려 그를 불러 손을 잡고 부음을 전했더니, 손수 머리카락을 풀어 헤치고 서로 안고 통곡하였다. 신세의 참혹함을 말할 수 없었다. 돌아가신 아버지의 형제 중에 오직 한 분의 숙부가 남아 계셨는데, 지금 이미 고인이 되셨는데도 나는 만 리 밖에 있어 살아 계실 때와 돌아가실 때에도 서로 만나지 못했으며, 서신마저 통하지 못하다가 여덟 달이 지난 지금에야 비로소 부음을 받들게 되니, 비통한 나의 마음을 말로 다 하지 못하겠다. 하물며 종제 철의 사정은 어떠하겠는가? 목 놓아 통곡하다가 거의 혼미하여 기절하니 지켜보던 여러 사람들도 눈물을 흘리며 슬퍼하지 않는 이가 없었다.

만 리나 되는 바다에 나갔다가 위험한 고비를 여러 차례 넘기고, 고국으로 돌아와 겨우 배에서 내리니, 사람마다 기뻐서 날뛰며 반가움이 넘치는 지금 이러한 참혹한 광경을 보여 동행한 여러 사람들의 기분을 상하게 하고 낙담하게 하였으니, 이는 불행한 가운데 더욱 불행한 일이었다.

상주에게 필요한 여러 물품을 부산진에서 이미 갖추어 놓았지만 오히려 미비한 것이 있고, 또 중도에서 도와줄 동행이 없어서는 안 되겠기에, 이세춘李世春에게 행장을 꾸려 인솔해 따라 가도록 했다. 나는 남아서 그들이 출발하기를 기다렸다가, 수령의 접대와 모든 일의 처리가 한시가 급하여 이세춘과 이연천李漣川의 두 아들에게 떠날 준비물을 살피게 하고 즉시 객관으로 돌아왔다. 좌수사 황심黃宷이 개인적으로 들어와 뵈었다. 그는 내가 경상도 관찰사로 있을 때 나의 막하였다.

동래 부사 송문재宋文載[51], 기장 현감 송재명宋載明 · 사근 찰방察訪 김항진金恒鎭 · 송라松羅 찰방 남범수南凡秀 · 창락昌樂 찰방 민윤수閔潤洙, 좌수영左水營 우후虞候 황만黃曼 · 다대多大 첨사僉使 전명좌全命佐 · 포이包伊 만호萬戶 구선형具善亨이 함께 뵙기를 청하였으며, 동래의 향인鄕人과 교리校吏 수백 명 그리고 순영巡營(관찰사가 일을 보던 관아)에서

51 송문재(宋文載: 1711년(숙종37)~ ?, 호는 행수(幸叟)이며, 1746년(영조22) 알성문과에 급제하여 사간원 정언과 사헌부 지평을 지내고, 1760년 대사간이 되었으나 1763년 문서를 잘못 기록한 죄로 제주에 유배되었다. 곧 풀려나 대사간 · 승지 등을 거쳐, 1764년에 동래부사로 재임하던 중 다시 유배되었다가 이듬해 풀려났다. 이후 대사간, 좌승지, 함경도관찰사, 대사헌, 개성유수, 호조참판을 지냈다.

문안 온 장교將校 · 이노吏奴(아전과 관노비) · 조례皂隸(관노비) 등 20여 명이 모두 함께 달려와 안부를 물었다. 간신히 힘들게 바다를 건너던 마음으로 응대하였다.

마땅히 귀국했다는 사실을 즉시 봉계封啓[52]해야 마땅한데, 종사관의 배와 일복선一卜船이 비록 오륙도 안으로 들어왔지만, 아직 부두에 정박하지 않아서 봉계하지 못하고 기다렸다. 지난 겨울부터 막혔던 서울의 서찰들이 부산진으로부터 온 것이 거의 수백 장에 달했다. 밤은 깊고 정신이 피곤하여 단지 최근에 도달한 형제나 집의 아이에게서 온 각각의 서찰 몇 장만 보고나서 특별히 아무 일이 없다는 것을 대충 알았다.

호행 차왜 등은 이미 왜관으로 곧장 들어갔으며, 우리 배에 탔던 왜인 등은 부두에 도착한 뒤에 내보냈는데, 뱃머리에서 길잡이를 하던 왜인 두 사람에게 각각 쌀 한 섬씩 주었다. 전어관왜傳語官倭(통역) 실우지實于之란 자는 통신사행으로 오고가는 바닷길에 함께 일기선에 탔었는데, 심부름 등의 일에 꽤 성의가 있었다고 말들을 하므로, 쌀과 어물 · 과일 등을 따로 주었다.

해를 넘기며 나라를 떠나 있다가 우리 땅으로 돌아와 처음으로 서울의 소식을 들으니 10여 달 동안에 나라엔 중대한 전례典禮가 있었고, 조정에도 평지풍파가 많았다. 과거시험 문과에 급제한 자가 50~60명이었으며 그 외에 들은 이야기가 한두 가지가 아니었다. 세상과 떨어져 있다가 들은 소식과도 같았다.

우리나라는 국토가 좁아 나라 안의 행역行役이 멀어야 불과 수천 리이다. 매년 중국으로 가는 사행길도 4천리를 넘지 못한다. 만약 가장 먼 행

---

52 봉계(封啓): 밀봉한 문서로 윗사람에게 보고함.

역을 논한다면 일본 통신사가 제일이 될 듯하다. 왕복길이 1만 1천 3백여 리인데 뱃길이 그 5분의 3에 달한다. 이러한 행역이 어찌 운명에 관계되지 않겠는가? 예전에 통신사로 갔다 온 자에 부험符驗(징조를 사실로 경험함)이 있었던 이가 있었는데, 학봉鶴峯 김성일金誠一[53]이다.

천 리 길 일본 땅에日域千里地
보잘 것 없는 한낱 삼한의 신하가三韓一介臣
바람에 큰 믿음 의지하니風頭仗大信
죽고 사는 것 하늘에 맡겼네死生付高旻

라는 구절과 호곡壺谷 남용익南龍翼의

큰 바람에 오동잎 나부끼는데颯颯桐葉起
무성한 대나무에 해가 비스듬히 비추네依依竹日斜
연꽃이 시들어 이슬을 받지 못하고荷殘不受露
술이 따뜻하니 안개가 피려 하네酒煖欲生霞

는 꿈에 지은 것이다. 모두 시참詩讖[54]이었다. 이 밖에도 미리 징조를 보인 것은 일일이 다 말할 수 없다.

나에게는 비록 이러한 기이한 징조는 없었지만, 일찍이 수십 년 전 꿈에 아득한 큰 바다에 나아가 배를 타고 건너가려 하다가 깼다. 오랫동안 잊혀지지 않았었는데, 지난번 바다를 건널 때 배 위에서 둘러보니 완

---

53 김성일(金誠一): 1538년(중종33)~1593년(선조26). 호는 학봉(鶴峯)이며, 1568년 증광문과에 급제하여 승문원권지부정자, 정자, 검열, 대교 등을 거쳤다. 이후 1590년에 조선통신사 부사로 일본에 다녀와 왜가 침입하지 않을 것이라고 보고했다. 1592년 형조참의를 거쳐 경상우도병마절도사로 재직하던 중 임진왜란이 일어나자, 이전의 보고에 대한 책임으로 파직되었다. 서울로 소환되던 중, 잘못을 씻고 공을 세울 수 있는 기회를 줄 것을 간청하는 류성룡 등의 도움으로 경상우도초유사로 임명되어 경상도내 각 고을에서 왜군에 대한 항전을 독려하다 병으로 죽었다.

54 시참(詩讖): 무심히 지은 자신의 시가 우연히 뒷일과 꼭 맞는 일.

연히 옛 꿈과 같았다.

부사가, "지난 봄에 점쟁이에게 점을 쳤더니, 올해에는 배가 말이 되겠다고 말을 했는데, 지금 과연 검증이 되었습니다."라고 하였고, 종사관도, "예전에 꿈을 꾸었는데, 매번 관사에 이를 때마다 굽이굽이 천문만호千門萬戶가 겹겹이었는데, 왜인의 관사를 보니 과연 꿈속에서 본 바와 같습니다."라고 하였다. 이 또한 미리 보인 징조가 아니겠는가? 비록 이를 피하고자 해도 어찌 피할 수 있었겠는가?

하물며 평탄하거나 위험하거나 하더라도 피하지 않는 것이 신하의 당연한 직분이거늘, 어찌 감히 피할 계책을 도모하겠는가?

근세의 통신사는 갔다가 돌아오는 길이 열 달을 넘지 않았는데, 우리 통신사행길이 점점 더 지체가 되었다. 그래서 오사카 성에 있을 때 종사관이 책을 뽑아 '청靑'자를 얻고는, "12월엔 마땅히 돌아가게 된다."고 풀이하였고, 또 나의 시 가운데 '꽃이 피는 11월(花開十一月)'이란 구절을 가지고, "11월에는 마땅히 돌아가리라."라고 말하는 자도 있었다.

부산에 도착한 것이 11개월이고, 서울에는 12개월에는 돌아가게 될 것이니 두 사람의 말 역시 예언이라 할 수 있겠다.

바람의 위험 때문에 생사가 걱정이 되었다. 이전 통신사가 진실로 매우 위험할 때도 많았지만, 세조 때 송처검宋處儉[55]과 김기일金耆一 외엔 돌아오지 못한 자가 없었다. 이것은 모두 요행이었다.

나의 이번 사행길은 때마침 한겨울 바람이 세게 불 때여서, 배가 항해할 때 힘들고 고생스러워 걱정스럽게 마음 쓴 것이 몇 차례인지 알

---

55 송처검(宋處儉): ? ~ ?, 1434년(세종16)에 과거시험에 급제하고, 1460년(세조6) 첨지중추원사로 있을 때 통신사 정사로 호군 이종실(李從實) 부사와 종부시 주부 이근(李覲) 서장관과 함께 예물을 가지고 일본에 갔으나, 배가 난파되어 돌아오지 못했다.

지 못하겠다.

그중 가장 위험했던 것은, 처음에 사스우라佐須浦를 건널 때 치목의 갈라진 판이 떨어져 나갈 때와 새벽에 아카마가세키赤間關를 떠날 때 배가 거듭 급류에 휘말렸던 때였다. 그러나 이키노시마를 건널 때보다 위급한 때는 없었다. 치목이 부러져 떨어져 나가고 파도가 매우 맹렬하여 위급함이 십분 중 구분에 이르렀을 때이다. 그때의 광경을 생각하면 지금도 가슴이 두근거린다. 진실로 천우신조가 아니었다면, 어찌 인간 세상에 다시 설 수 있었겠는가? 이것이 왕명으로 맡긴 것이 아닌 것이 없었으니, 진짜로 임금의 신령함이 우리를 구제한 것이다.

晴南風. 平明發船. 二更還到釜山. 平明發船. 乘潮踰豐崎石角. 其所危險. 比去時差勝. 春夏行船. 果勝於冬寒時矣. 彼我沙工. 皆謂今日風勢必當順利云. 故夜與副使從事往復相議矣. 纔踰豐崎. 卽放砲揮旗. 直向釜山. 各船應砲從之. 而倭船則轉向佐須浦. 不爲回船. 使人問之. 則以爲越站則站官有言乞入佐須浦轉向云. 故更以方有順風. 何不渡海. 卽令來護之意. 連加督之. 則諸倭船始乃從至. 聞首譯之言. 差倭輩. 昨以直渡之意. 已爲相議. 而猶爲持難之形者. 此是遮面於佐須浦站官之意云. 其習誠巧矣. 自辰時風頭自南. 漸漸緊吹. 旗角向北. 舟行如飛船上安穩. 衆心咸快. 六船相望而行. 午前倏已過半. 自午後雜以一二分西風. 只有波濤. 而船行猶疾. 望見絕影島五六十里. 而急潮橫流. 或慮漂流於南川左水營之間. 用心制船. 僅免漂向而副騎船終日雙行. 三卜船或先或後. 三騎船一卜船. 則落後數十里外. 副卜船以倭船之故. 最初在前矣. 釜山曳船來迎於五六島外. 初逢我國人. 驚喜何言. 釜鎭將校呈公狀. 余問國家平安. 則以爲國家平安. 而因旱乾. 年事將歉云. 一幸一悶. 向暮入五六島前洋. 釜山僉使李應爀. 開雲豆毛萬戶乘船來迎于船頭. 使李應爀登船. 則金通津就行. 元同知熙揆. 李僉知世春. 爲候吾行. 來待釜鎭. 一時入謁. 生還故國. 得逢幕屬輩. 驚喜人情. 可謂平生初有. 先問上候於李令. 則玉體康寧. 歡忭曷極. 家眷及兄弟宗屬. 並皆無事云. 九朔阻信之餘. 慰幸亦切. 奴子富已委來等待. 亦已三朔. 而京書不爲來傳於船上元李兩幕之氣色. 無不殊常者. 故心甚疑慮. 少間聞泗川庶叔去年十一月二十八日. 以微感喪出云. 驚愕摧痛. 何可

盡言. 卽宜通訃於㘅從. 而異域含綸之臣. 纔爲還渡. 未及下陸. 先於船上. 發喪號哭. 則必有所大驚彼我人. 故忍悲而挨到船倉. 則副騎二三卜船. 鱗次來泊. 而三騎船一卜船. 不卽入來. 故自浦口先已多送曳船. 又送哨探將. 少頃來告曰. 兩船爲潮水所驅轉向於左水營前洋矣. 各處曳船. 并力回挽. 方向五六島前洋云. 副使送伻以爲兩船之無事. 今已的知. 若欲待其入泊. 則必將天明. 且各邑支供之等待於船頭者. 守令之求謁者甚多. 先爲下陸無妨云. 吾意亦然. 於是與副使下陸. 乘轎之時. 副使握余手曰. 而今吾知免夫. 余曰還渡釜山自有日矣. 特人未知耳. 生還故國. 實賴君靈之攸濟. 而此後則毋論江海雖小川. 尤當致愼. 以此相勉爲可云爾. 則副使曰然矣. 員役家屬之來待船頭者. 萊州將吏之問候者. 觀光男女之滿岸者. 莫不欣欣. 歡聲如雷. 毋論親疎. 人情安得不然也. 釜鎭爲㘅從先已整待下處. 故前排則入客舍. 而余獨戛過. 直入下處. 㘅從以後陪隨來. 下轎招之. 執手傳訃. 親披頭髮. 相抱痛哭. 情境之慘酷. 不可勝言. 先考同氣之親. 只餘一叔. 今作故人. 而身在萬里之外. 不得相見於死生之際. 書信莫通. 今始承訃於八朔之後. 余心悲痛. 已不勝言. 況㘅弟情境乎. 失聲呼痛. 幾乎昏窒傍觀諸人. 亦莫不揮淚哀傷之. 萬里駕海. 累經危域. 得還故國. 纔爲下陸. 人人踊躍. 喜溢之際. 見此慘境. 同行諸人. 擧皆喪氣驚心. 不幸中尤是不幸也. 棘人之治送諸具. 釜鎭已有措備. 而猶有未及者. 且不可無中路扶護之同行. 故使李世春治行率去. 余宜留住. 待其發送. 而守令接待. 凡事區處. 一時爲急. 使李世春及李漣川之兩子看檢行具. 余卽還入客館則左水使黃宋以私禮入謁. 是余嶺營幕下也. 東萊府使宋文載. 機張縣監宋載明. 沙斤察訪金恒鎭. 松羅察訪南凡秀. 昌樂察訪閔潤洙. 左水營虞候黃昮. 多大僉使全命佐. 包伊萬戶具善亨並請謁萊州鄕人校吏數百人. 巡營問安將校吏奴皁隸等二十餘人. 並皆雜踏問候僅僅酬應以渡海之意. 卽宜封啓. 而從事官船及一卜船. 雖入五六島內. 姑未泊船倉. 故不爲封啓而待之. 京洛書札之自前冬見塞者. 自釜鎭來納. 而幾至數百張矣. 夜深神疲. 只見近者所出兄弟及家兒書札各數張. 則蓋知其無他故矣. 護行差倭等. 先已直入倭館. 我船所登倭人等. 到船倉後放送而船頭倭兩人各給一俵米. 傳語官倭實于之者. 去來水路. 俱登一騎船. 使喚等節. 頗有誠意云. 故以米俵魚果等屬. 別爲帖給之. 經年去國之餘. 得還我土. 始聞京洛時奇則十餘朔之間. 國有重大之典禮. 朝多平地之風波. 登文科者五六十人. 其他可聞之端. 不一而足. 便同隔世消息

也. 我國壤地偏小. 國中行役. 遠不過數千里. 每年燕使. 路不及四千里. 若論其行役之最遠. 則當似日本信使爲第一. 往來一萬一千三百餘里. 水路居五分之三. 以此行役. 豈非數命攸關耶. 前後信使之往來者. 或有符驗者. 金鶴峯誠一. 日域千里地. 三韓一介臣. 風頭仗大信. 死生付高旻之句語. 南壺谷颯颯桐葉起. 依依竹日斜. 荷殘不受露. 酒煖欲生霞之夢作. 皆是詩讖也. 此外徵兆之先示. 指不單擧矣. 余則雖無此等奇兆. 而曾在數十年前. 夢中臨大海. 一望杳然. 將欲乘舟而過. 覺來久而不忘. 越海時槎上回首. 宛然如舊夢. 副使則以爲前春推命於善解者. 則謂以今年以舟爲馬格. 今果驗矣. 從事官則以爲曾於夢中. 每到館舍. 則回回曲曲. 千門萬戶者累次矣. 及見倭人客館. 則果如夢中所見云. 此亦豈非先示之兆耶. 雖欲圖避. 其安可得也. 況夷險不避. 臣分當然. 又何敢爲謀避之計也. 近世信使之往還. 無過十朔. 而吾行則漸至遲滯. 故在坂城時. 從事拈冊得靑字. 解以十二月當返. 吾詩中有花開十一月之句. 或謂十一月當歸. 及渡釜海. 乃在十一朔. 將還京洛. 當在十二朔. 兩言亦可謂讖耳. 風頭危險. 生死可慮. 而前後信使. 固多濱危之時. 而光廟朝宋處儉金者一行外. 未有不還者. 此皆僥倖矣. 余於今行. 適値隆冬風亂之時. 行船之際. 艱辛而用慮者. 不知其幾次. 而最其極危者. 初渡佐須浦時. 鴟木分板之墮落也. 曉發赤間關時. 舟再縈回於急灘也. 然未有若渡岐島時. 鴟木折落. 波濤極壯. 將至於九分危急之時也. 商量伊時光景. 心魂尙悸. 苟非天祐神助. 其何能復立於人世上乎. 此莫非王命所付. 正所謂君靈攸濟也.

1764년 6월 23일

맑음. 부산釜山에 머물렀다.

꼭두새벽에 삼기선三騎船과 일복선一卜船이 비로소 부두에 들어왔다. 종사관을 만나, 살아서 고국에 돌아온 감회를 서로 나누었다.

그리고 바다를 건너 고국에 도착했다는 장계狀啓를 작성하여 계초啓草는 장계하단에 넣어 봉하고, 파발로 서울에 올려 보냈으며 덧붙여서 집에도 편지를 부쳤다.

선래 군관의 편지를 보니, 초 2일에 부산에 도착하고 초 7일에 비로소 복명하였으며, 임금이 그들을 불러 보시고 위로하였으며, 이어 군관軍官·제술製述·서기書記 등에게 성과에 맞게 골고루 승진을 시켰으며, 또 조철趙徹에게는 상복을 벗은 뒤 등용할 것을 말씀하시고, 그 아버지에게는 따로 부의賻儀할 것을 함께 하교하셨으니,(연설筵說과 전교傳敎는 아래에 있음) 공적이거나 사적인 감회를 어찌 다 말할 수 있겠는가?

이른 아침에 다시 종제 철의 숙소로 가서 서로 붙잡고 통곡하면서, 대성지행戴星之行[56]을 위해 짐을 꾸려 보내니 찢어지는 듯한 마음을 억제할 수 없었다. 객사로 돌아와 일을 하자니 어수선하여 일이 흐트러지고 잡히지 않아 진실로 답답하였다.

배안의 온갖 기구들은 이를 만들어 납품한 본영本營(본부군영)에 모두 돌려줘야 마땅하다. 그래서 떠나기 전에 이미 그 유무와 온전한 지 고장인 지 여부를 살펴 점검하고 책으로 만들어 좌·우수영으로 보냈다.

또 군물軍物은 모두 만들어 납품한 본영과 본진에 되돌려 보내고, 빌려온 물건은 건건이 공문을 보내 되돌려 주었으며, 화약과 화전火箭 등의 쓰고 남은 것은 요구하는 정도에 따라 각 영營과 읍邑과 진鎭에 나누어 주었다.

최천종崔天宗의 아버지와 그의 형제들은 부산포에 와서 기다리면서 날마다 시체가 오기를 바라다가, 뒤에 떨어져 온다는 말을 듣고 울부짖으며 일제히 호소하였다. 이미 차왜의 수표手標도 받았으며 또 쓰시마 태수에게 직접 말도 하였으니 반드시 올 것이다. 잠시 기다려 보라고 위로는 하였지만, 그 정상의 참혹함은 차마 볼 수가 없었다.

어제 배 안에서 들었는데, 서울 제동濟洞의 이웃집 사람 정대수鄭大

---

56 대성지행(戴星之行): 부모의 부음을 듣고 밤새워 가는 것.

受가 초봄에 경상도 관찰사로 부임하였으며, 그의 편지가 부산에 도착한 것이 여러 번이라 하였다. 매우 위로가 되고 기뻤다.

晴. 留釜山. 曉頭三騎船及一卜船. 始爲入泊船滄. 從事官歷見. 相敍故土之生還. 卽封渡海狀 啓. 啓草在下 騎撥上送. 兼付家書. 見先來軍官之書. 初二日果渡釜海. 初七日始復 命. 上引見慰諭. 仍下軍官製述書記等調用承傳. 又下趙曮待闋服調用. 其父則別致賻事. 並爲 下教. 筵說 傳教在下 公私之感. 如何盡言. 早朝更往曮從下處. 相握痛哭. 治送載星之行. 心懷如裂. 不能自抑. 卽還客舍. 酬應凡事. 撓攘多端. 良可憫也. 船中什物. 固宜盡還造納之本營. 故未渡海前. 已爲點考有無完傷. 修成册. 移關於左右水營. 軍物則並還造納本營鎭. 借來物件一一行關還送. 火藥火箭等物之用餘者. 隨其所求多少. 並皆分送於各營邑鎭. 崔天宗父及兄弟來待釜浦. 日望屍體之出來. 聞其落後. 號哭齊訴. 以旣受差倭之手標. 且再次躬言於馬島太守. 必當出來. 姑爲等待之意. 慰諭之. 而情狀之慘酷. 已不忍見矣. 昨日船中聞濟洞隣舍鄭令大受. 初春按嶺營. 書到釜山者累矣. 甚是慰喜.

1764년 6월 24일

맑음. 부산釜山에 머물렀다.

사행길에 노자로 쓰인 잡스런 물건 중 공방에서 쓰고 남은 것은 선장 · 사공 · 안전사환案前使喚과 함께 격졸 중 애쓴 사람 등에게 일일이 나누어 주었다. 통신사 정사, 부사, 종사관의 3곳의 방房에서 쓰고 남은 노자 중 남은 삼작전蔘作錢(인삼으로 장만한 돈)은 모조리 거두어 원역 이하와 격졸에게 두루 나누어 주었다.

나는 또 남은 약삼藥蔘을 사행을 같이 간 원역 중에서 공로 있는 자에게 차등을 두어 나누어 주고, 그 나머지 돈으로, 각각 1백금을 기선장騎船將 김용화金龍和와 도사공 이항원李恒源에게 주면서, “이번 길에 너희 두 사람이 나를 업고 다닌 편이다. 천금을 아끼지 말아야 마땅하지만,

많은 사람에게 나누어 주었기 때문에 상금이 공로에 미치지 못한다."라고 말했다.

천 명의 반 쯤 되는 사람들이 뜰 안에 어지럽게 모여있다가 모두 돈을 메고 가는데, 즐거운 기색이 역력했다.

바다를 건너는 배는 제도가 불편하고 치목도 역시 상하기 쉽다. 이것이 이전의 많은 통신사들의 뱃길을 위험하게 하였던 것이다.

이번에도 여러 번 위험을 겪은 터라, '팔 부러진 자가 의사가 된다.(折臂者成醫)'는 식으로 사공·이장耳匠 등이 저들 일본 배와 우리 배를 만드는 제도를 서로 비교하여 적합한 두 개의 배 모형을 가지고 왔다. 널리 공장工匠과 의논하여 이 제도를 다음해에 역관이 바다를 건너 일본에 갈 때 한 번 시험해 보라는 생각으로, 통영統營에 관문關文을 보냈는데 과연 뒷날 힘이 될지는 모르겠다.

'통신사가 돌아올 때는 삼사三使가 길을 나누어 오라.'는 조령朝令(조정의 명령)이 이미 있었기 때문에, 나는 가운데 길인 대구로 향하고, 부사는 오른쪽 길인 경주로 가고, 종사관은 왼쪽 길인 김해로 가기로 하였다.

부사가 먼저 떠나면서 차례로 찾아와 작별을 고하였다. 육로로 말을 타고 가는 것이 배를 타고 가는 것과는 실제로 그 안전이 현격히 다른데도 오히려 서글픔을 느꼈다. 만 리 길을 동행한 나머지라서 인정상 당연히 그러하였다.

晴. 留釜山. 盤纏雜物. 工房所用餘在者. 一一分派於船將沙格案前使喚與格卒中效勞人等處. 通三房盤纏用餘蔘作錢. 沒數分給於員役以下遍及格卒. 余又以藥蔘所餘. 分給行中員役之功勞者有差. 以其餘作錢. 各以一百金. 帖給騎船將金龍和. 都沙工李恒源曰. 今行汝兩人. 便是負我而行. 當不惜千金. 而多人分派之故. 施賞不及於效勞云. 半千人撓撓庭內. 並皆荷錢而去. 喜氣可掬也. 渡海船隻. 制旣不便. 鴟又易傷. 此前後信使時. 多致傾危者也. 今番累度濱危. 故以折臂者之成醫.

沙工耳匠輩. 參互彼我國船隻制. 出兩箇船樣載來矣. 以廣議工匠. 制試於明年渡海譯官時之意. 移關於統營而送之. 未知果有得力於他日否也. 信使歸時. 則三使分路. 已有 朝令. 故余向大邱中路. 副使右由慶州. 從事左由金海. 副使先發. 歷見敍別. 陸路駕驛. 固與乘船時. 安危懸殊. 而猶覺悵然. 萬里同行之餘. 人情固宜矣.

43. 양산梁山 1764년6월25일

맑음. 동래東萊에서 점심을 먹고 저녁에 양산梁山에서 묵었다.

아침에 다시 숙소로 가서 서숙庶叔의 성복제成服祭를 지낸 뒤, 지나는 오는 길에 종사관의 숙소에 들러 귀경길이 나누어짐에 따라 서로 작별을 고하였다. 좌수사 · 부산 첨사 및 각 진의 변방 장수들이 함께 와서 하직하였다. 이른 아침에 가마를 타고 마을 입구로 나가니, 사공과 노비 등이 거의 모두가 갈림길에서 작별하는데 어떤 이는 눈물을 머금은 사람도 있었다.

모두 위로하여 보낸 다음 동래부의 관소에 도착하였는데, 부사가 영접하는 절차를 시행하지 않았다. 통신사 정사로서의 임무와 체면이 있는 법이라서 예방禮房의 아전에게 부사의 잘못을 기록하도록 하였더니, 크게 화를 내고 들어와서 뵙지도 않았다. 변방을 지키는 신하의 임무는 중앙과는 다르며, 통신사에 대해서 동래부는 다른 읍과 현격하게 달라서, 그 접대가 더욱 특별해야 마땅하다. 하물며 지난 가을 사행을 떠날 때는 영접하는 절차를 시행하였는데 돌아올 때에는 다르다고 말하니 말이 되는가?

외국에 나갔던 사신을 두터운 예로써 높이 받들어 대접하는 것은 그 사신의 개인을 위하는 것이 아니고, 바로 그가 받은 임금의 명을 위하는 것이기 때문이다.

이것은 조정을 높이고 임무를 중히 여기는 뜻이므로, 이소李塑의 고사를 인용하여 수차례 심부름꾼이 오고 갔지만 끝내 고집을 부려 더욱더 서운하였다. 끝내 와서 대접하지는 않았다. 일이 여기에까지 왔으니 내 어찌 조용히 있을 수 있겠는가? 또 모든 일의 임무에 성의를 다하지 않은 것이 많았다. 만약 명관이라 하더라도 그대로 둔다면, 이는 체통을 존중히 여기는 도리가 아니다. 그래서 동래부 예방禮房의 아전에게 형벌을 가하여 징계하려 한 것이다.

처음의 의도는 주인과 손님 사이에 서로 상의할 일이 없는 것도 아니었지만, 이 일이 단서가 되어 서로 얼굴을 보지 못하고 돌아오게 되었으니, 관청의 일을 위해서는 도리어 한스러웠다.

사행을 갈 때 한 편의 율시를 현판에 써서 객사의 벽 위에 걸어 두었는데, 새로 부임한 관찰사가 올봄에 본읍 동래에 들러 나의 시를 보고 나를 대한 듯이 기뻐하면서 화답의 시를 써서 나란히 걸었고, 그 끝에 나를 빌어주는 말까지 곁들였다. 나는 순영巡營에 도착하지도 않았지만 친구의 얼굴을 본 것과 같았다. 더위를 무릅쓰고 길을 떠나는데, 가는 길 옆으로 배웅 나온 장교 · 아전 · 선비와 백성으로부터 승려들에 이르기까지 몇 천 명이나 되는지 알지 못하겠다.

나는 동래부에 부사로서 스무 달 있었고, 그 후에 경상 감사로서 이 고을에 순시한 일이 있었는데, 지금 또 통신사로서 이 고을에 오게 되었다. 이것은 반드시 이 고을에 전생의 인연이 있어서 그러할 것이다.

저녁에 사배야沙背也 고개를 넘어 양산梁山에 들어갔다. 이 고을 사또 이세택李世澤[57]은 곧 예안禮安의 퇴계 이황의 후예로, 일찍이 나와 함께

57 이세택(李世澤): 1716년(숙종42)~1777년(정조1), 호는 조은(釣隱). 1753년(영조29) 과거시험에 급제하고, 검열(檢閱), 교리(校理)에 올랐다. 이후 1768년 인동부사로 있을 때 살인사건을 미연에 방지하지 못한 죄로 단양에 유배되었다가 종성으로 이배되고, 1770년 풀려나와 대사간과 대사헌을 역임했다. 저서에 《조은유고(釣隱遺稿)》《청량지(淸凉志)》 등이 있다.

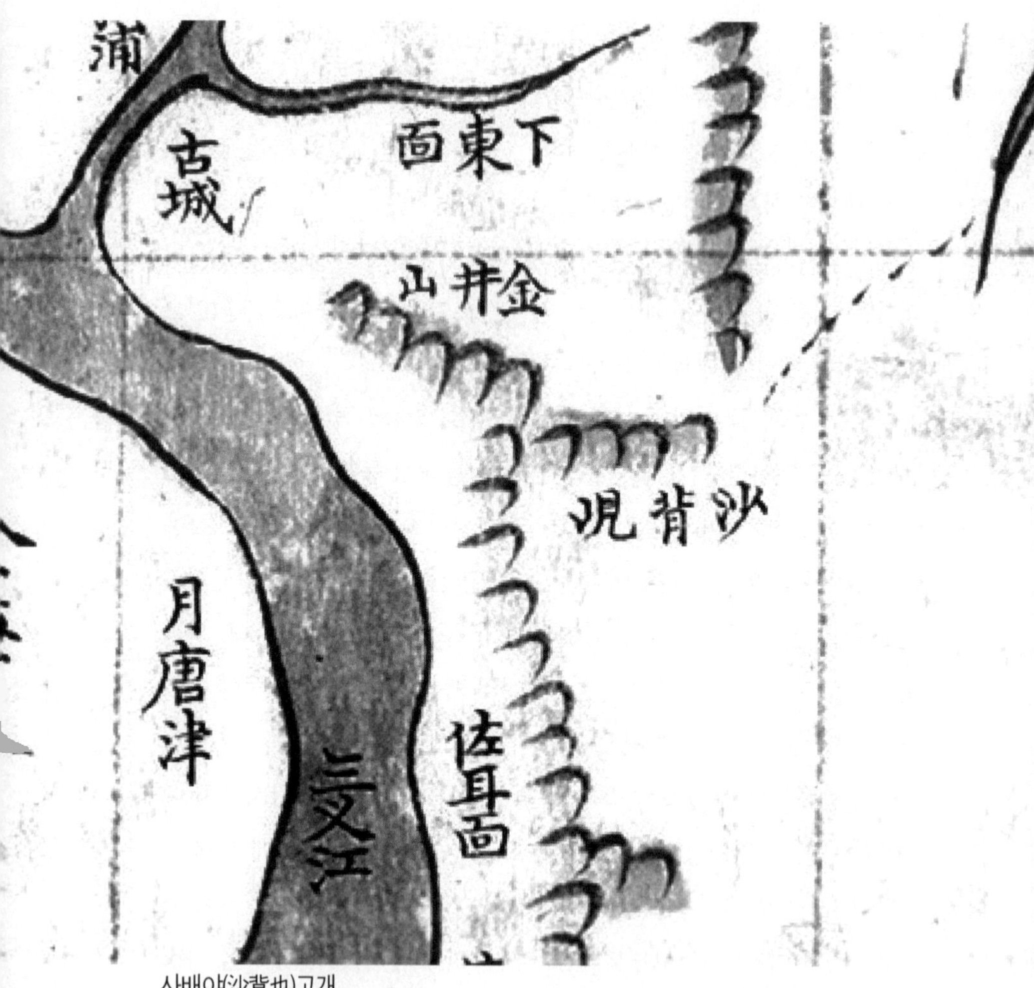

사배야(沙背也)고개.

해발 196m의 낮은 산지로, 부산광역시 금정구와 경상남도 양산시 동면의 경계를 이루고 있는 고개. 사배야라는 말은 새벽의 고어인 '새배려'에서 유래된 지명이다. 새벽이 가장 먼저 온다고 붙여진 이름이다. 『해동여지도』에 사배현(沙背峴), 『해동지도』에 사배치(沙背峙)로 기록되어 있는 것을 비롯해 조선 후기 고지도에 동래와 양산의 경계부의 고개로 표시되어 있다.

옥당玉堂의 동료였는데, 어버이를 봉양하고자 이 고을로 와서 벼슬살이를 하고 있다. 들어가서 서로 인사를 나누었다. 언양 현감 홍성洪晟이 들어와 뵈었다.

오늘은 70리를 왔다.

晴. 中火東萊. 夕次梁山. 平朝更往下處. 行庶叔成服後. 歷臨從事所館. 敍分路之別. 左水使釜山僉使各鎭邊將. 並來下直. 早朝乘轎出洞口. 沙格皁隷等. 幾皆臨歧拜辭. 或有含淚者. 並皆慰送之. 入萊府到館所. 則主倅不稟祇迎之節. 事體所在. 付過禮吏. 則大加慍怒. 不爲入見. 邊臣事體. 與內地有異. 信使之於萊州. 與他邑懸殊. 其所接待. 尤當自別. 況昨秋去時. 取稟之事. 謂以歸時有異者. 其可成說乎. 出疆使臣之優禮尊待者. 非爲其身. 乃爲所奉之命. 此是尊朝廷重事面之義. 故援引李塑之事. 累度往復. 終始固執. 憾意尤加. 不爲來接. 到此吾安得厭然. 且凡於事體上. 多有不致意. 若以名官而置之. 則非所以尊體統之道. 故禮吏刑推懲勵之. 初意則主客自不無相議之事矣. 因此事端. 不得相面而歸. 爲官事還可恨也. 去時題一律懸板於客舍壁上. 歸時新巡相. 今春歷本邑. 見吾詩怳如對吾. 和詩而并懸. 尾及善禱之意. 未到巡營. 如見故人之顔面也. 冒炎作行. 將吏士民以至緇徒之拜送路左者. 不知其幾千人矣. 余於萊州佩符二十朔. 其後以道伯巡到本邑. 今又以信使往來本邑. 是必有宿緣於本州而然也. 夕踰沙背也峴. 入梁山. 主倅李令世澤. 卽禮安退翁之後裔. 而曾與余作僚於玉署矣. 爲親乞養. 來莅本邑. 入見相敍. 彥陽縣監洪晟入見. 是日行七十里.

44. 밀양密陽 1764년6월26일

맑음. 무흘無屹에서 점심을 먹고 저녁에 밀양密陽에 닿았다.

아침에 출발하여 무흘역에서 말에게 먹이를 주고, 저녁에 밀양 앞 강에 도착했는데, 평온한 물결임에도 오히려 마음을 놓지 못하였다. 이것으로 평생토록 경계로 삼을 만하다.

영남루嶺南樓에 오르니 물 빛은 예전 그대로인데 누각과 성가퀴는 전에 비해 더욱 훼손되었다. 누각을 지키는 자 어찌 그 책임을 피할 수 있겠는가?

이곳 밀양 사또 김인대金仁大는 곧 나의 친척인데 들어와 뵈었고, 또 사천 현감 임우춘林遇春과 영산 현감 강지환姜趾煥이 와서 뵈었다.

경상병사兵使 손진민孫鎭民이 들어와 뵙는데, 그는 이 고을 사람이었다. 순영의 장수와 아전 십여 명이 와서 문안하였다.

오늘은 90리를 왔다.

晴. 中火無屹. 夕次密陽. 朝發秣馬於無屹驛. 夕到密邑前洋. 平波穩流. 猶不宜弛心. 以此當爲終身之戒矣. 登嶺南樓. 物色依舊. 而樓閣城堞. 比前尤似毁傷. 典守者安得辭其責也. 主倅金仁大卽戚從. 入見相敍. 泗川縣監林遇春. 靈山縣監姜趾煥來見. 孫兵使鎭民入見. 是本邑人也. 巡營將吏十數人來謁. 是日行九十里.

45. 청도淸道 1764년6월27일

맑음. 유천楡川에서 점심을 먹고 저녁에 청도淸道에 닿았다.

아침에 출발하여 유천역에서 말에게 먹이를 주었다. 청도 군수 이李와 자인 현감 정충언鄭忠彦이 와서 뵈었다. 저녁에 청도의 객관에 도착하니, 순영의 장수와 아전 십수 명이 와서 문안하였다. 도로에는 선비와 백성들이 만 리의 뱃길을 무사히 다녀왔다고 곳곳에서 가마를 가로막고 위로하며 축하해 주는 것이 떠들썩하였다. 인지상정이라 할 만하다.

오늘은 70리를 왔다.

晴. 中火楡川. 夕次淸道. 朝發秣馬楡川驛. 淸道郡守李. 慈仁縣監鄭忠彦來見. 夕次淸道客館. 巡營將吏十數人來謁. 道路士民等. 以萬里駕海之無事往返. 處處遮轎. 慰賀紛紛. 可謂有人情也. 是日行七十里.

영남루(嶺南樓).

경남 밀양시 중앙로 324. 보물 제147호. 정면 5칸, 측면 4칸의 팔작지붕이다. 조선시대의 밀양군 객사(客舍)였던 밀양관(密陽館)의 부속건물로 밀양강의 절벽 위에 있다. 창건 연대는 고려 말이며, 현재의 건물은 조선 헌종 때 불탄 것을 2년 후인 1844년에 재건하였다. 영남루는 남아 있는 건물의 보존 상태로 우리나라의 으뜸이다.

46. 대구大邱 1764년6월28일. ~6월29일)

맑음. 경산慶山에서 점심을 먹고, 저녁에 대구大邱에 닿았다.

날이 밝을 무렵에 출발하여 경산현慶山縣에 닿았다. 이곳 사또 서유경徐有慶은 곧 내가 경상도관찰사로 있을 때에, 선산 부사로 있던 서인수徐仁修의 맏아들인데, 내가 장계를 올려 그의 부친을 파직했다. 그래서 이로 인해 나를 싫어하여 나와서 기다리지 않았다.

하양河陽 현감 이구응李龜應이 들어와 뵈었다. 그는 곧 퇴계 선생의 봉사손奉祀孫[58]이다.

경상순영의 장수와 아전 십수 명이 찾아와서 뵈었다. 훈별訓別[59]의 수본手本[60]을 보니 최천종의 시체를 실은 배가 24일에 출발했다고 하였다. 위안이 되었다.

조금 쉬고 나서 낮에 순영巡營에 도착하니, 순영에 속에 있는 백성들이 길 가운데로 나와 맞이하는데 그 수가 셀 수 없을 만큼 많았다.

5리쯤 되는 앞부분부터 위의威儀[61]를 배치하고 대기하는 것이 관찰사를 맞이하는 예와 같았다. 내가 옛 관찰사이었기 때문이다.

선화당宣化堂[62]에 들어가 지금의 도백道伯 정대수鄭大受[63]의 손을 잡고

---

58 봉사손(奉祀孫): 조상의 제사를 맡아 받드는 자손.

59 훈별(訓別): 훈도(訓導)와 별차(別差)를 이르는 말.

60 수본(手本): 공무에 관한 사실을 윗사람에게 보고하는 자필의 글.

61 위의(威儀): 위엄과 권위에 맞는 예법과 몸가짐.

62 선화당(宣化堂) : 관찰사가 정무를 보던 집무실.

63 정대수(鄭大受): 1722년(경종2)~1794년(정조18), 대수(大受)는 정존겸(鄭存謙)의 자이다. 1751년(영조27) 정시문과에 급제하고 부제학을 역임하였다. 이후로 횡성현감, 교리, 승지, 경상도관찰사 등을 지냈다. 1772년 당론을 주장해 북청에 유배되고, 풀려나 이조판서, 우의정을 거쳐, 1777년에 좌의정이 되었으며 1781년 실록청총재관을 겸했다. 동지사로 청나라에 다녀와 우의정을 지냈다. 시파로서 정조의 두터운 신임을 받았다. 시호는 문안(文安)이다.

선화당(宣化堂).

대구광역시 유형문화재 제1호. 대구광역시 중구 포정동 경상감영공원 안에 있는 조선 후기의 경상도 감영의 정청(政聽)으로, 1807년(순조7)에 중건된 건물이다. 1969년까지 경상북도 도청사로 쓰이다가 도청을 이전하고 1970년에 중앙공원(中央公園)을 조성하며 다시 수리하였다. 조선시대 각 감영의 본관건물을 선화당이라고 한다. 관찰사가 정무를 보던 정청(政廳)으로 고을의 동헌(東軒)에 해당한다. 정면 중앙에 '선화당(宣化堂)'이라는 편액(扁額)을 달았는데, 이는 '임금의 덕을 선양하고 백성을 교화하는(宣上德而化下民) 건물'임을 뜻한다. 현재까지 남아있는 선화당의 대표적인 것으로는 대구광역시의 선화당, 강원도 원주시의 선화당, 충청남도 공주시의 선화당이 있다.

말을 하니, 다시 살아난 사람과 만난 듯하여, 그 반갑고 기쁜 것을 말로 다할 수 있겠는가? 정 관찰사는 어려서부터 서로 친했으며, 근래에는 이웃이 되었으니, 거의 친 형제라 해도 무방하다.

해를 지나며 통신사로 나라를 떠나 있다가 지금 돌아오는 길에 이런 좋은 책임자를 만난 것이다. 이 고을 책임자의 가족들이나 감영 내의 노비들도 예전부터 모두 아는 사람이었다. 모두들 기쁘게 맞아 주었으며, 서로 먼저 축하해 주었다. 산천과 풍물 그리고 관청의 건물도 변함이 없어 나 또한 손님인지 모르겠고 거의 집에 돌아온 듯하여 병주고향幷州故鄕[64]이란 것이 바로 이를 말하는 것이다. 올해에 가뭄이 매우 극심하였는데, 내가 들어오자마자 소나기가 시간을 지나가며 쏟아졌다. 관찰사가 나에게 말하기를, "통신사의 비입니다."라고 하였다. 내가 웃으면서, "천 리 타향에서 친구를 만났고 석 달의 오랜 가뭄에 단비를 얻었으니, 사희시四喜詩 가운데 지금 두 가지 기쁨을 얻었네. 이 모두가 현 도백(관찰사)에게로 돌아가야 마땅하지 지나간 옛 도백인 내가 어찌 함께 할 수 있겠소?"라고 말하며, 서로 보고 웃었다. 신사년(1761년, 영조37) 이후로 제승당制勝堂이 오랫동안 폐허가 되었는데, 지금 듣기로는, 나를 위해 수리하여 전임 도백의 숙소로 정하는 예를 베풀었다고 한다.

오늘은 60리를 왔다.

晴. 中火慶山. 夕次大邱. 平明發行到慶山縣. 主倅徐有慶. 卽余按營時. 善山府使徐仁修之胤也. 以其狀罷其翁. 引嫌而不爲出待矣. 河陽縣監李龜應入見. 此是退翁先生奉祀孫也. 巡營將吏十數人來謁. 得見訓別手本. 則天宗屍體船. 二十四日出

64 병주고향(幷州故鄕): 중국 당나라때 가도(賈島)가 병주(幷州)에 오래 살다가 떠나면서 한 말에서 유래된 것으로, 타향에서 오래 살아 정든 고향이 되었다고 비유하여 이르는 말.

來云. 可慰. 少憩午達巡營. 營屬民庶. 中路來迎者. 不知其數矣. 自五里程前排威儀待之. 如巡相例. 以其舊使故也. 入宣化堂. 與時道伯鄭令大受. 握手敍話. 眎如再生之人. 慰喜可言. 鄭令自少相親. 近爲比隣. 殆如骨肉之親也. 經年去國. 今於歸路. 得此好主人. 而主人家屬. 營邑使喚. 無非舊面目. 擧皆欣然而迎. 爭先獻賀. 山川風物. 館廨居處. 依然如昨. 吾亦不知其客. 殆如還家. 并州故鄕者正謂此也. 是年旱災孔酷. 余纔入. 驟雨移時而注. 巡使歸之余曰. 信使雨也. 余笑曰. 千里他鄕. 得逢故人. 三朔久旱. 有此甘霈. 四喜詩中. 今得二喜. 并當歸之時道伯. 過去舊道伯何與焉. 仍與相笑. 辛巳以後. 久廢制勝堂. 今聞爲我修理. 仍定道先生下處之例云矣. 是日行六十里.

1764년 6월 29일

맑음. 대구大邱에서 머물렀다.

종일 순찰사와 정답게 이야기하며 회포를 풀었다. 삼사가 길을 나눈 뒤로 서찰만 왔다갔다하고 오늘 모임에는 함께하지 못하여 애석하였다.

작년 떠나는 길에는 순찰사 김상철金尙喆[65]이 영천永川으로 전송을 나와 내게 말하기를, "선생님이 나라 밖을 나가는데 부조를 해야 도리이나, 전례가 없어 지금 군관과 상의하는 중입니다."라고 말하였다. 나는 웃으며, "영남의 도백을 지낸 이가 통신사가 된 사람은 일찍이 없었는데, 지금 비로소 통신사가 되었으니, 굳이 부조를 하겠다면 그 예를 새로 만드는 것이 당연하거늘, 어찌 전례가 있고 없고를 따지고, 또 어

65 김상철(金尙喆): 1712년(숙종38)~1791년(정조15). 호는 화서(華西)로, 1736년 정시 문과에 급제하여 지평 · 교리를 지냈다. 1757년 충청도관찰사에 이어 대사간 · 한성부판윤을 지냈고 이조 · 형조 · 병조의 판서를 역임하였다. 그 뒤 평안도관찰사를 거쳐 1766년 우의정에 이어 좌의정 · 영의정에 올랐다. 학덕이 뛰어나 영조의 신임을 받았다.

찌 행인에게 그것을 묻는 것입니까?"라고 대답했다. 그 뒤 그는 무명 1동同과 돈 일백 냥의 단자를 꾸려 내가 머물고 있던 부산으로 보내왔다. 나는 이 물건을 가지고 부산으로 전송 나온 순영巡營의 기생들에게 나누어 주었다. 그리고 다시 순영에서 다스리는 가까운 읍에서 5백 냥의 돈과 일백 포包의 쌀을 가져와서, 떠날 채비를 갖추지 못한 원역들과 식량이 부족한 격졸들에게 모두 나누어 주었다. 그런 다음 즉시 글을 써서 순찰사에게 보고하고, 회감會減[66]하였더니, 일행 중 윗사람과 아랫사람 모두 여기에 힘입어 기쁘게 여기지 않는 이가 없어 한바탕 웃었다. 이곳에 돌아와 보니 관찰사가 이미 내가 일행들에게 손을 쓸 줄 알고 미리 천금을 준비해 두었다.

나는 이날 즉시 최천종의 집에 3백 금을 주어 장례 비용으로 쓰게 하고, 그 나머지는 데리고 갔던 경상도 의원과 동래부의 아전 그리고 경상도 무리 등에게 나누어 주어, 그들이 사행을 떠날 채비를 준비하는 데 진 빚을 모두 갚도록 하였다. 갈 때와 올 때에 쓴 순영의 재물이 모두 천千에 이르렀다. 역시 공공의 재물을 낭비했다고도 할 수 있으나, 대체로 그 쓰임이 밝아서 모두 다 알 수 있게 하였다. 결코 하나의 털끝만 한 잘못이라도 있어서 남의 의심과 비방을 불러오지는 않았다.

관찰사가 우리 일행을 맞이하기 위하여 풍악을 준비하고 기다렸다. 경상도 감영에는 예전부터 풍악이 없었다. 내가 관찰사로 부임하여 비로소 새롭게 풍악을 두었기 때문에 나를 풍악의 주인이라 하여 이렇게 한 것이다. 이전의 관찰사는 조양각朝陽閣에서의 송별연 때에 전송을 나오지 않았었는데, 지금의 관찰사는 풍악을 준비하고 기다리고 있으니

66 회감(會減): 줄 것과 받을 것을 계산하여 나머지를 셈함.

이 또한 이례적인 것이다.

내가 상중이기 때문에 풍악을 벌여 놀지 못하자, 단지 관찰사만 서운해 하는 것이 아니라 기생들도 모두, "사또께서 돌아오신 뒤로 저희 기생들만이 유독 운이 나쁩니다."라고 말하였다. 그냥 웃었다.

안동에서 전에 눈길을 준 기생이 이곳에 와서 대기하였으나, 나는 중제重制[67]이기 때문에 사양하고 물리쳐 가지 않았다. 지금 이후로 지난날의 재물과 여자를 탐하지 않는 것을 지킬 수 있었다.

晴. 留大邱. 終日與巡使穩話. 慰懷可勝. 三使分路之後. 以書札往復. 而今日之會. 不得同焉. 可悵. 昨年去路. 巡相金台尙喆. 出餞於永川. 對余曰. 道先生出疆之行. 似宜扶助. 而無前例. 故方與軍官相議云. 余笑答曰. 曾經嶺南伯後. 爲通信使者. 未有其例. 而今焉始有之事. 苟可行宜創其例. 何拘於前例之有無. 亦何必問之於行人耶. 伊後以木一同錢百兩修單以送於留釜山時. 余以來物. 分帖於巡營妓輩之來送於釜山者. 更爲取來巡營句管五百兩錢一百包米於在近邑者. 盡數分派於員役之治裝未備者. 格卒之留粮匱乏者. 卽以此書. 報于巡使. 使之會減. 則行中上下. 莫不有賴而快之. 良堪一笑. 及還此處. 則時道伯已意吾用手於同行之人. 備待千金. 余於卽日帖給三百於天宗家. 以爲營葬之需. 其餘則分給於嶺醫萊吏及嶺屬之帶去者. 以爲畢償治裝之債. 去時來時巡營財貨之帖用者. 皆準千數. 亦可謂濫費公家之物. 而大凡用則固當光明. 使人咸知其區處之有屬矣. 決不宜一毫暗昧. 以招人疑謗也. 道伯爲迎吾行. 修治風樂以待. 槪以嶺營舊無風樂. 自吾按道時. 始創有之. 故以我爲風樂主人而然也. 前道伯則不爲出送於朝陽閣餞宴時. 今道伯則修治風樂而俟之. 其亦異矣. 余有重制之故. 不得張樂而遊之. 非但道伯之爲悵. 妓輩咸以爲自使道歸後. 妓輩獨逢荐凶云. 可笑. 安東所眄妓來待此處. 而余以重制辭却之. 今而後. 可守去時財色之戒矣.

67 중제(重制): 상례 복제에서 대공 이상의 상복(喪服). 즉, 상중(喪中)을 말함.

47. 인동仁同 1764년6월30일

맑음. 송림松林에서 점심을 먹고 저녁에 인동仁同에서 잤다.

아침식사 후에 순찰사와 작별하고 출발하였다. 성문을 나서면서 뒤돌아보았다. 만 리길에서 돌아온 손님인데 오히려 슬픔이 없지 않았으니 저 뽕나무 밑의 연정이 특별히 3일 밤만 묵은 것이 아니기 때문에 그러한가?

송림사松林寺에 들어가니, 칠곡 부사柒谷府使 김상훈金相勳과 인동 부사仁同府使 강오성姜五成이 들어와 뵈었다.

저녁에 인동에 도착하였는데, 가는 도중에 면직할 때 내리는 전교傳教 두 장을 받았다. 전교 안에는 하나, 최천종의 살해와 옥사에 관한 일이었으며, 또 하나는 원역이 음식을 바치는 일이었다.

최천종崔天宗의 피살이 비록 생각지도 못하게 일어났지만, 조정에서는 훗날 통신사들이 도리를 다하도록 꾸지람이 있었을 것이다. 그러니 어찌 통신사신을 논죄하지 않을 수 있겠는가?

듣기로는, 조정에서 처음에는 상명償命[68]한 것으로써 죄를 없애주자고 논의되었으나, 끝내 당사자인 내가 스스로 죄를 지은 것에 대해 벌을 받고자 하였기 때문에 이를 경연석에 아뢰려고 하던 참에, 임금께서 먼저 말을 꺼내 특별히 하교를 내리시게 된 것이다. 또 원역들의 일이 중도에 실패하여 어긋날까봐 걱정하시어 접대는 전례대로 하라고 명하시고, 사신에게도 음식을 제공할 것을 명하셨다고 한다.

은혜와 위엄을 동시에 행하시니, 감사함과 두려움이 극도로 교차하였다. 다만 조정의 처벌이 반드시 바다를 건너오기 전에 시행되어, 부산에 도착하자마자 그 죄명이 선포되고 호행한 왜인들에게 조정에서 내

68 상명償命: 범인을 죽임.

송림사(松林寺).

경북 칠곡군 동명면 구덕리 가산에 있는 사찰. 544년(진흥왕5)에 중국 진나라에서 귀국한 명관이 중국에서 가져온 불사리를 봉안하기 위해서 창건한 절이다. 대웅전 전방에는 보물 제189호로 지정된 송림사오층전탑(松林寺五層塼塔)이 있다.

린 명령의 엄숙함을 명백하게 느끼도록 했어야 했다. 그러나 죄의 처벌이 늦어 단지 사행을 간 사람에게만 징계할 뿐, 저들 왜인들에게 위력을 드러내지 못하였다. 이것이 진실로 개탄스러워 즉시 통역관에게 왜관倭館과 훈별訓別 등지에 알리고, 사신이 죄를 받았다는 뜻을 왜인들에게 전파하게 하여 그들에게 우리 조정에도 법령이 있다는 것을 알도록 하였다. 이미 죄명을 입은 몸이라서 감히 객관에 들어가지 못하고, 민가로 들어가기로 결정하고 즉시 이 뜻을 행중의 부사와 종사관 및 순찰사와 원역에게 글로 알렸다. 이미 전교가 있어 스스로 역마를 타야 하기 때문에, 우리 일행은 마땅히 개인 말을 준비해야 해서 아주 옹색했다. 이 고을 사또가 군위 현감 임용任瑢과 용궁 현감 정지량鄭至良과 같이 들어와 뵈었다.

오늘은 70리를 왔다.

晴. 中火松林. 夕宿仁同. 飯後與巡使作別發行. 出城門回顧. 以萬里歸客. 猶不無悵懷. 其有桑下之戀. 不特三宿而然耶. 入松林寺. 漆谷府使金相勳. 仁同府使姜五成入見. 夕到仁同. 路中伏奉削職時傳教兩度. 傳教在下 一以天宗殺獄事也. 一以員役支供事也. 天宗被殺. 雖是不意. 在朝家飭後之道. 烏可不論罪於使臣乎. 聞朝廷初以能爲償命. 議欲贖罪. 終因當之者之自欲勘罪. 將奏筵席之際. 自上先爲發端. 至下特教. 又慮員役之中路狼狽. 旣令接待之如例. 至於使臣. 亦命粮饌題給. 恩威并行. 感悚交極. 但朝家施罰. 固宜必及於未渡海前. 罪名宣示於纔渡釜海時. 使護行倭人輩. 曉然知朝令之嚴肅. 而譴罰後時. 只爲懲於使行. 未示威於彼人. 此誠慨歎. 卽使譯舌通於倭館訓別等處. 以使臣被罪之意. 傳播於倭人等處. 俾知有我國朝廷之法令矣. 旣被罪名. 故不敢入處客館. 定入私舍. 卽以此書報於副從事行中及巡使員役. 則旣有傳教. 自可騎驛. 而吾行則當備私馬. 頗爲窘速矣. 主倅與軍威縣監任瑢. 龍宮縣監鄭至良入見. 是日行七十里.

48. 상주尙州 1764년7월1일

맑음. 선산善山에서 점심을 먹고 저녁에 상주尙州에서 잤다.

일찍 아침 식사를 하고 출발하여 선산에 들어가니 고을 사또 김치공金致恭, 비안 현감 홍대원洪大源이 들어와 뵈었다. 낮에 장천원長川院에 도착했는데, 상주 목사 김성휴金聖休와 예천 군수 신경조申景祖가 와서 뵈었다.

상주에는 일가친척 수백 명이 장천원 아래 근처에 살고 있다. 그중 전 정언正言 조석목趙錫穆, 전 주서注書 조석룡趙錫龍 등 십 수 명이 역참의 숙소로 와서 뵈었다.

점심을 먹고 앞으로 가야할 길에 나가니 구경하는 사람들이 무리를 지어 서 있었다. 그것을 보니, 그 속에 양반 모습을 한 자가 많이 있었다. 일가친척인 듯하여 말을 멈추고 물었더니 과반이 조씨 성을 가진 사람이었다.

즉시 말에서 내려 길가 가시덤불에 잠시 앉아 서로 손을 잡고 마주보게 되니 어른과 아이 50~60명이 함께하였다.

일가친척과 늘어서서 이야기도 하고 어린 아이들에게 글을 외우게 하면서 시간을 보내다가 읍내로 들어갔다. 진사 조천경趙天經 등 60여 명이 와서 뵈었고, 나에게 고향음식을 대접하였다.

나 또한 고을 사또가 준 음식을 여러 일가친척들에게 나누어 주게 되었는데, 곧 하나의 종친회가 되어 위로를 받았다.

나는 돌아오는 길에 얻은 부채 2백 개를 이 고을 사람들에게 하나씩 나누어 주었는데 오히려 부족할까봐 걱정하였다. 그 수가 얼마나 많았는지 상상할 수 있겠다. 이 고을에 사는 일가친척은 두 파인데, 한 파는 북계北溪에, 한 파는 장천長川에 살고 있었다. 장천파는 문한文翰을 많이 숭상하고 잇따라 과거 급제자를 내어, 영남에서 뛰어난 문벌 가문으로 두각을 나타내고 있다.

고을 사또가 안동 부사 김효대金孝大와 함창 군수 신택녕辛宅寧과 함께 들어와 뵈었다.

오늘은 1백 10리를 왔다.

晴. 中火善山. 夕宿尙州. 早飯後發行入善山. 主倅金致恭. 比安縣監洪大源入見. 午到長川院. 尙州牧使金聖休. 醴泉郡守申景祖來見. 尙州有同宗數百人居院下近處者多矣. 其中前正言趙錫穆. 前注書趙錫龍等十數人來見站館. 午飯前進路上. 見有觀光人簇立. 而間多兩班貌樣者. 疑有同宗. 住馬問之. 則過半是趙姓人也. 卽下馬班荊而坐. 使之相接. 則冠者童者五六十人入座. 敍族打話. 使童子輩誦書移時. 前進入邑內. 趙進士天經等六十餘人來見. 餉我以鄕味. 我亦以主倅所饋者. 分餉諸宗. 便成一宗會可慰. 以歸路所得扇子二百柄. 各分一把於在本州者. 猶患不足. 可想其數多也. 同宗之居此州者爲二派. 一派居北溪. 一派居長川. 長川派多尙文翰. 連出科擧. 前頭似爲嶺南之華閥矣. 主倅與安東府使金孝大. 咸昌郡守辛宅寧入見. 是日行一百十里.

49. 문경聞慶 1764년7월2일

맑음. 함창咸昌에서 점심을 먹고 문경聞慶에서 잤다.

일찍 상주를 떠나 함창에 도착했다. 고을 사또가 상주에 사는 전 정언正言 고유高裕와 함께 와서 뵈었다. 정오에 수탄戍灘을 건너 늦게 문경聞慶에 들어가니, 겸직 중인 용궁龍宮 사또가 들어와 뵈었다. 밤에 경상도 관찰사의 답서를 보니, 서울로 가는 길에 쓰이는 물건과 음식을 부친다는 것으로 이는 가는 도중의 궁핍함이 걱정이 되어서라고 하였다. 즉시 그것을 부사와 종사관이 있는 곳에 나누어 보냈다.

晴. 中火咸昌. 夕宿聞慶. 早發到咸昌. 主倅與尙州居前正言高裕來見. 午渡戍灘. 晩入聞慶. 兼官龍宮倅入見. 夜見嶺伯答書付送行資饌物. 爲慮中路之窘乏也.

卽爲分送於副從使所到處.

50. 괴산槐山 1764년7월3일

맑음. 조령鳥嶺을 넘어 연풍延豐에서 점심을 먹고 저녁에 괴산槐山에서 잤다.

날이 밝을 무렵에 출발하여 새재 용추龍湫의 교귀정交龜亭에서 잠시 쉬었다. 지난 사행 갈 때 내가 홍 상서洪尙書의 운에 차운하여 예천 군수의 시와 나란히 원운原韻 옆에 판액을 걸어 두었었는데, 오늘 벽에 걸린 여러 시들을 보니 감회가 더욱 깊었다.

조령의 관문에 들어가니 연풍延豐 현감 조용명趙龍命이 기다리고 있었다. 이 사람은 나와 일가인데 만나본 적이 없는 사이이다.

소나무 그늘 아래에서 잠시 말을 나누고 읍내로 들어가니, 각 고을에서 바치는 공물이 전혀 와 있지 않았으며, 바친 역마도 원래 숫자에 충족하지 못했다. 대개 들으니, 충청도관찰사가 공문으로 알려야 하는데, 어제 오늘에야 비로소 공문을 보냈기 때문에 먼 역참과 여러 읍에 기한 내에 도달하지 못한 것이라고 한다.

먼저 간 군관들이 도착한 지 벌써 여러 순旬(열흘)이 지났는데도, 어찌하여 우리 통신사가 온다는 말을 듣고서도 알리지 않고, 반드시 통신사가 바다를 건너왔다는 보고를 기다리고서 느릿느릿 공문을 보낸단 말인가?

통신사가 오는 도중에 죄를 입었다는 것과 원역이 음식을 공급해야 하는 의전에 대해서 아직 듣지 못했다고 생각된다.

일의 이치와 체면으로 말한다면, 만 리나 되는 바다 밖에 사신으로 갔다가 구사일생으로 돌아온 왕명을 받든 사람인데, 이렇게 음식 공급을 빠뜨리고 발로 걸어가야 하는 지경에까지 이르게 할 수 있는가? 이것이야말로 이웃 나라에 들리게 할 수 없는 일이다.

교귀정(交龜亭).

경상북도 문경시 문경읍 상초리 문경새재도립공원 안에 있다.
교귀정(交龜亭)은 조선시대 신임 관찰사와 이임 관찰사가 관인을 인수인계하던 곳으로, 신임 관찰사가 이곳에 도착하면 이임 관찰사가 관인을 건네주는 교인식(交印式)을 거행하였다. 충청도와 경상도의 경계인 문경 새재의 중간에 교귀정을 세웠다. 조선 성종 때에 문경현감 신승명이 세웠고, 약 400여년간 존재하다가 1896년 일본군이 불을 질러 소실되었다. 이후 1999년 문경시에서 다시 중건하였다.

연풍延豐으로 말하면 첩첩산중의 쇠락한 고을로 많은 사람들과 말에게 음식을 공급하는 것을 혼자 떠맡았으니 모양이 제대로 갖추어지지 않은 것은 당연하다. 역참을 나눈 각 고을이 미처 준비하지 못한 것도 또한 당연하다. 이것 모두 마땅히 용서해야 한다.

영남 감영에서 보내 온 돈을 일행에게 나누어 지급하고, 고마雇馬[69]를 타고 인부를 사서 짐을 짊어지게 하고 어렵게 어렵게 앞으로 나아갔다.

영남 감영에서 보낸 도선생인마道先生人馬는 이곳에서 돌려보내고 순찰사가 보낸 쇄마刷馬[70]는 그대로 수행하게 했다.

고을 사또가 들어와 뵈었고, 단양丹陽 사는 집안 조카 진기鎭琦가 맞이해 주었다. 저녁에 괴산군槐山郡에 들어가니 고을 사또 정치검鄭致儉과 음성 현감 장학룡張學龍 그리고 회인懷仁 현감 최도흥崔道興이 들어와 뵈었다.

들었는데, 각 고을에서 제공하는 물품이 어떤 곳은 늦게라도 도착한 데도 있었지만, 역시 오지 않은 곳도 많았다. 이 고을 사또가 급히 준비해서 특별히 접대한 것이라 한다. 나와는 전에 영남 관하官下로서 정이 있을 뿐 아니라, 같이 가는 일행으로 점심을 굶은 낭패가 된 나머지라서 만약 가는 길에 궁핍함을 느낀다면 한 번의 웃음으로 견딜 것이다.

충청도 관찰사 윤동승尹東昇[71]이 비로소 글을 보내 문안하기에, 나는 음식을 제공하는 것을 빠뜨려 통신사의 도리와 체면을 손상한 것은 오

69 고마(雇馬): 지방 관아에서 민간으로부터 강제로 징발하여 쓰던 말.

70 쇄마(刷馬): 지방의 관청에 배치했던 공공용 말.

71 윤동승(尹東昇): 1718(숙종44)~1773(영조49). 1746년(영조22)에 춘당대시험에 급제하고, 수찬, 부교리, 사헌부집의, 교리 등을 역임하였으며, 이후 대사성, 충청도관찰사, 이조참의, 전라도관찰사, 도승지를 지냈다.

로지 늦게 알렸기 때문이니, 그 죄를 각 읍으로 떠 밀어서는 안 된다는 뜻으로 답하였다.

오늘은 1백리를 왔다.

晴. 踰鳥嶺. 中火延豐. 夕宿槐山. 平明發行. 暫憩龍湫交龜亭. 則余之去時. 次洪尙書韵. 醴泉倅並與其詩而揭板於原韻之傍. 盡見壁間諸詩. 益增慷慨之懷矣. 入鳥嶺關門. 則延豐倅趙龍命來待. 是余同宗. 而未及接面間也. 下松陰暫話. 入邑底. 則各邑支供. 專不待令. 驛馬來待. 未充元數. 槪聞錦營知委關文. 日昨始發. 遠站列邑. 勢未及期云矣. 先來之來. 已過數旬. 則何不聞此而知委. 必待信使渡海之報. 而緩緩行關乎. 信使之中路被罪. 員役依前供饋. 想未及聞. 以事體言之. 則使萬里駕海. 九死歸來之王人. 致有此闕供徒行之境. 此正不可使聞於隣國者也. 延豐以峽中至殘之邑. 數多人馬. 獨當供饋. 其不成樣. 勢固然矣. 分站各邑之未及來待. 其亦固矣. 此則並宜恕之. 以嶺營所送行資. 分給行中. 雇馬而騎. 雇人負卜. 艱關前進. 嶺營道先生人馬. 自此放還. 巡相之定送刷馬. 因爲隨行. 主倅入見. 丹陽族姪鎭琦迎謁. 夕入槐山郡. 主倅鄭致儉. 陰城縣監張學龍. 懷仁縣監崔道興入見. 聞各邑支供. 或有追到. 而亦多未及者. 主倅能爲猝辦優待. 非但於我有嶺邑官下之誼. 行中人午站狼狽之餘. 便若窮途之感. 良堪一笑. 錦伯尹令東昇. 始送校書. 問余以闕供損體. 專由於知委之後時. 不宜移罪各邑之意答之. 是日行一百里.

51. 무극역無極驛 1764년7월4일

맑음. 음성陰城에서 점심을 먹고 무극역無極驛에서 잤다.

일찍 출발하여 음성에 들어가니, 고을 사또가 들어와 뵈었다. 저녁에 무극역에 도착하니 지방관 음죽陰竹 현감 신재문申載文이 들어와 뵈었다.

이 역참의 지응支應[72]은 수원水原의 진위현振威縣에서 맡았는데 전혀

72 지응(支應): 조선시대 때 벼슬아치가 공무로 지방에 갔을 경우, 그 필요한 물품을 그 지방 관아에서 대어 주던 일.

준비 된 상태가 아니었다. 많은 사람과 말들이 음식과 물건을 제공 받지 못하였고, 노숙하는 사람도 많았다. 이 또한 경기도 관찰사가 늦게 알린 까닭이다.

초저녁에 아들 진관鎭寬[73]이 와서 보았다. 만 리길에서 살아서 돌아와 부자가 다시 만나니 그 기쁨을 어찌 말로 다 하리요? 중간에 겪은 숱한 근심과 걱정이 이미 사라졌다.

강령康翎 현감 이해문李海文[74]이 와서 이곳에서 만나 보았다. 오사카 성에서 그를 먼저 보냈을 때를 돌이켜 생각해보니 위로가 되고 다행인 것이 간절하였다. 문객門客과 하인 그리고 노비 무리들 수십 명이 와서 뵈었다. 충주의 일가친척 10여 명이 또한 왔다.

연이어 부사와 종사관이 중로에서 보내고 받은 편지를 보았다. 충청도로 들어간 뒤 접대를 받지 못한 낭패가 우리 일행과 똑같아서 영남 감영에서 나누어 준 물품으로 하루하루 가고 있다고 하였다. 3도 관찰사의 행인 접대가 어찌 이렇게도 같지 않은가!

오늘은 90리를 왔다.

晴. 中火陰城. 宿無極驛. 早發入陰城. 主倅入謁. 夕到無極驛. 地方官陰竹縣監

---

73 조진관(趙鎭寬): 1739(영조15)~1808(순조8). 조엄의 장남으로 1775년 세자익위사 시직으로 있을 때 특별 구현시(求賢試)에 장원으로 뽑혀 홍문관제학으로 발탁되고, 같은 해 광주부윤이 되었다. 1788년 돈녕부도정에 임명된 뒤 한성부우윤 · 좌윤 등을 지내면서, 아버지의 누명을 벗기기 위한 소를 계속 올려 마침내 1794년 그 억울함을 풀고 그 해 대사간이 되었다. 이후 병조, 이조판서와 수원부유수를 지냈다.

74 이해문(李海文): 1712(숙종38)~1772(영조48). 1757년(영조33)에 무과에 급제하였다. 훈련원부정으로 임명되었고, 곧 강령 현감(康翎縣監)이 되었다. 훈련주부(訓練主簿), 선전관(宣傳官)을 거쳐 1761년(영조37)에 정평 부사(定平府使)가 되었다. 1763년(영조39)에 부호군(行副護軍)이 되고, 조엄을 정사로 한 조선 통신사행에 정사의 배를 검사하는 명무 군관(名武軍官)으로 동행하여 일본에 다녀왔다. 이듬해 11월에 다대포 첨사가 되었다. 이때 통신사행에서 얻은 경험을 바탕으로 일본 세견선의 출입을 단속하고 밀무역을 철저히 근절하여 그 공로로 중앙 무관직인 오위장으로 영전하였다. 조엄의 평가에 의하면 이해문은 무신이면서도 시를 잘하였다고 하였다.

申載文入見. 本站支應. 水原振威當之. 而全不成樣. 人馬多闕供而露處者. 此亦畿伯知委稽緩之致也. 初昏家兒鎭寬來謁. 萬里生還. 父子重逢. 其喜幸曷言. 中間飽經之憂慮. 便已消釋矣. 李康翎海文來此相見. 想像自坂城先送之時. 慰幸亦切. 門客及傔從奴屬輩數十人來謁. 忠州宗人十餘人亦來見. 連見副從使中路往復書簡. 則入湖西後. 支供之狼狽. 一如吾行. 賴有嶺營之分送. 得以計日作行云. 三道道伯之接待行人. 何其不同哉. 是日行九十里.

52. 이천利川 1764년7월5일

맑음. 음죽陰竹에서 점심을 먹고, 이천利川에서 잤다.

날이 밝을 무렵에 출발하여 음죽에 들어가니, 고을 사또가 들어와 뵈었으며, 이 고장의 일가친척 6~7명이 찾아와 뵈었다.

저녁에 이천에 도착하니 고을 사또 심유沈猷가 들어와 뵈었으며, 유장흥柳長興과 유진항柳鎭恒 그리고 역관 최수인崔壽仁이 와서 뵈었다. 그 기쁨은 어제 이강령李康翎(강령현감 이해문李海文)을 만났을 때와 같았다.

문객 및 하인들 5~6명이 와서 뵈었다. 밤에 비변사의 공문을 보니, 더운 날씨에 길을 가면 사람과 말이 상하기 쉬우니 천천히 올라오라는 것이었으며, 또 여러 차례 임금이 하교하셨다고 하였다. 임금의 세세한 배려에 더욱 절실히 감탄하였다. 애초에는 초 7일에 통신사행의 결과를 복명하자고 부사·종사관과 서로 약속하였었는데, 임금의 하교를 받들어, 다시 하루에 한 참站씩 가서 초 8일에 복명하자고 좌로(부사)와 우로(종사관)의 양쪽 일행에게 글을 써서 알렸다.

오늘은 80리를 왔다.

晴. 中火陰竹. 宿利川. 平明發行入陰竹. 主倅入謁. 本縣同宗六七人來見. 夕到利川. 主倅沈公猷入見. 柳長興鎭恒. 崔譯壽仁來見. 其喜與昨逢李康翎同也. 門客

及下屬輩五六人來見. 夜見備局關文. 則傳教以當炎作行. 易傷人馬. 徐徐作行之意. 屢屢下教. 聖念曲軫. 感歎尤切. 初以初七日復命之意. 相約於副從使. 旣承聖教. 更以日行一站. 初八日復命之由. 書報於左右路兩行. 是日行八十里.

53. 경안역慶安驛 1764년7월6일

맑음. 경안역慶安驛에서 잤다.

늦게 출발하여 경안에 도착했다. 초 4일에 경연에서 이미 서용敍用[75] 하라는 하교가 있었기 때문에 지금은 모든 일을 예전의 예와 같게 하였다. 그러나 이미 죄를 받은 사람이라 마땅히 사직소를 올려서 비답을 받아야 하지만, 만 리 밖에 왕명을 받들고 갔던 처지라서 무엇보다 복명이 급하였다. 지은 죄는 일시적인 질책에 불과하니, 이것 때문에 복명의 예를 폐지한다는 것은 마땅하지 않다. 그래서 먼저 복명한 다음에 사직소를 올린다는 생각으로 부사와 종사관에게 글로 알렸다.

부마 차사원夫馬差使員 연서 찰방延曙察訪 장현경張顯慶이 들어와 뵈었으며, 문객 및 하인들이 와서 뵈었다.

오늘은 50리를 왔다.

晴. 宿慶安驛. 晩發到慶安. 則初四日筵中已蒙敍用之下教. 今則凡諸舉行如例矣. 旣被罪名. 事當陳疏承批. 而萬里含綸. 復命爲急. 所被罪名. 不過一時飭礪. 則不宜以此廢反面之禮. 故卽以先復命後陳疏之意. 往復於副從使. 夫馬差使員延曙察訪張顯慶入見. 門客下屬輩來謁. 是日行五十里.

---

75 서용(敍用): 벼슬을 잃은 사람에게 다시 관직을 내려줌.

54. 광주廣州 1764년7월7일

맑음. 광주廣州에서 잤다.

늦게 출발하여 산성(남한산성)에 들어갔는데, 동생 인서寅瑞와 사위 한용정韓用靜이 마중을 나왔다.

이역 땅에서 돌아와 동생과 사위를 만나니, 그 기쁨과 위로를 어찌 이길 수 있겠는가!

광주의 친구 이관李灌과 두호豆湖의 진사 이익찬李益燦, 과천果川의 일가친척, 문하에 속한 무리들 수십 명이 와서 뵈었고, 지방관 윤득우尹得雨[76]가 들어와 뵈었다. 이 사람은 나와는 세상 사람이 다 아는 서로 원한이 있는 자였지만, 공적인 체면이 있어 부득이 꾸짖으며 받아들였다. 그 이야기를 하자면 매우 길어서 모두 뺀다. 정목政目[77]을 보니, 나는 대사간에, 부사는 헌납에, 종사관은 지평에 다시 제수되었다.

오늘은 40리를 왔다.

晴. 宿廣州. 晩發入山城. 舍弟寅瑞. 韓生用靜來迎. 異域歸來. 相逢同氣及婿郞. 慰喜可勝. 廣州李友灌. 豆湖李進士益燦. 果川同宗門下幕屬數十人來見. 地方官尹得雨入見. 此人於余有世所共知憾怒者. 而公體所在. 不得不納刺矣. 爲其說也甚長. 而並故闕之. 得見政目. 則余拜大諫. 副使拜獻納. 從事拜持平. 是日行四十里.

---

76 윤득우(尹得雨): 1719년(숙종45)~1774년(영조50). 1751년(영조27년) 정시문과에 장원급제하고, 사헌부지평 · 사간원정언 등의 요직을 역임하였다. 1754년에는 홍문관부교리에 임명되었다. 이후 유생들의 상소에 연명하였다가 탄핵을 받고 파직되었다. 다시 사간원헌납 · 홍문관교리를 거쳐, 1757년(영조33) 당상관인 승지로 발탁되었다. 1763년 광주부윤에 임명되어 「유민도(流民圖)」와 서장대의 지형을 그려 올렸다. 1766년 병조참판에 임명되었고, 도승지에 임명되어 여러 해 임금의 측근에 있었다. 1772년에는 대사간이 되었다.

77 정목(政目): 조선시대 때 벼슬아치의 임면을 적은 기록.

55. 경희궁慶熙宮 1764년7월8일

맑음. 삼사三使가 동문 밖에 모였다가 정오 무렵에 경희궁慶熙宮에 나아가서 복명하였다.

새벽에 산(남한산)에서 내려와 출발하였다. 날이 밝을 무렵 송파松波나루를 건너 이른 아침에 동관묘東關廟[78]에 들어가니, 형님이 와 있었고, 군서君瑞·경서景瑞·계휘季輝 및 조카·종질 등 일가친척 여러 사람이 함께 동관묘 안에 모여 있었다. 해를 넘기며 고향을 떠난 나머지 가까운 친지들과 한꺼번에 만나게 되었으니 그 기쁨과 행복함이 오죽하랴! 그러나 다른 친지들은 모두 무고한데 오직 사천泗川의 숙부만 고인이 되었으니, 더욱 슬펐다.

승지 권도權導와 전은군全恩君 돈墩이 문무에 속한 무리들 백여 명을 데리고 와서 뵈었는데, 너무 많아 다 기록하지 않는다.

조금 뒤에 부사와 종사관과도 나란히 만났다. 육로에서 서로 길을 나눈 뒤로 이곳 성문 밖에서 비로소 만나니 그 반가움을 어찌 감당하랴!

조금 쉰 뒤에 모두 관복을 입고 성안으로 들어가 궁궐에 도착하고 나서 엄숙하게 절을 하였다. 임금이 즉시 인견引見[79]을 허락하시고 삼사와 군관·원역 등을 ○○당(원문 누락)에서 불러 보시었다.

바다와 육지의 만리길에 구사일생으로 돌아왔으며, 다시 궁궐에 올라 용안을 우러러 보니 기쁨이 극에 달하여 감격의 눈물이 떨어지려고 하였다.

임금께서 우리 삼사를 집안사람 대하듯 다독이며 위로하시고, 사행길

---

78 동관묘(東關廟): 정식명칭은 동관왕묘(東關王廟)이다. 현재는 동묘(東廟)로 불린다. 중국의 장수인 관우(關羽)를 모신 사당으로, 서울 종로구 숭인동에 있으며, 임진왜란, 정유재란 때 관우의 혼이 나타나 때때로 명나라 군사를 도왔다 하여, 명나라 신종 황제의 명에 의해 1602년(선조35)에 건립하였다. 보물 제142호.

79 인견(引見): 윗사람이 아랫사람을 불러 봄.

도로의 위험함과 문무文武의 재주를 비교하여 물어보셨고, 이어 일본의 사정과 규모에 대해서도 물어보아, 미천한 신하인 우리 삼사 등은 우러르며 서로 번갈아 대답하였다.

(경연에서의 대화는 아래에 있음)임금께서 계속하여 상사와 부사에게 정3품 통정대부의 품계로 올릴 것과(종사관에게도 며칠 후에 특별히 품계를 올려 주었다) 세 사람의 수석 통역관과 선래역관에게도 품계를 올릴 것을 전교하셨다.

서유대徐有大[80]에게는 지난 이키노시마에서 치목이 부러졌을 때의 공로를 받들어, 민제장閔濟章(1671년~1729년, 인조 때의 무신)이 배를 구한 일[81]을 인용하여 특별히 변두리 지방의 겸방어사兼防禦使로 승진시켰으며, 군관과 원역 등에게는 차례대로 가까이 오게 하여 한 사람 한 사람 위문하셨다. 곳곳에 내린 성은에 대해 누군들 감사와 행복을 느끼지 않았겠는가!

날이 저물어 경연을 끝내고 횃불을 들고 집으로 돌아왔다. 처자나 친척의 반가움을 어찌 한 번의 붓으로 기록할 수 있으랴!

무릇 남자가 태어났으면 뽕나무 활에 쑥대살을 메어 사방에 쏘는 것은 장차 뜻을 세우려고 하는 것인데, 지금 내가 외람되게 사신으로 일본의 산천을 두루 보았으니 그 유람은 장하다 하겠다.

---

80 서유대(徐有大): 1732(영조8)~1802(순조2). 1757년(영조33)에 문음(門蔭)으로 선전관이 되었고, 2년 후 사복시내승(司僕寺內乘)으로 무과에 급제하였다. 1763년 훈련원정으로 조선통신사를 호종하여 일본에 다녀왔다. 귀국 후 방어사 · 겸사복장(兼司僕將)을 거쳐 1768년 충청수사에 임명되었다. 어영대장, 한성판윤을 거쳐 훈련대장으로 있을 때 죽었다. 시호는 무익(武翼)이다.

81 1711년에 조선통신사 부사 임수간을 수행하여 일본으로 가던 중 쓰시마에서 풍랑을 만나 배가 표류하여 위태로웠을 때 홀로 표류하는 배를 끌고와 일행을 구했다는 일화.

다만 의관과 문물로는 그들을 용동聳動[82]시켰으나, 충성과 신의와 유교경전으로는 교활한 오랑캐를 감동시키지는 못하였다.

이는 그 실천하는 행동이 아직까지 몸에 쌓이지 못했기 때문이다.

훗날 이 글을 보는 자 어찌 '오랑캐 땅이라도 갈 수 있다.'는 공자孔子의 가르침에 힘쓰지 않겠는가.

晴. 三使會于東門外. 午間詣慶熙宮復命. 曉發下山. 平明渡松波津. 早入東關廟. 則兄主來臨. 而君瑞景瑞季輝及侄子從侄等一家諸人並來會廟中. 經年離鄉之餘. 得與至親團會. 喜幸何極. 至親皆無故. 獨泗川叔. 已作故人. 尤覺愴懷. 權承旨導. 全恩君墩與文武幕屬百餘人來見. 撓未能盡記. 少間副從使齊會. 陸路分張之後. 相會於城闉之外. 其喜曷勝. 少憩並以冠服入城. 赴闕肅拜. 上卽許引見. 三使臣及軍官員役等于 缺 堂. 水陸萬里. 九死生還. 復登文陛. 仰瞻天顔. 欣喜之極. 感淚欲墜. 上慰諭三使. 如對家人. 俯問道路之涉險. 文武之較藝. 仍及彼國之事情規模. 賤臣等迭相仰對. 筵話在下上續下上副使加資. 從事數日後特資 及三首譯先來譯官加資之敎. 徐有大以歧島鴟折時效勞. 援引閔濟章救船事. 特下邊地兼防禦使承傳. 至於軍官員役等. 鱗次近前. 面面慰問. 聖恩到處. 孰不感幸. 日暮罷筵. 擧火歸家. 妻子親戚之歡. 何可以一筆記也. 夫男子之生也. 桑孤蓬矢. 以射四方. 將有志也. 今余猥膺專對. 遍觀日域山川. 其遊則可謂壯矣. 但衣冠文物. 雖可以聳動醜類. 忠信篤敬. 未足以感戢狡奴. 此其實行未積于躬矣. 後之覽此者. 盍於孔夫子可行蠻貊之訓. 勉勉哉.

82 용동(聳動): 무섭거나 놀랍거나 또는 기쁘거나 하여 몸을 솟구쳐 뛰듯 움직임.

색인

조선

〈인명〉

〈사항 및 지명〉

일본

〈인명〉

해사일기海槎日記

초판 1쇄 인쇄 2018년 11월 20일
초판 1쇄 발행 2018년 11월 30일

지은이 조엄
옮긴이 박진형 · 김태주
책임편집 이용화
펴낸곳 논형
펴낸이 소재두
등록번호 제2003-000019호
등록일자 2003년 3월 5일
주소 서울시 영등포구 양산로 19길 15 원일빌딩 204호
전화 02-887-3561
팩스 02-887-6690
ISBN 978-89-6357-210-9 93810
값 30,000원

이 도서의 국립중앙도서관 출판예정도서목록(CIP)은 서지정보유통지원시스템 홈페이지(http://seoji.nl.go.kr)와 국가자료공동목록시스템(http://www.nl.go.kr/kolisnet)에서 이용하실 수 있습니다. (CIP제어번호: CIP2018034952)